时代背景下的
中国现当代文学创作研究

赵娟 渠佳敏 梁雯 著

中国原子能出版社

图书在版编目(CIP)数据

时代背景下的中国现当代文学创作研究 / 赵娟,渠佳敏,梁雯著. -- 北京:中国原子能出版社,2019.6
ISBN 978-7-5022-9848-7

Ⅰ. ①时… Ⅱ. ①赵… ②渠… ③梁… Ⅲ. ①中国文学一现代文学一文学创作研究②中国文学一当代文学一文学创作研究 Ⅳ. ①I206.6②I206.7

中国版本图书馆 CIP 数据核字(2019)第 126535 号

内 容 简 介

本书在结合现当代文学发展的时代背景的基础上,研究了自五四时期至 20 世纪 90 年代以来的现当代文学创作的特点。全书内容详略得当,脉络清晰,重点突出,逻辑严明,语言流畅,在对中国现当代文学进行更加细致思考的同时,梳理了现当代文学的创作特色。

时代背景下的中国现当代文学创作研究

出版发行　中国原子能出版社(北京市海淀区阜成路 43 号　100048)
责任编辑　张　琳
责任校对　冯莲凤
印　　刷　三河市铭浩彩色印装有限公司
经　　销　全国新华书店
开　　本　787mm×1092mm　1/16
印　　张　17
字　　数　413 千字
版　　次　2019 年 9 月第 1 版　2019 年 9 月第 1 次印刷
书　　号　ISBN 978-7-5022-9848-7　　定　价　82.00 元

网址:http://www.aep.com.cn　　E-mail:atomep123@126.com
发行电话:010-68452845　　　　版权所有　侵权必究

前　言

当前,伴随着经济的高速发展,文化领域也呈现出了多元化的发展趋势,就中国文学发展现状而言,在对于外来文学进行引入的同时,本土文学也得到了更强的生命力。然而,从另一个层面上来看,当前我国文学商业化的现象愈发严重,不仅存在着抄袭情况,还存在着对于传统文学的轻视。因此,对中国现当代文学进行研究,能够更为深刻地认识我国传统文化与价值观,促进中国文学良性发展。

从现当代文学的发展脉络上来看,现当代文学的时代背景不断转换,每个时段的焦虑中心不同,其文学创作的特点也各有差异。在一百多年的文学历程中,现当代文学不是抽象的存在,也不是没有变化,它在每个时期侧重点不同,反封建、反理学、反宗法、反侵略、反阶级压迫,启蒙、建设、改革、开放,它不时地游离,有过许多曲折,却在不断前进。在现当代文学研究的道路上,一些学者以文学体裁演变为框架、以流派更迭为线索,通过以叙述为主、辅以适当的评论方式追溯现当代文学的发展演化,分析各阶段、各流派作家的创作特征与作品的意义,这种研究方法固然有可取之处,但使得现当代文学创作的特色与其发展的时代背景相脱节,难以表现出现当代文学创作的时代意义,以及其反映的社会风貌。鉴于此,作者在参阅大量相关著作文献的基础上,将现当代文学创作研究与其时代背景相联系,撰写了《时代背景下的中国现当代文学创作研究》一书。

本书共十二章,以中国现当代文学的发展阶段为纵轴,在横向分析这一阶段的文化背景的基础上,对这一时期的现当代文学创作进行了研究。本书将中国现当代文学的发展阶段分成了五四文学革命时期、革命文学时期、战争时期、新中国十七年时期、20世纪80年代和20世纪90年代以来六个时期,各时期均包含两章,第一章为文化背景介绍,第二章为文学创作研究。具体来看,在五四文学革命时期,随着晚清启蒙运动的发展、新文化运动的扩散、西方文艺思潮的涌入和文学社团的兴起,现代文学开始迈出新的一步,这一时期的作家开始用新文化的价值观念衡量和评价历史生活与现实生活,批判旧生活,憧憬新生活,五四文学也随着产生变化,白话文学形式逐渐成为文坛的主流。在革命文学时期,文学思潮延续了五四时期的“人的文学”的精神观念,但五四时期所开启的有相对思想自由的氛围消失了,文学主潮随着整个社会的变革而变得空前的政治化,左翼文学运动的兴起形成了以阶级为标志的、具有斗争精神与激情的无产阶级革命文学观念。在这种文化氛围的影响下,革命文学迎来了一个创作的高峰。在战争时期,战时形成的地缘政治文化,强有力地制约了文学的发展,文学呈现出明显的区域色彩,各区域的文学思潮走向,表现为不同的目的指向和发展脉络。在新中国十七年时期,文学创作在继承五四现实主义传统的基础上,以毛泽东的文艺思想和社会主义现实主义的创作手法为指导,对新中国社会的新风貌进行了生动而形象的描绘。到了20世纪80年代,“追求人性的解放和直面复杂的人生”成为艺术家普遍的追求,在这一思想的引导下,20世纪80年代的文学大步向前,步入文学的高速发展时期。进入 20 世纪 90 年代以后,在知识分子精英集团瓦解与商品经济大潮冲击的影响下,二元对立的思维模式逐渐发生改变。随着大众文化市场的形成,传统文学的审美趣味开始发生变化,群众性多层次的审美趣味分化了原先二元对立的艺术观念。多种冲突与对立的并存构成了"无名"状态的基本格局,并不断形成了艺术的多元化发展趋向。20 世纪 90 年代的文学正是在这种"无名"状态下形成了自己的特色,在叙事立场和表现形式方面都发生了一系列互为关联的变化,作家们有了更多表达个人对世界看法的自由空间,他们回到个人的叙事立场,将自己对生活的感受转化为独特的审美形态,创作风格上具备了个人化的特征。

在创作上,本书具有以下鲜明的特色:第一,时代历史所赋予中国现当代文学的特殊使命,使之出现了一大批大家与名作,并在整体上形成了自己的风格和特点,可以说现当代文学的创作特色与其时代背景是密切相关的,本书在紧密联系、深入探索这种相关性的基础上完成。第二,中国现当代文学向前发展,由一元走向多元的格局,从传统的现实主义文学,到吸收西方文学思潮而内化成的现代主义文学,再到思想解放运动不断深入后文学的多元发展,本书也将中国现当代文学的这一变化展现了出来,阅读本书,有助于读者加深对现当代文学的了解。

在本书的撰写过程中,作者不仅参阅、引用了很多国内外相关文献资料,而且得到了同事亲朋的鼎力相助,在此一并表示衷心的感谢。由于作者水平有限,书中疏漏之处在所难免,恳请同行专家以及广大读者批评指正。

作　者
2018 年 8 月

目　　录

第一章　五四文学革命时期文化背景研究

中国现代文学发端于五四文学革命时期,它是新民主主义革命时期现实土壤上的新产物,同时又是旧民主主义革命时期文学的一个新发展。它适应新的时代需要,同时又吸取外来文化的养分,在新的基础上去完成先驱者未能完成也不可能完成的历史性任务。五四文学革命的直接背景和动力来自于新文化运动。辛亥革命推翻了清王朝封建统治,却未能根除封建主义的思想根源,社会上继续推行尊孔读经,旧文化思想严重阻碍着民族意识的觉醒。受西方新思潮影响的进步知识分子在历史反思的基础上,深感思想启蒙的重要性。他们利用晚清以来留学生译介的大量西方文学、哲学和社会学著作,向民众宣扬灌输资产阶级民主主义思想,抨击封建主义文化。总的来看,五四文学革命时期,先后发生了晚清启蒙运动、新文化运动,而西方文艺思潮也开始涌入,由之又兴起了各种文学社团。

第一节　晚清启蒙运动

中国近代启蒙运动发轫于洋务后期形成的洋务知识分子(也称早期维新派),形成于戊戌维新时期,并跨越辛亥革命一直延续到五四新文化运动。五四时期发生的文学变革与晚清的启蒙运动有着密切的关系,因此,我们要想深入了解五四文学革命时期的文化背景,就必须要先了解晚清的启蒙运动。

一、启蒙运动发生的条件

在列强侵略和西欧近代启蒙思想的双重作用下,中国的晚清启蒙运动开启了。

自 1840 年鸦片战争以来,清朝就进入了没落的晚期。晚清 70 年中,中国落后挨打,接连不断地遭到列强侵略,大量的领土和主权被掠夺、侵犯,中国人民忍受莫大的痛苦和灾难,民族危机日益深重。随着列强侵略的日益深入,中国一步一步地向着半殖民地的深渊滑落。到 1901 年《辛丑条约》签订,中国正式沦为半殖民地半封建社会。"中国近代亡国灭种的民族危机极大地激发了中国知识分子的忧患意识,并促成了在危机中变革图新的迫切诉求,随之而来的'洋务运动'便是建立在对危机的认识之上,以国家富强、王朝中兴为目的的历史变革行为,并以此拉开了中国历史现代转型的序幕"①,但是"洋务运动"进行的只是器物层面的变革,这

---

① 刘中树,许祖华.中国现代文学思潮史[M].武汉:华中师范大学出版社,2009:12.

种变革并没有动摇中国传统社会制度的深层结构与精神内核。即便如此,"洋务运动"在促使晚清知识分子开眼看世界方面还是起到了一定的推动作用。甲午战争之后,梁启超等人发起了"戊戌变法",标志着由洋务运动时代的器物层面的变革转而向更为深层的制度层面的变革推进。但是"戊戌变法"最后以失败告终。这次失败进一步推动了晚清知识分子在思想上的觉悟。

梁启超在"戊戌变法"失败后东渡日本,在此期间他意识到了思想文化启蒙的重要性,并提出了"新民说",从此,现代思想文化的启蒙时代开始了。

我们通常所说的西方近代启蒙思想,主要是指 17 世纪末到 18 世纪诞生在英国、法国和德国的启蒙思想,其主要代表人物有英国的霍布斯、洛克、法国的伏尔泰、孟德斯鸠、卢梭,德国的康德、费希特等人。概括地讲,西方启蒙思想家们的启蒙思想主要由以下观点构成。

第一,倡导天赋人权说,认为人人生来平等。"生命自由和追求幸福的权利"是上帝赋予人们的"不可让渡的权利"。

第二,主张社会契约论,强调人们为了更有效地保障自己的天赋权利,通过契约成立政府,政府则"由被统治者同意而取得正当的权利"。同时,人们在订立契约成立政府时,并未放弃自己的权利,只是使这些权利由于得到政府的保护而更加安全。如果政府损害了人们的权利,实行暴政,那么,人们就有权改变或废除它,另成立新的政府。

第三,为了对统治者的权利进行限制,防止滥用权力,启蒙思想家们主张用权力制约权力,实行立法、司法和行政权的分离、分立。人民在法律面前平等。人们在拥有自己合法权利的同时,也应有按比例纳税的同等义务。

西方近代资产阶级启蒙思想随着资本主义制度在欧美国家的确立而完成了它的使命,但是,它作为人类从传统封建社会向近代资本主义社会过渡过程中产生的精神文化财富,却随着资本主义向欧洲以外国家的征服和扩张而传播,成为后进国家的思想界在反抗西方列强的压迫,争取民族独立,批判封建专制制度,争取人的解放,建立资产阶级宪政国家的理论武器。

中国晚清启蒙运动是在遭受西方列强的侵略、在列强坚船利炮威逼下民族危机意识勃发的局势中发生的。这点,与西方近代思想启蒙运动自发地孕育产生于封建社会解体之时,并进而传播扩散,形成一个推动整个欧美资产阶级革命的思想运动不同,它是在外力的催化下、西方思想的启发下开展的。因此,中国的启蒙思想都直接借助了西方资产阶级启蒙思想中的精华,作为对内批判封建专制主义,对外反抗殖民帝国主义的理论武器。而且其在使命上完全服务于建立资本主义社会,争取民族独立,形成近代民族国家这一历史要求。

二、启蒙政治团体倡导并推动启蒙运动

晚清启蒙思想虽然发轫于洋务运动后期的早期维新派,但是真正属于资产阶级思想启蒙范畴的是以康有为、梁启超、严复、谭嗣同为代表的启蒙团体。由于近代中国一直伴随着民族的生存危机,并且从属于世界资本主义列强的附庸地位也没有得到根本的改变,因此启蒙时代较长,大约从 19 世纪 90 年代一直到 20 世纪 20 年代。这一时期先后存在过目的相同,手段途径各不相同的三个思想启蒙团体:戊戌启蒙团体、辛亥启蒙团体和五四启蒙团体。这里重点说前两个团体。

戊戌启蒙团体形成于甲午战争之后。1895 年"公车上书",标志着戊戌启蒙团体的一次公开集结。康有为、梁启超、谭嗣同、严复是戊戌启蒙团体的核心人物。

1890 年春,康有为移居广州。不久,陈千秋、梁启超慕名前往成为康有为的学生。1891年,康有为接受陈千秋、梁启超的建议,在广州长兴里万木草堂开始讲学。租赁长兴里邱氏书屋(今广州中山 4 路长兴里 3 号),正式开设学堂,唤作长兴学舍。韩文举、梁朝杰、曹泰、王觉任、麦孟华、陈和泽、林奎等青年学子先后联袂入学。由于来学习的人不断增加,万木草堂一再易址,1892 年,康有为移草堂于卫边街邝氏祠,1893 年,再迁草堂于广府宫仰高祠。来学者达100 多人,陈千秋、梁启超充任学长,还特此装上一方匾额,题上"万木草堂"四个大字。1897 年夏,万木草堂达到全盛时期。从 1891 年开办长兴学舍,到 1898 年戊戌政变时,万木草堂被清政府下令封禁,康有为在广州办学前后历时 8 年。这期间,正是康有为主动自觉地以办学的方式集聚维新启蒙人才和建构自己的启蒙思想体系的时期。在这期间,康有为与学生们探讨古今学术,研习江南制造总局译述的声、光、化、电等学科的西书,容闳、严复以及传教士傅兰雅、李提摩太等的译书,都是学生涉猎的范围,从而培养了一批有近代西学知识和世界眼光的学者。梁启超、徐勤、麦孟华、韩文举等都是日后戊戌启蒙时代的得力干将。另一方面,康有为的几部重要的启蒙著作如《实理公法全书》《新学伪经考》《孔子改制考》等都是在这一时期完成。这些奠定了康有为作为中国近代启蒙大家的理论基础。

1895 年 5 月初的"公车上书"成为戊戌启蒙团体集结的标志。公车上书公开提出变法主张,而且它作为近代知识分子第一次公开的集结,标志着戊戌启蒙运动走向前台。之后,在维新派的运作下,《时务报》《湘报》《知新报》《清议报》《新民丛报》《国闻报》等相继成为维新派发表思想启蒙学说的阵地。概括地讲,在这一时期,批判封建专制制度,主张人类公理,宣传西方的民主宪政思想,力主在中国建立君主立宪政体等,构成了戊戌启蒙的思想主流。

辛亥启蒙团体形成于 1905 年。该年中国同盟会的成立是其重要标志,孙中山、章炳麟、邹容、陈天华等人是辛亥启蒙时期重要的思想家。《国民报》《湖北学生界》《浙江潮》《苏报》《民报》《新世纪》等,都是这一时期重要的思想启蒙阵地。孙中山的《三民主义》、邹容的《革命军》、陈天华的《猛回头》《警世钟》等,都是这一时期重要的思想启蒙著作。辛亥时期的启蒙思想主要集中在民主、自由、平等方面的宣传上,主张用革命手段推翻封建专制制度,建立民主共和国,是这一时期的重要特点。

三、启蒙运动中的文学革新运动

不同于西方的知识分子把启蒙作为从神学的禁锢中进行自我救赎的思想资源,中国的知识分子是把启蒙作为国家迈向现代化的思想工具。梁启超等人认为,给古老的中国注入新的思维方式和新的思想资源才是中国社会现代化之"本",于是清末的文学界掀起了一系列的文学革新运动,希望能够借此来改变人们的思想观念,出现越来越多的"新民"。这些文学革新运动主要包括白话文运动、诗界革命和小说界革命。

(一)白话文运动

作为传统文化的重要组成部分,文言文首先成为晚清启蒙知识分子改造的对象。"语言远远不只是一种表达工具,它跟一个民族的文化心理、思维方式有着密切的联系。语言本身就是社会和文化的产物,语言体系其实就是一种社会价值体系。"①正是由于语言有如此的重要地位,因此,在晚清启蒙运动中,一批知识分子针对文言文发起了白话文运动。这次白话文运动的主张主要有以下几点。

第一,积极提倡"俗文学",为改良主义"思想之普及"服务。随着新思想的不断涌现,文言文已经无法适应近代民主与科学的表达需要,成为近代民主与科学传播的障碍。

第二,主张言文一致。这不仅揭示出中国文学在语言形式上的症结所在,而且也指出了中国文学发展的一个必然趋向。

第三,提倡报纸、著书撰文改用白话,以开通民智。

第四,明确提出"崇白话而废文言"的口号,具体说明了兴白话的八个好处:一是省日力,二是除矫气,三是免枉读,四是保圣教,五是便幻学,六是炼心力,七是少弃才,八是便弃民。"八益"的提出一方面体现出了倡导者的历史进步性,另一方面也体现出了"保圣教"的历史局限性。

第五,创造了60个"官话字母",主张用两拼法"专拼白话",走拼音化的道路。

在梁启超、黄遵宪、陈子褒、裘廷梁、严复、夏曾佑、王照等人所提出的这些白话文主张的指导下,东南沿海地区尤其是长江下游各省开展了白话文运动,为后来五四时期白话文学的开展起到了一定的推动作用。

需要指出的是,这次的白话文运动并没有完全中断文言文的使用,而是形成了文言、白话并存的局面,白话的翻译与创作都没取得令人瞩目的成绩,即使是倡导白话的理论文章也是用浅近一些的文言写成的,并非真正的白话文,因此,还需要新的一轮思想文化启蒙运动才能够彻底打破文言文所带来的种种限制。

(二)诗界革命

中国的古典诗歌因为具有"可以兴,可以观,可以群,可以怨。迩之事父,远之事君"(《论语·阳货》)的作用,因而一直在中国古典文学中占有正统地位。但是自唐代以后,中国古典诗歌逐渐开始走下坡路,到了晚清时已经衰落。梁启超早就看到了中国古典诗歌对新思想传播的束缚作用,于是,在1899年时,他在《夏威夷游记》中提出了自己对诗歌的新看法:"余虽不能诗,然尝好论诗。以为诗之境界,被千百年来鹦鹉名士占尽矣。虽有佳章佳句,一读之,似在某集中曾相见者,是最可恨也。……要之,支那非有诗界革命,则诗运殆将绝,虽然,诗道无绝之时也。今日者,革命之机渐熟,而哥伦布、玛赛郎出世,必不远矣!"②从这段话中我们可以看出,梁启超认为诗界革命是很有必要进行的。为了对中国古典诗歌进行革新,梁启超提出了自己的要求:"欲为诗界之哥伦布、玛赛郎,不可不具备三长:第一要新意境,第二要新语句,而又须以古人之风格入之,然后成其为诗……若三者具备,则可以为20世纪支那之诗士矣。"③新意境、新语句、古人之风格便

---

① 李欧梵.晚清文化、文学与现代性[A].李欧梵自选集[C].上海:上海教育出版社,2002:270.

② 梁启超.夏威夷游记[A].饮冰室合集·文集[C].北京:中华书局,1989:189.

③ 梁启超.夏威夷游记[A].饮冰室合集·文集[C].北京:中华书局,1989:189.

是梁启超为解救诗歌命运开出的药方，也是诗界革命的三项具体要求。其中，"新意境、新语句在梁启超那里被认为是'欧洲之意境、语句'，即西方的思想与学术文化，包括自然科学与社会科学等领域；古人之风格则指的是中国古典诗歌的体裁格律，它是作家在创作实践中逐步形成的，是诗人的审美感受通过独特的艺术形式的表现。"①

梁启超的诗界革命的主张为中国古典诗歌的变革指明了方向，这次诗界革命的目的在于批判传统诗歌创作与时代脱节的现象，对诗歌所具有的"载道"功能中的"道"进行重新的定义，即要用西方的思想与文化取代中国传统的价值观念，从而实现对科学、民主、自由、人权等新思想的传播。

在 1902 年至 1907 年间的《饮冰室诗话》中，梁启超再次对诗界革命进行了阐释："过渡时代，必有革命。然革命者当革其精神，非革其形式。吾党近好言'诗界革命'。虽然，若以堆积满纸新名词为革命，是又满洲政府变法维新之类也。能以旧风格含新意境，斯可以举革命之实矣。"②这次诗界革命的重点在于对中国古典诗歌精神的变革，对于中国古典诗歌的形式没有提出变革的要求。与前一次的诗界革命主张相比，在这次关于诗界革命的主张中，梁启超将"新意境""旧风格"视为好诗必须具备的两项基本条件，不再提倡"新语句"，因为在他看来，"新语句"容易造成"堆积满纸新名词"的现象，不利于诗歌表达新的思想。

通过两次诗界革命，涌现出了一批新诗创作者，在这些创作者中，黄遵宪通过自己的诗歌创作成为诗界革命的旗帜。黄遵宪的诗"诗之外有事，诗之中有人"（《人境庐诗草自序》），广泛反映了诗人经历的时代，具有深厚的历史内容，如《悲平壤》《哀旅顺》《哭威海》《台湾行》《渡辽将军歌》等，对中日战争进行了反映，表现出了强烈的反帝卫国思想，充满了爱国主义激情和深挚的忧国焦思。黄遵宪还通过诗歌"较早地描写了海外世界以及伴随近代科学发展而涌现的新事物，拓宽了题材和反映生活的领域，写出了古典诗歌所没有的新内容"③，如在《今离别》四首中，出现了轮船、火车、电报、照相等新生事物，令人耳目一新。梁启超曾评价说："生平论诗，最倾倒黄公度，恨未能写其全集。"

总之，梁启超虽然在诗界革命中的两次主张并不相同，但是其变革的主旨是没有变化的，都是在提倡"利用中国传统的诗歌形式反映近代社会的现实矛盾，表达其改良主义的政治理想"④。

（三）小说界革命

"小说"一词最早出现在《庄子·外物》篇中："饰小说以干县令，其于大达亦远矣。"在这里，"小说"是指庄子在《齐物论》中所批评的"小言"，即一种浅识小语，在很长的一段时间内，小说一直被视为"小道"和"不登大雅之堂"的雕虫小技，为士大夫和上层社会所不齿。面对这种情况，梁启超独具慧眼，意识到了小说所具有的巨大功能，于是，在小说界掀起了一场革命。

1902 年，梁启超在《新小说》的创刊号上发表《论小说与群治之关系》一文，明确提出"小说

---

①　刘中树，许祖华.中国现代文学思潮史[M].武汉：华中师范大学出版社，2009：21.
②　梁启超.饮冰室诗话[A].饮冰室合集·文集[C].北京：中华书局，1989：23.
③　袁行霈.中国文学史（第四卷）[M].2 版.北京：高等教育出版社，2005：399.
④　刘中树，许祖华.中国现代文学思潮史[M].武汉：华中师范大学出版社，2009：22.

界革命"的口号,表现出小说革新的自觉意识。该文还明确道出了小说应有的启蒙角色,疾呼:

> 欲新一国之民,不可不先新一国之小说;故欲新道德,必新小说;欲新宗教,必新小说;欲新政治,必新小说;欲新风俗,必新小说;欲新学艺,必新小说;乃至欲新人心,欲新人格,必新小说。何以故? 小说有不可思议之力支配人道故。

梁启超通过上段文字说明,小说不应处于社会文学结构边缘,它应该来到中心位置,应该变成知识层自觉运用来进行觉世新民、疗救社会的有力武器,由此打破了以诗文为正宗的传统。

但是,梁启超并不是近代关注小说的第一人,提倡"新小说"的革新运动在晚清酝酿已久。戊戌变法前后,维新派放眼世界的政治经济形势,提出改革时政的政治主张,迫切需要利用各种文艺形式来开启民智、宣传他们变法图强的理念。他们办报纸、开学堂、提倡今语写作,注意到了小说的重要社会功能,敲响了"小说界革命"的前奏。在维新派人士中最早关注小说的人是黄遵宪。1887 年,他在《日本国志》中说:"语言与文字离,则通文者少,语言与文字合,则通文者多,其势然也。"后来就出现了更多强调小说重要性的理论文字。1897 年,严复和夏曾佑在《国闻报》发表长文《本馆附印说部缘起》,这是一篇专门讨论小说价值的文章,文章把稗史小说与经史子集并举,肯定了小说在传导民情史实方面的作用。维新派人士把目光投向被正统文人视为末流、不登大雅之堂的小说,正是看到了通俗浅近的小说对于开启民智的教化作用,希望小说能够成为醒世觉民的工具。

梁启超夸大了小说的社会作用,但他从文学社会性的角度说明小说的重要性,强调了小说为社会改革服务的社会作用,虽然有忽视小说审美性的缺陷,但在长期排斥、鄙视小说的历史条件下,显然有着叛逆"非圣不道"的文坛时尚,促进文学与时代相结合的作用,这是有积极意义的。晚清"小说界革命"正是在这种理论指导下得到蓬勃发展。小说被誉为"文学之最上乘",中国小说也从传统的才子佳人、讲史的模式中脱颖而出,直接反映社会现实的社会小说、政治小说大量涌现,小说终于冲破了几千年封建文学的桎梏,登上了文学的"大雅之堂"。

小说界革命让小说担负起了"借阐圣教""杂述史事""激发国耻""旁及彝情"的责任。受小说界革命的影响而创作出来的新小说,其"突出特点是与政治结下了不解之缘,无论政治小说、科学小说、社会小说、历史小说,无不与救亡图存、改良群治息息相关,从而刷新了中国小说的格局,揭开了小说史上新的一页"[①]。这一时期小说的种类繁多,概括起来,主要有以下几类。

第一类,宣传政治主张的政治小说,此类小说常以拟构理想世界蓝图的形态出现,如梁启超的《新中国未来记》和颐琐的《黄绣球》等。《新中国未来记》以未来 60 年后的中国维新成功揭开序幕,昭示了维新派的政治理想。小说的主干部分是改良派黄克强与革命派李去病关于革命与改良的一场大辩论,对 20 世纪初爱国志士关于"中国向何处去"的相关问题进行了解答,在一定程度上反映了梁启超本人流亡日本初期徘徊于改良和革命之间的矛盾心理。这部小说打破了古典小说以故事为基本构架的叙事模式,大规模地融入散文和诗的笔法,从而呈现出了新的面貌,但演说、口号、章程、条例在一定程度上影响了小说的艺术性。《黄绣球》通过一

---

① 袁行霈.中国文学史(第四卷)[M].2 版.北京:高等教育出版社,2005:419.

个名叫黄绣球的女子的经历,叙说了自由村从蒙昧到文明的历史,寄寓维新派从一村、一地改造中国的政治理想。该小说对女性问题进行了关注,对后来女性小说的产生和发展产生了积极而深远的影响。

第二类,描写外国事件的小说,此类小说通过描写国外发生的事件来寄寓国内的时局,如罗普的《东欧女豪杰》等。《东欧女豪杰》通过讲述俄国出身天潢贵胄的女杰苏菲亚不满专制暴政而投身虚无党最终成为人们心中的英雄的故事,成功地塑造了女英雄苏菲亚的光辉形象,同时对俄国虚无党的革命活动进行了赞颂。

第三类,反思历史疮痍的小说,此类小说通过描写晚清战争中百姓的遭遇对中国当时的社会现实进行了深思,如连梦青的《邻女语》等。《邻女语》通过金坚在八国联军血污神京后北上的见闻展示了晚清乾坤含疮痍、日月惨光晶的历史画卷。

在小说界革命的后期,资产阶级革命派作家为表达他们摆脱封建束缚、解放个性和建立平等的社会秩序的新时代要求,创作了一批狂飙突进式的作品,以陈天华的《狮子吼》和黄世中的《洪秀全演义》为代表。《狮子吼》批判满族贵族入关以来的暴行,鼓吹革命,对资产阶级民主主义的政治理想进行宣传。楔子将小说分为三部分:第一部分为混沌人种的灭亡;第二部分为睡狮猛醒的怒吼;第三部分为"黄帝魂",对光复中华 50 年后的璀璨图景进行了畅想和构拟,表现了小说的主旨。《洪秀全演义》以艺术的笔触,生动地展示了太平天国波澜壮阔的反清战史,塑造出一系列生动的人物形象,弘扬民族革命思想,并融入若干西方议会民主、男女平权等观念。

在小说界革命中,翻译小说也很兴盛,很多域外小说开始成为中国小说发展的参照系。其中,林纾所翻译的作品影响最大,其贡献主要表现在以下几点。第一,他第一次明确提出了"专为下等社会写照"的命题,昭示了知识阶层"平民意识"的崛起与"人"的觉醒。第二,他从西方引进了风格流派的概念,对西方作家的风格进行阐发,从而给人以创作的启示。第三,他诱发了现代性爱意识的觉醒,其译作《巴黎茶花女遗事》《迦茵小传》等就包含着现代性爱意识,以此表现现代人的人格独立、个性解放期望。林纾小说作品兼具中西方文学的特点,既有中国古典文文学的简洁、隽永风韵特点,又体现了西方文学的灵思美感,为中国新小说的创作提供了新的审美模式。

鸳鸯蝴蝶派小说也是 20 世纪初一道独特的风景线,该流派是发端于当时上海"十里洋场"一个文学流派,主要代表人物有包天笑、徐枕亚、张恨水、吴双热、吴若梅、程小青、平江不肖生、孙玉声、李涵秋、许啸天、秦瘦鸥、冯玉奇、周瘦鹃等。他们分散在南方各地,后来多集中于上海、天津、北京几个大城市。这一流派最初热衷题材是言情小说,写才子佳人"相悦相恋,分拆不开,柳荫花下,像一对蝴蝶,一双鸳鸯"(《上海文艺之一瞥》),并因此得名鸳鸯蝴蝶派。后来,题材扩展到了武侠、侦探、猎奇等。鸳鸯蝴蝶派早期代表作为徐枕亚的《玉梨魂》,是用四六骈俪加上香艳诗词而成的哀情小说。张恨水的《啼笑因缘》、李涵秋的《广陵潮》、平江不肖生的《江湖奇侠传》在当时也非常受欢迎。其中,《江湖奇侠传》被誉为武侠小说的先驱。鸳鸯蝴蝶派的小说多为靡靡之作,文学性不强,品位不高,但在一定程度上表现了旧中国半封建半殖民地的落后思想意识,或多或少地抨击了当时社会的黑暗面,也表现了病态社会中小市民阶层的艺术趣味。

总之,晚清启蒙运动中的白话文运动、诗界革命和小说界革命,对中国文学实现现代性转变奠定了良好的基础,但是到了 1903 年以后,这些运动的影响力逐渐减弱了,中国社会需要一次更大的文学启蒙思潮来推进中国的现代化进程。于是,一场文学革命即将发生。

第二节　新文化运动

　　辛亥革命后,民主共和观念深入人心,而袁世凯推行尊孔复古的文化专制政策,妄图继续用封建思想束缚人民,以维护其专制统治,这种做法让具有民主思想的知识分子不能容忍。当时,中国资本主义有了发展,资产阶级要求实行民主政治,以求自由发展。这样,新文化运动应运而生了。1919 年 5 月 4 日前夕,陈独秀在其主编的《新青年》上刊载文章,提倡民主与科学,批判中国文化,并传播马克思主义思想。但另一方面,以胡适为代表的温和派,则反对马克思主义,支持白话文运动,主张以实用主义代替儒家学说,此即为新文化运动滥觞。这一运动也成为五四运动的先导。

一、新文化运动的兴起

　　没有现代报刊和新式教育的出现,就不会有新文化运动,没有新文化运动,也就没有五四文学革命。所以,讨论五四文学革命要从一本杂志和一所大学说起。

　　新文化运动最早的策源地是《青年杂志》(从第 2 卷起改名为《新青年》)。1915 年 9 月该杂志在上海创刊,创办人为陈独秀。《青年杂志》上的第一篇文章就是陈独秀的《敬告青年》,文中明确指出青年应有的六种精神:自主的而非奴隶的;进步的而非保守的;进取的而非退隐的;世界的而非锁国的;实利的而非虚文的;科学的而非想象的。这是他所呼唤的作为未来国民形象的"新青年"。在创刊的前几年,《新青年》集中发表了一批关于青年问题的文章,体现了《新青年》前期对"青年"和"青春"的热切召唤和期盼。因此,《新青年》起初倡导的思想启蒙,具有倡导青春文化的色彩。

　　1916 年 12 月,蔡元培被任命为北京大学校长,不久提出了"思想自由,兼容并包"的办学方针。1917 年 1 月,陈独秀奉民国教育部令担任北京大学文科学长,《新青年》编辑部随之迁至北京。从此,《新青年》和北京大学这"一刊""一校"紧密地联结在一起。《新青年》中的人大都是北京大学文科的教授,他们利用文章和讲台,介绍西方的现代文化,宣传反封建的新思想,引领追求真理、立志报国的有为青年,把新文化运动推向了高潮。

　　新文化运动的一个重要内容是伦理革命。除陈独秀,新文化运动的先驱还有胡适、李大钊、周作人、钱玄同、刘半农、蔡元培、吴虞等人。他们将批判的矛头集中指向封建伦理道德。新文化运动先驱们看到,"别尊卑、重阶级""主张人治"的封建道德不仅成为个体自由发展的桎梏,而且是"制造专制帝王之根本恶因"。他们一致认为,反对封建专制首先必须与中国的传统文化实行彻底的、全方位的决裂,而首要的工作就是"刨祖坟"——打碎中国专制制度和礼教文化的精神支柱"孔孟之道"。于是,他们以人道主义和个性主义为思想武器,发起了围剿"孔家店"的搏战。他们并非是否定孔子和儒家文化本身,而是因为不过正就不能矫枉。他们以全盘反传统的偏激姿态,向中国的旧文化、旧思想宣战,尤其是向封建中国的社会/政治秩序和文化/道德秩序整体宣战。

　　新文化运动在批判中国旧文化的同时,再造中国文化的建设意识逐渐浮出水面,主要文化参照就是西方的资本主义文化,甚至出现了"全盘西化"的倾向。先驱们逐渐明确和集中了中国新文化的建设目标,那就是为中国引进西方的"德先生"和"赛先生"。"德先生"(Democracy的音译"德莫克拉西")就是民主,先驱们要以此对抗封建宗法制度和专制思想。为了提倡民主,他们为中国人介绍西方的人权平等学说,破坏君权,确立四民平等的人权。"赛先生"(Science的音译"赛因斯")就是科学。先驱们为了彻底地破除迷信,否定偶像崇拜,要借重用科学的知识、科学的宇宙观否定无神论思想,从根本上推倒"君权神授"和专制主义的理论基础。很快,"民主"和"科学"不仅成了五四时期的流行语和关键词,而且成了新文化运动的两大中心任务。以"民主"和"科学"理念为核心,西方的进化论(主要是社会达尔文主义)、个性主义、人道主义和无政府主义等学说逐渐为觉醒了的中国知识分子所掌握。他们在这些西方思想武器的指引下,形成了新的世界观、人生观和价值观,以重新估定一切既有价值的气概,否定中国的旧文化,建设中国的新文化。

　　新文化运动开始之后,《新青年》成为主要的阵地。在《新青年》的带动下,具有新思想的知识分子们开始以"重新估定一切价值"的批判的眼光,对社会中的宗教、妇女、教育、劳工、文学,乃至贞操等各方面的问题进行了广泛的讨论,在社会上形成了广泛的文化批评和讨论的空气,让启蒙思想深入到了社会的各个领域,并且得到了更为具体的阐释,在一定程度上实现了思想自由的原则。

　　新文化运动的口号是"反对旧道德提倡新道德,反对旧文学提倡新文学"。也就是说,新文化运动的核心内容一是伦理革命,二是文学革命。

　　1917年1月,《新青年》发表的胡适的文章《文学改良刍议》成为"文学革命"正式开启的标志。在《文学改良刍议》这篇文章中,胡适提出了文学改良的"八事",即须言之有物,不模仿古人,须讲求文法,不作无病之呻吟,务去滥调套语,不用典,不讲对仗,不避俗字俗语,并一一予以阐述。胡适所提出的这些内容涉及文学内容与形式的关系、文学的时代性与社会性以及语言变革等重要问题,初步阐明了新文学的要求与推行白话语体文的立场。胡适指出:"以今世历史进化的眼光观之,则白话文学之为中国文学之正宗,又为将来文学必用之利器。"于是白话文学创作再次回到了人们的视野中。

　　《文学改良刍议》发表后的第二个月,陈独秀在《新青年》上发表了《文学革命论》。在这篇文章中,陈独秀提出了文学创作的目标,即推倒雕琢的阿谀的贵族文学,建设平易的抒情的国民文学;推倒陈腐的铺张的古典文学,建设新鲜的立诚的写实文学;推倒迂晦的艰涩的山林文学,建设明了的通俗的社会文学。陈独秀的这些主张表明了他对封建旧文学的批判态度,同时也从启蒙的角度对旧文学与"阿谀夸张、虚伪迂阔之国民性"之间的因果关系进行了抨击。陈独秀的观点受到了钱玄同、刘半农等人的积极响应。钱玄同在致《新青年》的信中,表达了自己对白话创作的支持,他从语言文字进化的角度对白话文取替文言文势在必行进行了阐述,并指斥拟古的骈文和散文为"选学妖孽,桐城谬种"。刘半农发表了《我之文学改良观》,提出改革韵文、散文,使用标点符号等许多建设性意见。由于他们二人的这两篇文章并没有引起中国文坛的注意,收效甚微,于是,他们二人采用双簧信的形式对白话文学创作的相关问题进行了争论。先由钱玄同化名王敬轩给《新青年》写信,用旧文人的口吻,将他们反对新文学与白话文的各种观点、言论加以汇集,然后由刘半农写复信,逐一辩驳。在这一来一往中,二人的观点得到了充分的展现,最终在中国文坛上引起了轩然大波,不仅引来了林纾等不支持白话创作的人的发难,同时也引起了青年学子和进步人士的关注,获得了青年学子和进步人士对白话文学创作的支持。

紧接着,胡适又发起了如何建设新文学的讨论。1918年4月,胡适发表了《建设的文学革命论》,提出"国语的文学,文学的国语"作为文学革命新的宗旨,强调新文学的建设与新型"国语"的建设应紧密地结合在一起,更加明确了语言形式变革应为五四文学革命最主要的突破口。钱玄同尤为偏激,他主张以拼音文字取代汉字。但多数人赞同以白话为基础,走"言文合一"的道路。

将文学革命从"白话的文学"推向"人的文学"高度的是周作人。1918年,周作人发表了著名的《人的文学》,为正在建设中的新文学观念确立了一个影响巨大、意义深远的命题。周作人把历来的文学分为"人的文学"和"非人的文学"两类。二者划分的标准在于是否具有人道主义的态度。周作人提出"人的文学"是"个人主义的人间本位主义"的文学,明确了新文学的发展路径。诚如陈独秀所言,五四新文化运动是一场"人的运动","人"的问题是五四新文化运动的中心问题。可见,在五四时期的人学思想中,具体到以个体为本位的生命、生存、婚姻、爱情等人生诸问题中,发现自我、创造自我、个性意识的自由张扬成为其中心,而这些却都是建立于生命意识的觉醒之上的。这种生命意识与个性意识的觉醒及其所带来的新的审美意识,既是"人的文学"理念产生的深厚文化思想基础,又是其内涵的丰富意蕴,并成为文体现代性转换的内在驱动力。两者之间相互映照,人的意识觉醒促进了文体的解放,文体的解放又带来了人的新的审美意识的产生和情感的解放。

《新青年》一创刊就致力于外国文学的译介工作。新文化运动高潮时期,陈独秀、李大钊创办了《每周评论》杂志,北京大学学生傅斯年、罗家伦等人创办了《新潮》杂志。这些期刊在介绍各种西方思潮的同时,大量地翻译域外文化、外来文艺学说和文学作品。大量的外国文学译介活动,也成为文学革命的一个重要组成部分。文学革命的发起人和主要参加者都曾投身于文学翻译活动,一时间形成了一个翻译文学的热潮,同时也形成了外国文化艺术思潮百川汇聚的局面。

1919年五四爱国学生运动爆发以后,新文化运动进入新的发展阶段。随着马克思主义的传播、阶级斗争的激化和社会矛盾的复杂化,《新青年》编委之间在刊物的指导方针上出现了尖锐的分歧。由此,新文学阵营也开始分化。以胡适为代表的自由知识分子转向"整理国故"等纯学术领域,陈独秀、李大钊等早期共产主义者投身于建立中国共产党的政治事业,鲁迅、周作人等则带领一批文学新人继续在新文学战线进行不懈的努力。

然而,文学革命的事业没有因此而削弱。从1921年开始,大批文学新人结成的纯文学团体及其创办的纯文学刊物蜂拥而起,如璀璨的群星遍布神州大地。五四文学精神在他们身上发扬光大,先驱们的新文学事业在他们的推动下迈进了一个新的历史时期。

二、新文化运动中的论争

起初,与文学革命倡导者对旧派文学热火朝天的攻击相反,旧派文学的支持者对这场文学革命几乎置之不理。先驱们为了打破这种寂寞,在《新青年》上人为地制造了一次"文学革命的反响"。钱玄同化名为"王敬轩",将社会上各种咒骂新文学的言论加以汇集,模仿旧文人的口吻做成一篇攻击文学革命的古文,向《新青年》杂志投稿。而《新青年》的另一编辑刘半农则写了《复王敬轩书》,对其逐一加以批驳,嬉笑怒骂,笔锋犀利。1918 年 3 月,两篇文章同时在《新青年》四卷三号上发表。这就是后人经常提到的"双簧信"事件。"双簧信"的发表果真吸引了社会对文学革命的关注,终于使反对者放下了不屑与辩的"架子",跳上了"决斗场"。在新文化运动中,曾围绕新文学发生过很多的论争,其中影响最大的是新文化倡导者与林纾等人、学衡派、甲寅派的论争。

(一)与林纾等人的论争

胡适的《文学改良刍议》发表没有几天,林纾就发表质疑文章《论古文之不宜废》。他从捍卫古文的正宗地位出发,反对白话文学的主张。"双簧信"事件之后,林纾对文学革命发难者的质疑变成了人身攻击。1919 年初,林纾在上海《新申报》上连续发表了《妖梦》和《荆生》两篇文言小说。在《荆生》中,作者以田其美、金心异、狄莫影射陈独秀、钱玄同、胡适三人,安排"伟丈夫"荆生怒斥其为"伤天害理""背天反常",尽说"禽兽之言"的"人间怪物",意在让象征强权势力的"伟丈夫"出来铲除陈、胡、钱等提倡文学革命的"妖魔"。《妖梦》则直接攻击蔡元培主持下的北京大学。而后林纾又发表了《论古文白话之消长》和《致蔡鹤卿书》等文。前文极力挖苦"废古文用白话音,亦正不知所谓古文也";后文攻击说:"若尽废古书,行用土语为文学,则都下引车卖浆之徒,所操之语,……凡京津之稗贩,均可用为教授矣。"怒责新文化运动"覆孔孟,铲伦常"的"恶行"。

1919 年 3 月《国故》月刊创刊。创办者刘师培、黄侃等人以推崇魏晋以前的古文抵抗白话文学势力,主张保存"国粹"以抵抗新文化运动的反传统主义,与林纾一同向新文化先驱发起进攻。

对此,新文化阵营给予保守派强有力的回击。《新青年》全文转载了林纾的《荆生》,并逐字加以批驳。蔡元培立即发表《答林君琴南函》的公开信,驳斥了林纾对文学革命倡导者们的无端指责。针对林纾的影射小说,李大钊在《新旧思潮之激战》一文中"正告那些顽旧鬼祟,抱着腐败思想的人","有真正觉醒的青年,断不怕你们那伟丈夫的摧残;你们的伟丈夫,也断不能摧残这些青年的精神"。鲁迅在杂文《热风·现在的屠杀者》中一针见血地指出:"明明是现代人,吸着现在的空气,却偏要勒派朽腐的名教,僵死的语言,侮蔑尽现在,这都是'现在的屠杀者'。杀了'现在',也便杀了'将来'。"陈独秀在为《新青年》写的《本志罪案之答辩书》中表现出了与守旧派势不两立的态度:"要拥护德先生,又要拥护赛先生,便不得不反对国粹和旧文学。"

林纾和"国故派"与新文化阵营的这场较量,由于其理论武器实在陈旧,加上五四爱国学生运动的兴起,新文化思想日益深入人心,单纯呼喊"保存'国粹'"已经没有多少市场。林纾只能无可奈何地悲叹:"吾辈已老,不能为正其非,悠悠百年,自有能辩之者。"

(二)与学衡派的论争

学衡派是因《学衡》杂志而得名的文化流派。《学衡》杂志创办于 1922 年 1 月,由梅光迪、吴宓、胡先骕、刘伯明、柳诒徵等人在南京东南大学发起,其宗旨是"讲究学术,阐求真理,昌明国粹,融化新知,以中正之眼光,行批评之职。无偏无党,不激不随"。正像北京大学和《新青年》杂志是新文化主流派的大本营一样,南京的东南大学和《学衡》杂志成了新文化保守主义者的根据地。需要指出的是,学衡派的雏形在《学衡》杂志创刊前许多年就已经出现了。早在胡适和梅光迪同在美国留学期间,二人就有过激烈的争辩。胡适认为,中国古文已是半死或全死的文字,梅光迪则反对这种提法。1919 年又出现过胡先辅与罗家伦关于白话文是否应该取代文言文(主要是"言文能否合一")的批评和反驳。1922 年 1 月《学衡》创刊之后,学衡派与新文化倡导者又发生了激烈的论争。

学衡派首先是一个"新国学派"。《学衡》的主要作者后来多数成为 20 世纪中国新国学的大家。此前旧国学强调对中国学术和文明的传承,新国学既强调继承传统国学,又重视吸收西方学术和文明内涵,是从属于世界的现代中国学术。《学衡》的作者大都超越了传统儒生对王权政治的依赖,主张吸取中西文明的精华,思考当时中国的现实问题。相对于文化激进主义而言,他们属于文化保守主义,但绝不是抱残守缺的文化复古主义。

学衡派又是中国现代的"新人文主义派"。他们向国人介绍西方学术、西方文艺、西方思想,尤其钟情于美国著名学者、思想家、教育家欧文·白璧德的学说。以白璧德为代表的新人文主义的出现,很大程度上是对资本主义工业化和商品经济过度发展的一种反动。也就是说,新人文主义对抗的是"物文主义"。与此前西方人文主义思想家不同,白璧德思想的超越,来自其对东方文化的汲取和跨文化视野。在白璧德看来,过于强调"物的原则"必然会伤害"人的原则",新人文主义就是要重新回到人的本源立场上来。他不再高喊"人是万物之灵长"之类抽象的空洞口号,不满于泛情的人道主义和科学人道主义,希望节制情感,恢复人文理性秩序。白璧德的学说成为学衡派许多重要成员的有力思想武器,以对抗文学革命阵营的进化论、实验主义等思想。

学衡派追求"昌明国粹"与"融化新知"的结合。胡先辅转引白璧德的观点"凡真正人文主义方法之要素,必为执中于两极端"。"执中"与儒家思想的"中庸"理念相吻合。这是他们的办刊宗旨,也是他们的思维方法。用西方话语阐释中国思想的精华,在古今中外的普遍联系中宣扬普世性的价值,这是学衡派的最高追求目标,但没有真正实现。他们能做的只是以价值理性对抗工具理性,以"执中"反击"极端"。

新文化倡导者与学衡派论证的焦点主要有两个,一是白话是否优于文言,二是平民主义是否值得提倡。在白话方面,学衡派认为,文言是成熟的交流工具,强调"文字之休制不可变,亦不能强变也",同时认为白话"以叙说高深之理想,最难剀切简明",因此,文言优于白话,在进行文学创作的时候,不应该言文合一。该派还通过对白话诗歌创作的分析对白话文学创作进行了抨击。在平民主义方面看,学衡派认为文化只属于社会精英,旧文化不存在不平等的现象,并认为主张文化上的平民主义,将会使优秀者不能获得充分的教育,一个国家会因此停步不前。对此,鲁迅发表了《估学衡》,抓住一些实例对此派"学贯中西"姿态下的窘迫进行了揭露,同时,很多新文化和新文学运动的拥护者先后写文迎击,对学衡派的保守立场进行了批判。

这场论战以新文化先驱们的胜利而宣告结束。尽管新文化先驱们确有一些过失需要补救,尽管学衡派对主流派的反拨确有历史的合理性,但这种反拨在新思潮立足未稳的情势下有可能导致复古主义的回潮。学衡派的暂时失败,从主观方面来说是他们的人文主义理想缺乏具体而有效的操作手段和切入途径,从客观方面来看新文化的泛功利主义已形成不可逆转的时代潮流,使得学衡派反拨新文化激进主义的要求暂时没有实现的可能。

作为文化保守主义者,学衡派与林纾等人的不同之处在于:学衡派是在第一次世界大战之后西方文化暴露出难以克服的矛盾和危机的背景下,重新审视中国传统文化对于人类文明有益的精神价值,并对新文化运动激烈地反传统予以反拨。林纾等人的理论武器还是中国古代的"圣经""贤传",而学衡派的代表人物大都信奉美国思想家白璧德的新人文主义理论。林纾等人只是想"拼我残年极力卫道",而学衡派的"昌明国粹"是与"融化新知"联系在一起的,只是他们特别反感新文化先驱们对中国传统文化所采取的全盘否定态度,为此他们不惜矫枉过正,以至于给人们留下了"卫道"的印象。其实,学衡派与新文化先驱们的分歧,主要不是"革新"与"守旧"的简单对立,而是文化激进主义与文化保守主义在文化观念和方法论上的差异。

(三)与甲寅派的论争

文学革命的新思想是在保守派不断的挞伐声中得到检验,得以扩大影响,并逐步深入人心的。学衡派之后,又有了以章士钊为代表的甲寅派的挑战。

甲寅派因《甲寅》杂志而得名。甲寅派首领章士钊早年参加过推翻清王朝封建统治的革命活动,"二次革命"失败后流亡日本。章士钊一生创办过三次《甲寅》,即《甲寅》月刊、《甲寅》日刊和《甲寅》周刊。三份刊物的区别不仅仅是出版周期的不同,其前后思想主张和编撰人员也大不一样。《甲寅》月刊(1914—1915)开新文化风气之先,与《新青年》有很深的渊源关系;《甲寅》日刊(1917 上半年)与《新青年》并肩作战,堪称姊妹刊。1925 年,章士钊出任段祺瑞执政府的教育总长后,将《甲寅》复刊为周刊。杂志封面设计为"木铎下伏虎",寓意刊物要警世醒俗,挽狂澜于既倒,成为《新青年》的对立面。所以,《甲寅》并非是一个连贯的、统一的刊物,甲寅派也只是个笼统的说法,它的所指并不明确。

周刊时期的《甲寅》才是文学革命阵营所否定的甲寅派。这时期,《甲寅》周刊五分之二的篇幅登政府公报,五分之二的篇幅载章士钊的文字,其余五分之一的篇幅才发表甲寅派其他成员的文章。甲寅派除了章士钊以外,多是些在文化界没有影响的人物。他们重新掀起了对新文化和文学革命的批判,他们的主张是号召青年人尊孔读经,他们攻击的对象还是两个老问题:新文化运动对传统道德的整体破坏和白话文学的提倡。甲寅派最有影响的文章,一篇是章士钊 1923 年已经发表又在复刊后的《甲寅》上重新刊登的《评新文化运动》,另一篇是他的《评新文学运动》。章士钊在《评新文化运动》中说,自新文化运动以来,"精神界大乱,郁郁怅怅之象,充塞天下。躁妄者悍然莫明其非,谨厚者蕾然丧其所守。父无以教子,兄无以诏弟,以言教化,乃全陷于青黄不接辕辙背驰之一大恐慌也"。他在另一篇文章中干脆咒骂道:"新文化者,亡文化也。"甲寅派其他成员的文章基本是章士钊观点的发挥,他们和章士钊一起攻击白话文取代文言文,认为文言是"载道远行"的工具,废弃文言就会大道不行。因而他们提出"厘正文体"的口号,甚至要取消"白话文学"这一概念。

由于章士钊古文水平很高,且拥有"学者"和"知识阶级领袖"的社会影响力,并且能够借助政府的力量强制推行复古主张,造成新文化思潮的逆转,所以新文化阵营各派共同掀起了一场"打'老虎'运动"。胡适、沈雁冰、郁达夫、徐志摩、高一涵、成仿吾等人纷纷撰写文章,对这股复古思潮进行了有理有据的批判。驳斥得最尖锐、讽刺得最辛辣的是鲁迅此时所写的一批杂文,如《十四年的"读经"》《评心雕龙》《再来一次》《答 KS 君》《古书与白话》等。在新文学阵营的联合反击下,甲寅派伴随着段祺瑞政府的倒台而退出了决斗场。

今天来看,周刊时期的甲寅派也只是一个文化保守主义文人群体。他们的保守主张并非一无是处,对于激进主义的新文化全盘反传统也有一定的补充和制衡的意义。

总之,新文化运动中的文学变革,让中国的文学发生了巨大的变化,加快了中国文学的现代化进程,使得小说、诗歌、戏剧等都取得了令人瞩目的成果。例如,中国现代文学史上第一篇用现代体式创作的白话短篇小说——《狂人日记》以"表现的深切和格式的特别"成为中国现代小说的伟大开端,开辟了我国小说创作与发展的一个新的时代。胡适在《谈新诗》等著述中提出的"诗体解放"说,让白话进入到了诗歌创作中,从而出现了具有中国特点的新诗体,他的《尝试集》、郭沫若的《女神》、汪静之的《蕙的风》等诗集的出现,标志着新诗登上了中国现代文学的舞台。话剧等兴起于国外的戏剧形式,也在中国找到了发展的空间,从而改变了中国的戏剧面貌。可以说,五四时期的文学变革深深地影响了中国文学创作的发展方向,让中国的现代文学具有了自己的特点。

第三节　西方文艺思潮的涌入

西方的文艺复兴运动让现代性文学开始在世界范围内兴起,而在现代性文学进行蓬勃发展的时候,中国的传统文学还在占据重要的地位。现代性文学中很重要的一点是对人的肯定,而在中国,由于中国传统文学的观念是与政治上的封建专制主义和伦理观念上的封建群体主义相联系的,因此对人的自然属性和世俗生活的意义并不重视,禁锢、束缚人的个性的自由和发展,存在着对人的尊严和价值的否定。在这样的一个背景之下,发现人的重要性就成为中国五四时期文学革命一个重要内容。而对人的发现正是西方文艺思潮的重要内容之一。在五四前后短短的几年里,西方文艺复兴以来的各种文艺观念和与之相关的理论思潮都先后涌入中国,如现实主义、自然主义、浪漫主义、唯美主义、象征主义、印象主义、表现主义、心理分析派、意象派、未来派,以及进化论、人道主义、实用主义、尼采的超人哲学、叔本华的悲观主义、弗洛伊德主义、托尔斯泰主义、易卜生主义、社会达尔文主义、无政府主义、国家主义、马克思主义等。五四时期的作家们往往同时是多种外来文学思潮和流派的介绍者与信奉者。这些潮水般涌入中国的外来文艺思潮,冲破了中国文学的封闭状态,拓宽了新文学家们的视野,加速了新文学在思想内容和表现形式上的更新,尤其是为草创期的中国新文学提供了不可或缺的借鉴摹本。

1916 年,在美国留学的胡适对当时欧美诗坛的意象主义运动关注颇多,他认为,"意象派"对西方传统诗歌繁绵堆砌风气的反叛,及其形式上追求具体性、运用日常口语等主张,与他自己的主张"多相似之处"。正是在"意象派"的影响之下,胡适才写了《文学改良刍议》一文,并提出了"文章八事"之说。另外,陈独秀在《文学革命论》中所提出的那些主张是在 19 世纪西方资产阶级文学发展的启发下而提出的。周作人的《人的文学》中对人道主义的提倡也是受到了西方和俄国一些人道主义作家的影响的。

由于新文化运动中的重要参与者都提倡要向国外的文学理论学习,因此,有很多刊物参与到了翻译外国文学理论与作品的浪潮中。其中,《新青年》捷足先登。从第一卷开始,《新青年》就先后译刊了屠格涅夫、龚古尔、王尔德、契诃夫、易卜生等各种风格的外国文学作家的作品,这些比较严肃的外国文学作品的翻译发表,改变了当时言情小说、黑幕小说占主要地位的面貌,起到了扭转风气的积极作用。1918 年,《新青年》第 4 卷第 6 号刊出了一期《易卜生专号》,发表《娜拉》《国民公敌》等剧作,这些作品反映的是反传统、反专制、提倡个性自由、妇女解放的主题,与五四精神相吻合,所以在当时引起了很大的影响,很多学校都上演过,在一段时期内,译介易卜生作品和宣扬易卜生主义更是成为五四文学思潮中的一个重要现象。

在《新青年》的带动下,翻译活动迅速开展,其规模和声势超过了近代任何时期,随之而来的是西方文艺思潮在中国文坛的蔓延。几乎所有文学革命的发起者和参加者都做过译介外国文学理论与作品的工作,如鲁迅、胡适、周作人、刘半农、沈雁冰(茅盾)、瞿秋白、郑振铎、耿济之、田汉、潘家洵、黄仲苏等,都是极为活跃的译介者。这一时期还涌现出了一批刊载对外国文学理论与作品的刊物,如《新潮》《少年中国》《文学周报》《小说月报》等,其中《小说月报》还专门开辟《小说新潮》《海外文坛消息》等栏目来对外国小说作品进行介绍。伴随着外国文学理论与作品译介活动的增多,西方文艺复兴以来的各种文艺思潮和相关的哲学思潮都如潮水般涌入了中国,让中国文坛呈现出了各种文艺思潮和相关的哲学思潮百花齐放的局面,如现实主义、浪漫主义、现代主义、自然主义、唯美主义、印象主义、象征主义、人道主义、弗洛伊德主义、托尔斯泰主义、基尔特社会主义、无政府主义、国家主义、马克思主义等,都有人进行宣传,也有人进行相关的写作试验,还有些人将这些文艺思潮和相关的哲学思潮与中国的实际相结合,提出了更为国人所接受的理论主张。换句话来说,西方的文艺思潮涌入中国后,经历了一个"中国化"的变形过程。

在西方文艺思潮涌入中国的过程中,各种文艺思潮在中国的发展情况不一,其中,现实主义特别是俄国现实主义影响最大,成为日后中国新文学主流;浪漫主义也有较大影响,但没有得到充分发展;现代主义虽然被一些作家所接受并进行了文学创作的实践,但是在中国现代文学的发展阶段中,所取得的成果并不显著。

五四文学革命时期,周作人、鲁迅、沈雁冰、郑振铎、瞿秋白、胡愈之、陈望道、耿济之、李达等在介绍西方文艺思想方面都用过力,都发表过很好的意见。而在介绍西方思潮用力最多、最有成绩的是沈雁冰。他宣传最多的是写实主义[①],1919—1922 年间写了多篇文章,全面介绍西方文学思潮。其中有影响的重点文章如《萧伯纳》《托尔斯泰和今日之俄罗斯》《近代戏剧家传》《〈欧美新文学最近之趋势〉书后》《文学上的古典主义浪漫主义和写实主义》《新文学研究者的责任与努力》《波兰近代文学泰斗显克微支》《语体文欧化问题和文学主义问题的讨论——复徐秋冲》《自然主义与中国现代小说》《"曹拉主义"的危险性》(署名郎损)等,主要发表在《学生杂志》《小说月报》《东方杂志》《文学旬刊》上。在这些文章中,他发表了下面几个观点。

第一,西方文学思潮引进的急切性。沈雁冰在审视了西方文学的发展后,在《"小说新潮栏"宣言》中指出:西洋已经"由浪漫主义进而为写实主义,表象主义,新浪漫主义,我国还停留在写实以前",我们于今即使在步后尘,也是"很急切"的事,就是"先从写实派、自然派介绍起"。就国内文学界的情况而言,"写实主义真精神与写实主义真杰作实未尝有其一二",因此则更"有切实介绍之必要"。不但这样,对于中国的旧派小说,特别是"礼拜六"派小说,必先从根本

---

① 欧洲的现实主义在五四时期介绍到国内文坛时,称写实主义,这样的叫法一直延续到 20 世纪 30 年代。

上"铲除这股黑暗势力",能够担当这一重任的只有自然主义文学。把写实主义作为我国新文学必须做的一件"很急切"的事提出来,其理由是极其充分的。无论是写实主义的"真精神"对我国新文学的意义,还是对鸳鸯蝴蝶文艺的"铲除",都是重要的事。

第二,西洋文学的进化是趋向于"为人生"的。沈雁冰在《新文学研究者的责任与努力》一文中说,西洋文学的进化路线是"古典—浪漫—写实—新浪漫",这样的变迁,每进一步"便把文学的定义修改一下,便把文学和人生的关系束紧了一些,并且把文学重新估定了一个价值"。《波兰近代文学泰斗显克微支》一文在向国内文坛介绍波兰的显克微支①时,说他兼有浪漫主义和写实主义的精神,但他确确实实是"很有理想地很有主张地表现人类的生活,喊出人类的吁求"。这是说:文学"为人生"不是谁的主张,也不是靠谁的倡导,是文学历史进化的必然,即每次的进化,就把文学和人生的关系"束紧了一些"。而一些世界性的大作家都是在用文学去表现人生,反映人类的生活。

第三,自然主义与写实主义是同一用语。在西方,写实主义文学思潮出现在19世纪30年代,称现实主义或批判现实主义,五四时期译为写实主义,一直沿用至20世纪30年代。自然主义与现实主义有着不可割裂的渊源关系,这个流派最早出现在19世纪60年代中叶的法国,较写实主义大约晚30年,左拉是其文艺理论的奠基人。这两个思潮用语最先同时被介绍到国内来的时候,张永言就问陈独秀,如何区别,陈独秀没有能回答。后来人们虽然在用着,但由于种种原因,也没有去特别对它们加以界定,而是混同起来,视为一物。沈雁冰就认为:自然主义即写实主义。1922年9月,他用郎损的笔名在《文学旬刊》第50期上发表《"曹拉主义"的危险性》,指出:现在有人把自然主义同左拉的自然主义混为一谈,然而,我们所说的自然主义,也就是写实主义,同左拉那种"专在人间看出兽性"的自然主义"毫不相干"。文章说:

> 左拉所做的自然主义的作品称为"自然派",却把其他各国文学家的自然主义作品称为"写实派"。为便于区别彼此的特殊面目起见,这样的分法自然也有一部分的理由……我们若要把许多作家分起类来,还是依着他们的荦荦大端的共通精神以为标准,而略去小小的不同,似乎较为妥当些。这么看来,法国的福楼拜、左拉等人和德国的霍普特曼,西班牙的柴玛萨斯,意大利的塞拉哇,俄国的契诃夫,英国的华滋华斯,美国的德莱塞等人,究竟还是可以拉在一起的。请他们同住在"自然主义"——或者称它是写实主义也可以,但只能有一,不能同时有二——的大厅里,我想他们未必竟不高兴吧。

这里说了两个问题:一是我们所说的自然主义即写实主义,是对西欧大部分作家的基本倾向的一种归纳;二是左拉的自然主义往往表现出的是"兽性",那是他的个人在特殊的社会环境中形成的偏见,这与我们所说的写实主义毫不相干。

第四,自然主义的"真精神是科学的描写法"。自然主义或是写实主义的科学的描写法,是"经过近代科学的洗礼"的写作态度和方法。沈雁冰对此在《自然主义与中国现代小说》一文中

---

① 如今译作亨利克·显克维支,波兰19世纪批判现实主义作家。代表作有通讯集《旅美书简》,历史小说三部曲《火与剑》《洪流》《伏沃迪约夫斯基先生》;历史小说《十字军骑士》。

有一大段的文字阐发。"科学的描写法"是自然主义和写实主义的共同的主张,具体说来就是:实地观察,照实描写。见什么写什么,不在丑恶的东西上面加套子。这是沈雁冰非常赞同的,这时的他,在学习、译介西方文学的过程中,已经明显地感到科学对于文学的影响,他把这种影响的关系归纳为"科学的描写法"。

西方的文艺思潮被输入后,国内的文学艺术家们结合自己的文艺实践活动,对各种思潮进行了认真的思考,并作出他自己的选择,沈雁冰也有这样的一个选择的过程。

他于 1920 年 9 月在《改造》3 卷 1 号上发表《为新文学研究者进一解》,提出中国今后的新文学运动应该是新浪漫主义,而不是自然主义,因为自然主义"见的都是罪恶,其结果是使人失望,悲闷,正和浪漫文学(按:指 19 世纪消极浪漫主义)的空想虚无使人失望一般,都不能引导健全的人生观"。今天,"浪漫的精神常是革命的解放的创新的……这种精神,无论在思想界在文学界都是得之则有进步的生气","把我的意思总结一句,便是:能帮助新思潮的文学该是新浪漫的文学,能引我们到正确人生观的文学该是新浪漫的文学,不是自然主义的文学,所以今后的新文学运动该是新浪漫主义的文学"。新浪漫主义,我们今天称之为积极的浪漫主义,它是欧洲 18 世纪资产阶级民主运动、民主革命思想、民族解放斗争的历史条件下酝酿产生的一种思潮,在文学上,一般而言,作家们既敢于揭露封建社会的黑暗,敢于批判资本主义的社会现实,又常寄理想于未来。年轻时的沈雁冰接受了积极的浪漫主义精神,称它是革命的解放的创新的,能引导人们走上"健全的人生观"。因此他最初的主张是新浪漫主义的文学。

当沈雁冰于 1921 年 1 月接编《小说月报》后,就积极倡导"为人生"的文学。出现两个方面的变化:他在谈俄国文学时,常被作家们笔下描绘的"被践踏者与被损害者"的纯洁的灵魂所感动。这改变了他对于自然主义写的"都是罪恶","使人失望,悲闷"的片面看法。另一变化是他认为自然主义的写作态度和方法是值得肯定学习的,希望"以自然主义的技术医中国现代创作的毛病"。这种变化,使他对自然主义的看法发生改变,1922 年 4 月,他在回复徐秋冲的信中,宣布放弃新浪漫主义,接受自然主义。

五四文学革命时期,在介绍写实主义文学思潮方面做出过努力的还有文学研究会的胡愈之、郑振铎、瞿秋白、陈望道、耿济之、李达等。

胡愈之于 1920 年 1 月在《东方杂志》17 卷第 1 号发表了《近代文学上的写实主义》,这是我国第一篇系统介绍西方写实主义文艺思潮的论文。文章说,写实主义在西方勃兴的原因,一是哲学上的实证论的兴起;二是社会矛盾的加剧,人们的注意力由理想偏向实在。与浪漫主义比较,写实主义重理智、重现实,求真,以研究人生为目的,态度是客观的,写日常生活。

郑振铎于 1920 年 7 月为《俄罗斯名家短篇小说集》作序说,俄罗斯文学是世界近代文学的真价,它是国民性格、社会情况的写真,是人的文学,是切于人生关系的文学,是人类的个性表现的文学。1921 年 3 月,在《小说月报》12 卷第 3 号"文艺丛谈"栏中发文,谈写实主义文学,指出它的"特质,实在于科学的描写法与谨慎的、有意义的描写对象之裁取"。它虽然"是忠实的写社会或人生的断片的,而其裁取此断片时,至少必融化有作者的最高理想在中间"。

瞿秋白于 1920 年 7 月作《俄罗斯名家短篇小说集》序。

陈望道于 1920 年 10 月,译日本加藤朝鸟作《文学上各种主义》,载《民国日报·觉悟》。

耿济之于 1921 年 8 月,为译著俄罗斯小说《前夜》作序。

李达于 1921 年 6 月,为《民国日报·觉悟》上的文学小辞典栏"写实主义"定义:"注重现实,排斥理想,把观察和分析做基础,直接描写客观的自然和人生,不加作者私意的,称为写实主义。"

总之,西方文艺思潮涌入中国促成了中西文化交汇撞击,促进了思想大解放,大大拓展了新文学倡导者、参与者的视野,使其能够以一种全新的眼光来观照本民族的生活,为其在艺术创造上获得更广阔的天地做出了重要的贡献。

第四节　文学社团的兴起

五四文学革命后,文学社团开始大量涌现,新文学运动已经开始由开创阶段逐步进入了巩固和发展阶段。五四文学革命时期并没有专门的文学社团和专门的文学刊物,《新青年》以及相继兴起的《新潮》《星期评论》《少年中国》等,全都是综合性刊物。新的、专门的文学社团与文学期刊是从 1921 年才开始出现的。它标志着新文学从一般新文化运动中分离了出来,并且形成独立的文学队伍,同时还孕育着不同的流派,这是新文学运动深入发展与繁荣兴旺的一个明显标志。据茅盾统计,仅从 1922 年到 1925 年的四年间,先后成立的文学社团与刊物就"不下一百余"(《中国新文学大系·小说一集导言》),它们几乎遍布了我国的大中城市。这些社团和刊物存在的时间长短不一,有的产生后很快便消失了,有的还维持了很长一段的时间。但总体而言,它们的出现在很大程度上促进了新文学运动的发展。在众多的文学社团当中,文学研究会、创造社、新月社、语丝社等自成流派,颇具影响力。

一、文学研究会

文学研究会于 1920 年 11 月在北京开始酝酿,1921 年 1 月 4 日在北京中央公园(即后来的中山公园)成立,是中国现代文学史上最早成立的社团。最初的发起者有 12 位,他们是沈雁冰(茅盾)、叶绍钧(叶圣陶)、王统照、郑振铎、周作人、郭绍虞、孙伏园、许地山、蒋百里、朱希祖、耿济之、瞿世英。后来发展到有 172 人参加,如后来比较有名的朱自清、冰心、老舍、徐志摩都是这个团体的成员。鲁迅先生虽然没有参加该团体,但是他的思想是接近和支持文学研究会的。文学研究会的许多成员都是现代文学史上的著名作家和诗人,也正是这一点,文学研究会成为现代文学史上最有影响的社团之一。

1921 年 11 月,在新改版的《小说月报》第 12 卷及《新青年》第 8 卷上刊登了《文学研究会宣言》,这个宣言表明了文学研究会的基本态度,宣言说:"将文艺当作高兴时的游戏或失意时的消遣的时候,现在已经过去了。我们相信文学是一种工作,而且是于人生很切要的一种工作。治文学的人也当以这事为他的终身事业,正如务农一样。"从这个宣言主要表达了三个观点:第一,反对把文学当作一种游戏和消遣;第二,强调文学不仅要反映人生,而且要指导人生;第三,把文学当作一种事业,而且是一种有责任心的事业。

由于文学研究会一开始就显示对人生严肃和冷静的态度,提出了为人生的文学价值观念,所以文学史专家又常常把这个团体称为"人生派"。他们之所以高扬为人生的旗帜,就是为了反对以传道为目的的封建旧文学,以及当时在上海以游戏娱乐为宗旨的"鸳鸯蝴蝶派"小说。

他们提出了文学是"人生的镜子",是"人的自然的呼声",要求文学要指导人生,表现人生,对人生要起作用,反对为艺术而艺术的纯艺术。文学研究会成立时,曾与"鸳鸯蝴蝶派"的刊物《礼拜六》《游戏杂志》就文学的功利等问题展开争论。为了批判"鸳鸯蝴蝶派"吟风弄月、游戏人生的小说,沈雁冰写了《自然主义与中国现代小说》《封建的小市民文艺》,郑振铎写了《消闲》《"文娟"》,叶绍钧写了《侮辱人们的人》等文章,这些文章一针见血地批判了"礼拜六"把人生当作笑料的文学观念。文学研究会还积极翻译和介绍外国作家的作品和文艺思潮,在沈雁冰主编的《小说月报》上,刊发过"俄国文学研究""法国文学研究"等专号。这对中国现代文学起到了他山之石的借鉴作用。

由于文学研究会的创作宗旨是"为人生"和改造人生,因此他们的作品都非常关心贫富悬殊的社会现象,在暴露旧社会的黑暗面的同时,还表现五四以后知识分子的苦闷情绪。文学研究会的作品大都是对人生、对社会进行严肃的思考和冷静的剖析,所以有的文学史专家又把它称为"现实主义流派"。

文学研究会成立后,曾组织过"读书会",设中国文学组、英国文学组、俄国文学组、日本文学组(以上按国别分组),小说组、诗歌组、戏剧文学组、批评文学组(以上按文学类别分组)等,并规定凡文学研究会会员均须加入"读书会"。这一措施对提高其成员的文学素养和创作水平及研究水平起到了很积极的作用。1932年,《小说月报》停刊后,文学研究会的活动基本停顿。

二、创造社

创造社成立于 1921 年 6 月,最初的成员有郭沫若、张资平、郁达夫、成仿吾、田汉、穆木天、张凤举、徐祖正、陶晶孙、何畏等。该团体成立于日本东京,先后办有季刊《创造》《创造周报》《创造日》《创造月刊》《洪水》等十余种刊物。创造社的文学主张以 1925 为界曾发生过变化。1925 年以前,创造社提倡"为艺术而艺术",强调文学必须忠实地表现作者自己"内心的要求",讲求文学的"全"与"美",推崇文学创作的"直觉"与"灵感",比较重视文学的美感作用,因此又被称为"艺术派"。1925 年以后,创造社提倡革命文学,思想呈现出"左倾"趋势,受此影响,1929 年时,创造社被当局查封。

创造社的出现是历史的必然。在当时,文学研究会"为人生而艺术"的主张虽然意识到了文学与人生责任之间的紧密关系,但是却忽略了作家的内心世界的自我表达,因此,创造社所提主张重视作者自己"内心的要求"是对文学研究会文学理论主张的一种补充。创造社的成员对西方资本主义社会的缺陷与中国殖民社会的孱弱了然于胸,一股强烈的厌恶现实社会的反抗情绪在他们的内心涌动着,同时,这些成员久居国外,受到了反理性主义的浪漫主义文学思潮的影响,使他们产生了强烈的为中国建设新文学的意识。例如郭沫若的《女神》是他眷恋祖国的强烈情绪的产物;郁达夫的《沉沦》是他在异国他乡受到人格歧视、青春苦闷下的产物。

三、新月社

新月社于 1923 年成立,它最初并不完全是一个文学社团,而是一个资产阶级的文化俱乐部,其成员十分复杂,有大学教授、大学生、作家、诗人、政治家、企业家、金融家、交际花等。经常参加聚会的知名人士有胡适、林长民、徐志摩、梁实秋、林徽因、陆小曼等人。

新月派作为一个诗歌流派是从 1926 年 4 月开始的。1925 年徐志摩接任《晨报·副刊》，1926 年 4 月创办了《晨报·涛镌》，新月社便以此为阵地展开活动，经常在《诗镌》上发表诗歌的有徐志摩、闻一多、朱大楠、孙大雨、朱湘等人。1926 年 10 月 10 日，《晨报·诗镌》停刊，北京的新月社自行解散。1927 年春天，新月社的许多知名人士聚集上海，胡适、徐志摩、闻一多、邵洵美等人创办了新月书店，新月的大本营南迁上海。1928 年 3 月 10 日，在新月书店的基础上又创办了《新月》月刊，这个刊物发表了新月派诗人的大量诗歌及其他各类综合性文章。此外，徐志摩、邵洵美还创办了专门发表诗歌的季刊《诗刊》，新月派真正形成了一个强有力的文学流派。新月派提出"新诗格律化"的主张，提倡新格律诗，主张理性节制情感。闻一多于 1926 年 5 月发表了《诗的格律》一文，构建了新月诗派经典的格律理论。他认为诗歌应注重格律，"越是戴着脚镣跳舞才跳得痛快"，提出了著名的诗歌"三美"主张：音乐的美（音节）、绘画的美（辞藻）、建筑的美（节的匀称和句的整齐），而"建筑美的可能性是新诗的特点之一"，建筑美是以"音尺"为基础来构筑"节的匀称""句的整齐"，诗的格律化是实现诗歌"三美"的有效途径。闻一多的《死水》、徐志摩的《梅雪争春》、朱湘的《采莲曲》等是新格律诗的代表作。继早期自由体诗歌后。新诗格律化运动成为诗歌发展史上的重大里程碑。后期新月社转而追求现代主义，不再拘泥于格律的要求，并在内容上开始与时代社会相融合，呈现出明显的象征意味，增加了诗歌的隐晦程度。

四、语丝社

语丝社并不是严密的文学组织，因 1924 年 11 月在北京出刊的《语丝》周刊而得名。孙伏园是《语丝》杂志的中心联络人，钱玄同、周作人、林语堂、鲁迅、顾颉刚都长期为《语丝》杂志撰稿。《语丝》也是鲁迅发表文章最多的刊物，堪称语丝社的灵魂人物。承接《新青年》的思想启蒙传统，《语丝》主要从事"社会批评"和"文明批评"，内容广泛，以简短的感想和批评为主，兼有介绍和研究文艺、思想和美术等其他形式的文章。《语丝》杂志以散文创作为主，开始自觉地梳理散文文体。《语丝》创造出别具风格的"语丝文体"，"任意而谈，无所顾忌"，促新排旧，强调讽刺和幽默，形成"嬉笑怒骂，婉而多讽"的总体特点。《语丝》开创了以鲁迅为代表的犀利泼辣和以周作人、林语堂为代表的平和闲适两种不同走向的现代散文艺术，对现代散文的发展起了重要的推进作用。1927 年语丝社迁往上海，鲁迅接任编务；1930 年 3 月，《语丝》停刊。

除了上述几个文学团体，还有莽原社、浅草社、弥洒社、湖畔诗社等。

莽原社是鲁迅于 1925 年 4 月 17 日在北京组织的。成员除鲁迅外，还有向培良、高长虹、章依萍、荆有麟。鲁迅还创办了《莽原》周刊，担任主编。开始作为《京报》的副刊发行，出了 32 期后，因《京报》停止副刊以外的小幅而中断。1926 年 1 月 10 日复刊，改为半月刊，卷期另起，由鲁迅组织的未名社出版，独立发行。同年 8 月鲁迅离京赴厦门任教，由韦素园接编，出至 1927 年 12 月 25 日第 48 期终刊，前后共出 80 期。《莽原》刊名近于"旷野"，由一个 8 岁的孩子书写。为该刊撰稿的有周建人、许广平、许寿裳、李霁野、冯文炳、冯沅君、台静农等。1925 年 4 月 21 日，鲁迅撰写的《〈莽原〉出版广告》首先在《京报》上发表，4 月 24 日正式创刊出版。关于《莽原》创办的目的，鲁迅在《〈华盖集〉题记》中说："我早就很希望中国的青年站出来，对于中国的社会,文明,都毫无忌惮地加以批评,因此曾编印《莽原周刊》,作为发言之地。"关于《莽原》的内容,鲁迅把它规定为"思想及文艺之类",尤其注意那些"发议论"善批评的杂文。关于《莽原》的编辑风格,鲁迅提出要"率性而言,凭心立论,忠于现世,望彼将来"。当《莽原》改为半月刊时,鲁迅又发表了《〈莽原〉半月刊出版预告》,再次说明要坚持刊物"想什么就说什么,能什么就做什么"的编辑风格,主张对于旧社会"毫无忌惮地加以批评"。《莽原》的创刊宗旨、刊物内容及编辑风格,在鲁迅自己的杂文中得到了最鲜明的体现。鲁迅在《莽原》上共发表了五十多篇作品,最著名的杂文《论"费厄泼赖"应该缓行》即发表在《莽原》上。此外还有《春末闲谈》《灯下漫笔》《答 KS 君》等重要杂文,历史小说《奔月》《铸剑》以及后来收入《朝花夕拾》中的十篇散文也都发表于《莽原》。

浅草社大约不晚于 1922 年 2 月成立,活动的中心是在上海和北京两地。社团成员主要是四川籍作者和北大的学生。由此起步而成就文学名声的如四川的林如稷、陈炜谟、陈翔鹤、邓均吾、李开先,北大的冯至、冯文炳、游国恩、陆侃如,还有赵景深、陈学昭等多人。他们中的陈炜谟是这个社的创办人之一。浅草社成立后,办过《浅草》季刊、《文艺旬刊》《文艺周刊》。《浅草》季刊于 1923 年 3 月在上海创刊,林如稷编辑,浅草社自费出版,计出 4 期。它的《卷首小语》,颂扬有人在这荒漠的沙土上"撒播了几粒种子,又长得这般鲜茂","我愿做农人,虽是力量太小了,愿你不遭到半点儿蹂躏"。这是用诗做的"宣言"。《浅草》注重文艺创作,在仅出的 4 期中,计发表小说 35 篇,诗歌 140 余首,戏剧近 10 个,散文杂录数十条,无文艺评论。其中的有些作品,也敢面对现实,揭露黑暗。该刊的作者,第 4 期上列有一个名单:王怡庵、孔襄礼、季志仁、林如稷、夏亢农、陆侃如、高士华、陈翔鹤、陈炜谟、陈学昭、陈承荫、游国恩、张皓、冯至、邓均吾、韩君格、罗石君等 17 人。《文艺旬刊》附于《民国日报》发行,1923 年 7 月 5 日创刊,出 20 期停刊,时间是 1924 年 1 月 25 日。2 月 19 日,《文艺旬刊》改出《文艺周刊》,仍为《民国日报》乙种附刊,改为独立发行。这就是第三个刊物。

弥洒社的创办者是三个刚从大学毕业的年轻人:胡山源、钱江春、赵祖康。钱江春在一封关于"弥洒社"起源的信中这样说:我们三人在一次闲聊文艺的时候,从"为人生的艺术"和"为艺术的艺术"的分歧中谈到"最近创造社和文学研究会的相打上去了",由此而产生组织一个文学社团的想法。又经过几次商讨,先办一个刊物,这个刊物定名为《弥洒》,1923 年 3 月在上海创刊。"弥洒"是拉丁语 Musai,英文写作 Mushs,音译为"弥洒",即希腊神话中的文艺女神。创刊号上有胡山源作的"宣言"《弥洒临凡曲》:"我们乃是艺文之神/我们不知自己何自而生/也不知为何而生/……/我们一切作为只知顺着我们的 Inspiration",这是说,他们在文艺的活动中,只听凭、只顺着"灵感"而为或不为。因此在第 2 期出版的时候,在第一页上便这样标示着:我们"无目的,无艺术观,不讨论,不批评,而只发表顺灵感所创造的文艺作品的月刊"。这就是他们的"宣言"。

湖畔诗社具有鲜明的特色,1922 年 3 月成立于杭州,应修人、潘漠华、冯雪峰、汪静之四位年轻人曾出版诗集《湖畔》,以专心致志写情诗而著名。《湖畔》于 1922 年 4 月出版,应潘冯汪四人集。《春的歌集》是湖畔诗社的第二个诗集,这是应、潘、冯的三人集,没有汪静之的。1923 年 12 月由诗社出版,冯至见到这些诗很高兴,为之作《读〈春的歌集〉》,给予了热情的赞扬。湖畔诗社的影响逐渐扩大。1925 年 2 月,应修人主编出版了小型文学月刊《支那二月》,仅出两期。朱自清在《中国新文学大系·诗集导言》中说:"真正专心致志做情诗的,是'湖畔'的四个年轻人。他们那时差不多可以说生活在诗里。潘漠华氏最凄苦,不胜掩抑之致;冯雪峰氏明快多了,笑中可也有泪;汪静之氏一味天真的稚气;应修人氏却嫌味儿淡些。"对他们诗作的特色各作了点评,赞赏有加。1935 年 5 月"五卅"运动发生后,该社的活动便告结束。

　　文学社团的纷纷建立,标示着新文学运动已从初期少数先驱者侧重破坏旧文学,而转向为大批文学生力军致力建设新文学。五四文学社团卓有成就的翻译与创作,在内容和技巧上对整个现代文学发展产生了巨大的影响;它们鲜明的流派特点也开了现实主义、浪漫主义、现代主义等不同文学流派的先河;五四后期新文学阵营的分化,也显现出 20 世纪三四十年代持不同态度的作家群体的轮廓。

第二章 五四文学革命时期的文学创作研究

五四文学革命是中国现代文学的伟大开端,它以激烈突变的方式,促使中国文学告别古典形态,开始了现代转型,开创了中国现代文学的基本类型,这一时期,新旧思潮激烈交锋,东西方思想文化融会撞击,文学呈现出新的样貌,在小说、诗歌、散文和戏剧领域都取得了突出的成就,从而让这一时期的文学成为中国现代文学中的一个重要发展阶段。

第一节 小说现代化的开创者——鲁迅

在中国的文学史上,鲁迅是一位有着重要影响的作家,堪称现代中国的民族魂。他极富创作力与想象力的文学创作,为中国现代文学的发展奠定了深厚的基础。在小说创作方面,鲁迅也做出了杰出的贡献,可以说,中国现代小说是在鲁迅的手中开始的,也是在鲁迅手中成熟的。他的很多小说作品时至今日都还有着重要的影响。本节即对小说现代化的开创者——鲁迅及其代表性小说作品进行简要阐述。

一、鲁迅的生平

鲁迅(1881—1936),出生于浙江绍兴,原名周樟寿,字豫才,后改学名为周树人,"鲁迅"是他发表《狂人日记》时开始用的笔名。1902年,鲁迅以优异的成绩毕业于矿物铁路学堂,在"要救国只有维新,要维新只有到外国"的流行思想影响下,鲁迅和另外四个同学一起留学日本。到日本后,鲁迅先在东京弘文学院学习,这期间,鲁迅不但刻苦学习,而且还参加了一些革命团体组织的活动。除此之外,鲁迅还开始了大量的著译工作,初次展示了他的文学创作能力。1904年,鲁迅毕业于弘文学院,来到仙台医学专科学校学医。不久,因为受"幻灯片事件"的刺激,他弃医从文,希望能用文艺来改变国民精神。此后,鲁迅先后发表了一系列论文,如《人之历史》《科学史教篇》《摩罗诗力说》《文化偏至论》等,初步体现了其"立人"的理想。1908年,鲁迅回到中国,先后在杭州、绍兴任教。在这期间,他经历了1911年爆发的辛亥革命,并在故乡积极参加宣传活动。同年冬天,他以辛亥革命为背景创作了自己的第一篇小说《怀旧》,小说用文言文写成,但其思想内容与结构形式已具备了现代小说的特点。1912年1月,鲁迅赴南京临时政府教育部任职,5月便随部迁至北京。从1912年至1917年,鲁迅在工作之余不断抄写古书,辑录金石碑帖,研究分析中国社会、历史。这为他以后的文学创作和学术研究提供了丰富的文化积累。1918年5月,鲁迅发表了中国现代文学史上第一篇白话小说《狂人日记》,奠定了新文学运动的基石,成为五四新文化运动的主将。此后,他又相继出版了小说集《呐喊》

《彷徨》，杂文集《坟》《热风》《华盖集》，散文集《朝花夕拾》等专集。同时，在新文化运动统一战线开始分化之后，鲁迅通过大量杂文与北洋军阀政府相对垒，批驳现代评论派，支持正义的斗争。1926年8月，为了暂避北洋军阀政府的迫害，鲁迅赴厦门大学任教。1927年1月，在北伐战争节节胜利的鼓舞下，鲁迅受中山大学的邀请，担任中山大学文科主任兼教务主任。不久后，又因蒋介石叛变革命，逮捕进步学生共产党人，营救未果后愤而辞去中山大学的一切职务。此后，鲁迅积极参加了一系列文化活动，为中国文化事业的发展做出了突出贡献。1936年，鲁迅在上海寓所逝世。

二、鲁迅的小说创作

在文学革命时期，鲁迅先后出版了他的小说集《呐喊》《彷徨》。这两部小说集不仅是鲁迅一生文学创作的重要组成部分，也是中国现代小说的奠基之作和经典之作。鲁迅是带着明确的民主主义思想启蒙目的而从事文学活动的，《呐喊》《彷徨》是他长期思考中国反封建思想革命问题的艺术结晶。在这两部小说集里，鲁迅深刻地批判了封建制度及封建礼教的吃人本质，揭露了封建卫道者的虚伪；反映了处于经济压迫和精神奴役双重压力下的农村生活面貌，描写了在激烈的社会矛盾中挣扎着的知识分子的命运；对妇女问题、农民问题、知识分子问题以及民主革命的出路问题和反封建、反传统等问题进行了广泛而深刻的概括和反思，热情地呼唤有别于旧民主革命的新的革命的到来。

《呐喊》于1923年8月由北京新潮社出版，共收入了鲁迅在1918—1922年间所写的15篇小说，包括《狂人日记》《孔乙己》《药》《明天》《一件小事》《头发的故事》《风波》《故乡》《阿Q正传》《端午节》《白光》《兔与猫》《鸭的喜剧》《社戏》《不周山》（1930年1月第13次印刷时，由作者抽去《不周山》，将其改名为《补天》，收入到了《故事新编》中）。鲁迅在《呐喊·自序》里这样说："在我自己，本以为现在是已经并非一个切迫而不能已于言的人了，但或者也还未能忘怀于当日自己的寂寞的悲哀罢，所以有时候仍不免呐喊几声，聊以慰藉那在寂寞里奔驰的猛士，使他不惮于前驱"，这段话道出了鲁迅写作这些小说的主要目的。下面主要对《狂人日记》《孔乙己》《阿Q正传》进行简单分析。

发表于1918年5月的《狂人日记》是中国现代小说的开篇之作，也是鲁迅对封建历史进行揭示批判的总宣言。小说由篇首的文言小"识"和13则不着年月的"狂人"日记组成，描绘的是一个患有被害妄想病症的"狂人"以及他心目中所经历的社会人生。"狂人"的思路是错乱而混杂的，精神状态高度敏感，时时产生被他人谋害的种种联想。他从天上的月光怀疑到赵家狗的眼光，从过路的赵贵翁的脸色怀疑到进门的中医的举止，从古书记载的暴君桀纣的残忍，联想到不久前传闻的革命党人徐锡林被杀、被吃，从狼子村捉住恶人杀了来吃，联想到自己的大哥可能把妹子的肉做了羹饭，等等。他的这种疯狂逻辑，事实上体现了当时现实社会中的某种感受，通过"狂人"的联想，读者会一步步走进中国的历史。小说中写道：

> 凡事总须研究，才会明白。古来时常吃人，我也还记得，可是不甚清楚。我翻开历史一查，这历史没有年代，歪歪斜斜的每页上都写着"仁义道德"几个字。我横竖睡不着，仔细看了半夜，才从字缝里看出字来，满本都写着两个字是"吃人"！

在这里,"仁义道德"与"吃人"是对应的,揭示出了封建社会"吃人"的本质。在"吃人"的群体中,既有封建统治者,如赵贵翁、古久先生、老头子、大哥等人,也有被统治者,如"七八个人""一路上的人""一伙小孩子""娘老子"以及"给知县打枷过的、给绅士掌过嘴的、衙役占了他妻子的",甚至"狼子村的佃户"等,这表明,封建制度和礼教以极其残忍的方式和手段在"吃人",整个中国就是一个"吃人"的大筵席。

《孔乙己》讲述了一个清末下层知识分子孔乙己悲惨的一生。主人公孔乙己是个封建思想、封建伦理道德的盲目维护者,他穷愁潦倒,沦落下层,受害而不觉悟,意识不到封建思想、封建道德的不合理性。他在最潦倒时还摆出读书人的架子,不肯脱下代表他身份的长袍,不肯和"短衣帮"的人平起平坐地喝酒,他无以谋生,写有一手好字,却又不肯凭此吃饭,偷了书卖,反而振振有词地为自己辩白:"窃书,读书人的事,能算偷吗?"终于因此而被人打折了腿,从此消失了他卑微的身影。孔乙己的命运是封建伦理道德下的产物,是受到封建思想毒害的受害者。作者通过对孔乙己这一人物的描写,表达了对被侮辱和被损害的下层知识分子的深切同情。

《阿Q正传》展现了辛亥革命前后一个畸形的中国社会和一群畸形的中国人的面貌。主人公阿Q是一个失去土地的、在耕作和游荡之间维系生计的农民,在他身上体现出来的种种特性是"国民性弱点的"一面镜子。其中,最突出的就是他的"精神胜利法",主要表现为自尊自大、自譬自嘲、自欺欺人、自轻自贱、欺软怕硬、麻木健忘等。具体来说指"他对自己的失败命运、奴隶地位采取辩护、粉饰和盲目自尊的态度;惯于以'健忘'或向更弱小者泄愤来转嫁屈辱,求得自我满足;他明明处在被奴役的地位,却以自轻自贱、自甘落后,或者自欺欺人等方式,在自我幻想中,变现实的失败为精神上虚幻的胜利。"[①]阿Q的"精神胜利法",是一定社会环境和历史条件的产物,也体现着苟活状态下人类的某种普遍的弱点。小说对辛亥革命是通过侧面透露的方法加以描写的。作品反映了辛亥革命激起的波澜和反响。不同阶级的人物,对待这次革命有着截然不同的态度。阔人老爷、地主豪绅本能地对革命感到害怕和不安,而像阿Q这样的被压迫者,却从统治者的惊慌和不安中感到"快意",并由此而"神往"革命。作品揭示了辛亥革命的极不彻底性。革命并未改变封建统治的现状,"知县大老爷还是原官""带兵的也还是先前的老把总",作品总结了辛亥革命脱离群众的历史教训:革命前没有发动群众,革命起来后,又不依靠群众、不发扬群众的革命积极性、不满足群众的革命要求。相反地,革命在中途与反革命势力妥协了,阿Q这样受苦无辜的农民反被当作抢劫犯枪毙了。

总之,阿Q形象是一座丰富的艺术宝藏,其典型意义也是多方面的。首先,阿Q是一个"现代的我们国人的灵魂",其"精神胜利法"概括了极其深广的社会历史内容,它是普遍存在于中华民族各阶层的一种国民性弱点,必须加以根除;其次,阿Q的悲剧命运客观上揭示了辛亥革命的历史经验教训,提出了在中国民主革命中如何启发农民觉悟的重大问题。

《彷徨》共收入了鲁迅1924—1925年间所写的11篇小说,包括《祝福》《在酒楼上》《幸福的家庭》《肥皂》《长明灯》《示众》《高老夫子》《孤独者》《伤逝》《弟兄》《离婚》。在这里,我们主要对《祝福》和《伤逝》进行分析。

《祝福》是《彷徨》中的第一篇,写于1924年2月7日,小说通过祥林嫂一生的悲惨遭遇,反映了辛亥革命结束后中国社会存在的矛盾,深刻地揭露了地主阶级对劳动妇女的摧残与迫害,

---

① 李明军.中国现当代文学[M].西安:陕西师范大学出版总社有限公司,2010:29.

揭示了封建礼教"吃人"的本质,并指出了彻底反对封建的必要性。小说中的主要人物祥林嫂是一个受尽封建礼教压榨的穷苦农家妇女。在丈夫死后,狠心的婆婆想要把她卖掉。为此她逃到了鲁镇,在鲁四老爷家做佣工,但很快她便被婆婆家找到,卖到了贺家。祥林嫂开始时还在反抗,但后来发现贺老六是个纯朴忠厚的农民,也就一心一意地和贺老六过起了日子,并很快又有了儿子阿毛。然而这样幸福的日子并没有持续多久,贺老六因伤寒病复发而死,阿毛被狼吃掉了。当她再次来到鲁家做工时,已经大不如从前。有人说她改嫁"有罪",要她捐门槛"赎罪",不然到了"阴间"还要受苦。祥林嫂信以为真,但当她千辛万苦积钱捐了门槛之后,她依然没有摆脱人们的歧视,最后,只能沿街乞讨,并在鲁镇一年一度的"祝福"的鞭炮声中,惨死在街头。

在这篇小说中,鲁迅再次延续了他对"看客"心理的挖掘。当祥林嫂向人诉说失去儿子的痛苦时,女人们立刻发生了兴趣,有些老女人没有在街头听到她的话,便特意寻来,"要听她这一段悲惨的故事。直到她说到呜咽,她们也就一齐流下那停在眼角上的眼泪,叹息一番,满足的去了,一面还纷纷的评论着"。可见,这些女人并没有对祥林嫂的痛苦产生真正的理解和同情,而是在"看"的行为中,鉴赏她的苦难,满足自己是个"局外人"的心理。等祥林嫂的悲哀被咀嚼成渣滓的时候,她们就投以"厌烦和唾弃"以及"又冷又尖"的笑。

《伤逝》是鲁迅唯一一篇以爱情为题材的小说,作者以五四退潮时期的一对青年男女的爱情故事为主线,透过他们的悲剧故事揭示了青年男女要想寻求"新的生路",只有将个性解放与社会解放相结合。小说的主人公涓生和子君都是五四时期年轻知识分子的代表,他们曾经勇敢追求婚姻自主和个性解放,发出过"我是我自己的,他们谁也没有干涉我的权利"的时代强音,并付诸了果断的行动,但他们的爱情最终归于失败,以悲剧而结局。

小说在叙述上采用了"涓生手记"的形式,以涓生的回忆来叙述他与子君的这场悲哀心碎的恋情,便于直接表达人物的内心活动,便于充分地抒情,使小说写得异常凄切哀婉,情意悠长。此外,小说在叙事过程中也时有涓生浓重的抒情。将涓生与子君热恋中的深情,新婚后的喜悦,失业打击后的惶恐,感情濒于破裂时的痛苦,终于分手后的绝望,以及子君死后,涓生的悔恨和悲哀,都或隐或显、或淡或浓地表现出来,既客观真切地记叙了涓生、子君两人的情感历程及其悲剧结局,使作品表述的故事清晰、完整;同时也大大增强了作品的感情力度,凸显了涓生深深的自责与忏悔,更加重了故事的悲剧性,也加深了作品思想内涵的感染力。议论与抒情的不断穿插,还使故事情节的发展有一种波折起伏的意味,既真切又似有些朦胧,既有强烈的现实性,又带有一种凝重的历史感,既有生活细节的精心描写,又有高度概括的抒情性话语,给人留下很大的回味与思考的空间。

《呐喊》《彷徨》两部小说集具有鲜明的艺术特色,这主要表现在以下几方面。

第一,主体渗入小说的形式多样。在鲁迅的这两部小说集中,主体渗入小说的形式是多种多样的。例如《药》的结尾有一段写景:"微风早经停息了;枯草支支直立,有如铜丝。一丝发抖的声音,在空气中愈颤愈细,细到没有,周围便都是死一般静。"这样的景致,伴随着两位母亲悲痛而又隔膜的凭吊,构成了一幅象征的抒情画面,渗透着作者的悲凉与沉思。又如在《孤独者》中,叙述者"我"与魏连殳关于"孩子的天性""孤独的命运"以及"活着"的意义的讨论,是创作主体自我灵魂两个侧面的论争。而环绕在祖母魏连殳与"我"之间的注定的孤独,更是鲁迅自身的生命体验。

第二,主观抒情性明显。主观抒情性在鲁迅的许多小说中都表现得非常明显,例如在《明天》中,当单四嫂子埋葬了宝儿以后,小说有了这样的描写:"他定一定神,四面一看,更觉得坐立不得,屋子不但太静,而且也太大了,东西也太空了。太大的屋子四面包围着他,太空的东西四面压着他,叫他喘气不得。"接着叙事人又以第一人称评论道:"我早已经说过:他是粗笨女人。他能想出什么呢?他单觉得这屋子太静,太大,太空了罢。"这样,叙事人与人物在内心感受上趋于同一,进而由此凸显出故事的悲剧性。而单四嫂子感受到的太静、太大、太空的感受,也分明渗透着鲁迅自身的孤独与寂寞。

第三,创作方法多样。鲁迅的小说一方面充分继承并发展了中国传统小说的艺术精华,以现实主义为主要创作方法,另一方面又借鉴了外国小说的表现方法和艺术技巧,吸收、融合了浪漫主义、现代主义等创作方法的精华,并具有独特的个人风格的小说。例如《狂人日记》,在该部小说中,鲁迅明显受到了果戈理同名小说的影响,而且有着明显的象征主义和意识流的色彩。《狂人日记》是鲁迅"乃悟中国人尚是食人民族"而创作的,他要表现的是中国几千年的历史都是吃人的历史,整个社会是吃人的筵席。这一巨大的历史性主题需要一个超越现实的象征性形象,一个非常态能激发读者广泛联想的艺术形象,所以,鲁迅在采用现实主义手法的同时又引进了象征主义的表现技巧。通过狂人的心理流动,使狂人成为既是写实又是象征的双重人物,使小说包含着仅仅写实小说不能容纳的丰富内容。

第四,语言精练。鲁迅在作品中往往能够抓住描写对象极具表现力的特征,以唤起丰富联想的语言,简洁、有力地把对象描画出来。例如在《祝福》里祥林嫂的肖像描写令人惊心动魄:"五年前的花白的头发,即今已经全白,全不像四十上下的人;脸上瘦削不堪,黄中带黑,而且消尽了先前悲哀的神色,仿佛是木刻似的:只有那眼珠间或一轮,还可以表示她是一个活物。"《故乡》里有一幅"神奇的图画":"深蓝的天空中挂着一轮金黄的圆月,下面是海边的沙地,都种着一望无际的碧绿的西瓜"——其浓重的色彩仿佛西方的油画。

第五,小说体裁具有无与伦比的创造力。在鲁迅的作品中,他自觉地打通了戏剧、散文、诗、政论、哲理与小说的界限,创造出了诗化小说《伤逝》、散文体小说《兔和猫》《鸭的喜剧》以及戏剧体小说《起死》等。

总体来讲,《呐喊》与《彷徨》是鲁迅独特思想的小说的体现形式,它既刻画了中国四千年沉默的"国民的灵魂",以疗救病态的社会,同时又展现了鲁迅作为一个历史"中间物"的全部精神史。

第二节　社会问题小说、自叙传抒情小说和乡土小说的创作

一、社会问题小说的创作

社会问题小说是五四时期开始出现的文学现象,主要是为探讨某种社会问题而创作的。1919年,冰心在《晨报副刊》上发表了《斯人独憔悴》等文章,正式开创了社会问题小说的风气。1921年文学研究会成立,公开倡导文学"表现并且讨论一些有关人生一般的问题",将社会问

题小说的创作推向了高潮,当时几乎所有的新小说家都写过社会问题小说,如冰心、庐隐、叶圣陶等人,下面我们就对他们的社会问题小说进行分析。

(一)冰心的社会问题小说创作

冰心(1900—1999),原名谢婉莹,出生于福州的一个海军家庭,冰心是她的笔名。1914年,进入北京近代最早引进西方教育的贝满女中读书。1918年秋,升入华北协和女子大学。五四运动爆发后,她转入文学系并积极投身爱国运动。1919年,冰心在《晨报》上首次发表散文《二十一日听审的感想》,并以"冰心"这个笔名发表了自己的第一部小说《两个家庭》,取得了很大的反响。之后,她陆续发表了《斯人独憔悴》《去国》《超人》《繁星》《春水》等作品。1923年,冰心留学美国,1926年回国。1936年,冰心随丈夫到欧美游学一年。抗日战争爆发后,冰心夫妇携三个子女离开北平,辗转来到云南。1940年,冰心一家移居重庆。抗日战争胜利后,冰心随丈夫羁居日本5年。中华人民共和国成立后,冰心夫妇定居北京。1999年,冰心在北京逝世。

冰心是最早写社会问题小说的作家,也是以社会问题小说步入文坛的。她的作品大致分为两类:一类是反映她对封建社会和封建家庭的不满情绪的,这些作品涉及家庭、妇女、青年和封建思想统治等许多问题,如《两个家庭》《斯人独憔悴》等;一类是反映下级官兵生活和军阀的混战的,这些作品大都揭露了残酷的战争给人民带来的苦难,如《鱼儿》《一个不重要的军人》等。

《两个家庭》是作者首次以"冰心"为笔名发表的短篇小说,小说通过"我"的视角,展现了两个家庭的生活图景。这两个家庭一个是"我"三哥的家庭,女主人亚茜是大学毕业生,活泼又和蔼,所以家庭和睦;另一个是陈华民先生的家庭,太太是"官家小姐,一切的家庭管理都不知道,天天只出去应酬宴会,孩子们也没有教育,下人们更是无所不至。"陈华民因此心中烦恼,出入剧场酒楼寻找刺激,最终死于肺病。"我"的母亲后来议论,陈华民家庭的问题全出在陈太太"没有受过教育"。该作品在当时普遍重男轻女的社会背景下,超前地提出了女子受教育的重要问题。

《斯人独憔悴》描写的是一个与五四运动有关的故事。在小说中,南京学堂学生代表颖铭、颖石兄弟俩参加请愿斗争,谁想遭校长告状,被身为军国要人的父亲派人从南京喊回家。颖石先回家,被父亲训斥为"想犯上作乱""手足都吓得冰冷"。颖铭后被喊回,见到父亲之后也是"不敢言语,只垂手站在一旁"。两兄弟和学校同学的联系与交际都被父亲严令禁止,他们只能一边忍受"度那百无聊赖的光阴",最后"索性连外面的事情,不闻不问起来。"学生运动的风潮平息之后,兄弟俩一心期盼能够重回校园,不料被告知父亲已经帮他们"都补了办事员",要他们借工作定一定性子,至于上学的事情以后再说。听到这个消息,颖石忍不住哭倒在床,颖铭也只能吟咏唐诗"出门搔白首,若负平生志。冠盖满京华,斯人独憔悴"。小说反映了旧家庭中父权制以及五四时期父子之间的矛盾与冲突,把父压子、子反父这一鲜明特征的斗争展现了出来。小说结构简略、故事单一,没有从多侧面展示颖铭兄弟的性格,但仍然比较真实地再现了五四时期一部分青年的精神面貌。正是因为小说展现了强大、顽固的封建势力对爱国青年的理想、抱负的压制,使小说一发表就引起了极大的社会反响。

《鱼儿》写的是作者对幼年钓鱼的回忆,主人公"我"在海边钓鱼时碰到一个没有右臂的兵丁,询问之下知道他在海战中受了伤,幼小的"我"不明白事理,于是问他:"既然自己受苦,别人也受苦,那么为什么还要打仗呢?"对于"我"的问题,兵丁只能回答:"听从命令,不能不打。"对于兵丁的回答,"我"非常困惑,一直在海边思考,后来终于得出了"海水并不是清澈透明的,海水里充满了人血"的结论。小说谴责战争的残酷。

《一个不重要的军人》描写了一个兵丁的悲惨命运。小说主人公是一个平时看到别人白吃东西、白坐车就会替别人付钱的老实人,然而这个老实人却一直被当成一个笑话。他的哥哥、舅舅一点都不看重他,而只在乎他的钱和东西。有一天,他为了救被与他同营的兵丁殴打的孩子而受伤,却没有钱去治疗,伤口恶化病情也越来越严重,虽然他平时一直帮助别人,但这个时候却没有一个人来帮助他,最后他只能孤单地死去。

总体来说,冰心的社会问题小说大都是借助于个人情感体验含蓄地指出了现实社会中诸如教育问题、男女平等问题、家庭婚姻问题等诸多的弊端。在这些小说里,冰心歌颂了"人类之爱",并通过对她心中最美的景物、最崇高的境界的描写,表达了她希望"爱"可以解决问题的观点。

(二)庐隐的社会问题小说创作

庐隐(1899—1934),原名黄英,福州人,出生于福建闽侯县的一个官宦家庭。1905 年。庐隐的父亲病逝,母亲带着五个子女投奔娘家,从此开始了庐隐漫长的痛苦读书之旅。1908 年,庐隐进入慕贞学院读小学,然而严厉的校规使她连连害病,长久住院。在她 12 岁的时候,庐隐的大哥帮助其进入北京女子师范附小,并于一学期后考入该校的师范预科班。1919 年,为了进一步深造,庐隐以旁听生的资格考入北京国立女子高等师范学校国文部,一学期后因学习成绩优等,转为正式学生。在这里她遇到郭梦良,并与其真心相爱。然而在婚后的第二年,郭梦良便因病去世。1928 年,庐隐再婚,嫁给小自己 9 岁的清华大学西洋文学系的李唯建。婚后,夫妇相濡以沫,相亲相爱,度过了庐隐一生中最为恬静快乐的时光。1934 年,庐隐因难产去世。

庐隐坎坷的命运养成了她多愁善感又疾恶如仇的性格,她十分在意别人的看法,同时又自行其是,不愿意随波逐流。庐隐小说中的主人公大都是没有出路的,她们前途茫然,社会对她们无比冷酷和无情。可能因为自身也是女性的原因,她的作品始终对女性问题特别的重视,如《丽石的日记》《海滨故人》《沦落》等。

《丽石的日记》是庐隐在《小说月报》上发表的,小说的主体部分是丽石的日记,开头和结尾是作者的简短叙述,说明主人公丽石是死于心病。庐隐借丽石的日记,以理解的态度展示了女同性恋的故事。小说的情节十分简单,主人公丽石是一名学生,也是一位渴望奋斗的女子,然而奋斗的旅程十分艰辛,她找到不到出路,所以陷入烦闷之中。好不容易在同性恋朋友沅青身上找到一点精神安慰之后,沅青却离她而去,嫁给了丽石的表哥,这一致命的打击使她最终在绝望中死去。

《海滨故人》长约 4 万字,主要写北京几个女大学生在海滨避暑中结成友谊,但后来都"不幸接二连三卷入愁海了"。云青满意一个叫蔚然的男青年,但她非常顾虑父母不满意。玲玉有了一个从美国回来的留学生男友,但这人还未把家中的妻子离掉。宗莹爱上了一个叫师旭的胖青年,但父亲希望她嫁给一个"将来至少有科长希望"的小官僚。小说的第一主人公露莎从小就感到"世界的孤寂和冷刻",她在闹学潮中结识梓青,但梓青已有包办的妻室在家乡,她因此而认为人生如同演戏。对于爱情,露莎有着自己的看法:

> 有一次正上哲学课,她拿着一支铅笔记先生口述的话,那时先生正在讲人生观的问题,中间有一句话说:"人生到底作什么?"她听了这话,然后思潮激涌,停了手里的笔,更听不见先生讲什么? 只怔怔的盘算,"人生到底是什么? ……牵来牵去,忽然想到恋爱的问题上去,——青年男女,好像是一朵含苞未放的玫瑰花,美丽的颜色足以安慰自己,诱惑别人,芬芳的气息,足以满足自己,迷恋别人。但是等到花残了,叶枯了,人家弃置,自己憎厌,花木不能等时间空间的支配,人生也是如此,那么到底人生作什么? ……其实又有什么可作? 恋爱不也一样吗? 青春时互相爱恋,爱恋以后怎么样? ……不是和演剧般,到结局无论悲喜,总是空的呵! 并且爱恋的花,常常衬着苦恼的叶子,如何跳出这可怕的圈套,清净一辈子呢……"越想越玄,后来弄得不得主意。

正是这种主观追求和客观现实的矛盾以及新旧交替时期半新半旧的心态,导致了她思想上的苦闷和行动上的徘徊。露莎每天都在图书馆里认真地思考人生的意义,思考的结果却更加矛盾。而更让她痛苦的是她陷入了一场与已有妻室的青年梓青的恋爱之中,并由此遭受人们的非议。虽然露莎本想找一个知己,但世人对她确实十分严苛,他们嘲笑她,使她满怀惆怅,从而在给梓青的信中写道:

> 人心险恶,甚于蛇蝎! 地球虽大,竟无我辈容身之地,欲求自全。只有去此浊世,同归于极乐世界耳!

小说中的几个人物的结局是:云青按父母意见与蔚然分手,牺牲一生的幸福回到家乡,侍奉老母、教导弟妹、研究佛经这种恬淡生活;玲玉幸福地与那留学生结了婚;宗莹经历了与父母的冲突,达到与那胖青年结合的目的,但婚后一个月便生病;露莎则经历了种种谣言的攻击,与梓青过着"虽无形式的结合,而心心相印"的"精神生活"。《海滨故人》真切地反映了寻找出路的知识分子的思想状况,带有很强的五四知识女性生活的文献性质。

《沦落》讲述了女主人公松文的艰难旅程。年少的松文在海边玩耍落水被一名水手救起。几年后在北京求学的松文又遇到这位水手,他已经成为海军部副官。已婚的副官被松文的美貌折服并大肆追求她。松文以身相许报答副官当年的救命之恩。副官得到松文后,产生了长久霸占她的念头,并严禁她与其他青年的联系。松文十分痛苦,就在这时,又有一位少年爱上了松文,每天都来陪伴松文左右,松文被感动了,认为少年情深义重,一定能够原谅自己"一时的错误"。然而少年的父母却将松文已经不再"是含苞未放的花了"这件事情告诉他,并同时要求他履行父母所订立的包办的婚姻,少年见了未婚妻相片,觉得她"比松文更秀丽",就将松文忘记,并对松文产生了鄙视的念头。松文写信给少年表达自己接受他的时候接到了他的结婚请帖,这使她大受打击,觉得只能"哀求万能的慈悲上帝来接引她了"。这部小说有一些关乎女性贞操的问题。主人公松文虽然觉得自己失贞对不住少年,但贞操在她看来并不是非常重要,不然她也不会写信给少年。少年抛弃松文,也不主要是因为松文的失贞,更加是因为他对海军部副官的嫉恨和畏惧。因此,松文的痛苦并非是由于封建贞操观念的作用,而是源自正在兴起的资本主义都会里色情小说的教唆,特别是新式公子的浮薄、淫威这些新现实。

总体来说,庐隐的小说充满了浓重的感伤情调,她的小说常常难以遮掩寂寞的感伤,使人读来如同在风沙扑面的旷野中,听到在荆棘丛中泣血的杜鹃的啼叫。

(三)叶圣陶的社会问题小说创作

叶圣陶(1894—1988),原名叶绍钧,江苏苏州人。1914年,他开始小说创作。1919年,发表在《新潮》上的《这也是一个人?》是他最早引起文坛注目的白话小说。后来他相继创作了《隔膜》《火灾》《线下》《城中》等短篇小说集,显示了他的创作潜能。抗日战争爆发后,叶圣陶曾发起"文艺界抗敌后援会",支援抗日。中华人民共和国成立后,叶圣陶曾先后担任多项职务。1988年,叶圣陶在北京逝世。

叶圣陶擅长描写小城镇里小市民和具有小市民习性的知识分子的灰色卑琐的人生,尤其是他最熟悉的学校生活。叶圣陶是新文学史上最早和最有成就的"教育小说家",他做过近十年的小学教员,因此对旧中国的教育问题比较了解,也正因为深感教育问题的严重和自己的无能为力,促使他通过小说创作来揭示教育界的种种弊端,如《潘先生在难中》《倪焕之》等。

《潘先生在难中》讲述了军阀混战时期,一个小学校长潘先生带着妻子和两个孩子从小镇让里到上海逃难的经历。主人公潘先生集知识分子与小市民的特点于一身,是一个颇具喜剧色彩的典型的灰色人物。他很精明,一听到战事的风声,就带着全家躲避战乱。一路上谨小慎微,到了上海,刚住上酒店,就自满自足地喝起酒来,第二天早上,又担心教育局长斥他临危失职而丢掉饭碗,惶惶然又即刻返回乡镇。他又很苟且,苟且到在任何情况下都能随遇而安,自得其乐,甚至是非不分。小说把潘先生这种人物庸俗、苟且、自私等性格特征描写得非常透彻,从而使这篇小说成为五四时期描写"灰色人生"的代表作。

这部小说在艺术上也颇具特色。首先,小说运用讽刺的笔法,细腻地解剖潘先生的行为与心理状态,在不露声色的客观叙述中,使其卑琐自私、苟且偷生、缺乏正义感和道德意识的灰暗灵魂得以暴露,受到嘲讽。其次,作者善于利用典型的细节进行现实主义的描写。如潘先生在火车上所发明的"一字蛇"阵的细节,他在上海街头同车夫讨价还价的片段,都令人忍俊不禁。

《倪焕之》代表着叶圣陶"教育小说"的最高成就,通过小学教员倪焕之企图革新教育、改造家庭和社会的经历,反映了从辛亥革命到第一次国内革命战争时期,小资产阶级知识分子走过的曲折的人生之路。小说主人公倪焕之,是个奋进的热血青年。辛亥革命失败后,他企图用教育拯救社会,于是致力于教育改革,虽饱受保守派的阻挠攻击而毫不气馁。倪焕之在追求理想教育的同时还追求理想婚姻关系的建立,和一个与自己有共同理想的新女性金佩璋结合。然而,好景不长,残酷的现实击破了倪焕之的种种理想。不但想用来拯救社会的一系列教育改革屡屡碰壁,而且原先自认为幸福的家庭生活也出现问题。婚后的金佩璋完全沉湎于家庭琐事之中,洗衣服、做饭、看孩子,抛弃了对新生活,理想教育的追求。这使倪焕之感到有了一个妻子,却失去了一个恋人加同志的寂寞和痛苦。五四运动到来后,倪焕之深受鼓舞,积极投身于社会改造活动。然而在国民党发动"四一二"反革命大屠杀后,他退缩了,陷入了痛苦的深渊,最后在怀着"什么时候会见到光明"的疑问中死去。

倪焕之是一个具有典型意义的革命小资产阶级知识分子的形象。他所经历的人生道路的选择,即从改良主义性质的"教育救国"到后来转向革命的道路,表现了作者在大革命的暴风雨中经过长期的痛苦的思索和斗争,对社会革命有了更深刻的认识。

总体来说,叶圣陶从"社会问题小说"起步,并以自己长期从事教育事业的经历为基础,通过小说描述生活与挣扎在下层的劳动人民与中小知识分子的命运,展现了当时社会的问题,成为五四时期"社会问题小说"的代表作家之一。

二、自叙传抒情小说的创作

自叙传抒情小说是中国现代抒情小说的一种体式,它深受西方浪漫主义文学和日本"私小说"的影响,所以又称"浪漫主义抒情小说""自我写真小说""身边小说""情绪小说"或"情调小说",重自我、重主观,以情感为主要表达对象,强调艺术的表现自我和内心的自然流露,其代表作家有郁达夫、冯沅君等。

(一)郁达夫的自叙传抒情小说创作

郁达夫(1896—1945),原名郁文,字达夫,出生于浙江省富阳县城内一个知识分子家庭。郁达夫幼时十分聪颖,9 岁即能赋诗,14 岁起就开始大量创作旧体诗。1913 年,郁达夫赴日留学。1921 年 6 月初,创造社在东京成立,郁达夫是主要发起人。后回国从事新文学创作,主编《创造季刊》《洪水》等文学刊物。1928 年与鲁迅合编《奔流》杂志,1930 年参加左联。郁达夫一生创作了五十多篇小说,除后期的《她是一个弱女子》《迷羊》《出奔》三部中篇小说外,其他都是短篇小说。其代表作品有《沉沦》《茑萝行》《春风沉醉的晚上》《迟桂花》《她是一个弱女子》等,1945 年被日本宪兵秘密杀害于武吉丁宜附近的丹戎革俰的荒野之中。

郁达夫是"自叙传"抒情小说的开拓者,他曾反复地说明一切小说均是作者的"自叙传",作者的经验"除了自己的之外,实在另外也并没有比此再真切的事情"。他写小说只是想"赤裸裸地把我的心境写出来",以求"世人能够了解我内心的苦闷就对了"。所以,他的大部分小说都直接取材于其本人的经历、遭遇,主人公的精神气质和性格心理,都带有他自己的影子。具体来说,其小说的主要思想内容表现在以下几个方面。

第一,诉说"生的苦闷"。这类作品有《银灰色的死》《零余者》《春风沉醉的晚上》等,作者在这些小说中或写底层人民生计的艰难、贫困的痛苦,或写知识者与劳动者的同病相怜等,流露出人道主义情怀。

第二,抒写"性的苦闷"。郁达夫主张人的一切合理欲求的自然发展,他在小说中大胆、直露地展示了人的"性苦闷",描写了人的本能欲望得不到正当满足后的痛苦,抨击了封建道德观对人性的压抑。例如,在小说《沉沦》中,作者大胆地描写了一个受五四新思潮的洗礼而觉醒的留日学生"性的要求与灵肉的冲突",以及由此而生的变态性心理和心灵忏悔。

第三,塑造了众多"零余者"(被挤出时代的没有力量把握自己命运的多余人)形象。郁达夫在小说中塑造了许多真实感人的抒情主人公形象。这些抒情主人公是社会上的"多余人",如《银灰色的死》中的"伊人"、《南迁》中的"Y 君"等。他们大多接受过西式教育,在异国受到异族的欺凌,回国后又面临失业的困境,而他们从西式教育中学到的个性自由、人道主义与中国社会格格不入,因此他们大都有着矛盾的性格:既热爱生活又逃避生活,既慷慨激昂又软弱无能等,成为社会上的"多余人"。这种人物形象,实际上是作者对自己精神困境的一种自述,并经过拷问自己来探索五四知识分子的精神世界。

总体来说,郁达夫的小说具有强烈的主观抒情和大胆的自我暴露,并且在小说中侧重以主人公感情的起伏发展为主线来组织篇章,从而形成了自然流动的散文化结构。

(二)冯沅君的自叙传抒情小说创作

冯沅君(1900—1974),原名冯淑兰,字德馥,出生于河南省唐河县的一个士绅大家族。冯家人非常看重"书香门第"这块牌子,家族成员男男女女都让读书、写字、作诗。冯沅君降生在这样一个书香门第,自幼耳濡目染,从小就跟着哥哥们背诵古典诗词。后来,冯沅君的大哥和二哥先后外出学习。冯沅君在家一方面利用家中父兄念过的书,刻苦攻读;另一方面还大量阅读大哥和二哥带回来的中国古典名著及新出的报刊,从中接受新的思想。1917年秋,冯沅君进入国立北京女子高等师范学校学习。1929年,冯沅君嫁给三峡文学研究家陆侃如,几年后,冯沅君赴法留学。回国后,冯沅君先后在多所学校任教。中华人民共和国成立后,冯沅君一直担任山东大学中文系教授。1974年,冯沅君去世。

冯沅君的作品多是取材于自我生活的主观感兴浓烈的抒情小说,如《隔绝》《隔绝之后》《春痕》《旅行》等。

《隔绝》是女主人公"我"写给情人的一封信,从信的内容看,女主人公"我"和她的情人就是方才出门旅行宿旅馆的一对。"我"叙述为求家庭谅解回家,被母亲幽禁,逼她三天后与刘姓土财主的儿子成婚。"我"控诉礼教,决心不自由宁死,打算当夜越墙而逃,托表妹转送此信,约情人在墙外等候接她。

《隔绝之后》是《隔绝》的续篇,以替女主人公送信的表妹口吻叙述。在晚上10点的时候,母亲突然闹起胃病来,结果使得一家人不能成寐,这就等于处处有眼。女主人公见失去出逃的机会,于是就服下了毒药,并写了一封遗书,遗书中提到了要让人请她的情人来看她"咽最后的一口气"。天将亮时情人士轸来了,此时女主人公气息已微,士轸也服下预备好的毒药,一对情人以血写完了他们"爱史的最后一页"。

《春痕》是一部由五十封信构成的书信体小说。这部小说反映了五四退潮后一部分知识女性的真实面孔。每个短篇之间略带连续性,女主人公姓名不同,但性格一致,前后情节连贯,都以抒情独白和大胆袒露内心的写法,细微地表现了一个青春期女性的爱情生活。作为一个女性小说家,在当时能如此坦诚地展示自我主人公心灵的隐秘,是要具备相当的勇气的。

《旅行》写两个热恋着的青年学生,敢于冲破封建礼法一起去外地旅行,并且在旅馆里同居了一个多星期。他们"夜夜同衾共枕",但又纯洁无邪,绝无淫秽之念。这种神圣纯洁的爱情是对污浊龌龊的旧世界、旧制度的挑战。然而,这些刚刚从封建礼教束缚中挣脱出来的青年男女没有社会经验,心灵较为单纯,而且他们还可能会受到世俗偏见的影响,产生迷惘的心理,这些都使得他们的感情显得较为脆弱。

总体来说,冯沅君以对旧礼教的挑战态度和叛逆精神,高扬爱情的尊严与价值,她笔下的女主人公受五四新思想的影响,在"个性主义"思想的支持下,激烈地反抗封建专制的压迫,表现出了无畏的精神。

三、乡土小说的创作

乡土小说是受鲁迅影响而形成的一个小说流派,乡土小说家多出生于农村,但后来居于大都市,他们目睹了都市文明与农村文明的差异,在鲁迅"改造国民性"的思想启迪下,以农村生活为题材,创作了一批具有浓郁地方色彩的小说。乡土小说的出现扩大了中国小说的题材范围,使小说由描写知识分子的狭窄生活变为更广阔的中国社会现实,其代表作家有彭家煌、王鲁彦、台静农等。

(一)彭家煌的乡土小说创作

彭家煌(1898—1933),笔名曾用韦公,湖南湘阴(今湖南省汨罗市)人。生于湖南湘阴县清溪乡庙背里(今属于汨罗市李家塅镇)一个破落地主家庭。兄弟七人,排行第六。1919 年从湖南省立第一师范毕业后,经亲戚介绍,在北京女子师范大学附属补习学校任职。1924 年到上海中华书局工作,1925 年转入商务印书馆编译所工作。期间曾发表过大量童话和儿童故事,滑稽多趣。1926 年发表第一部短篇小说《Dismeryer 先生》后开始引起公众的注意。1931 年,经潘汉年介绍加入"左联"。1931 年被国民党当局逮捕入狱,在狱中受到严酷的刑讯。后经营救出狱,从此疾病缠身。1933 年因胃穿孔而逝世。

彭家煌的小说被茅盾誉为"那时最好的农民小说之一",他仿照鲁迅的笔法,用诙谐幽默,甚至调侃的喜剧手法来刻画那种痛到精神和骨髓的悲剧,如《怂恿》《活鬼》《喜期》《陈四爹的牛》等。

《怂恿》是一部讽刺性的小说。小说围绕猪肉买卖,展现了乡间富豪强梁们之间的无情倾轧。政屏家的两头肥猪被裕丰肉店的店倌赶走并在没有付钱的情况下宰杀了。政屏的族人、乡村恶讼师牛七为人狡诈,诡计多端,学过一点武艺,在地方上横行无忌,他与裕丰肉店的主人地主冯雪河有过节,因此他趁机大做文章,先是怂恿政屏要对方归还活猪,接着又唆使政屏媳妇到冯家上吊自杀,栽赃对方一条人命,以扩大事态,可最后却落得个"赔了夫人又折兵"的境地。小说写足了封建宗法制度下农村人的愚昧和乡村统治者的刁钻狡猾,作品通过充满喜剧的情节和细节,辛辣地讽刺了乡民的劣根性和统治者的假威严。

《活鬼》同样喜剧味道十足,大加嘲弄了农村中一些落后的婚姻旧俗。小说叙写一个富农因为人丁不旺,放纵媳妇偷汉,但并没有什么成绩。因此,在临死前硬给十三四岁的孙子荷生娶了一个年龄大十几岁的孙媳妇,以致家中不断"闹鬼"。小说写得波俏诡谲,深刻地批判了封建包办婚俗的丑恶,并尖刻地讽刺了这种丑恶婚俗对人性的摧残。彭家煌笔下的农村不仅在物质上贫困,人们精神上充满病苦,而且连自然世界也呈凄冷景象。作者已无心欣赏自然的美,而多以自然景物衬托不可排解的乡愁,而残酷的现实却是:美丽的竹山里"王大嫂上过吊",阴气森森。"沉履的一晚,暗淡的月儿已跨过了高峰,荷生家屋后的竹山弥漫着妖气"。

《喜期》写乡村少女黄静贞聪明漂亮,和族弟从小青梅竹马,彼此深爱对方,可是贪慕虚荣的父亲却把她许配给了张家跛且傻的儿子。恰逢战乱,黄静贞的父亲决定尽早将女儿嫁到张家。面对父亲的安排,黄静贞奋起反抗,她绝食数日,却最终拗不过父亲之命。可就在新婚之日,突然闯入七八个大兵,大肆抢、杀、奸。新郎被杀,黄静贞遭强奸,苏醒后她羞愧难当,跳塘自尽。小说采用对比手法,将黄静贞梦幻里的温暖、幸福与现实的冷酷、灰暗进行比较,将"喜期"的吉庆和乱兵的残暴相对照,有力鞭笞了封建礼教及军阀混战给人民造成的罪恶灾难。

《陈四爹的牛》中陈四爹是个上了年纪的地主,十分吝啬贪财。牛倌"猪三哈"曾经也有十分幸福的生活,然而老婆却被拐骗走了,他只能靠给别人打零工来生活。残酷的生活现实让"猪三哈"变得十分懦弱,他懦弱到当别人打他的右脸,他会把左脸也呈给对方,从来没有觉悟到要反抗,无论对待什么人总是"嘻,嘻,嘻! 是,是,是!"他继承了阿Q的精神胜利法,给有钱有势的陈四爹放牛,以为自己也随之"势力大"。若有人骂他,他在喉咙里嘟哝一句骂人的话,或凭空挥拳舞棍一阵,就算报复。当他喂不饱牛时,陈四爹也叫他饿肚子。然而就算如此,悲剧依然降临到了"猪三哈"的身上,他放牛时却将牛给丢了,绝望之下跳塘自尽。面对"猪三哈"的死,陈四爹非但没有丝毫的同情,反而叹息被野兽吃剩的牛肉卖不上好价钱。小说主要写的是"猪三哈"的遭遇,但却以"陈四爹的牛"为题,这种艺术处理,反衬出在陈四爹的心里"猪价不如牛价"。

总体来说,彭家煌的小说在幽默的叙述中包含着深沉的悲哀,这种悲剧故事又渗入喜剧色彩,使其作品有别于严肃冷静的乡土写实小说。这份机智、农民式的风趣,使小说改变了对现实黑暗的严肃暴露,使悲愤情绪转化为旁敲侧击式的反讽。

(二)王鲁彦的乡土小说创作

王鲁彦(1902—1944),原名王衡,又名王返我(后改王忘我),生于浙东乡村一个较为富裕的家庭,少年时代在乡村度过。1920年,参加由李大钊、蔡元培等创办的工读互助团,自上海到北京大学旁听。期间曾旁听鲁迅的《中国小说史》课程,大受裨益,开始创作时遂用笔名"鲁彦"以表达对鲁迅的仰慕之情。1923年夏,先后到湖南多所学校任教。同年,在《东方杂志》发表处女作《秋夜》。此后陆续发表不少小说,其中包括描述军阀杀人暴行的早期代表作短篇小说《柚子》。1926年出版第一部小说集《柚子》(内收有《菊英的出嫁》)。1927年任湖北武汉《民国日报》副刊编辑。1928年春至南京国民政府国际宣传部任世界语翻译。1930年,至福建厦门任《民钟日报》副刊编辑。此后辗转在福建、上海、陕西等地的中学任教。1927年,王鲁彦在《小说月报》发表《黄金》,标志其"乡土小说"创作进入了成熟的境界。抗战前夕,重要作品长篇小说《野火》(又名《愤怒的乡村》)出版。抗战期间,创作了《炮火下的孩子》《伤兵医院》等短篇小说并结集出版。1941年参加中华全国文艺界抗敌协会的组织工作。1942年出版了最后一部小说集《我们的喇叭》。1944年于贫病交困中在桂林逝世。

王鲁彦一直被视为"乡土写实小说流派"的中坚人物,因为他能够非常准确地表现五四以来反封建的思想主旨——改造愚昧落后的国民劣根性。最能代表王鲁彦乡土小说成就的是《柚子》《菊英的出嫁》《黄金》。

《柚子》刻画了一群麻木的围观者的形象,深刻地揭露了国民劣根性。小说以当时长沙地方军阀行刑杀人为题材,不仅描写了统治者的残暴,更深刻地揭示了那批看客在观看杀头时的亢奋情绪所显示出的国民劣根性。"湖南的柚子呀! 湖南的人头呀!""这样便宜的湖南的柚子呀!"小说结尾的这两句对话,曲折地表达了作者的爱憎。

《菊英的出嫁》展示的是浙江宁波农村的两个家庭大办婚礼的场面。菊英已经18岁了,父母为她找了婆家,送她出嫁。小说按照两边家长严格讲究的地方性婚嫁习俗,展开了一幅幅具体生动的风俗画。直到后来,读者才惊悟到原来菊英早在 8 岁时就已经患白喉病死去了,但她的母亲却迷信人死后在阴间依旧生存,所以到了 18 岁就找了一个也是早就死去的女婿,按当地最严格的嫁娶习俗为阴间的儿女操办"冥婚"。小说中细密的场面和人物描写,显示了古老中国农业社会落后于时代的蹒跚步伐,而这种奇特的封建陋习叙述得越是具体可见,就越发使人对这落后性深感震惊。王鲁彦此类作品提供了小说典型环境描写的新的范式,也使早期乡土小说获得了民俗学的价值。

《黄金》通过如史伯伯家道衰落后一连串难堪的遭遇,表现了乡村小资产阶级在金钱压迫下的精神扭曲和心理变态。如史伯伯是农村小资产者,原先在陈四桥有一定地位,但由于自己年老力衰,儿子太年轻不能挑起家庭经济重担,所以家道衰落,于是他受到了以势力著称的陈四桥人们的嘲弄与欺凌。最后他在梦中见到儿子升了官,送来了好多的黄金,以前那些欺侮他的人又变得十分恭顺了。作者通过戏剧性情节的设置,揭露了在帝国主义经济侵略和封建统治阶级的压迫下,广大农村小资产阶级迅速破产的悲剧命运以及他们在物欲支配下的扭曲心理。

总体来说,王鲁彦的乡土小说深受鲁迅的影响,他秉承了五四文化批判的意旨,深刻地揭示了国民形形色色的情态,旨在以匕首戳开封建文化的面纱,疗救国人的灵魂,促使国人觉醒。

(三)台静农的乡土小说创作

台静农(1903—1990),字伯简,出生于安徽西部的霍邱县。作为未名社的主要成员之一,台静农在 20 世纪 20 年代后期开始在《莽原》半月刊和《未名》半月刊发表小说。曾先后执教于辅仁、齐鲁、山东、厦门诸大学及四川江津女子师范学院。抗战期间在四川白沙女子师范学院任中文系主任,其间写有不少小说、散文和论文。抗战胜利后,在台湾大学任教。1990 年,因患食道癌在台北去世。

台静农的小说大多反映了乡间极端闭塞的生活,尤其是处于社会底层的人民的辛酸和凄楚。他比一般的乡土小说家更为自觉地"从民间取材",以灰暗的色调勾勒了乡村老中国儿女们的群像,表达了作者在沉闷压抑中愤懑痛苦的呐喊。其代表作品如《天二哥》《红灯》《烛焰》《负伤者》等。

《天二哥》里面的酒徒之死,写出了天二哥天神般的身坯之中却只有麻木不仁的意志。天二哥坚信酒是包治百病的"义药",而人尿可以解酒醉。他把无谓的"面子"看得重于一切,把与小柿子之间的口角当成天大的耻辱,认为"只能县大老爷和蒋大老爷可以打他,小柿子又怎配呢?"于是他用他爹传下的秘方,连喝了两大碗清尿解酒,破口大骂小柿子,直到把小柿子压在身下,连三连四地捶得小柿子求饶,领略了别人对他的夸奖之后才心满意足。但这时,他的身体却已经不行了,最终在酒、病和清尿发作的时候死去。

《红灯》从人们在水井旁议论汪家嫂子的遭遇写起。汪家嫂子的儿子得银叫人拉下水,做土匪"捶了人家的大门",案发后被驻兵捉住开刀示众。可怜的汪家嫂子好不容易将儿子养大,却不料竟遭受这样的打击。汪家嫂子知道儿子死得冤枉,想借点钱为儿子粘几件衣服。愿望落空后,从破墙上扯下一块红纸,做一盏小红灯,于阴历七月十五"鬼节"放河灯去祭奠亡子。小说细致地描绘了放河灯的场面:"市上为了将放河灯,都是异常轰动,与市邻近的乡人都赶到了,恰似春灯时节的光景。大家都聚集在河的两岸,人声嘈杂。一些流氓和长工们都是兴高采烈,他们已经将这鬼灵的享受当作人间游戏的事了。"放完河灯的汪家嫂子在"昏花的眼中,看见了得银是得了超度,穿了大褂,很美丽的,被红灯引着,慢慢地随着红灯远了!"这个命途多舛的女人,自己在人间苦海里尚不能"超度",还挂念着死去的儿子,希望用这盏小红灯安抚儿子的阴魂。这种深沉的母爱和虚幻的希望交织着的感情,令人压抑、郁闷,不胜悲凉。

《烛焰》写的是农村落后、黑暗的"冲喜"恶俗。吴家少爷病重想用"冲喜"的办法驱逐病魔。"伊"的远亲表叔来提亲,希望她嫁给吴少爷。"伊"聪明漂亮且家境不错,按理找个好丈夫不难,但她的父母无法摆脱"女儿是人家人"的习见,便答应了。出嫁时她的母亲看到"在香案上,左边的烛焰,竟黯然萎谢了,好像是被急风催迫的样子",顿感不祥的预兆。过了几天吴少爷就死了,"伊"成了寡妇。作者对农村这种闭塞、落后、黑暗的习俗进行了愤怒的批判。

《负伤者》中的吴大郎被恶霸张二爷霸占了妻子、砍伤了脚,警察署长不仅强迫他以50元钱把老婆卖给张二爷,而且私吞了50元钱中的30元。台静农乡土小说善于在叙述故事的同时塑造叙述者自身的形象,以《负伤者》中关于昂大爷的描写最为典型:在茶馆里喝茶的昂大爷看到小江和胎里坏二人嘲笑、羞辱吴大郎,便骂道:"他妈妈的,这个年头,有钱有势就可以霸占人家的女人,逼得穷人没有路走。我不信还有那些杂种,自家的老婆,找人家干,人家还不干呢。也有跟唱小戏的姘熟了,跑他妈的。我活五十多了,姐姐的,我看够了!"从叙事的角度看,这段话叙述了丰富的内容:吴大郎的女人被有钱有势的人霸占,胎里坏的女人不正经,小江的妈妈随唱戏的私奔。但更重要的是,这种叙述也揭示了作为叙述者的昂大爷自身正直善良、见义勇为的个性。作者的高明之处正在于把昂大爷的"自我表现"与"叙述"成功地结合在一起。

总体来说,台静农的小说将眼光紧紧锁定在中国宗法制度在农村衍生出的一幕幕悲剧上,他以朴拙、悲愤之笔描摹了农村的落后、凄凉。

第三节　白话新诗的创作

我国古典诗歌发展到了清末已渐趋衰落僵化,为了使中国诗歌继续发展下去,黄遵宪、梁启超等人倡导"诗界革命",主张新诗应通过诗人的感受来表现自己的时代,但由于没有突破古诗格律的束缚去开创诗歌的新形式,诗界革命伴随着资产阶级改良主义的失败而归于夭折。文学革命爆发后,陈独秀和胡适等人积极推动白话诗创作,众多文人纷纷开始响应写作白话新诗,一时间,以白话作为基本语言手段的新诗开始成为一个文学潮流。这一时期代表性的诗人有郭沫若、徐志摩和闻一多等,他们的诗歌为中国新诗的发展做出了重要的贡献。

一、郭沫若的白话新诗创作

郭沫若(1892—1978),原名郭开贞,号尚武,笔名沫若,四川乐山人。郭沫若不到5岁便开始接受私塾教育,小学、中学时代,广泛涉猎中国古典文学,并接受维新思想启迪,培养了爱国民主思想与叛逆意识。1913年底,郭沫若东渡日本留学。1919年下半年至1920年上半年,在五四思潮的激荡下,受惠特曼《草叶集》豪放诗风影响,他进入诗歌创作爆发期,《凤凰涅槃》《地球,我的母亲!》《天狗》《炉中煤》等都是这一时期写成的。1921年《女神》出版,奠定了他在中国新诗史上的地位。同年,他和郁达夫、成仿吾等人创立了文学社团创造社。1923 年 10 月,郭沫若出版了诗歌、散文、小说合集《星空》。1926 年写出论文《革命与文学》,标志着郭沫若文学思想的巨大变化。1927 年 3 月,在"四一二"事变前,郭沫若在武汉《中央日报》发表了著名的讨蒋檄文《请看今日之蒋介石》,产生了巨大影响。1928 年 2 月,为了躲避国民党的通缉,他流亡日本,并发表了诗集《前茅》《恢复》。抗日战争爆发后,郭沫若从日本潜回中国,参加抗日救亡运动。1941 年"皖南事变"发生后,他以极大的愤慨创作了《棠棣之花》《屈原》《护符》《高渐离》《南冠草》《孔雀胆》6 部历史剧,借古喻今,影响十分广泛。中华人民共和国成立后,郭沫若先后创作了两部历史剧《蔡文姬》和《武则天》,充分显示出了他作为老一辈剧作家兼诗人的文学功底。1978 年 6 月 12 日,郭沫若在北京逝世。

确立郭沫若在我国现代文学史上卓越地位的是他于 1921 年 8 月出版的新诗集《女神》,该诗集开创了一代诗风,对我国诗歌运动产生了极大的影响。《女神》包括序诗在内共有 57 首诗,分为三辑。第一辑包括《女神之再生》《湘累》《棠棣之花》3 部诗剧;第二辑包括《凤凰涅槃》《天狗》《匪徒颂》等 30 首诗歌,是诗集的主体部分;第三辑包括《死的诱惑》《日暮的婚筵》等 23 首诗歌。其中,最著名的有《女神之再生》《湘累》《凤凰涅槃》《天狗》。

《女神之再生》以共工之战和女娲补天的神话为题材,表达出彻底破坏旧物和大胆创造新物的主题,同时又包含着控诉军阀混战的内涵。根据作者的最初意图,该诗意在象征中国南北战争,其中共工和颛顼分别是南方和北方的象征,并企图在二者之外建设理想世界——美的中国。诗人借女神之口表达出了时代最强音:

> 姐妹们,新造的葡萄酒浆
> 不能盛在那旧了的皮囊
> 为容受你们的新热、新光
> 我要去创造个新鲜的太阳!
> ……
> 我们尽他破坏不用再补他了!
> 待我们新造的太阳出来,
> 要照彻天内的世界,天外的世界!

这种拒绝修补旧物、决心创造新物的勇气,表达出了诗人对于光明必定战胜黑暗的坚定信念。

《湘累》取材于屈原遭奸人陷害,被迫流亡在洞庭湘水之地的悲情故事。五四时期是人的觉醒时期,任何压抑人性的桎梏必然受到个性主义者的反抗。屈原出场时,"颜色憔悴,形容枯槁",在与其姐女须和老渔翁对话中抒发个性受压抑和政治上受迫害的悲愤抑郁之情。同时,诗人还将神话题材和意象穿插于历史题材和诗意的表达中,将舜二妃女英和娥皇殉情而亡的情爱悲剧,与屈原的悲剧相联系,创造出一种更为幽深的悲哀色彩。诗中,二妃的洞箫哀歌飘荡在湖光山色之间,悠扬、凄清,女鬼幽灵般的身影吸引着悲剧主人公一步步走向湘水深处,读者也恍然走入一个空旷幽古的世界。这个世界充满着对黑夜的企盼和对现实的厌憎:"这漫漫的长昼,从早起来,便把这混浊的世界开示给我""我便盼不得他早早落土,盼不得我慈悲的黑夜早来把这浊世遮开,把这外来的光明和外来的口舌通同掩去"。但浊世馈赠给诗人的只有黑暗和绝望："我如今什么希望也莫有,我立在破灭底门前只待着死神来开门。"这种悲怀之情是屈原自由的意志和个性受到极端压制的表现。屈原贤德高洁,却遭遇不幸,令人深感痛惜,这正是悲剧的感人之处,"悲剧将人生的有价值的东西毁灭给人看"。被毁灭的是具有自由独立的个性的人的命运,它唤起的又恰恰是人性中这种最为可贵的精神力量。

《凤凰涅槃》通过古代凤凰"集香木自焚,复从死灰中更生"的神话故事展开想象,象征着旧中国以及诗人自我的毁灭和新中国以及诗人新我的诞生。诗中"凤凰"是在"冷酷如铁""黑暗如漆""腥秽如血"的丑恶世界中自焚的,在这个世界上,人成为"活动着的死尸",只能煎熬的生存着。面对"屠场""囚牢""坟墓""地狱"般的人生,"凤凰"强烈诅咒,愤怒控诉,而且毅然决绝。它们认为这一切都必须毁灭,连同这个自我也必须同时毁灭。于是,"凤凰"不顾疲倦的衔啄香木,扇燃神圣的火焰,英勇无畏地焚弃"旧我",同时也焚毁旧世界。最后,"凤凰"终于获得了"更生",同时,在旧世界的废墟上也产生了一个欢乐、和谐的新世界。《凤凰涅槃》以火热的激情、神奇的象征体现了彻底的反叛精神,这种精神是五四运动狂飙精神的集中反映。

《天狗》写于郭沫若新诗创作的爆发期。全诗突出地表现了他对黑暗现实的强烈反抗和追求个性解放,反映出五四时代要求破坏一切因袭传统、毁灭旧世界的精神:

> 我是一条天狗呀!
> 我把月来吞了,
> 我把日来吞了,
> 我把一切的星球来吞了,
> 我把全宇宙来吞了。
> 我便是我了!
>
> 我是月底光,
> 我是日底光,
> 我是一切星球底光,
> 我是 X 光线底光,
> 我是全宇宙底 Energy 底总量!
>
> 我飞奔,
> 我狂叫,
> 我燃烧。
> 我如烈火一样地燃烧!
> 我如大海一样地狂叫!
> 我如电气一样地飞跑!
> 我飞跑,
> 我飞跑,
> 我飞跑,
> 我剥我的皮,

我食我的肉，

我吸我的血，

我啮我的心肝，

我在我神经上飞跑，

我在我脊髓上飞跑，

我在我脑筋上飞跑。

我便是我呀！

我的我要爆了！

诗歌一开篇便以中国民间神话中的"天狗"自称，不仅要吞月吞日，吞一切星球，而且要吞全宇宙。诗中的诗句就像狂暴的飓风呼啸，在读者心里产生极其强烈的冲击波，使人感到五四新人彻底叛逆、无所畏惧的气概。诗人为尽兴抒发个性解放必须扬弃旧我，产生新我的激情，不惜"我剥我的皮，我食我的肉，我吸我的血，我啮我的心肝"，让"我"在灵魂的爆裂中获得更新。《天狗》大胆奇伟的夸张形象，反映了五四青年要求个性解放、彻底改造旧世界和旧我、创造新世界和新我的社会理想。

作为一部浪漫主义诗集，《女神》的浪漫主义特点表现在以下几个方面。

第一，狂欢般的诗歌语言。例如《凤凰涅槃》全诗都有大量的复沓回环，尤其是最后以结尾整齐的 4 节诗句形成复沓和回环，诗句"火便是你。/火便是我。/火便是他。/火便是火。/翱翔！翱翔！/欢唱！欢唱！"整整重复 3 遍，在诗歌结尾形成"欢唱！欢唱！欢唱！"的欢呼高潮，实现了诗人的话语狂欢。

第二，奇特的想象与大胆的夸张。《女神》的题材非常广泛，包括神话传说、历史典故、名胜古迹、高山大川、日月星辰等。在诗人的视野中，"到处都是生命的光波""海也在笑，山也在笑，太阳也在笑，地球也在笑"（《光海》）；"云衣灿烂的夕阳，涨红着脸庞，被她心爱的情郎海水拥抱去了"（《日暮的婚筵》）等。又如《天狗》一诗，在诗人的想象里，天狗会"如烈火一样地燃烧""如大海一样地狂叫""如电气一样地飞跑"，甚至会"我剥我的皮，/我食我的肉，/我吸我的血……"总之，《女神》中奇特的想象和大胆怪诞的夸张充分展现了诗歌所要传达的时代精神。

第三，火山喷发式的情感表达方式。例如《地球，我的母亲》中一连 21 次呼唤着"地球，我的母亲！"《凤凰涅槃》中连用 14 个排比赞美"更生"后的新世界；《晨安》中 27 次向早晨问安等，这种排山倒海似的激情和气势，可以给人以惊心动魄的感受。

第四，自由的新诗体。《女神》在诗歌形式，追求"绝对自由，绝对自主"，彻底打破旧格律诗的束缚，同时大胆借鉴西方近代自由体诗，做到形式自由多变，实现了诗体的大解放，如《凤凰涅槃》全诗自始至终没有固定格律，而是依照情绪的消长形成自然的节奏韵律，节奏明快高昂。

总体来说，《女神》是一部继承传统又开拓一代新诗风的拓荒之作。它为平实浅近的白话新诗带来了雄奇壮阔的浪漫主义美学风格。

二、徐志摩的白话新诗创作

徐志摩（1896—1931），原名徐章垿，浙江海宁人。1915 年毕业于杭州一中，后就读于上海沪江大学、天津北洋大学和北京大学。1918 年赴美国留学，先后在美国克拉克大学历史系、哥伦比亚大学经济系学习。1920 年赴英国剑桥大学当特别生，研究政治经济学。1922 年回国后，徐志摩历任北京大学、清华大学等校教授。1923 年在北京发起成立新月社。1924 年 12 月，与胡适、陈西滢等创办《现代评论》周刊。1926 年 4 月起，主编《晨报》副刊《诗镌》，与闻一多、朱湘等人开展新诗格律化运动；同年移居上海，任光华大学、大夏大学和南京中央大学教授。1928 年创办新月书店，并主编《新月》月刊。1930 年任中华文化基金委员会委员，被选为英国诗社社员。1931 年 11 月 19 日，因飞机失事而遇难。

徐志摩致力于白话新诗艺术的探索和开拓，追求内容和形式的统一，主要出版有诗集《志摩的诗》《翡冷翠的一夜》《猛虎集》《云游集》等。

《志摩的诗》所体现的思想情感是丰富而复杂的，其中洋溢着作者活泼好动、潇洒空灵的个性。他热烈地追求"爱""自由"和"美"的理想（如《为要寻一颗明星》《婴儿》），不遗余力地讴歌爱情（如《雪花的快乐》《我有一个恋爱》《落叶小唱》），追求人与自然的和谐（如《自然与人生》《乡村里的音籁》），又激烈地揭露和批判传统和现实的"残毁""丑陋""罪恶""烦闷"和不公（如《这是一个懦怯的世界》《毒药》），也表达对弱小平民的人道同情（如《太平景象》《叫化活该》）。当这些情感和意蕴的表达，与诗人在体式、意象、结构、节奏和音韵方面的成功尝试和谐结合时，就使其中的许多篇章显现出徐志摩诗歌独有的魅力。

《翡冷翠的一夜》是徐志摩的第二部诗集，集里除了有哈代、罗赛蒂等英国作家的译诗外，还有像《西伯利亚》《在哀克刹脱教堂前》那样漫游欧洲时对异国他乡的感受，更有像《翡冷翠的一夜》那样的爱情诗篇。值得注意的是，其中还有一些反映当时重大政治事件的篇章。例如，为纪念"三·一八"而写的《梅雪争春》一诗，揭露了军阀屠杀无辜，连 13 岁的儿童也惨遭杀害的事实。在《大帅》《人变兽》等诗篇中，诗人揭露了军阀活埋伤兵、杀死平民的血腥罪行。这些血淋淋的现实打破了他原来的人道主义理想，诗集中作品的思想却不免灰暗，不过，艺术上逐渐趋于成熟，更加注意推敲表现形式，诗式也更多样化了：有对话体，也有打夯歌、豆腐干式诗；有叙事，也有抒情，还醉心于音节与格律的锤炼。

《猛虎集》和《云游集》收录的多是徐志摩的后期作品。1927 年后，徐志摩的资产阶级民主共和国的政治理想完全破灭，同时，对工农革命又有恐惧和抵触，思想陷入深深的矛盾和绝望之中。因此《猛虎集》和《云游集》中的很多诗篇存在思想情感内容和形式不平衡的状况，大部分诗歌的内容偏于空泛或者重复，而越来越追求形式的整饬和美观，在诗行的排列、音韵的铿锵、节奏的明晰、用词的推敲上，都较前两部诗集有了变化和发展。

以下就徐志摩的白话新诗代表作《雪花的快乐》《再别康桥》展开阐述。

《雪花的快乐》是一首情调温柔潇洒而又缠绵优美的诗歌。诗人借助"飞扬、飞扬、飞扬"的雪花的意象生动地传达出对爱情的热烈追求、寻觅理想的执着、潇洒和欢快的心情，寄托了作者对美好事物的向往。全诗如下：

> 假如我是一朵雪花，
> 翩翩的在半空里潇洒，
> 我一定认清我的方向——
> 飞扬，飞扬，飞扬，——

这地面上有我的方向。

不去那冷寞的幽谷，
不去那凄清的山麓，
也不上荒街去惆怅——
飞扬，飞扬，飞扬，——
你看，我有我的方向！

在半空里娟娟的飞舞，
认明了那清幽的住处，
等着她来花园里探望——
飞扬，飞扬，飞扬，——
啊，她身上有朱砂梅的清香！

那时我凭借我的身轻，
盈盈的，沾住了她的衣襟，
贴近她柔波似的心胸——
消溶，消溶，消溶——
溶入了她柔波似的心胸！

诗人以"雪花"自比，运用借代手法，以那潇洒飞扬的雪花为意象，"她"是诗人想象中的情人，更是升华了的神圣的爱情，巧妙地传达了诗人执着追求爱情和美好理想的心声。诗歌反复运用叠字叠词，既渲染了雪花的轻灵优美的情态，又强化了赞美之情，也增强了音乐感。清新的意象、流畅的诗句、优美自然的节奏，构筑成一个幻美的艺术境界。

《再别康桥》是徐志摩最有影响的代表作。康桥是剑桥大学的所在地，环境幽雅，风光秀丽。那里可以说对徐志摩的人生观和艺术观产生了重要影响，养成了他的"康桥理想"。因此，他曾多次吟诗著文缅怀康桥。1928 年,他在游历康桥后,在归国的海轮上写下了这首诗：

轻轻的我走了，
正如我轻轻的来；
我轻轻的招手，
作别西天的云彩。

那河畔的金柳，
是夕阳中的新娘；
波光里的艳影，
在我的心头荡漾。

软泥上的青荇，

油油的在水底招摇；
在康河的柔波里，
甘心做一条水草！

那榆荫下的一潭，
不是清泉，是天上虹；
揉碎在浮藻间，
沉淀着彩虹似的梦。

寻梦？撑一支长篙，
向青草更青处漫溯；
满载一船星辉，
在星辉斑斓里放歌。

但我不能放歌，
悄悄是别离的笙箫；
夏虫也为我沉默，
沉默是今晚的康桥！

悄悄的我走了，
正如我悄悄的来；
挥一挥衣袖，
不带走一片云彩。

诗人以缠绵凄婉的笔调，抒写了自己对康桥无限留恋和依依惜别的心情。全诗意境优美，情感深挚含蓄，诗思精巧别致。

总体来说，徐志摩常常以轻灵飘逸、轻快悦耳的笔调抒写自然、爱情、理性以及人生等，他的诗歌想象丰富，意境优美，韵律谐和，神思飘逸，具有鲜明的艺术风格。

三、闻一多的白话新诗创作

闻一多（1899—1946），原名闻家骅、闻亦多，湖北浠水县人。1913 年考入北京的"清华留美预备学校"，在五四运动中积极参加学生爱国运动。1922 年，赴美留学，先后在芝加哥美术学院、丹佛阿罗拉多大学学习绘画。期间深受西方浪漫主义诗人影响，开始创作诗歌。1923 年 9 月，他出版第一部诗集《红烛》。1925 年回国，先后在北京、武汉、青岛等地大学任教。1928 年 1 月，他的第二部诗集《死水》出版。抗战爆发后，闻一多积极投身于五四爱国运动和自由民主运动，成为中国民主同盟领导人。1946 年，闻一多被国民党特务暗杀。

闻一多是一位在诗歌理论和实践上都非常有成就的诗人，对白话新诗的发展作出了突出的贡献。在诗歌理论方面,闻一多是我国最早提倡新诗格律化的诗人。他针对早期白话新诗过分自由化的倾向,系统地提出了"诗的实力不独包括音乐的美(音节)、绘画的美(词藻),并且还有建筑的美(节的匀称和句的均齐)"。

从诗歌创作实践上来看,《红烛》《死水》是闻一多最重要的两部诗集。其中,《红烛》中收入了大量的爱国主题的诗歌。例如《太阳吟》:

> 太阳啊,刺得我心痛的太阳!
> 又逼走了游子的一出还乡梦,
> 又加他十二个时辰的九曲回肠!
>
> 太阳啊,火一样烧着的太阳!
> 烘干了小草尖头的露水,
> 可烘得干游子的冷泪盈眶?
>
> 太阳啊,六龙骖驾的太阳!
> 省得我受这一天天的缓刑,
> 就把五年当一天跑完那又何妨?
>
> 太阳啊——神速的金乌——太阳!
> 让我骑着你每日绕行地球一周,
> 也便能天天望见一次家乡!
> ……
> 太阳啊,这不像我的山川,太阳!
> 这里的风云另带一般颜色,
> 这里鸟儿唱的调子格外凄凉。
>
> 太阳啊,生命之火的太阳!
> 但是谁不知你是球东半的情热,
> 同时又是球西半的智光?
>
> 太阳啊,也是我家乡的太阳!
> 此刻我回不了我往日的家乡,
> 便认你为家乡也还得失相偿。
>
> 太阳啊,慈光普照的太阳!
> 往后我看见你时,就当回家一次,
> 我的家乡不在地下乃在天上!

这篇诗歌是诗人身在美国时所写的,他把"太阳"比作祖国,深情地对它倾诉心中的矛盾与痛苦。全诗抒发了诗人身在异域他邦、思乡爱国的情感,尤其是最后一句"我的家乡不在地下乃在天上",饱含着海外游子的孤独凄凉。从全诗的意境来看,已显闻一多沉郁风格的端倪。

　　诗集《死水》也是闻一多的代表作。在该部诗集中,由于诗人对祖国的现实有了一个更为清醒的认识,爱国情思的抒发变得更为复杂化,也更具有深沉的力量。在这部诗集中,《死水》一诗最具代表性:

> 这是一沟绝望的死水,
> 清风吹不起半点漪沦。
> 不如多扔些破铜烂铁,
> 爽性泼你的剩菜残羹。
>
> 也许铜的要绿成翡翠,
> 铁罐上锈出几瓣桃花;
> 再让油腻织一层罗绮,
> 霉菌给他蒸出些云霞。
>
> 让死水酵成一沟绿酒,
> 漂满了珍珠似的白沫;
> 小珠笑一声变成大珠,
> 又被偷酒的花蚊咬破。
>
> 那么一沟绝望的死水,
> 也就夸得上几分鲜明。
> 如果青蛙耐不住寂寞,
> 又算死水叫出了歌声。
>
> 这是一沟绝望的死水,
> 这里断不是美的所在,
> 不如让给丑恶来开垦,
> 看它造出个什么世界。

　　该诗借鉴了西方现代诗的反讽方法和"以丑为美"的艺术原则。诗的前三节,展开丰富的想象,极力把死水内在的丑恶东西,充分地涂饰以美丽的外形:"翡翠""桃花""罗绮""云霞""绿酒""白沫",以鲜明的色彩和响亮的声音,反讽死水的肮脏、霉烂、黯淡、沉寂。美与丑的交织反差,富有令人耳目一新的绘画美的艺术效果。另外,该诗明显受到法国诗人波德莱尔的影响,成功运用了象征手法,把黑暗腐败的旧中国现实,比喻为"一沟绝望的死水",表达了对丑恶势力的憎恨和对祖国深沉的挚爱。诗的最后一节,表明诗人不甘心如此丑恶的现实,他希望事物发展到极端后向着对立面转化。

　　总体来说,闻一多含蓄、精炼的新格律诗将被解放了的白话新诗收回到诗的规范之中,对于白话新诗的巩固起到了非常重要的作用。

第四节　散文的革新

五四文学革命开启了中国现代散文的序幕。在新文化运动的影响下,散文迅速发展起来。这一时期的散文创作不仅文体品种丰富多彩,风格流派各领风骚,而且题材范围之广,作品数量之巨,名家之多,都是前所未有。其中,周作人、朱自清、冰心等诸多名家的都不同程度地参与到了散文的创作中,使得这一时期的散文呈现出一派"百花齐放,百家争鸣"的新气象。

一、周作人的散文创作

周作人(1885—1967),原名櫆寿,字启明、起孟,号知堂,是鲁迅之弟。1901年进入江南水师学堂,1906年赴日本留学。1911年回到中国,1917年起在北大等学校任教并投身新文化运动。1919年初,开始在《新青年》上发表一些白话新诗。抗日战争爆发后,周作人接连在日本侵略者统治下的华北任北大图书馆长、北大文学院院长、伪华北教育总署督办、伪华北作家协会评议会主席、南京汪伪政府国府委员、日伪华北综合调查研究所副理事长等职。抗战胜利后,他以汉奸罪被国民党政府逮捕,1949年获释。中华人民共和国成立后,周作人常年居家从事翻译和写作工作,1967年病逝。

周作人的文学成就主要在散文方面,他是最早从西方引入"美文"的概念的,提倡多写"艺术性"的"叙事""抒情"散文。以后,他又积极提倡"言志"的小品文,强调散文要以自我为中心,要"在文艺里理解别人的心情,在文艺里找出自己的心情"。有散文集《自己的园地》《雨天的书》《泽泻集》《谈龙集》《谈虎集》《永日集》《看云集》《夜抄谈》《苦茶随笔》《苦竹杂记》《风雨谈》《瓜豆集》《秉烛谈》等。

周作人的散文风格大致可分为"浮躁凌厉"和"冲淡平和"。他在五四前后及20世纪20年代侧重批评时事的散文,文风"浮躁凌厉",对社会现实进行讽刺,如《碰上》《前门遇马队》等斥责军阀政府武力镇压爱国运动的行为。而"冲淡平和"指的是另一种文人味很浓的小品文,这一类散文是周作人对现代文学的独特贡献,具有很高的思想和艺术价值,具体来说,其小品文具有以下几个特点。

第一,在散文的素材选择上,周作人大多选择平凡而琐碎的素材,这些素材从社会批评到生活琐事,古今中外无所不谈,如故乡的野菜、饮酒、喝茶、乌篷船、白杨树、初恋等。这些平凡琐碎的事物在他的笔下透露出一种别样的人生况味。这也就是他所倡导的"言志小品"的具体体现。他所倡导的"言志",即是"抒我之情""载自己之道",而非代人立言、"载他人之道"。

第二,在抒情方式上,周作人的散文往往引而不发,对社会世事一般保持克制的态度,往往以恬淡、从容的态度代替喜怒哀乐。这种雍容、闲适的状态,正是周作人极其崇尚的做人气度和人生境界。

第三,在叙述方式上,周作人的散文小品是将西方随笔与中国小品两种叙述方式相融合而成。他用自己的个性与才华将西方随笔的闲谈风格、中国散文的抒情韵味乃至日本俳句的笔墨情趣,融合一起,形成其夹叙夹议的书写体制。这种"抒情的论文",多半以知识为思想感情的"载体",谈天说地,旁征博引,将诗情和理性暗暗掺入,故其谈论,能做到切实、具体,而又湛然有味。而最能体现他的这一叙述特点的便是《苍蝇》一文,文章在叙述的结构上打破了传统散文那严谨的秩序,而形成一种如"名士谈心""野老散游"式的自然节奏。其行文信笔而书,如闲云舒卷,看似支离散漫、无迹可求,而内中却有浓郁的生活韵味。

第四,在语言上,周作人小品散文语言上的最大特色是简洁老练。他的小品文绝大多数都很短,一般只在千字以内,而且是句句安排得当,字字恰到好处,体现出一种既简洁明快,又古朴凝重的文风,简洁老练在其作品中表现得淋漓尽致。

第五,在散文笔法上,周作人的散文较为松散,想到哪就写到哪。这种"闲谈"式的笔法并不是漫无边际的闲扯,而是由内在的情致贯串起来的。例如《乌篷船》,这篇散文以谈天说地的"闲谈"章法来展开。文章开头,作者就提到故乡的船,船分白篷船和乌篷船,以乌篷船最常见。接着作者细细描述了乌篷船的分类、特点。之后笔锋一转,又讲到了坐船出行的种种妙处:

> 你如坐船出去,可是不能像坐电车的那样性急,立刻盼望走到。倘若出城,走三四十里路(我们那里的里程是很短,一里才及英里三分之一),来回总要预备一天。你坐在船上,应该是游山的态度,看看四周物色,随处可见的山,岸旁的乌桕,河边的红蓼和白蘋,渔舍,各式各样的桥,困倦的时候睡在舱中拿出随笔来看,或者冲一碗清茶喝喝……到得暮色苍然的时候进城上都挂着薜荔的东门来,倒是颇有趣味的事……夜间睡在舱中,听水声橹声,来往船只的招呼声,以及乡间的犬吠鸡鸣,也都很有意思。雇一只船到乡下去看庙戏,可以了解中国旧戏的真趣味,而且在船上行动自如,要看就看,要睡就睡,要喝酒就喝酒,我觉得也可以算是理想的行乐法。

这些妙处体现着丰富的生活情趣,并贯穿着作者对故乡浓郁的眷念之情。这种从容不迫的闲谈笔调和文章舒缓、松弛的整体结构配合着文中抒写的平静生活,极富吸引力。我们能从这些"闲谈"之中领悟到生活所具有的澄澈明净,生命所具有的沉静及鲜活。

总体来说,周作人的散文具有幽隽的趣味,其中不仅蕴含着人生的况味,而且饱含着内心的情趣。他对人生的酸甜苦辣自有他个人的体味,加上他博览群书,为其观察思考提供了多种角度,这样就使得他对事物的"真谛"有所感悟。

二、朱自清的散文创作

朱自清(1898—1948),字佩弦,浙江绍兴人,生于江苏东海。1916 年中学毕业,考入北京大学预科班,1917 年考入本科哲学系。1919 年加入新潮社,以新战士的姿态进入五四新文学阵营。1920 年大学毕业,在江浙一带中学任教 5 年。1921 年参加文学研究会。1922 年 1 月与叶绍钧、俞平伯、刘延陵等创办了《诗》月刊。其早期诗作分别收入与俞平伯、郑振铎、叶绍钧等 6 人合印的诗集《雪朝》和自己的诗文集《踪迹》中。1922 年写成长篇抒情诗《毁灭》,全诗深沉蕴藉,无论在意境上和技巧上都超过了当时一般诗歌的水平,显示出较深的功力。1925 年任清华大学中文系教授,创作开始转向散文,同时也开始了学者生涯。1928 年出版散文集《背影》,使他成为著名的散文家。1931 年留学英国专攻语言学,游历欧洲其他国家,回国后继任清华大学中文系教授,并兼任系主任。1934 年出版散文集《欧洲杂记》。1936 年出版散文集《你我》。抗战爆发后,任西南联大教授。1946 年成为与国民党当局势不两立的民主斗士。1948 年 8 月于北京病逝。

朱自清的散文大致可以分为写景记游之作、叙事抒情之作、政论性散文等。

朱自清数量较多影响最大的是写景记游的散文,脍炙人口的名篇主要有《荷塘月色》《桨声灯影里的秦淮河》《绿》《春》等,这类散文大都通过眼前景物来表达作者自己内心的感受。例如,《荷塘月色》表达了作者内心的"颇不平静":作者渴望与政治保持距离,维护知识分子的相对独立,但面对当时动荡不安的时局,作为一代自由主义知识分子不得不面临艰难的抉择。在某种意义上,"荷塘月色"的宁静安详正是朱自清们的精神避难所。

朱自清的叙事抒情散文也别具一格。《背影》《给亡妇》《儿女》等名篇,娓娓叙述父子、夫妇、家人间的深厚情感,以具体可感的形象表达了作者的情感。例如《背影》通过描述父亲为儿子送行及相关的细节,将父子之情表现得细微自然,既凸显了拳拳父爱,也表达了真挚的思父之情,两种情感交相辉映,生动感人。《给亡妇》一文,诚实、尽情地抒发了一个普通丈夫对亡妻的真挚淳朴的悼念之情。作品通过娓娓的叙事,尤其是一系列的生活细节,细细诉说亡妻生前 12 年来含辛茹苦养育儿女、体贴自己的历历往事,表达自己对亡妻关心、体贴不够的歉疚。

政论性散文主要有《生命的价格——七毛钱》《航船中的文明》《白种人——上帝的骄子》《执政府大屠杀记》等。在这些作品中,朱自清一面寄情山水,写景记游,名篇纷呈;一面怀人念故,情真意切,佳作迭出。同时,他又突破个人生活及一己情怀的局限,把笔触伸向社会,不时地把那半封建半殖民地的帷幕挑破一角,暴露出现实的丑恶和黑暗。

朱自清作为散文大家,其散文具有极高的艺术价值,主要表现在以下两大方面。

第一,其散文追求口语化的整体风格和朴实自然的文风,具有一种"谈话风"。朱自清的"谈话风"散文念起来非常上口,有现代口语的韵味,深入浅出。如《背影》中对父亲背影的刻画:

> 我看见他戴着黑布小帽,穿着黑布大马褂,深青布棉袍,蹒跚地走到铁道边,慢慢探身下去,尚不大难。可是他穿过铁道,要爬上那边月台,就不容易了。他用两手攀着上面,两脚再向上缩;他肥胖的身子向左微倾,显出努力的样子。这时我看见他的背影,我的泪很快地流下来了。

这段话的娓娓道来配合着作者含蓄节制的抒情方式,形成内敛、恬淡的风格。

第二,其散文语言自然、亲切,别具质朴之美,构思精巧而又缜密。例如《荷塘月色》中的名句:

> 曲曲折折的荷塘上面,弥望的是田田的叶子。叶子出水很高,像亭亭的舞女的裙。层层的叶子中间,零星地点缀着些白花,有袅娜地开着的,有羞涩地打着朵儿的;正如一粒粒的明珠,又如碧天里的星星,又如刚出浴的美人。

以上这段文字带给人一种视觉美:一幅恬淡、朦胧的图画,读来抑扬顿挫、高低错落,又给人以听觉美的享受。朱自清善用比喻,比喻中暗藏通感、拟人等手法,准确贴切而又活泼新奇,极富创造力。

　　总体来说,朱自清的散文既讲究藻饰,又大量使用口语,文章既有文采,又清秀、朴素、自然亲切。他的散文在 20 世纪 20 年代被看作是娴熟使用白话文字的典范。

三、冰心的散文创作

　　冰心是现代叙事抒情散文的重要奠基者。她自己曾在《冰心论创作·关于散文》中说:"散文是我所最喜爱的文学形式"。

　　1921 年发表的《笑》是冰心的第一篇白话散文,《笑》在现代散文小品史上具有开拓性的意义,它破除了封建复古派们认为白话不能作"美文"的谬论;在冰心个人创作的道路上,《笑》也是具有特殊意义的,它促进了《往事》《寄小读者》为总体的两大组散文的创作,从而奠定了她在我国现代散文创作中的地位。

　　《寄小读者》是冰心赴美留学期间写给国内小朋友的 29 封书信的结集,1927 年由北新书局出版。在《寄小读者》中,冰心笔下的母爱是深刻的、诚挚的、忘我的。她的母亲对她毫无半点溺爱之情,而是处处表现出悉心的抚育,时时令她享受母爱的仁慈。再加上身在异域,更增加了对母亲的怀念。每当她思念母亲时,往往和惦念祖国的乡愁相融合;每当提笔给小读者写信,又自然联想起远隔万里的祖国的儿童;每当面对异国的自然景象时,这位游子更渴念养育自己的祖国的河川。于是,她就以母爱、童心、大自然起兴,深情委婉地吟唱了一支爱国思乡的抒情曲。这是冰心早年献给小朋友的礼物,也是我国现代文学史上较早的并且产生了广泛影响的儿童文学作品集。散文集《往事》通过回忆"生命历史中的几页图画",抒发在异国思乡恋母之情,其中的《南归》,表达了对母亲的深深怀恋和挚爱,是现代文学史上难得的长篇抒情散文。

　　冰心的散文自成一体,在我国现代文学史上产生过极大的影响,曾有"冰心体"散文的称誉。"冰心体"散文具有以下两个显著的特色。

　　首先,是在思想内容方面。冰心五四时期创作的主旋律是歌颂"爱的哲学",而在散文创作中,她将"爱的哲学"阐释得更具深度和美感,从而显示出与同时代作家不同的特征,形成其散文内容超拔、空灵、唯美的美学特质。冰心的"爱的哲学"是在母爱、儿童之爱、自然之爱这几种多重奏中奏响的,如其在 1921 年发表的散文名篇《笑》就是典型地体现了冰心"爱的哲学"的一篇散文,在她看来,如果世界都由这样充满了爱的心灵来驾驭,人类到处都是幸福了。

　　其次,是在散文的美学特质上。具体表现在语言、抒情方式、意境等方面。

　　在语言文字上,冰心的散文清新隽丽,精美典雅,具有独特的韵味。冰心曾借小说《遗书》中人物之口说:"我主张'白话文言化''中文西文化',这'化'字大有奥妙,不能道出的,只看作者如何运用罢了!我想如现在的作家能无形中融合古文和西文,拿来应用于新文学,必能为今日中国的文学界,放一异彩。"冰心自幼就深受中国古典文学的熏陶,青年时期又经受了五四新文化思潮的洗礼,赴美留学使她直接接触到西方文学并受到深刻影响。她将我国传统的、精练的古典文学的美,包括它的意境、情韵、气氛和文字的美,极其自然地、不露痕迹地渗透进散文中,又适当地"欧化",使句子既保持某些文言文的典雅凝练,又灵活婉转、流动清丽,有自然跳荡的旋律感。如《往事》其二(八)中的一段描写:

船身微微的左右倚斜,这两点星光,也在徐徐地在两旁隐约起伏。光线穿过雾层,莹然,灿然,直射到我的心上来,如招呼,如接引,我无言,久——久,悲哀的心弦,开始策策而动。

在开展白话文运动最初的两三年时间里,从古典文学熏陶中走出来的冰心,能将文言文、白话文与西文调和得如此和谐优美,真是难能可贵。

在抒情方式上,冰心生性敏感,内心细腻,是一位富有丰富情感的女作家,因此,深挚、温柔、细腻构成了冰心散文独特的抒情风格。她在《寄小读者》中反复抒写母爱和童真之情,母女之间的脉脉深情和童年生活的甜蜜回忆本身就含着温柔、深挚的感情色彩,再加上作者温柔重情的性格感染,纤丽笔墨的点化,使得她的作品更加动人、柔媚。

在意境上,冰心的散文构思灵巧、立意新颖,善于将平凡的生活现象提炼、凝聚成含义深邃、生动感人的形象图画,笔法委婉细腻,引起读者无限的情思和兴味。

总体来说,冰心的散文展现了新时代知识分子对光明和个性解放的追求,她以清丽而又典雅的文字创造出了一股明朗、健美的情韵。

第五节　新剧种的引入与发展

19世纪末,话剧由欧洲、日本被引进中国。在这之前,中国没有话剧,只有戏曲。鸦片战争失败后,中国沿海城市逐步被开辟为通商口岸。随着西方文化的传播,侨居中国的西方人越来越多,为了消遣业余生活,他们排演了一些西方话剧。这些话剧在当时被人们称为"文明新戏"。文明新戏随着辛亥革命的爆发与资产阶级的兴起迅速发展了起来,然而受戏剧纯商业性的负面影响,文明新戏逐渐向市民阶层的审美情趣靠拢,这也造成了戏剧在艺术上的粗制滥造,开始由盛转衰。五四时期,在文明新戏的影响下,中国现代话剧逐渐诞生,并在西方戏剧的影响与传统戏曲自身艺术突变的双重作用下,经胡适等新文化运动先驱者的共同倡导和努力,以及田汉、欧阳予倩、丁西林等戏剧的实践者和理论倡导者的引介下,中国现代戏剧再次发展了起来。限于篇幅,下面仅对田汉和丁西林的戏剧创作进行简要阐述。

一、田汉的戏剧创作

田汉(1898—1968),字寿昌,曾用笔名陈瑜,湖南长沙人。戏曲作家,话剧作家,电影剧本作家,诗人,小说家,歌词作家,社会活动家,文艺批评家,文艺工作领导者。9岁时父亲去世后,田汉和两个幼弟由母亲抚养长大。他自幼受到传统戏曲的熏陶,中学时代在辛亥革命的影响下编写出改良新剧《新教子》和《新桃花扇》。1916—1922年在日本东京学习,这期间,他广泛吸取了西方文化。五四新文化运动更加激发起他改造社会的责任感和对文学艺术的爱好。1921年他与郭沫若等人组织创造社。1922年回国后,田汉曾先后创办《南国》半月刊和南国电影剧社,举办"鱼龙会"演出,影响甚广。这期间,他创作了《咖啡店之一夜》《获虎之夜》《苏州夜话》等。1927年,田汉担任上海艺术大学校长,并创作了《名优之死》。1930年,田汉加入了"左联",写下了著名的《我们的自己批判》。1932 年加入中国共产党,担任左翼戏剧家联盟党团书记等职。此时创作了《年夜饭》《乱钟》《顾正红之死》等剧。他还与聂耳、冼星海等合作创作了大量歌曲,其中的《毕业歌》《义勇军进行曲》等都曾广泛流传,《义勇军进行曲》后来成为中华人民共和国国歌。1935 年,他创作了剧本《回春之曲》,该剧本将浪漫主义与现实主义相结合,表现了人民抗战的决心。1937 年"七七事变"后,创作了五幕话剧《卢沟桥》,并举行劳军演出。同年 12 月,参与中华全国戏剧界抗敌协会,参加文艺界救亡工作。1940 年与欧阳予倩、杜宣等创办《戏剧春秋》后,到桂林领导组建新中国剧社和文艺歌剧团(京剧)、中兴湘剧团等民间抗日演剧团体,对团结进步力量推进戏剧运动起到重要作用。中华人民共和国成立后先后任职文化部戏曲改进局、艺术局局长,创作了话剧《关汉卿》《文成公主》《十三陵水库畅想曲》及整理戏曲《白蛇传》《谢瑶环》等。1968 年,田汉含冤死于狱中。

田汉是一位多产的剧作家,他把毕生精力投入到戏剧创作中,《咖啡店之一夜》《获虎之夜》《名优之死》等都是他在五四文学革命时期创作的代表性作品,下面主要对这些作品进行简要分析。

《咖啡店之一夜》中,主人公白秋英由于家道不幸,父母早故,亲族又欲把她外嫁,因而逃婚到咖啡店做侍女。当看到与她曾有心灵之约的负心人、盐商之子李乾卿另有新欢时不禁痛苦万分,她把李所给的帮她上学的 1 200 元钱付之一炬。在青年林泽奇的劝慰下,她逐渐觉醒。决定走出自我伤痛,明白了"眼泪是不能解决任何问题的",也终于领悟了"穷人的手和阔人的手始终是握不牢的"这一深刻道理。在白秋英身上,有五四青年要求个性解放,要求民主、平等、自由的身影,是一曲弱女子反抗现实、不甘屈辱的抗争之歌。

《获虎之夜》是田汉在 20 世纪 20 年代创作的一出爱情悲剧,塑造了极具个性的莲姑形象。作品讲述的是富裕猎户的女儿莲姑与其表兄黄大傻的爱情悲剧。莲姑与大傻从小就相爱,但由于黄大傻家庭变故,沦为孤儿,莲姑的父亲便阻挠女儿与他相爱,为此而把她许给一个富户人家,并把黄大傻逐出家门,但莲姑并不追慕富贵荣华,至死不渝地爱着黄大傻。当黄大傻误中猎枪后,被抬至魏家,莲姑细心地照顾了他一夜,并当面与家父争吵,拒不出嫁,还紧握黄的手表达心声:"生,死,我都不离你。"最后被父亲强行拉走。在毒打声、怒骂声和哭声中,黄大傻结束了自己年轻的生命。在此之前,莲姑曾想同黄大傻私奔到城里去做工。莲姑这一精神上追求自由、经济上追求独立的独特艺术形象塑造,在反对封建包办婚姻的斗争中出色地完成了。洪深在选编《中国新文学大系·戏剧集》时称之为"本集里最优秀的一个剧本;在题材的选择,在材料的处理,在个性的描写,在对话,在预期的舞台空气与效果,没有一样不是令人满意的"。可以说,《获虎之夜》是我国独幕话剧创作臻至成熟的一个标志。

《名优之死》是田汉在 20 世纪 20 年代最具有代表性的作品。该剧主人公刘振声以近代著名京剧艺人刘鸿声为原型。一代名优刘振声费尽心血培养女弟子刘凤仙,望其能承其衣钵。但在流氓绅士杨大爷的诱惑下,刘凤仙渐忘恩师教诲,在金钱诱惑下堕落了。弟子的背叛、反动势力的欺压,使刘振声在演出中气极身亡,倒在自己心爱的艺术舞台上。全剧剧情自然流畅,人物形象丰满鲜明,结构严谨,风格简朴,语言简洁老练。

总体来说,田汉戏剧的艺术价值极高,他学贯中西,融汇古今,以开放的心态、开阔的视野、兼容的胸怀开创了中国话剧"诗化"传统的先河,对我国现代戏剧的发展产生了深远的影响。

二、丁西林的戏剧创作

丁西林(1893—1974),原名丁燮林,字巽甫,江苏泰州人,戏剧家,物理学家。1910—1913年就读于上海南洋公学。1914年留学英国,在英国伯明翰大学学习,1919年获得该校理科硕士学位。1919—1924年担任北京大学物理系教授兼理预科主任。1924—1926年担任北京大学物理系主任。1928—1948年担任中央研究院物理研究所所长兼研究员。1933年当选为第一届评议会评议员。之后还担任过中央研究院总干事、中华全国科学技术普及协会副主席、中国科学技术协会副主席、文化部副部长、中国对外文化联络委员会副主任、中国人民对外友好协会副主任、北京图书馆馆长以及中国文字改革委员会副主任等。1974年4月在北京逝世。

丁西林从1923年发表第一个剧本《一只马蜂》开始,连续写了独幕剧《亲爱的丈夫》《酒后》《压迫》《瞎了一只眼》《北京的空气》等。这些剧作聚焦于事件的冲突本身,充分展开戏剧动作和人物关系的横截面。同时娴熟运用了"二人三元"的结构模式,这种模式适合于精巧的环节构思。下面我们对他的《一只马蜂》和《压迫》进行分析。

《一只马蜂》是一部结构精致、格调优雅、诙谐幽默的独幕剧。作品以轻松活泼的喜剧冲突表现了反封建的主题,主要写了吉先生、余小姐为追求自由恋爱而与吉母发生的家庭矛盾。剧中的吉母口头上主张儿女婚姻自由,而实际却处处进行包办,甚至为其做医生的侄子向本不想嫁给医生的余小姐提亲。她的儿子吉先生和余小姐相爱,但在老人面前无法表现出来,从而流露出"社会真是一个不自然的东西"的主题。作者没有直接写吉先生和余小姐与吉母之间的冲突,而是通过一系列颇具情趣的喜剧场面加以表现,巧妙而圆满地突出了主题。吉先生与余小姐早已心有灵犀,但吉母并不知情,这是作者以误会法营造喜剧氛围的手法之一。而在戏剧结尾处,正当吉先生拥抱余小姐时,吉母偏偏闯入,余小姐急中生智,用"一只马蜂"掩盖了真情,蒙蔽了吉母,圆满地打开僵局,这里采用的遮掩法具有强烈的喜剧效果。

《压迫》描写的是房东同房客在租房问题上的喜剧冲突。一位单身男士想求租住房,却遇上了一位只租给带家眷的房东太太,而她的女儿偏偏只租给不带家眷的人。男房客把定金交给了房东女儿,在搬家时遭到了房东太太的阻挠。于是,房东房客就陷入了各不相让的冲突之中,房东向巡警求助。此时,来了一个急需租房的女客,女客愿假扮男客的太太来共同对付刁蛮无理的房东。最后,顽固的房东太太只得把房子租给他们。作者塑造了两个性格独特而又典型的喜剧人物形象:房东是守旧的代表,男客是正义的化身,他们都具有脾气古怪、性格执拗的特点,当两人产生矛盾,就会做出一连串的滑稽可笑的举动,从而使戏剧充满了观赏性。

总体来说,丁西林的独幕喜剧不仅在结构形式上表现出精巧和成熟,更重要的是开拓了中国现代话剧的幽默喜剧样式,这也是他对中国现代话剧的独特贡献。

第三章　革命文学时期文化背景研究

　　革命文学时期(1928—1937)，又称"左联时期"。这一时期文学的主要变化是无产阶级革命文学运动(通称左翼文学运动)的兴起。早在20世纪20年代初期就有邓中夏、恽代英、沈泽民、蒋光慈等早期共产党人倡导过"革命文学"。1928年，创造社和新成立的太阳社又倡导无产阶级革命文学运动，出现了一系列宣传普罗文学(无产阶级文学)的文章，都强调文学的阶级性，强调文学是阶级斗争的工具，提出作家要获得阶级意识，要以工农大众为服务对象等。这些主张出现在革命处于低潮，国共两党阶级斗争尖锐时期，对于鼓舞革命斗志，推动文学向革命化方向发展起到重要作用。"左联"的成立是现代文学史上的一件大事，它标志现代文学又跨入了一个新阶段。"左联"成立前后，出版了《拓荒者》《萌芽月刊》《北斗》《文学月报》等刊物，都成为开展左翼文学运动的阵地。"左联"很重视理论批评，大量介绍马克思主义文艺理论，组织过"文艺大众化"问题讨论，积极参加文艺界的论争，先后同梁实秋为代表的"人性论"、胡秋源和苏汶为代表的"文艺自由"论等展开论战。因此，这一时期的文艺理论建设和文学批评比上一时期更显活跃。总之，革命文学时期的文学是在政治斗争和阶级斗争复杂和尖锐的时代背景下发展的。左翼文学运动和民主主义作家的文学活动，是这个时期文学发展的主要力量，而现实主义则是创作的主流。但某些现代主义的方法和技巧也被作家们尝试运用，还出现了象征派诗歌和新感觉派小说等这样一些现代派的创作。

第一节　革命文学的倡导

　　在国内，蒋介石于1927年叛变革命后建立了国民党反动政权，实行法西斯专政，在军事上和文化上进行反革命"围剿"。在国际上，由于资本主义世界的经济危机，各帝国主义加紧了对中国的扩张和侵略。日本帝国主义更妄图变中国为它的殖民地，1931年发动"九·一八"事变，侵占了我国的东北;1932年又发动"一·二八"事变，进攻上海;1935年又制造华北事变，民族危机空前严重。所以这是一个阶级矛盾和民族矛盾十分尖锐复杂的历史时期，反压迫和反侵略是这一时期中国人民的迫切政治任务，也是这一时期中国现代文学的中心任务。这一时期文学运动和文学创作的基本内容都是围绕着这两项任务而展开的，最终掀起了一场无产阶级革命文学运动。

一、革命文学倡导的主要力量及其具体主张

　　1928年初，创造社、太阳社的主要成员，以《文化批判》《创造月刊》《太阳月刊》等为阵地，

发起了一场无产阶级革命文学运动。无产阶级革命文学运动,是后期创造社的一些骨干分子首先倡导的。他们考察了五四以来的新文学运动以及大革命失败后的中国革命形势,认为必须响亮地提出无产阶级革命文学的口号,把新文学运动推进到一个新的历史时期。为了宣传这一主张,他们专门办了综合性理论刊物《文化批判》,旗帜鲜明地提出:"中国目下的客观情势……要求我们现实地去建设我们的'革命文学'"。这个"革命文学","应当而且必然地是无产阶级文学"。而"无产阶级文学"不再是以"观照的"或者说"表现构"态度去客观主义地描写无产阶级,而必须是为了完成无产阶级的历史使命,"以无产阶级的阶级意识,产生出来的一种斗争的文学"。为了建设这种文学,他们也提出了作家世界观改造的任务,认为"文学家,应该同时是一个革命家",应该"牢牢地把握着无产阶级的世界观——战斗的唯物论,唯物的辩证法"。他们表示要否定小资产阶级的旧我,不仅要获得无产阶级的"阶级意识",而且要"以农工大众"为自己服务的"对象"。

除了《文化批判》,无产阶级革命文学倡导者还在《创造月刊》《流沙》《思想月刊》《日出旬刊》上发表了大量文章,主要内容如下。

第一,从理论与实践两个方面论证了革命文学产生的历史必然性。他们根据马克思主义关于经济基础决定上层建筑的原理指出,历史上任何思想都不能脱离时代的生产关系的制约。由于近代中国社会的经济基础已发生变化,作为上层建筑的文学这意识形态的革命渐不能免。他们根据这一理论,把五四以来的新文学分为三个阶段:《新青年》时期的有产者(资产阶级)文学、五四以后的小有产者(小资产阶级)文学、大革命失败后的无产阶级文学。他们认为无产阶级既已成为"革命的指导者"。而革命文学的产生就不是谁的主张,更不是谁的独断……它应当而且必然地是无产阶级文学,这些观点虽不无偏颇之处,但对无产阶级文学必然出现的预料,在客观上是符合历史实际的。

第二,对革命文学的根本性质和社会功能作了初步的阐释。他们从文学作品的思想倾向、作家创作活动必然受阶级关系制约等方面,论证文学的阶级性质,认为文学从属于一定的阶级并为一定的阶级服务,革命文学必然的是革命阶级的思想、感情、意欲的代言人。他们认为,革命文学的主要社会功能在于宣传,一切的艺术,都是宣传,普遍地,而且不可逃避地是宣传,有时无意识地、然而常时故意地是宣传。这些观点明显地带有"左"倾路线的痕迹。

第三,就建设革命文学发表了一系列重要见解。他们认为首要问题在于作家要确立无产阶级立场和世界观,克服小资产阶级的劣根性。强调文学要以工农大众为主要对象,作家应多接近社会思想和工农群众的生活,同时也指出,革命文学并非只是"写穷"、写"革命"、写"炸弹",或只表同情于无产阶级的文学,重要的是作品应有无产阶级意识。这些论述还只是初步的、简略的,但对于作家摆脱一味表现自我,将视野扩展到社会生活以及反帝反封建的斗争,从而拓展革命文学题材的领域,是有积极意义的。

无产阶级革命文学运动的健将之一蒋光慈先是在《创造月刊》上著文积极参与这一运动的。1928年在党的支持下他和钱杏邨、孟超等创办太阳社,另出《太阳月刊》,和创造社采取友好合作的态度倡导革命文学。他们重新评价了五四以来的新文学作家,并将批判清算的矛头指向鲁迅、茅盾、叶圣陶、郁达夫等,对中国文学界的现状按照阶级属性作了新的估价,对革命文学的特征、创作题材、形式等问题也作了阐述。由于理论、思想上认识的不足,许多观点有"左"倾主义、宗派主义之嫌。太阳社在进行理论倡导的同时,在文学创作方面也取得了较好的成绩。

二、革命文学倡导的原因和背景

无产阶级革命文学运动兴起有着多方面的原因和背景。

第一，它是马克思主义在中国传播的结果，是五四新文学运动发展的必然产物。五四文学革命开始不久，尤其是1921年中国共产党成立之后，文学领域就不断受到无产阶级思想的影响。在少年中国学会1921年7月南京大会和1922年7月杭州大会上，李大钊、邓中夏等号召会员作家确信"主义"，"加入革命的民主主义运动"，使"文学不致徒供富人的玩赏"；1922年社会主义青年团在广州召开第一次全国大会，发出了"使文学艺术成为无产阶级化"的号召；1923年6月创刊的《新青年》季刊《新宣言》中，明确指出中国革命运动和文学运动"非劳动阶级为之指导，不能成就"。此外，《新青年》季刊、《中国青年》周刊、《觉悟》及其他进步刊物发表文章，如邓中夏的《贡献于新诗人之前》，恽代英的《八股》《文学与革命》，萧楚女的《艺术与生活》，沈泽民的《我们需要怎样的文艺》《文学与革命的文学》，沈雁冰的《文学者的新使命》，蒋光慈的《现代中国社会与革命文学》等文，从不同角度宣传革命文学主张。或提出文艺与革命的关系，肯定文艺的上层建筑性质；或指出革命文学揭露社会黑暗，表现斗争精神等方面的基本内容；或号召作家参加"革命的实际活动"，培养"革命的感情"；或主张反帝反封建的文学的联合战线；或介绍国际无产阶级文学的发展情况。早期革命文学的理论主张虽然不够系统完整，一些见解模糊甚至还有错误，但确实曾经对进步文学团体和作家产生了积极的影响。

1925年"五卅"运动进一步促成了新文学作家阶级意识的觉醒，形成了对革命文学的自觉要求。沈雁冰在《论无产阶级艺术》中指出："我们便不能不抛弃了温和性的'民众艺术'这名儿，而换了一个头角峥嵘，须眉毕露的名儿——这便是所谓'无产阶级艺术'。"郭沫若在《革命与文学》中也称："无产阶级的理想要望革命文学家早点醒出来，无产阶级的苦闷要望革命文学家实写出来。要这样才是我们现在所要求的真正的革命文学。"

第二，国内政治形势的变化促进了无产阶级革命文学运动的兴起。无产阶级革命文学作为一个运动，在现代文学史上构成一个特殊阶段，则是在大革命失败之后，无产阶级单独领导反帝反封建的新民主主义革命的时候才开始的。1927年"四·一二"事变之后，许多进步作家和革命知识青年从各地到上海，从事文化活动。有的从日本留学归来，有的来自南昌起义前线，有的来自北伐后的武汉，有的是从北京南下的，鲁迅则来自广州。"我们觉得这么多进步作家聚集上海，大家联合起来，共同办一个刊物，提倡新的文学运动一定会发生相当大的影响。政治革命暂时受了挫折，先从文艺战线上重整旗鼓，为迎接将来的革命高潮准备条件，岂不是很好吗？"[①]由创造社率先提出的这一主张得到了鲁迅、郭沫若、蒋光慈等的同意和支持。1928年2月《创造月刊》第九期上发表了成仿吾的《从文学革命到革命文学》，表明了创造社转变方向的态度。

第三，这一运动的兴起深受国际无产阶级文学运动的影响。20世纪20年代的中国不仅在政治上受苏联的极大影响，在文学上也是如此。1923年苏俄发生的文艺论战曾就无产阶级

---

① 郑伯奇.创造社后期的革命文学活动[A].中国现代文艺资料论丛[C].上海：上海文艺出版社，1962：5.

能否建立自己的文学、无产阶级的文学特性及它与前代文学、与同路人文学的关系、党对文学应该采取什么政策等问题展开激烈争论。1923—1927 年,苏联论战及无产阶级文学组织"拉普"的观点影响到中国,在关注、讨论苏俄文艺发展的过程中,中国无产阶级文学的发展也被提出来。另外,从日本回国的部分青年也受到日本福本主义的影响。福本主义是 20 世纪 20 年代后期日本社会主义运动中出现的一股"左"倾思潮,它以对纯粹的阶级意识的追求为特点,带有很浓的"宁左勿右"的色彩。在 1928 年 4 月"拉普"成立之前,日本左翼文坛也一直受福本路线的影响。

三、革命文学论争

创造社和太阳社的成员对马克思主义和中国革命以及五四以来的新文学的认识还不够深刻,再加上国际共产主义和无产阶级文艺运动中"左"倾思潮的影响,于是引发了一场错误地将矛头指向鲁迅的革命文学论争。

最先向鲁迅发动攻击的是冯乃超。他在《艺术与社会生活》一文中批评了叶圣陶、郁达夫、鲁迅、郭沫若、张资平五个有影响的作家,称鲁迅"是常从幽暗的酒家的楼头,醉眼陶然地眺望窗外的人生","他反映的只是社会变革期中的落伍者的悲哀,无聊赖地跟他弟弟说几句人道主义的美丽的说话!隐遁主义!"李初梨在《怎样地建设革命文学》中则攻击鲁迅搞"趣味文学",并责问鲁迅"是第几阶级的人",写的是"第几阶级的文学"。对此,鲁迅写了《"醉眼"中的朦胧》一文进行反驳,这标志着论争的开始。

论争开展之后,《太阳》《我们》以及其他刊物都纷纷加入创造社这一边,集中攻击鲁迅是"时代落伍者",甚至是"封建余孽""法西斯蒂"式的"二重反革命"。对这些无端攻击,鲁迅都义正词严地给予了反击。对文艺的一些基本问题,鲁迅有针对性地进行了答辩和论证,也一针见血地指出了批评者的错误。譬如,针对创造社、太阳社只注重革命文学的宣传作用,鲁迅指出:"一切文艺固是宣传,但一切宣传却非全是文艺","革命之所以于口号、标语、布告、电报、教科书……之外,要用文艺者,就因为它是文艺"①。针对倡导者们夸大革命文学的社会功能的说法,鲁迅则说,他是不相信文艺有旋转乾坤的力量的。他认为文艺可以改变环境之说是唯心之谈。还有关于文艺工作者的思想转变问题,鲁迅也认为倡导者们看得过于简单化,阶级根性的转变绝不是一朝一夕的事。

茅盾因为写了"蚀"三部曲,描写了小资产阶级知识分子在大革命前后的幻灭、动摇、追求的过程,而遭到来自创造社、太阳社的批判,从而引发了无产阶级文学能不能描写小资产阶级的问题。

革命文学论争持续 1 年多的时间,存在着认识上的偏差等缺点。这场论争也起到了一些积极作用。它引起了文艺界广泛的注意,从而传播了马克思主义文艺思想,提高了双方的马克思主义理论水平,促进了左翼文学主潮的形成。而且,经过这次论战,鲁迅研究了马克思列宁主义文艺理论,翻译苏联文学作品,集合革命青年发刊鼓吹革命文学的杂志,因而加强了革命文学的力量,这样就给日后革命文学阵营的团结创造了有利条件。

---

① 鲁迅.文艺与革命[A].鲁迅全集(第 4 卷)[C].北京:人民文学出版社,1981:84.

第二节 "左联"的成立

持续一年多的革命文学论争引起了国共两党的注意。1929年9月,国民党召开"全国宣传会议",提出以"三民主义的文艺政策"来统一文坛。共产党则指示创造社、太阳社停止与鲁迅的论争,并派代表与鲁迅会谈,希望联合起来成立统一的革命文学组织,对抗国民党的文化"围剿"。鲁迅对此表示赞同和支持。于是,三方面的代表于1929年10月举办了"左联"成立的第一次筹备会议,并着手拟定"左联"发起人名单,起草"左联"纲领。经过四个月左右的筹备,中国左翼作家联盟于1930年3月2日在上海正式成立。"左联"的成立,标志着左翼文艺运动成为有组织的革命运动,也标志着中国文学界统一战线的初步建立。从此,现代中国文学史翻开了崭新的一页,跨入了一个重要的历史阶段。

参加"左联"成立大会的有40余人,大会选举鲁迅、沈端先、冯乃超、钱杏邨、田汉、郑伯奇、洪灵菲七人为常务委员,并且通过了"左联"的行动纲领和理论纲领。行动纲领要求:第一,我们文学运动的目的在求新兴阶级的解放。第二,反对一切对我们的运动的压迫。理论纲领明确提出了文学与时代、文学与阶级的关系,阐述了左翼文艺的根本任务,"我们不能不站在无产阶级的解放斗争的战线上,攻破一切反动的保守的要素,而发展被压迫的进步的要素","我们的艺术是反封建阶级的、反资产阶级的又反对失掉社会地位的小资产阶级的。我们不能不援助而且从事无产阶级艺术的产生"。纲领还强调要抓紧建设无产阶级的文艺理论,把中国的革命文艺纳入"世界无产阶级的解放运动"中去。

鲁迅在"左联"成立大会上作了题为《对于左翼作家联盟的意见》的演讲。鲁迅指出,左翼作家要与"实际的社会斗争接触"以明白革命的实际情况,否则就很容易变成"右翼"。他还特别强调:"对于旧社会和旧势力的斗争,必须坚决、持久不断,而且注重实力",因此左联的"战线应该扩大","应该造出大群新的战士",建立起"以有共同目的为必要条件的联合战线"。鲁迅的清醒认识和明确论述,体现出辩证唯物主义和历史唯物主义的思想高度,对"左联"的工作具有重要指导意义。

"左联"成立了马克思主义文艺理论研究会、外国文化研究会、文艺大众化研究会等。之后在北京、天津、保定、南京、杭州及日本东京、南洋一带都建立了分盟组织开展活动。出版刊物有《萌芽月刊》《拓荒者》《文艺讲座》《五一特刊》《文化斗争》《世界文化》《前哨》《北斗》《文艺新地》《文学月报》《文学》《文学杂志》《文化新闻》《文艺月报》等。此外,"左联"成员以个人名义编辑出版的刊物有鲁迅编的《十字街头》、李一泯编的《巴尔底山》、鲁迅和黄源编的《译文》,还有鲁迅、黎烈文、聂绀弩编的《海燕》等。

"左联"成立以后,经历了从前期到后期的演化,清晰地显示了中国无产阶级革命文学从幼稚走向成熟的历史轨迹。

从"左联"成立到1931年6月瞿秋白参与"左联"领导工作前,为"左联"前期。这时期"左联"的主要成绩有以下几方面:第一,成功地召开了"左联"成立大会,讨论部署了工作并开展了一系列重要活动。"左联"成立后的4月和5月,又分别召开了两次全体大会,并通过派代表参加全国苏维埃代表大会、第二届世界革命作家大会,参加"五一"和"五卅"纪念活动等形式加强了同国内各革命团体和国际革命文学组织的联系。第二,积极创办机关刊物及外围刊物,开展了对一些重大文学理论问题的研究。刊物的不断涌现,体现了"左联"成员们饱满的战斗热情,并以《大众文艺》《拓荒者》为阵地,对文艺大众化问题进行了热烈的讨论。《文艺讲座》(专集)较为集中地介绍了马克思主义文艺理论和苏联文学,评述了新文学运动的成就。马克思主义文艺理论研究会、国际文化研究会都确立了各自的研究题目。第三,对国民党反动派摧残左翼文学的反革命文化"围剿"作了不屈反抗。"左联"积极开展各种活动,遭到了反动派的仇视和镇压。1930 年 4 月 29 日,国民党查封了"左联"的"艺术剧社"并逮捕五人,9 月又下令取缔"左联"等革命团体和通缉鲁迅等"左联"成员,10 月左翼戏剧家宗晖被反动派杀害于南京。翌年 1 月 17 日,"左联"作家柔石、胡也频、殷夫、冯铿、李伟森五人被捕,并于 2 月 7 日被秘密杀害。"左联"成员对种种疯狂的迫害毫不畏惧,他们公开发表宣言,出版"纪念战死者专号"刊物,对烈士表示深切的哀悼,对反动派的罪行进行了英勇的揭发和斗争。与此同时,"左联"还开展了对各种反动文艺思潮的斗争。"左联"的前期工作也存在一些明显的不足,这主要表现在"左联"以主要的时间和精力组织作家投身于纯粹的政治斗争活动,从而在很大程度上把"左联"变成了一个政党式的群众团体。

从 1931 年瞿秋白参与"左联"的领导工作到 1936 年"左联"自动解散,是"左联"的后期。这一时期正是国民党反革命"围剿"最为严重的时期。1931 年 11 月"左联"执委会的决议《中国无产阶级革命文学的新任务》,可视为"左联"后期工作的纲领性文件。这个决议尽管还残留某些"左"的痕迹,如照搬苏联"拉普"的"唯物辩证法"的创作方法等,但它在主要问题上是正确的。它正确分析了当时革命形势的特点,指出了"左联"在新形势下的任务,并特别强调"左联"必须在"文学领域内"进行斗争,已不再像前期那样片面强调政治斗争而忽视文学活动,而强调文学创作应占据"十分重要的地位",并对创作题材、方法、形式、体裁等问题作了阐述。同时,为了保证左翼文学的健康发展,决议又强调文学"理论斗争和批评任务同样的非常重大",提出要"研究马克思列宁主义",对左翼作家的作品要及时进行评论,给不好的倾向以"忠告和建议"。总之,这个决议基本摆脱了"左联"前期"左"的束缚,把文学放到了主要地位,为"左联"后期工作指明了正确方向,使"左联"后期取得了一系列辉煌成就。第一,在文学战线上继续同国民党的反革命文化"围剿"展开英勇斗争,并取得了伟大的胜利。继柔石等"左联"五位作家被害之后,又有 1933 年丁玲、潘梓年的被捕,应修人、洪灵菲的被害和 1934 年潘漠华牺牲于狱中,革命文艺作品屡遭查禁,进步文艺机关也多次被捣毁。但"左联"成员们并没有屈服,而是在血与火中磨练了革命的意志,左翼文学也在斗争中不断发展。第二,由于坚持以文学活动为中心,后期"左联"在发展和巩固刊物、培养作家、建设马克思主义文艺理论与批评、扩大战线等方面,取得了卓越的成就。针对反动派对"左联"刊物的严密查禁,"左联"或更改刊物名称,或由"左联"成员单独创办刊物,或与非"左联"成员合办刊物,采取灵活的斗争策略争取了活动的阵地。后期"左联"还特别重视对青年作家的培养,如鲁迅与沙汀、艾芜的通信,极为精辟地阐明了创作与生活的关系,给他们的创作指明了方向;对萧红、萧军、叶紫的作品,给予热情的推荐与评论。茅盾、冯雪峰等"左联"评论家也对叶紫、臧克家、艾青、田间、张天翼、丁玲等人的创作给予了肯定与鼓励,这都有力地促进了左翼青年作家的成长。此外,"左联"还致力于马克思主义理论与批评的建设,并取得了很大的成就。

总之,"左联"从成立到 1936 年二三月间自动解散,历时 6 年,为中国无产阶级文学的兴起和发展做出了不可磨灭的历史贡献。

第三节　左翼文学思潮

左翼文学思潮诞生于 20 世纪二三十年代,五四运动开始褪去它的历史光晕,而新的历史的机遇又同时酝酿着新的社会力量。作为一种激进的、裹挟着浓郁意识形态的文艺思潮,中国左翼文学思潮是由内外诸多因素共同促成的产物,是中国特定时期历史和文艺发展的必然需要。它的发生,首先源于早期共产党人对革命文艺的倡导;其次,国际无产阶级运动,尤其是苏联、日本等左翼文艺思潮的影响是促其形成的重要因素;当然,中国左翼文学思潮的发生更是由于当时国内革命斗争形势的骤变而致。从 1930 年 3 月"左联"成立,到 1936 年二三月份"左联"自动解散,延续 6 年的左翼文学运动不仅自身经历了各种考验,不断走向成熟,而且以出色的马克思主义文艺理论宣传、全方位丰收的左翼文学创作实绩,卓有成效地反抗了国民党的文化"围剿",成功地把无产阶级革命文学运动推进到一个崭新的历史阶段——左翼文学阶段。

一、左翼文学思潮发生的背景

左翼文学思潮的萌生可以追溯至 20 世纪 20 年代前期共产党人对革命文艺的积极倡导。早在 1921 年、1922 年,早期共产党人李大钊、邓中夏等就在少年中国学会的提案中,提出文学需要走向革命的观点。这相关内容前文已经进行了较为详细的论述,因此不再展开。

1927 年国内革命斗争形势的骤变是中国左翼文学思潮发生的历史契机。1927 年春夏,国民党汪精卫、蒋介石集团等相继叛变革命。他们在政治上彻底投靠帝国主义,残酷压迫人民,同时执行残酷的"清党"政策,大肆杀戮共产党人和革命群众。严峻的阶级斗争和革命形势对文学艺术提出了迫切的要求。这时,一部分参加过第一次国内革命、重新回到文学岗位上的作家如郭沫若、成仿吾等,刚从日本回国参加文学活动的青年作家如冯乃超、李初梨、彭康、朱镜我等,以及一些原先从事实际政治工作的革命知识分子如钱杏邨、洪灵菲、李一氓、阳翰笙诸人,相继集中于上海。从 1928 年 1 月起,经过整顿的创造社和由蒋光慈、钱杏邨等重新组建的太阳社,在《创造月刊》《文化批判》《太阳月刊》等刊物上,开始了无产阶级革命文学运动的倡导,正式提出"革命文学"的口号,从而拉开了中国左翼文学思潮的序幕。郭沫若首先在 1928 年 1 月的《创造月刊》第 1 卷第 8 期上发表了《英雄树》(署名麦克昂)一文,宣告无产阶级人民大众的文学艺术将要取代资产阶级个人主义的文学艺术,文学将要实行历史性的转折而突飞猛进地发展。随之,成仿吾的《从文学革命到革命文学》、蒋光慈的《关于革命文学》、李初梨的《怎样地建设革命文学》等相继在《创造月刊》《太阳月刊》以及《文化批判》上发表,多方阐述有关无产阶级革命文学的基本主张。冯乃超、钱杏邨、华汉(阳翰笙)等也分别撰文做了相关说明。倡导者还就革命作家的改造问题提出了意见,认为创造无产阶级革命文学的首要前提,在于革命作家确立无产阶级立场和世界观,即摒弃一切旧有的或非无产阶级的思想观念和价值体系。

倡导者对文艺创作技巧也给予了高度重视。关于作品所用的文字,多数倡导者主张作家应实行一定程度的转化,即通俗化。总之,为建设全新的革命文学和显示决绝的革命意向,倡导者认定作家应当具有与无产阶级革命意识相匹配的创作理念,"真正站在客观的具体的美学上",惟其如此,"才能真正同旧文学根本对立,才能真正化为无产阶级文学"

此外,国际无产阶级文学运动的空前高涨也对中国左翼文学思潮的发生具有重大作用。在 20 世纪 20 年代和 30 年代,国际无产阶级革命运动空前高涨。俄国十月革命以及东欧诸国的社会主义革命获得接连的成功,迅速推动了国际无产阶级革命力量的发展,从而形成波及全球、声势浩大的"红色"革命浪潮。作为国际无产阶级文艺运动在中国的反映,中国左翼文学思潮是这个运动的重要组成部分。中国左翼文学思潮主要受苏联和日本的无产阶级文学运动影响。

俄国十月革命以后,中国文艺界就掀起译介俄国文学的第一个高峰,五四新文化先驱以及部分共产党人,如李大钊、鲁迅、周作人、瞿秋白、郑振铎等都曾积极参与译介活动。在文艺上,最先输入的是列宁的思想。1925 年 2 月 12 日,《民国日报·觉悟》首次刊载列宁的论文《托尔斯泰与当代工人运动》(郑超龄译);1926 年 12 月 6 日,《中国青年》第 144 期首次刊载列宁的论文《党的组织和党的文学》(一声译)。其中有关创作者阶级意识、革命信念以及共产党对文学的领导权等观点对于日后中国左翼文艺理论的构建具有重大的借鉴意义。此外,苏联文艺动向也为中国进步人士所关注。1925 年北新书局出版任国桢译的《苏俄文艺论战》一书,该书介绍了 1923—1925 年苏俄文艺论战各派代表人物的观点。同时,部分早期共产党人赴俄学习、考察回来后,为国内无产阶级文艺运动提供了直接的思想资源与实践经验。1920 年 10 月至 1923 年初,瞿秋白作为北京《晨报》和上海《时事新报》的特约通讯员赴俄采访,后根据旅俄感受写成《俄乡纪程》和《赤都心史》等,以此反映和介绍俄国无产阶级革命及文艺发展的最新形势。1921 年至 1924 年在苏联留学的蒋光慈也深受其时无产阶级革命运动的熏染。1924 年 8 月,归国不久的蒋光慈在《新青年》(季刊)上发表《无产阶级革命与文化》一文,阐明苏联无产阶级革命与文化之间具有密切的联系,初步显示了有目的地引进与宣传苏联无产阶级文艺思想的意图。

日本的无产阶级文学运动既是中国文学与苏联文学的桥梁,又有着全新的无产阶级文化内容。后期创造社骨干郭沫若、冯乃超、李初梨等人留学日本,深刻地受到了日本无产阶级革命运动的影响。青野季吉和藏原惟人是太阳社和后期创造社成员所尊奉的理论家。其中藏原惟人的文艺思想在中国影响甚广。针对当时日本无产阶级文学运动中出现的政治主义倾向,藏原惟人写了《到新写实主义之路》一文。该文发表于 1928 年 5 月号《战旗》(日本),旋即由林伯修译成中文,7 月发表在《太阳月刊》停刊号上。随后,藏原惟人的《再论新写实主义》《作为生活组织的艺术和无产阶级》《普罗列塔利亚艺术的内容与形式》等著作,以及小林多喜二直接在其理论指导下创作的《一九二八年三月十五日》《蟹工船》等作品相继被介绍到中国。由此,中国一些左翼批评家开始有意识地运用藏原惟人的写实主义理论来批评和指导文学创作。另外,冯乃超、李初梨、彭康、朱镜我等人回国前夕,正是日共福本和夫"左"倾路线的高峰时期,其强烈的政治斗争意识对这些中国留学生产生了重大影响。

二、左翼文学思潮中的论争

1928年"革命文学"口号的提出,标志着中国左翼文学思潮的正式开始。在"左翼十年"的发展阶段,左翼文学思潮大体可以划分为两个时期,即"革命文学"论争时期(1928—1929)和"左联"时期(1930—1936)。在此期间,推动左翼文学思潮不断向前发展的主要是文艺论争,即左翼内部的两次论争——"革命文学"论争、"两个口号"论争,和来自外部的异己文艺思想的论争——与新月派、"民族主义文学"以及"自由人""第三种人"的论争。关于革命文学论争,前文已经进行了较为详细的阐述,这里不再展开。

(一)内部的论争

"五卅"惨案以及大革命失败后,国共合作关系破裂,五四精神陷入低谷,无数青年彷徨于十字街头,前途凶吉未卜。1928年,国际无产阶级文学运动蓬勃发展,在马克思主义理论的指导下,1930年3月2日中国左翼作家联盟在上海成立,面对严峻的革命形势,颁发了理论纲领,旨在建设无产阶级的革命文艺,反对封建阶级、资产阶级和"失掉了社会地位的"小资产阶级。为了团结和号召广大人民群众参与革命,"左联"极其重视文艺的大众化问题,认为只有文学服务于群众才是中国文学的唯一方向。"左联"成立文艺大众化研究会和中国诗歌会,致力于探索大众化文艺理论,并在《大众文艺》《北斗》《文学》《申报·自由谈》《文学月报》等众多报刊上持续进行了三次大讨论,各地报纸杂志也纷纷开辟文艺副刊登载讨论大众化问题的文章。

1931年"九·一八"事变后,东北沦陷。面对亡国灭种的危机,全国抗日救亡运动日益高涨,这一时代主题再次决定了中国文艺的走向。"左联"进步作家将反对日本帝国主义作为革命文学的重大任务,并且更加积极地倡导和领导文艺大众化运动,以群众喜闻乐见的形式鼓动中华儿女投入到保家卫国的战斗中去,由此拉开了轰轰烈烈的大众化、民族化以及利用小形式、旧形式问题的讨论和救亡文学、救亡戏剧的序幕。痛失故土和精神家园的东北作家群及其创作实践,将救亡文学推向了高潮。1936年春"左联"解散之后,遂展开了关于"国防文学"和"民族革命战争的大众文学"的两个口号的论争,为抗战爆发后的民族化与大众化文学思潮的建设奠定了基础。

"左联"时期有三次规模较大的文艺大众化讨论。第一次是在1930年春"左联"成立前后,第二次是在1931—1932年,这两次讨论集中在文艺大众化的意义、形式问题上,也涉及题材、语言问题。第三次是在1934年,主要讨论旧形式的利用,提出大众语和文字拉丁化的问题。文学大众化的目的,是要使新兴无产阶级的文学运动、政治运动融入群众中去。1930年1月1日,殷夫发表《过去文化运动的缺点和今后的任务》一文,明确提出文化运动要与实际斗争密切结合起来,将文化运动视为实际斗争的一部分。他总结五四是一个失败的运动,其中一条重要的弱点就是没有深入到青年工农群众中去:"在先前的文化运动,只注意于一般知识分子的群众,在青年工农群众之中,丝毫没有影响,这是一个严重的缺点,必须予以立刻的补救与纠正的。今后的文化运动应该与教育青年工农的运动结合起来,只有这样,才使文化运动的意义,深入到广大劳苦群众去。"①因此必须在今后的文艺中力求群众化:"力求群众化——这也是一个严重的问题。……在过去,我们看一般做文化运动的人,满口是'奥夫赫变','战取','意德沃罗基','布尔乔亚','普洛列达利亚'……不一而足,笔下也都是诗意葱茏,做得又温雅,又漂亮。可惜这种文章,连中等以上的学生都看不大懂(现在有许多所谓无产阶级文艺,势必要无产阶级的博士才能看懂),奈何?……此后这点必须厉行转变,要使文字上做到群众化。其次,文化运动中的文学运动,戏剧运动,本来是一种有力的利器,可惜在过去,这些都是一些阶层的运动,不但文学运动完全只号召一部分学生知识分子,就是戏剧运动也没有在工农群众中做过些工作,这是不行的,今后须力求群众化。"②这篇带有总结性质的论文,指出普遍工农大众的文化程度难以适应五四"欧化"习气下产生的精英型文学。

1930年3月2日,在"左联"成立大会上,鲁迅的著名演讲《对于左翼作家联盟的意见》也指出,文艺联合战线的统一要以有"共同的目的"为必要条件,即"目的都在工农大众"。《大众文艺》杂志在1930年3月第2卷第3期上开辟"新兴文学专号",热烈讨论大众化的问题。针对五四新文学以来所谓"西洋文"与大众化之间的矛盾,鲁迅在《文艺的大众化》中指出:在教育不平等的社会里,应有难易不同的文学以供各种程度的读者之需,目前实现全部大众化只是空谈。这就引出了大众化要怎样实现的问题。鲁迅在这篇文章中提出了意见:"应该多有为大众设想的作家,竭力来作浅显易解的作品,使大家能懂,爱看,以挤掉一些陈腐的劳什子。但那文字的程度,恐怕也只能到唱本那样。"③结合当时中国民众的文化程度,真正的启蒙文学应该是大众文学,应该是如鲁迅所说的能适应大众的各种程度的作品。大众文学的属性是平易、真实、简单、明了,大众化问题的核心是怎样使大众获得自己的文学。在语言文字运用上,当然是沿用大众日常用语,尽量不用修饰雕琢;在大众形式的问题上,大家几乎都将焦点聚集在旧形式的利用上。郑伯奇指出:"他们有他们的文学:他们有他们自己创作的俚谣,他们有他们自己表演的短剧。并且他们有他们能享受的巡回图书馆,在这图书馆有他们最喜欢的插绘本小说等。""大众文学家应该在这里夺回我们的群众。并且在这里,他们应该帮助大众去创作民谣,编排戏剧。"④将民谣、短剧、插绘小说等大众熟悉的形式运用到大众文学的创作中去。钱杏邨阐述得更为深入具体:"一方面利用旧的,大众所理解的形式,一面不断的发展代替它的新的形式,在新旧的各样的形式之中,去描写斗争的生活,发扬大众的阶级意识,唤醒他们起来革命。要利用一切他们所能理解的形式,去完成宣传,鼓动,以及组织群众的任务。"⑤

不仅是利用旧形式,而且还着力于创造新的适于大众斗争的形式。郭沫若当时说:"我所

① 沙洛(殷夫).过去文化运动的缺点和今后的任务[A].中国新文学大系·文学理论集一(1927—1937)[C].上海:上海文艺出版社,1987:212.

② 沙洛(殷夫).过去文化运动的缺点和今后的任务[A].中国新文学大系·文学理论集一(1927—1937))[C].上海:上海文艺出版社,1987:215.

③ 鲁迅.文艺的大众化[A].中国新文学大系·文学理论集二(1927—1937)[C].上海:上海文艺出版社,1987:279.

④ 郑伯奇.关于文学大众化的问题[A].中国新文学大系·文学理论集二(1927—1937)[C].上海:上海文艺出版社,1987:289.

⑤ 钱杏邨.大众文艺与文艺大众化[A].中国新文学大系·文学理论集二(1927—1937)[C].上海:上海文艺出版社,1987:303页.

希望的新的大众的文艺,就是无产文艺的通俗化! 通俗! 通俗! 通俗! 我想你说五百四十二万遍通俗! ……所以大众文艺的标语应该是无产文艺的通俗化。通俗到不成文艺都可以,你不要丢开大众,你不要丢开无产大众。始终要把'大众'两个字刻在你的头上。"①文学毕竟是艺术,尽管新式的"子曰诗云"和"洋八股"不能完成教导和服务大众的任务,但如果因为极端的政治功利目的而抛弃文学的本质,使之丧失艺术的基本属性,在这种理论指导下产生的作品很容易沦为空洞的说教和政治口号的传声筒。

1931 年 11 月"左联"执委会通过了《中国无产阶级革命文学的新任务》的决议,为文艺指出了新的任务和路线,要求在文学领域内加紧反帝国主义和封建主义的工作,并且要在工农大众间普及无产阶级革命文学。决议指出,文学大众化是建设无产阶级革命文学的"第一个重大的问题",今后的文艺必须以"属于大众,为大众所理解、所爱好为原则",为此成立"大众文学委员会",大众化问题成为左翼文学理论的焦点之一。在创作问题上,决议规定:第一,在题材内容的选择上,要求作家抓取最能完成革命文学任务的中国现实社会中的广大题材,例如要集中反映和分析帝国主义、封建军阀、地主资本家等反动势力对中国劳苦民众的残酷压迫和剥削,表现和颂扬苏维埃运动、土地革命以及红军、工农群众的英勇斗争,描写农村经济的变化和资产阶级的形成以及没落、工人与资本家的对立和斗争等。第二,在创作方法上,要求作家站在无产阶级世界观角度,运用唯物辩证法进行创作。并且要同其他的主义、观念划清界限,学习马列主义和苏联无产阶级文学作品。第三,在写作语言上,要求文字简明易解,必须运用工农听得懂的语言文字,而且必要时可以使用方言。第四,在体裁的选用上,要批判地采用中国本有的旧形式,以容易为工农大众接受为原则。创造和运用新的报告文学、宣传艺术、壁报小说、大众朗读等文学式样。

关于大众化文学的形式问题,阳翰笙的《文艺大众化与大众文艺》(1932 年),鲁迅的《论"旧形式的采用"》(1934 年)和《拿来主义》(1934 年)代表了大致的观点。形式的问题,一指语言,一指体裁。在语言上,大众文学要采用"绝对的白话"②,即大多数工农所说的普通话,平常怎么说,笔下就怎么写。体裁上也要摆脱那种脱离大众的欧化的穿插颠倒、神出鬼没的结构和写法,不仅要制作出连环图画、街头小唱、小调、鼓词等旧形式的东西,还要创造出报告文学、壁报小说、群众合唱剧本等新形式,鼓励工农通信员努力运用这些形式表现新的内容。旧形式的采用体现了民族化、民间化的立场,与新形式的创造并不矛盾。鲁迅指出,旧形式的采用是为了新形式的探求,至于"拿来主义",则是欧化与文艺大众化的问题,主要是要主动选择外国优秀的文艺形式。

"国防文学"早在 1934 年就有人提倡,如周扬的《"国防文学"》、周立波的《关于"国防文学"》。到 1936 年,面对越来越严峻的亡国危机,团结一致、抗日救亡成为时代洪流。"左联"解散之际,"国防文学"和"民族革命战争的大众文学"口号先后提出,一些作家围绕这两个口号进行了论争。这是革命文艺界内部的论争,双方在"如何建立统一战线,无产阶级在统一战线组

① 郭沫若.新兴的大众文艺的认识[A].中国新文学大系·文学理论集二(1927—1937)[C].上海:上海文艺出版社,1987:283.

② 寒生(阳翰笙).文艺大众化与大众文艺[A].中国新文学大系·文学理论集二(1927—1937)[C].上海:上海文艺出版社,1987:386.

织中的地位和作用,提什么口号更合适、更科学,对抗日文学的理解和创作等方面"①存在不同意见,并无原则性分歧。二者的目的是一致的,即将民族革命战争和人民大众生活紧紧连在一起,一切的文艺都是为了救亡。

总体来说,"民族革命战争的大众文学"口号覆盖的内容比"国防文学"要广泛,仅从题材范围上来说,虽然都以反对帝国主义和封建主义为主,但国防文学的题材很有局限,它主张写英雄题材,包括英勇的革命英雄和义勇军战斗事迹,而且要展示乐观的革命理想,常常在结尾处喊出几句"打倒日本帝国主义"或者"中国必胜"的口号。而"民族革命战争的大众文学"允许描写中国大众的各种生活和斗争,当前一切生活就连吃饭睡觉等琐事都与民族生存问题有关,都与日本侵略有关,所以作者可以自由地去写工人、农民、学生、强盗、娼妓、穷人、阔佬……什么材料都可以,而且也不需在作品后面添加一句空洞的战争标语和矫饰的尾巴。只要那作品中的生活是真实的,它就是生龙活虎的大众的文学。正如鲁迅所说的,"民族革命战争的大众文学"可以看作是一个"总的口号"②,在这总的口号下,涵盖"国防文学""救亡文学""抗日文艺"等等,是无碍的。

"左联"时期,成立了文艺大众化研究会、中国诗歌会,经历了三次大众化问题的讨论,在文艺创作与现实斗争结合的路线下,产生了一大批具有大众化、民族民间化的文艺作品。

《大众文艺》在开辟文艺大众化讨论专期的同时,也刊载了不少作品。其中比较符合大众化标准的有陶晶孙的木偶剧《傻子的治疗》,龚冰庐的小品《劳动组织》,这两篇都是比较好的作品。这一时期,开展过一系列大众化、民间化运动,如蓝衫剧团运动、大众歌唱队——包括大众朗诵诗、大众合唱剧、革命歌词等内容,说书队运动等。东北作家群的作品主要反映了处于日寇铁蹄和"伪满"政权蹂躏下的东北人民的悲惨遭遇,表达对侵略者的仇恨、对父老乡亲的怀念以及早日收回国土的强烈愿望。由于他们最早感受到了"亡国奴"的悲哀,对丧失精神家园和人格尊严的体会尤为刻骨,因此优秀作品较多,将救亡文学运动推向高潮。救亡文学最大的成就在于小说,代表作有李辉英的《最后一课》,葛琴的《总退却》,艾芜的《咆哮的许家屯》,萧红的《呼兰河传》《生死场》,萧军的《八月的乡村》《生与死》等。这些小说都直面血淋淋的战争和残酷的人生,反映了在沦陷的东北苦难民众凄苦而又坚韧的生活,倾诉亡国的耻辱。戏剧主要是独幕剧,代表作有适夷的《S·O·S》,白薇的《北宁路某站》。这类剧作在形式上短小,便于小规模演出和鼓动人心,内容直接关联现实。他们的作品具有粗犷宏大的风格,写出了东北的民俗风情,显示了浓郁的地方色彩。

中国诗歌会1932年9月成立于上海,是一个左翼群众性的诗歌团体。1933年2月创办机关刊物《新诗歌》旬刊(后改为半月刊、月刊)。中国诗歌会诗人致力于探索诗歌大众化的途径,最大的贡献是努力追求新诗的民族化与大众化。中国诗歌会在上海设总会,在北平、广州、青岛以及日本的东京等地设有分会。诗人蒲风、穆木天、任钧、杨骚等是主要发起者,其中最有影响的代表性诗人是蒲风,诗集《茫茫夜》、长篇叙事诗《六月流火》等是他的代表作。

1936年春,在"国防文学"的口号下,相应地产生了"国防戏剧运动"。在文化领域各个部

---

① 马良春,张大明.中国现代文学思潮史(下册)[M].北京:北京十月文艺出版社,1995:1023.

② 鲁迅.论现在我们的文学运动[A].中国新文学大系·文学理论集二(1927—1937)[C].上海:上海文艺出版社,1987:765.

门中,戏剧是最有力、最见效的艺术形式,它能用最形象、最直观的表现方式反映现实,能最及时地鼓动群众,是实现文学功利性最快速的工具。而"国防戏剧运动"不同于五四以来以市民、学生和一般知识分子为主要对象的戏剧运动,大批戏剧工作者组成流动剧队,走向农村、内地和前线。戏剧实行小型化和通俗化,以抗日战争和反封建为主题,也有反映中外民族解放的历史戏剧,在抗日反侵略战争中起到了积极的宣传与激励作用。优秀剧目如《阿比西尼亚的母亲》(田汉作)、《前夜》(阳翰笙作)、《夜光杯》(尤兢作)、《黑地狱》(凌鹤作),以及集体创作的《洋白糖》(洪深执笔)、《我们的故乡》(章泯执笔)、《汉奸的子孙》(尤兢执笔)等。

(二)异己之战

中国左翼文学思潮的演进不仅需要口号的倡导、组织的建构,与各种各样的异己思想的论争也是其重要的组成部分。"革命文学"倡导之初,除了与鲁迅、茅盾等五四作家展开论争,还与来自外部的文艺思想,即新月派、"民族主义文学"派以及"自由人""第三种人"展开针锋相对的论战。

首先与无产阶级革命文学运动展开论战的是新月派。作为文学社团,新月社 1923 年初创于北京,其主要成员有梁实秋、陈源、徐志摩等人。1928 年 3 月,正当"革命文学"倡导之际,以胡适任董事长的新月社创办了《新月》月刊杂志,标志着新月派的正式形成。在由徐志摩执笔的发刊词《〈新月〉的态度》上,新月社以其标举的两大文学原则——"健康"和"尊严",提出对"革命文学"的批评。在他们看来,这是一个"荒歉的年头,收成的希望是枉然的。这又是个混乱的年头,一切价值的标准,是颠倒的";文化园地里多的是"盘错的旁枝""恣蔓的藤萝",却不见"刚直的本干""普盖的青荫";文坛上全是一些"功利派""攻击派""偏激派""主义派"等"不良分子"。如果说《〈新月〉的态度》仅仅是从文艺倡导的角度对无产阶级革命文学"混淆"思想的"危害性"提出批评,那么梁实秋的《文学与革命》《文学是有阶级性的吗?》《论鲁迅先生的硬译》等文章则从学理和意识形态方面抨击无产阶级革命文学的历史合法性。

面对新月派对无产阶级革命文学的批评,革命文学的倡导者纷纷撰文予以严厉的驳斥。在《什么是"健康"与"尊严":"新月的态度"底批评》一文中,彭康从社会学的角度对新月派的两大文艺原则"健康"与"尊严"提出质疑。他认为,"思想和文艺的发生,必须有一定的社会的根据,因为思想和文艺是客观的反映",因此,如果没有"从社会的根据和阶级的意义去检讨",那么,"所谓的健康与尊严这两个原则并不能为它的标准"。继之,冯乃超写了《冷静的头脑:评驳梁实秋的〈文学与革命〉》一文,依据马克思主义的阶级论驳斥了梁实秋的人性论以及文学没有阶级性的观点。不过,由于当时革命作家忙于内部的论争,这场论战没有进一步深入展开。1929 年秋,革命文学论争已经结束,革命作家日趋团结,转而意识到原先"过于不注意真正的敌人"的弱点,因此对新月派再度展开有力的回击。同年 9 月,梁实秋相继发表《文学是有阶级性的吗?》《论鲁迅先生的硬译》等文章,继续宣扬人性论的自由主义文艺观。这时,除了冯乃超等人全面反击梁实秋的人性论,指责梁实秋为"资本家的走狗"以外,鲁迅也与之展开正面论战,先后撰写了《新月社批评家的任务》《"硬译"与"文学的阶级性"》等文章。鲁迅娴熟地运用逻辑推理的方法,对梁实秋的文学无阶级性的观点逐一驳斥,有力地抨击了当时反动文人的丑恶行径,还有效地扩大了革命文艺的文化阵营,从而促进了中国左翼文学思潮的发展与深化。

继新月派之后,向无产阶级革命文学运动挑衅的是"民族主义文艺运动"。民族主义文艺派的主要成员有傅彦长、朱应鹏、黄震遐、范争波等人。1930 年 10 月 10 日,经重赏请人起稿的《民族主义文艺运动宣言》(以下简称《宣言》)一文在《前锋月刊》上发表。《宣言》一开篇就惊呼中国文艺面临的深重危机,而要挽救这一局面的唯一出路"是在努力于新文艺演进进程中底中心意识底形成","发挥它所属的民族精神和意识",以促进"新的文艺"和新的"民族国家"的发展。为了捍卫所谓"文艺的最高意义,就是民族主义"的观点,《宣言》以古埃及的金字塔人面兽到现代欧洲的表现主义等艺术流派为例,论证任何艺术都是所属民族意识的必然产物。继之,傅彦长在《以民族意识为中心的文艺运动》一文中,继续鼓吹确立"民族意识"对于文艺建设的重要性。为了揭露民族主义文学派的反动面目,瞿秋白、茅盾、鲁迅等人先后撰文参加斗争。继瞿秋白在《屠夫文学》一文中揭露民族主义文艺的政治立场后,茅盾在《"民族主义文艺"的现形》一文中,从文艺理论的角度逐一剖析《宣言》中所列举的中外艺术流派的阶级性,指出民族主义文艺派所宣扬的"民族的意识"其实就是统治阶级的意识,其实质是"官办的,是国民党的白色文艺政策"[①]。针对民族主义文艺派对无产阶级革命文学的嘲讽,鲁迅着重以黄震遐的"参加讨伐阎冯军事的实际描写"的小说《陇海线上》中的描写为例,生动地阐述了"中国的'民族主义文学家'根本上只同外国主子休戚相关"的走狗奴性。随着无产阶级革命形势的日益高涨,作为国民党反动派为配合其政治上的法西斯行为而指令文艺走卒剿灭无产阶级革命文学运动的文艺手段,1931 年底"民族主义文艺运动"在众人的声讨中偃旗息鼓。

与自由主义文艺观的论争是中国左翼文学思潮的重要组成部分。新月派与"自由人""第三种人"均宣扬自由主义文艺思想,但无产阶级革命文学与之的两场论争有些不同。与新月派的论争主要是文学的阶级论与人性论的分歧,与"自由人""第三种人"的论争则围绕文艺的创作自由而展开。这场论争始于 1931 年末,终于 1932 年底,历时一年,是整个"左联"时期规模最大、历时最久的一次文艺论战。胡秋原以"马克思主义文艺理论之拥护"和"钱杏邨理论之清算"为名义挑起这场论辩。1931 年底,胡秋原参与编辑的刊物《文化评论》创刊号的社评《真理之檄》宣称:"文化界之混沌与乌烟瘴气,再也没有如今日之甚了"。同时,胡秋原以"自由人"为名,发表《阿狗文艺论》一文,在挞伐"民族主义文艺"是"法西斯的文艺"的同时,指责无产阶级革命文学"将艺术堕落到一种政治的留声机,那是艺术的叛徒,艺术家虽然不是神圣,然而以不三不四的理论,来强奸文学,是对于艺术尊严不可恕之冒渎"。接着,他又写了《勿侵略文艺》一文,主张艺术只能表现生活,不能对生活发生任何作用,矛头直指无产阶级革命文学。不久,苏汶有感于胡秋原与左翼人士各执"马克思主义文艺理论"一端的论辩,发表《"第三种人"的出路》《论文学上的干涉主义》等文章加入论争。苏汶以作者身份的"第三种人"自居,认为文学应当脱离政治而自由。对此,"左联"作家纷纷撰文反击对方的观点。1932 年,瞿秋白陆续发表了《"自由人"的文化运动》《文艺的自由和文学家的不自由》等文章,驳斥胡秋原和苏汶的自由主义文艺观。有关"钱杏邨理论之清算"问题,瞿秋白认为其中确实存在着唯心论等错误,但同时,瞿秋白指出胡秋原文艺批评之谬误。他认为胡秋原的理论是一种"虚伪的客观主义",因为依据马克思主义阶级论原理,"在阶级社会中不可能有独立于阶级利害之外的'文艺自由'"。同样,针对苏汶,瞿秋白也指出只有无产阶级才能建立"真正科学的文艺理论",无产阶级在革命斗争中,需要用文艺帮助革命,"不但要普通的煽动,而且要文艺的煽动"。与此同时,周扬也

---

① 田萌(茅盾)."民族主义文艺"的现形[J].前哨(《文学导报》),1931(4).

发表《到底是谁不要真理，不要文艺?》一文，痛斥苏汶所谓马克思列宁主义者是对马克思主义的"极其恶毒的歪曲"。鲁迅的笔锋主要指向苏汶。在《论"第三种人"》一文中，他剖析"第三种人"所谓慑于"未来的恐怖"而搁笔的原因在于"心造的幻影"。在《又论"第三种人"》一文中，鲁迅以人体有胖有瘦为喻，形象地描述在现实的革命斗争情景下，文艺界也绝不会有"不胖不瘦"的"第三种人"的存在。随着双方对相关问题阐释的深化，左翼人士与苏汶等"第三种人"的论争逐渐缓和。在《"第三种人"的出路》一文中，苏汶在确认文学阶级性的基本立场的基础上，对左翼"认友为敌""拒人于千里之外的态度"深表不满。同时，左翼文坛开始认真总结自己的文艺路线及其实施方针，对苏汶及其所持的"第三种"文艺观的态度也渐有改变，从而提升了自身有关无产阶级革命文学的理论认识。

除了与新月派、"民族主义文艺运动"的斗争以及与"自由人""第三种人"的论争，左翼文坛还与"论语派"的帮闲文学等展开了论辩。文艺是否应当为革命、为政治服务始终是这些论争的焦点所在。在这个意义上，这些论争的实质是无产阶级和资产阶级争夺文艺运动领导权的斗争，而这关乎中国文艺运动发展的方向问题。毋庸置疑，经过多次文艺论争的辨析与阐述，左翼文坛有力地回击了各方文艺人士的异己之见；同时，在相当程度上提高和加强了自身的革命理论素养，为20世纪中国左翼文学思潮的发展奠定了坚实的思想基础。

三、左翼文学思潮的特点

"左联"时期是中国无产阶级文艺大众化开始蓬勃的时代，五四时期的"欧化"习气渐向民族化、民间化复归，这一时期的文学思潮具有以下的特点。

第一，文学在政治的推动下，成为政治运动的一部分，其广袤的社会启蒙功利性被政治功利性遮蔽，担负了文学服务于群众的角色，直接作用于救亡运动和政治生活。

第二，在文学形式方面，应"大众化"和"民族化"的要求，逐渐抛弃五四后形成的"洋八股"口吻，左翼阵营下的文学创作都运用了工农大众的日常生活口语；在体裁上，批判地利用了民众易懂熟悉的旧形式，例如大鼓词、歌谣、快板等；还创造了报告文学、壁报小说、通讯等小形式，有利于在短时间内感染民众。不过正是由于大众化和功利化的追求，在短时间内的"急就章"也有许多硬伤。例如，人物单薄，没有丰富立体的性格；话语苍白，总有一大堆不符合人物身份的大道理频频出现；故事情节单调，较少跌宕起伏，一听开头就已经知道过程和结尾，缺少艺术感染力。

第三，人的意识的异动与题材领域扩大。左翼文学思潮将五四以来对人的思考，推向一股崭新的领域。早期的革命文学已经让人们正视，人不仅仅是属于他自己，而且更属于社会、属于阶级。左翼文学沿着这个方向继续进行。它着力表现的依然是一些引领时代政治思想潮流的人们。和革命文学一样，左翼文学也集中了笔墨去描绘革命者的精神解放、精神困境、精神拯救的历程，去描写走向集体、走向人民的革命青年所经历的崇高与卑下、抗争与败退、醒悟与困惑的内外部斗争。与革命文学比，左翼文学为人物的精神异动设置了一个更为厚实更为宽广的生活背景；而与京派、海派文学比，它的人道主义关怀在多数情况下更为深切、现实。正是因为肯定了人的社会属性和阶级属性，左翼文学突破了五四文学以婚姻爱情为主的题材拘囿，也比较成功地突破了革命小说中最司空见惯的"革命＋爱情"的叙述模式。知识者题材、农村题材、革命斗争题材，都走进了左翼文学。而且，人物的行为以及作为背景的社会生活都有了越来越强的质感。在后来的发展中，左翼文学没有止步于对人的社会性和阶级性的确认上。它更多是去呈现人在阶级社会里的不同遭遇，去关注人的生存状况。与发现人的阶级、社会性息息相关的是，左翼文学还突出了人的民族性。左翼文学始终贯穿着反帝爱国、救亡图存的主题。

第四，批判精神与参与意识的高扬。如果说 20 世纪 30 年代阶级意识的觉醒对五四文学而言是一次突破的话，那么，批判精神与参与意识的高扬则是五四精神的延伸。20 世纪 30 年代的左翼文学，之所以能够吸引包括鲁迅、丁玲、萧红、张天翼、艾芜等在内的、当时中国最具才华的一批文学家，当然有多方面的原因。然而，左翼所倡导和实践的一种不妥协的抗争精神，却不能不说是吸引他们、召唤他们的重要因素。20 世纪 30 年代的现代中国，处在民族危机与国家危机的双重压迫下，面对危机，左翼文学做出了积极的反应。左翼文学明确地反对国民党政府，反对其主流政治意识形态。左翼这种以天下为己任的不妥协精神，从表层看，它抵抗了国民党领导的"三民主义文艺"和"民族主义文艺运动"的文化专制，为左翼文学，为整个进步的、直至中间状态的文学界争得了创作的空间；从深层看，它既联结着中国的精神传统，又着力于现代中国的精神建构。

左翼文学批判精神的高扬，落实到创作上有几个体现：其一，以鲁迅为旗帜的左翼作家创作了大量社会批判、政治批判散文，并形成了"鲁迅风"杂文流派，此类批判散文如火如荼，几乎淹没了 20 世纪 30 年代那些只关注一己痛痒的抒情散文的存在。其二，在小说、诗歌、戏剧等文学样式中，也有一种普遍的批判精神。其三，20 世纪 30 年代的左翼文学的批判视野比较广泛，它们不仅批判了当时的社会政治现实，而且批判了封建宗法农业文明以及初期资本主义工业文明的弊端。

第五，"现实主义"的探索与叙事能力的发展。探索现实主义的创作方法，是左翼文学的一项重要工作。左翼先后倡导和实践的现实主义有多种，如"新写实主义""普罗列塔利亚写实主义""唯物辩证法的创作方法""革命现实主义""社会主义现实主义"。这些"现实主义"的源头都在苏联，但左翼理论家并不是它们简单的引入者和接受者。鲁迅、冯雪峰、胡风等人对现实主义的探讨，各有不同，且都在不同的程度上溢出了原有的理论框架。左翼理论家们使现实主义在中国逐步定型，他们让一种典型的"现实主义"成为中国文学的"主流"，同时又让"现实主义"充满一定的弹性和吸纳力。同时，应当特别指出的是，左翼文学深化"现实主义"上的成就在后来没有得到应有的重视，对"现实主义"的一种相当封闭的解释及实践，占据了权威地位并压抑了其他的探索和实践。

与理论上的曲折前行相比，左翼文学在创作中对现实主义表现手法的探索要更为深广一些。像《子夜》《倪焕之》《财主底儿女们》《生死场》《八月的乡村》等作品就不是某一类型现实主义的单纯实践者，它们极大地丰富了左翼现实主义的色彩。而茅盾、萧红、路翎等作家对现实主义的贡献，值得特别提及。茅盾的社会剖析小说，对作家高屋建瓴地把握社会生活是一个示范；萧红的小说充满了印象式的表现和诗意的传达，为现实主义添加了鲜明的个人徽记。诗歌、散文、戏剧、电影方面的探索虽不像小说那样醒目，但也有突出的收获。诗歌领域里出现了由抒情走向叙事、由短诗走向长诗的创作倾向。在戏剧、电影方面，夏衍等剧作者也写了不少反映重大社会主题的话剧与电影剧本。总体说来，现实主义是 20 世纪 30 年代的左翼文学最为主要的创作方法,而左翼作家们在多个领域里的出色实践,表明五四以来的现代中国文学的叙事能力在此期间得到了长足的发展。

第六,理性主义与泛政治化的禁锢。理性主义和政治意识的普泛化,使左翼文学屡遭诟病。在理论建设及文化组织的层面上,这一弊病比较严重;在具体的创作中,左联的前期比后期严重,诗歌比小说严重。理性主义宰制文学理论建设,比较普遍的表现是把抽象的世界观等同于创作方法。像"唯物辩证法的创作方法""革命现实主义""社会主义现实主义"等理论的提出就是例证。泛政治化的倾向主要体现在三个方面:其一是以政治的实利需要和武断态度,废弃了包括独立自由在内的一些现代价值观念;其二是从划分政治界线的角度,拒斥对其他创作方法的接纳;其三是以政治功利性为出发点,否定了文学的其他功能。

在具体的创作中,概念取代形象、理性挟裹情感的情形,在中国诗歌会的创作中比较明显。小说中这种弊病要相对少一些,也要相对隐晦一些,但依然值得注意。与杂芜而又充溢着情感的革命小说相比,部分左翼小说被理性挤干了诗意的汁水。在这些小说中,个体只需要为革命去付出,明确的政治理念只需要实践。主体的外部世界扩大了,内部世界却急剧地缩小了。像《咆哮了的土地》和《水》等作品对革命的叙述就有一种共同的结构性特点:精神主体致力于探究的只是革命的操作性问题。

四、左翼文学思潮的理论贡献

从中国现代文学发展的角度讲,左翼文学思潮除了为文坛贡献了一批面貌崭新的文学作品外,特别引人注目的是其理论贡献。左翼文学思潮的理论贡献主要有四个方面。

(一)"新写实主义"范畴的引入

"新写实主义"这一概念,是1923年苏联"无产阶级文化派"理论争论时期,由沃隆斯基提出来的。1924年沈雁冰在一篇题目为《俄国的新写实主义及其他》的短文里,最早对"新写实主义"进行了解释。不过,沈雁冰的这篇短文在当时并未引起人们的注意。1926年,郭沫若在《革命与文学》里,也对苏联的"拉普"所倡导的"普罗列塔利亚写实主义"做出了回应,主张"表同情于无产阶级的社会主义的写实主义的文学"。不过,"严格意义上说,真正把'新写实主义'概念和理论思想引进我国,应是钱杏邨、林伯修和太阳社中的一些人"[①]。在沃隆斯基提出无产阶级文学的"新写实主义"主张后,沃氏的理论对当时正在苏联留学的藏原惟人产生了重大影响。1926年藏氏回国,就将"新写实主义"理论带回到了日本。1928年,林伯修(杜国庠)在《太阳月刊》的停刊号上发表了藏原惟人《到新写实主义之路》的译文。这篇译文的发表,可以看作是左翼文学作家群对"新写实主义"创作方法认同的一个标志。

这里需要加以说明的是,左翼作家们所"引进"和"借用"的"新写实主义",并不是我们在20世纪后期所碰到的"文学现实主义"的另一种说法。无论是沃隆斯基还是藏原惟人,无论是沈雁冰、郭沫若还是林伯修、钱杏邨,在与论者那里,"新写实主义"都是一个以"阶级"为充分前提之后(是在无产阶级这个"阶级前提""后面"的)的写实主义。这个"无产阶级"的"写实主

---

① 林伟民.中国左翼文学思潮[M].上海:华东师范大学出版社,2005:185.

义",并不是真正意义上的属于现实主义的"写实主义"。当然我们也必须看到,尽管"新写实主义"观念的引入与现实主义有着相当远的实际距离,不过它的到来却对此一时期新文学的现实主义走向产生了必要的影响。这至少有两点值得我们注意:其一,它将"写实主义"这个现实主义文学概念带给了20世纪的中国文学。而对这一概念的理解,国人很容易将其与现实主义间建立起必然的理论联系。其二,如沃隆斯基一样,"新写实主义"毕竟还强调了新文学对传统的继承,强调了现实主义(当时的译法就是"写实主义")对于新文学发展的意义。

(二)唯物主义文艺观和方法理论的导入

1928年,冯雪峰在《革命与智识阶级》一文里提出:"现在所提出的主题——'无产阶级文学之提倡'和'辩证法之唯物论之确立',于智识阶级自己的任务上,这是十分正当的,对于革命也是很迫切的。"在文章里,冯雪峰显然认为唯物辩证法是一种极具价值的文艺学方法论。1930年,国际革命作家联盟哈尔科夫大会召开,会议向各盟员国推行"拉普"(俄罗斯无产阶级作家联合会)1928年提出的"唯物辩证法的创作方法"。根据萧三从苏联的来信,"左联"执委会在《中国无产阶级革命文学的新任务》(1931年11月)的决议中,将"唯物辩证法"正式作为中国左翼作家的创作方法。决议提出:"作家必须成为一个唯物的辩证法论者。"时间大体相当,冯雪峰在《北斗》杂志上发表了法捷耶夫《创作方法论》的译文。法捷耶夫在文章里反对文艺浪漫主义,强调要"为了艺术、文学上的辩证法的唯物论斗争"。瞿秋白在为华汉(阳翰笙)的小说所写的序言《革命的浪漫蒂克》中,对法捷耶夫的《打倒席勒!》的文字进行了引用。在引文和行文中,瞿秋白都对唯物辩证法的创作方法给予了必要的强调。

这里需要进一步说明的是,左翼作家对唯物辩证法的导入和强调,目的性和功利性都是很明显的。由于当时历史发展状态和左翼作家们对唯物辩证法还只是初期接触,他们对唯物主义和辩证法理论的运用还相当的教条,生吞活剥、照猫画虎的色彩还相当浓重。但是值得认真对待的是,他们在唯物主义与现实主义之间开始建立了理性联系,同时看到了辩证地对待现实的必要性。作为唯物辩证法引入的一个必然性的成果,就是对"创作方法"概念的导入。而左翼作家们将"唯物辩证法的创作方法""引入",实际上就是在世界观和创作方法间建立起了历史性的必然关系。

(三)典型理论的引进与阐释

左翼作家对中国现代文学的另一个贡献,就是对恩格斯典型理论的介绍和阐释。

1931年,瞿秋白在《普洛大众文艺的现实问题》一文里,曾经对典型化问题做过一番"理论描述"。他说:"文艺的作品应当经过具体的形象——个别的人物和群众,个别的事实,个别的场合,个别的一定地方的一定的时间的关系,用'描写''表现'的方法,而不是用'推论''归纳'的方法,去显露阶级对立和斗争,历史的必然和发展。"1933年瞿秋白在《马克思、恩格斯和文学上的现实主义》一文里,将恩格斯的典型理论介绍给了中国现代文学。他在文章中指出:恩格斯所以称赞巴尔扎克,不仅是因为他的小说描写了"整个的法国社会的历史",还因为在他的小说中,"写出了'典型'化的个性和'个性化的典型'"。瞿秋白用恩格斯的"除开详细情节的真实性,还要表现典型的环境之中的典型的性格"的这段经典语言,来阐发其对典型环境与典型人物之间的关系。这一年的11月1日,周扬在《现代》第4卷第1期上发表了《关于"社会主的现实主义与革命的浪漫主义"》。他在文章中,第一次向国内的文艺界介绍了苏联的"社会主义的现实主义"的创作方法。在其中,他谈到了恩格斯的典型理论,并着重指出:塑造"典型的环境中的典型的性格",对于社会主义的现实主义是极其重要的。

针对周扬对恩格斯典型理论的介绍和阐发,胡风曾与周扬展开过争论。争论的焦点,主要集中在典型的共性与个性的关系问题。胡风在强调统一性的同时,更为倾向于强调典型的共性(普遍性、概括性);周扬则比较强调要重视典型的个性(个别性),二人各执一端。后来,冯雪峰在《论典型的创造》(1940)一文里,对典型理论中的辩证关系进行了较为细致的解释。从典型理论的发展来看,此次争论与瞿秋白、冯雪峰等人对典型理论的探讨和分析,均深化了 20 世纪中国文学对典型问题的理解。这为后来当代文学的现实主义发展,提供了必要和具体的理论准备。

此外,左翼文学思潮还对文艺大众化的理论等做出了重要贡献,限于篇幅,这里不再展开。

第四节　现代主义文学思潮

20 世纪 30 年代,当现实主义转向革命现实主义,并且更多地借鉴苏联的批判现实主义,而浪漫主义文学思潮也由原来的发起者重新发动以无产阶级政治意识形态为核心内容的"革命文学"运动时,现代主义文学思潮却渐渐发展并清晰起来。其实从五四开始,因为社会观念和文学观念的变化,就已经出现了多元的社会思潮和文学思潮。在西方现实主义、浪漫主义传入中国并成为五四新文学主要思潮的同时,西方现代主义也在中国产生了影响。这些文学思潮都影响和推动着五四新文学流派的形成和发展。多种文学思潮各有相应的文学流派,同一种文学思潮也往往有多种文学流派,形成了文学流派涌现、流派林立、流派间互相竞争、促进的蓬勃局面。

在中国新文学初创阶段,现代主义便以"新浪漫主义"的名目赢得许多新文学倡导者和建设者们的关注。人们虽然对现代主义的认知程度有颇多差异但在文学进化观念支配下,都倾向于将现代主义理解成一种新型的文形态乃至新兴的美学标准。但 20 世纪 20 年代的现代主义文学思潮在"新浪漫主义"的名号下还只能充任现实主义或浪漫主义的辅助手段或陪衬角色,20 世纪 30 年代的现代主义才逐渐形成一定规模。

胡适留学美国,当时意象派诗歌在美国诗坛具有很大的影响。有学者发现,意象派文学精神对胡适不无影响。胡适的文学改良论的提出和《尝试集》,都在一定程度上受到意象派诗歌的影响。

青年鲁迅留学日本,在浪漫主义文学之外,也接受了尼采、叔本华、克尔凯郭尔等现代主义思想家的影响,尤其是接触到了俄国的安德烈耶夫、迦尔洵等带有浓厚的现代主义气息的作家。鲁迅和周作人翻译的《域外小说集》中,有安德烈耶夫的《谩》《默》,迦尔洵的《四日》。有了这样的基础,在五四文学革命以后,鲁迅的文学创作带有浓厚的现代主义色彩,也就不足为奇了。《狂人日记》有象征主义色彩,更有尼采式的孤独和绝望;《不周山》以弗洛伊德的精神分析为思想圆点,赞美人的创造力量。鲁迅的《野草》是典型的现代主义作品,它进入作家自我的潜意识之中,将心灵的幽暗、孤独和苦闷释放出来。《野草》的世界是现代主义文学的典型世界,破碎、分裂、对立、幽暗。即使是后来的《故事新编》也带有明显的荒谬体验,那种打破古今时空的结构,暗示了世界的无序和荒诞。

茅盾作为新文学最为活跃的批评家,其文学观明显带有开放性和多重性。他主要倾向于现实主义、自然主义,热心于表现人生、指导人生。但是,另一方面,由于文学进化论的影响,却又钟情于新浪漫主义,乃至提倡新浪漫主义文学,甚至将新浪漫主义文学当作将来新文学应该努力的目标。他说,西方文学思潮史,就是从古典主义到浪漫主义,一直到新浪漫主义的进化的历史。"翻开西洋的文学史来看,见他由古典——浪漫——写实——新浪漫……这一连串的变迁"①,"西洋古典主义的文学到卢梭方才打破,浪漫主义到易卜生告终,自然主义从左拉起,新表象主义是梅特林开起头来,一直到现在的新浪漫派"。"西洋的小说已经由浪漫主义(Romanticism)进而为写实主义(Realism)、表象主义(Symbolism)、新浪漫主义(New Romanticism),我国却还停留在写实以前。"②既然新浪漫主义是最新潮的文学,那么,也就必然是最有价值的文学。茅盾认为"新浪漫主义"是最理想的文学,并且将新浪漫主义文学和他自己的"为人生"的文学联系起来。他说,"能帮助新思潮的文学该是新浪漫主义的文学,能引我们到正确人生观的文学该是新浪漫主义的文学,不是自然主义的文学,所以今后的新文学运动该是新浪漫主义的文学"。至于目前学习西方的现实主义、自然主义,不过是一种过渡性手段。因为中国文学"还是停留在写实以前"③,没有经过自然主义(写实主义)的进化过程,因此,中国目前应该补现实主义、自然主义的课,以便将来走向新浪漫主义。在茅盾那里,新浪漫主义非常广泛,大体上包含了19、20世纪之交西方各种新潮文学,诸如唯美主义、象征主义、新理想主义、未来主义、印象主义、表现主义、颓废主义等,后来他在《夜读偶记》中说:"在我们总称为'现代派'的半打多的'主义'就是这个东西。"④

如果从文学社团或作家群的角度看,创造社群体在五四前后和现代主义文学关系最为密切。在创造社的浪漫主义文学追求中,夹杂着一些现代主义的因素。或者说,创造社的浪漫主义,已经不单纯是18世纪到19世纪初的那种浪漫主义,而是包含着五四文坛所谈论的新浪漫主义。郑伯奇在《中国新文学大系·小说三集·导言》中分析创造社的浪漫主义的时候,罗列了一份相当驳杂的名单,这些西方作家,如果进行归类的话,恰恰分属于浪漫主义和现代主义两大系统。歌德、海涅、拜伦、雪莱、济慈、惠特曼、雨果、斯宾诺莎、罗曼·罗兰、怀尔特,还有尼采、柏格森等。在这些作家中,拜伦作为浪漫主义诗人,其精神气质非常接近现代主义。拜伦的绝望、孤独以及撒旦主义倾向,其实正是现代主义的重要倾向。至于尼采、柏格森则是典型的现代主义思想家。郑伯奇针对创造社的复杂倾向说,虽然创造社偏向了两个极端(浪漫主义、现代主义),然而,在尊重主观、否定客观现实上,却有一脉相通之处。象征派、表现派、未来派也都经创造社的同仁介绍过,这些流派和浪漫主义在思想上是有血缘关系的。

学者杨义认为,创造社的浪漫主义是一种驳杂不纯的开放型浪漫主义。"如果说,鲁迅当年所推崇的作家全是前期浪漫主义作家,那么创造社同仁在向前期浪漫主义作家遥致敬忱的

---

① 茅盾.新文学研究者的责任与努力[J].小说月报,1921(2).
② 茅盾.小说新潮栏宣言[J].小说月报,1920(1).
③ 茅盾.文学作品有主义与无主义的讨论[J].小说月报,1922(2).
④ 茅盾.夜读偶记[A].茅盾全集(第25卷)[C].北京:人民文学出版社,1996:123.

同时,开始大谈世纪末的风云人物如裴德、王尔德、斯特林堡、弗洛伊德。弥漫日本文坛的文学空气已经由夏目漱石、森欧外之风,转变为以永井荷风、谷崎润一郎、佐藤春夫为代表的唯美主义,或当时所谓的新浪漫主义了。在这种时代背景和文学环境中崛起的浪漫主义和世纪末的'新浪漫主义'的成分的,是一种开放型的浪漫主义。"①如果从他们的具体创作上看,这种新浪漫主义的因素也是非常明显的。郁达夫的确是崇拜卢梭,但是,当他大胆倾诉自己内心的时候,有时却将内在的肉体的欲望倾泻出来。这和日本的永井荷风、谷崎润一郎、佐藤春夫的创作倾向具有密切关系。这些日本现代派作家,都表现出对身体欲望的唯美性描写和欣赏。郁达夫的那些肉体叙述,往往和日本文学的这种风气有直接关系。从《沉沦》到《迷羊》中的欲望,往往打上了肉体美学的烙印。卢梭给郁达夫提供了道德的勇气,而这些日本作家却为郁达夫提供了世界观和美学的信心。郁达夫的内心倾诉、抒情,并不是如传统浪漫主义那样优雅、透明,也缺少传统浪漫小说的瑰丽神奇。他的肉的感官刺激很强,他的情感、情绪逼近新浪漫主义的深度心理或弗洛伊德所说的潜意识,带有明显的神秘、怪诞和虚幻的色彩。他的孤独,浸染着现代主义的绝望。他的很多作品实际上是以浪漫主义为基本情绪倾诉世纪末的绝望、孤独体验。他的小说主人公"我""于质夫"等,作为"零余者",有一种类似于现代主义的被世界完全抛弃的荒谬感。世界是荒凉的,没有希望的,人生除了衰败、绝望,一无所有。《怀乡病者》《青烟》都写了梦幻性情绪,这种梦幻是自我虚无、绝望的象征。往昔人生,如烟如幻,没有任何根基,人生正如水中浮萍,漂流颠簸,亦如梦中美景,转瞬即逝。

郭沫若也具有一定的新浪漫主义色彩。不必说他那浪漫主义文学观中的新浪漫主义因素,就是在创作上也非常明显。《残春》是向内转的心理小说,但是,它不是传统意义上的心理小说,而是现代主义意义上的,是以弗洛伊德的精神分析为背景的心理描写。小说以性、潜意识和梦境为主要叙述对象。表面上看张资平似乎与新浪漫主义联系不大,因为他推崇自然主义。但是,他20世纪20年代中期以后的关于身体、欲望的叙述,却在一定程度上带有新浪漫主义的倾向。"自然派之人物描写绝不是依据随便的想象,粗略的描写人情就算了事,要更进而探究其心理,即取心理学者般的态度。描写要到达可以据心理学证明其确实的境地。更进一步,单描写心理仍不能满足,要加描写生理。心和体有相互的有机的关系,既描写心理势不能不并及生理。人类是一种生物,其思想行为多受生理状态支配。所以一观察人类先要由生理的方面描写。"②这种对生理的注重,和传统自然主义并不完全一致。应该说,他的心理、生理不是传统意义上的,这里面融入了日本式的世纪末自然主义的因素。就五四时期而言,张资平那些恋爱小说,在本质上和郁达夫的《沉沦》《银灰色的死》基本上是一条路径。

20世纪30年代的现代主义文学思潮在诗歌、小说领域都涌现了一批现代主义的代表作品,不仅数量上蔚为大观,而且质量上也堪称上乘。1925年李金发出版了第一本诗集《微雨》。这是从法国巴黎飘来的一场象征主义的"微雨",李金发也就成为中国新文学中第一位现代主义的诗人。接着在1926年、1927年李金发又出版了诗集《食客与凶年》《为幸福而歌》,并引出了一批年轻象征派诗人王独清、穆木天、冯乃超等。于是,现代主义文学思潮在中国文坛卷起了第一个潮头——象征主义诗派。在小说领域,新感觉派小说崛起。这直接受日本新感觉主

---

① 杨义.中国现代小说史(上册)[A].杨义文存(第2卷)[C].北京:人民出版社,1997:546.
② 杨义.中国现代小说史(上册)[A].杨义文存(第2卷)[C].北京:人民出版社,1997:611.

义文学的影响。中国文坛最早引进新感觉派的是刘呐鸥。1928 年 9 月从日本归来的刘呐鸥创办了"第一线书店",并在上海联络施蛰存、戴望舒创办了一个小型文学半月刊《无轨列车》,在文学方面具有非常鲜明的现代主义倾向,在意识形态方面具有左翼倾向。"这个非同寻常的组合——法国的象征主义诗歌、日本小说和苏联革命启发下的革命小说——揭示了撰稿人在知识和美学上的偏好:刘呐鸥迷恋保尔·穆杭和日本'新感觉派'小说中的颓废感;戴望舒则是早已倾心法国诗歌;而从施蛰存很少的几篇文章看,他的个人兴趣还不明显。如果说他模仿的革命小说是一个失败,那他的另一篇小说《妮侬》——被声称是模仿爱伦·坡的散文之作——却是他实验用第一人称独自的迷人之作。施蛰存的创作天赋在后办的杂志《新文艺》上更为明显。"①刘呐鸥想借法国现代派作家保尔·穆杭的文学精神表现中国大城市的现代生活。由于发表左翼倾向的作品,《无轨列车》只出了 6 期就被查禁。1929 年 9 月施蛰存主编《新文艺》月刊,《新文艺》继续沿着《无轨列车》的"双重激进主义"轨道前行

　　1930 年夏天,《新文艺》又被当局查封。1932 年 5 月,施蛰存受现代书局之托主编《现代》月刊,后来杜衡等也参与了编辑。《现代》其编辑理念并没有特别地追求某种倾向或思潮,而是汇聚了 20 世纪 30 年代诸多有影响的作家和潮流。但同时,施蛰存的编辑趣味或嗜好即现代主义文学,也是非常明显的。《现代》汇聚了一批具有"新感觉派"倾向的作家。穆时英已经由普罗倾向转向了现代主义文学,他在《现代》上刊出的《公墓》《上海的狐步舞》《夜总会里的五个人》《街景》《PIERROT》等新感觉派的典型性作品,都是施蛰存所说的"现代的情绪"的表达,和刘呐鸥的《都市风景线》有些类似。施蛰存在《小说月报》上发表的《将军底头》《石秀》《魔道》等作品,继续以弗洛伊德的精神分析理论透视人性的深度心理,显示了新感觉派的另一种风格。1935 年 2 月施蛰存辞去《现代》主编职务去教书,穆时英到国民党新闻检察机关任职,《现代》由汪馥泉主编,只出两期就停刊。至此,新感觉派风流云散。新感觉派小说尽管在 20 世纪 30 年代的文坛没有得到充分的发展,但是,仍然具有不可低估的文学意义。首先,它是五四现代主义小说风格和美感的一种自然增长。五四时期,现代主义文学,尤其是小说只是一种幼弱的文学因素。但是,新感觉派小说在 20 世纪 30 年代的上海文坛找到了自己的土壤,拿出了一批具有自己独特风格的作品,形成了自己的流派和鲜明的现代主义特色,为现代文学增添了一种新的小说文体和美感,和五四时期相比,新感觉派小说的美感程度明显增强了。

　　无论怎样,中国现代主义在 20 世纪 30 年代形成气候。虽然这时代占主导地位的现代主义文学形态如新感觉主义和心理主义等,都十分明显地体现着舶来文化的质地,但这时期的作家们已注意到在现实感受和社会体验的意义上,借鉴现代主义文学思维并运用现代主义文学方法。他们的创作大多基于自己在上海这个新兴的、畸形发展的现代都市里的强烈感受和特异体验,那种快节奏、高消费、多刺激的生活经验使他们的感觉神经非常紧张。传统文学方法在这种新异的、立体化的感觉表现要求面前一筹莫展,面对都市化感觉不得不借助现代主义手法。

---

① 　李欧梵.上海摩登——一种新都市文化在中国(1930—1945)[M].北京:北京大学出版社,2001:148-149.

第四章　革命文学时期的文学创作研究

革命文学时期,中华民族内外忧患,全民开展了救亡运动,这一时期,无论是在审美视角上,还是在作品的题材上,都有所发展,呈现出多样性与丰富性的面貌,从而让这一时期的文学成为中国现代文学中的一个重要发展阶段。

第一节　"现代小说五大家"的小说创作

革命文学时期,越来越多的作家继承了五四文学革命的战斗传统,坚持现实主义的创作原则,在创作实践中逐渐形成了自己独特的审美理想和艺术追求,其中以茅盾、老舍、巴金、沈从文和李劼人五位现代小说大家的创作最为瞩目。本节即对这五位小说家的代表性作品进行简要分析。

一、茅盾的小说创作

茅盾(1896—1981),原名沈德鸿,字雁冰,出生于浙江桐乡乌镇。从小受到良好的家庭教育,入学前就涉猎过许多古典文学书籍。"茅盾"是他 1927 年发表第一篇小说《幻灭》时开始使用的,后来成为他最主要的笔名。1913 年,考入北京大学预科,开始接触西欧文学名著。预科毕业后因家境窘迫而辍学,进入上海商务印书馆编译所工作。1919 年底,茅盾担任了《小说月报》"小说新潮"栏的专栏编辑。1921 年 1 月,文学研究会成立,茅盾是主要发起人之一。1925年,茅盾参加了五卅运动。1928 年,茅盾离开上海流亡日本。1930 年回国后参加了"左联"。抗战爆发后,茅盾辗转于长沙、武汉、广州、新疆、香港、解放区等地区,曾担任《文学》《文季》《中流》等刊物的主编。中华人民共和国成立后,茅盾担任第一任文化部部长,此后长期从事文学艺术和文化事业的领导工作。1981 年在北京逝世。

在小说创作领域,茅盾将五四时期文学研究会"人生派"的现实主义精神接过来,并加以发展,建立起了在当时来说一种全新的文学模式,即革命现实主义文学模式,开创另一个文学时代。他全景式地、大规模地反映刚刚逝去的、甚至是正在发生中的社会现实,表现错综的矛盾斗争中的阶级和人,这样的创作气魄代替了五四文学的激情与张扬的个性。革命文学时期是茅盾创作最旺盛、收获最丰富的时期,这一时期他的作品包括 1930 年发表的《蚀》,1931 年发表的小说、散文合集《宿莽》,1932 年发表的中篇小说《路》和短篇小说《小巫》《林家铺子》《春蚕》,1933 年发表的《子夜》《秋收》和《残冬》,1934 发表的《话匣子》,1937 年发表的《多角关系》和《眼云集》等。限于篇幅,下面主要对《林家铺子》和《子夜》进行阐述。

《林家铺子》是一篇优秀的现实主义作品,写于上海"一·二八"战争后民族矛盾十分尖锐的时期。小说中的林老板可以说算得上是一个精明强干的做生意能手,在风雨飘摇的社会大动荡中,他施展出自己全部的聪明智慧,战战兢兢地维持着店铺。但由于国民党反动派利用"抗日"发国难财,到处征收所谓的"困难捐",并借口禁卖东洋货贪污受贿,谁要不给钱就"封存";而政府当局的卜局长因为要强占他女儿为妾,便声称"不管应有许多不便之处",地方党部借口外边谣传林老板要卷款潜逃,扣押林老板等一系列的敲诈勒索,使得这个颇善经营的小商人最终难以摆脱破产倒闭的命运。林老板的破产造成了朱三阿太、陈老七、张寡妇等家破人亡的惨剧。小说通过林家铺子的悲剧命运,描绘了20世纪30年代中国外受日本帝国主义的军事、经济侵略;内有国民党官吏的敲诈,地主高利贷的剥削,社会动乱,民不聊生的社会图景,反映了城镇小商业者及下层人民的悲惨遭遇,控诉了国民党反动派的罪恶统治。

小说成功地塑造了林老板的形象。他具有双重性格特征,一方面,他精于生意,企图在激烈的社会动荡中,在层层鲸吞的竞争中,维持生意,靠行贿买通了党老爷避过了"声讨日货"的惊险,还殷勤地巴结顾客……这些都表现了他颇善经营的小商人特点,但同时也表现了他胆小怕事、委曲求全的性格。另一方面,为了小利,林老板在朱三阿太身上打主意,千方百计向朱三阿太兜售"洗脸毛巾"等物,对抵制日货的浪潮波及他的铺子,感到气愤,对"一·二八"沪战却颇为冷漠等,这表现了其唯利是图,不晓大义和损人利己这些小资本家的阶级特征和性格特征。对林老板这种双重性格的成功刻画有力地揭示了林老板悲剧的必然性,使小说表现的社会内容更深广。此外,小说的情节结构布局得体,剪裁巧妙,波澜起伏,在语言上也取得了很高的成就,标志着茅盾小说创作的成熟。

《子夜》以20世纪30年代初的大都市上海为背景,以民族工业资本家吴荪甫和买办金融资本家赵伯韬之间的矛盾斗争为主线,通过民族工业资本家吴荪甫的破产,形象而深刻地提示了20世纪30年代中国社会半封建半殖民地的性质。小说的主人公吴荪甫是20世纪30年代中国民族资本家的典型,是小说刻画得最为成功的一个人物形象。吴荪甫曾经游历过欧美,是一个具有法兰西资产阶级性格的民族工业资本家。他雄心勃勃地想摆脱帝国主义的控制,独立发展民族工业;他喜欢和他一样的人共事。他为了实现自己的理想,和孙吉人等民族资本家组建了益中信托公司,并一口气吞并了8个小工厂,准备大干一番。但之后他发现自己和被他所兼并的那些中小企业主一样面临着同样的困难,即经济不能独立自主,并且意识到自己也面临着被吞并的危险。但与其他8个小工厂所不同的是,他遇上的是有美国资本做后台的买办资本家赵伯韬。赵伯韬对吴荪甫展开经济封锁,使吴荪甫无法顺利地进行吞并活动。在赵伯韬面前,一向强悍自信的吴荪甫连连败北。而吴荪甫所兼并的那8个小工厂的产品由于军阀混乱而无法销出,结果导致资金周转出现困难,陷入困境。于是,吴荪甫向工人转嫁危机,引起工人反抗。为了扭转形势,吴荪甫一方面启用精明能干的屠维岳,利用他来瓦解工人的罢工运动,另一方面又涉足以前不屑一顾的公债市场,不择手段地大搞公债投机。甚至通过收买赵伯韬的情妇来获取情报。最后,吴荪甫把公馆和汽车都押上去,试图一举击败赵伯韬,结果因为姐夫杜竹斋的拆台而一败涂地。

茅盾笔下的吴荪甫性格的基本特征是似强实弱、外强中干。他是20世纪30年代中国社会的民族资本家,他自身所具有的封建性使他在包括妻子在内的周围人的关系中经常处于孤立地位;作为民族资产阶级,他在与背后有着帝国主义撑腰的厚颜无耻的买办资产阶级的搏斗中,时常感到自己政治、经济上的软弱无力。表面的果决善断背后是他的狐疑惶惑,充满自信的背后是悲观绝望,遇事胸有成竹的背后是惊慌失措,最后导致了吴荪甫精神上的崩溃。吴荪甫的悲剧命运说明在帝国主义统治下,中国民族工业是永远得不到发展的,半封建半殖民地的中国是永远不可能走上资本主义道路的。这是《子夜》的主旨所在。因此,吴荪甫落入中国现代政治、经济、社会关系网中,困兽般挣扎,终不免失败的结局。茅盾对吴荪甫等复杂性格的刻画对于以往文学单一化的性格描写无疑是一个新的突破。

《子夜》中除了吴荪甫这一主人公外,还刻画了一系列成功的典型形象,例如赵伯韬、屠维岳等。赵伯韬狂傲、粗鄙、卑劣、无耻和赤裸裸的兽性无不带有他所属的那个买办阶层的特色。这个人物是在其与吴荪甫的对立冲突中完成形象的塑造的。屠维岳这个人物形象是对吴荪甫形象的一个补充。他的精明、干练、机警都使我们看到了主人公吴荪甫的影子。但他又阴险卑劣、忠心耿耿,善于邀功取悦而又不露声色,具有作为一个资本家的奴才和爪牙的另一方面的性格特色。《子夜》还通过展开广阔的社会生活场景,成功地刻画了中小资本家、流亡地主、经济学教授、青年诗人、大学生、交际花、富家小姐、工人革命者等 90 多个各具特色的形象,这些人物和众多的矛盾随着吴荪甫与赵伯韬的斗争这一主线有条不紊地逐步铺开,展现了一幅规模宏大、形形色色的中国 20 世纪 30 年代大都市的画面。

虽然《子夜》中塑造的人物众多,情节复杂,但线索纷繁交错而又严密完整,各条线索合成了一个庞大而复杂的艺术构架,可以说,其结构宏大而严谨。

总体来说,茅盾是由五四运动育成的具有世界眼光的代表作家。他借鉴、译介外国文学范围十分广泛,希腊、罗马、文艺复兴时代各大师,特别是对 19 世纪的欧洲长篇小说作家,吸收时的注意点很能显示茅盾自己的特色。茅盾以自觉创造革命文学的理论和实践来建立、发展、完善中国现代小说,而且绝不割断它与世界文学的联系,从而显示出他的独特的文学史地位和作用。

二、老舍的小说创作

老舍(1899—1966),原名舒庆春,字舍予,北京满族正红旗人。1913 年,考入京师第三中学,数月后因经济困难退学。同年考取公费的北京师范学校,1918 年毕业。1918—1924 年间,先后任公立第 17 高等小学兼国民学校(现方家胡同小学)校长、北京市北郊劝学员、天津南开中学教员、北京一中教员。1924 年之后旅居英国,1930 年回国。1938 年中华全国文艺界抗敌协会成立后,老舍曾任总务部主任,积极投身抗战文艺工作。抗战结束后,老舍于 1946 年 3 月受邀赴美讲学。中华人民共和国成立后,应周恩来委托文艺界之邀回到北京。曾任政务院文教委员会委员、中国文联副主席、中国民间文艺研究会副主席、北京市文联主席等职。1966 年 8 月 24 日深夜,老舍含冤自沉于北京西北的太平湖畔。

老舍是位多产作家,一生共写了 1 000 多篇(部)作品,约七八百万字。革命文学时期,老舍主要发表了《猫城记》《离婚》《我这一辈子》《骆驼祥子》《断魂枪》《月牙儿》《柳家大院》《微神》等小说,其中最出色的就是他 1936 年发表的《骆驼祥子》,下面将对这部作品进行详细介绍。

《骆驼祥子》以老北京人力车夫祥子的行踪为线索,以 20 世纪 20 年代末期的北京市民生活为背景,以人力车夫祥子的坎坷、悲惨的生活遭遇为主要情节,真实地反映了旧中国城市底层人的苦难生活,揭示了一个破产了的农民市民化以及如何被社会抛入流氓无产者行列的过程。小说的主人公祥子是旧中国城市个体劳动者的典型。祥子原本是一个正直、勤劳、忠厚、要强的劳动者,由于农村经济的破产而失去父母与几亩薄田,无奈之下,18岁的他就跑进北京谋求生活的出路。虽然生活带给祥子巨大的压力,但他并没有因此而失去生活的勇气,他来到城市并希望通过个人的努力创下一份家业。他把买一辆自己的车作为生活目标,幻想着有了车就如同在乡间有了地一样,能凭着自己的勤劳换取安稳的生活。经过3年的努力,祥子终于买下一辆新车,不料才半年就被匪兵抢去。他虎口逃生,路上捡到三匹骆驼,卖了30元钱,准备积攒着买第二部车,不久又被孙侦探抢走。车厂老板刘四爷的女儿虎妞喜欢祥子,祥子虽然讨厌她又老又丑,却也防不住性诱惑的陷阱,不得不与她结婚,并用她的私房钱买下第三部车。不久虎妞因难产死去,祥子只得卖掉车子料理丧事,最后也是堕落成为个人主义的末路鬼。

在这部小说中,作者以极大的同情描写了祥子的不幸遭遇:

> 一个拉车的吞的是粗粮,冒出来的是血;他要卖最大的力气,得最低的报酬;要立在人间的最低处,等着一切人一切法一切困苦的击打。

通过祥子的人生悲剧,对当时社会的混乱、黑暗、腐朽以及劳动人民的悲惨命运进行了真实而生动的反映,同时指出了在当时的社会制度和社会环境下,劳动人民想要走"独自混好"的道路是行不通的:

> 干苦活儿的打算独自一人混好,比登天还难,一个人能有什么蹦儿?看见蚂蚱吧?独自一个人也蹦得怪远的。可是叫个小孩儿逮住,用线儿拴上,连飞也飞不起来。赶到成了群,打成阵,哼哼一阵就把整顷的庄稼吃净,谁也没法儿治它们!

但作者同时也揭示和批判了祥子自身的固有的缺陷:他不合群,自私,死命要赚钱。这就决定了祥子的孤独、脆弱,最终完全向命运屈服,一步步走向堕落深渊。小说最后写祥子完全变了个人:在他所喜欢的小福子上吊自杀之后,他曾有的对生活的信心与追求完全消失,并进而自甘堕落,抽烟、酗酒、玩女人、偷东西、出卖朋友、找人寻衅闹事,沦为一个地地道道的流氓无产者。小说中失败的祥子体现出农民性格的狭隘性:每一次失败之后,他变得更加自私;当他的理想完全破灭,他便将自私无耻的劣根性完全地暴露出来。

《骆驼祥子》是老舍享有世界声誉的长篇小说,它在艺术上也取得了很高的成就,主要表现在以下两大方面。

首先,从结构方面来看,小说以祥子遭遇的一系列事件为主干,一线串珠式地组织构思,安排情节,布局妥帖,落笔谨严,使祥子的性格在广阔的社会环境和人际关系中得以充分展开。

其次,从叙述和语言方面来看,该小说把对祥子及其周围各种人物的描写放置在作者所熟悉的北平的下层社会中。从开篇对于北平洋车夫"门派"的引言,到虎妞筹办婚礼的民俗的交代,从对于北平景物的情景交融的描写到骆驼祥子拉车路线的详细叙述,都使小说透出北平特有的地方色彩。老舍采用经他加工提炼了的北京口语,生动鲜明地描绘北京的自然景观和社会风情,准确传神地刻画北平下层社会民众的言谈心理,简洁朴实、自然明快。另外,小说的叙述语言也多用精确流畅的北京口语,既不夹杂文言词汇,也不采用欧化文法,长短句的精心配置与灵活调度,增强了语言的音乐感。

总体来说,老舍的作品在中国现代小说艺术发展中具有十分突出的地位,与茅盾、巴金的长篇创作一起,构成现代长篇小说艺术的三大高峰。

三、巴金的小说创作

巴金(1904—2005),原名李尧棠,字芾甘,出生于四川成都一个封建官僚家庭,从小目睹封建大家庭内部腐败堕落、钩心斗角的生活方式,封建专制主义压迫、摧残年轻一代的罪恶行径,他对封建制度、封建家庭的痛恨和对自由生活的热情向往,充盈于作品之中。五四运动后,巴金受新思潮影响,积极参加一些反封建的社会活动,1923 年离家到上海、南京求学,1927 年赴法国留学,先到马赛,后往巴黎。在旅法期间他创作了第一部小说《灭亡》,并开始使用"巴金"这个笔名。作品在《小说月报》发表后,在文坛引起强烈反响,成为当时最受读者欢迎的作品之一。1928 年底,他回到了祖国,一边翻译,一边创作。从 1929 年到 1941 年,他的创作进入爆发期,写下大量作品,1931 年到 1933 年间,巴金陆续完成了"爱情三部曲"《雾》《雨》《电》,1933 年发表单行本的《家》,后来,巴金又陆续完成了另外两部《春》和《秋》。此外,他还完成了"抗战三部曲"《火》中的前两部,这一时期,巴金还写了许多短篇小说和散文。短篇小说集有《复仇》《将军》和《神·鬼·人》等,都是撷取生活的某些片断写成的。散文大都是谈自己的生活、思想和创作,感情真切,文笔生动流畅,富有光彩。1934 年,巴金和郑振铎等在北平组织"文学季刊社"出版《文学季刊》。1936 年,他和靳以在上海创办了《文季月刊》,并为文化生活出版社编辑《文学丛刊》。1942 年初到 1946 年间,巴金发表了中篇小说《火》第三部、《憩园》《第四病室》和《寒夜》等。1949 年 7 月,巴金在第一次文代会上被选为全国文联委员、全国文协常委。抗美援朝战争中,他两次奔赴朝鲜前线深入采访,撰写了很多战地通讯和描写战斗英雄的散文小说。20 世纪 50 年代他曾多次出国访问,写有报道国外见闻的散文作品。1966 年之前,他曾任中国作家协会副主席,作协上海分会主席。1978 年起,他在香港《大公报》连载散文《随想录》。在国外,巴金及其著作同样享有很高的声誉,曾被授予 1982 年意大利国际但丁奖、1983 年法国荣誉军团勋章、1985 年美国文学艺术研究院名誉外国院士称号及 1990 年苏联人民友谊勋章。2005 年 10 月 17 日,巴金因病在上海华东医院逝世。

革命文学时期是巴金小说创作的第一个高峰期,这一时期他的作品表现出叛逆的个性,洋溢着青春的激情,代表作有"爱情三部曲"(《雾》《雨》《电》)和"激流三部曲"(《家》《春》《秋》),其中《家》的艺术成就最高。

《家》以 20 世纪 30 年代的四川成都一个高姓封建官僚地主家庭为背景。取材于感受至深的老家生活经历,描写了一个正在崩溃的封建大家庭的悲欢离合。小说以长房中觉新、觉民、觉慧三兄弟的故事为主,写了觉新与瑞珏、梅表妹,觉民与琴,觉慧与鸣凤等几对青年爱情上的不同遭遇,以及他们所选择的不同生活道路,并以各房以及亲戚中的各种人物为辅,描绘出一幅大家族生活的画面,集中展现了封建大家族生活的典型形态,真实地记录了一个封建大家族衰落、败坏以至于最后崩溃的历史过程。新文化的兴起与传播打破了"家"的稳定和宁静。高家的长孙觉新与表妹钱梅芬青梅竹马,但由于父辈的嫌隙,两人无法在父母之命、媒妁之言下走到一起,软弱的觉新忍气吞声地接受了这一现实,与父母认可的李瑞珏组成了新的家庭。贤惠的瑞珏抚慰了觉新受伤的灵魂,他们也非常争气地为高家生下了第四代长孙,一切仿佛都回到了平静,但是大家庭的钩心斗角使这对夫妻在疲惫中走向了悲剧。觉新的弟弟觉民、觉慧兄弟是新文化熏陶下成长起来的"新青年",他们对于哥哥的遭遇给予深深的同情,同时也坚定了他们离经叛道的立场。觉民与情投意合的表妹琴遇到了觉新曾经面临的问题,但他们坚决反抗,离家出走,最终获得了家庭的默认。而作为学生运动骨干分子的觉慧,对于大家庭丑恶现象的反抗更加坚决,他抛弃门户成见,与丫环鸣凤相爱,森严的等级制度逼得鸣凤活活跳湖而死,这让觉慧对封建大家庭的反抗更加彻底。

《家》中写到的人物有六七十个,最主要的是高老太爷、觉慧和觉新这三个典型人物。

高老太爷是巴金笔下个性鲜明、内涵丰富复杂而又富于立体感的封建家庭统治者形象。他是封建势力的代表和封建道德的化身。其性格特征是感情乖戾,对人专横和思维僵化。高老太爷是这个家族的至尊,掌握着全家人的命运,他是家族的"君主",全公馆上下无不敬畏的"神"。他的话就是法律,谁也不敢违抗。他排斥一切新的东西,把进步学生的正义活动称之为"胡闹""捣乱",蛮横地限制觉慧的自由,禁止他参加学生活动;他把下人当作无足轻重的"物品",可以随意处置。他为了维护大家庭的利益,做出种种凶残暴虐的事,使高公馆频频发生一些悲剧。然而时代毕竟有所不同了,顽固僵化的高老太爷即使竭尽全力也挽救不了高家衰落的命运。他以为"金钱"能给家族带来发达和兴盛,然而,"金钱"只能促成子孙的堕落;他送觉民兄弟进洋学堂,不仅没有培养出他理想中的接班人,反而制造了这个家庭的叛逆者,加速了它的崩溃。当他知道觉民逃婚出走等一系列他意想不到的事后,他才意识到,他所统治的高公馆已经危机四伏,他的家长权威已经扫地,这个"家"正在走"下坡路",他感到了从来不曾有过的绝望和悲哀,以及精神支柱倒塌后的空虚和脆弱。其实,《家》中直接写高老太爷的章节并不多,但能给人很深的印象。他就像幽灵似的无处不在,贯穿全书,给高公馆笼罩上一层森严恐怖的气氛。《家》里发生的一系列悲剧事件,直接间接地都与高老太爷有关。小说用许多血淋淋的事实,控诉了家长制和旧礼教对于人的青春、爱情、生命的摧残;而封建压迫者在扼杀人性的同时也丧失了人性。

觉新是《家》中着墨最多、最见艺术功力的人物形象,他清醒地认识到了自己的悲剧命运,但又懦弱顺从、委曲求全,因而是深受封建家庭和封建礼教荼毒的典型。对于他来说,"家"既是一种精神上的炼狱,同时又是一种神圣的血缘关系与难以割舍的生活情调。因此,他虽然在五四时期深受新思潮的影响,产生过一些美好的理想并有一定的追求,也对压抑的青年一代有着深切的同情,但由于深受封建思想的熏染和教育而有着浓重的传统观念,且处于长房长孙的位置而需要承担维护封建大家庭的责任,因而始终对封建专制和封建压迫妥协。而他的屈从妥协、迁就退让,进一步助长了恶势力的气焰,他自己也在罪恶的泥沼中难以自拔。但最终,他因为瑞珏的惨死而有所醒悟,并痛苦地感到"我们这个家需要一个叛徒",因而支持觉慧的出走。而觉新的转变,也表明封建制度和封建礼教即将走向灭亡。

作为封建专制的叛逆者,觉慧是一个充满朝气的典型。他对旧家庭的反抗,以至最终出走,表现了五四新思潮的威力和新一代民主青年的成长。作家在觉慧身上寄托着对青春的赞美和生活的信念,他是《家》的主角,是最能打动青年的心的形象。在五四思潮的冲击下,觉慧这个少爷在高家最早觉醒过来,他蔑视封建等级制度和旧礼教,支持和帮助觉民逃婚,大胆向婢女鸣凤告白;他不怕冒犯尊长,公然揭穿他们"捉鬼"行孝的丑剧;最后,他又毅然地从这罪恶的家庭出走。小说突出了觉慧热情、叛逆和追求的精神。然而,觉慧毕竟是大胆而又幼稚单纯的"叛徒",他身上既有热情、叛逆、追求的五四精神,又有五四青年难免的历史局限与弱点。他从封建家庭中蜕化出来,不能不带有一些封建思想影响的痕迹,小说并没有回避他的缺点,有的章节还很细致地刻画他这种思想的复杂性。这个形象深刻地反映出五四新思潮所唤醒的年轻一代青年的历史性特点。

《家》有着很高的思想意义,具体体现在以下三个方面。

首先,这部小说揭露了封建家庭戕害青年的罪恶,进而对封建等级制度和封建礼仪制度进行了深刻抨击。《家》中所描写的封建大家庭,实际上是中国封建制度的缩影。这个大家庭中有大大小小的主子20多个,还有几十个仆人、轿夫、丫头等供他们役使,也有着森严的等级制度,尊卑严明,分明就是一个小的封建王国。在这个家庭里,高老太爷是最高的统治者,也象征着封建制度和权力。他专横、虚伪、顽固地维护着封建家庭,并希望封建制度能够长存。为此,他禁止觉慧参加学校的运动、包办了觉民的婚事、试图将觉民与琴拆散、为讨好60多岁的孔教会长将16岁的丫头鸣凤送给他做小妾……这些都扼杀着青年一代的青春、爱情和生命。这篇小说的深刻之处,就是揭示了整个封建专制戕害青年的本质。

其次,这部小说对五四时期青年一代的觉醒与反抗进行了生动再现,进而对青年的叛逆精神和反封建精神进行了赞扬,并鼓励封建大家庭中的青年积极进行反抗。

最后,该部小说指出了封建家庭和封建制度必然走向灭亡的命运。小说中的高老太爷已经衰老、腐朽,这象征着旧家庭和专制制度走向崩溃的历史命运。

总体来说,《家》能始终围绕基本线索展开描写,紧凑周密,波澜起伏,跌宕有致,显示了作者精于构思的能力。小说中所塑造的人物都有各自的思想性格特征,内心世界的刻画比较突出。

四、沈从文的小说创作

沈从文(1902—1988),原名沈岳焕,笔名休芸芸、甲辰、上官碧、璇若等,乳名茂林,字崇文,湖南凤凰县人,苗族,现代著名作家、历史文物研究家、京派小说代表人物。他6岁入私塾,小学毕业后入伍,漂泊辗转于湘、川、黔边境和沅水流域,曾当过土著部队的小兵、文书以及当地屠宰收税员和报馆的校对,广泛地了解了社会生活,积累了宝贵的生活经验和创作素材。1922年在五四思潮的吸引下到北京,升学未成,在郁达夫、徐志摩等鼓励下自学写作。正如沈从文自己在1986年写的《自我评述》(《光明日报》1988年5月29日)中所说:"小时因太顽劣爱逃学,小学刚毕业,就被送到土著军队中当兵,在一条沅水和它的支流各城镇游荡了五年。那时正是中国最黑暗的军阀当权时代,我同士兵、农民、小手工业者以及其他形形色色社会底层人们生活在一起,亲身体会到他们悲惨的生活,亲眼看到军队砍下无辜苗民和农民的人头无数,过了五年不易设想的痛苦怕人生活(在《〈从文自传〉附记》中说'噩梦般恐怖黑暗的生活'),认识了中国一小角隅的好坏人事。一九二二年五四运动余波到达湘西,我受到新书报影响,苦苦思索了四天,决心要自己掌握命运,毅然离开家乡,只身来到完全陌生的北京,从此就如我在《从文自传》中所说,进到一个永远无从毕业的学校,来学习那课永远学不尽的'人生'了。"1924年,沈从文开始发表文学作品,曾担任《大公报》《益世报》文艺副刊主编;1928年到上海,与胡也频、丁玲编辑《红与黑》《红黑》杂志;1931—1933 年在青岛大学任讲师;1934—1939 年在北京主编全国中小学国文教科书;1939—1947 年在昆明西南联合大学任教授;1947—1949 年在北京大学任教授;1950—1978 年在北京中国历史博物馆任文物研究员;1978—1988 年在中国社会科学院研究所任研究员。1988 年病逝于北京。

沈从文作为京派作家第一人,其创作被誉为"湘西田园诗"。他的小说有强烈的个人风格,他以"乡下人"的主体视角审视当时城乡对峙的现状,批判现代文明在进入中国的过程中所显露出的丑陋,这种与新文学主将们相悖反的观念丰富了现代小说的表现范围。他重要的作品有《边城》《湘行散记》《长河》《从文自传》《八骏图》《湘西》和《萧萧》等。下面将对《边城》进行简要分析阐述。

《边城》为人们描绘了一个美轮美奂的湘西边城世界,其描写的故事、人物、风情、自然,都渗透着作者所特有的审美理想。小说中所讲述的故事简朴优美、哀婉动人。在依山傍水的边城,茶峒附近小溪白塔下,住着一个靠摆渡为生的老船工和他相依为命的外孙女翠翠以及一只颇通人性的黄狗。他们过着勤劳、安闲、悠然的生活。老船工不愁吃穿,心中唯一的惦念就是为自己的外孙女找到一个好的归宿。在茶峒城中有一个掌管码头的船总叫顺顺,他有两个儿子,大儿子叫天保,天保的性格极像父亲,是个洒脱大方,豪放豁达,喜欢交朋结友,且慷慨助人的人;小儿子叫傩送,傩送的性格像母亲,是一个不爱说话但出类拔萃的人。天保和傩送都喜欢老船工的外孙女翠翠。天保托人向老船工提亲,但是翠翠爱的是傩送而不是天保。顺顺有意让大儿子天保取翠翠为妻,而二儿子傩送则娶有一座新碾坊做陪嫁的王团总的女儿。但最后他发现两个儿子都爱着翠翠,而且他们还约定用唱山歌的方式表达感情,让翠翠自己从中选择。傩送是个唱歌高手,天保自知比不过弟弟,于是主动退出,一气之下驾船远行,不幸途中失事而死。老二傩送暗示翠翠,却得不到翠翠的理会,家中又逼迫他接受新碾坊,于是赌气之下,自己下桃源去了。老船工忍受不住这沉重的打击,在一个雷电暴雨袭击、船被冲走、屋后白塔倒塌的夜晚,悄然死去。翠翠接替了外祖父的事业,继续撑船摆渡客人,带着软软的、酸酸的心,等待着傩送的归来。傩送也许永远不回来了,也许"明天"回来,小说以充满悬念的悲剧收尾。

虽然《边城》中的故事以悲剧收尾,但是悲剧中寄托了作者"美"与"爱"的理想,表达了对田园牧歌式生活的向往和追求,凸显出了人性的善良美好与心灵的澄澈纯净。在小说里,读者随处看到的是淳朴、亲善、宁静、和睦的人性美与人情美,几乎每个人物都是善和美的化身。场面上的头面人物船总顺顺,并不恃财傲慢,而是一位古道热肠的通达之人。天保、傩送兄弟俩虽都爱着翠翠,但没有争斗而是以对歌的传统方式公平竞争。70 多岁的老船工 50 年如一日,勤奋地为人们摆渡,却从来不多收一文钱。翠翠更是一个勤劳、能干、美丽,心灵纯净得犹如一泓清水的少女。她是个带着童稚气的纯情少女,她对爱的渴望不是表现为强烈的追求,而是表现为少女特有的朦胧向往,表现为山村少女的害羞矜持,但又始终不渝,坚贞不屈。翠翠与外祖父老船工相依为命,也传承了热情、勤劳、善良、坚忍的美德。翠翠的这种纯朴和至真至性正好与当时文明都市的那些时代女性形成了强烈的对比。

《边城》具有一种诗意的、美丽中又渗透出忧伤的色彩。在风景秀丽、远离尘嚣的边城,一个老人,一个女孩和一只黄狗,构成了一个水晶球般的世界,这个结构的每一个组成部分都完美无瑕,而它们的组合更是不可拆分。试想,如果没有女孩,一个老人和一只黄狗就显得有些沧桑,可能让我们想到《老人与海》;如果没有老人,一个小女孩和一只黄狗就显得有些可怜,它可能让我们想到卖火柴的小女孩;而没有了黄狗,老人和女孩就失去了生活的情趣,我们会为他们的身世而担心。只有三者组合在一起,才构成了一个完美而和谐的世界。然而,这个结构也是极其不稳定的,随着时间的推移,老人可能逝去,女孩可能嫁人,无论哪一种结局率先出现,这个完美的平衡都可能被打破,而这又不可避免。《边城》的诗意便由此产生,完美的现在与即将破碎的将来同时撞击着读者,流溢着美丽又渗透出忧伤。

《边城》这部小说达到了乡情风俗、人事命运、下层人物形象三者描写完美和谐、浑然一体的境地,像一颗晶莹剔透的珠玉。风习描写注重本色,充满诗情画意,与故事、人物的情调合一。悲剧的明线暗线贯穿始终,包括老船夫、翠翠母女、傩送两弟兄的命运。至于人物,主要是翠翠这样的纯美少女形象所提供的典型的湘西人生样式。这种“人生”是美丽善良的,但被引向了毁灭。翠翠的天真纯洁在小说中都表现为她的毫无心机的、超出一切世俗利害关系的爱情之中。如果探讨翠翠不幸的原因,其中有人的、社会性的各种因素,而沈从文写来平实,把一个生活、浸染在古老风俗环境中,长久将自己的爱情心思埋藏极深的小女子,写得极有诗意,就是沈从文常说起的美丽总令人忧愁的那种境界。围绕翠翠描述的宁静自足的生活,淳厚的人情美、人性美,人心向善,正直、朴素、信仰简单而执着的地方民族性格,加上乡村风俗自然美的渲染,由此,托出了作者心向往之的那块人类童年期的湘西神土。

总体来说,沈从文小说创作的审美追求是“表现人性”,他神往于不受“近代文明”玷污更不受其拘牵的原始古朴的人性,他创作时往往去除现实中严酷的政治经济关系,而在古老的生活节奏与情调中塑造一系列不带社会阶级烙印的自然化的人,讴歌一种自在、自得的人生。

五、李劼人的小说创作

李劼人(1891—1962),原名家祥,四川华阳县人。他曾积极投身于“四川保路同志会”掀起的保路运动,五四运动后,又赴法国勤工俭学,开始从事法国文学的研究与翻译工作,深得左拉、福楼拜、莫泊桑等法国作家的滋养。1924年回国后,他先后在《川报》《新川报》等报刊担任主编或编辑等职,并在成都的大学任教授。1925年,李劼人萌生了用“大河”小说的文学形式来表现中国现代历史的想法。经过十年的酝酿,他终于一举创作了140万字左右的鸿篇巨制“大河三部曲”,包括长篇小说《死水微澜》《暴风雨前》和《大波》。1939年,他参加发起成立中华全国文艺界抗战协会成都分会的工作,先后担任文协的理事、常务理事等职。中华人民共和国成立后,他曾先后担任全国人民代表大会代表、中国文联委员、四川省文联副主席等职,1962年病逝。

“大河三部曲”是李劼人的代表作,这三部小说按照时间顺序展开,描述了以成都为中心的四川社会自甲午战争到辛亥革命这十余年间的人间悲欢、思潮演进和政治风云。

三部曲的第一部《死水微澜》以距成都不远的一个叫天回镇的小镇为背景,以小镇杂货铺老板娘蔡大嫂与当地袍哥头子罗歪嘴的恋爱苟合为情节主线,生动展现了1900年前后几年成都平原的社会状况和社会风俗的变迁。在小说中,作者注视的是普通人的命运,着力表现的是天回镇上古老而陈腐的传统习俗和乡民们固有的性格特征。天回镇就如一潭死水,各种陈腐落后的观念、意识情感和行为方式都在这里深深沉淀着,然而各种新的观念、意识、情感和行为方式也正在这里萌生着。第二部《暴风雨前》以住在成都的半官半绅的维新派郝达三的家庭生活为叙述视点,再由郝达三串起上层社会和下层社会两条线索,展现了重大历史变革之际社会思潮的激荡和人们思想意识的裂变。第三部《大波》则采用了多层次复线发展的结构方式,全面展现了四川保路运动的整个过程。1911 年 5 月,摇摇欲坠的清王朝下令把人民争回的川汉、粤汉铁路的筑路权以"收归国有"为幌子,转让给英、法、德、美四国银行。这使人民大众蓄之已久的反帝爱国热情迅猛高涨,保路运动由此爆发,并很快从四川传遍全国各地,直接导致了同年十月爆发的辛亥革命。《大波》以同志会、革命党起义为代表的革命力量为一方,以清王朝、赵尔丰、端方为代表的反革命势力为一方,在描写及记叙了不少真人真事的同时,也虚构了不少中下层人物。这些人物都被卷进了时代的"大波"之中,他们的盛衰沉浮都取决于保路运动这个事变,每个人都必须选择自己的阵营。作家注重表现保路运动这场历史变革对社会民众的影响,以揭示志士仁人改变民族命运的艰难步履和民族意识的逐步觉醒。

尽管这三部曲各有中心,自成连环,但在作者的总体构思之下,整个作品的艺术表现形式呈现出一种放射性的结构方式:"《死水微澜》处于单线索地缓慢迴环,《暴风雨前》已是双线并进的两重连环,《大波》则如万箭齐发,是多线索、多层次的多重连环"①。这种环环相扣的放射性展开的结构,给人一种汹涌澎湃的流动感。这种多重整体的放射性结构,不仅仅是"大河三部曲"所反映的波澜壮阔的生活内容本身的需要,而且恰好与中国近代历史的发展特点相吻合,从这里可以看出作者精于构思的功力。

第二节　左翼小说、京派小说和新感觉派小说的创作

一、左翼小说的创作

左翼小说以马克思主义的文学理论为指针,站在反映无产阶级的阶级利益和情感立场上,既承嗣了五四文学反帝反封建的传统,又以极大的热情关注着世界范围的"红色的 30 年代",肩负起再塑民族灵魂的使命,把"人的解放"的历史要求提升到"阶级解放"的高度,使文学与政治、文学与革命、文学与时代的关系被空前强化,以其鲜明强烈的政治倾向性和慷慨悲凉的时代精神参与着历史的进程,从幼嫩走向成熟。以"左联"为核心,左翼小说不仅拥有茅盾、蒋光慈、丁玲、柔石等较早开始创作的重要作家,而且经鲁迅、茅盾等文学巨匠的热情扶持,培养了张天翼、沙汀、叶紫、吴组缃、蒋牧良等一批生机勃勃的左翼文学新人。限于篇幅,下面仅对丁玲、柔石的小说创作进行简要分析。

(一)丁玲的左翼小说创作

丁玲(1904—1986),原名蒋伟,字冰之,笔名彬芷、从喧等,湖南临澧人,出身没落绅士家

---

① 刘勇.中国现当代文学[M].北京:中国人民大学出版社,2006:160.

庭。丁玲童年很不幸，4 岁时父亲病逝，家道败落，幼弟夭殇，母女相依为命。在母亲的影响下，丁玲从小受到民主革命思想启迪。1918 年就读于桃源第二女子师范学校预科，次年转入长沙周南女子中学。1921 年到上海，入陈独秀、李达等创办的平民女校，后又转上海大学中国文学系。1927 年开始小说创作。1930 年 5 月，丁玲加入中国左翼作家联盟，1931 年出任"左联"机关刊物《北斗》的主编，成为鲁迅旗下一位具有重大影响的左翼作家。1932 年入党，1933 年被捕，在南京幽囚三年。1936 年经营救出狱赴陕北。抗战初期，曾任西北战地服务团主任、文协延安分会常务理事，主编《解放日报》文艺副刊。20 世纪 50 年代初曾任作家协会副主席等职，主编《人民文学》《文艺报》。1957 年被错划为"右派"，1958 年去北大荒劳动。1979 年复出文坛。1986 年 3 月 4 日逝世。

丁玲在革命文学时期创作了大量作品，如《梦珂》《莎菲女士的日记》《韦护》《水》和《母亲》等。

丁玲的处女作《梦珂》写一个败落的封建家庭女儿闯入社会后陷入绝境的故事。梦珂是一个有理想、有追求的女子，她为了逃避家中给她安排的包办婚姻，听从远房姑母的安排，离开家乡酉阳来到上海读书。她容貌美丽，却并不想单凭自己的容貌来做交际花，充作别人的玩偶。她做过模特，投考过电影公司，到处寻找工作，抵御了一切的纠缠，希望寻求更理想的生活。虽处处碰壁却始终不灰心，她似乎是作家心中一种人生观念的体现者。五四的浪潮退后的革命时期，到大城市读书是知识女性的理想，同时还意味着女性能真正地参与社会生活事件。梦珂看到其他贫弱的女性受到侮辱时，她挺身而出，以致惹恼了那个红鼻子教员；事后，当别的人"都像被什么骇得噤住了的一样，只无声地做出那苦闷的表情"时，她又帮助女模特穿上衣服；在女模特因为自己连累了梦珂而觉得愧疚时，梦珂坚强地说："这值什么！你放心，我是不在乎什么的！"可见梦珂在参与社会事件时所表现出一个知识女性坚强的勇力和正义感。在梦珂的一系列救助活动中，作者意识到了女性参与社会事件的时候是被众人围观的，围观女性的人有善意的、怀有敬佩之心的，还有不怀好意的。当然还有梦珂对众人行为的反应，都"深深地伤了她的心"，而且导致退出，梦珂曾对她的好朋友匀珍说的"匀姊！无论如何我是不回学校去。"

五四时期知识女性为了恋爱自由，与父权专制作斗争时，是将男性作为青年同盟的。而在 20 世纪 30 年代的革命时期，知识女性与包办婚姻作斗争，而青年男子对于恋爱采取游戏的态度，男女平等的问题并没有得到解决。梦珂在这样的处境中只能是无力和无奈："以后，依样是隐忍的，继续着到这种纯肉感的社会里面去，自然，那奇怪的情景，见惯了，慢慢地可以不怕，可以从容，但究竟是使她的隐忍力更加强烈，更加伟大，至于能使她忍受到非常的无礼的侮辱。"在《梦珂》里，梦珂是个单纯、幼稚、富有正义感的少女，抱着对艺术和爱情的美好追求，从她身上我们看到了一种盲目反叛社会，反叛生活，反叛男性的情绪，一种偏执的女性优势心理。

《莎菲女士的日记》是丁玲的成名作和早期的代表作。小说的主人公莎菲是一个患肺病的敏感的少女。面对忠实可靠却又柔弱的韦弟，莎菲既感到安慰与幸福，又不满足。她羡慕凌吉士的伟岸英俊，却又明知他的华而不实，并为无法得到他的爱而痛苦。她渴盼朋友们来看她，给她安慰，却又嫌他们打搅了自己内心中对爱情的凝想……莎菲就这样终日沉溺在爱情的痛苦与饥渴中而无法自拔。小说反复多次地写到死亡，比如"无论在白天、在夜晚，我都在梦想可以使我没有什么遗憾在我死的时候的一些事情""明明看到那吐出来的是比酒还要红的血，但我心却像有什么别的东西主宰一样，似乎这酒便可在今晚致死我一样"等。莎菲的疾病很容易让她自己颇具忧患意识地想到死亡。从某种意义上讲,莎菲的死亡意识是一种对现实的否定和批判,也可以解释为一种采取自我毁灭和自杀的消极死亡。但是,莎菲又表明自己不是真的想要死,"并不是我怕死,是我总觉得我还没有享有我生的一切"。然而求生又不知道在眷恋什么:"难道我有所眷恋吗? 一切又是那么的可笑,但死却不期然的会让我一想到便伤心。"莎菲在理想和现实的极端矛盾中作着痛苦的挣扎,她是反抗的,但这种反抗是孤独的、带有病态的,是无出路的。莎菲形象的复杂和矛盾是五四时期追求个性解放的青年在革命低潮中陷入彷徨无主的真实写照,说明个性主义在当时历史条件下并没有过时。它已带上了病态,作者把这一时代特征聚光笔下,包含着深刻的历史批判性。

《韦护》是丁玲的第一部长篇小说,主要讲述了革命者韦护与小资产阶级女性丽嘉的恋爱与冲突。韦护沉溺于温柔的爱情而荒疏了工作,后来在革命者的"帮助"下,他意识到再也不能"永远睡在爱情的怀中讴歌一世",于是便离开了丽嘉到革命中心广州去了。韦护走后,丽嘉虽然感到幻灭的痛苦,但在时代浪潮冲击下,也幡然醒悟,决心"好好做点事业"。在作者笔下,韦护和丽嘉是一对真正的可人儿。

这部小说标志着丁玲思想的转变——从个性主义向社会革命的转变。该作品在流行的"革命+恋爱"的公式中,表现了作家独特的观察与发现:中国士大夫家庭出身的觉醒了的新知识分子,一面为时代潮流所推动,成为新兴无产阶级运动的先驱,一面却在灵魂深处保留着充满浓重的士大夫气息的"旧我"的一角。丁玲敏锐捕捉到这一过渡时代的过渡性历史人物的特殊矛盾,使作品具有了深刻的认识价值。

《水》被认为是标志着革命文学出现了重大突破的一部小说作品。它以 1931 年夏泛滥于全国十六省的大水灾为题材,描写了一群饥寒交迫的农民在与洪水斗争的过程中因逐渐认了清剥削阶级的真面目而觉悟:

> 他们拿了我们的捐,不修堤,去赌,去讨小老婆,让水毁了我们的家,死了我们多少人,他们好不给我们吃吗?

这些觉悟后的农民,揭竿而起,一呼百应,汇成了反抗的洪流。小说中对农民性格的刻画应该说是比较符合历史和事实的,因为 20 世纪 30 年代的乡村土地革命已经在许多地区开展,轰轰烈烈。不过,小说中对农民的集体反抗性格写得还不够充分、不够壮烈。

《母亲》是丁玲创作的一部关于 20 世纪初女性奋斗历程的、具有史诗性质的作品。小说的女主人公曼贞的原型是丁玲的母亲余曼贞,这部小说也是丁玲为了纪念自己的母亲而作的一部长篇自传体小说。小说讲述了一个善良贤惠的大少奶奶由于丈夫的早逝,家境衰落,不得不带着自己的一双儿女,背着一身的债,在冷漠的现实生活中奋起,自强自立,最终成为一位自食其力的知识分子的故事。小说启示人们,女性只有努力面对生活,只有以主体的姿态面对生活,抓住现实的咽喉,才能主宰自己的命运,才能使自己的人生得以转换。千百年来,男权的统治和封建思想的束缚将女性禁锢在家庭中,使女性变成了弱不禁风的、被视为弱者的可怜虫,《母亲》中的主人公曼贞就是这些可怜虫中的一位,她从小就缠足,长大后又遵从"父母之命,媒妁之言",糊里糊涂地做了少奶奶,并成为两个孩子的母亲,曼贞对自己的未来感到迷茫,她的生活都是被安排好的,她无法主宰自己的命运,然而,丈夫的早逝,使得她再也无法按照原来的生活方式生活,现实的压迫,迫使她不得不独自面对生活,独自承担起家庭的责任,她"要替自己开辟出一条路来,她要不顾一切的讥笑和反对,她不愿再受人管辖,而要自己处理自己的生活了"。她选择从现实开始自己承担应有的责任和做命运的主宰者,她因此而进行了艰难然而又是充满希望的蜕变。该部小说展示了封建大家庭的衰败与分化,塑造了一个辛亥革命时期新女性的典型形象。作者在艺术上自然、成熟地发挥了早期写自叙传题材的特长,在无产阶级革命文学运动中显示了自己在题材选择上的独创精神。

总体来说,丁玲是中国现代小说史上善写女性并始终坚持女性立场的作家,她是 20 世纪中国女性主义文学的先驱。其早期的创作充满着五四落潮后新女性对"个性解放"的幻灭感,大胆地描写她们精神的苦闷及由此产生的强烈的叛逆性格,以一种独立的女性意识,表达了现代女性的人生感受。

(二)柔石的左翼小说创作

柔石(1902—1931),原名赵平复,又名少雄,浙江宁海人,"左联"五烈士之一。1917 年秋考入台州省立第六中学。1918 年夏,考取了官费的浙江省立第一师范学校。1921 年 10 月,参加了著名新文学作家叶圣陶、朱自清任顾问,浙一师同学潘漠华、冯雪峰负责的"晨光文学社"。1923 年开始文学创作。1924 年春,他到慈溪普迪小学任教,教学之余坚持文学创作。1925 年元旦,出版了第一部短篇小说集《疯人》。1928 年到上海从事革命文学运动,曾任《语丝》编辑,并与鲁迅先生同办"朝花社"。1930 年初,自由运动大同盟筹建,柔石为发起人之一。1930 年 3 月中国左翼作家联盟成立,柔石曾任执行委员、编辑部主任。同年 5 月以左联代表资格,参加全国苏维埃区域代表大会。1931 年 1 月在上海被捕,同年 2 月 7 日与殷夫、欧阳立安等 23 位同志同被国民党反动派秘密杀害。

在柔石短暂的一生中,他发表了长篇小说《旧时代之死》,中篇小说《三姊妹》《二月》,短篇小说《人鬼和他底妻底故事》《为奴隶的母亲》等。下面主要对《二月》和《为奴隶的母亲》进行简要介绍。

《二月》是柔石早期的代表作,也是其思想和艺术转变时期的重要作品,是对中国知识分子道路思考和探索的结晶,也是他追求委婉清妙的抒情风格和对人生与心灵深刻的剖析的融合。萧涧秋是从五四退潮下来的进步青年知识分子,五四的新思潮曾沐浴过他的心灵,但并没有使他成为一个真正的战士。他漂泊多年以后,厌倦了都市生活,来到芙蓉镇寻找抚慰自己困顿灵魂的栖地,然而,这个芙蓉镇依旧是凄凉与苦难、浅薄和庸俗。怀着人道主义的思想,他希望通过个人的努力来改变这个现状。他开始援助新寡的文嫂和她可爱的女儿,想使这些善良的人摆脱悲哀的境地。同时,另一位热情如火的少女陶岚纯真的爱又掀起了他感情的波澜。在不长的时间里,他接触了两个生活境遇和个性风格不同的女性,始终以高尚的情操和坦然的态度处之,但各种流言蜚语接踵而来,使他备受困惑。他和陶岚可以采取"笑骂由人笑骂,我行我素而已"的超然姿态,但孤苦无告的文嫂却被谣言逼上了绝境。萧涧秋竟欲与文嫂结婚让她重新燃起生命的火焰,岂料文嫂选择自杀来成全他与陶岚的美好姻缘,这更使萧涧秋跌入了痛苦的深渊。他既无勇气冲破世俗的樊篱,又不甘心沉溺于生活的"浊浪"而随波逐流,最后只得离开芙蓉镇。萧涧秋在芙蓉镇的短短经历,证明了在强大的中国封建主义习惯势力面前,个人奋斗、人道主义理想的碰壁。小说中陶岚的个性解放主义,陶慕侃的人才教育主义,方谋的三民主义,钱正兴的资本主义,各色人物纠葛在萧涧秋、文嫂的事件之中,写来都很生动,从一个侧面表现大时代下知识者徘徊、倒退的思想面貌。小说还浓郁地透露出"人类是节外生枝,枝外又生节的——永远弄不清楚"的悲剧命运感。在艺术表现上,小说以清妙细致、略带飘逸洒脱的笔触,着力描摹人物的情感冲突、心理世界和如画江南,字里行间充溢着一种明澈而忧郁的如歌的抒情调子。

《为奴隶的母亲》是一篇产生过国际影响的杰作。小说写的是一个"典妻"的故事。穷苦妇女春宝娘,为了全家生计由丈夫被迫"典"给邻村的李秀才3年,充当传宗接代的工具。春宝娘蒙着奇耻大辱哽咽着离开了5岁的春宝,来到秀才家又遭遇醋意陡发的大妻的冷嘲热讽。当春宝病重的消息传来,她却得不到回家看望的权利。3年期满之后,她又不得不再一次撕心裂肺地离开怀中待哺的秋宝。坐轿返回旧家时,春宝已认不得娘。

在这部小说中,作者以沉痛的笔触揭露了重血缘承嗣的宗法制社会丑陋的"典妻"习俗,穷困和陋俗残酷地剥夺了春宝娘的人格尊严,她受尽凌辱,两度别子,神圣的母爱在这"典当"之中被两姓男人肢解为二,徘徊于春宝和秋宝之间不能两全,罪恶的社会不仅剥夺了她做妻子的权利,更剥夺了她做母亲的权利,名为母亲实为奴隶,经受着心灵的巨大痛苦。小说的深沉之处便在于对春宝娘这样忍辱负重的中国普通农妇灵魂的如实表现。她默默地去充当为别人生子的工具,又默默地想念自己亲生的任何一个孩子。她的悲剧,是其对自身命运的习以为常,欲有所动,又无处表述。这对读者的感情冲击是相当深切的。作者以严谨的现实主义态度,从日常的人和事中取材,但在平凡中开掘出社会和心灵的双重悲剧,在中国文学史上,能够把劳动妇女在阶级压迫下所受的精神摧残和心灵折磨写得这样深刻、这样触目惊心的作品是不多见的。

总体来说,柔石的文学创作围绕着人道主义关怀这一思想内核,经历了由关注小知识分子的个性解放到探索知识分子的人生道路,再转向表现下层人民所受的阶级压迫,正好印证鲁迅对从五四到20世纪30年代进步文学发展所作的概括,从"要求人性的解放"到"阶级意识的觉醒"。

二、京派小说的创作

"京派"是新文学史上一个十分重要的文学流派,虽然没有正式结社,但围绕着《大公报·文艺副刊》《文学季刊》《水星》《文学杂志》等刊物形成了一支大体稳定的作家群体,主要包括周作人、废名、沈从文、朱光潜、俞平伯、萧乾、凌叔华、林徽因等。他们身居带有衰颓意味的古都,又浸染于经院学风,文化心态从容宽厚,功利意识淡薄而艺术独立意识浓厚,其作品多从文化层面探讨人生与人性,注重道德与文化的健康和纯正,作品充满一种东方古典式和谐圆融的情致。京派作家在语言、文体、表现形式方面多样化的实验,突破了小说的艺术常规,对中国现代小说发展具有革命性的贡献,其中尤以沈从文、废名为最。由于沈从文在本章第一节中已经对其进行介绍过,下面仅对废名的小说创作进行简要分析。

废名(1901—1967),生在湖北黄梅,原名冯文炳,字蕴仲。家境殷实,自幼多病,童年受传统私塾教育。1916年到湖北第一师范学校读书,毕业后任小学教师。1922年考入北京大学预科,两年后进入本科英文系,这一时期开始文学创作,曾加入语丝社。1929年,受聘于国立北京大学,任中国文学系讲师。次年和冯至等创办《骆驼草》文学周刊,刊物体现了周作人的平淡隐逸的文艺思想,遂成为京派作家的一个阵地。1949 年任北大国文系教授。1952 年调往东北人民大学(后更名为吉林大学)中文系任教授。1967 年因癌症病逝于长春。

废名首先发表的作品不是小说,而是诗歌。后来从事小说写作时诗歌创作也没有停止过,他把中国传统儒释道思想与五四现代文化思考有机结合在诗的意蕴中,被后人赞叹和标榜的"最天然的现代派诗人",这一风格也延伸到他的小说创作中。废名写作了大量具有独特韵味的诗化小说,1929 年发表的短篇小说集《竹林的故事》和 1931 年发表的《桥》等都体现出废名对唐诗绝句意境的自觉追求。1932 年,发表长篇小说《桥》《莫须有先生传》,这些成就使废名成为京派小说的鼻祖,也是诗话小说的开拓者。抗战胜利后,废名创作了自传性更鲜明的《莫须有先生坐飞机以后》。小说关于"莫须有先生"的续写,由于现实的实际影响,他的审美情趣从探求人性的抽象存在又稍稍向社会人生偏斜。

废名早期的京派小说虽然写的是乡间儿女翁姬的平淡故事,却流露出一种寂静之美。20世纪 30 年代,废名发表的长篇小说《桥》叙述了县城里小林天真的乡塾生活及他与史家庄琴子两小无猜的岁月,长大后小林辍学还乡同未婚妻琴子以及琴子的堂妹细竹三人的微妙感情关系,皆构成一个化外的牧歌世界,宁静、谐和、波澜不兴。本来这种三角爱情关系是悲剧性的,但作者避开了矛盾冲突,让主人公沉浸在人与人之间美好的情感中。这部小说像一首散文诗,又似一首唐诗绝句,几乎没有连贯的情节,通篇由片段性场景组成,故事已经退居到次要位置,展示给读者的是一个宁静恬然的田园牧歌式的世界。并非是乡村式的社会就没有冲突,单举书中的史家奶奶和长工三哑叔来说,他们都是饱经沧桑的人,但作者写来却只突出其自重、自爱,自然适意,返璞归真的性情和生活的形态。而茅林修竹仿佛也懂得这种纯真的境界,天人合一,物理和人理达到完美的和谐。这种对人生丑陋一面的有意规避,正反映了作者对人间纯美的向往,于乱世中有意采取执拗的童心视点。

《桥》不仅反映乡村风景、风俗之美、人情之美,而且透露出一种独有的人生态度和体悟生命的方式。在这里,废名早先对乡村小人物不幸的同情,已让位于对人间的"真"与"梦"的编织。

《莫须有先生传》写在北平教书的莫须有先生为逃难在乡下隐居。莫须有先生的形象,显然是作者自己与中国式的堂·吉诃德的混合,隐逸的气息颇浓。其中又包含对乡下民性的观察、对禅化世俗的认同,以及运用貌似放浪的人物,来表现知识分子内心的忧郁。

相对来说,废名的小说样式恐怕要比他提供的对于人生的文学性阐释更为重要。其作品的诗化风格是中国和西方两种文学融合的结果。废名初期创作时采取西方短篇小说的写作方法,后来又回归于中国古典小说、戏剧、诗歌尤其是古典诗词。他的诗化小说就是变化了中国古典诗词、吸取了西方写作技巧而形成的,《竹林的故事》有王维、孟浩然的冲淡自然;《桥》有李商隐、温庭筠的高远华美。废名的作品如诗似画、情景交融,以诗意的语言、散文的结构、象征性的意境营造了一个处处洋溢着浓郁的乡土气息和田园情调的文学世界。

总体来说,废名的诗化小说对京派文学的渗透力极大。正是他把周作人的文艺观念引至散文以外的领域加以实践。沈从文、何其芳、芦焚等比他稍晚的作家,都从他那里吸收过养料。

三、新感觉派小说的创作

新感觉派小说是中国现代派文学的一个重要组成部分,其根本特点是以大胆暴露现代资本主义社会的腐朽,尤其是个人的情欲面貌而著称,带有明显的弗洛伊德学说的影响。他们特别强调表现作家的主观感觉,善于运用蒙太奇、心理分析等手法凸显对现实生活的感觉和印象,而不太注重对客观生活的真切描写。新感觉派小说作家们热衷于在快速的节奏中描写现代都市生活,极力地捕捉新奇的感觉、印象,把人物的瞬间主观感受投射到对象中去,对人物的意识和无意识进行精神分析,着力表现二重人格。新感觉派小说作家以刘呐鸥、穆时英、施蛰存、叶灵凤、黑婴、禾金等人为代表,其创作成果主要是短篇小说。他们以写作解决"吃饭问题",而不是为人生而写作,所以他们的作品具有极强的先锋性和商业性。"都市"是新感觉派作家小说中的真正主角,其具体化意象有:流线型的汽车、服装、广告、咖啡厅、摩天大楼、霓虹灯、电影院等,而最核心的意象就是"舞厅",其中暗含着的内在景观就是充满了商业化和娱乐气息的消费文化。以下主要对刘呐鸥、穆时英、施蛰存的新感觉派小说创作进行分析。

(一)刘呐鸥的新感觉派小说创作

刘呐鸥(1900—1940),原名刘灿波,台湾台南市柳营区人。早年在日本求学,后回上海念大学,其创作走的是现代主义路线,与施蛰存等有交往。曾在汪精卫政府机关任职,1940年在上海被暗杀。

施蛰存说刘呐鸥"是三分之一台湾,三分之一日本,三分之一上海洋场文化的混合"。刘呐鸥就成长于这三种不同地域文化的交界之处,对其文学创作产生深刻的影响。他的作品数量虽然不多,但是体现出与当时主流革命文学的不同与先锋之处。1928年,他将日本作家片冈铁兵等人的小说合集《色情文化》翻译成中文,第一个将日本新感觉派介绍到中国。1930年出版了短篇小说集《都市风景线》,是较早运用感觉主义写出的作品,对资本主义物质文明机械发展造就的大都会风景进行了浓墨重彩的描绘。其中的《游戏》《两个时间的不感症者》,从都市街头到家庭生活全面展示了现代都市里逢场作戏式的泛滥情欲,表现出在现代都市社会中爱与性的分离,现代都市人的人性已被金钱所异化,理性已经被腐蚀。《游戏》写的是都市女子移光在结婚前夜选择与情人一起度过的故事。移光认为,丈夫可以提供给她婚姻,保证她的物质生活,而性可以交给情人。移光为读者提供了新的都市爱情观:婚姻与爱情本来就是分离的,性与爱也是分离的,爱情没有专一,只要当时爱过就可以了,所以她说:"我或者明天起开始爱着他,但是此刻除了你,我是没有爱谁的。"这种剥离,表明都市的爱情只不过是一场游戏。《两个时间的不感症者》中的H和T先生同样遭了爱情理想的幻灭。在女人眼里,他们只不过是恋爱的消遣品。这里,作者塑造出了一种新型女性——消遣男子的女人,完全突破了中国文学的传统观念。

总体来说,在刘呐鸥的新感觉派小说里,都市男女的本能欲望得到前所未有的放纵,不再受到传统观念的束缚,只有情感,没有理性的制约。作者展示出一幕幕浮光掠影式的速写,笔触敏感而锐利地捕捉并暴露了现代都市中梦魇般的迷醉与缭乱。

（二）穆时英的新感觉派小说创作

穆时英（1912—1940），笔名伐扬、匿名子，浙江慈溪人。父亲是个银行家，穆时英幼年时就跟随其父来到上海求学，后毕业于光华大学中国文学系。1929 年开始向《新文艺》月刊投稿，开始了小说创作生涯。1937 年一度流亡香港。1939 年回到上海，担任当时的《中华日报》编辑及《文汇报》社长。1940 年春，穆时英被暗杀身亡。

穆时英被称为"新感觉派的圣手"，是真正意义上的新式洋场小说家。1929 年开始小说创作，翌年发表短篇小说《黑旋风》《南北极》，开始引起文艺界的重视。1932 年出版小说集《南北极》，该小说集初版包括《黑旋风》《咱们的世界》《手指》《南北极》《生活在海上的人们》，大多以闯荡江湖的流浪汉为主人公，写出贫富悬殊、阶级压迫和自发反抗等内容，宣泄破坏一切，带有一些流浪无产者的情绪。再版时加入了《偷面包的面包师》《断了胳膊的人》《油布》。1933 年出版小说集《公墓》，内收《公墓》《上海的狐步舞》《Craven"A"》《夜》《夜总会里的五个人》《被当作消遣品的男子》《黑牡丹》《莲花落》。该小说集的出版标志着穆时英创作的明显变化，即开始转向描写大都市现代人颓废失落的精神状态和畸形、变异心理，逐渐形成了新感觉主义小说的特色。1934 年出版小说集《白金的女体塑像》，1935 年出版小说集《圣处女的感情》，长篇小说《中国行进》未能出版。1935 年与叶灵凤合编了《文艺画报》。下面将对穆时英在革命文学时期较有代表性的新感觉派小说《上海的狐步舞》和《夜总会里的五个人》进行简要分析。

《上海的狐步舞》是穆时英新感觉主义小说的重要代表作，也是他的成名作。该小说从整体上对 20 世纪 30 年代上海滩十里洋场那种腐败污浊，到处泛滥着红的绿的光，泛滥着罪恶的海浪：马路上奔驰的小轿车里，儿子吻着父亲的姨太太；舞厅里，酒味、香水味、烟味在娼妓、嫖客和阴谋中萦绕；地狱里到处堆积着钢骨、瓦砾、一张张"苦脸"在疲惫地挣扎着；煤屑路上，光着身的孩子、拣煤渣的媳妇；建筑物的阴影里，石灰脸的妇人尾随着老鸨乞求拉住每一个过往的男人，拦路抢劫者，捧死的工人……事实上，在《上海的狐步舞》中，作者通过描绘上海大都市的灯红酒绿、纸醉金迷，达官贵人们的淫糜生活，显露其明确的批判锋芒："在这儿，道德给践在脚下，罪恶给高高地捧在脑袋上面。"

这篇小说摒弃传统小说叙事集中化、中心化和封闭性的特点，采用的完全是开放式叙事结构，只是展示环境、渲染气氛，创造节奏和表达作者主观感觉，将生活中的多个片断组接起来，以感觉支配"蒙太奇"式的叙事，构成了"朱门酒肉臭，路有冻死骨"的震撼人心的对比，烘托了小说第一句所揭示的主题："上海，造在地狱上的天堂！"这也在一定程度上体现了穆时英早期作品的对病态都市生活的批判，对底层的关注和同情以及某种程度上的批判现实主义的写作立场。小说中充满了这样电影式的"主观镜头"，如写几个城市建筑："跑马厅屋顶上，风针上的金马向着红月亮撒开了四蹄：在那片大草地的四周泛滥着光的海，罪恶的海浪，慕尔教堂浸在黑暗里，跪着，在替这些下地狱的男女祈祷，大世界的塔尖拒绝了忏悔，骄傲地瞧着这位迂牧师，放射着一圈圈的灯光。"小说中的此类描写已不是简单的拟人修辞，而是作家的艺术方式。

《夜总会里的五个人》将五个人物聚集到周末的夜总会，展示了他们不同的命运：破了产的金子大王胡均益，失去了青春的交际花黄黛茜，研究《哈姆雷特》的怀疑主义者季洁，失了恋的大学生郑萍，失了业的市府秘书缪宗旦，这五人都具有明显的"都市病"，都是在与生活搏斗中跌撞下来的人物，他们的感觉中渗透着败落破产的痛苦和无法排遣的颓废情绪。他们朝不保夕,带着各自不同的苦恼来到夜总会,企图在疯狂的音乐中寻求刺激,麻醉灵魂,发泄痛苦,直到天明,出门时,破产的胡均益开枪自杀,其余四人把他送进墓地;而黄黛茜等女性,她们空虚、荒唐,但又不失真诚,她们受生活重压,强颜欢笑,以酒色生活来麻醉自己的肉体与灵魂,小说表现了现代人在都市快节奏变幻中不可把握的人生命运,反射出都市人生的"心理荒原"。

小说突出光、影、色给人的感觉来衬托主题。夜总会里:白的台布上放着黑的咖啡,旁边坐着穿黑衣服的男子,白的脸、黑眼珠子、黑头发、白领子、黑领结、白浆褶衬衫、黑外褂、白背心、黑裤子;白台布后面站着侍者,白衣服,黑帽子、白裤子上一条黑镶边;没落的斯拉夫公主们,黑缎裹着的身子下面,是白的腿,白的胸前镶上两块白的缎子,白的小腿上镶着一块白缎子,她们在跳非洲黑人吃人的典礼的音乐——那使人像害了疟疾的音乐似的。这些语言的色彩,充满了强烈的画面感,突出感觉、印象,具有电影艺术的视觉效果。电影是视觉艺术,它以可视性、直观性的画面、场景、色彩、动作叙述故事、刻画人物,直接作用于人的视觉感官。这非常符合以表现主观对都市感觉、印象为目的的新感觉派小说特征。另外,在小说中,作者通过色彩、声音的描写和渲染,表现出夜总会里垂死的欢乐,而这家夜总会坐落在一条布满了从欧洲移植来的各种店铺的大街,在霓虹灯的变幻下,呈现了典型的新感觉派特点的描写:

> "《大晚夜报》"卖报的小孩张着蓝嘴,嘴里有蓝的牙齿和蓝的舌尖。他对面那只蓝霓虹灯的高跟鞋尖正冲着他的嘴。
>
> "《大晚夜报》"忽然他又有了红嘴,从嘴里伸出红舌尖来,面对的那只大酒瓶里倒出葡萄酒来了。
>
> 红的街,绿的街,蓝的街,紫的街,……强烈的色调化装着的读书啊!霓虹灯跳跃着——五色的光湖,变化着的光湖,没有色的光湖——泛滥着光湖的天空,天空中失去了酒,有了烟,有了高跟鞋,也有了钟……

这里的一切都在作者的心理印象之中,是断续的组合,是作者借鉴了电影蒙太奇的表现手法,对小说场景不断地切入切出,营造移动式的构图方式,精心地把所需的画面恰如其分地摄入读者的视野。快速的节奏,跳跃的结构,如同霓虹灯闪耀变幻,令读者眼花缭乱。这种描写不同于一般小说舒缓的笔调,恬淡的生活气息,同人们一般的审美心理相悖谬。

总体来说,穆时英的新感觉派小说集中体现了中国新感觉派小说的创作成就与不足。其小说创作开拓了中国新感觉主义小说的新领域,通过变异心态的人物写病态的都市社会,有针砭现实、批判社会的客观效果。令人惋惜的是,其作品虽然客观上有揭露资产阶级人生观及其腐化、堕落的认识意义,但总体无力。

(三)施蛰存的新感觉派小说创作

施蛰存(1905—2003),原名施青萍,常用笔名安华、薛蕙、李万鹤、陈蔚、舍之、北山等,原籍浙江杭州。8岁时随家迁居江苏松江(现属上海市);1922年考进杭州之江大学,次年入上海大学,开始文学活动和创作。1926年转入震旦大学法文特别班,与同学戴望舒、刘呐鸥等创办《璎珞》旬刊。1927年回松江任中学教员,1928年后任上海第一线书店和水沫书店编辑,参加《无轨列车》《新文艺》杂志的编辑工作。2003年在上海逝世。

施蛰存是中国新感觉派取得成就最高的作家,20世纪30年代是其创作的辉煌时期,《将军底头》《李师师》《梅雨之夕》《善女人的行品》等都是这一时期的作品。下面将对《将军底头》和《梅雨之夕》进行简要分析。

历史小说《将军底头》以描写主人公花惊定"性爱与种族"冲突的基本主题,展现了灵魂真实的艺术魅力。身为大唐武官的花惊定,因血管里流淌着祖父吐蕃人的血液,便对汉族和汉族士兵产生了本能的厌恶,于是萌发了背汉归国的念头,因而在他的意识中,反叛大唐与忠于祖国吐蕃之间的矛盾冲突,"一直未曾宁静过",但当他偶然遇到了一位巴蜀美丽的汉族少女时,这位年轻的将军竟"骤然感觉到了一次细胞底震动",并"全身浸入似地被魅惑着了"。这种对爱欲的强烈追求,产生了无比"凶猛"的力量,不仅严厉地将追逐少女的士兵斩首示众,而且消散了他反叛大唐的一切信念,并下意识地在少女居住的门前徘徊了七次,以至于最后被吐蕃人砍掉了头颅,仍策马来到少女的身边,无首将军隔岸遥望,虽然荒诞不实,但却揭示了将军灵魂深处固执的欲念,以及至死也无法摆脱的强悍力量。

《梅雨之夕》这部小说中没有多少情节,满纸都是内心独白,瞻顾之间,疑窦重重,在一种层层递进、往复回环的圆熟的心理描写中,传达了都市薄暮中一种蠢蠢跃动而又带有强烈的自我抑制性的幻美。小说写"我"从公司下班,在梅雨天气中徒步回家。在店铺檐下避雨时,邂逅了一个没有带雨伞的美丽少女。"我"为她的姿色所动,但心存疑虑,不敢贸然用自己雨伞的一半去荫蔽她。久等没见雨止,终于同伞结伴上路。又觉得她貌似自己在苏州时初恋的女子,诧异自己的奇遇;但是瞥见街边一个女子的忧郁眼光,又似乎看见在焦灼地等自己回家的妻子的忧郁脸色。闻知这位少女姓刘,怀疑这是自己的初恋情人故意隐瞒姓氏,于是联想到日本画家"夜雨宫诣美人图",联想到古人"担簦亲送绮罗人"的诗句,重温着初恋的清新感受。最后才发现少女的嘴唇太厚,绝非初恋的女伴,感到被压抑的心境忽然松弛,连呼吸也觉得舒畅了。别了这少女上车,还在车上无意识地张一雨伞,回到家中听见妻子的声音,仿佛又是那少女的声音。小说"我"的心理变化的层层波澜,性意识的潜能,描绘得自然得体,艳而不俗,使作品洋溢着清晰、淡雅的格调。

这部小说以舒缓的笔调、细腻的描写展示了主人公"我"的心理流程,小说情节淡化,所以读者阅读时,直接感受的不是什么故事情节,而是主人公复杂的心理体验,小说对那位美丽的少女的外貌举止描写,也不是作家直接叙述,于是传统小说靠作家从旁叙述的方法已不再适用。另外,小说中"我"将身边的少女幻化成初恋的女伴,竟"如象真有这回事似的接受着这样的假饰",而她脸上的香粉,又使"我嗅出了与妻子的香味一样",这样一来,美丽的少女,初恋的女友、现实生活中的妻子三者合为一体,将"我"的心理流程,描绘得惟妙惟肖。

总体来说,施蛰存热衷于用弗洛伊德精神分析学的眼光观察人物的深层心理,尤其是性心理;从街头到旅馆、戏院,多侧面地展示大都会人物在两性吸引中的苦闷情绪和朝秦暮楚的生活方式,揭示了大都会生活的急迫节奏对人物神经的严重冲击。施蛰存的艺术实践,标志着西方现代派文学在我国文学园地再植生根,显示了独特的艺术风采。

第三节　现代诗人的"纯诗"追求

革命文学时期的诗歌创作得到了一定程度的发展。这一时期的诗歌反复吟咏悲哀、烦忧、沉郁、厌倦、彷徨、寂寞的情绪,常常表现贫乏、飘忽、微茫、萎靡、迷失方向的情调,可谓带着"青春的病态",然而,这一时期的诗人追求"纯诗",他们对于"诗的哲学"的思考,把诗与散文在内容上和艺术表现上严格区分的尝试,尤其是对于西方现代文艺思想和文化思潮的介绍和引进等,都为中国现代诗的发展提供了有益的艺术借鉴。戴望舒和卞之琳是这一时期的代表性诗人。

一、戴望舒的诗歌创作

戴望舒(1905—1950),浙江杭州人,原名戴朝安,又名戴梦鸥,笔名戴望舒、艾昂甫、江恩等。1922 年开始创作新诗。1923 年自杭州宗文中学毕业后,转入上海大学文学系学习。1925 年又转入震旦大学特别班学习法语,同年肄业于该校法科。1926 年与施蛰存、杜衡等人从事革命文艺活动,出版书刊,并发表不少诗作和译作,同年加入共青团。1928 年,他与施蛰存、杜衡、刘呐鸥等人合作创办"第一线书店",出版《无轨列车》半月刊,该刊年底就被国民党查封。1929 年,他和刘呐鸥、施蛰存等人又创办"水沫书店",出版《新文艺》月刊和《马克思文艺论丛》。1930 年他加入"左联"。1932 年,戴望舒自费赴法国留学。1935 年回国到了上海,次年与卞之琳、孙大雨、冯至等人创办《新诗》月刊。1938 年,戴望舒去香港主编《星岛日报》文艺副刊《星座》,兼任中华全国文艺界抗敌协会香港分会理事。1939 年他与艾青共同编辑《顶点》,同年秋天,他与叶君健、徐迟、冯亦代等人编辑出版英文版文学刊物《中国作家》。1946 年回到上海,在上海师范专科学校任教,并兼任暨南大学教授。1948 年他再赴香港。1949 年,戴望舒回到北京,参加全国文艺工作者第一次代表大会,后任新闻总署国际新闻局法文编辑。1950 年,戴望舒因严重的气喘病,不幸与世长辞。

戴望舒在革命文学时期创作数量较多,艺术上也较成熟,他由此成为中国新诗发展史中现代派的代表诗人。戴望舒以《雨巷》的问世而闻名于诗坛:

> 撑着油纸伞,独自
> 彷徨在悠长、悠长
> 又寂寥的雨巷
> 我希望逢着
> 一个丁香一样地
> 结着愁怨的姑娘
>
> 她是有
> 丁香一样的颜色
> 丁香一样的芬芳
> 丁香一样的忧愁
> 在雨中哀怨
> 哀怨又彷徨

她彷徨在这寂寥的雨巷
撑着油纸伞
像我一样
像我一样地
默默彳亍着
冷漠、凄清,又惆怅

她静默地走近
走近,又投出
太息一般的眼光
她飘过
像梦一般地
像梦一般地凄婉迷茫

像梦中飘过
一枝丁香地
我身旁飘过这女郎
她静默地远了、远了
到了颓圮的篱墙
走尽这雨巷

在雨的哀曲里
消了她的颜色
散了她的芬芳
消散了,甚至她的
太息般的眼光
丁香般的惆怅

撑着油纸伞,独自
彷徨在悠长、悠长
又寂寥的雨巷
我希望飘过
一个丁香一样地
结着愁怨的姑娘

　　这首诗含蓄地暗示出诗人当时对社会对人生朦胧的时有时无的希望,既迷惘感伤又有期待的情怀,并给人一种朦胧而又幽深的美感。诗中狭窄阴沉的雨巷,在雨巷中徘徊的独行者,以及那个像丁香一样结着愁怨的姑娘,都是象征性的意象。其实,还可以把这位"姑娘"当作诗人心中朦胧的理想和追求,代表了诗人陷入人生苦闷时,对未来渺茫的憧憬。

《雨巷》发表后受到当时读者普遍的欢迎和喜爱,轰动诗坛和社会,戴望舒因此被称为"雨巷诗人"。然而,《我的记忆》才是戴望舒现代诗创作的起点:

> 我的记忆是忠实于我的
> 忠实甚于我最好的友人。
>
> 它生存在燃着的烟卷上,
> 它生存在绘着百合花的笔杆上,
> 它生存在破旧的粉盒上,
> 它生存在颓垣的木莓上,
> 它生存在喝了一半的酒瓶上,
> 在撕碎的往日的诗稿上,
> 在压干的花片上,
> 在凄暗的灯上,
> 在平静的水上,
> 在一切有灵魂没有灵魂的东西上,
> 它在到处生存着,
> 像我在这世界一样。
>
> 它是胆小的,
> 它怕着人们的喧嚣,
> 但在寂寥时,
> 它便对我来作密切的拜访。
> 它的声音是低微的,
> 但它的话却很长,很长,
> 很长,很琐碎,而且永远不肯休;
>
> 它的话是古旧的,
> 老讲着同样的故事,
> 它的音调是和谐的,
> 老唱着同样的曲子,
> 有时它还模仿着爱娇的少女的声音,
> 它的声音是没有气力的,
> 而且还挟着眼泪,夹着太息。
>
> 它的拜访是没有一定的,
> 在任何时间,在任何地点,

　　　　时常当我已上床,朦胧地想睡了;
　　　　或是选一个大清早,
　　　　人们会说它没有礼貌,
　　　　但是我们是老朋友。

　　　　它是琐琐地永远不肯休止的,
　　　　除非我凄凄地哭了,
　　　　或者沉沉地睡了,
　　　　但是我永远不讨厌它,
　　　　因为它是忠实于我的。

　　这首诗实际是对自己命运的悲叹,作者把记忆当成最忠实的朋友,表明他在社会现实中不断碰壁,最终只能寄希望于自己的记忆,通过虚幻美化的记忆来弥补自己内心的痛楚的悲哀。作者越是对回忆依恋,越是说明作者在现实中的困境。全诗始终在伤感怀释中进行,感情起伏稳定,虽然没有波澜壮阔、跌宕起伏的精彩,但也达到了声情并茂,寓理于情的效果。同时,全诗深入诗人的内心深处,深入记忆这个意识的层面,把意识层面的记忆作为诗歌的表现对象,说明诗人具有内视和内省意识。而现代诗的一个重要特点就是诗人具有自觉的内视和内省意识。

　　在现代派诗人中,戴望舒的诗是最为深沉的,这深沉源自"现代生活中所感受的现代情绪"。20 世纪 30 年代的青年诗人原本是农村(或小城镇)中来到大都市寻求理想的"寻梦者",他们感受着西方意识形态对传统文化的冲击,目睹了农业社会的逐步解体和工业文明的出现,体验着都市商品社会的沉沦与绝望,理想与现实的矛盾使他们回到了内心世界。因而,诗对于戴望舒来说绝不仅仅是艺术的追求,它是一种对现实的逃避,是对受伤灵魂的抚慰和净化。例如《夜行者》:

　　　　这里他来了:夜行者!
　　　　冷清清的街道有沉着的跫音,
　　　　从黑茫茫的雾,
　　　　到黑茫茫的雾。

　　　　夜的最熟稔的朋友,
　　　　他知道它的一切琐碎,
　　　　那么熟稔,在它的熏陶中,
　　　　他染了它一切最古怪的脾气。

　　　　夜行者是最古怪的人。
　　　　你看他在黑夜里:
　　　　戴着黑色的毡帽,
　　　　迈着夜一样静的步子。

"夜行"也许是诗人自我心理过程和生活体验的一个侧面表现,但似乎体现了诗人对于"自我"的一种认识和审视。在《夜行者》这里,的确感到了"夜行"的冷峻与萧瑟,还有作为"夜行人"的孤独寂寞之感。在"夜"中踯躅摸索得太长久,终于成为"夜的最熟稔的朋友",并且"知道它的一切琐碎",使"他染了一切最古怪的脾气"。读者不能不为这"琐碎"和"古怪的脾气"而感到一种从内心升起的寒冷。读者还是可以从另一方面感受"夜行者"那情绪和意境的和谐与协调。在这里,"黑夜""黑夜的毡帽"和"夜一样静的步子",完全溶化交融成一幅幽深静寂的画面,使人只是感到了它那水墨画一般的清雅情致,诗一般优美的内在。

总体来说,戴望舒是现代派的代表诗人,他堪称是 20 世纪 30 年代中国现代主义诗歌的执牛耳者。他与施蛰存、杜衡曾被赵景深先生称为文艺界的"三驾马车"。

二、卞之琳的诗歌创作

卞之琳(1910—2000),曾用笔名林之、么哥、季陵等,生于江苏海门汤门镇,祖籍江苏溧水。1929 年考入北京大学英文系学习,在此期间,他阅读了大量英国浪漫主义和法国象征主义的诗歌。大学毕业后,他赴保定、济南等地教书,在此期间,他还曾去日本小住。1934 年,与友人共同于北平创办《水星》月刊。抗战初期,在四川大学教书。1938 年,赴延安和太行山区抗日根据地访问,随军体验生活,并在延安鲁迅艺术学院临时任教。1940 年,他担任昆明西南联大的讲师、副教授。抗日战争胜利后,他任天津南开大学教授。1947 年,应英国文化委员会邀请,赴英国任"旅居研究员"。1949 年春,他回到新中国成立的北平。中华人民共和国成立后,他先后任北京大学西语系教授、北京大学文学研究所研究员、中国作家协会理事、《诗刊》《世界文学》《文学评论》的编委、中国社会科学院外国文学研究所研究员等职。1956 年他加入中国共产党。2000 年 12 月 2 日,卞之琳因病逝世。

卞之琳的诗受过"新月派"的影响,但他更醉心于法国象征派,并且善于从中国古典诗词中汲取营养,形成自己独特的风格。他的诗精巧玲珑,联想丰富,跳跃性强,尤其注意理智化、戏剧化和哲理化,善于从日常生活中发现诗的内容并进一步挖掘出常人意料不到的深刻内涵,诗意偏于晦涩深曲,冷僻奇兀,耐人寻味。例如《断章》:

> 你站在桥上看风景,
> 看风景人在楼上看你。
>
> 明月装饰了你的窗子,
> 你装饰了别人的梦。

据诗人说,这首诗原来在一首长诗中,他觉得这四行诗最使他满意,而且有独立存在的价值,所以就抽出来独立成篇了,题名"断章"即由此而来。这首诗蕴藏了深刻丰富的哲理,诗人通过对常见的"风景"的感悟,暗示了主客体关系的相对性。该诗第一节分为两个画面和变化的主客体:"你站在桥上看风景"的画面中,"你"是看风景的主体;"看风景人在楼上看你"的画面中,"你"却成了被别人看的客体了。第二节的两行中,"明月装饰了你的窗子"是一个具象的画面,"明月"这个客体在装饰"你"这个主体,"你装饰了别人的梦"是可以想象的意境,"你"这个主体又成为装饰别人梦中的客体。这种主体和客体不着痕迹的置换,暗示了宇宙中事物普遍存在的一种相对性的哲理。这种深邃的哲理,诗人不是直接地、抽象地说出来的,而是通过两个美丽的画面、生动的意象体现的。这首诗言简意赅,句式匀齐对称,既有美感又耐人寻味。

自由联想是现代派的重要特征之一,西方的象征派、荒诞派、超现实主义者概莫能外。正常的联想是以事物间相似的属性作为联结纽带,有一定的逻辑推理关系为桥梁的。但现代派的联想往往不是事物本身固有的、为世人逻辑层面所公认的,而是凭个人的直觉和幻觉,带有"非逻辑"的色彩。卞之琳的现代诗派也受到这种"非逻辑"化的影响,创作了不少联想奇特化的范例。例如《距离的组织》:

> 想独上高楼读一遍《罗马衰亡史》,
> 忽有罗马灭亡星出现在报上。
> 报纸落。地图开,因想起远人的嘱咐。
> 寄来的风景也暮色苍茫了。
> ("醒来天欲暮,无聊,一访友人吧。")
>
> 灰色的天。灰色的海。灰色的路。
> 哪儿了?我又不会向灯下验一把土。
> 忽听得一千重门外有自己的名字。
> 好累啊!我的盆舟没有人戏弄吗?
> 友人带来了雪意和五点钟。

这首诗内容涵纳古今中外,时空相对,从微观到宏观,从存在到意识,比喻新奇,典故迭出,意象绵密,跳跃迅捷,表现了一个思想复杂但诚实、感觉敏锐细腻、耽于白日梦的青年知识分子,在那令人失望的年代里,为灰色氛围所困扰的窒闷与失落感。

卞之琳在自己诗中的自我写照更多的是"倦行人"形象,表达"倦行人"的孤独感和疲惫。例如《道旁》:

> 家驮在身上像一只蜗牛,
> 弓了背,弓了手杖,弓了腿,
> 倦行人挨近来问树下人
> (闲看流水里流云的):
> "请教北安村打哪儿走?"
>
> 骄傲于问路于自己,
> 异乡人懂得水里的微笑;
> 又后悔不曾开行人的话匣,
> 像家里的小弟弟检查
> 远方回来的哥哥的行箧。

诗中的"倦行人",就是一个疲惫的长途跋涉者,他无家可归,他的"家",如同蜗牛驮在背上的壳,随他而行。通过与"树下人"(麻木者)的对照,孤独的"异乡人"还要继续问路前行,只是在善意地"微笑"那无聊的"树下人"时,也透露出"倦行人"疲惫寂寞和前途茫然的痛苦。

总体来说,卞之琳充满现代感的诗篇却具有中国古典诗词乃至整个古典文化传统的深层背景,"亲切"与"含蓄",具有很高的艺术价值。

第四节　犀利的杂文和具有灵性的小品文

革命文学时期的杂文,继五四以后再度兴盛。这一时期,各种社会矛盾的尖锐化,激发了人们的政治热情,从而为杂文的勃兴垫定了读者基础;而左翼作家为了参与到激烈的现实斗争中去,"对于有害的事物,立刻给以反响或抗争",自然也首选能够成为"感应的神经"和"攻守的手足"的杂文文体。鲁迅是这一时期最重要的杂文作家,他专注于杂文创作,还大力提倡这种文体,并对杂文的社会价值和文学价值作出了很高的评价。这对当时杂文的发展产生了积极的影响。与此同时,具有灵性的小品散文也是蔚然可观,取得较大成就的代表作家当首推林语堂。本节主要对鲁迅犀利的杂文创作和林语堂具有灵性的小品文创作进行简要分析。

一、鲁迅的杂文创作

杂文是直接而迅速地反映社会事变的文艺性论文,以短小、活泼、锋利、隽永、富有战斗性为其特点。这种古已有之的文体,到了鲁迅的手中,才以其诗性与政论性、形象思维与逻辑思维的完美结合,有情的讽刺以及艺术化的语言魅力,体现出巨大的思想潜力。鲁迅一生创作了大量的杂文,编辑成集的杂文集共有16部之多。鲁迅的杂文显示出了"不克厥敌,战则不止"的不屈不挠的精神,他把自己的批判锋芒始终对准了人,对准了人的心理与灵魂,体现出了一种文学关照。

鲁迅杂文在艺术上极富创造性,其文体形式丰富多样。对此,巴人还在《论鲁迅的杂文》中将鲁迅的全部杂文分成八种风格:第一种是"短小精悍,泼辣而讽刺的杂文";第二种是"深厚朴茂显示无比的学识的杂文";第三种是"趣味浓郁引人入胜——诗意的形象化的杂文";第四种是"战斗的论文式的杂文";第五种是"抒情的"杂文;第六种是"质直的,搏击的"杂文;第七种是"客观地暴露而不加以论断的"杂文;第八种是"书序的一类"杂文。但总的说来,鲁迅的杂文的文字风格都"非常干净,简练,得到语和文的高度的融化和统一,而又非常自然"。由此可见,鲁迅调动一切文学手段,对杂文这一古已有之的偏重说理的文体进行改造和创新,使之区别于一般的政论文,而成为一种独立的艺术制作,成为散文中的一种独特样式。

鲁迅的杂文创作以1927年为界,分为前后两个时期。前期从1918年至1926年,杂文集有《坟》《热风》《华盖集》《华盖集续编》。鲁迅前期杂文的主要内容首先是广泛而深刻的社会批评和文化批评。这些文化批评杂文,锋芒所指是中国延续数千年的"固有文明"。在深挖历史文化病根的同时,鲁迅还密切关注着现实社会,杂文也因此成为他批评现实社会政治的最重要、最有效的武器。鲁迅杂文创作后期从1927年到1936年,杂文集有《而已集》《三闲集》《二心集》《南腔北调集》《伪自由书》《准风月谈》《花边文学》《且介亭杂文》《且介亭杂文二集》《且介亭杂文末编》《集外集》《集外集拾遗》等。具体而言,鲁迅杂文创作后期又可以分为以下三个阶段。

转折期:《三闲集》到《南腔北调集》时期(1928—1933年上半年)。这一时期鲁迅杂文主要收在《三闲集》《二心集》和《南腔北调集》中。鲁迅在文学实践中自觉学习马克思主义,用马克思主义指导社会批评和文化批评,其杂文创作在思想和艺术上出现了重大的转折和飞跃。《三闲集》主要收集的是1928年到1929年间的杂文,故不在本章阐述范围内。《二心集》收录了鲁迅在1930年到1931年间所写的杂文37篇。末附《现代电影与有产阶段》译文一篇。鲁迅曾说,他的文章,也许是《二心集》中比较锋利的了。例如揭露国民党当局对外投降、对内镇压的《友邦惊诧论》,批评"新月"派文人梁实秋言论和实质的《"硬译"和"文学的阶级性"》《丧家的资本家的乏走狗》,揭露色情文学专家张资平的《张资平氏的小说学》等,堪称能以"寸铁杀人"的匕首和投枪。《南腔北调集》的内容较之《三闲集》和《二心集》更广泛,带有更鲜明的政治色彩。本集中的《由中国女人的脚,推定中国人之非中庸,又由此推定孔夫子有胃病("学匪"派考古学之一)》,是鲁迅杂文中独标一格的奇文。1933年,国民党当局提出要以"孔孟之道治国",鼓吹"中庸之道",是"天下独一无二的真理",鲁迅在此文中故意以"考古学"形式,对之进行无情的嘲笑。而鲁迅在解剖中国的国民性时,更多发掘中国人民身上的积极性,在《经验》一文中,他指出,"人们大抵已经知道一切文物,都是历来的无名氏所造成的",充分肯定人民的历史首创精神。

成熟期:《伪自由书》时期(1933—1934)。这个时期,鲁迅先后在《申报·自由谈》上发表了130多篇杂文,占毕生创作杂文总量的五分之一。杂文集有《伪自由书》《准风月谈》《花边文学》。这三本杂文集,都附有论敌的文章,都有长篇的《序言》和《后记》,目的在于使"书里所画的形象,更成为完全的一个具象"(《准风月谈·后记》),力图更忠实更完整地反映时代风貌,"以史治文"。这个时期的杂文,鲁迅创造了许多曲折、讽喻、影射的具有隐晦曲折的含蓄美的杂文,这些杂文大多是千字短文,在文体风格上综合了《热风》中随感录的短小精悍和《坟》中随笔的舒展从容。

《伪自由书》以讥讽时政为主,鲁迅在《前记》中说:"这些短评,有的由个人的感触,有的出于时事的刺激,但意思极平常,说话也往往晦涩。"《伪自由书》中的《现代史》《推背图》和《杀错了人议》无情揭露和讽刺国民党当局奉行的"攘外必先安内"或"只安内而不攘外"的反动政策,这是《伪自由书》中心内容,文字曲折而犀利。《准风月谈》采取寓政治风云于社会风月的写法,其中有些篇章以曲折方法暴露中外反动统治,主要篇幅用来批评社会习气和文坛怪相。与前两部不同,《花边文学》则大多从日常社会生活和文坛琐事取材,但是,当中的社会批评和文化批评却更加扩展深化了,鲁迅能从一些貌似琐屑的生活素材中写出针砭世情、洞幽烛微的精辟见解。

高峰期:《且介亭杂文》时期(1934—1936)。包括《且介亭杂文》《且介亭杂文二集》《且介亭杂文末编》。这是鲁迅生命最后三年的杂文结集,也是他杂文的思想和艺术达到巅峰状态的结晶。这个时期鲁迅创作的杂文主要是总结了他对社会人生和文学艺术诸问题的深沉哲理思考,朴茂厚实,阔大深沉,带有总结性质和预言性质,杂文议论的理趣化、形象化和情意化达到前所未有的高度,杂文语言也充分发挥现代白话通俗显豁、曲尽情意的优势。其中,《关于中国的二三事》从中国的"火""监狱"和"王道"三个方面,剖析和透视了周秦以来中国历代统治术中的两手策略。在此文中,鲁迅把有关论题放在更开阔的历史范围,更深的思想层次中,以更纵横自如的笔调加以深广透彻的剖析,带有总结的性质。又如《拿来主义》之论批判吸收外来文化,《在中国现代的孔夫子》之论反孔,《什么是"讽刺"》之论讽刺,《七论文人相轻》之论文学批评等,都带有总结性质。而《中国人失掉自信力了吗?》则是鲁迅对中国国民性认识的总结。鲁迅说:"我们从古以来,就有埋头苦干的人,有拼命硬干的人,有为民请命的人,有舍身求法的人,……虽是等于为帝王将相作家谱的所谓'正史',也往往掩不住他们的光耀,这就是中国的脊梁。"

鲁迅的杂文颇具特色,主要表现在以下几方面。

第一,具体形象性和科学逻辑性的统一。鲁迅的杂文必须接触到具体的生活现象或思想形象,这就决定了其杂文的具体性和形象性。但是,它又不能像一般的文艺作品那样,只有具体形象的刻画,否则,这种生活现象将仍如在现实生活中一样,不被人注意。因此,鲁迅要剖析它,就要借助逻辑推理,借助逐层深入的解剖,以此将其深层的内在含义揭示出来。当然,这并不是机械的结合,如在《且介亭杂文》的《说"面子"》一文,有这样一段:

> 而"丢脸"之道,则因人而不同,例如车夫坐在路边赤膊捉虱子,并不算什么,富家姑爷坐在路边赤膊捉虱子,才成为"丢脸"。但车夫也并非没有"脸",不过这时不算"丢",要给老婆踢一脚,就躺倒哭起来,这才成为他的"丢脸"。这一条"丢脸"律,是也适用于上等人的。这样看来,"丢脸"的机会,似乎上等人比较的多,但也不一定,例如车夫偷一个钱袋,被人发现,是失了面子的,而上等人大捞一批金珠珍玩,却仿佛也不见得怎样"丢脸",况且还有"出洋考察",是改头换面的良方。

显而易见,在这里,形象性和逻辑性是融为一体的,它通过各种不同的"丢脸律"的形象叙述,论证了中国人"面子观念"是贯穿着等级观念并总体趋向有利于上等人而不利于下等人的。

第二,幽默讽刺和曲折冷峭的语言。他的杂文好用反语、夸张等幽默讽刺手法,亦庄亦谐,庄谐并出,往往三言两语就能画出论敌的"鬼脸",语言简洁峭拔,充满幽默感。例如《偶成》一文针对国民党政府整顿茶馆、企图向读者灌输"正当舆论"一事而作,鲁迅用谐谑、幽默的语言讽刺了国民党当局强行施以教育之不得人心。这可以见出鲁迅杂文造语曲折,往往不直接得出结论,而采用比喻、暗示、对比等手段,通过叙述描画突出事物的内在矛盾,含不尽之意于言外。值得注意的是,鲁迅的杂文把汉语的表意、抒情功能发挥到了极致,如《纪念刘和珍君》:

> 四十多个青年的血,洋溢在我的周围,使我艰于呼吸视听,那里还有什么言语?惨象,已使我目不忍睹;流言,尤使我耳不忍闻。我还有什么话可说呢?我懂得衰亡民族之所以默无声息的缘由了。沉默呵,沉默呵!不在沉默中爆发,就在沉默中灭亡。

鲁迅自如地驱遣着中国汉语的各种句式:或口语与文言句式交杂;或排比、重复句式的交叉运用;或长句与短句、陈述句与反问句的相互交错,混合着散文的朴实与骈文的华美与气势。

此外,鲁迅还天马行空地创造独特的杂文语言。鲁迅杂文的语言是反规范的,他仿佛故意地破坏语法规则,违反常规用法,制造一种不和谐的"拗体",以打破语言对思想的束缚,同时取得荒诞、奇峻的美学效果。

第三,通过细微的生活现象对整个社会思想进行深入解剖,这也是鲁迅杂文最基本的特征。鲁迅《集外集拾遗·做"杂文"也不易》中曾说:"不错,比起高大的天文台来,'杂文'有时确很像一种小小的显微镜的工作,也照秽水,也看脓汁,有时研究淋菌,有时解剖苍蝇。从高超的学者看来,是渺小、污秽,甚至于可恶,但在劳作者自己,却也是一种'严肃的工作',和人生有关,并且也不十分容易做。"鲁迅杂文是中国新文化运动的产物,是中国反封建思想革命呼唤出来的一种艺术文体。与西欧的一套宗教神学体系不同,中国的传统封建文化是一种没有严密逻辑结构的非宗教的伦理道德观念,这种观念不仅是几种理论学说,而且是广大群众在传统的生产方式、生活方式中长期形成的一整套形似无序实则有内在联系的观念意识、思维方式、情感态度、审美趣味和行为模式等,它直接表现在现实生活中,表现在社会舆论的具体言行中,以无所不在的细碎、狭小的生活细节表现出来。这决定了中国反封建思想的重心在于对人们具体的、细微的生活现象及思想表现进行剖析、引起警觉、唤其醒悟。不难看出,正是这种对细微生活现象进行剖析的反封建思想的需要,要求像鲁迅杂文这样的艺术文体与它相适应。

第四,政论与诗的融合。鲁迅的杂文做到了绵密的逻辑和生动的形象的高度统一、思想家的卓识和文学家的才华的高度统一。他在议论中"不留面子",针砭中"常取类型",这是其杂文既有政论性、逻辑性,又有形象性、情感性的关键。鲁迅在杂文中融注了很强的情感,产生了"也能移人情"(《且介亭杂文二集·徐懋庸作〈打杂集〉序》)的美感效果。在诗情观念展开的过程中,他又善于作形象化的议论,特别是擅长从主体情感出发直接塑造形象,从而使他的杂文形象鲜明、情感浓郁。对此,文艺理论家冯雪峰作了这样的评论,鲁迅"独创了将诗和政论凝结于一起的'杂感'这尖锐的政论性的文艺形式。这是匕首,这是投枪,然而又是独特形式的诗!这形式,是鲁迅先生所独创的,是诗人和战士的一致的产物"。

第五,从"砭锢弊"的立意出发,塑造出了否定性的类型形象体系。如脖子上挂着铃铎作为知识阶级徽章领着群羊走上屠宰场的山羊(《一点比喻》),"折中,公允,调和,平正之状可掬"的叭儿狗(《论"费厄泼赖"应该缓行》),吸人血又先要哼哼发一套议论的蚊子(《夏三虫》),发现战士的缺点和伤痕而自以为得意的"完美的苍蝇"(《战士和苍蝇》),一面受着豢养、一面又预留退路的二丑(《二丑艺术》)……鲁迅对这些类型形象的塑造,刻画出了种种黑暗势力的鬼脸,融注了作者对社会的真知灼见,对社会现实有极大的针砭意义,并且具有触类旁通的美感特征,这是鲁迅杂文突出的艺术成就。

第六,"反常规"的"多疑"思维。鲁迅的杂文思维是非规范化的,他常在常规思维路线之外。例如在《魏晋风度及文章与药及酒之关系》里,谈到嵇康、阮籍,学术史、思想史上"一向说他们毁坏礼教",但鲁迅却依据当时人所谓"崇奉礼教",其实是借以自利,提出了另一种独到的心理分析:真正信奉礼教的老实人对此"不平之极,无计可施,激而变成不谈礼教,不信礼教",于是得出了独到的结论,即嵇、阮之毁坏礼教只是表面现象,实际上(潜意识里)却是爱之过深的表现。鲁迅杂文的这些分析、论断,常对读者的习惯性思维构成一种挑战;但细加体味,却不能不承认其内在的深刻性与说服力。在这样的思维观照下,鲁迅杂文的批判更显犀利与刻毒。鲁迅的批判,不同于一般的思想评论,他把自己的批判锋芒始终对准人,他最为关注、并且要全力揭示的,正是人们隐蔽的,甚至自身也未必完全自觉意识的心理状态。

总之,鲁迅的杂文创作,以其"意识到的历史内容"和超越往古的艺术成就,在杂文创作领域开辟了一条革命现实主义的广阔道路,成为杂文史上一座难以逾越的高峰和中外杂文史上的罕见奇观,影响和造就了一批杂文作家。

二、林语堂的小品文创作

林语堂(1895—1976),原名和乐,后又改名玉堂、语堂,出生于福建省漳州市平和县坂仔镇贫穷的牧师家庭。其父一心想要儿子学英文,受新式教育。1912 年,在父亲的大力支持下,他进入上海圣约翰大学读书。在大学期间,林语堂刻苦学习英语,大量阅读西学书籍,深入了解西方文化,这对他以后的文学创作产生了深远的影响。1916 年,上海圣约翰大学毕业后,他到清华大学教英文。1919 年,赴美国哈佛大学研究比较文学,获文学硕士学位。后来又赴德国耶那大学、莱比锡大学研究语言学,获语言学博士学位。1923 年回国后先后任教于北京大学、女子师范大学和厦门大学。1936 年 8 月,离国赴美。1940 年和 1950 年先后两度获得诺贝尔文学奖提名。1966 年定居台湾。1976 年逝世于香港。

林语堂在小品文的题材和风格上,主张"以自我为中心,以闲适为格调",认为小品文要"语出灵性","凡方寸中一种心境,一点佳意,一股牢骚,一把幽情,皆可听其由笔端流露出来"。由此,他自称提倡小品文的目的"最多亦只是提倡一种散文笔调而已"。这种散文笔调的核心便是闲适和性灵,亦即通过多样化的题材和娓语式笔调。这一散文特色得益于他的幽默观。在他看来,"幽默""闲适"和"性灵"是三位一体,相辅相成的,而"性灵"则是小品文写作的"命脉"。按他的解释,"性灵即是自我",它独来独往,不受"物质环境"制约。他力主把幽默和讽刺分开,在他看来,二者的根本差别就在于作者与现实的审美距离不同:讽刺与现实的距离过近,每趋于酸辣、鄙薄;要去其酸辣、鄙薄,就必须拉开与现实的距离,做"一位冷静超远的旁观者",由此而得的和缓、同情,便是幽默的基础。他的幽默理论,虽有西方文化的背景,却是在当时中国特定的政治文化语境中发生的。在国民党政府的专制统治下,意欲苦中作乐、长歌当哭的人们往往也只能从幽默上找一条出路。这显然不同于当时左翼作家所主张的战斗的、批判现实的文风,因页引起了左翼文坛的批评。林语堂幽默理论的倡导和形成,也使得他的小品文创作收获颇丰。从 1932 年《论语》创刊到 1936 年赴美国,他发表的各种文章(多为小品文)近 300 篇,其中一部分收在《大荒集》《行素集》和《披荆集》中。这些小品文题材丰富繁杂,大至宇宙之巨,小至苍蝇之微,无所不包。例如《我怎样刷牙》《我的戒烟》等写日常生活琐事,津津乐道,无微不至,集中地体现了作者倡导的幽默闲适、"至性至情"的小品文风格。《论政治病》寓庄于谐,以戏谑之笔画出了政治病患者的面影,调侃了政府官僚的"养痾"奥秘,话题本身却比较严肃,内容也相当充实。

林语堂的小品文是一种智者的文化散文,其中蕴涵着丰富的文化信息,凸显出真诚的性灵。他追慕纯真平淡,力斥虚浮夸饰,他的小品文或抒发见解、切磋学问,或记述思感、描绘人情,皆出于自我性灵,绝无矫饰,显得朴素率真。例如《谈中西文化》中,柳先生与夫人正谈得起劲,喉咙都干了:

> 柳:据我看来,还是书没有读通所致。西洋文学固然也有胜过中文之处,但是西洋文学一读死了,中国文学也就懵懂起来。他们读过几本西洋戏剧,便斤斤以为西洋

戏剧就是天经地义,凡与不同者,都不能算为戏剧。譬如讲戏剧结构之谨严,剧情之紧凑,自然牡丹亭不及《少奶奶的扇子》,或《傀儡家庭》。但是必执此以例彼,便是执一不通。《牡丹亭》本来不是一夜演完的。

西洋戏剧以剧情转折及会话为主,中国戏剧以诗及音乐为主,中国戏剧只可说是opdra〔歌剧〕,不是drama,以戏剧论歌剧自然牛头不对马嘴。你看中国人演剧常演几出,就跟西洋音乐会唱oper-aticselections相同。戏剧多少是感人理智的,歌剧却是以声色乐舞合奏动人观感的。如把这把这一层看清,也就不至于徒自菲薄。要在中国发展新文学新戏剧是可以的,但是对于旧体裁也得认清才行。又如小说,哪里有什么一定标准,凡是人物描写得生动,故事讲得好听,便是好小说。我曾听中国思想大家说《红楼梦》不及陀斯妥耶斯基,心里真不服,恐怕还是这一派食洋不化,执一拘泥的见解吧。其实我们读西洋文学,喘着气赶学他们的皮毛,西洋人却没有这样抱泥执一,时间发展,无论传记,长短篇小说,都是这样变动,试验,因这一点自由批评的精神,所以他们看得出中国诗文的好处,而我们反自己看不见,弃如敝屣了。

柳夫人:你发了这一套牢骚,喉咙怕干了吧?

柳夫人立起,倒一碗茶给柳先生喝。又要倒一碗给朱先生,却见朱先生已经鼾鼾入梦。他们举头一看,明月刚又步出云头。柳夫人轻轻地拿一条洋毡把朱先生露在椅上的脚腿盖上。

可见,谈话者与听众在林语堂笔下也具有相当的随意性,他们的姿势不必讲究,可坐可卧,可将沙发坐垫放在地板上盘膝而坐,也可将腿放在桌上,以自己舒服为准。他们可以随时插话,随时提问,当然也可缄口不言,俯首静听,甚至也可不听、打瞌睡或睡觉。

娓语式笔调是林语堂小品文的主要范式,他将谈话的艺术引进散文创作,不仅从理论上,而且从创作实践上提高了随笔体散文的文体地位。他甚至"相信一国最精炼的散文是在谈话成为高尚艺术的时候,才生出来的",因为它们对读者含着"亲切的吸引"。

总之,林语堂的小品文或抒发见解、切磋学问,常在西方文化的参照下发现中国传统文化的弊端,引发出改造国民性的思考,为现代散文带来了中年式的睿智通达的情味,开辟了现代散文新的审美领域。

第五节　现代话剧的振兴

革命时期的戏剧创作取得了令人瞩目的成绩,特别是现代话剧,涌现出了一批具有较高思想性和艺术型的作品,从而实现了现代话剧的振兴。曹禺和夏衍都是现代话剧的代表性作家。

一、曹禺的话剧创作

曹禺(1910—1996),原名万家宝,祖籍湖北潜江,出生在天津一个没落的封建官僚家庭。父亲是个失意的军人,经常聚集一些同样不得志的清客、幕僚,在家里吟诗赋词。这使曹禺亲身见识了许多"高级恶棍、高级流氓"。1922 年曹禺考入天津南开中学。在中学期间，他开始阅读鲁迅、郭沫若、郁达夫、叶圣陶等人的作品，以及外国著名戏剧家的作品。他喜欢古希腊悲剧，也用心研读莎士比亚等人的剧作，同时还翻译了莎士比亚名剧《罗密欧与朱丽叶》，并且参加了南开中学的业余话剧团体南开新剧团，先后演出过霍普曼的《织工》、易卜生的《国民公敌》《娜拉》、莫里哀的《悭吝人》和丁西林的《压迫》等剧。1928 年曹禺升入南开大学政治系学习，1929 年转入清华大学西洋文学系，专攻西洋文学。1933 年大学毕业，又以优异成绩考入清华大学研究院当研究生，专攻戏剧。1934 年，因生活所迫中止学习，赴天津河北女子师范学院任教。1936 年应聘到南京国立剧专任教。1946 年 3 月，应美国国务院邀请，与老舍同赴美国讲学。中华人民共和国成立后，继续参与戏剧界、文艺界的领导工作，担任北京人民艺术剧院院长、中国戏剧家协会主席等职。1996 年去世。

在革命文学时期，曹禺创作了著名的剧作《雷雨》《日出》《原野》，在中国乃至世界戏剧史上都留下了广泛而深远的影响。限于篇幅，下面仅对《雷雨》进行简要阐述。

《雷雨》创作于 1933 年，当时曹禺还没有大学毕业。该剧为巴金所赏识，经其推荐，1934 年 7 月 1 日，全文发表在郑振铎、靳以主编的《文学季刊》第 1 卷第 3 期上，随即在文学界和社会上产生了巨大的反响。《雷雨》写的是一个发生在带有浓厚封建色彩的资产阶级家庭里的悲剧。周朴园是周家的主宰，30 年前，作为周家大少爷的周朴园与佣人梅妈的女儿鲁侍萍相爱，并生下两个儿子：周萍、鲁大海。但是，为了与另外一位有钱人家的小姐结婚，狠心的周朴园在除夕当天将鲁侍萍和刚出生 3 天的次子鲁大海赶出家门。鲁侍萍经受不起这样的打击，跳河自杀，又被人救起，之后带着鲁大海嫁给奸猾自私、游手好闲的鲁贵，生下女儿四凤。周朴园成为大资本家，他的妻子繁漪生卜儿子周冲。周朴园的大儿子周萍与继母繁漪发生乱伦关系，同时又与同母异父的周公馆的女佣四凤恋爱，周冲也爱恋着四凤。30 年后，在一个郁热的夏日，多年的矛盾冲突爆发出来，大家庭的人物之间的关系和事实真相在雷电交加、暴雨大作的夜晚被彻底揭开，一幕人间悲剧也随之降下了帷幕：周冲、四凤触电身亡，鲁大海失踪，周萍开枪自杀，鲁侍萍、繁漪成了疯子。周朴园虽然还清醒地活着，但他永远是悲剧的承受着，永远忏悔。他将周公馆改作了教会医院，常常来看望住在教会医院的两个老妇人：鲁侍萍、繁漪，他也一直在寻找着鲁大海，但是多年来毫无消息。

这部作品的时间跨度长达 30 年，但是剧情却浓缩在一天完成，地点集中在周家客厅和鲁家住房两个场景。虽然全剧只有 8 个人物，但是人物之间的关系与矛盾却编织成了一个极其复杂的网，从而展现出了这几个人物之间的痛苦与挣扎。

全剧交织着"过去的戏剧"（周朴园与侍萍始乱终弃的故事，后母繁漪与长子周萍恋爱的故事）与"现在的戏剧"（繁漪与周朴园的冲突，繁漪、周萍、四凤、周冲之间的感情纠葛，周朴园与侍萍重逢，周朴园与鲁大海的矛盾），所有悲剧最后都归结于"罪恶的渊薮"——具有浓厚封建色彩的资产阶级家庭的家长的象征：周朴园。在作品的结尾，年轻的一代都死去了，留下的只有充满悲剧性的老一代，这更加深化了小说的悲剧色彩。

作为周家的主宰与悲剧的制造者，周朴园无疑是剧中的核心人物。作品以他为中心，安排了两条主要的线索：一是他与妻子繁漪的冲突，以表现家庭内部的矛盾；二是他与矿工鲁大海的冲突，以表现他与工人的对立。这两条线索又通过侍萍而紧密地联系在一起，构成了尖锐复杂的戏剧冲突。周朴园处于一种矛盾痛苦的境地：他无情地毁灭了侍萍，制造出人间惨痛的悲剧,但他自己也是这场悲剧的承受者。从整体上来看,周朴园是一个自私、冷酷和虚伪的人。无论在家庭中还是在社会上,一切都要以他的意志为主,妻子、孩子或是工人都要绝对服从他的权威。虚伪的慈善家的面貌、冷酷的封建家长的威严、自私阴暗的内心世界,使他性格异常复杂。尤其在对待侍萍的态度上,充分显露了他人性深处的矛盾和复杂情态。年轻时他诱骗了侍萍,当他以为侍萍已经投河自尽后,为了安慰自己的良心,纪念自己一生中仅有的一次真爱,不仅将自己儿子的取名为"周萍",保留了侍萍生周萍时的房间模样,甚至喜欢关窗的习惯,而且还一直把侍萍当作"正式嫁过周家的人看",要为她修一座墓。但是,当他日思暮想的侍萍以女佣母亲的身份出现在他面前时,他竟马上翻脸不认人。他怒斥侍萍的到来,企图用金钱来洗刷自己的罪恶,无情地再次赶走侍萍。应该看到,周朴园面对侍萍的出现,不仅直接感到一种对自己地位、名誉和利益的现实威胁,还潜在地感到一种冥冥之中命运的打击,这是更令他恐惧的。实际上,周朴园在毁灭整个家的过程中也毁灭了自己,在制造他人悲剧的同时也受到了命运的无情惩罚。作家特意在剧本的"序幕"和"尾声"中强调周朴园的忏悔,并以此升华了剧作的主题:善人的悲剧值得同情,恶人的忏悔或许更值得深思。从周朴园身上,人们看到的不仅仅是一个具有封建性的资产阶级人物,其所代表的中国资产阶级所具有的顽固腐朽的封建性,正是《雷雨》现实主义的深刻所在。

周朴园的妻子繁漪是个受害者。她渴望过上美好的生活,充满了生命的热情,但命运却把她抛到了周家。她到周家18年,不但没有得到丈夫平等的爱,反而在精神上受到长期的摧残。她知道丈夫年轻时的荒唐事,而丈夫则仅仅是将她看作一个儿子们的榜样。这种压抑的家庭环境和不平等的待遇,使她产生了强烈的反抗心理。她怀着对爱情和自由的向往,怀着对周家的报复,疯狂地缠着大少爷周萍。但是周萍却"厌恶"与繁漪的关系,希望能够从这段关系中挣脱出来。面对周萍的弃之不顾,繁漪选择了报复,她当着众人的面,毫无顾忌地宣告了自己在周朴园身边所受的精神折磨,宣告了她与周萍的私情。这个具有复杂性格的人物的反抗,既有反对封建压迫争取民主的进步性,也带有自身的局限性。她的命运悲剧,既揭露了封建专制的残酷性及其必然崩溃的历史命运,也说明资产阶级个性解放虽带有一定程度的反封建意义,但仍避免不了其历史局限性。

鲁侍萍是性格较为复杂的一个女性形象。30年前,鲁侍萍也曾有过自我意识的觉醒,为了追求幸福,她敢于蔑视封建道德,蔑视明媒正娶的封建仪式,心甘情愿地与周朴园同居。可是她的美好情感在周朴园那里却没有得到应有的回报。周朴园的伪善,使她产生了轻生的念头。后来孩子成为她活下来的希望,但是,她的女儿鲁四凤又同样地与公馆里的大少爷不清不白,而这位大少爷竟是周萍——四凤同母异父的哥哥,她的儿子鲁大海与自己的生父周朴园之间相互对立,所有的这些都让她感到窒息,最终,女儿的惨死、儿子的不知所踪让她的精神走向了崩溃。

周萍作为一个封建色彩浓厚的资产阶级家庭的长子,他既有自私软弱的一面,又有痛恨父亲的冷酷、追求自由与真爱的一面。他既没有父亲的威严狡诈,也没有弟弟的天真幼稚;既没有繁漪的疯狂大胆,也没有四凤的清纯真诚。他想抗争命运,却没有真正的勇气和责任感,最终只能在自我内心巨大的精神压力下被毁灭。这似乎也就强烈地暗示着周家崩溃的必然性。

周冲是一个完全生活在"最超脱的梦"中的人,但是残酷的现实将他的梦一一毁灭了。他是被自己的理想摧毁的。他所尊敬的母亲做出了乱伦之事,他所敬爱的哥哥要和他喜欢的女人一起私奔,他一直奉若神明的父亲曾经做过错事,所有的这些都对他形成了打击,只是与剧中其他人物的命运不同,周冲的悲剧并不是某一个具体的社会问题造成的,而是带有很多偶然性的"巧合",但恰恰是这种偶然性的"巧合"所蕴含的必然因素最充分。

鲁大海是周家"外部"的工人代表。他既是周朴园的个人罪孽的又一个活证据,同时也是现实社会中工人阶级与周朴园代表的封建资产阶级根本冲突的象征。他无情地揭露了周朴园的种种罪恶,顽强地同打手们"还手"对打,痛骂周家的人是一群强盗。他的斗争表现出了工人阶级的大公无私和英勇、顽强的反抗精神,表现了中国无产阶级斗争到底的决心。

《雷雨》虽然是曹禺的第一部剧作,但它已经初步形成了曹禺戏剧创作的基本特色,这主要体现在以下几方面。

第一,这部戏剧具有独具匠心的艺术结构。整个戏剧的结构安排紧凑、精巧,戏剧冲突紧张激烈,环环相扣,高潮迭起。作品中尤其善于以艺术上的偶然性写出生活上的必然性,因此其结构本身就包含着非常丰富的生活内容,具有高度的概括力。

第二,这部戏剧中的语言浓烈、明丽、精确传神而又极富个性化。在该部剧作中,各个人物的语言不仅符合人物特定的身份地位,而且还能最大限度地体现出人物的心理和情感特征。另外,剧本还往往通过充满暗示性的潜台词来渲染奇特的舞台气氛,达到一种出其不意的戏剧效果。

第三,这部戏剧将人物塑造得活灵活现、有血有肉。该部剧作中的人物形象,无论主次,都具有充满矛盾的性格和错综复杂的情感,人物性格既鲜明而又不单一固定,总是在发展中不断得到加强和突出,而且人物命运充实生动,底蕴非常深厚。

总体来说,曹禺既是现代话剧真正意义上的奠基人,也是现代话剧艺术上的一座高峰。他善于把握人物命运的戏剧性变化,在戏剧冲突中体现对人生的终极关怀。他的剧作不仅显示了其本身独特的价值,而且其对话剧艺术不断探索求新的精神,也是现代话剧发展进程中最宝贵的财富。

二、夏衍的话剧创作

夏衍(1900—1996),原名沈乃熙,字端先,浙江人。15 岁时,夏衍入浙江省甲种工业学校学习,1920 年留学日本。留学期间深受国际国内革命浪潮的影响,1927 年大革命失败后,夏衍回国,在革命处于低潮时毅然加入中国共产党,并先后加入左翼作家联盟和左翼戏剧家联盟,成为中国左翼文化运动的领导者之一。1929 年与郑伯奇等组织"艺术剧社",开始戏剧生涯。抗战爆发以后,夏衍积极投身抗日救亡工作,先后在上海、广州、桂林等地主持《救亡抗日》编辑工作,同时也创作了一批以抗战为背景的剧本。中华人民共和国成立后,他历任上海市委常委、宣传部长、文化部副部长、中国文联副主席、中日友协会长、中顾委委员、全国人大代表、全国政协常委。1995 年 2 月 5 日,夏衍因病在北京逝世。

从 1934 年完成第一个独幕剧《都会的一角》起,夏衍先后完成了《赛金花》《秋瑾传》《上海屋檐下》等多部剧作,在各个历史阶段都产生了较大影响,促进了中国现代话剧艺术的成熟。《都市的一角》是一部独幕剧,描写了一个 19 岁的舞女因无力救助负债的情人而自尽的故事。《赛金花》以八国联军的侵华战争为背景,通过赛金花的种种遭遇,反映了八国联军对中国的侵略,叙写了国势衰微的清王朝丧权辱国的丑行。《秋瑾传》以在国运衰微、强敌凌国的情况下,杀身成仁、舍生取义的女英雄秋瑾的故事为线索,有力地抨击了祸国殃民的清朝统治者和卑躬屈膝的汉奸走狗,对激励人民的爱国热情起到了很大的作用。《上海屋檐下》是一部现实主义力作,展现了上海最普通的一座"石库门"弄堂的屋檐下五户人家之间的纠葛。下面主要对《上海屋檐下》进行简要分析。

《上海屋檐下》是夏衍自觉实践现实主义手法取得的重要成就。剧中的故事发生在一派不见阳光阴雨连绵的黄梅天气里,年近半百的小学教员赵振宇安贫乐命,一家四口挤在灶披间里,而他的妻子则每日愁穷哭苦;报贩"李陵碑"的独子在战争中死去,他因此整日酗酒解愁,神情恍惚;廉价的摩登少妇施小宝在当水手的丈夫一去不返后,被迫沦落风尘;纱厂职员林志成时刻担心丢失饭碗,提心吊胆度日;靠父亲变卖田地和借高利贷而上完大学的银行小职员黄家楣,失业在家,生活无助。最尴尬的是匡复——杨彩玉——林志成的悲喜剧。十年前,匡复因追求革命锒铛入狱,把妻子彩玉与女儿葆珍郑重托付给好友林志成,十年过去了,他一心想找到妻女恢复昔日的生活,抚慰伤痕遍布的身心。不想数年前因他杳无音信,妻子生活无着,已经同林志成组合成新的家庭。

在这部剧中没有一句直接提及国民党反动统治与帝国主义侵略压迫的台词,也没有一个政治性很强的事件,只是真实地描绘了普通人家琐细、辛酸的生活与命运,但作家精湛的艺术功力使作品通过平凡的生活表现出鲜明的时代感与明确的政治倾向,"太阳反正总要出来的"预示了即将到来的光明。

《上海屋檐下》显示了夏衍艺术上的成熟。在人物描写上,夏衍以塑造性格、深入挖掘人物内心世界为主要手段。他一一揭示了林志成、杨彩玉、匡复这三个人物的软弱性,但又根据不同人物予以不同表现。林志成的软弱,表现于痛苦的自责和歇斯底里的发泄;杨彩玉的软弱,表现于羞愧的饮泣与情不自禁的诉说;匡复的软弱则表现于暂时的颓唐与沮丧。夏衍以极简洁的笔墨,用一两个动作、一两句台词,勾勒出人物复杂的内心感情,独特的性格特征,以至于他们的社会地位、阶级身份、身世命运。此外,作者通过严密的布局,巧妙地将人物组织在一起,使多条线索共同发展。

总体来看,夏衍的戏剧创作具有以下几个突出的特点。

第一,夏衍善于把自然环境与社会环境结合在一起。例如在《上海屋檐下》中,郁闷得使人透不过气的黄梅时节,象征着抗战前夕如黄梅天一样晴雨不定、阴晦异常的政治气候,反映出小人物的苦闷、悲哀和失望,更显示了革命风暴的即将到来。这种高超的艺术构思,收到了极其强烈的戏剧效果。

第二,夏衍善于表现普通人的命运,他总是选取与现实斗争密切相关的题材,且多数剧本以平凡的生活琐事为题材,展示形形色色的社会世相,反映一个革命者对国家和民族命运的关注以及对社会、对生活的思考。

第三,夏衍善于组织简约严谨的戏剧结构,把戏剧冲突生活化。例如在《上海屋檐下》中,作家利用上海弄堂屋子的特殊结构,将五户人家用一个场景画面在同一舞台空间同时展开。这一独特的设计,不仅丰富了剧作的情节,扩大了反映生活的视角,减少了场次,突出了主题,而且大大加强了舞台的生活实感。

第五章　战争时期文化背景研究

　　1937 年 7 月 7 日,卢沟桥事变的爆发,标志着我国进入了全面抗日战争的历史时期。这一事件既改变了中国的历史进程,也改变了中国现代文学的发展面貌,使中国现代文学在战争时期迸发出巨大的力量。在本章中,将对战争时期文学创作的背景进行详细论述。

第一节　文艺救亡运动的蓬勃开展

　　1937 年 7 月 7 日,日本帝国主义疯狂地发动了卢沟桥事变,妄图以武力吞并全中国。中国人民奋起抗击,展开了全国性的抗日民族革命战争。中国共产党为了挽救祖国的危亡,于 7 月 8 日向全国发出通电,号召"全中国人民、政府和军队团结起来,筑成抗日民族统一战线的坚固长城,抵抗日寇的侵略"。7 月 15 日,又发表了《中国共产党为公布国共合作宣言》,8 月 15 日,中共中央发布了《抗日救国十大纲领》,提出全国人民总动员的新任务。周恩来同志还亲自率领代表团去庐山与蒋介石举行谈判。在全国人民的压力下,蒋介石被迫发表了承认中共合法地位的谈话,国民党政府同意了抗日。这样,抗日民族统一战线正式建立。随着政治上抗日民族统一战线的形成,文艺界的抗日民族统一战线也建立起来,文艺救亡运动随之蓬勃开展起来。文艺救亡运动的蓬勃开展,主要是通过以下几个方面表现出来的。

一、形成了全国规模的文艺界抗日民族统一战线

　　文艺救亡运动与抗日战争几乎同时进行,作家们凭借敏感的历史眼光与强烈的民族责任感积极投身于文艺救亡运动之中。

　　随着战争形势的不断变化,大片国土相继沦陷,这让广大作家失去了从容写作的环境和心情,因此很多作家改变了原有的写作计划,或进行抗日的文艺宣传,或从事实际的救亡工作,不同程度地投入了抗日战争的洪流。

　　1938 年春,许多进步的文艺界人士来到武汉。这时,周恩来同志在武汉出任军事委员会政治部副部长,他适时地指示党的文艺工作者,组织包括各方面的力量在内的文艺团体,结成抗日民族统一战线。为了团结和组织文艺工作者更好地为抗战服务,文艺界在党的领导下,于 1938 年 3 月 27 日在汉口成立了"中华全国文艺界抗敌协会",简称"文协"。在成立大会上选出了郭沫若、茅盾、邵力子、冯玉祥、胡风、巴金、冯乃超、夏衍、老舍、郁达夫、郑振铎、朱自清等 45 人为理事,并发表了宣言。

　　"文协"是抗日战争期间全国规模的文艺界抗日民族统一战线组织,它的成立标志着 20 世

纪 30 年代无产阶级革命文艺、民主主义文艺、自由主义文艺以及国民党民族主义文艺等几种成分的文艺运动的汇流,组成了文艺界的抗日民族统一战线,是中国现代文学史上第一次,也是唯一的一次包括国共两党作家在内的大联合。同时,"文协"是在周恩来同志直接关怀和组织下成立的,周恩来同志被选为名誉理事。周恩来同志对"文协"的工作非常重视,亲自指导并参加了许多活动。"文协"以进步的文艺工作者为主体,包括了各抗日阶层和不同流派的人士。正如《发起旨趣》中所说:"除了甘心媚敌出卖民族的汉奸已无一不为亲密的战友,无一不为民族的力量。""文协"要求一切文艺工作者"团结起来,象前线将士用他们的枪一样,用我们的笔,来发动民众、捍卫祖国、粉碎敌寇、争取胜利"。

"文协"成立后做了很多工作,主要是:在组织上建立全国作家通讯网,建立各地分支机构,如先后在广州、香港、昆明、延安、上海等地成立了"文协"分会;出版会刊《抗战文艺》,共出了 10 卷 71 期,一直坚持到抗战胜利;提出"文章下乡,文章入伍"的口号,并以《抗战文艺》作为会刊,发表了一批具有抗战性质的文章;组织"作家战地访问团""抗战文艺工作团"等到前线进行慰问、宣传、创作反映战地生活的作品;开展关于文艺大众化和民族形式问题的讨论,推动文艺理论的研究和通俗文艺的创作实践等。总之,"文协"做了很多工作,并取得了很大的成绩。存在的缺点是由于国民党反动派的种种限制,文协与各分会之间的联系不够密切,有的分会工作开展得不够好。在创作实践方面,有的作品艺术性较差。

在"文协"的带领下,文艺救亡运动得到了蓬勃的开展。在此影响下,其他的抗敌组织也纷纷建立起来。1973 年底在武汉成立的"中华全国戏剧界抗敌协会"(简称"剧协")是影响较大的一个抗敌协会组织。它是把原来在上海的全国戏剧界救亡协会改组、扩大而成。"剧协"成立后,做了许多工作。1938 年秋,在郭沫若领导的政治部第三厅的领导下,以上海的救亡演剧队为基础,加以扩充和改组,成立了十个抗敌演剧队、五个抗敌宣传队,在战区各地活动,发生过巨大的影响。

"文协""剧协"成立后,音乐界、电影界、美术界等全国性的抗敌协会也都相继成立,形成了浩浩荡荡的抗日救国的文艺大军。不过这些协会在武汉沦陷后,由于蒋介石对抗日活动的百般摧残,都先后被迫停止了活动。而最先成立的"文协"却在险恶的政治环境中一直坚持到抗战胜利(日本投降后改名为"中华全国文艺界协会"),成为文艺界继续团结、团结作战的旗帜。

1940 年初,毛泽东同志发表了具有伟大历史意义的《新民主主义论》,深刻分析了中国革命的历史特点,全面阐明了中国革命的性质、任务和前途,给全党全国人民指明了前进的方向。同时,还明确地指出新民主主义的文化,是民族的、科学的、大众的文化,解决了新民主主义文化的内容、形式和服务对象等一系列问题,为革命文艺运动指明了前进的方向。在毛泽东同志制定的文化纲领的指引下,周恩来同志为巩固和扩大文艺统一战线,为使革命文艺运动的不断发展做了许多工作。第一,有计划地组织进步文艺工作者撤退和转移。把一些可能受迫害的文化界、文艺界人士撤回延安,或分散到国民党统治较薄弱的地区,如桂林、昆明等地,有的转移到南洋、香港等地,建立起新的文化据点。这样既保存了文艺界的骨干力量,又扩大了抗战文艺的影响。第二,采取灵活多样的形式,坚持斗争。通过各种报告会、座谈会、纪念会宣传我党的抗战团结进步的方针,揭露国民党政府反共投降、分裂统一战线的罪行。如在 1940 年十月,借纪念鲁迅逝世四周年的活动,使一些同志受到很大的教育和鼓舞。1941 年为庆祝郭沫若同志五十寿辰开展了《棠棣之花》的演出活动,1942 年上演了《屈原》,借古讽今,对蒋介石卖国集团进行了有力的揭露和讽刺。这时候,还在《新华日报》上增设了《戏剧研究》《时代音乐》《木刻讲座》等副刊,扩大了文艺阵地,巧妙地坚持了斗争。就这样,在党的革命路线的指引下,在周恩来同志的直接领导下,国统区文艺界的统一战线得到了不断的巩固和扩大。一些进步的文艺工作者坚决拥护党的抗日主张,为实现党的主张做了大量的工作,一些本来思想上徘徊的人,也逐渐走上了正确的道路。这时,在创作实践方面,在题材上较之抗战初期更为广泛、丰富;在形式上,一些大型的作品,如叙事诗、长篇小说、多幕剧开始陆续出现,在反映问题的深度上也有了明显的发展。

二、抗日救亡成为压倒一切的文学主题

现实主义文学思潮是抗战文学的主潮,一些现代派诗人,如戴望舒、卞之琳、何其芳等,在抗战以后都趋向现实主义。此时期,国统区最重要的现实主义诗歌流派"七月诗派"也形成了。对于现实主义应当如何适应抗战现实,文学家也提出了繁多的口号。其中,胡风为了克服抗战文学中的客观主义与主观公式主义,十分强调作家的"主观战斗精神",有其重要的理论和实践意义。此外,在卢沟桥事变前后,就有些评论家把当时大量出现的小型抗日通俗作品,称为"抗战八股";把作家积极从事抗日文艺活动,深入前线,叫"前线主义"。总之,随着文艺救亡运动的开展,抗日救亡成为压倒一切的文学主题。

三、出现了多种具有鼓动性的文艺创作形式

文艺工作者纷纷奔赴前线、深入民间运用各种文艺形式宣传抗日。这时期,文艺创作也呈现出一派繁荣景象,迅速反映急剧变化的现实斗争生活,充满热情、易于宣传和富有鼓动性的文艺表现形式如通讯、报告文学、短篇小说、朗诵诗、街头诗、街头剧等都得到了蓬勃发展。

抗战初期,国民党文禁有所放松,作家抗日情绪高涨。各种朗诵诗、街头剧、报告文学、短篇小说等小型作品大量涌现,是这一时期文学活动的主要特点。小型通俗作品适应了迅速反映抗日斗争现实的需要,较快发挥出宣传鼓动的作用,为人民大众所接受。其中比较突出的是小型戏剧十分繁荣。广大戏剧工作者针对部队和农村的实际情况,在流动演出的过程中创作了大量的街头剧、活报剧和独幕剧,以简便、灵活的形式发挥了文艺的宣传功能。《放下你的鞭子》是抗战初期影响最为广泛、演出极为普遍的一个剧目。它由集体创作,并在演出中不断得到补充和丰富。剧本描写了父女两人,由于日本侵略者占领东北家乡,"中国兵说是受了什么不准抵抗的命令,都撤退了",他们被迫过着颠沛流离的生活,靠卖艺为生。剧作对日本帝国主义者的侵略造成人民家破人亡、流离失所的悲惨境况,对国民党政府的不抵抗政策,发出了强烈的控诉。剧中父女两人的遭遇,在战争初期具有广泛的概括意义,容易激起观众的感情共鸣和民族义愤,曾经产生了很大的宣传教育作用。在表演艺术上它采取了灵活的形式,如让演员混杂在观众中间等,使戏剧效果更为逼真。有些流动演剧队,一日之内连演数场,盛况不衰。此外,夏衍的《咱们要反攻》、沈西苓的《在烽火中》、凌鹤的《火海中的孤军》、荒煤的《打鬼子去》、于伶的《省一粒子弹》等,也是这一时期出现的较为优秀的短剧。

在小型戏剧繁盛的同时,诗歌创作也相当活跃。不但有像郭沫若这样五四前后登上诗坛

的著名诗人,写出了抗战的作品;而且原来的一些小说家,如王统照、艾芜、老舍等,也写出了一些反映全民抗战的诗篇。一些青年诗人,如艾青、田间、臧克家、何其芳等,纷纷成长起来,成为抗战诗歌阵地上的先锋和主将。短诗占据了抗战初期诗歌的主要地位,其中尤以朗诵诗和街头诗最为风行,它反映了抗战诗歌运动的特色和新动向。

战前,诗歌朗诵运动由中国诗歌会首倡,但由于主客观条件的限制,当时主要还限于理论上的探讨,未能付诸实践。抗战爆发后,在作家深入生活、诗歌面向大众的潮流影响下,诗歌朗诵运动重新受到重视。吕骥、锡金、高兰、朱自清等人撰文探讨了诗歌朗诵问题,1938 年 10 月在武汉召开的鲁迅先生逝世两周年纪念会上,朗诵了柯仲平和高兰的诗,在文艺界得到了很好的反响。接着,诗歌朗诵活动从武汉开始蓬勃地展开。冯乃超、锡金、高兰等人,既是这个运动的推行者,也是朗诵诗的作者。高兰的作品如《我们的祭礼》《我的家在黑龙江》《哭亡女苏菲》等,感情激昂,语言流畅,饱含着作者对战争、对敌人、对人间种种不平的愤怒。这个运动一开始就影响到延安、昆明等地。抗战后期,在昆明等地,也曾有过热烈的诗朗诵活动,闻一多和朱自清都积极参加这个运动。抗战时期的朗诵诗运动,对于扩大诗的影响,推动诗歌大众化,发挥了积极的作用;但是由于内容和形式上的局限性,它始终未能真正为广大劳苦群众所理解和接受,主要在知识分子中间流行。

而街头诗又称传单诗、墙头诗、岩头诗等,顾名思义,这些诗歌写出来后,或在街头、岩石上张贴,或印成传单散发,是一种紧密配合当前斗争,比较直接地发挥宣传教育作用的诗的战斗形式。因此作为一个运动,它在国民党统治区的政治环境里,必然会受到各种阻力,无法广泛地开展;街头诗运动主要是在各个抗日民主根据地里流行。1938 年 8 月 7 日,被当时在延安的诗人称为"街头诗运动日",在延安的大街小巷,墙头和城墙上,张贴起街头诗。《街头诗歌运动宣言》号召人们"不要让乡村的一堵墙,路旁的一片岩石,白白的空着",认为街头诗运动"是使诗歌服务抗战,创造大众诗歌的一条大道"。稍后,在一些抗日民主根据地,街头诗运动也逐渐展开。

在这一时期的文艺救亡运动中,报告文学也发挥了文艺"轻骑兵"的积极作用。作为一种新兴的文学体裁,它在抗战爆发后,进一步形成蓬勃发展的高潮。由于这种文学形式具有活泼、敏捷和富有战斗性的特点,能够将当前生活中发生的事件,通过形象的手段迅速地反映出来,适合于人民大众的需要,因此,抗战初期各种报章杂志广泛地登载报告文学作品,成为一时的风尚。除个人的作品之外,集体创作的大型报告文学集也多有问世,由梅益等在上海"孤岛"编选的《上海一日》,对淞沪战役和上海失陷后的社会状况,作了广泛而真实的描述。报告文学的写作者,很多是第一次从事创作的青年作者,他们有饱满的热情,有一定的生活实践,但对生活的观察不深刻,不善于运用艺术手段进行创作,往往只凭着个人的直观印象和片断经验。因此,不少报告文学作品近乎新闻记事,或流于空洞的叫喊,缺乏艺术的感染力量。但它广泛地反映了战争初期的真实景象,却是不可抹杀的事实。

在通俗文学和戏曲的创作方面,京剧、地方戏、鼓词、快板、相声、数来宝、山歌等,几乎所有的旧形式都被广泛地采用,范围十分广泛。这一时期出现了一批专门登载通俗文学的报刊,如武汉的《七日报》《大众报》、成都的《星芒报》《通俗文艺五日刊》等,成立了一些提倡通俗文学的社团,通俗的大众读物广为流行。"文协"曾经发出征求通俗文学一百种的号召,大力推动通俗文学的创作。通俗文艺的作者除了专业作家,还包括大批的戏曲工作者和民间艺人。很多作家在抗战初期都致力于通俗文艺的创作,老舍在这方面的努力尤为突出,收在《三四一》一书里的是他这时期主要的通俗文艺作品。他运用民间文艺活泼诙谐的特点,与抗日的内容相结合,作了比较成功的尝试。他还利用数来宝、河南坠子等形式创作通俗文艺。抗战初期大量出现的通俗文艺,对于宣传抗日、教育民众,曾经发挥了一定的作用,但当作者们进一步与群众接触时,其作品本身的缺点和不足,也更为明显地暴露出来。由于对旧形式的利用缺乏明确的认识,往往无法批判地接受,或仅仅当作一种宣传抗日的应急手段,并非从文艺大众化的根本方向上来进行创作实践;加上对旧形式本身的生疏,因此,不少通俗文艺作品中出现了生搬硬套、概念化和公式化,甚至无聊庸俗的现象。但是,它作为新的历史条件下文艺大众化的又一次空前广泛的创作实践,对于推动现代文学史上长期面临的文艺大众化问题的解决,无疑提供了有益的经验教训。

第二节　文艺论争的频繁出现

随着抗战的持续和深入,"文协"及全国的文艺救亡运动全面铺开,文艺界各种思想的交锋和论争也相继出现。这些论争虽缘起和情形各不相同,但都围绕文艺与抗战的关系问题而展开。从整体上来看,在战争时期的文艺论争中,影响较大的论争主有以下几个。

一、关于"讽刺与暴露"的论争

关于"讽刺与暴露"的论争,是由张天翼的短篇小说《华威先生》引发的。1938 年 4 月,茅盾主编的《文艺阵地》创刊号上刊载了张天翼的小说《华威先生》。小说通过塑造抗战初期"包而不办"的文化官僚华威先生,揭示和讽刺了抗战阵营内部国民党官僚争夺领导权、限制普通民众积极抗日的现实,在相当程度上暗示了抗日民族统一战线可能潜伏的危机。小说所涉及的问题,很快引起了文艺界的广泛注意,并在国统区引发了一场历时两年之久的关于抗战文学是否应该"讽刺与暴露"问题的论争。

在这场论争中,一种观点认为暴露黑暗会引起抗日民族统一战线内部的摩擦,导致人们失望、悲观、灰心丧气的情绪的蔓延,不利于抗战。比如,李育中的《幽默、严肃和爱》,首先肯定了《华威先生》的确写得好,写得合时,切中时弊。接着,李育中提出了"在一个很奔放的时代与自由的环境里,冷嘲是不是需要"的问题,还表达了自己善意的担心,认为《华威先生》所暴露的黑暗面可能会影响抗日的"严肃与信心",会"把一些真正若干的救亡工作者也错认作'华威先生',取着敬而远之的态度,甚至出言不逊,一口抹杀了组织的一切事宜",希望作者今后"要更多些温暖"①。另一种观点认为,抗战的现实是光明与黑暗相互交错的,写"新的黑暗"有利于人们认清现实,进行反思,因此对这类"抗战官僚"的暴露与讽刺是十分必要的。比如,茅盾肯定了《华威先生》的创作方向以及作品对整个抗战文艺界的指导性意义。他指出,《华威先生》

---

① 李育中.幽默、严肃与爱[N].救亡日报,1938-5-10.

的描写"绝不是不好的趋向",抗战的现实是光明与黑暗的交错,我们的抗战文学"要写代表新时代的曙光的典型人物,也要写正在那里作最后挣扎的旧时代的渣滓"。为此,他批评了"抉摘丑恶,实非必要""太谑画化"等错误言论①,强调"现在我们仍旧需要'暴露'与'讽刺'"②。

1938年11月,日本的《改造》杂志译载了增田涉君翻译的《华威先生》,并加上了别有用心的编者"按语",借以攻击、污蔑中国人民和中国的抗日工作,以鼓动日本侵略者的士气。这一事件更进一步地引起文艺界的注意和讨论,并使关于《华威先生》的论争达到了高潮。有人认为《华威先生》"出现在日本读者的面前,会使他们更把中国人瞧不起,符合着法西斯主义的宣传,而增强他们侵略的信念。一句话是'灭自己的威风,长他人的志气'了"③。国民党的《文艺月刊》也围绕暴露与讽刺问题大做文章,以"暴露了黑暗,足以引起一般人的失望,悲观,灰心,丧气,于抗战无益而反倒有害"为由,主张抗战文艺"不暴露黑暗而只表现光明"。④ 这样的论调出来之后,立即受到进步文艺界的批驳。冷枫认为:"'出国'的华威先生毕竟是一具僵尸,华威先生已经在我们的抗战中给枪毙了,我们用不着担心敌人的嘲笑。"⑤李育中在《〈华威先生〉的余音》一文中表现得更为清醒,认为《华威先生》"翻译到日本那不可怕",可怕的是"华威先生确已验明正身枪毙了么?……现实上的'华威先生',忙于开会,忙于讲空话,专做救亡团体和救亡青年的绊脚石",才该值得我们注意。⑥

经过一段时间的深入讨论,文艺界充分认识到《华威先生》的艺术价值与现实价值,也使抗战文艺中暴露黑暗与反映光明的辩证关系更加明晰。我们之所以敢于暴露统一战线内的黑暗和问题,正是我们有力量和有信心的表现。通过这一论争,进步文艺界对抗战的复杂现实以及应持有的原则和立场有了进一步的认识,对于抗战文艺的良性发展起到了积极的促进作用。

二、关于文艺与抗战关系的论争

在抗日战争初期,文坛涌现出大量反映抗战的小型文艺作品,诸如通讯、特写、报告文学、街头诗、独幕剧等。这些短、平、快的文艺形式,在当时的确起到了为抗战服务的效果。但这些作品大多是出于抗日政治宣传的急就章,缺乏精细的艺术加工和打磨,普遍存在公式化、概念化的毛病,被喻为"抗战八股"。对此,梁实秋、沈从文等一些较为注意文艺的创作个性与艺术审美的作家,先后表达出各自的不满。

1938年12月,梁实秋在他主编的国民党《中央日报》副刊上,先后发表了《编者的话》和《与抗战无关》两篇文章。在《编者的话》这篇文章中,他表达出自己希望征求好稿件的想法:"现在抗战高于一切。所以有人一下笔就忘不了抗战。我的意见稍为不同。于抗战有关的材料,我们最为欢迎,但是与抗战无关的材料,只要真实流畅,也是好的,不必勉强把抗战截搭上

---

① 茅盾.八月的感想——抗战文艺一年的回顾[J].文艺阵地,1938(9).

② 茅盾.暴露与讽刺[J].文艺阵地,1938(12).

③ 林林.谈《华威先生》到日本[N].救亡日报(桂林),1939-2-22.

④ 何容.关于暴露黑暗[J].文艺月刊·战时特刊,1939(7).

⑤ 冷枫.枪毙了的《华威先生》[N].救亡日报(桂林),1939-2-26.

⑥ 李育中.《华威先生》的余音[N].救亡日报(桂林),1939-3-17.

去。至于空洞的'抗战八股',那是对谁都没有益处的。"这篇《编者的话》刊出后,立即引起了强烈的反应。罗荪率先发难,将梁实秋冠以"与抗战无关"论者而加以批判。梁实秋当即著文为自己辩护,并对罗荪的断章取义表示了不满。此后,《新蜀报》《国民公报》《大公报》《抗战文艺》等报刊,也发表了多篇批判梁实秋的"与抗战无关"论的文章。罗荪认为,梁实秋借攻击"抗战八股",实际上是"抹杀了今日抗战的伟大力量的影响,抹杀了存在于今日中国的真实只有抗战,抹杀了今日全国文艺界在共同努力的一个目标:抗战的文艺"①。巴人认为梁实秋"与抗战无关论"要消灭的不是"抗战八股"而是"抗战"。张天翼指出梁实秋那些躲在象牙之塔里的"无关抗战论"实际上是艺术至上的表现。

虽然很多人都对梁实秋的观点持反对意见,但沈从文却积极响应了他的文艺"与抗战无关"论。沈从文在《一般与特殊》一文中,把抗日工作称为"一般"工作,把文学称为"特殊"部门,认为只有"远离了'宣传'空气","远离了那些战争的浪漫情绪"的"特殊性的专门家"的工作,才是"社会真正的进步",之后,他又于 1940 年和 1942 年分别发表了《新的文学运动与新的文学观》《文艺运动的重造》两篇文章,对自己的观点进行了进一步强调。在此基础上,沈从文更提出了"反对作家从政",倡导"埋头做事""沉默苦干"的做法。巴人认为沈从文的文章是"胡适主义的最好注脚",并且说"生活经验是文艺作家传作的生命力……我们又何用抛开这战斗的动的现实,到坟墓里去'埋头做事,沉默苦干'呢?"他斥责沈从文:"在今天特殊地向作家提出'特殊'的要求,也无非要造成一批误国的文人!"②态度和语气虽颇为严肃,却也道出了沈从文论调的问题所在。

梁实秋和沈从文的相关言论,实际上表达了对抗战初期文艺创作状况的强烈不满。在 20 世纪 30 年代,梁实秋、沈从文就秉持文学的自由主义立场,强调文学的独立与审美,主张文学远离政治,表现永恒之人性与独立之审美。在我们今天看来,梁实秋等人所谓"与抗战无关"的言论有其合理性,也指出了抗战文艺的问题所在。正如柯灵先生在 40 多年后为梁实秋鸣不平时所言:"抗战期间,一切服从抗战需要是天经地义,但写作只能全部与抗战有关,而不容少许与抗战无关,这样死板的规定和强求,却只能把巨大复杂、生机活泼的文化功能缩小简化为单一的宣传鼓动。"③不过,在全中国人民奋力抗击日本法西斯侵略战争的非常时期,梁实秋、沈从文的"与抗战无关"的言论显然是不合时宜的,遭到批判和攻击也是符合历史现实逻辑的。

可以说,文艺与抗战关系问题的论争是必然要发生的,因为文艺本身是要超阶级的和表现普遍人性的,将文艺完全政治化必然会使文艺作品丧失一定的艺术性,但是,在当时抗战的社会背景之下,文艺不可能完全忽略抗战带来的影响,因此文艺不可能完全脱离抗战而存在。

三、关于民族形式的论争

"民族形式"作为一个口号,是毛泽东首先提出来的。1938 年 10 月,毛泽东在中国共产党六届六中全会上所作的《中国共产党在民族战争中的地位》的报告中首先提出了"民族形式"这

---

① 罗荪.再论"与抗战无关"[N].国民公报,1938-12-11.
② 巴人.展开文艺领域中反个人主义斗争[J].文艺阵地,1939(1).
③ 柯灵.现代散文访谈——借此评论梁实秋与"与抗战无关"[N].文汇报,1986-10-13.

一口号。毛泽东认为,要"把国际主义的内容和民族形式""紧密地结合起来",创造"新鲜活泼的、为中国老百姓所喜闻乐见的中国作风和中国气派"。1940年1月,毛泽东在《新民主主义论》中,谈到"新民主主义的文化"时又进一步指出,"中国文化应有自己的形式,这就是民族形式。民族形式,新民主主义的内容——这就是我们今天的新文化"。毛泽东所强调的"民族形式"问题,对于当时文艺界正在讨论的"文艺大众化"和"利用旧形式"问题起到了巨大的启迪和引导作用,并将文艺论争的焦点转移到关于"民族形式"问题的讨论上来。

针对毛泽东提出的这些主张,解放区的文艺界率先掀起了一场关于"民族形式"问题的大探讨。之后,国统区的文艺界也加入关于"民族形式"的探讨中,最终由于意见分歧,这场探讨转变成了论争。

向林冰认为:"在民族形式的前头,有两种文艺形式存在着:其一,五四以来的新兴文艺形式,其二,大众所习见常闻的民间文艺形式。那么,民族形式的创造,究应以何者为中心源泉呢? 这似乎是首先应该解决的根本大问题。"向林冰否定了五四以来的新兴文艺形式,认为它是"缺乏口头告白性质的'畸形发展的都市的产物',是大学教授,银行经理,舞女,政客以及其他'小布尔'的适切的形式","在创造民族形式的起点上,只应置于副次的地位";而"民间形式的批判的运用,是创造民族形式的起点;而民族形式的完成,则是民间形式的归宿。换言之,现实主义者应该在民间形式中发现民族形式的中心源泉"[①]。向林冰的这一论点立即引发了激烈的争论。葛一虹认为向林冰关于利用旧形式和对新文艺的评价是错误的,"含有侮辱的偏见",是"新国粹主义"。他认为"旧形式虽现今犹是'习见常闻',实在已濒于没落文化的垂亡时的回光返照……作为封建残余的反映的,旧形式没有法子逃避其死灭的命运",所以目前的迫切课题是"提高大众的文化水准",不应该"降低水准"从利用旧形式重新开始。而应该"继续了五四以来新文艺艰苦斗争的道路,更坚决地站在已经获得的劳绩上,来完成表现我们新思想新感情的新形式——民族形式。而这样的形式才是真正的新鲜活泼的为老百姓喜闻乐见的中国作风与中国气派"。两者在讨论"民族形式问题"时,对待民间文学与五四新文学的态度上各执一端,似乎均有所偏颇。

随着越来越多的文艺工作者加入关于文艺的"民族形式"问题的探讨中,关于这一问题的建设性意见越来越多。与此同时,《文学月报》社与《新华日报》社先后于1940年4月21日和6月9日举行了两次关于"民族形式"问题的座谈会,发言者都认为民族形式问题的提出具有重要的意义,同时他们又指出了向林冰的错误。郭沫若指出:"民族形式的中心源泉,毫无可议的,是现实生活。今天的民族现实的反映,便自然成为今天的民族文艺的形式。"茅盾认为向林冰的"'中心源泉'论的错误在于:把'五四'以来的受西方文艺影响的新文艺与'民族形式'对立起来;把民族形式理解为狭隘的民族主义的口号"。

郭沫若、茅盾等人在对向林冰的观点进行批驳的同时,将国统区的"民族形式问题"的探讨重点从纠结于"民族形式的中心源泉"导向了"怎样创造新的民族形式"和"新文学如何继续发展"上来。郭沫若从自身出发,认为五四新文艺的缺点就是"未能切实的把握时代精神,反映现实生活""用意遣词的过求欧化"。要祛除这些积弊,作家应"投入大众的当中,亲历大众的生活,学习大众的语言,体验大众的要求,表现大众的使命",而且只有这样,才能创造出适合于民

---

① 　向林冰.论"民族形式"的中心源泉[N].大公报,1940-3-24.

族今日的新形式来。叶以群认为民族形式的创造,"应该以现今新文学所已经达成的成绩为基础,而加强吸收下列三种成分:承继中国历代文学底优秀遗产;接受民间文艺底优良成分;吸收西洋文学底精华"。茅盾指出了民族文学与世界文学的辩证关系,"世界性的文学艺术并不是抛弃了现有各民族文艺的成果,而凭空建立起来的,恰恰相反,这是以同一伟大理想但是不同的社会现实为内容的各民族形式的文艺各自高度发展之后,互相影响溶化而得的结果;是故民族文学之更高的发展,实为世界文学之产生奠定了基础"。

胡风在 1940 年 12 月出版了《论民族形式问题》一书,对民族形式问题的提出、争论焦点和实践意义进行了全面的评价,可以看作这次讨论的总结。不过,胡风在评价的基础上又提出了许多有益的见解。胡风认为,五四文学是世界进步文艺传统底一个新拓的支流,"'民族形式',它本质上是五四的现实主义传统在新的情势下面主动地争取发展的道路"。胡风认为,"民族形式"应该以现实主义的五四传统为基础,一方面在对象上更深刻地通过活的面貌把握民族的现实(包括对于民间文艺和传统文艺中国现代文学史的汲取),另一方面在方法上加强接受国际革命文艺的经验(包括对于新文艺的克服)。只有这样,才能够创造出反映"新民主主义的内容"的"民族形式"。

四、关于文学真实性与独立性的论争

在战争时期,担任中共宣传领导职务的周扬在 1941 年 7 月发表了《文学与生活漫谈》一文。在这篇文章中,他结合延安的具体情况,阐发了毛泽东当时在《改造我们的学习》中所强调的实事求是的精神,并指出作家要怀抱"对于人的深挚的热爱"去正视生活,不仅要对延安的革命现实生活唱赞歌,也应该对其所存在的缺陷进行批评,"写出它的多方面来"。

在周扬之后,丁玲、王实味、罗烽、艾青等人也相继提出了类似的观点,主张文学的真实性与独立性,强调以文学为武器进行批评与自我批评。根据文学的真实性与独立性这一原则,丁玲创作了小说《在医院中》,对官僚主义和小生产者的思想习气进行了批评,之后,她又创作了《我们需要杂文》《三八节有感》等杂文,对延安生活中的阴暗面与缺点进行了揭露。罗烽发表了《还是杂文的时代》,指出"光明的边区"也存在"黑白莫辨的云雾"和"脓疮"。艾青发表了《了解作家,尊重作家》,指出作家的创作应该是自由的。王实味发表了《政治家·艺术家》,指出政治家的任务"偏于改造社会制度",而艺术家"偏于改造人的灵魂",并主张艺术家应"大胆地但适当地揭破一切肮脏和黑暗,清洗它们,这与歌颂光明同样重要,甚至更重要"。1942 年,王实味又发表了短篇小说《野百合花》,对延安革命队伍中存在的问题进行了尖锐的批评。文中说道:"我并非平均主义者,但衣分三色,食分五等,却实在不见得必要与合理——尤其是在衣服问题上(笔者自己是所谓'干部服小厨房'阶层,葡萄并不酸),一切应该依合理与必要的原则来解决。如果一方面害病的同志喝不到一口面汤,青年学生一天只得到两餐稀粥(在问到是否吃得饱的时候,党员还得起模范作用回答:吃得饱!),另一方面有些颇为健康的'大人物',作非常不必要不合理的'享受',以致下对上感觉他们是异类,对他们不惟没有爱,而且——这是叫人想来不能不有些'不安'的。"①王实味对延安生活的这种批评,被国民党特务机关大量翻印,编

---

① 王实味.野百合花[N].解放日报,1942-3-23.

成了反共材料。

1942 年 5 月 2 日至 23 日,针对当时延安地区文艺工作的状况,毛泽东在延安文艺工作座谈会上发表了《在延安文艺座谈会上的讲话》。之后,延安文艺界举行座谈会,做出了批判王实味的决议。

应该说,王实味的理论主张是片面的、有错误的,对他的思想批判也是必要的。但是,在当时战争环境中,由于特殊的历史条件限制,更由于政策上的失误,出现了无端上纲上线以及以不适当的组织措施解决思想理论问题的偏误,严重混淆了人民内部矛盾和敌我矛盾的界限,这对后来产生了消极的影响。

五、关于现实主义与主观论的论争

毛泽东《在延安文艺座谈会上的讲话》传到国统区后,引起文艺界重新认真思考文坛的现状及文学理论亟待解决的一些基本问题,其中关于现实主义与主观论的问题引起了重大论争。

揭开现实主义与主观论这场论争序幕的,是 1945 年 1 月胡风在他主编的《希望》杂志创刊号上发表自己的《置身在为民主的斗争里面》和舒芜的《论主观》两篇文章。

胡风从 20 世纪 30 年代起,就坚持批评文学创作中的公式主义与客观主义倾向。他认为概念化、公式化的平庸作品的产生,根本上是由于教条主义扼杀了创作个性与创造精神。为克服这种倾向,他主张发扬作家的"主观战斗精神",重视体验的现实主义。1945 年 1 月,胡风在自己主编的《希望》创刊号上发表《置身在为民主的斗争里面》一文,再次论述和强调了"主观战斗精神"的概念,他强调说"主观战斗精神"是"艺术创造的源泉"。在胡风看来,所谓"主观战斗精神"是指作家认识世界的思想力、体验现实的感受力、投身现实的热情,也就是创作主体对现实的把握方式、一种能动的创造力量。胡风认为,作家在创作中必须保持强大的主观力量,突破现实的表层,深入事物的内部本质,作家要突破和超越现实,必须具备强大的主体精神结构。胡风指出,文艺创造是从对感性对象,即"血肉的现实人生的搏斗"开始的,作家要有"主观力量的坚强,坚强到能够和血肉的对象搏斗,能够对血肉的对象进行批判",同时作家"要深入到和对象的感性表现结为一体",达到"自我扩张",从中修改、完善、补充作家的"主观",他认为只有这样,才能使创作"不致成为抽象概念底冷冰冰的绘图演义"。胡风在这篇文章中,还对作家深入人民、与人民结合的思想改造问题,表达了自己的看法,提出了"精神奴役创伤"说。他认为应当承继五四提倡过的"改造国民性"主题,应看到人民群众的"精神要求虽然伸向着解放,但随时随地都潜伏着或扩展着几千年的精神奴役底创伤。作家深入他们,要不被这些感性存在的海洋所淹没,就得有和他们底生活内容搏斗的批判的力量",并同时促成作家自己"深刻的自我斗争"。胡风的观点对文学创作虽不乏启发作用,但因他片面强调"主观"在创作中的决定作用,所以某些论点难免存在疏漏和偏颇。

舒芜的《论主观》从哲学理论上支持了胡风宣扬的"主观战斗精神"的观点,并把"主观"的作用夸大为历史发展的动力。

胡风和舒芜关于现实主义、"主观战斗精神"的观点,引起了文艺界的普遍批评,批评者认为胡风和舒芜的观点离开了唯物论、阶级论,陷入了唯心论、"唯生论"。邵荃麟的《论主观》、冯雪峰的《论民主革命的文艺运动》、何其芳的《关于现实主义》、乔木的《文艺创作与主观》、胡绳的《评路翎的短篇小说》等,都是这一时期出现的批评文章。

面对文艺界的批评,胡风进行了更加系统深入的思考,并且也吸收了对立观点中的某些合理成分。1948年,他又发表了《论现实主义的路》一文,进一步阐述自己的观点,反驳批评文章的观点。

关于现实主义与主观论的争论从1945年开始,到1949年结束,持续近5年之久。在这场争论中,探讨了创作中的主观与客观、政治性与艺术性、作家与生活、歌颂与暴露等有关现实主义的重要理论问题,对作家深入认识现实主义问题有一定意义。但是在争论的过程中存在着教条主义的现象,对胡风等人的观点评价存在偏颇,没有注意其观点中的合理成分。

六、关于"唯政治倾向"与"非政治倾向"的论争

关于"唯政治倾向"与"非政治倾向"的论争,是国统区文艺界围绕茅盾的话剧《清明前后》和夏衍的话剧《芳草天涯》而展开的讨论。

1945年11月,茅盾的话剧《清明前后》和夏衍的话剧《芳草天涯》在重庆上演,引起了很大的反响。《清明前后》描写了民族资本家林永清在官僚资本的压迫下挣扎、觉醒的过程,以及小职员李维勤购买黄金受害的遭遇,深刻尖锐地揭露了抗战胜利前后国民党统治的腐败和黑暗,剧情沉闷,对话冗长。《芳草天涯》描写了抗战时期,生活的不安定和痛苦给知识分子带来的烦躁、焦虑、黯淡、沮丧和孤僻情绪,以及"把憎恨环境的感情投掷在可怜的伴侣身上"这一不幸现象,艺术上颇有特色,但是远离现实政治。夏衍的这部剧作,艺术上颇有特色,与现实政治有一定距离。为此,在周恩来领导下,《新华日报》组织了对这两个剧本的讨论。讨论中,文艺界发表了不同的看法,但主要集中于对抗战文学创作中存在公式化原因的讨论。有人认为夏衍的《芳草天涯》存在着有害的"非政治倾向"。时为中国青年艺术剧社演员的王戎首先著文否定《清明前后》,并将大后方文学创作中的公式化倾向产生原因归于"唯政治倾向"。随后,何其芳发表《关于现实主义》、邵荃麟发表《略论文艺的政治倾向》等文章,批评王戎等人的观点,力图从政治性、艺术性的统一上去说明问题,基本上坚持的是毛泽东《在延安文艺座谈会上的讲话》有关文艺与政治关系的观点。在讨论中,冯雪峰曾以"画室"为笔名发表《题外的话》一文,反对将文艺作品的"政治性"与"艺术性"割裂开来,强调"对于作品不仅不要将它的艺术价值和它的社会的政治的意义分开,并且更不能从艺术的体现之外去求社会的政治的价值"。何其芳对冯雪峰的观点提出了驳难。

关于"唯政治倾向"和"非政治倾向"问题的讨论,实际上是对评价文艺价值标准的讨论,这场讨论到后来演变成了对毛泽东《在延安文艺座谈会上的讲话》精神领会的讨论。通过讨论,广大的文艺工作者对政治标准和艺术标准统一性的认识得到了进一步的加深。

第三节　三足鼎立的政治区域

在战争时期,受军事、政治形势以及各区域社会状况等方面的直接影响,全国在很长一段时间内主要分为几个不同政治地域,即解放区(以延安为中心的共产党领导的解放区)、国统区

（以重庆为中心的国民党统治区）、沦陷区（日寇占领的区域）。这几个区域都有着各自不同的政治环境，所面临的任务要求也不同，由此形成了解放区文学、国统区文学、沦陷区文学同时并存的文学格局。

一、解放区

伴随着民族解放战争的炮火，中国共产党领导下的八路军、新四军挺进敌后建立了陕甘宁、晋察冀、晋绥、晋冀鲁豫、山东、华中、华南等抗日民主根据地，实行新民主主义社会的"红色政权"。由于中国共产党中央所在地的陕甘宁边区成为当时全国上下注目的中心，因而其文艺运动和创作实践等还对国统区的进步文艺产生了直接或间接的影响。

1936年11月，中国共产党在陕北保安成立了中国文艺协会，毛泽东出席了成立大会并发表了重要讲话，他号召文艺工作者要从文的方面去宣传，教育全国民众团结抗日。由此，解放区逐渐展开了各项文艺活动。卢沟桥事变以后，许多作家陆续从上海、北平等都市来到延安和各抗日民主根据地，与当地的文艺工作者及群众性的文艺活动相结合，使延安及各民主根据地的文艺运动得以蓬勃开展。中国共产党也以极大的热情关怀抗战文艺的发展，想方设法为作家们创造各种便利条件，并从理论上指导文艺运动健康发展。这时，创办了很多文艺性刊物，如《文艺战线》《战地》《诗建设》《文艺突击》《草叶》《谷雨》《文艺月报》等，也出现了各种文艺社团。1939年前后，很多作家和文艺工作者都加入了各种文化工作团体，如西北战地服务团、抗敌剧社、太行山剧团、冀中火线社等。此外，文艺工作者还协助广大农村开展群众文艺运动，在运动涌现出了一批农民诗人、农民作家，他们用纯粹的民间文艺形式来写作和演唱，补充丰富了现代新文艺，由此也为专业作家的创作提供了经验和启示。

1942年5月2日至23日，中共中央在党内整风的基础上召开了延安文艺工作座谈会。会上，毛泽东以党的最高领导人的身份作了发言，后题为《在延安文艺座谈会上的讲话》（以下简称《讲话》），整理后正式发表在1943年10月19日《解放日报》上。《讲话》是马克思主义理论中国化的产物，是共产党制定文艺政策的权威性方针，以后随着共产党在全国的胜利，《讲话》所代表的文艺路线逐渐取代了"五四"新文学的传统，成为中华人民共和国成立后文学的基本线索。《讲话》是20世纪40年代延安整风的产物，也是第二次世界大战以来马克思主义文论中最有体系色彩、影响最大的论作之一。只有理解《讲话》，才能理解半个多世纪以来的中国文学。

《讲话》不同于纯粹的文学论著，毛泽东是以党的领导人的身份谈文艺问题的，其政治策略性很强，主要包括的是一些有关党如何领导文艺的根本性政策问题，包括文艺与生活、文艺与政治等所谓文艺的外部关系问题，而对文艺本身的规律的细节讨论较少。其核心命题，就是革命文艺为群众以及怎样为群众。具体来说，毛泽东在《讲话》中主要确立了两个方向：一是确立了所谓的文艺的工农兵方向，突出了对作家、艺术家进行思想改造的关键性。毛泽东明确提出了文艺首先是为工农兵服务，然后才是为城市小资产阶级劳动群众和知识分子服务。从政治家的角度，突出指明了知识分子的劣根性，强调被划为"小资产阶级"的作家、艺术家的思想感情向工农兵方向转变的必要性，要和"工农兵的思想感情打成一片"。在解放区的年代里，残酷的战争环境强调的是集中统一，不容许过多的个人自由，所以毛泽东主要是从政治家的角度要求文艺家思想的统一、立场的转变,途径就是与工农兵结合。这种结合既解决了思想统一的问题,又解决了创作源泉的问题,因此可以说是毛泽东文艺思想的一个总纲。在知识分子和工农兵二者的比较之中,毛泽东对前者作了低调的评估,对后者作了过高的评价,忽略了他们中存在的小生产者的落后意识及封建思想影响的积淀,由此造成了以后在知识分子问题上的一系列政策失误。二是强调了文艺从属于政治,要求文艺工作者自觉地为无产阶级政治服务,这是毛泽东理论的基本出发点。在文艺批评中实行政治标准第一,艺术标准第二,将二者割裂开来,对文学的艺术性的要求仅仅是更好地为政治服务,导致了文学创作的公式化、概念化、写中心、唱中心的狭隘的倾向。虽然《讲话》也涉及了文艺理论上的一些重要问题,如文艺源于生活而高于生活的问题、内容与形式的问题、世界观和方法论问题、对文化遗产的批判继承等,发展了马克思的文艺理论,但是它要解决的现实问题却是战争环境中党领导文艺运动的指导思想和基本政策。在当时特定的历史条件和政治环境中,《讲话》虽然具有正确性和权威性,起到了统一思想的作用,但是中华人民共和国成立之后,随着历史条件的变化,《讲话》中的一些本来只适用于战争环境的结论,被任意地引申推广,就难免会产生偏颇。

在《讲话》的指导下,解放区文学对作品题材、主题以及人物描写方面的处理都有着鲜明的特点。作家们很少甚至不再写知识分子个人的情感生活,也很少对现实生活矛盾和黑暗进行揭露,多是对新社会新制度的赞美,描绘人民群众的斗争生活,人物主要是工农兵,主角通常是翻身解放了的"新人"。简而言之,解放区文学主要集中于写阶级斗争、劳动生产,表现新的生活形态风貌,具有很强的现实性、政治性、政策性,这是文学史上独有的。此外,解放区文学还自觉地探求文学的民族化、大众化。因解放区读者的主体是农民,作家在创作中也只能将目光转向农民,表现农民的思想、心理、命运,并与之进行有效的沟通,这也就要求作家用农民喜闻乐见的传统的民间文艺形式进行创作。于是,解放区文学出现了一些新的文体,如新评书体小说、新章回体小说、民歌体叙事诗、新歌剧等。其中,新章回体小说摒弃了旧章回小说的一些俗套,融进了一些有利于表现现代人思想感情的新手法与格式,这方面做得比较成功的作家是赵树理。他的小说创作就吸收了章回小说、评书等传统形式的某些因素,但又采用了新文学小说创作的某些新的手法,并对北方农民口语进行了文学化的处理,使得自己的作品既充满了乡土气息,深受读者农民的喜爱,又使小说艺术格式得到了新发展。同样,民歌体叙事诗在解放区也盛行一时,它注意对民间形式的革新,在现代诗歌发展中可谓独树一帜。例如,阮章竞的《漳河水》既吸收了许多民间小调的手法、句式,又保持新诗的基本特点,使其更富有艺术表现力。新歌剧的表现更为突出,它运用民间艺术形式最成功。例如,《白毛女》(贺敬之、丁毅执笔)、《赤叶河》(阮章竞)等,既对秧歌和地方戏曲的调式与唱法进行了吸收,又融进了西洋歌剧的结构、框架及以唱为主等基本形式,由此成为一种全新的歌剧品种。新歌剧使西方的高雅艺术形式"中国化",又深得农民的喜爱。可以说,解放区作家们以前所未有的热情在认真体味研究中国农民的思想、情感、心理与审美情趣,刻苦发掘钻研民族文艺和传统民间艺术形式,力图创造出为农民所喜闻乐见的艺术形式,去充分反映与表达农民的生活、命运与思想、情感。

总的来说,解放区文学基本上是在政治的直接推动下单向发展的,它主要是为了配合政治,服务于政治,也就在一定程度上忽视了文学自身的艺术规律。

二、国统区

国统区即抗战间国民党政府统治的区域,这个区域随着战局的发展是有变化。在抗战初期,国民党积极进行抗日,在抗日正面战场发挥了重要作用。在此影响下,这一时期国统区的文学的基调是昂扬的、激奋的,表现的是一种英雄主义。武汉失守之后,抗日战争进入相持阶段,特别是国民党 1941 年发动皖南事变,掀起了第二次反共高潮。与此同时,国民党在国统区为了加强一党专政,除压迫和打击中国共产党、各民主党派,压制和破坏民主运动外,还提出了"全国党化"的口号。在这个口号下,国民党在全国各地大量征收党员,千方百计拉人入党,在机关、学校、军队、工厂等部门进行"集体入党",许多人不知不觉地成了国民党进行反动统治的工具,国民政府的人事考试制度、铨叙方法,都是为其一党专政服务的。同时,国民党当局公布的《国家总动员法》规定:政府对罢工、怠工及其他妨碍生产之行为"严行禁止",政府在必要时,"得对报馆及通讯社之设立,报纸通讯稿及其他印刷物之记载,加以限制、停止或令其为一定记载";政府"得对人民之言论、出版、著作、通讯、集会、结社加以限制"。此外,国民党为了加强独裁专政,建立了许多特务组织,加紧特务活动。国民党规定,国民党军、三青团员随时都有加入特务组织、接受特务训练的义务。他们甚至以招考技术人员的名义,将一部分社会青年骗来,加以训练,然后将他们安插到各地和各个领域,迫害共产党和进步人士,破坏人民的抗日活动。

这样的政治形势变化引起了社会心理、时代气氛的巨大转变。人们当初的昂扬激奋心理开始转为沉静,也慢慢认识到了战争的残酷性和取胜的艰巨性。因此,这时的文学作品也就转为沉郁苦闷。这样,作家在苦闷和抑郁中开始了更加深刻的思索,"民族命运"仍然处于前景地位,但"社会"与"个人"也都成为前景中不可或缺的层次。这是文学向多层次思维、全方位观察的一个重要转变。作家一方面面对现实,深入生活,深入揭露阻碍抗战的黑暗势力,剖析民族痼疾,探讨民族文化传统、民族性格的优劣得失,代表作如萧红的《呼兰河传》、老舍的《四世同堂》、曹禺的《北京人》《家》等;另一方面转向历史,总结历史经验教训,作为现实的借鉴,由此形成了历史剧创作热潮,代表作如郭沫若的《屈原》。另外,作家们还面向自己,描写在抗日战争中爱国知识分子的苦难历程,由此涌现出了大量以知识分子为题材的文学作品,小说如路翎的《财主底儿女们》、沙汀的《困兽记》、李广田的《引力》、夏衍的《春寒》等,戏剧如夏衍的《法西斯细菌》、宋之的的《雾重庆》、陈白尘的《岁寒图》、袁俊的《万世师表》等,诗歌如艾青的《火把》等。

此外,国统区的文学还表现出了与民间文学、世界文学接近的趋势。在解放区文学的影响下,国统区一部分作家在创作中力求向民族形式与大众化方向发展。另外,介绍、翻译俄国及西方经典文学作品、现代作品的热潮也在国统区展开了,如雨果的《巴黎圣母院》、屠格涅夫的《处女地》、巴尔扎克的《高老头》、司汤达的《红与黑》、托尔斯泰的《战争与和平》等,以及西方现代诗人里尔克、艾略特、艾吕雅、奥登的作品,都陆续被介绍到中国。这一时期的国统区文学作家都从中汲取了有益的养料,促进了小说与诗歌的现代化。

三、沦陷区

自卢沟桥事变以来,日军侵占了我国华北、华中和华南的大片国土。日本侵略者按"分治合作"的方针,先后在占领区建立了各地区的伪政权,企图用"华人治华"的假象,消除抗日思想,维持占领区的治安,进行资源和财富的掠夺,以适应扩大侵略战争的需要。1937 年 9 月在张家口成立了以于品卿为最高委员的伪察南自治政府,辖察南 10 个县;10 月在山西大同成立了以夏恭为最高委员的伪晋北自治政府,辖晋北 13 个县。后来,日军占领了平津地区后,于 1937 年 12 月在北平成立了以王克敏为委员长、自称"中华民国临时政府"的伪政权。之后,日军又占领了上海、南京及其附近地区,并于 1938 年 3 月在南京成立了伪政权。1940 年,汪精卫在南京成立"伪国民政府",建立了服务于日本的汪伪政权。汪伪政权建立后,大肆迫害共产党和各类进步人士,也严重破坏了抗日运动的顺利开展。

日本侵略者在沦陷区,不仅在政治上扶持汪伪傀儡政权,而且在文化政策要求禁绝一切"激发民族意识对立""对时局具有逆反倾向"的作品,为此而实行大规模相关书刊的查禁活动。另外,又强迫与诱使作家为"建设大东亚新秩序"而写作。这样,沦陷区作家只能艰苦地守着自己文学阵地。一些作家努力坚持五四新文学的传统:在东北沦陷区与华北沦陷区都曾倡导过"乡土文学",由此产生了一批揭示沦陷区人民真实的生存困境与不屈不挠的民族生存意志而又富于乡土气息的现实主义作品,影响较大的如梁山丁的短篇小说集《山风》和长篇小说《绿色的谷》、王秋萤的长篇小说《河流的底层》、疑迟的短篇小说《雪岭之祭》、袁犀的小说集《森林的寂寞》等。

此外,在沦陷区,日本侵略者在文学上也扶持豢养了一批汉奸文人,他们创作的文学被称为汉奸文学。汉奸文学主要是指日本为鼓吹"大东亚文学"与"和平文学"而扶持的文学,受到广大读者的冷落和抵制。

除此之外,进步文学和市民文学在沦陷区也有一定的发展。就进步文学来说,1940 年后,华东、华中、华南沦陷区处于汪伪政权的统治下,其文学中心主要在上海。上海沦陷后,一些地下的进步文艺工作者仍然坚持在自己的岗位上继续进行斗争,他们所进行的进步文艺运动、文学创作活动即为进步文学。1942—1944 年,进步文艺工作者创办了近 20 种纯文艺和综合性刊物,还接办和改造当时颇有影响力的"鸳鸯蝴蝶派"刊物《万象》,成为爱国和进步作家的"堡垒掩体"。该刊发表了大量面对现实的优秀作品,还曾经发表了王统照、师陀、徐调孚、楼适夷、傅雷等作家的作品。就市民文学来说,在沦陷区,战争带来的灾难加重了人们的危机感和幻灭感,旧有的都市形态与感伤、虚无、失败的情绪纠结在一处,反映到文学中就形成了市民文学。市民文学一个引人注目的现象是雅文学与俗文学共存并逐渐接近。由于政治的限制,市民文学作家徘徊于"作家内在精神追求"与"文学市场需求"之间,苦苦地追求二者的契合点。1941—1942 年,东北沦陷区展开了围绕通俗小说创作的讨论;1942 年,北平《国民杂志》展开了关于"小说的内容和形式"问题的笔谈;同年,上海《万象》推出了"通俗文学讨论特辑",这些都显示出了当时文学界对通俗文学的重新认识,使得"雅文学"(新文学)与"俗文学"从对立逐渐发展到了相互理解与接近。于是,通俗小说空前繁荣并逐渐现代化,出现了一批武侠小说大家如还珠楼主、白羽、郑证因、王度庐等,还有新言情小说作家如刘云若、予且、秦瘦鸥等。与通俗小说相呼应,以上海为中心的职业化、商业化的剧场戏剧也空前繁荣,涌现出了李健吾、师陀、周贻白等一大批剧作家。"雅文学"表现也很突出,取得了不小的创作实绩,如战后出版的钱钟书的《围城》,师陀的《果园城记》《结婚》等。在此基础上,出现了张爱玲这样的出入于"雅"与"俗",介于"传统"与"现代"之间的作家。

第六章　战争时期的文学创作研究

　　"七七事变"以后,中国进入民族革命战争的新时期,在这场伟大的民族解放运动中,全国人民发动总动员,经过八年的艰苦抗战,最终于1945年取得胜利。抗战胜利后,国内紧接着又爆发了国共两党的战争,直至国民党败退台湾,中华人民共和国成立。这样,在几乎连续的12年时间里,中国都在大规模的战争中度过。在这样的背景下,战争、救亡与文学联系紧密,无论作者是否直接以战争为题材,其思维模式、审美取向及创作风格也会不同程度地打上战争的烙印,文学的发展因而呈现出战时特有的风貌特征。

第一节　政治领域分割下的小说创作

　　战争时期,中国原有的文学空间随着时局变化出现了与政治格局对应的分裂变化。正是在这种特殊的背景下,中国原有的形式上相对稳定和统一的文学空间逐渐被打破,形成了和政治上的格局相对应的话语空间:解放区(即共产党领导的边区和敌后抗日根据地)、国统区(即国民党政府统治区域)、沦陷区(即被日本侵占的东三省等区域)。由于时局动荡不安,在文学创作上,生活于不同话语空间的作家们以日益高涨的抗日情绪,迅速反映着现实斗争,创作了大量的小说作品,由于文化格局的分裂,解放区、国统区与沦陷区的小说也表现出各自不同的特征。

一、解放区的小说创作

　　在解放区,文艺运动一直是蓬勃向前发展的。中国共产党领导下的民主政权的建立和人民生活的改善,为文艺的发展提供了较为优越的社会条件。再加之抗日战争以来,一批国统区的文艺工作者奔赴延安,为边区和敌后抗日民主根据地的文艺运动增添了骨干力量。特别是经过延安文艺整风运动之后,广大文艺工作者积极热情地投入工农兵的斗争生活中,他们到前线、到农村、到工厂,参加战争、参加土地改革、参加生产运动,这些都使小说创作出现了蓬勃繁荣的新局面,小说创作从内容到形式也发生了显著变化。广大作家努力反映抗日战争、解放战争、土地革命、工农兵生产等题材,表现解放了的人民,主要是农民的全新精神面貌,同时,新的主题、新的人物、新的思想,决定了艺术形式的创新。由于解放区文艺工作者努力走与工农兵相结合的道路,纠正了过去轻视民族传统、民间文艺传统的错误观点。因此,本时期解放区小说在形式上和语言上都出现了向民族化、大众化开拓发展的新局面。

　　短篇小说最先呈现出蓬勃发展、多姿多彩的景象。抗日战争初期,丁玲、周立波、草明、杨朔、刘白羽等创作了一系列短篇小说,反映解放区延安和各抗日民主根据地的战斗、生产、生活等发生的新变化。《在延安文艺座谈会上的讲话》发表后,短篇小说在民族化、大众化探索的道路上进一步繁荣,赵树理、马烽、西戎、孙犁、康濯、峻青等作家创作出众多优秀的作品。其中赵树理的作品在民族化、大众化方面取得了最大的成功。赵树理是解放区土生土长的作家,他的《小二黑结婚》《李有才板话》等小说真实生动地反映了抗日战争给中国农村带来的巨大变化,塑造了一大批农村新人形象。小说的情节生动,语言通俗,深受广大工农兵群众的欢迎。这里以赵树理和丁玲为例,对战争时期解放区的小说创作进行分析。

(一)赵树理的小说创作

赵树理(1906—1970),原名赵树礼,笔名"野小"等,山西沁水县人,出身于贫民家庭。1925年赵树理进入山西省立长治第四师范学校学习,1926年因参与学潮被开除,次年被捕入狱。出狱后当过农村小学教师,长期生活在农村。1937年赵树理加入中国共产党,投身革命。先后在《工人日报》《说说唱唱》《曲艺》《人民文学》等刊物工作,1970年去世。

赵树理1932年开始发表作品,在抗战前的几年时间里,赵树理创作了《金字》《盘龙峪》等小说。1937年抗日战争全面爆发,赵树理积极投身抗日工作,在山西从事各种文化工作,编报纸副刊,并写出了许多反映农村社会生活、深受广大群众欢迎的小说,如《小二黑结婚》《李有才板话》《李家庄的变迁》《福贵》等,开了"山药蛋派"小说的先河。新中国成立后,赵树理继续深入农村生活,创作了短篇小说《锻炼锻炼》《登记》,长篇小说《三里湾》以及长篇评书《实干家潘永福》《灵泉洞》(上集)等。

赵树理在中国现代文学史上占有重要地位,他有着地道的农民气质,是我国真正熟悉农村、热爱人民的杰出作家之一,因此,他能自然地写出真正为农民所欢迎的文学作品,成功地开创了大众化的创作风尚。他的作品乡土气息非常浓厚,真实地再现了中国农村几十年来的巨大变革,塑造了许多典型的农民形象。

《小二黑结婚》是赵树理最具代表性和最具魅力的作品,被认为是实践毛泽东《在延安文艺座谈会上的讲话》精神的成果。小说素材来源于赵树理经手的一桩不幸的婚姻案件,案件中的男主角民兵队长岳冬至在争取婚恋自由的过程中,不但遭到封建思想严重的父母的强烈反对,而且最后还被村里的封建恶势力借机活活打死了。这起血案给赵树理造成了巨大震撼,为弘扬新风,他在此案的基础上创作了以喜剧结尾的《小二黑结婚》。小说中小二黑与同村姑娘小芹相爱了,但两人的恋情却遭到了封建迷信思想严重的各自家长二诸葛和三仙姑的强烈反对。与此同时,担任村干部的流氓恶棍金旺兄弟,为泄私愤,滥用职权,先是开斗争会,后又涉及陷害二人,几乎使得这对恋人的爱情夭折。后来,区长出面主持公道,不但严惩了金旺兄弟,还批评教育了二诸葛和三仙姑,让他们同意儿女的婚事,至此这一对追求婚姻自主、向往美好生活的情侣终于如愿以偿地结婚了。

小说的艺术形式呈现出非常突出的民族化、大众化的特色,真实生动地反映了抗日战争给中国农村带来的巨大变化,塑造了一大批农村新人形象,如小二黑、小芹、二诸葛、三仙姑、兴旺兄弟等。其中,小二黑和小芹是觉醒了的新一代的代表,他们坚持自己的爱情,没有向迷信的家长妥协,在金旺兄弟要斗争他们的时候,一个公然反问:"无故捆人犯法不犯?"另一个走进村公所劈头就问:"村长! 捉贼要赃,捉奸要双,当了妇救会主席就不说理了?"这显示出在特定的历史条件下,他们已经有了"法律观念"和"平等意识",这一支撑使得他们敢于同封建传统观念做斗争,并且是非常彻底。诸葛和三仙姑是未觉醒的老一代农民的代表。二诸葛"抬脚动手都要论一论阴阳八卦,看一看黄道黑道"。三仙姑"每年初一十五都要顶着红布摇摇摆摆装扮天神"。二诸葛不同意小二黑和小芹的婚事的原因是"命相对",他怕小芹会"克"小二黑,小二黑是他的儿子,是打心里关心小二黑的,只是他过于迷信了。甚至当金旺和兴旺捆起小二黑与小芹时,他先是跪在兴旺面前哀求,哀求不成,便回家又是算命又是占。他不认为命运可以或者说应该由自己掌握,根深蒂固的封建思想和迷信思想使他把一切希望都寄托在神卦上。三仙姑"虽然已四十五岁,却偏爱当个老来俏,小鞋上仍要绣花,裤腿上仍要镶边",每天都要涂脂抹粉,乔装打扮一番。她好逸恶劳,作风不正,甚至还忌妒自己的女儿小芹的幸福婚姻。三仙姑是赵树理刻画的一女性畸形性格的代表,揭露了封建买卖婚姻带来的恶果。赵树理通过二诸葛和三仙姑这两个人物形象的塑造,深刻地揭示了农村小生产者精神的落后与陈腐,说明了实行民主改革、移风易俗确实是势在必行。

此外,《李有才板话》也是赵树理在抗日战争期间的重要代表作,小说描写了抗日时期在改选村政权和减租减息斗争中农民和地主之间复杂尖锐的斗争,准确而真实地反映了农村各阶层的心理变动。小说中,阎家山农民长期受到地主阎恒元的压迫,抗战时阎家山成为抗日根据地,阎恒元表面上失去了权力,但暗地里仍通过打击、分化农民干部,收买落后干部和农民,达到继续操纵村政权的目的。造成这种状况的原因之一,是村里的章工作员虽有工作热情,但缺少工作经验,犯了主观主义和官僚主义错误。直到县农救会主任老杨来到这里才发现了问题,并通过走群众路线,改造了村政权,清算了阎恒元一伙。小说中,赵树理刻画了李有才、老秦、小元等人物形象。李有才深沉老练,清醒冷静而又幽默风趣,常常表现出对封建势力的轻蔑与反抗,这个农民不仅智慧,而且有乐观的精神,赵树理在他身上挖掘出了崇高的性格美;老秦是生活在社会最底层、满脑子封建等级思想得人物,同样不相信自己,更不相信农民能自己掌握自己的命运。小元是"小字辈"推选到村公所的代表,但是他当上干部不久就改换了穿戴,不仅"架起胳膊当主任",而且凭权势"逼着邻居当奴才"。这些人物形象的塑造不仅真实地反映了当时解放区农村的基本现实状况,而且正面揭示了农村工作中可能存在的种种问题,警醒领导者要高度警惕主观主义、官僚主义不良作风所带来的不良影响。

(二)丁玲的小说创作

在战争期间,丁玲的创作深受毛泽东的《在延安文艺座谈会上的讲话》的思想的影响,将创作主旨定位于为工农兵服务。而在 20 世纪 40 年代的解放区,一场轰轰烈烈的土改运动席卷整个解放区,丁玲身处其中,也受到影响,创作了一系列反映解放区土改运动的乡土小说,其中质量最高的当属《太阳照在桑干河上》。

《太阳照在桑干河上》是中国小说史上第一部反映土地改革运动的长篇小说,通过描写华北地区暖水屯的土地改革过程,对农村尖锐复杂的阶级斗争进行了真实而生动的反映,并展现了中国农民在共产党领导下已经踏上的光明前途。小说以后来被错划成富农的富裕中农顾涌在附近村子听到土改斗争的风声而展开了叙述,接着进一步叙述了土地改革斗争给暖水屯带来的震动,并以主要篇幅写了构成暖水屯基本矛盾的农民阶级和地主阶级的代表人物:张裕民、程仁以及钱文贵、李子俊等。但是,这两个阶级并不是截然分开的,而是有着极其复杂的血缘和社会关系。最终,土地改革运动取得了胜利,农民沉浸在翻身的喜悦以及参军的热情之中。

小说疏密相间,波澜起伏;故事线索纷繁,却主次分明,繁而不乱,艺术地再现了中国农村从未有过的巨大变革,塑造了一系列新型农民的形象。其中张裕民是暖水屯的第一个共产党员,他沉着、老练、忠心耿耿,虽然有过一些缺点,发动群众斗地主时有一段时间思想模糊,怕斗不倒钱文贵自己不好办,但他大公无私,冲锋在前,一旦思想明确,下了决心,便勇猛顽强,坚决果敢。朴实憨厚的程仁是从小受地主剥削的长工,对地主阶级有本能的仇恨,他和张裕民都像质地纯朴的玉,虽有瑕疵,终掩不住本身的光辉。和程仁相恋的黑妮也有一种解放的要求,在她的二伯父钱文贵被斗倒后,她喜悦地参加了游行的行列。恶霸地主钱文贵无恶不作,一手遮天,是几千年来统治中国农村的封建势力的代表人物,他很有谋略,土改之前就让儿子钱义去参军,土改时又搞美人计逼迫侄女黑妮去找农会主任程仁;他利用女婿张正典欺压贫农,妄图转移斗争目标……从他身上的确可以看到,地主阶级是怎样奸诈狡猾地抗拒土改斗争的。丁玲还写了其他几个不同特点的地主:胆小绝望的李子俊,凶险厉害的江世荣,对农民恨得咬牙切齿的侯殿魁等;李子俊的老婆更是写得惟妙惟肖,入木三分。这一系列血肉丰满、真实生动的艺术形象深刻地体现出作家人物安排的旨趣:张裕民的形象体现了先进农民向优秀党员的成长历程,钱文贵的形象体现了余威尚存而又善于隐藏自己的地主阶级走向灭亡的历史必然性,程仁和李子俊老婆体现了政治性和人性相互交错的矛盾冲突,黑妮的形象提出了如何对待地主阶级子女的问题,侯全忠的形象则体现了渴望翻身的传统小生产者根除自身封建落后思想意识的艰巨性和长期性。这部小说以其"史诗"性而成为众多土改小说中的代表作,也成为丁玲个人创作中的扛鼎之作,提高了丁玲在中国现代文学史上的地位。

二、国统区的小说创作

抗战初期,国统区的小说创作比较繁荣,呈现出冲破囿于知识阶层小天地而走向人民群众生活的可喜现象。1940年,"皖南事变"爆发,广大作家由初期的热情宣传、动员抗日战争转向冷静观察、分析现实,解释现实中存在的某些问题,产生了一批有分量的小说。

就小说的篇幅而言,这一时期国统区的小说多以长篇小说见长,如沙汀的《淘金记》《困兽记》《还乡记》、老舍的《四世同堂》、艾芜的《山野》、姚雪垠的《长夜》、路翎的《财主底儿女们》、黄谷柳的《虾球传》等都是这一时期的优秀作品。虽然这一时期的长篇小说成就较高,但国统区的短篇小说也不容忽视,如沙汀的《在其香居茶馆里》、张天翼的短篇小说《华威先生》等都是这一时期的代表作品。从总体上来看,战争时期,国统区的小说作品大多带有很强的纪实性,不少作品都以抗战生活、暴露黑暗现实为主要题材,表现了作家对社会现实的关注,这些小说一方面继承了20世纪30年代左翼作家的传统,将视野直接投入社会现实,剖析各式人物的性格心理,表现了战时国统区的黑暗面;另一方面也带有战时文学的特色。在这里,我们以沙汀和路翎为代表,对国统区战争时期的小说创作进行分析。

(一)沙汀的小说创作

沙汀(1904—1992),原名杨朝熙,安县人,他出生于四川安县一个破落的封建家庭,幼时曾接受过传统教育,少年时期跟随舅父经常出入于四川乡镇之间,对地方军阀、地主豪绅及其他各种社会势力的腐败情形非常熟悉。1932 年,沙汀开始进行小说创作,同年加入"左联"并继续创作,以《兽道》《代理县长》等一批反映川西北乡镇生活的别具一格的沉实之作著称于左翼文坛,被鲁迅誉为"最优秀的左翼作家之一"。抗日战争爆发后,沙汀回到四川,任教于成都协进中学并从事文艺界团结救亡工作。中华人民共和国成立后,沙汀曾做过全国人大代表、全国政协委员。1992 年,沙汀去世。

沙汀长期在四川生活,对四川基层政权、土豪劣绅、帮会组织、乡风民俗、社情民意等有着丰厚的乡土记忆。抗日战争开始时,他已在描绘和展示川西北乡镇的乡风民俗、积弊痼疾中,找到了链接其艺术个性和现实生活的最佳中介。《在其香居茶馆里》就是这样一部作品。

《在其香居茶馆里》以抗日战争时期国统区兵役问题上的肮脏内幕为素材,通过联保主任方治国与土豪邢幺吵吵因抽壮丁而发生的矛盾与争斗,生动地描绘了一出地主官绅之间互相倾轧的闹剧,深刻揭露了国民党基层政权的腐败、官僚土豪的卑劣、以及他们对人民的欺骗与迫害。小说集中描写了四川回龙镇的两个头面人物为抽壮丁的事,在其香居茶馆里引发的一场争吵和厮打。联保主任方治国因为新县长扬言要"整顿兵役",出于自保,将土豪邢幺吵吵已经缓役四次的二儿子密报县上,致使其被抓了壮丁,企图以此掩盖他自己在兵役问题上的劣迹。邢幺吵吵仗着大哥和妻舅的势力,在大庭广众之下大闹其香居,双方先是互揭老底,然后大打出手,上演了一场狗咬狗的闹剧。正当闹得不可开交的时候,进城打探消息的蒋门神忽然来报,邢幺吵吵的二儿子因排队报错了数,"没有资格打国仗",他被"开革"回来了,很显然,新任县长得到了邢家的好处。通过冲突的喜剧结局,暗示出继前任县长被撤职之后,新任县长高喊的整顿兵役不过又是一个骗局,作品深刻揭露了国民党基层政权的黑暗腐败。

小说在生动的场面描写中成功地塑造了地方当权派方治国和地方势力派邢幺吵吵两个典型形象。方治国是国民党地方小官吏,他狡猾、贪婪、毒辣而又怯懦,一直规规矩矩地吃着祖宗的田产。做了官后,方治国渐渐开始贪赃枉法、徇私舞弊、鱼肉乡里。正因为方治国能敲诈百姓,对顶头上司能如期进贡,因此得到了县长颁赠的赫然写着"尽瘁桑梓"四个大字的匾额。虽然得了长官的表扬,但方治国在官场上却缺乏强硬的后台,因此,以邢幺吵吵为代表的地方实力派就常常对他实行倾轧与钳制,这就使方治国性格中既有狡诈、贪婪、强硬的一面,又有油滑、见风使舵、软欺怕硬的一面。方治国表面上看起来很凶,但实际上他却是一只纸老虎,一旦见了更凶的人就会立刻变得像绵羊一样的温顺。邢幺吵吵是当地的地头蛇,他十分粗鲁、野蛮、不忌生冷。邢幺吵吵之所以能够称霸一方,主要是因为他有后台——他的大哥是全县极有威望的耆宿,他的大舅子是财务委员、县政上的活动积极分子。靠着这些强有力的后台,邢幺吵吵在回龙镇称霸一方,为所欲为。他的二儿子本在服兵役的范围之内,可他依仗权势,使儿子四次缓役。方治国为了巴结新上司,以邢幺吵吵开刀主要是因为这样做,不仅可以巴结新县长,显示自己的效忠;而且可以借新县长的势力,打击邢幺吵吵削弱他的势力;还能对民众有一个交代,以表示自己为官一向公正。然而,吃了亏的邢幺吵吵却是不能认下这个大亏的,方治国的所作所为不仅使他觉得切身利益受到了损害,而且在镇里也大大丢了面子。为了报复,于是就有了其香居茶馆里的一幕。在其香居茶馆里,邢幺吵吵先是满怀敌意指桑骂槐地攻击方治国,方治国则马上拿出自己见了硬的来软的法宝,处处退让,以对付邢幺吵吵。而后,邢幺吵吵又威逼方治国将儿子找回来。最后,在邢幺吵吵一再威逼下,方治国硬着头皮予以还击,并和邢幺吵吵大打出手,虽然这样,他仍然吃了大亏,被邢幺吵吵打得鼻青脸肿,鲜血淋漓。这样一来,这场事故就摆在了新任县长的案头上,这个在小说中没有直接出场的重要人物是小说的关键。虽然他并未出场,却成为引发其香居茶馆里闹剧的关键人物。他一到任,先煞有介事地声言要"整顿兵役",摆出一副秉公无私的样子。但到故事末尾,他吃了邢幺吵吵的贿赂后就借故将其儿子"开革"了。可见他也是个吃贪受贿,讨好地方势力的赃官。小说使人从这个人物身上进一步看到国民党兵役制度的欺骗性,看到国民党政权自上而下沆瀣一气、腐败到极点的本质特点。小说构思精巧,明线围绕"抓人"实写茶馆里的一系列冲突,暗线紧贴"放人"虚写邢大老爷与新县长的幕后交易,结尾是明暗虚实的相互转化的交叉点,形成了绝妙的讽刺结构。小说对富有世俗画的"吃讲茶"场面描写,不但川味十足,而且冷峻中透出辛辣的讽刺力量。

(二)路翎的小说创作

路翎(1923—1994),原名徐嗣兴,江苏苏州人。路翎幼年随家人迁至南京,不久父亡,改回母姓,寄居于舅父的封建大家庭中。抗日战争爆发后,路翎在逃难中接触到苏联文学,开始尝试写作,后因写作抗日宣传文章而被学校开除。1940年,路翎因创作一系列短篇小说得到胡风的赏识,成为"七月派"的主力作家。此后,路翎的创作进入高峰,先后创作了《饥饿的郭素娥》等众多作品,表现出惊人的才华。1994年,路翎因脑出血猝然而逝。

作为战争时期国统区现实主义小说流派——"七月"派的主力作家,路翎擅长以讽刺手法来反映人的心理状态,这种做法使得他的小说充满了生活的血肉感以及对于人的心灵的直视力量,带有浓重的凝重、悲怆风格。在创作的过程中,路翎常通过分析人物心理变化的方式来展现他们身上存在着的心理扭曲现象和各种矛盾的思想,深度挖掘他们的病态心理,揭露与讽刺战争时期国统区的黑暗面。因而批评家唐湜曾称:"路翎无疑的是目前最有才能的,想象力最丰富而又全心充满着火焰似的热情的小说家之一。虽然他的热情像是到处喷射着的,还不够凝练。但也正因为有这一点生涩与未成熟,他的前途也就更不可限量。"[①]而最能体现他的这一创作特点的小说便是《饥饿的郭素娥》。

《饥饿的郭素娥》写了一个惨烈的爱情故事。主人公郭素娥16岁跟父亲逃难离开家乡,又在途中与父亲失散,饥寒交迫下成了旷工刘寿春的媳妇。然而刘寿春是个混子,他不仅抽大烟,还到处招摇撞骗,郭素娥跟着刘寿春饥一餐饱一顿,生活没有保障,更是仇恨他无赖一般的行径。在这种情况下,矿场上的一个强悍汉子张振山走入她的生活,郭素娥开始和张振山偷情,在偷情的时间里,郭素娥一边感到陶醉般的满足,一边是罪恶的恐惧,胆战心惊,她很想摆脱这样的窘况,她希望这个强悍的男人能够保护她,带给她安全,带给她幸福,想把自己的一生托付给他,然而,张振山却并不这么想,他只把郭素娥当作一种生活的消遣和调剂。后来,郭素娥的老情人魏海清记恨郭素娥不再接纳自己,于是将郭素娥与张振山偷情之事告诉了刘寿春,刘寿春先是哀求郭素娥让她和张振山断了来往,然而郭素娥断然拒绝了刘寿春的要求,并破口大骂。郭素娥的辱骂让刘寿春失去理智,用烧红的烙铁对郭素娥施加刑罚,之后将郭素娥抛弃在一座破庙里,伤残后的郭素娥悲惨地死去。

这篇小说吸引人的地方仍然不在于曲折动人的故事情节,而是对人物狂风暴雨式的内心

---

① 马爱平.空间设计与史诗意义追寻——论路翎的《财主底儿女们》[D].河北大学,2008.

世界的深入挖掘与揭示。在这篇小说的创作过程中,路翎自觉地运用了要表现"活的人,活人底心理状态,活人底精神斗争"①以及"一个真正能够把握到客观对象底生命的作家,就是不写人物底外形特征,直接突入心理内容和行动过程,也能够使人物在读者眼前活生生地出现,把读者拖进现实里面"②这些文学主张,具体体现在创作中对"原始底强力"的追求上。《饥饿的郭素娥》正是路翎探求"人物性格的根苗"的成功之作。他所塑造的郭素娥,以及由她所牵涉到的两个工人张振山与魏海清都各自有着激烈挣扎、矛盾焦灼的内心世界。郭素娥和新文学既有女性形象画廊中的任何一位都不相同,她是来自中国下层妇女的一个崭新的人物形象。她身处生活的底层,并没有什么文化修养,更谈不上受新文化个性解放思想的熏陶,所以她与五四时期的新女性相去甚远,并不可能去自觉地思索莎菲女士所遭遇到的来自精神上的苦闷。但是,她身上并没有旧式妇女惯有的逆来顺受,就是几千年来压附在女人身上的礼教纲常似乎也并不被她奉为神圣的行动依据。她不满于自己的现实处境,像一个错飞进了笼子的小鸟一般,不甘心于已成的生活事实:怀着飞翔的梦,她拼尽了气力地挣扎、冲撞;等到她发现了矿工张振山,她终于找到了一丝渺茫的希望,为了抓住这一残若游丝的生机,郭素娥不顾传统的伦理道德与张振山偷情。这种野性十足的富于冒险的精神使郭素娥执着于自己虚妄的想要走出矿区的梦想,她紧紧地抓住张振山,哪怕背上不贞的恶名。她的这种面对命运的挣扎起初缘于肉体上的饥饿,所以,带有很大程度上的原始性。路翎通过这一女性形象的塑造使人发现"尚未经过民主主义启蒙和无产阶级洗礼的,却存在于群众之中的带原始状态和自发性质的反抗精神"③。

三、沦陷区的小说创作

战争时期,沦陷区一般都处于日本侵略者的控制之下,其文学作品一般都要发表在日伪政权控制下的报纸副刊或文学刊物上,文学创作也都带有自己鲜明的特征。由于其文学创作环境严苛,所以出现于沦陷区的小说多以都市小市民或都市知识分子的生活或情感经历为题材,属于都市小说的范畴。其中成绩最高的当属张爱玲和钱钟书。

(一)张爱玲的小说创作

张爱玲(1920—1995),原名张瑛,出生于上海公共租界的一个大家庭。张爱玲的家世显赫,祖父张佩纶是清末的著名大臣,祖母是李鸿章之女。她的父亲属于遗少型的少爷,母亲是新式女性,因而两人的婚姻并不幸福,但这却成了张爱玲感悟世情、了解人性的必修课。1931年,她考了上海圣玛丽学校,并开始发表小说作品。1938年,她考入了英国伦敦大学,但因战事未能前往。1939年秋,她改入香港大学文学系。1942年,张爱玲回到了上海,并坚持进行文学创作。1943年,她发表了小说《沉香屑:第一炉香》,并因此引起了文坛的关注。此后,她一发而不可收,发表了《沉香屑:第二炉香》《茉莉香片》《心经》等小说作品。1952年,她再次到

---

①　胡风.胡风评论集(下册)[M].北京:人民文学出版社,1985:29.
②　胡风.胡风评论集(下册)[M].北京:人民文学出版社,1985:332.
③　杨义.路翎——灵魂奥秘的探索者[J].文学评论,1985(5).

了香港,并发表了《秧歌》和《赤地之恋》两部小说作品。1955 年,她去了美国,在坚持小说创作的同时进行戏剧写作。1995 年 9 月 8 日,张爱玲被人发现孤独地死于洛杉矶家中,终年 74 岁。

张爱玲在中国现代文学史上的小说创作几乎都取材于家庭和婚恋题材,几乎不涉及政治和重要的事件,这明显不同于当时文坛上对"国家""阶级"和"民族"表达的热衷。同时,她的小说创作的底色是"苍凉"的,"旨在写出现代人虚伪中的真实、浮华中的朴素,表现不彻底的平凡人的苍凉人生"①。《倾城之恋》和《金锁记》是张爱玲在中国现代文学史上最重要、最著名的两部小说作品。

《倾城之恋》讲述了上海白公馆家的小姐白流苏和南洋富商后代范柳原在战火的促成下缔结姻缘的爱情故事。白流苏美得倾国倾城,在与范柳原结婚前曾有过一次失败的婚姻,离婚后一直住在娘家,受尽了哥哥嫂嫂以及其他亲戚的冷嘲热讽。这样的家庭生活环境使白流苏看尽了世态炎凉,心灰意冷,却又不甘于如此被嘲讽,于是她和原本是徐太太介绍给妹妹宝珞的多金潇洒的单身汉范柳原走在了一起,并通过种种方式为自己争取到一个合法的婚姻地位。但是,范柳原只是想与白流苏作"上等的调情",这使得白苏流非常伤心与失望。后来,两个人因抗日战争的爆发,在生死交关时才得以真心相见,并许下了天长地久的诺言。战争停止后,两个人在报上登了结婚启事。可是从实质上来说,"范柳原娶白流苏既不是因为爱情,也不是由于她的魅力,只是'香港的陷落成全了她'。这种倾城之恋的实质和传统理解的'倾城之恋'存在强烈反差,构成的反讽意味耐人寻味"②。

《金锁记》在一个古色古香的故事叙述中阐释了"金钱能使人的心灵扭曲"这一现代文化命题。小说的主人公曹七巧是麻油店铺老板的女儿,举止粗俗、爱耍小奸小坏,后因金钱嫁到姜家做了二奶奶。她的丈夫是一个患骨痨的病人,"坐起来,脊梁骨直溜下去",实在没法"拿他当了人看",这使得曹七巧被困在了情欲之中。为了发泄自己的情欲,她挑逗风流倜傥的三爷姜季泽,可姜季泽对此却无动于衷。后来,曹七巧以自己的青春和爱情为代价,分得了一笔偌大的金钱,带着儿子长白、女儿长安租房另过。为了牢牢地将金钱掌握在手中,曹七巧变成了一个自虐和虐人的变态狂。她赶走了觊觎自己的金钱而想与自己重叙旧情的姜季泽;为了牢牢抓住她生命中的唯一一个男人,她教唆儿子长白吸鸦片,并在儿子娶妻后虐待儿媳,还常常把儿子留宿在自己的房里,弄得"丈夫不像个丈夫,婆婆也不像个婆婆",最终将儿媳凌辱折磨致死,儿子则成了她替代的丈夫;阻碍女儿长安的婚姻,还哄她吸食鸦片,使长安终生未得到幸福。

应该说,曹七巧是最具典型的金钱奴隶。在她的一生中,金钱像一架枷锁,锁住了她的脖子,扭曲了她的性格,造成了她的变态心理。而她的变态心理,不仅毁灭了她自己,也毁灭了别人。因此,她值得怜悯,但更让人恐惧。

(二)钱钟书的小说创作

钱钟书(1910—1998),出身书香门第,父亲钱基博是江南才子、国学大家。家学的滋养、父亲的管教,给钱钟书以潜移默化的影响。1929 年,钱钟书被清华大学外国语文系破格录取,开

---

① 林亦修.张爱玲小说结构艺术[J].中国现代文学研究丛刊,1996(1).

② 石兴泽,隋清娥.中国现代文学[M].北京:中国社会科学出版社,2012:128.

始广泛接受世界各国的文化学术成果。1933 年,钱钟书从清华大学毕业后被上海光华大学外文系聘为讲师。1935 年,钱钟书与杨绛结婚,共赴英国留学。三年后,钱钟书回国,此时华北已经沦陷,北京大学、清华大学、南开大学等高校被迫南迁,在云南昆明成立了西南联合大学(简称西南联大),钱钟书前往西南联大任教。1939 年,钱钟书辞去西南联大的教职,赴湖南照顾父亲,并在湖南蓝田师范学院任教了一段时间。1941 年,钱钟书返回上海,并开始进行文学创作。1947 年,钱钟书的长篇小说《围城》出版,获取巨大反响。中华人民共和国成立后,钱钟书曾先后在清华大学等地任职。1998 年,钱钟书辞世,终年 88 岁。

《围城》是钱钟书唯一的一部长篇小说,也是他在抗战时期创作的最有影响力的小说作品。这部小说以广阔的生活为背景,通过描写以主人公方鸿渐为代表的知识分子在 20 世纪 40 年代的生活、工作和恋爱婚姻,对中国知识阶层进行了辛辣的讽刺,因而在发表后被誉为一部"新儒林外史"。

小说中,方鸿渐在伦敦、巴黎、柏林浪荡了四年,一无所获,面临回国之际只能买了一张假文凭来应对家人,之后他便踏上了回国的邮轮。在邮轮上,方鸿渐先与娇媚诱人的鲍小姐有了一夜情,接着又与"艳若桃李"却又"冷若冰霜"的留学生苏文纨纠缠不清。待邮轮抵达上海之后,方鸿渐遇到了苏文纨的表妹唐晓芙,并对其一见钟情,但苏文纨故意使坏离间了这对恋人。不久后,方鸿渐应三间大学的邀请前往湖南教书,在这里,方鸿渐不仅被动地卷入了同事之间的争斗,而且在不知不觉中陷入了貌不惊人、外表老实柔弱而内心奇巧的孙柔嘉精心织就的情网,糊里糊涂中与之订了婚。最后,在同事的排挤之下,方鸿渐被校方以有关于共产主义的书籍为理由开除,方鸿渐恼怒之下离开三间大学拟回上海,途中经过上海时在朋友的鼓动下,与孙柔嘉提前结婚。然而在婚后,方鸿渐发现自己与妻子貌合神离、争吵不断,最终双方婚姻破碎。

在这部小说中,作家主要塑造了三类知识分子:第一类是以李梅亭、韩学愈为代表的卑鄙无耻的知识分子;第二类是以赵辛楣、苏文纨为代表的自恋、做作的"多余"知识分子;第三类是以方鸿渐为代表的在社会人生夹缝中苦苦挣扎的"寻梦"知识分子。这三类知识分子也有着共同的特点,那就是完全没有了传统知识分子修身求知、忧国忧民的美好德行,有的只是尔虞我诈、钩心斗角和猥琐算计。通过对他们的生活和心理进行刻画,作家批判了知识分子的卑琐、庸俗和虚伪。由于这些知识分子基本上都留过洋,因而作家在这里也宣告了西方文化思想在中国的失败。

这部小说在艺术方面也取得了重要的成就,具体体现在三个方面:首先,在结构方面,没有设置贯穿始终的中心故事,只是围绕着主人公方鸿渐的生活、爱情和心路历程进行了片段式叙写;其次,在艺术手法方面,运用了象征、比喻、讽刺等多种艺术手法,使得小说新颖而独特;最后,善于以细腻、委婉的笔触和心理分析手法对人物的心理进行描刻,既使得人物的性格得到了强化,又在一定程度上推动了小说情节的发展。总的来说,《围城》是一部有着很高的艺术水准的小说作品。

第二节　九叶诗派与七月诗派的爱国战歌

战争时期,抗战成为时代的主题,并深刻影响了诗人的诗歌观念和创作实践。因此,在这一时期几乎所有的诗人都追随中国诗歌会作时代鼓手的呐喊,创作了大量有着强烈的时代性和战斗性的现实主义诗歌。同时,为了进一步扩大现实主义诗歌的思想容量和艺术容量,很多诗人都进行了积极的探索。在这一时期,很多诗人还自觉进行了朗诵诗运动、街头诗尝试,并努力推动着诗歌形式的散文化和诗歌语言的大众化。这一时期,在诗坛上出现了九叶诗派和七月诗派两大诗歌派别,它们在创作中坚持现实主义倾向,表达出明显的爱国主义倾向。

一、九叶诗派的诗歌创作

九叶诗派是继 20 世纪 30 年代的现代诗派之后,在中国现代诗歌创作中出现的又一个"现代化"高潮。其成立的标志是 1948 年 6 月《中国新诗》的创办,核心成员有辛笛、陈敬容、杭约赫、穆旦、郑敏、唐湜、杜运燮、唐祈、袁可嘉九人。他们的诗歌创作,积极追求着诗歌艺术与现实之间的平衡与和谐,并注重将内心的深刻体验与现实世界的错综复杂有机融合在一起,还自觉将中国古典诗歌与西方现代派诗歌相结合,从而探索着诗歌艺术的现代化。下面主要分析一下穆旦的诗歌创作。

穆旦(1918—1977),原名查良铮,浙江海宁人。从中学时代起,穆旦便开始了诗歌创作。1935 年,他考入了清华大学地质系,后改读外文系。抗日战争爆发后,他到了昆明,并进入西南联大学习,毕业后留校任助教。从 1939 年起,他开始系统地接触现代主义诗歌与理论,并促使自己的诗歌创作逐渐走向了成熟。1942 年,他参加了"中国远征军",入缅抗日,后于 1943 年回国。1945 年,他发表了第一部诗集《探险队》,开始在文坛引起一定的关注。之后,他又出版了诗集《穆旦诗集》和《旗》。1949 年 8 月,他赴美留学,进入了芝加哥大学学习英国文学,并获得了文学硕士学位。1953 年初,他回到了国内,任教于南开大学外文系,并坚持诗歌创作。1977 年 2 月 26 日,穆旦因病去世,终年 59 岁。

穆旦是九叶诗派中影响最大的一位诗人,他的诗中也有着鲜明的现实主义倾向和强烈的民族意识,这与其自觉地关注现实以及民族的危机、人民的苦难有着直接的关系。另外,穆旦的诗歌在对自己的民族意识进行表现时,并不是空洞乏味的情绪宣泄,而是灌注着对民族苦难的痛切感知。这里以《旗》一诗为例进行具体说明:

> 我们都在下面,你在高空飘扬,
> 风是你的身体,你和太阳同行,
> 常想飞出物外,却为地面拉紧。
>
> 是写在天上的话,大家都认识,
> 又简单明确,又博大无形,

是英雄们的游魂活在今日。

……

四方的风暴，由你最先感受，

是大家的方向，因你而胜利固定，

我们爱慕你，如今属于人民。

　　这是一首有着很强的现实性的诗作，创作于 1945 年 5 月，离日本最后投降还有 3 个月。当时穆旦可能已经预感到抗日战争即将取得胜利，于是创作了这首诗。诗中，"旗"不仅象征着胜利，而且象征着领导人。同时，诗人通过描写英雄以自己的壮烈牺牲来换取旗的光荣，表达了自己对抗战胜利的信心。

　　从诗歌的创作主题而言，穆旦在战争时期创作的诗歌主要表达了"一个民族已经起来"。就如同《钱理群文选》中所说的一样："大约自 1937 年抗日战争开始，中国的知识分子就进入了另一个时代，再也没有窗明几净的书斋，再也不能从容缜密地研究，甚至失去了万人崇拜的风光。五四时期知识分子以文化革命改造世界的豪气与理想早已梦碎，哪怕是只留下一丝游魂，也如同不祥之物，伴随的总是摆脱不尽的灾难和恐怖。抗日战争以后成长起来的知识分子只能在污泥里滚爬，在浊水里挣扎，在硝烟与子弹下体味生命的意义。"①在这种大背景下，穆旦和他的老师、同学一起长途跋涉几千公里，看到"恐怖的山谷，罂粟花，苗族同胞和瘦弱的人们"以及"这里那里用破布和席棚，干树枝搭起来的草屋，坏了轮子的马车，堆集的筐篮和竹篓……搭着孩子的尿布，和湿了的被窝，露着棉絮的衣服……"（尹雪曼《硕鼠篇》），这时，他们发生了巨大的改变："他们不再是原来足不出户的单纯青年，他们的生命形态，精神气质，已经被各地的山水民风所重塑"②。诗人强烈的民族意识和深广的忧患意识在此时勃发出来，与中国的社会现实结合在一起，诞生了深沉雄健的诗歌《赞美》。这首诗中有对于中国历史的透视，对苦难祖国的理解以及知识分子自身的反思。诗人坚信，经过血与火洗礼的中华民族一定会重新站起来。该诗的主题是"生命再生"，是一个民族的生命再生，因而全诗每节的末句都是重复"一个民族已经起来"。这首诗写于 1941 年，正是抗日战争最艰苦的岁月，诗中写到了战争和死亡，但是诗中用的是象征手法，将人民具象为"一个农夫"，写他"只放下了古代的锄头""融进了大众的爱""坚定地，他看着自己融进死亡里"。这个农夫的形象是一个自觉的形象，他自觉到自己的苦难和屈辱，自觉到自己的爱和死亡，同时他也自觉到自己的新生："他是不能够流泪的，/他没有流泪，因为一个民族已经起来"。袁可嘉评论这首诗说："这种悲痛、幸福与自觉、负疚交织在一起的复杂心情，使穆旦的诗显出了深度和厚宽。他对祖国的赞歌，不是轻飘飘的，而是伴随着深沉的痛苦的，是'带血'的歌。"比起 20 世纪 30 年代的新月派、现代派以及七月诗派来，九叶诗派最突出的特点在于它的玄学传统，由于"玄想"诗中的意象不再是复写外部物质世界的形象，而大多是诗人的"意识流"中的意象，它们和诗人的潜意识活动有着千丝万缕的联系，是一种"深层意象"，因而显得扑朔迷离，晦涩难懂。

　　穆旦的诗歌在艺术方面，也形成了自身的特色，具体来说体现在以下两个方面。

---

①　李明军.中国现当代文学[M].西安:陕西师范大学出版总社有限公司,2010:168.

②　姚丹.西南联大历史情境中的文学活动[M].桂林:广西师范大学出版社,2000:48.

第一,穆旦的诗歌在结构上呈现出鲜明的戏剧主义特色,并因此使诗作呈现出一种沉静气质下的巨大张力。对于诗歌来说,其本质是抒情,但这并不意味着诗歌必须要对感情进行直接的表现。而穆旦在诗歌创作中尝试的"追求诗的戏剧化",正强烈冲击了"诗是激情流露"的诗歌创作观念。在《从空虚到充实》这首长诗中,穆旦就通过戏剧性的对白、独白和戏剧化的情境,将"无处归依"的生命体验生动地表现了出来。

第二,穆旦的诗歌语言充满了现代生活的气息,同时几乎完全拒绝了中国古典诗词的语言,从而创造了一种别有韵致的"新的抒情"。《春》一诗中的语言,就充满了张力,而且节奏紧张、意象饱满。

二、七月诗派的诗歌创作

七月诗派是在艾青的影响下、在文艺理论家胡风的指导和组织下出现的一个青年诗人群,成员有鲁藜、绿原、田间、曾卓、阿垅、牛汉、方然、芦甸、冀汸等。他们以《七月》《希望》《诗垦地》《诗创作》《泥土》《呼吸》等杂志为主要阵地,坚持鲜明的政治倾向和现实主义的创作原则,并积极发展主观战斗精神去能动地影响和改造现实。因此,他们的诗歌注重对重大的政治题材进行抒写,对民族的意志和斗争精神进行讴歌,充满了爱国主义的热情和激情澎湃的斗争精神,也充分体现了诗歌的现实性、战斗性和艺术性的有机融合。另外,他们的诗歌还体现出鲜明的内容决定形式的倾向,"形式永远是活的内容的形象反映,必须为内容所约制,不可能脱离对内容进行发掘、淘汰、酝酿的创作过程而先验地存在"[①]。下面具体以鲁藜和阿垅为例,分析一下七月诗派的创作特点。

(一)鲁藜的诗歌创作

鲁藜(1914—1999),原名许图地,福建同安人。他在3岁时跟随父母侨居越南,直到1932年才回国。1933年,他参加了反帝大同盟,后加入了"左联",从事革命文学活动。1938年,他进入延安抗大学习,并发表了组诗《延河散歌》,在诗坛引起了极大的反响。抗日战争胜利后,他在晋冀鲁豫边区文联北方大学中文系任教。中华人民共和国成立后,他曾任天津市文协主席、中国作协天津分会副主席等职。1999年1月20日,鲁藜于天津去世,终年86岁。

鲁藜是七月诗派的重要代表,在中华人民共和国成立前发表了《醒来的时候》《星星的歌》《锻炼》《鹅毛集》等诗集。这些诗集中的诗作,都充满了爱国主义的激情,如《风雪的晚上》发出了"我爱北方的雪/我爱这没有穷人痛苦的北方的雪"的呼唤,《延河散歌·河》中通过描写山里的泉水"一滴一滴流到延河",表现了革命力量从四面八方汇聚到延安的盛况,进而表明了革命终将取得胜利的决心。

鲁藜的诗秀丽而清新,善于捕捉日常生活中的瞬间感悟来引发诗情,并在抒情中阐发一定的哲理。这在他的小诗《泥土》中有很好的体现:

老是把自己当作珍珠

---

① 雷达,赵学勇,程金城.中国现当代文学通史[M].兰州:甘肃人民出版社,2006:514-515.

就时时怕被埋没的痛苦

把自己当作泥土吧
让众人把你踩成一条道路

这首诗的篇幅虽然很短,但却蕴藏了十分丰富的内涵,因而具有隽永的意味,也经得起读者的仔细推敲与思量,更经得起时间的打磨,因此,至今这首诗仍能给人以深刻的启迪。一般情况下,小诗是最讲究真实与独特的感兴的,并且在写法上十分注重凝练而忌曼衍,注重含蓄而忌浅露。诗人鲁藜酷爱"泥土"的淳厚、无私、平凡,并将这种感情渗透到他的诗里,以至这首诗的字里行间虽然用的是极其平常的词语——"让众人把你踩成一条道路"——但其中却蕴藏着十分浓郁的诗情和深刻的哲理。在这首诗中,诗人鲁藜在作哲理的思索时注意了审美的把握,注意了将自己的主观感受具体化,致力于在刹那间所表现出来的理性和情感之间寻找一种"情结"。"珍珠",因为它光泽诱人,价值昂贵,所以"就时时怕被埋没的痛苦"。诗人嘲讽那些"老是把自己当作珍珠"的人,实际上是无情地鞭挞了在民族危亡、国难日亟时刻,竟置民族、阶级利益于不顾的市侩主义者和自私、高傲的个人主义者。与之形成鲜明对比的是诗人所高度赞美的"把自己当作泥土""让众人把你踩成一条道路"的自我献身精神。此外,这首诗也是对小诗创作的突破。五四时期,受日本俳句、和歌和泰戈尔诗歌的影响,小诗风靡一时,冰心的"繁星体"(或称"春水体")、"湖畔"诗派的抒情小诗,竞相效仿者甚众。五卅运动前后,由于大时代的潮流激荡和小诗本身的粗制滥造,使得这一诗体日趋衰落,虽然偶有"现代"式的短诗出现,但也因为这些诗大多表现的是悲观厌世的思想情绪,这类宣称人生空虚的曼声轻唱终于"弦断,知音稀"。虽然在 20 世纪 40 年代,也有诗人以"泥土"为主题进行诗歌创作,然而,他们要不然是"吻着泥土沉睡",要不然是把泥土喻作自己情人的"丰厚的胸脯",寄托着五四诗人惆怅、寥落、失意的情怀。只有鲁藜以七月诗人特有的风格,写出了战斗烈火中他对于生活与斗争抱着思索和寻求的态度,他从本能上滋生出来的生活战斗的欲望出发,投身到火热的现实斗争中去,于是才能树立起"把自己当作泥土",让众人"踩成一条道路"这样一种富有社会责任感的人生态度。

(二)阿垅的诗歌创作

阿垅(1907—1967),原名陈守梅,浙江杭州人。从中学时代起,他便对文学尤其是诗歌产生了浓厚的兴趣,并开始尝试创作、发表诗歌。1929 年,他进入上海工业大学专科大学。1939 年,他到了延安,在抗日军政大学学习,并负责编辑党的地下刊物《呼吸》,还因此被国民党当局通缉。中华人民共和国成立后,他在天津市文协任编辑部主任。1967 年,阿垅因患骨髓炎去世。

阿垅是七月诗派的骨干成员之一,出版诗集有《无弦琴》。这部诗集中的诗作,都坚持了现实主义的创作原则,并对西方现代主义的艺术经验进行了借鉴,因而充满了象征意象。

《纤夫》是阿垅最有代表性的一首诗作,也是七月诗派的一首力作:

嘉陵江
风,顽固地逆吹着

江水,狂荡地逆流着,

而那大木船

衰弱而又懒惰

沉湎而又笨重,

而那纤夫们

正面着逆吹的风

正面着逆流的江水

在三百尺远的一条纤绳之前

又大大地——跨出了一寸的脚步……

……

前进——

强进!

这前进的路

同志们!

并不是一里一里的

也不是一步一步的

而只是——一寸一寸那么的,

一寸一寸的一百里

一寸一寸的一千里啊!

……

但是一寸的强进终于是一寸的前进啊

一寸的前进是一寸的胜利啊,

以一寸的力

人底力和群底力

直迫近了一寸

那一轮赤赤地炽火飞爆的清晨的太阳!

这首诗把中华民族的命运比喻为一条行走在狭窄河床里的古船,随时都有搁浅的危险,一根纤绳,组织了民族的意志与希望,甩脱了缠绵悱恻的水分,只剩下一条绷紧的、遒劲的,甚至是干涩的诗的力臂。这种对于力的美学表现,是对于那种能够引导中国走出困境、走向解放与进步的"力"的全方位的呼唤与赞美。

在这首诗中,我们也能感受到那种刚毅、遒劲、豪放、粗粝的力量之美:那种除旧布新、振发战斗力与反抗意志的鼓动力,那种战争、内乱、政治低气压所激发的"反作用力",以及我们的人民及其先进分子"霜重色愈浓"的强旺生命力之美。它甚至是一种倔强而近于疯狂的美学特征,是对于压迫者一种无可奈何的报复与控诉,它是痛苦、热情、力量的郁结,是一种超过了警戒水位即将溃堤一泻千里,暂时还没有找到突破口的山洪的低沉的怒吼。在这种"疯狂"里面,呈现一种特异的意志力的美。此外,这首诗追求一种以长句为主干的诗歌形式,力求散文化的自由诗体。

第三节　重视时局的散文创作

卢沟桥事变后,日本帝国主义的枪声很快使中国人民形成了共识,即必须团结起来抗击日本帝国主义的侵略。战争激烈地改变着社会,一切均因失衡而打破了常态。文学也是如此。书店停顿,杂志停刊,以抗战初期的上海为例,由作家自己扶植、在炮火中发行的刊物,仅有三十二开的几种小型杂志,如《烽火》《呐喊》《七月》《光明》特刊等。

"文艺无用"一度支配着每个人的思想,当时被称为"前线主义"。过去集中在都市里的一些作家开始向各种各样领域疏散,投向热情洋溢的民众团体,奔向炮火纷飞的战场,投笔从戎,使得作家处于一种动荡纷乱的状态。但不久,事实就纠正了作家的思想,战争依然需要文学,除了刀和枪以外,还需要笔,文学还有它的特殊功能。同时战争也为文学开辟了肥沃的土壤,人民大众也并不因为战争而拒绝文化生活。到20世纪30年代末,文学书刊的发行量比从前激增起来,新书的印数由战前的每版一两千变为三四千乃至上万。所以,当北平、天津、南京、上海相继沦陷,政治中心移到武汉后,许多作家立刻都汇聚到了那里。此时,面对强大的侵略者,作家们都不约而同地抛开分歧,摒弃成见,要把一切献给这场伟大的民族战争。作家们纷纷奔赴前线,一切为了战争,主动地以散文为武器,为战争服务,把散文当通讯写,散文通讯化时代开始了。这是20世纪30年代的散文俗化的热烈继续,战争促使了这种继续。

战争促使散文愈来愈重视和强调宣传功能以及社会效应。在战争的血与火中,散文坚定地又是自觉地肩负起宣传功能,尽管对它来说这是一种超负荷的负载,但它必须如此。速写、素描、纪实散文以及由此而蜕变成的报告文学,在战争的刺激下,显得异常热烈和活跃,而且生命力很旺盛。具体来看,伴随着抗日战争、民族解放运动和"左联"领导的"工农兵通信运动"的蓬勃发展,报告文学作者队伍不断扩大,题材领域不断拓新。至1936年前后,现代报告文学获得了长足进步和大面积丰收。这时的报告文学作品,数量惊人,单行本作品集大批涌现,报告文学丛书也不时出版。它们反映的内容极为广阔,"差不多勾出了抗战中的中国的一幅缩图",可以让人"看出中国社会递变的轨迹"。

在这些报告文学作品中,夏衍的《包身工》、宋之的的《一九三六年春在太原》、丘东平的《第七连》是最具代表性的作品。其中,《包身工》揭露了上海的日本纱厂残酷压榨包身女工的罪恶,猛烈抨击野蛮的包身工制度。文章中,夏衍通过两个月的实地考察,以包身工一天的劳动生活为线索,借用影剧创作的手法,将细致的特写镜头与深刻的画外议论相结合,塑造了"芦柴棒"等鲜明生动的人物形象,叙述、描写、议论、抒情皆严密有序,产生了极大的思想和艺术感染力。由于这篇文章兼有"报告"和"文学"这两重性质,因而算得上是报告文学史上的一座里程碑。《一九三六年春在太原》以第一人称"我"的见闻为线索,配以其他人物的行踪和若干报纸上的"新闻剪集",揭露了阎锡山大搞白色恐怖所造成的民不聊生、草木皆兵的荒谬而悲惨的境况。文章不仅整合地艺术再现了红军东征背景下阎锡山"防共"措施所造成的白色恐怖气氛和太原溃烂而又畸形的"社会性格",而且生动描出了那个携带"一等好人证"、横蛮颟顸、奴气十足的厨子形象。作者对太原城内白色恐怖的憎恶和揭露,对太原城外的"春"的向往和歌颂,构成了这篇报告文学总的感情基调,新颖别致,耐人寻味,促人感奋。《第七连》以负伤连长的回忆,反映出国民党军队在战斗中的腐败无能和下层官兵的抗日要求。文章中,作者通过负了伤的连长丘俊的谈话告诉人们,他们全连的士兵"都是从别的被击溃了的队伍收容过来的",他们所用的枪械"几乎全是从死去的同伴的手里接收过来的",连里"只配备了两架重机枪,其余都是步枪",而且支援的炮兵"一个也没有"。作战前这支队伍已连续几天"没有饭吃",只吃些又黑又硬的炒米,以及田里的黄韭菜和葵瓜子,在修筑工事的时候,队伍"已开始有了伤亡"。就在这种情况下,战斗打响了,"敌人的炮火是威猛的,……它不但扰乱我们的军心,简直要把我们的军心完全攫夺,我想,不必等敌人的炮火来歼灭我们,单是这惊人的情景就可以瓦解我们的战斗力"。战斗的参加者带着切身感受的叙述,形象地展现出了敌强我弱的战场态势和我军溃败的真情。

除了文艺作家之外,战争时期的一些新闻工作者也创作了不少描绘抗战的报告文学作品,如邹韬奋以 1933 年 7 月至 1935 年 8 月流亡海外的生活经历和见闻,写成《萍踪寄语》(一至三集)和《萍踪忆语》等,先后由上海生活书店出版。这些作品中有对外域自然风光的诗意的描写,有对华侨悲惨遭遇的同情与愤慨的抒发,有对各国人民和国际友人情谊的描写,更多的是对各种社会问题的翔实叙述和科学评说。作者以犀利而又平易隽永的笔致将不同的社会制度作了鲜明的对照,具有强烈的社会性和政治性,曾产生了广泛的影响。范长江的《中国的西北角》和《塞上行》,深入报道了西北诸省的政治文化和经济生活,这些文章文笔简朴苍劲,气象恢宏,于叙事时善于说古道今,议论横生,能够给予读者很多的启迪,如在《中国的西北角》第一篇第三节"'苏先生'和'古江油'"中,作者以沿途所见红军的踪迹和在群众中留下的影响,从一个侧面透露了红军长征的消息。在《塞上行》第二篇第六节"陕西之行"中,作者通过展现目见耳闻的共产党和红军领袖们的风范和谈吐,为具有英雄传奇色彩的民族精英勾画出一幅幅富有神彩的素描,并从正面反映了红军长征这一划时代的历史壮举。

抗日战争时期散文成就最为突出的还是在大后方。许多散文家离乡背井,从大城市来到大后方,环境的变更给这些散文家带来了许多强烈刺激。例如,八路军的抗战生活对来到延安的作家丁玲、吴伯箫和沙汀等的刺激,又如梁实秋、王了一等置身于山野之中的刺激,都使他们的瞬间情绪特别丰富,创作欲特别旺盛。王了一就是一个代表,他原先专心致志从事语言研究,此时也情不自禁地跑到散文园地里引吭高歌了。再加上后方家园相对稳定,创作条件较好,这都是散文创作的有利条件。大后方的散文以重庆、昆明和沦陷前的桂林为中心。重庆的散文家梁实秋开辟了一个世外桃源——"雅舍",潜心读书翻译之外,不断地贡献出他的《雅舍小品》,别具一种风采。一直以写小说为主的无名氏也按捺不住他的激昂情绪,写下了《火烧的都门》,以明抗日之志。在昆明,当时许多高等学校迁徙在那里,学者云集,有闻一多、朱自清、王了一等,后来巴金也到了昆明,他们也各自将自己的丰富体验化成散文,贡献给读者,如王了一的《龙虫并雕斋琐语》和巴金的《龙·虎·狗》等。王了一的《龙虫并雕斋琐语》、钱钟书的《写在人生边上》和梁实秋的《雅舍小品》是抗日战争时期的学者小品中的三朵奇葩。在硝烟弥漫的动荡不安中出现这样融合情趣、智慧和学识为一体的小品,堪称奇迹。虽则写作方向相同,但他们各呈风采:钱钟书才气逼人,语多尖利,近似刻薄;梁实秋潇洒自如,温柔敦厚,犹如"老天真";王了一学识渊博,牢骚过盛,情感老辣。

另外,1938 年冬广州沦陷后,夏衍、郭沫若等一批作家先后来到桂林,桂林成了"文化城",在抗日战争时期散文创作也一度活跃。在夏衍的组织下,于 1940 年 7 月创办了专门刊登杂文的刊物——《野草》,由夏衍、宋云彬、聂绀弩、孟超、秦似等主持编辑。《野草》的编辑采取绵里藏针、软中带硬的方针,力求文字能切中时弊,并注意题材多样化,使《野草》"替战旗做镶嵌",形成富有特色的"野草"散文作家群。《野草》坚持了两年多,于 1942 年被国民党勒令停刊。"野草"派散文作家群中最有影响的当推聂绀弩、秦似、宋云彬等。在延安,许多散文作家如沙汀、丁玲和吴伯箫等都深入前线,以满腔热情歌颂中国共产党和它所领导的军队的业绩。产生较大影响的是一些记述高级将领的纪传式散文,如沙汀的《随军散记》、丁玲的《彭德怀速写》等。

总体来看,抗日战争时期的散文属于感性型散文,阳刚之气较盛,重写实、少概括,情绪体验也没有能充分深化,富有实用色彩,是一种表层型的写实主义。在战争动乱环境中,散文家情绪比较粗糙,表现流于直露的不足,也就在所难免了。

第四节　戏剧的袭旧与创新

战争时期,国统区与解放区的戏剧表现出明显的不同。在国统区,由于严格的剧本审查制度,出现了大量通过相对隐蔽的方式来呼应现实的历史剧作,体现了戏剧的袭旧。而在解放区,在毛泽东的《讲话》精神的引导下,旧剧革新运动迅速兴起,体现了戏剧的创新。

一、戏剧的袭旧

在中国抗日战争文艺的发展中,戏剧起着非常重要的作用。然而在皖南事变后,国统区开始实行剧本审查制度,对演出场地进行限制并收取高额"娱乐费",同时还逮捕和暗害了许多进步作家,在这一连串的高压政策下,国统区的戏剧事业遭受巨大威胁。

在这种高压的形势下,直接暴露和讽刺国民党的剧作难以问世,剧作家们只有"借古讽今",以历史剧来表达自我感情,从而导致了历史剧作的创作高潮。其中,郭沫若和阳翰笙的历史剧创作成就最高。

(一)郭沫若的戏剧创作

战争时期,郭沫若连续创作了《棠棣之花》《屈原》《虎符》《高渐离》《孔雀胆》和《南冠草》六部历史剧,贯穿着对于黑暗势力的顽强斗争和坚决反对侵略、反对专制、争取民族民主的主题,标志着中国现代历史剧创作的高峰。在这六部历史剧中,《屈原》成就最高。

《屈原》是郭沫若历史剧的代表作,这是伟大诗人屈原的形象第一次被搬上戏剧舞台。剧情发生在纷乱的战国时期,楚国君臣围绕着是坚持还是反对联齐抗秦展开了激烈冲突。三闾大夫屈原极力主张对外联齐抗秦、对内革新政治,得到楚怀王的赞同和信任,秦使张仪劝说楚国结秦绝齐的要求被拒绝。然而南后为达到固宠的个人目的,竟与张仪勾结,在楚宫内廷观演歌舞时假装头晕倒入屈原怀中,以"淫乱宫廷"加罪于屈原。楚怀王大怒之下撤了屈原的职,并抛弃屈原的政治主张而依附强秦。面对陷害屈原愤怒却无法辩白,他将个人荣辱生死置之度外,拼命呼喊要救救楚国,被视为疯子而赶出宫廷。屈原回家,又遭受邻里乡亲为其招魂的误解和刺激而离家出走。在城外,屈原碰到楚怀王等人,南后和张仪对他再次戏弄侮辱使他受到更深的伤害而大怒。他被囚禁在东皇太一庙。雷雨夜,屈原内心的巨大愤怒伴随着屋外的飓风雷电终于爆炸了。他呼唤咆哮的风,呼唤轰隆隆的雷,呼唤犀利的闪电,呼唤宇宙中的这些"伟大的力"能"发泄出无边无际的怒火。把这黑暗的宇宙,阴惨的宇宙,爆炸了吧! 爆炸了吧!"

剧作在清晨至午夜的一天活动描写中,塑造了屈原的崇高形象,歌颂了屈原的伟大人格和精神。这就是屈原"热爱祖国和人民,尊重自由,抗拒强暴,坚贞不屈的精神。这是屈原人格的本质方面,是贯通古今、具有现实意义的民族灵魂。同时,作者对屈原形象的塑造又是全面的。屈原既有志洁行廉、坚贞自守的政治家的品格,又有抒情诗人耽于理想、敏感清高、瞰嗷易污的性格特色。他虽凛冽难犯却屈辱于皇权,但终有被'逼到真狂的界线上而努力撑持着建设自己'的坚毅。这是一个既作为伟大民族灵魂的代表,又具有独特性格和历史具体性的丰满、鲜明的艺术形象"。剧末那段气势磅礴的"风雷电颂",是屈原的理想、品德和情感最集中、最强烈的表现。

在艺术特色上,郭沫若不仅把握了历史与现实的关联,更把握了历史与创造的契机,他没有机械被动地对屈原这一历史人物进行描写,而是能动地挖掘和创造历史,并以一种整体的全局性的眼光来进行创造,从而使屈原这个人物形象从思想个性到整个命运得到了重新塑造,使其更贴近艺术的真实,更富有鲜明的艺术感染力。《屈原》情感的诗意抒发,还表现在作者注重将抒情融于情景交融的意境的创造中。郭沫若善于在激烈的戏剧冲突中展开对情景交融的意境的描写。剧中人物在激烈的冲突中所郁积的情感与自然景象交融互渗,就形成其剧作"意与境浑"的艺术境界。例如,暮春的清晨在飘溢着橘香的橘园,风流倜傥的屈原徐徐地放声朗诵《橘颂》,黑暗的夜晚在屋外风雨的咆哮和雷电的闪耀中,惨遭诬陷而被缧绁的屈原爆炸般地吼着《风雷电颂》……这些情景交融的戏剧意境的描写,都渗透着浓浓的诗意的抒情。并且这里,作者在意境的诗意抒情中又融入了对于现实人生的思索。屈原于暮春清晨的橘园中朗诵《橘颂》的意境中,诗人对橘子和橘树"由青而黄,色彩多么美丽! /内容洁白,芬芳无可比拟。/植根坚固,不怕冰雪雾霏"的赞颂,就表现出他对人生、人格、理想的思索与追求。

此外,郭沫若也十分强调剧情发展的"情节曲折"和"刺激猛烈",在精彩故事的讲叙中注重要有强烈的戏剧性,使得剧中的故事更加有"戏"可看。当然,他同时强调情节曲折而要近情近理,刺激猛烈而要有根有源。《屈原》第一幕的风和日丽、诗意盎然以及屈原在楚国的崇高地位,与第二幕屈原被南后、张仪的政治阴谋所诬陷形成悲剧性的转折,此后,第二幕所遭受的诬陷又借着第三幕群众的招魂(对屈原来说形同侮辱)而加以深化,第四幕屈原在东门外再次遭受南后和张仪的侮辱将其悲愤推向极端,遂出现第五幕屈原爆炸式的"风雷电颂"。在这里,作者集中笔墨将屈原的受侮写得淋漓尽致:"存心使他所受的侮辱增加到最深度,彻底蹂躏诗人的自尊的灵魂。"作者对剧作主人公的"刺激猛烈"促使其情感爆炸,当年的观众在看戏时也确实觉得"刺激猛烈":"那感觉就像汹涌的狂澜,哗哗的吼着奔流过去。"

(二)阳翰笙的戏剧创作

阳翰笙(1902—1993),原名欧阳继修,四川高县人。阳翰笙毕业于上海大学,在黄埔军校做过党的组织工作,并参加了北伐及南昌起义。他 1928 年加入创造社,开始文学创作活动。

抗日战争时期,阳翰笙曾在国统区担任过地下工作,抗战胜利后负责中华剧艺社和各抗敌演剧队的复员东下工作。1993 年,阳翰笙在北京辞世。

阳翰笙的历史剧作积极呼应时代风云,影响力较大的有《李秀成之死》《天国春秋》《草莽英雄》等。

完成于 1938 年 8 月的《李秀成之死》,是取材于太平天国历史的戏剧。剧中的李秀成,是一个可钦可敬的农民革命的领导人的形象。他作战机智英勇,对部下及人民群众有着深厚的感情。作者还通过李秀成对革命队伍内某些人对"洋人"的不切实际的幻想的批判,以及他对帝国主义分子马丁的面对面的斗争,表现了他对"洋人"与清廷互相勾结的现实的清醒认识,增加了这一形象的爱国主义的思想光辉。这个剧对号召人民坚定抗日决心,警惕侵略者对国民党的诱降,产生了积极影响,人们从剧中意识到了国民党"攘外必先安内"政策的反动。该剧深受观众欢迎,连重庆綦江国民党内部也演出了此剧,以致发生了反动当局活埋枪杀演员 20 余人、株连六七百人的"綦江惨案"。

阳翰笙的剧作,最富声誉的是《天国春秋》和《草莽英雄》。从中华民族五千年来沉睡的亡灵中特意请出太平天国和辛亥革命的雄杰来,足见剧作家的不同凡响与良苦用心。

《天国春秋》创作于"皖南事变"之后,目的在于"控诉国民党反动派这一滔天罪行和暴露他们阴险残忍的恶毒本质"。该剧的"同室操戈,相煎何急"的主题,以"杨韦事变"为切入口,描写了太平天国革命的失败过程,反映出内部分裂是导致革命失败的根本原因。剧中,杨秀清有统帅之才,但却刚愎自用、恃功骄矜、独断独行,最终因遭人嫉恨而身陷阴谋,招致杀身之祸。而韦昌辉阴险奸诈,投机革命又背叛革命,造成太平天国的惨重失败。阳翰笙通过太平天国的"杨韦事变"借古喻今,间接地揭露了蒋介石在国内搞分裂破坏抗日的罪行。

该剧结构颇为精严。该剧主线是杨秀清与韦昌辉之间的矛盾斗争,副线是杨秀清、傅善祥、洪宣娇之间的矛盾斗争,暗线是杨秀清与洪秀全之间的矛盾斗争。杨韦斗争这条主线贯穿全剧,杨、傅、洪宣娇这条副线紧紧围绕主题展开。虽然副线有"三角纠纷"的"爱情线",但它绝非孤立地写爱情纠葛,一是为表现主线的政治斗争,二是"为了要通过那一道难于通过的审查关,对于主人翁们的恋爱纠纷,也就只好加了一番渲染"(见《阳翰笙剧作集》)。该剧环环相扣,层层推进,时而间关莺语,幽咽流泉;时而银瓶乍破,铁骑突出,波澜起伏,节奏多变,使主线在错综复杂的矛盾中又显得非常分明,有力地表现了主题。

《草莽英雄》的题材,来自阳翰笙的家乡四川宜宾地区高县,反映的是辛亥革命前夕四川保路同志会反对清朝统治的革命斗争。该剧以清朝末年四川保路同志会对丧权辱国的清廷的斗争为题材,塑造了罗选青、陈三妹、唐彬贤等英雄形象,而罗选青则是戏剧的中心人物。剧中描写了罗选青的坦荡正直,忠于诺言,善于团结群众的优良品质,也揭示了他过于直率简单,对敌人丧失警惕的缺点。他受伤牺牲前要唐彬贤转告孙中山:"那些扯起旗子反满清的,还有许许多多是来浑水摸鱼的一些狗杂种,请他千万当心!"这实际上是作者说给抗日群众听的话,希望大家一定要提防那些混在抗日阵营中干破坏抗战勾当的顽固派坏蛋们!

周恩来同志在分析该剧本时精辟地指出:"保路同志会运动和辛亥革命的胜利果实都先后被摇身一变的'拥护共和'的保皇党和以袁世凯为首的封建军阀所篡夺。……历史为我们证明,我国资产阶级的民主革命,只有在无产阶级领导下才能取得胜利。"

纵观阳翰笙的历史剧,无不为抗日而歌,为抗日而悲,为抗日而振臂高呼。剧中正面的精彩的人物往往同时是失败的英雄,这使我们看到了在封建主义的巨大阴影笼罩下,狭隘的农民意识和自私心理导致了悲剧的。这悲剧的发生,给阳翰笙的历史剧带来了沉甸甸的历史感,给阳翰笙抗战时期剧作总体的悲剧阳刚之美增添了丰富、凝重、独特色彩。总之,在现实主义的创作宗旨下,阳翰笙积极挖掘反映民族精神、寻找民族出路的历史题材,创作了许多借古喻今的历史剧,这些作品在唤起沦陷区民众的爱国热情和抗敌意识方面都发挥了很大的作用。

二、戏剧的创新

20世纪40年代,毛泽东的《在延安文艺座谈会上的讲话》确立了解放区乃至中华人民共和国成立后"文艺为工农兵服务"的文艺创作观念。解放区的戏剧创作取得了极大的进步,主要表现在新秧歌剧、新歌剧和旧剧改革运动方面。

在解放区戏剧中,秧歌剧占有重要位置。秧歌剧原本是北方农村常见的娱乐方式,是舞蹈和歌唱结合的一种民间艺术形式。1943年延安文艺整风运动开始后,解放区兴起了新秧歌运动热潮。解放区的文艺工作者深入农村,向农民群众学习。他们将流行于边区的旧秧歌形式和民歌曲调创造性地结合起来,编演融戏剧、音乐、舞蹈于一炉的小型广场歌舞剧。这种新秧歌既有鲜明的政治色彩,又受到老百姓的热烈欢迎,促进了文艺与工农兵的结合,为文艺大众化开拓了新路。

1943年,王大化、李波和路由等人创作的《兄妹开荒》是新秧歌剧的代表作。《兄妹开荒》反映的是当时陕北解放区老百姓为了响应党中央自给自足的号召,展开轰轰烈烈的大生产运动这一主题。因为旧秧歌中的"小场子戏"对延安秧歌剧的创作及其表现形式的影响非常大,所以,《兄妹开荒》基本上沿袭了传统"领唱秧歌"与"走戏调"的形式。简单的剧情对仅有两个角色,以独唱、对唱的方式叙述剧情的唱词必然有所要求。作品的歌词不仅自然、真实,像"雄鸡高声叫""太阳红又红"这样的歌词对塑造珍惜时光、抓紧生产的兄、妹形象非常适合,"向劳动英雄看齐、加紧生产、不分男女、大家共同努力"口号式的歌词对宣传革命政策等都起到了各自的作用,而且剧作家们在写词的过程中,广泛吸收民间小调的养料,给他们在选曲以及对之进行改造和创新方面提供了条件,最终使这些唱词具有与之相应的音乐特色。

除了《兄妹开荒》之外,张水华、王大化、贺敬之、马可共同创作的《惯匪周子山》,翟强的《刘顺清》,马健翎的《十二把镰刀》,周而复、苏一平的《牛永贵挂彩》,马可的《夫妻识字》等新秧歌剧,都受到了人民群众的热烈欢迎。在这些新秧歌剧中"出现了新的人物,新的世界。过去的秧歌中被歪曲成小丑的农民,现在变成了戏中的英雄,出现了新的生活场景,劳动被美化,被歌颂"①。以新秧歌运动为契机,解放区掀起了一股创作民族新歌剧的高潮。

新歌剧是指解放区文艺工作者在吸取新秧歌剧长处的基础上,既借鉴西洋歌剧和传统戏曲的有益成分,又借鉴其他地方剧种和民间艺术的表现手法,加以融会贯通,创造出的民族新型歌剧,这是"在中国戏剧传统的基础上产生出来,和传统紧密结合着的新的艺术创造"。

新歌剧取材于人民群众熟悉的生产、斗争生活,采用了地方戏曲的表现形式,为人民所喜闻乐见。1945年前后,出现了一批较有影响力的新歌剧,如《白毛女》《赤叶河》《王秀鸾》《刘胡

---

① 雷达,赵学勇,程金城.中国现当代文学通史[M].兰州:甘肃人民出版社,2006:558.

兰》《钢骨铁筋》《王克勤班》《无敌民兵》等。其中,由鲁艺师生集体创作、贺敬之和丁毅执笔的《白毛女》是中国新歌剧发展史上的里程碑。

《白毛女》以河北平山县流传的"白毛仙姑"的故事为依据改编而成,讲述了贫农杨白劳和女儿喜儿在地主黄世仁的压迫下的悲惨命运,歌剧剔除了原故事中的封建迷信色彩,进一步与时代相结合,着重表现了阶级压迫,突出了"旧社会把人逼成鬼,新社会把鬼变成人"的主题。在创作上,该剧借鉴了西方歌剧以音乐表现人物性格和塑造人物形象的方式。同时,剧中采用了中国传统民间音乐,如河北民歌"小白菜""青阳传"等,利用地方戏曲曲调进行新的创造,并在音乐舞蹈中掺杂对白,使话剧、歌、舞完美结合,从而奠定了中国新歌剧创作的基本模式。此外,全剧洋溢着浪漫主义色彩。首先,在情节构思上,《白毛女》中有大量具有传奇性的情节,如黄家要贱卖已有身孕的喜儿时被张二婶救出,喜儿在深山里奇迹般地生活数载等,这些巧合和离奇的情节进一步增加了作品的可读性和可感性。其次,在人物塑造上,主人公喜儿这个形象的性格是按照受辱——寻死——求生——复仇这一过程逐步发展的,她的身上包含了作家的理想创造。最后,在抒情方式上,剧作中用唱曲抒情之处多达 91 处,有的激越愤怒,有的哀婉悲苦,每一首唱曲都倾注着作家的深情。

旧剧改革运动是新秧歌剧和新歌剧深入发展的结果,其主要内容有两个方面:一是结合时代精神对传统剧目进行改编,创作新编历史剧;二是改造、利用旧形式创作具有崭新内容的现代戏。在旧剧改革中,取得一定成就的主要是京剧和秦腔。京剧改革的代表作有《逼上梁山》《三打祝家庄》;秦腔改革的代表作有《血泪仇》《穷人恨》等。其中,《逼上梁山》取材于《水浒传》,描写的是林冲为形势所迫上梁山闹革命的故事。该剧上演后引起了广泛影响,毛泽东评价道:"历史是人民创造的,但在旧戏舞台上(在一切离开人民的旧文学旧艺术上)人民却成了渣滓,由老爷太太少爷小姐们统治着舞台,这种历史的颠倒,现在由你们再颠倒过来。恢复了历史的面目,从此旧剧开了新生面,所以值得庆贺。"[①]京剧从旧有的古板的程式中解放出来,被改编成时代性较强的现代戏,使京剧得到了进一步的发展。

---

① 雷达,赵学勇,程金城.中国现当代文学通史[M].兰州:甘肃人民出版社,2006:562.

第七章 新中国十七年时期文化背景研究

1949 年 10 月 1 日中华人民共和国成立,标志着中国文学进入了一个新的历史时期,即"十七年时期",也就是 1949 年到 1976 年的这段时期。在这一时期,中国先后召开了两次文代会,提出了"双百"方针,这在文艺界产生了较大的影响,也出现了一些有较大影响的文学思潮。统观这一时期,文学领域普遍强调文学的无产阶级与社会主义性质,都把文艺服务于现实政治、配合国家意识形态作为文学的基本目的,重视文学或审美的革命功能和用社会主义、共产主义精神教育人民的作用。总之,这一时期文学的政治化倾向很明显。

第一节 两次文代会

一、第一次文代会

1949 年 7 月 2 日至 19 日,中华全国文学艺术工作者代表大会在北平召开第一次会议,出席代表有 824 人(包括列席代表)。这次大会是全国不同地区、不同工作部门、不同艺术风格的文艺工作者的大会师;大会以团结全体代表,总结彼此的经验,交换彼此的意见,相互批评,相互学习,共同确定今后全国文艺工作的方针与任务,成立一个新的全国性的文艺组织为主要目的。

在大会上,毛泽东、朱德发表了重要讲话,周恩来作政治报告。大会听取了郭沫若《为建设新中国的人民文艺而奋斗》的总报告,其后听取了茅盾总结国统区文艺运动的《在反动派压迫下斗争和发展的革命文艺》和周扬总结解放区文艺运动《新的人民的文艺》的报告,通过了中华全国文学艺术界联合会(简称文联)的决议,并选举郭沫若为主席,茅盾、周扬为副主席。会后又接着成立了其下属的各个协会。其中,中华全国文学工作者协会(后为中国作协),选举茅盾为主席,丁玲、柯仲平为副主席。

第一次文代会是来自解放区和国统区的两支文艺队伍大会师的盛会,标志着中国文学进入当代文学阶段。大会根据毛泽东文艺思想总结了五四以来新文艺工作的成绩与经验,确定了以《在延安文艺座谈会上的讲话》为中华人民共和国文艺事业的总方针,指出了之后的文艺必须为人民服务,首先为工农兵服务的总方向。这次文代会为中国文学此后几十年的存在奠定了重要的基础。

二、第二次文代会

1953 年 9 月 23 日至 10 月 6 日,中国文学艺术工作者第二次代表大会在北京召开。大会出席的代表有 581 人。会议期间,毛泽东、刘少奇、周恩来、朱德、陈云等党和国家领导人接见了会议代表。郭沫若致开幕词;周恩来到会作了题为《为总路线而奋斗的文学艺术工作者的任务》的政治报告;周扬向大会作了题为《为创造更多的优秀的文学艺术作品而奋斗》的工作报告。

大会围绕繁荣创作的中心议题,总结了中华人民共和国成立四年来的文艺状况,指出了文艺创作中存在的公式化、概念化倾向和文艺批评中存在的简单化、庸俗化倾向;确定了社会主义改造时期,文艺的新任务是文艺工作必须以抓创作为主,鼓励作家创造更多更好的作品;确定了将"社会主义现实主义"作为文艺创作的方法和文艺批评的准则;确定了社会主义文艺的基本要求是塑造新的英雄人物形象。

周恩来在政治报告中指出:"今天文艺创作的重点,应该放在歌颂的方面""首先歌颂工农兵中间的先进人物"。他认为,"革命的现实主义和革命的理想主义结合起来,就是社会主义现实主义"。周扬的报告强调了塑造新英雄人物的重要性,强调要为创造更多的优秀的文学艺术作品而奋斗。

在大会召开的最后一天,全体代表一致通过了下列两项决议。

第一,第二次文代会一致拥护周恩来总理的政治报告和对文学艺术工作的指示,并一致同意周扬同志的关于四年来文学艺术工作状况和今后任务的报告。大会号召全国文学艺术工作者,在中国共产党领导下,掌握为工农兵服务的方向,深入实际生活,提高艺术修养,努力艺术实践,用艺术的武器来参加逐步实现国家的社会主义工业化的伟大斗争。

第二,中国文学艺术界联合会及其所属会员团体加入中苏友好协会为团体会员,并号召全国文学艺术工作者,努力学习苏联文学艺术事业的先进经验,加强中苏两国文学艺术的交流,巩固和发展中苏两国人民在保卫世界和平的共同事业中的神圣的友谊。

由于时代与认识上的局限,第二次文代会把社会主义现实主义确立为文艺创作和文艺批评的最高准则,在理论上还存在着明显的偏颇。把社会主义现实主义作为整个文艺创作和文艺批评的准则,必然会挤压其他创作方法的自由存在,这容易使文学变得越来越单一化。

第二节　"双百"方针

"双百"方针就是"百花齐放,百家争鸣"方针的简称,是毛泽东在《关于正确处理人民内部矛盾的问题》一文中提出的方针,旨在繁荣社会主义文化。

一、"双百"方针提出的历史背景

（一）国内历史背景

从国内来看,对阶级斗争状况的估计,对中国面临的经济和文化建设的历史性任务的理解,以及对知识分子政治态度和思想状况评价的变化,是"双百"方针提出的重要依据和条件。在1955年下半年发生的对"胡风反革命集团"的斗争和在全国范围内开展的"肃清反革命"的运动所造成的阶级斗争的紧张政治气氛,随着农业合作化"高潮"和对城市工商业的社会主义改造的"胜利"而得到相当程度的缓解,这使最高决策者对政治形势的估计也有了变化,毛泽东主席作出了大规模的阶级斗争已基本结束的论断,要求把全党和全国工作的重点转移到经济建设上来。于是,积极调动党内党外、国内国外的一切积极因素来开展经济建设,就成了当时的重要任务。其中,调动知识分子的积极性自然是至关重要的。在这种情况下,1956年1月,中共中央召开了知识分子问题会议,周恩来总理在会上所作的《关于知识分子问题的报告》,提出了改善知识分子工作条件(包括物质生活条件和精神环境的条件)的重要许诺,承认知识分子经过参加社会活动、政治斗争,经过中华人民共和国成立以来的思想改造,他们的绝大部分"已经是工人阶级的一部分",因而是可以信赖和依靠的对象。

（二）国际历史背景

从国际上来看,20世纪50年代中期苏联和东欧发生了一系列重大政治事件。特别是1956年2月苏共第二十次代表大会的召开,赫鲁晓夫反斯大林的秘密报告在世界范围内引起了巨大的震动。随之而来的匈牙利、波兰等社会主义国家所发生的群众性事件,进一步从正反两个方面推动中国决策者们坚定了原来就已存在的冲破苏联模式的立场,加快了寻找中国式道路的探索,从而逐步形成了反对教条主义的思想束缚,以自由讨论和独立思考来繁荣科学和文化事业,用批评和自我批评的办法来处理"人民内部矛盾",以避免这种矛盾因处理不当而发展到对抗性地步的思路。此外,苏联文艺政策的调整和文艺思潮的变动对中国也产生了影响。斯大林时代结束后,"解冻文学"思潮随之兴起,一批在20世纪30年代以来受到迫害的作家被"平反"和恢复名誉,尤其是1954年召开的苏联第二次作家代表大会对文艺的行政命令、官僚主义、文学创作的模式化和"虚假"作风的质疑,显示了苏联文坛的一种企图"复活"另一种曾被掩埋、被忘却的传统的努力,这也激发了中国作家对五四新文学的启蒙主义传统的重新认识,它与国内政治形势的社会变化一起,共同成为"双百"方针的重要历史背景。

从上述历史背景可以看出,正是多方面、多层次的形势共同催生了"双百"方针的出台。

二、"双百"方针的提出及相关落实情况

"双百"方针于1956年4月下旬,在中共中央政治局扩大会议上就已经有所酝酿了。在讨论毛泽东《论十大关系》的报告时,陆定一、陈伯达提出了在科学和文艺事业上应实施将政治问题和学术、技术性质的问题分开的方针,在后者的建议中就有"百花齐放""百家争鸣"的提法,

并得到了毛泽东的肯定。

同年 5 月 2 日召开的最高国务会议上,毛泽东正式将这一方针公开提出,宣布"在艺术方面的百花齐放的方针,在学术方面的百家争鸣的方针,是必要的"。他说:"现在春天来了嘛,一百种花都让它开放,不要让几种花开放,还有几种花不让它开放,这就叫百花齐放。"他指出:"在中华人民共和国宪法范围之内,各种学术思想,正确的,错误的,让他们去说,不去干涉他们。李森科、非李森科,我们搞不清,有那么多的学说,那么多的自然科学,就是社会科学,这一派,那一派,让他们去说,在刊物上、报纸上可以说各种意见。"

5 月 26 日,在中共中央在中南海怀仁堂召开的由北京知名科学家、文学家、艺术家参加的会议上,中宣部部长陆定一作了题为《百花齐放,百家争鸣》的报告,代表中共中央对这一方针作了权威性的阐述,指出"百花齐放,百家争鸣"的方针,"是提倡在文学艺术工作和科学研究工作中有独立思考的自由,有辩论的自由,有创作和批判的自由,有发表自己意见、坚持自己意见和保留自己意见的自由",同时说明了这一方针的实施界限和范围,"是人民内部的自由""这是一条政治界线:政治上必须分清敌我"。在自然科学工作方面,他指出:"在某一医学上,生物学或其他自然科学学说上,贴上什么'封建''资本主义''社会主义''无产阶级''资产阶级'之类的阶级签,……就是错误的。"在文学艺术工作方面,他指出:"限制创作的题材'只许写工农兵题材,只许写新社会,只许写新人物等,这种限制是不对的'。"陆定一的报告,标志着"双百"方针正式实施的开始。

1957 年 2 月,毛泽东在最高国务会议第十一次(扩大)会议上的讲话中宣布:"百花齐放,百家争鸣"是党促进艺术发展和科学进步,促进社会主义文化繁荣的方针。这次讲话经整理补充后以《关于正确处理人民内部矛盾的问题》为题,于 6 月 19 日在《人民日报》公开发表。同年 3 月,毛泽东《在中国共产党全国宣传工作会议上的讲话》中,再次强调"百花齐放,百家争鸣"是党对科学文化工作基本性的长期性方针。

"双百"方针的提出,体现了在人民共和国新体制下、在特殊的国际和国内背景下国家最高决策者对社会主义文化政策的一种新的尝试,它显然包含了倡导科技学术和文艺创作自由的努力。

三、"双百"方针的影响

"双百"方针是符合文艺发展内在规律的方针。文艺创作是作家、艺术家丰富的精神世界的外在表现,是充满创造性的复杂的精神劳动,是创作者对社会生活感受、体验的升华,凝结着创作者的知识积累和艺术功力,渗透着创作者的人格力量。有了自由的外部环境,才能使创作潜能充分发挥。所以,"双百"方针在提出的一段时间内确实促进了艺术的发展、科学的进步,繁荣了社会主义文化事业。

就文艺界来说,"双百"方针的成果主要表现在以下三个方面。

第一,它鼓舞了一大批来自五四新文学传统下的老作家的创作,从而在一定程度上弥补了自第一次全国文代会以来,在五四新文学传统和战争文化规范下的解放区文学传统间无形中形成的隔阂。许多跨时代的作家都相继发表文章或作品,他们包括周作人、沈从文、汪静之、徐玉诺、饶孟侃、陈梦家、孙大雨、穆旦、梁宗岱等,出版部门也出版了徐志摩、戴望舒、沈从文和废名等作家的作品选,包括张友鸾、张恨水等现代通俗作家在内的许多老作家和袁可嘉等外国文学的翻译研究者一道,都以不同的方式对中国当代文学传统资源的相对狭隘提出了质疑和批评。

第二,它在理论方面提出了反对教条主义,提倡现实主义的"广阔道路论",提倡文学写人性,恢复人道主义传统。围绕"社会主义现实主义"的概念及其内涵,何其芳、秦兆阳、周勃、刘绍棠、陈涌等人都作出了各自的思考,其中秦兆阳的题为《现实主义——广阔的道路》一文的影响最大也最有代表性,文章认为在坚持追求生活真实和艺术真实这一现实主义的总原则的前提下,没有必要再对各种"现实主义"作时代的划分。这既有苏联文学界对这一创作方法修正的国际背景,也反映了中国文学界对 20 世纪 50 年代以来的文艺政策所体现得越来越严重的教条主义倾向的质疑和反思。这些思考在对现实主义真实性的强调,对社会现实的积极干预,对文学创作中的主体性的肯定等方面,在某种程度上都是胡风文艺理论的延续和展开。此外,钱谷融、巴人、王淑明等人对文学中的人性和人道主义的阐发,又与有关典型、形象思维等问题的讨论一起,从另一个角度对文学创作中的教条主义和公式化倾向提出了批评。

第三,它为中国文学打开了新的空间,促使文学回归正常领域,掀起了文学创作的小高潮。当时的文学创作主要是由一批年轻的新生代来承担的,但与文艺理论和批评相对应,在文学创作中最能显示出"双百"方针的巨大精神力量的是王蒙、刘宾雁、宗璞、李国文、陆文夫、从维熙等作家的小说和流沙河、邵燕祥、公刘等人的诗歌。这些作品中的绝大部分是自五四以来中国知识分子为民请命的启蒙主义传统在新时代的再生,如王蒙的《组织部新来的青年人》、刘宾雁的《在桥梁工地上》和《本报内部消息》、李国文的《改选》等小说,以高度的社会责任感,大胆干预生活,深刻反映人民内部的复杂矛盾,揭露和批判了官僚主义和其他阻碍社会主义建设的消极现象以及政治经济体制上存在着的弊端,同时又在揭示阴暗面的过程中显示了社会积极健康的力量。流沙河的《草木篇》是以讽刺和象征的诗歌形式,体现了同样的现实战斗精神。另一批作品如陆文夫的《小巷深处》、宗璞的《红豆》等则涉及了以往的社会主义文学不敢轻易描写的爱情生活题材,揭示了人物丰富的情感世界,从而折射出时代历史的变迁。

第三节　政治运动下的文学思潮

文学与政治的关系问题,在新中国十七年时期上升为文学与所有外部关系中最为重要的问题。文学与时代政治的紧密关系,文学为无产阶级政治服务,为阶级斗争服务,是 1949 年—1976 年文学思潮的主要特点,也是这十七年中文学理论体系建构的理论基点与实际目的。毛泽东认为:"在现在世界上,一切文化或文学艺术都是属于一定的阶级,属于一定的政治路线的。为艺术的艺术,超阶级的艺术,和政治并行或互相独立的艺术,实际上是不存在的。"这一观点"强调了文学的阶级属性和政治性,强调了文学为无产阶级政治服务,文学为无产阶级革命斗争服务。党的文艺工作,在整个党的革命工作中的位置,是确定了的,摆好了的;是服从党在一定革命时期内所规定的革命任务的"。于是从 1949 年开始到 1976 年,这十七年中出现了不少文学思潮,基本都是围绕政治的文艺运动斗争。本节我们将对这个时期出现的一些文学思潮进行简单介绍。

一、关于电影《武训传》的讨论

1950 年年底,摄制、完成于中华人民共和国成立前后的历史传记影片《武训传》开始在全国公映。武训是清末山东邑县人,生于 1838 年,死于 1896 年。据传他出身贫寒,青年时因苦于不识字而受人欺骗,决心行乞兴学,以便让穷人的孩子都能读书识字,免受有钱人的欺压,过上好日子。武训经过 30 年的乞讨,积累了一些钱,在他 50 岁以后陆续在堂邑柳林集、馆陶、临清办起了 3 所义学,而他自己仍然乞讨过活,直至死去。武训的行乞兴学活动,受到当时统治阶级的赞扬,清末山东巡抚张曜曾奏准光绪帝给予"建坊施表"。武训死后,其事迹"宣付史馆",被尊为"义乞""乞圣"。编导孙瑜将武训事迹改编成电影,认为武训的行为"反映了旧社会贫苦农民文化翻身的要求",有利于新时代的文化建设和发展教育事业,因而影片歌颂了"武训精神"。影片公映后,京津沪等地报刊发表了不少赞扬文章。但不久《文艺报》发表贾霁的《不足为训的武训》,对武训形象及其称赞者提出了尖锐批评,认为"按照历史与历史发展规律所显示的根本原则来要求武训,来看武训,武训是不合格的。从他对于生活的认识来说:他与同时代千百万以太平军为首的进行革命斗争的农民相比较,则那些农民战士是对的,他是错的;人家对的是看到了解决受欺负的根本问题,他错的是仅仅止于看到阶级社会中被压迫者生活中的次要问题,即没有文化的问题。从生活实践来说:人家走的是阶级斗争道路,用革命方法去主动地打击当时的统治者;相反,他却走了一个阶级调和道路,用妥协方法而被统治者所利用了"。

紧接着《人民日报》发表了由毛泽东撰写的社论《应当重视电影〈武训传〉的讨论》(1951 年 5 月 20 日),使得对《武训传》的讨论一边倒的批判。这篇由毛泽东撰改的社论指出:

> 《武训传》所提出的问题带有根本性质。象武训那样的人,处在清朝末年中国人民反对外国侵略者和反对国内的反动统治者的伟大斗争时代,根本不去触动封建经济基础及其上层建筑的一根毫毛,反而狂热的宣传封建文化,并为了取得自己所没有的宣传封建文化的地位,就对反动的封建统治者竭尽奴颜婢膝的能事,这种丑恶的行为,难道是我们所应当歌颂的吗? 向着人民群众歌颂这种丑恶的行为,甚至打出"为人民服务"的革命旗号来歌颂,甚至用革命的农民斗争的失败作为反衬来歌颂,这难道是我们能够容忍的吗? 承认或者容忍这种歌颂,就是承认或者容忍诬蔑农民革命斗争,诬蔑中国历史,诬蔑中国民族的反动宣传为正当宣传。
>
> ……
>
> 特别值得注意的是,一些号称学得了马克思主义的共产党员。他们学得了社会发展史——历史唯物论,但是一遇到具体的历史事件,具体的历史人物(象武训),具体的反历史的思想(如电影《武训传》及其他关于武训的著作),就丧失了批判的能力,有些人则甚至向这些反动思想投降。资产阶级的反动思想侵入了战斗的共产党,这难道不是事实吗? 一些共产党员自称已经学得的马克思主义,究竟跑到哪里去了呢?
>
> 为了上述种种缘故,应当展开关于电影《武训传》及其他有关武训的著作和论文的讨论,求得彻底地澄清在这个问题上的混乱思想。

毛泽东在社论中提出的"根本性的问题",就是要求文艺必须以阶级观念评价历史现象和历史人物,即文艺作品所反映的历史事件和历史人物的"真实性",不能由历史本身决定,而是要用无产阶级和社会主义革命的价值与标准进行重新厘定。对电影《武训传》的批判,进一步强调了中华人民共和国文艺将以政治标准评判艺术问题。该批判持续一年多,严重地混淆了思想艺术和政治问题的界限。在这场批判中,编导孙瑜、主演赵丹以及称许者,数十人被公开点名批评,他们不得不作出检讨。这次批判也开启了名为讨论、实为政治批判的中华人民共和国文艺运动的先河。

从《武训传》的批判可以看出,从1949年开始,毛泽东的意见对文艺界的走向便起着决定性的支配作用。毛泽东把武训办义学的"义举"放在近代中国革命的历史大背景和大走向中考察,从而提倡用历史唯物主义来认识和反映历史人物,在改造从旧社会过来的知识分子的世界观的同时,推动文艺创作同前进的时代共命运。这在中华人民共和国成立初期是必要且有意义的。

二、从批判《红楼梦研究》到清算胡适派"唯心论"思想

1952年,俞平伯出版了《红楼梦研究》一书。1954年,俞平伯又发表了《红楼梦简论》一文,扼要总结了自己的研究成果,内容涉及《红楼梦》的作者、版本、传统性、独创性以及作者与书中人物的关系等命题。这之后,李希凡、蓝翎在《文史哲》(1954年第9期)发表了《关于〈红楼梦简论〉及其他》一文,批评俞平伯的研究观点和方法。嗣后,《光明日报》(1954年10月10日)又发表了他们的《评〈红楼梦研究〉》。李希凡、蓝翎认为俞平伯从主观唯心论出发,以反现实主义的观点,因袭旧红学家们所采取的脱离社会和形式主义的考证方法,将小说内容归结为"色""空"观念与"怨而不怒"的风格是曲解了作者的创作方法,是"否认《红楼梦》是一部伟大的现实主义杰作""把《红楼梦》歪曲成为一部自然主义的写生的作品"。

这一情况引起了毛泽东的重视与干预。他在给中共中央政治局《关于红楼梦研究问题的信》中指出:"这是三十多年以来向所谓红楼梦研究权威作家的错误观点的第一次认真的开火。……看样子,这个反对在古典文学领域毒害青年三十余年的胡适派资产阶级唯心论的斗争,也许可以开展起来了。"

把《红楼梦研究》问题与"胡适派资产阶级唯心论"联系起来,就把学术问题的论争激化为了政治思想的斗争。中国文联和中国作协主席团连续8次召开联席扩大会议,就《红楼梦》研究中存在的资产阶级唯心主义倾向和《文艺报》在此问题上的错误进行了讨论和批评。会议还做出了改组《文艺报》领导机构的决议,撤销冯雪峰的主编职务的决定。

这场运动和斗争表明,时代政治对文化进行改造的对象范畴,已由当下创作领域拓展到学术研究领域,一切学术问题都是政治问题。

三、对胡风文艺思想的批判

1955年1月26日,中共中央发出了一个经毛泽东批示"可用"的文件,题为《关于在干部和知识分子中组织宣传唯物主义思想批判唯心主义思想的演讲工作的通知》,通知中说:"对俞

平伯《红楼梦研究》的错误思想的批判已告一段落,对胡适派思想的批判已经初步展开,对胡风及其一派的文艺思想的批判亦将展开。"

从20世纪30年代左翼文艺运动开始直至1949年后,胡风便以其独立的文艺理论家姿态活跃于文坛。他提倡作家的"主观战斗精神",强调主体对客观的"熔铸"与"拥入";主张对人物"精神奴役的创伤"进行深度表现;认为创作方法大于世界观等,他的这些理论主张与十七年时期的文艺思想存在着分歧。

1954年7月,胡风向中共中央政治局送了一份30万字的长篇报告,即《关于几年来文艺实践情况的报告》,就文艺问题陈述了自己的意见。他在报告中指出,1949年以来,中国文化没有建筑在毛泽东和党的原则的基础上,毛泽东和党的指示被少数几个文化官员歪曲了。他批评这些官员迫使作家只深入工农兵的生活,写作前要先学马列主义,只能用民族形式,只强调"光明面",忽视落后面和阴暗面。他断言,这样的作品是不真实的。他还建议,作家们应该根据自己的需要改造自己,而不是让官员们改造自己。他还主张由作家自己组织编辑七八种杂志,取代为数甚少的官方杂志,以提倡多样性。1955年1月,《人民日报》开始批判胡风观点,文艺界许多人士也纷纷撰文批判胡风文艺思想。5月13日,《人民日报》发表毛泽东亲自撰写的编者按语,公布了由舒芜交出的一些信件,定名为《关于胡风反党集团的一些材料》,并附刊胡风《我的自我批判》。6月10日,《人民日报》公布《关于胡风反革命集团的第三批材料》,正式将胡风等人定性为"反革命集团",并在全国掀起了肃清胡风反革命集团的斗争。一场文艺思想的讨论和批判,就这样急转直下,变成了一场政治运动。

四、对修正主义文艺的批判

1962年9月,在党召开的八届十中全会上,毛泽东提出"千万不要忘记阶级斗争"的观点,还指出"利用小说进行反党活动,是一大发明"。1963年12月12日,毛泽东对12月9日出版的《文艺情况汇报》第116号上所刊登的《柯庆施同志抓曲艺工作》一文作出批示:"各种艺术形式——戏剧、曲艺、音乐、美术、舞蹈、电影、诗和文学等等,问题不少,人数很多,社会主义改造在许多部门中,至今收效甚微。许多部门至今还是'死人'统治着。不能低估电影、新诗、民歌、美术、小说的成绩,但其中的问题也不少。至于戏剧等部门,问题就更大了。社会经济基础已经改变了,为这个基础服务的上层建筑之一的艺术部门,至今还是大问题。这需要从调查研究着手,认真地抓起来。许多共产党人热心提倡封建主义和资本主义的艺术,却不热心提倡社会主义的艺术,岂非咄咄怪事。"

1964年6月27日,毛泽东又在《中央宣传部关于全国文联的所属各协会整风情况报告》上批示:"这些协会和他们所掌握得刊物的大多数(据说有少数几个好的),15年来,基本上(不是一切人)不执行党的政策,做官当老爷,不去接近工农兵,不去反映社会主义的革命和建设。最近几年,竟然跌到了修正主义的边缘。如不认真改造,势必在将来的某一天,要变成像匈牙利裴多菲俱乐部那样的团体。"受毛泽东"两个批示"的影响,1964年文艺界再度掀起了整风运动,狠抓意识形态领域内的阶级斗争,批判修正主义,以抵制帝国主义"和平演变"的阴谋,防止资本主义的复辟。在此形势下,一系列文学作品遭受到了批判,小说作品有《三家巷》(欧阳山)、《陶渊明写挽歌》(陈翔鹤)、《赖大嫂》(西戎),电影有《不夜城》《抓壮丁》《早春二月》《北国江南》《林家铺子》《舞台姐妹》《兵临城下》《逆风千里》,新编历史剧有《海瑞罢官》(吴晗)、《李慧娘》(孟超)、《谢瑶环》(田汉)等。

受这一时期政治环境的影响,日益强化的阶级斗争思潮在文艺领域引起了强烈的回应,出现了一大批宣传阶级斗争的作品,有小说《艳阳天》(浩然)、《风雷》(陈登科),戏剧《千万不要忘记》(丛深)、《年青的一代》(陈耘等)、《霓虹灯下的哨兵》(沈西蒙等)、《丰收之后》(蓝澄)、《夺印》(原为扬剧,李亚如、王鸿等),诗歌《重返杨柳村》(陆棨)等。塑造英雄人物,表现典型人物的时代性、阶级性、革命性成为当时艺术创作的主导理念。

从整体上看,十七年文学中的作品是成长在阶级斗争的大背景下的,无论是小说、戏剧,还是诗歌创作,多多少少都带上了政治的烙印,尽管也有过一些按艺术创作原则而非政治原则创作出来的作品,但这些作品从诞生之日起就受到了批判。在这种大的环境之下,中国的文学创作开始产生了变调,由原来的重视地域色彩、异域情调以及人物的内心挣扎转向了阶级斗争,政治化意味浓重。

第八章　新中国十七年时期的文学创作研究

在 1949 年中华人民共和国成立后，随着社会制度的根本变化，中国现代文学发展为具有鲜明的社会主义性质和内容的当代文学。迄今为止，中国当代文学走过了近 70 年的历程，取得了卓越的文学创作成果。其中，新中国十七年时期的文学，既对五四以来的现实主义文学精神有所继承，又是延安文艺座谈会提出的社会主义现实主义文学的直接延续，还为中国当代文学的发展奠定了重要基础。在本章中，将对新中国十七年时期的文学创作进行详细论述。

第一节　百花齐放的小说创作

十七年时期的小说创作紧跟时代政策，主要对中国人民在共产党的领导下进行的艰苦奋斗以及中国农民在文化、道德和心理上的巨大变化进行了生动再现。同时，十七年时期的小说创作有着多样化的题材，不论是长篇小说的创作还是短篇小说的创作，都呈现出百花齐放的局面。在这里，着重分析一下十七年时期的农村生活题材、革命战争题材、历史题材和工业题材的小说创作。

一、农村生活题材小说的创作

在十七年时期的小说创作中，以反映农村生活的现实题材小说最为醒目。这类小说在继承五四以来新文学传统的基础上对农村生活，尤其是农村的土地改革运动、农业合作化运动、"人民公社"运动等进行了生动反映，而对乡村日常生活的描写较少。此外，这类小说的创作者在立场、观点和情感上与自己所要表现的农民形象一致，这也使得小说的取材范围被限制，艺术效果被弱化。赵树理、马烽、柳青、李准、周立波、骆宾基、王汶石、李束为、孙犁等作家都致力于农村生活题材小说的创作，这里着重分析一下赵树理和柳青的农村生活题材小说创作。

（一）赵树理的农村生活题材小说创作

赵树理在十七年时期的小说创作有明显的地域特征，山西乡村的风土民情是构成他小说的重要元素，同时他擅长以农村中习以为常的生活小事，以邻里、姻亲之间的人事纠葛为主要内容来表现农村社会变迁中农民命运和思想感情的变化。但赵树理的写作并不是对农村生活的白描，而是希望他的小说达到"老百姓喜欢看，政治上起作用"的效果，他说他写小说的目的是"劝人"，是"想把自己认为好的人写得叫人同情，把自己认为坏的人写得叫人反对"，当然，"劝人"的指导思想是党的政策。赵树理曾经解释说："我在做群众工作的过程中，遇到了非解决不可而又不是轻易能解决了的问题,往往就变成所要写的主题。……如有些很热心的青年同事,不了解农村中的实际情况,为表面上的工作成绩所迷惑,我便写《李有才板话》;农村习惯上误以为出租土地也不纯是剥削,我便写《地板》。"其实,不论是"劝人",还是反映"问题",赵树理创作的直接动力都可以归纳为"高度的革命功利主义",这就决定了赵树理无论采用何种老百姓喜闻乐见的形式,讲述老百姓身边怎样熟悉的故事,其叙述的主旨和立场都不会偏离主流意识形态的要求。下面,以《三里湾》和《锻炼锻炼》为例,对赵树理的小说创作特色进行详细阐述。

《三里湾》是中华人民共和国成立后赵树理创作的唯一一部长篇小说,也是中国当代文学史上以农村社会主义改造为题材创作的第一部小说。它通过铺叙华北老解放区一个村庄三里湾的秋收、整党、扩社和开渠,对农村的农业合作化运动以及人民在这场运动中遭遇的矛盾和挣扎进行了生动而深刻的表现。

这部小说虽然也是宣传党的合作化政策的文本,但给人印象最深的却不是如火如荼的农业社会主义改造,不是高大完美的英雄形象,而是一群生活在乡土中国的土头土脑的小人物。同时,赵树理注重对农业合作化过程中发生在这些小人物内部及其思想上的种种矛盾进行描写。老中农马多寿是村里的"大户",为实现当新富农的美梦而在"刀把地"的问题上大做文章,以抵制扩社和开渠;村长范登高始终坚持走个人发家致富的道路,因而拒不入社;党员袁天成在外接受共产党的领导,在家却接受老婆"能不够"的领导,总是变相地给自己多留自留地,以尽力使自己的个人利益得到维护;而党支部书记王金生则坚持带领村里人走农业合作化的道路。以这四个人为代表的农村成员之间既有党内斗争,又有家庭矛盾,还有爱情、婚姻的纠葛,从而揭示了农业合作化的意义及其对农村经济、政治、思想、文化等产生的重要影响,展示了农民处于社会变革中的各种矛盾状态。

此外,这部小说在艺术上也取得了较高成就,首先是出色地塑造了一批农民形象,党支部书记王金生是有着新思想的农民代表,在农业合作化运动中始终按照党的原则办事,并有效地组织农民开展农业合作化运动,这真实地表现出站在农村社会主义改造潮流前列的农村干部的优秀品格。为了与王金生的光辉影响相映衬,小说中还塑造了范登高这一原是共产党员却在新形势下处处摆出老前辈姿态并热衷对个人私利进行追逐的反面形象,以真实表现农村的社会主义改造过程中出现的党内思想斗争的复杂性和深刻性。此外,小说中还集中刻画了"常有理""糊涂涂"等小私有者的代表形象。其次是在人物描写时以白描为主,并对民间传统的文学表现手段有所吸收,还注重通过生活情境和故事细节对人物特定的性格特征及心理状态进行表现,大篇幅的静止心理叙述很少。再次是小说的结构严密紧凑,情节连贯,曲折有致。最后是小说的语言生动形象、明白晓畅,充满着浓郁的生活气息和幽默情趣。

这部小说在发表后得了不少赞扬,但也有很多评论依照当时对社会主义现实主义创作方法中"典型环境"和"典型人物"的要求,批评赵树理,认为他没有站在两条阵线斗争的高度来处理题材和人物。曾经将赵树理誉为"一个在成名之前已经相当成熟了的作家,一位具有新颖独创的大众风格的人民艺术家"的周扬也于1956年在中国作家协会第二次理事会扩大会议上批评赵树理对于农民的力量似乎看得比较少;对矛盾冲突的描写不够尖锐、有力;不能充分反映时代的壮阔波澜和充分激动读者的心灵。周扬对于赵树理这部小说的批判,应该说是十分中肯的。

《锻炼锻炼》是对农村的人民内部矛盾进行反映的"问题小说",以 1957 年秋发生在农村的整风运动为背景,围绕着农业合作社对外号是"小腿疼"和"吃不饱"的两个落后女社员的教育过程,对社主任王聚海与以杨小四为代表的青年干部在工作方法上产生的矛盾进行了生动展现。小说中农业社老主任王聚海成天口口声声叫别人"锻炼锻炼",可自己却是个事事无原则,处处和稀泥的老好人,他认为副主任杨小四年轻气盛,需要锻炼。可是,在一次由杨小四组织的强制农民出工的集体劳动中,这个年轻人表现出了很强的工作能力,使王聚海受到了批评教育。小说的故事很简单,但小说在处理杨小四与两个落后妇女"小腿疼""吃不饱"之间的冲突时,却表现出了农村问题的复杂性。由于合作社给农民集体出工时定的工分太低而份额太高,导致农民不愿参加集体劳动。在合作社要求农民集体出工摘棉花时,很多人偷奸耍滑或是装病不出工,相比之下,他们更愿意摘"自由花",就是摘了归自己的棉花。为了杜绝这种现象,社干部想方设法,甚至不惜对农民采取欺骗、强迫和威胁的手段。小说写到杨小四头天宣布次日摘自由花,但需要先集中,于是那些装病的人纷纷上了工,可第二天集中后却临时宣布改为集体出工,并派干部把守路口不准农民溜走。像"吃不饱"和"小腿疼"这样没有集中就自行去摘自由花的妇女被定性为"偷花",让这些没文化也没有丝毫话语权的底层妇女在社里撒泼、哭闹,出尽了洋相。

这部小说表面来看是作家为呼应"整风运动"这一空前的思想和劳动建设热情而写就的,实际上作家是通过对"小腿疼"和"吃不饱"形象的塑造,对农民在当时缺吃少穿和劳动积极性下降的现象进行了真实反映。这应该说是这部小说的潜在主题,也是作家现实主义精神的可贵体现。此外,这部小说的情节曲折而完整;通过人物间的互相衬托和对照对人物的性格特征进行表现;叙事写人多用白描,并通过人物的对话和行动对其形象进行刻画;语言口语化,既通俗易懂又简洁洗炼,而且笔调幽默辛辣,生动风趣。

(二)柳青的农村生活题材小说创作

柳青(1916—1978)也是农村生活题材小说创作中取得较高成就的一位作家,原名刘蕴华,出生于陕西吴堡县。1936 年加入中国共产党,1938 年到延安参加文艺界的抗敌工作。解放战争期间,发表了以战争生活为题材的长篇小说《铜墙铁壁》。1952 年创作了长篇小说《创业史》,获得了很高的肯定,之后坚持写作。1978 年,柳青不幸离开人世。

柳青在进行小说创作时,运用现实主义手法,对中国农村的社会主义革命和社会主义改造,以及中国农民在社会主义改革过程中的面貌和心理变化进行了史诗性的描述。他在十七年时期,最为重要的农村生活题材小说是《创业史》。

柳青从 1952 年开始写《创业史》,计划写四部:第一部写互助组阶段;第二部写农业生产合作社的巩固和发展;第三部写合作化运动高潮;第四部写全民整风运动至农村人民公社建立。他指出:"《创业史》这部小说要向读者回答的是:中国农村为什么会发生社会主义革命和这次革命是怎样进行的。回答要通过一个村庄的各个阶级人物在合作化运动中的行动、思想和心理变化过程表现出来。"[1]这个主题思想和这个题材范围的统一,构成了这部小说的具体内容。不过,他的这一写作计划未能完成,只写成了第一部以及第二部的上卷和下卷的前四章。

---

[1]　张钟,等.中国当代文学概观[M].2 版.北京:北京大学出版社,2002:244.

就柳青完成的《创业史》而言,它是一部对农村社会主义改造的合作化运动进行反映的史诗性长篇小说。它秉承现实主义精神,通过描绘渭河平原下堡乡蛤蟆滩的互助组建立、巩固和发展的过程以及第五村农民在合作化运动中的思想、心理和行动,在对社会主义初期农村的历史风貌以及农业合作化运动中错综复杂的矛盾斗争进行了形象展示,并对农民走社会主义道路的客观现实性和历史必然性进行了揭示,还对中国农村在土地改革后选择走什么样道路的过程以及这个过程中的中国农民经历的痛苦精神挣扎进行了十分真实的反映。

小说对情节和人物的安排,是依照社会主义革命时期,特别是合作化运动初期,阶级斗争的历史内容主要是社会主义思想和农民的资本主义自发思想两条道路的斗争,地主和富农等反动阶级站在富裕中农背后。在这个斗争中,应该强调坚持社会主义思想在农村的阵地,千方百计显示集体劳动生产的优越性,采用思想教育和典型示范的方法,吸引广大农民走上社会主义道路,孤立坚持走资本主义道路的富裕中农和站在他们背后的富农,只有违法乱纪的、无法挽救的党员、干部、不守法的反动阶级分子,要受到群众的斗争和法律的制裁。根据矛盾的这个性质和特点,互助合作的带头人以自我牺牲的精神,奋不顾身地组织群众集体生产,以身作则地坚持阵地和扩大阵地,在两条道路的斗争中就具有特殊重要的意义。因此,小说集中描写了以梁生宝为代表的坚决走互助合作道路一方与以富裕中农郭世富为代表的坚持单干道路一方的冲突和较量,而以梁三老汉为代表的农民先是在两条道路之间摇摆不定,但最终选择了拥护互助合作运动。

这部小说在出版后,受到了批评界的充分肯定,特别是对梁生宝形象的肯定,认为他"集中地表现了无产阶级化的农民中的先进分子的特点"[①]。然而为了突出梁生宝的先进性和革命性,柳青利用一切可以利用的细节来提升人物的思想境界,也阐发小细节背后宏大的意识形态意义,使梁生宝所具有的成熟的、高屋建瓴般的思想理论水平引发了研究者对其形象合理性的质疑。因此,严家炎批评了梁生宝在形象塑造方面存在的过于政治化和理想化的形象,并充分肯定的是作家对梁三老汉的塑造,他认为"梁三老汉虽然不属于正面英雄形象之列,但却具有巨大的社会意义和特有的艺术价值"。应该说,严家炎的这一批评是十分中肯的。梁三老汉是一个性格极为复杂的两重性人物,作为一个小生产者,背负着几千年私有制观念因袭的重担,自私、保守而又愚昧;而作为一个务实的农民,再加上对党和新社会有着深厚感情,他逐渐认识到互助合作道路能够给庄稼人带来好处,于是从最初怀疑合作化政策转变为积极拥护合作化道路。应该说,梁三老汉的形象对处于新旧社会交替时期的农民在告别私有制、接受公有制的过程中所经历的艰难痛苦的思想历程有着真实的反映。此外,《创业史》由于受到当时政治思想的影响,留下了很多无法弥补的缺憾,但其仍不失为一部优秀的农村生活题材小说。

二、革命战争题材小说的创作

在十七年的小说创作中,革命战争题材的小说也是不容忽视的一部分。这一时期的革命战争题材小说主要反映的是中国共产党领导的革命斗争史,且多体现出宏大的叙事倾向。杜鹏程、峻青、王愿坚、吴强、梁斌、杨沫、曲波等都是这一时期革命战争题材小说创作的大家,下

---

① 姚文元.从阿Q到梁生宝——从文学作品中的人物看中国农民的历史道路[J].上海文学,1961(1).

面具体分析一下杨沫和曲波的革命战争题材小说创作。

（一）杨沫的革命战争题材小说创作

杨沫（1914—1995），原名杨成业，祖籍湖南淮阴，出生于北京的一个没落官僚地主家庭。1931年时因厌恶父母的腐朽生活方式以及反抗封建包办婚姻而毅然离家出走，为了生存先后做过小学教师、家庭教师、书店店员等，并在此期间开始接触共产党员和革命知识分子。1934年开始进行文学创作，1958年发表长篇小说《青春之歌》引起关注，之后又发表了《东方欲晓》《芳菲之歌》和《英华之歌》等长篇小说，以及《红红的山丹丹花》等短篇小说集。1995年12月11日，杨沫因病在北京去世。

杨沫在十七年时期，最为重要的革命战争题材小说是《青春之歌》。它是杨沫根据自己的亲身经历写就的一部长篇小说，也是中国当代文学史上第一部描写学生运动、表现知识分子成长道路的优秀长篇小说。

《青春之歌》是对青春的赞颂，而这一题旨中的"青春"具有双重的寓意。其一层寓意是以青年知识分子林道静的成长历程为线索，以北平爱国学生运动为背景，描写了一群青年学生和革命者的青春故事，表现了在大时代的变革中年轻一代的个人成长史。另一层寓意则预示着在"九一八"事变至"一二·九"运动这段历史背景下，同样是处于"青春"期的中国共产党，正通过斗争在挫折中成长壮大，进而成为社会的中流砥柱。因此，可以把杨沫的《青春之歌》看成是对这两种"青春"的讴歌。

女主人公林道静出生于封建官僚地主家庭，她因生母的死以及继母的虐待而养成了孤独、乖僻且倔强的反抗性格，于是当继母逼她嫁给一个官僚做姨太太时毅然离家出走，去找寻新的生活。实际上，林道静对自己封建官僚地主家庭的逃离只是中国版的娜拉出走，而当时的中国社会给她安排的结果正如鲁迅在《娜拉走后怎样》中所说的，"不是堕落，就是回来""还有一条，就是饿死"。林道静在北戴河的遭遇正好对鲁迅的这一论断进行了印证，原本天真而充满幻想的她一下子跌入了幻灭的泥潭，而她的自杀举动可以说是一个不甘堕落的女性对黑暗的社会所进行的软弱抗争。在她走投无路的情况下，自然将救了她的北大学生余永泽当作"骑士兼诗人"，并满怀感激地投入到他的怀抱。这应该说是林道静的一次变相的"回来"，她成为余永泽笼中的小鸟，自身独立的价值依然无法获得。但随着时代潮流的推动，善良且有着正义感的林道静在深入接触了革命青年后逐渐发现"多情的骑士、有才学的青年"余永泽其实是个自私、平庸、"只注重琐碎生活的男子"，再加上她自感两人在政治道路上有太大分歧，于是决定与之决裂。林道静与余永泽的决裂应该说是林道静逐渐克服自己对爱情的软弱的过程以及逐渐向革命思想转变的过程。为了使林道静完全地由小资产阶级知识分子转变为无产阶级的革命领导者，小说安排了卢嘉川、江华、林红、刘亦丰、徐辉等领路人对她施加影响和教育，她最终克服了个人英雄主义和对革命的不切实际的幻想，成为无产阶级革命者，并找到了真正属于自己的爱情。

总的来说，这是一部带有时代特点的"成长小说"，和当下充满个人意识的、自我追求的"成长小说"不同的是，这部小说中女主人公的"成长"，将个人的经历完全融入历史的洪流中，使自我的成长史成为一代革命青年的成长史。尽管在林道静身上不乏作者少女时代的身影，但杨沫在处理这些生命体验时，是满怀着革命热情的，因此她努力地建构着个人与历史之间的关联,将女性生存经验与革命有机地结合在一起,把个人经验充分拔高到时代的精神方向上,以个人的成长来印证历史发展的必然性和合理性。林道静的成长道路,是 20 世纪 30 年代许多中国知识女性乃至青年知识分子的必然选择,从个人对封建家庭的背叛与反抗,到谋求民族和阶级的解放,从带着小资产阶级不切实际的幻想参加革命,到彻底地蜕变为革命者,《青春之歌》写出了一代人的追求历程。当然,这部小说也有着不少的缺点,如存在着血统论观念,将林道静的母亲安排为佃农的孙女,并设计了其父亲对其母亲的霸占并遗弃等情节;林道静的性格在小说的后半部分缺少发展变化,其内心世界的开掘也不够深入;人物语言缺乏个性和变化等,但这并不能够掩饰这部小说的光辉。

(二)曲波的革命战争题材小说创作

曲波(1923—2002),出生于山东黄县。他 1938 年加入八路军,曾在山东地区作战,并曾任连、营指挥员。1945 年抗日战争胜利后,他随部队前往东北作战。解放战争初期,他担任过大队和团的指挥员,还曾经亲自率领一支英勇善战的部队前往东北牡丹江的深山密林与敌人周旋,进行了艰难的剿匪战斗。中华人民共和国成立后,他在工业建设战线上工作。从 1955 年起,他开始从事业余文学创作。1957 年,他的第一部长篇小说《林海雪原》出版,之后又创作了《山呼海啸》《戎萼碑》《桥隆飙》等长篇小说。2002 年 6 月 27 日,曲波病逝于北京。

曲波在十七年时期,最为重要的革命战争题材小说是《林海雪原》。它是曲波根据自己的经历创作的,也是一部具有史诗风格的长篇小说,其中的"智取威虎山"故事在后来还被改编为话剧、京剧和电影,可谓家喻户晓。

小说描写的是解放战争初期,一支解放军小分队在东北牡丹江一带剿灭国民党残匪的传奇故事。小说生动还原了艰苦的剿匪战斗,再现了战斗中少与多、智慧与狡诈、勇敢与凶悍的较量。此外,与其他宏观展示大兵团战斗场面的革命战争题材小说不同,小说主要讲述的是一支由 36 人组成的人民解放军小分队在参谋长少剑波的带领下深入东北林海雪原进行剿匪斗争的故事。小分队人数不多,却精悍有力,成员几乎个个都是部队的战斗精英,觉悟高、武艺强、智谋广。远离大部队的他们,对手是由上至国民党专员、司令、旅长,下至警察宪兵、地主恶霸以及盗寇惯匪等组成的强悍的土匪武装,毒辣狡猾,又凶残无度。因此,对付这种匪帮,小分队采取了边侦察边战斗的灵活方式,巧妙地与数倍于己的敌人周旋。为了更有效地歼灭匪徒,小分队充分调动集体的智慧和力量,侦察后有了情报要开军事民主会,强调用"大家的脑袋"去制订和完善作战计划,在战术上压过对手,在军事技术上战胜敌人。同时,小分队也要应对恶劣的自然环境的挑战,克服严寒,征服茫茫林海;学会滑雪,驰骋皑皑雪原。小说通过"奇袭奶头山,生擒许大马棒""智取威虎山,活捉座山雕""大战四方台,歼灭马希山、侯殿坤"等引人入胜的情节,再现了他们发动群众,不怕流血牺牲,最终取得胜利的英雄事迹。

这部小说极具传奇色彩,首先是小说的情节结构安排富有传奇性。全书共 38 章,主要描写了奇袭奶头山、智取威虎山、消灭座山雕、火烧大锅盔、消灭马希山和侯殿坤等大故事,这些大故事既有机联系又相对独立。同时,在这些大故事当中又穿插着许多完整的小故事。这种结构布局使得小说波澜起伏而又环环相接,扣人心弦、引人入胜,使得故事富有传奇色彩。其次是小说的英雄人物塑造富有传奇性。杨子荣这一传奇英雄人物,在小说中塑造得最为丰满。杨子荣既是战斗英雄,又是侦察英雄。小说讲述他的贫苦出身和成长史:雇工出身,父亲遭恶霸地主杨大头手下侮辱恶打而死。母亲一气成疾,不治而亡。妹妹被卖,他也险遭地主暗害,"这仇恨激励他参加了八路军,使他对人民解放事业抱着无限的忠心"。杨子荣"从小受苦,没念过书,却绝顶聪明。再加上勇敢和精细,才在侦察工作中完成过无数惊人的业绩"。作为侦察排长,他的侦察才能从小说一开始就显露了出来。一只捡到的胶鞋,使他敏锐地发现了线索,跟踪追击捉住了狡猾的匪徒栾平,使剿匪有了头绪。尤其是他乔装打扮成匪徒胡彪,只身打虎上山,以缴获的联络图和自己的胆大沉着,骗取了匪首座山雕的信任,又机智地除掉了逃脱的栾平,化险为夷,最后配合小分队里应外合,智取了威虎山。这一过程,最充分地体现了他智勇双全的英雄性格。杨子荣在威虎山上表现出的超乎常人的智慧和无敌的勇气,令人钦佩、难忘。此外,杨子荣不仅是个英雄,而且具有超凡的性格魅力,冬天像盆火,夏天像个大凉棚,谁都喜欢他。因为他能讲古道今,《三国演义》《水浒传》《岳飞传》讲起来滔滔不绝,句句不漏,来龙去脉,交代得非常清楚,所以总是有许多人围着他,听他说书。这些描写使杨子荣的形象更加完整,也更加个性化。最后是小说的环境描写和景物描写富有传奇性。例如,小说描绘了能够搅起雪龙改变地形的穿山风、天造地设的奶头山和巨石倒悬的鹰嘴石等,都极具神秘气息,增强了小说浪漫主义的传奇色彩。

不过,这部小说在把握传奇性时,也存在一定的偏差,如因过分夸大少剑波的个人作用而使得英雄人物的真实性被削弱。同时,小说还存在着人物性格过于相似、古典小说的艺术手法痕迹较多、笔法不够圆熟等缺点。

三、历史题材小说的创作

十七年时期的历史题材小说创作,以姚雪垠的历史小说《李自成》(第一卷)最为著名。姚雪垠(1910—1999),原名姚冠三,出生于河南邓县一个破落的地主家庭。他小学只读了三年,上初中时曾被土匪队伍抓走。1929 年春,他考入河南大学预科,期间因参加学生运动被捕,获释后被校方开除,于是辗转到北平,以投稿、教书为生。抗日战争爆发后,他返回河南,并与人创办了《风雨》周刊。1939 年,他发表了《差半车麦秸》《牛全德与红萝卜》《春暖花开的时候》等小说作品,引起了文坛注意。抗日战争胜利后,他出版诸多作品。自 20 世纪 60 年代起,他开始创作 5 卷本长篇历史小说《李自成》,但在十七年时期只有第一本得以问世。1999 年,姚雪垠逝世于北京。

《李自成》(第一卷)的主线是李自成起义军与明王朝的矛盾斗争,副线是李自成起义军内部的矛盾、张献忠起义军与明王朝的矛盾、李自成与张献忠两支起义军之间的矛盾、明清的民族矛盾、王朝内部矛盾等,从而用多线索复式发展的方式展开了中国明末清初封建社会各侧面的生活场景,描绘了李自成领导的农民起义军从弱到强的发展壮大过程,并以宏大的规模、壮阔的气势艺术地再现了明末波澜壮阔的农民战争,具有深刻的历史意义。

小说从艺术方面来说,取得了一定的成就。一是小说成功地塑造了一系列个性鲜明的人物形象,有性格丰富复杂的崇祯皇帝,有高度智慧、才干和崇高品德的农民英雄李自成,有带着流氓无产者习气的张自忠等。其中,李自成是作品中刻画得最为成功的人物形象。他不仅仅是传统意义上的英雄豪杰,而且是有着政治家和军事家才干的领袖。对于这一人物和其领导的起义军的描写,姚雪垠明显地以 20 世纪以井冈山为根据地的农民武装作为参照。二是小说的结构有着鲜明的特色,它建立在两个支点上,一个是主、副线推进;另一个是多元网状推进。同时,小说还非常讲究单元转换艺术,故事写得一波三折,峰回路转,令人神往。三是小说中有着鲜明的民族特色,对大量风俗画的描写都散发出浓郁的民族气息。四是小说的叙述语言洗练、活泼,极富表现力。

四、工业题材小说的创作

十七年时期,关于工业建设题材的小说创作也取得了一定成就,从而对中华人民共和国成立后十七年时期的工业发展状况进行了生动展现。艾芜和周而复是这一时期工业题材小说创作的大家,这里着重分析一下艾芜的工业题材小说创作。

艾芜(1904—1992),原名汤道耕,笔名刘明、吴岩、汤爱吾等,出生于四川省新繁县清流乡(今新都区清流镇)。他1921年考入成都省立第一师范学校,1925年出走,浪迹于云南边疆、缅甸和马来西亚等地。1931年,他回到了国内,并于次年加入了中国左翼作家联盟,开始发表文学作品。主要作品有短篇小说集《南国之夜》《南行记》《山中牧歌》《夜景》、中篇小说《春天》《芭蕉谷》、长篇小说《山野》《百炼成钢》等。1992年12月5日,艾芜与世长辞。

艾芜在十七年时期,最为重要的工业题材小说是《百炼成钢》。它通过描绘第一个五年计划时期工业战线热火朝天的生产景象,对渗透在生活领域的深刻矛盾和斗争进行了生动反映,体现出鲜明的时代气息。

小说从炼钢厂新党委书记上任写起,通过新书记和厂长的谈话暗示出当时国家基本建设的快速发展以及朝鲜战争前线对钢铁的迫切需求。小说故事情节以快速炼钢为主线,它牵动着全厂职工及家庭的神经,或喜或悲;以主人公秦德贵和孙玉芬的爱情故事为副线,秦德贵是对敌斗争中的勇士、生产战线的能手,但又深深地陷入爱情的漩涡中无法自拔,表现出人物情感的真实性、复杂性和矛盾性。作者将爱情与生产两条线索交叉展开故事,既增强了作品的思想容量,又丰富了人物的性格。同时,小说围绕这些线索表现了工人之间、干群之间、敌我之间的矛盾冲突,真实地揭示当时社会存在的矛盾斗争的错综复杂性。

不难发现,小说的真正意旨是写人,炼钢即炼人,时代造就新人,新一代工人在革命熔炉里受冶炼,沉渣必然遭到历史的淘汰。

第二节 抒情叙事诗与政治抒情诗的创作

在十七年时期,诗歌创作由于自觉地将政治功利性作为主要的价值取向,将服务于政治、与现实生活和人民群众相结合作为始终坚持的方向,因而逐渐僵化成了两种基本模式:一种诗歌创作模式是真切表现新时代、新人物的"抒情叙事诗",强调将诗人主观经验和情感的表达转移到反映客观生活、特别是工农兵的生活上,代表性的诗人是闻捷、李瑛等;另一种诗歌创作模式是积极呼应现实政治且充满时代激情的"政治抒情诗",强调诗人要以阶级代言人的身份对当代出现的重要政治事件和社会思潮等进行表达,代表性的诗人有郭小川和贺敬之等。

一、抒情叙事诗的创作

抒情叙事诗从艺术渊源上看，一方面受到了解放区诗歌"写实"风格和叙事诗热潮向抒情诗延伸和发展的影响，另一方面受到了传统民歌以及民歌形式的诗歌的影响。因此，抒情叙事诗的主要特点是具有一定的写实性和叙事性，以普通的劳动群众以及他们的生活作为抒情的对象，对生活场景和事件进行客观的描写，从而表现出新的生活风貌和精神境界。闻捷、李季、李瑛和张志民等都是抒情叙事诗创作的大家，下面具体分析一下闻捷和李瑛的抒情叙事诗创作。

（一）闻捷的抒情叙事诗创作

闻捷（1923—1971），出生于江苏省丹徒县，原名赵文节。他在抗日战争爆发后积极参加抗日救亡的演剧活动，后曾在《群众日报》《边区群众报》等担任编辑和记者。闻捷从 1944 年开始进行文学创作，既写诗歌，也写小说、散文、剧本等。1949 年，他随军到新疆，直到 1955 年才调回北京，任《文艺报》记者、《人民日报》特约记者等，并写了一些关于海洋和海军将士的诗歌。1971 年，闻捷去世。

闻捷在十七年时期的抒情叙事诗题材丰富，既有对劳动生活的赞美，也有对美好爱情的歌唱，还有对少数民族生活风貌的描绘，从各个方面唱出了一曲曲新生活的赞歌。其中，《天山牧歌》最能集中反映他抒情叙事诗的风格特色。

《天山牧歌》是中国当代文坛上影响较大的一部抒情叙事诗集，包括《博斯腾湖滨》《吐鲁番情歌》《果子沟山》《天山牧歌》四个组诗、叙事诗《哈萨克牧人夜送"千里驹"》以及九首抒情诗。这部诗集中有一小部分诗歌对农业合作化运动以及东南沿海的水兵生活进行了描写，但大部分诗歌从不同的角度对新疆少数民族的新生活进行了描绘，在展现出新疆少数民族人民的新生活、新精神面貌和新理想的基础上，抒发了对祖国和边疆各族人民的无限深情，因而被誉为"生活的赞歌"。在这部诗集中，最为引人注目的是那些对美好爱情进行歌唱的诗歌，这是因为，诗中深入青年人的内心世界，或是对青年人在劳动中的相互爱慕进行反映，或是对青年男女之间的微妙感情关系进行描绘，或是对爱人间的相互思念进行抒写，传达出的感情真挚而强烈，这在当时的环境下是非常少见的。而且，诗中在描写美好的爱情时，褪尽了传统诗歌幽婉感伤的情调，歌唱的是解放了的劳动人民的爱情；是和劳动紧紧地相结合着的爱情；是服从于劳动的爱情；是以劳动为最高选择标准的爱情；是有着崇高道德原则的爱情，因而表现了爱情生活中的新时代内涵及生活内容，这对当时的人们来说是非常新鲜的。例如，《金色的麦田》中描写男青年在劳动中向恋人巴拉汗求婚时，得到的回答是："那得明年麦穗黄，/等我成了青年团员，/等你成了生产队长。"再看《种瓜姑娘》中枣尔汉姑娘回答男青年求爱时提出的条件："枣尔汗愿意满足你的愿望，/感谢你火样激情的歌唱；/可是，要我嫁给你吗？/你衣襟上少着一枚奖章。"这些至今读来仍然使人感到朴实可爱的篇章都真实地反映了中华人民共和国成立以后许多青年把爱情、婚姻与政治进步结合在一起的纯朴情怀，也体现了诗人在许多同行远离爱情的年代里讴歌爱情的别致慧心。组诗《婚礼》也通过对婚礼进行过程的生动描绘写出了新的风尚——他说："我可要按照风俗办，狠狠地打你一拳……"他的手没有落上她的背，而在轻轻抚着她的发辫。她说:"那你也该伸出脚,让我按照风俗脱去皮靴。"她的手没有去碰他的腿,而是把他的双手紧紧拉着……这样,诗人就将古老的爱情诗写出了新生活的色调。当然,这些爱情诗以现在的标准看来还是有一定局限的,由于未能摆脱当时主流话语的影响而将劳动作为支配人们爱情观的唯一标准,因而使诗歌丧失了一部分的真实性。

闻捷的抒情叙事诗从艺术上来看,取得了较高的成就。首先,闻捷的抒情叙事诗总是通过对生活画面的描绘来完成主题、抒发情感,且诗歌中大都有着简单的情节和人物。具体来说,闻捷的抒情叙事诗中总是会选取一定的场景进行描写,如《晚归》选取了傍晚牧归的喧闹这样一个生活场景,而喧闹的生活场景将人们喜悦的心情充分烘托了出来;总是会具有一定的情节性,有一个高度单纯化了的"故事",如《猎人》设计了一支在"打狼模范"苏木尔打猎出发时点燃到打猎归来后还未燃尽的香这样一个情节,从侧面表现了苏木尔的高超技艺以及优秀劳动者的精神风貌;总是会有对个性鲜明的人物形象的刻画,如《志愿》中那位有着"比山还高比草原还宽"的志愿的蒙古姑娘林娜。

其次,闻捷的抒情叙事诗有着较为新颖的构思,他总是将对爱情的描写和歌颂与时代的发展和人民的新生活联系在一起,与对祖国未来的美好憧憬结合在一起。例如,《葡萄成熟了》《苹果树下》《舞会结束以后》等都是将爱情和劳动糅合在一起进行描写,青年们在劳动中萌发了爱情,又在劳动中收获了爱情。

再次,闻捷的抒情叙事诗有着鲜明的地方色彩以及浓重的牧歌风格,情感基调欢快而高昂。例如,《复仇的火焰》吸收了山歌民谣的优点,采用四行一节的民歌体以及民歌中常用的重叠句式,节奏活泼而明快。

最后,闻捷的抒情叙事诗有着生动欢快、活泼形象的语言,如在《种瓜姑娘》中,用了"姑娘的名字比瓜香"来形容种瓜姑娘名字的美丽,用了眼睛像黑瓜子、脸蛋像红瓜瓢、长长的辫子像瓜蔓拖在地上等一系列形象的比喻来形容种瓜姑娘的美丽。

(二)李瑛的抒情叙事诗创作

李瑛(1926—),出生于河北丰润县的一个铁路员工家庭,1945年在北京大学中文系就读,广泛阅读了古今中外的文学名著,并在《文学杂志》《中国新诗》《大公报·文艺》等报刊上开始发表诗作。1949年时,还未毕业的李瑛便投入了军旅,这一时期的生活经历对他日后的诗歌创作产生了重要影响。主要的诗集有《野战诗集》《战场上的节日》《早晨》《寄自海防前线的诗》《难忘的一九七六》《静静的哨所》《红柳集》《献给火的年代》《我骄傲,我是一棵树》《颂歌》《红花满山》等。

李瑛在十七年时期的抒情叙事诗,以反映解放军战士的生活为基本主题。他以一个战士的胸怀去观察和体验平凡的生活场景中所蕴含的诗情画意,选取部队生活中有诗意的典型性情境和片段,从大处着眼,从小处落笔,生动表现了解放军战士对祖国的忠诚以及他们宽广的胸襟、高度的革命觉悟和革命的乐观主义精神。例如,《哨所鸡啼》中通过写黎明前的一团混沌中突然出现的"一个生命在快乐地呐喊",赞颂了战士的豪迈以及威严的性格。不过,李瑛的抒情叙事诗题材和主题都不是很开阔,内容上也缺少深度,但从艺术上来看还是有着较高的成就的。首先,李瑛的抒情叙事诗中有着美丽的形象,并着重对人的美好性格和美丽心灵进行了塑造和揭示。例如,《我骄傲,我是一棵树》中塑造的战士形象:

哪里有孩子的哭声，我便走去，

用柔嫩的枝条拥抱他们，

给他们一只红艳艳的苹果；

哪里有老人在呻吟，我便走去，

拉着他们黄色的、黑色的、白色的多茧的手，

给他们温暖，使他们快乐。

诗中的战士形象，即这棵树不仅要抵御自然界中的灾难，还要为人们带去温暖，为他们的生活增加色彩，为弥补他们生活的缺陷而斗争。

其次，李瑛的抒情叙事诗善于对意境的营造，他总是在对事物进行细致的观察和精心的揣摩时，充分发挥想象来塑造生动的形象，以塑造出令人感受深切的意境。例如，《边寨短歌》一诗借助月亮、高山等构成了一幅优美的夜景图，凸显出战士像山一般坚定、高大的形象，尤其是诗中拟人化的表述和"山高月小"优美意境，使得全诗充满浪漫主义色彩以及浓郁的诗情画意。再次，李瑛的抒情叙事诗语言轻快活泼，具有新、奇、巧的特点。例如，《雨中》：

一朵云，

拧下一阵雨，

匆匆地掠过车篷。

在这首诗中，"拧"字的巧妙运用，以及词语"匆匆"对雨量稀少的描述，可以说是新奇而又巧妙的。

最后，李瑛的抒情叙事诗并不拘泥外形的束缚，也很少会对行数和字数的整齐划一有过多要求，因而总是依据内容表现的需要来选择灵活多样的形式。例如，《在燃烧的战场》采用的是两行一节的形式，《雨中》采用的是三行一节的形式，而《戈壁行军》中采用的是四行一节的形式。

二、政治抒情诗的创作

在十七年时期的诗歌创作中，主旋律是颂歌。诗人们满腔热忱地讴歌新时代、新生活，讴歌共产党、毛主席，真实地反映了那个意气风发的时代人们的普遍心声。而在众多的颂歌中，政治抒情诗的成就十分突出。那个年代的诗人们紧跟政治形势的发展，以饱满的政治激情去抒发自己的政治情怀，这也就为中华人民共和国写下了一部颂歌的历史。这方面的主要代表人物是郭小川和贺敬之。他们都是来自延安的诗人，他们的政治抒情诗都充满了革命的激情。同时，他们还善于在政治抒情诗的创作中进行锐意求新的探索：既有富于延安风味的"信天游"体（如贺敬之的《回延安》），也有学习苏联革命诗歌的"楼梯体"（如郭小川的长诗《致青年公民》，贺敬之的长诗《放声歌唱》《雷锋之歌》等），还有创造性借鉴古典诗词形式的"新辞赋体"（如郭小川的《甘蔗林——青纱帐》《厦门风姿》等），这些体现了诗人们在诗歌形式方面博采众长、兼容并包的可贵探索态度，也使政治抒情诗的创作呈现出绚丽多彩的态势。

(一)郭小川的政治抒情诗创作

郭小川(1919—1976),出生于河北省的一个教师家庭,原名郭恩大。他在中学时期就积极参加救亡运动,抗日战争爆发后奔赴延安,并开始在《文艺阵地》《诗创作》上发表一些诗作。抗日战争胜利后曾任丰宁县县长,后转到中南地区的新闻和宣传部门工作。在 20 世纪 50 年代初,他和陈笑雨、张铁夫共同用"马铁丁"的笔名写了不少思想杂谈类的杂文,取得了不错的社会反响。1954 年,郭小川调任中国作家协会党组副书记、作协书记处书记兼秘书长,开始致力于政治抒情诗的写作。1976 年,郭小川在从河南返回北京的途中不幸去世。

郭小川是政治抒情诗的杰出探求者,他在十七年期间的政治抒情诗创作可以分为三个阶段。第一个阶段是 1955 年到 1956 年,他"以一个宣传鼓动员的身份"创作了一组在形式上借鉴"楼梯式"自由体(这是由苏联诗人马雅可夫斯基发明的,就是将一个长句根据音韵疾徐轻重的变化分拆数行作楼梯(或阶梯)式的排列,既有利于诗人抒发情感,也有利于读者的朗读)的以《致青年公民》为总题的诗歌,包括《投入火热的斗争》《沿着社会主义的轨道飞奔》《向困难进军》和《闪耀吧,青春的火光》,以独特的风格显示出郭小川在政治抒情诗上的最初成就。这组诗歌可以说是昂扬着热情的战歌,对社会主义的革命和建设过程中人民的精神风貌进行了概括,表现出磅礴的气势和炽热的激情,从而鼓舞着人民投入到火热的斗争之中。但是,这组诗作的艺术性较弱,政治性的议论多于艺术形象的创作。第二个阶段是 1957 年到 1960 年,这一时期也是他一生的诗歌创作中最复杂且最值得珍视的时期。此时的郭小川逐渐意识到文学必须要从人民群众的生活中提炼出来,因而开始不满足于单纯的起政治宣传鼓动作用的政治鼓动诗的创作,甚至对他曾经写过的那些政治性的句子感到不满。基于此,他的政治抒情诗开始着眼于人民群众复杂的生活,开始追求深沉的情感内涵,以表达具有创建性的思想。因此,他在这一时期创作的政治抒情诗《致大海》《望星空》《白雪的赞歌》和《深深的山谷》等,都是围绕着革命人生以及个体的精神世界来展开的,显示出其对人生的深入思考以及由政治性的语言鼓动人民参加斗争到以生动鲜明的艺术形象感染人民参加斗争的热情的转变。第三个阶段是 1961 年到 1965 年,也是他的政治抒情诗创作成熟的时期。在这段时期,他深入中国社会的各个方面,走进祖国建设的第一线,写下了大量的讴歌中国人民的励精图治以及排除万难的坚定决心和乐观精神的政治抒情诗,如《林区三唱》《甘蔗林——青纱帐》《厦门风姿》《乡村大道》《昆仑行》等。这些诗作表现了革命尊严、战斗精神和战士情操,抒发了时代精神,并与第二阶段探求个性主义、人性本位的政治抒情诗相承接。同时,这些诗作在思想内容、艺术形式、艺术表现和语言风格等方面都更加丰富和成熟,标志着郭小川政治抒情诗创作的成熟。

郭小川的政治抒情诗从总体上来看,对时代的生活以及人们的战斗人生有着生动而深刻的反映,并将革命者的抒情主人公形象巧妙地融合在了时代之中,洋溢着时代斗争的激情。因此,他的政治抒情诗总是力图对当时面临的问题予以提出或是予以回答,时代色彩非常浓烈,如《向困难进军》对年轻一代如何面对社会主义建设中的困难予以了回答:

让我们
以百倍的勇气和毅力
向困难进军,

不仅用言词

而且用行动

说明我们是真正的公民！

另外，在郭小川的政治抒情诗中，热爱祖国、意志坚强、积极参加祖国建设的革命者始终是抒情主人公的形象，他通过对一个革命者精神境界、感情状态的描摹，力图探索出致力于革命的斗士的生活哲学和人格情操标准，进而传达出诗人自身的思想认识和感情倾向，表现出对美好生活的展望以及对年轻一代积极参加祖国建设的呼唤。

郭小川在进行政治抒情诗创作时，还注意对诗歌的创作形式和表现手法进行积极探索。在诗歌创作形式方面，他的组诗《致青年公民》运用了马雅可夫斯基的"楼梯式"自由体；《雪兆丰年》《将军三部曲》等运用了"散曲"式的自由体；《秋歌》《祝酒歌》《大风雪歌》《青松歌》等运用了有着浓烈民歌风味的自由体；《白雪的赞歌》等运用了半格律半自由体等。可以说，郭小川对诗体形式的探索是对中国当代诗歌的一大贡献，对中国当代诗歌的发展产生了重要影响。在诗歌的表现手法方面，他善于在诗歌中运用象征手法，如《甘蔗林——青纱帐》中，他以自己锐利的独特目光和对时代本质的深刻理解，用"甘蔗林"象征新一代、老一辈在和平的建设年代中所共同从事的甜美事业，用"青纱帐"象征革命战争岁月以及老一辈革命者的艰苦奋斗精神，然后紧扣这两个"象征体"的特点，以奇丽的想象和大量的排比铺陈展现了一幅有关战争和建设的生动画卷。此外，他还非常重视诗歌的音乐性以及诗歌语言的流畅性，因而在根据诗歌要表达的思想内容对词语的锤炼以及声调的选择上下了一番工夫，取得了一定的成绩，这在《祝酒歌》和《厦门风姿》中有较好的体现。

（二）贺敬之的政治抒情诗创作

贺敬之（1924—　），出生于山东枣庄的一个贫苦农民家庭。他在抗日战争爆发后流亡湖北进入国立中学读书，后随校赴四川参加抗日救亡工作，并开始了诗歌和散文的创作。1940年，他开始用自由体诗的形式创作新诗，并发表了《并没有冬天》《乡村的夜》等诗集。1945年，他和丁毅等人集体创作了大型歌剧《白毛女》，开辟了我国新歌剧创作的道路。中华人民共和国成立后，他一直担任文艺领导工作，因而诗歌创作的数量不是很多，但取得了较高的艺术成就。进入晚年后，贺敬之由于身体的原因，很少写诗了。

贺敬之在十七年期间创作的政治抒情诗，几乎都有着饱满的政治激情、激扬的浪漫豪情、恢弘的想象力和华美的语言风格。而且，这些诗对社会生活以及意识形态中出现的具有重大意义的问题予以了提出和主动回答。其中，在中国当代政治抒情诗体式的建立中有着重要地位的是《放声歌唱》和《雷锋之歌》。

《放声歌唱》是诗人为纪念中国共产党诞生38周年而创作的，以党为歌咏中心，选取典型的细节，以高亢的音调和奔放的激情塑造了党的光辉形象，并传达出自己的幸福感，达到了思想和艺术的统一，获得了情景交融的艺术审美价值。此外，诗中从"……春风。/秋雨。/晨雾。/夕阳。……""五月——/麦浪。/八月——/海浪。/桃花——/南方。/雪花——/北方。……"这样得益于元曲小令的句子到"……我们古代的诗人们！/……我熟读过你们的/《登幽州台歌》、《茅屋为秋风所破歌》……/呵呵……'前不见古人'……/但是，/后——有——

来——者!/莫要'念天地之悠悠'吧,/莫要/'独怆然而涕下'……/'君不见'——/'广厦千万间'/已出现在/祖国的/'四野八荒'!"这样成功化用古诗名句的精彩段落,都体现了诗人将政治抒情诗写出清新、隽永、深邃意境的才华。《雷锋之歌》创作于轰轰烈烈的学雷锋运动中,诗人依据自己对雷锋思想品德的理解对"雷锋精神"所具有的时代意义进行了深入挖掘,并对雷锋精神的内核以及"人应该怎样生,路应该怎样行"等重大问题进行了回答。这首诗在众多歌颂雷锋的文学作品中独具风采,也与诗人关于"……北来的大雁啊,/你们不必/对空哀鸣,/说那边/寒霜突降,/草木凋零……/且看这里:/遍地青松,/个个雷锋!——/……快摆开/你们新的雁阵啊,/把这大写的/'人'字——/写向那/万里长空!……"的奇妙想象密不可分。将政治抒情诗写出形象、生动的意境,是贺敬之成功的关键所在。

贺敬之在进行政治抒情诗创作时,过于追求理想与豪情的表现、对生活的表现过于理想和空洞等,但从整体上来看仍取得了较高的艺术成就。首先,贺敬之的政治抒情诗有着强烈的时代感和政治性,他总是密切地关注着当代生活中的重大主题,将对现实问题的回答作为自觉的追求,并以长卷的方式对社会生活的时代特征及其历史变迁作整体把握和宏观概括。因此,贺敬之的政治抒情诗每一首都与一个重要的事件或重要的时刻有密切的关系,如歌颂党的八大二次会议的《东风万里》,为党的八届二中全会而作的《十年颂歌》等。需要注意的是,贺敬之的政治抒情诗在对时代的重大问题进行观照时,总是采用比较开阔的视野,并通过历史和现实的巧妙交融将一个时代的豪情和壮思化为诗的气势磅礴和当代英雄形象的展示;总是将政治议论和主观抒情结合在一起,并通过抽象概念和生动形象的巧妙融合,避免了政治说教的枯燥。其次,贺敬之的政治抒情诗总是在追求形象的生动,因而他总是将自己的知识、见闻和斗争经历等都调动起来以构成一个具体且富个性的诗歌形象以及色彩明朗的生活画面,如《雷锋之歌》对全国人民掀起的学习雷锋的高潮进行表现时,写得形象而生动。再次,贺敬之的政治抒情诗有着浓重的革命浪漫主义色彩,这和他诗歌高昂奔放的格调和豪放磅礴的气势所产生的壮阔意境有着密切的关系。他的政治抒情诗中充满了浪漫想象,在对现实生活进行反映的同时与理想融会贯通,从而在对无畏的英雄气概和崇高的革命理想进行展现时表现出革命浪漫主义色彩。另外,他的政治抒情诗中运用了高山大海、千里高原、万里海疆等威武宏大的物象和红日、红旗、绿水等鲜艳的色彩,这使得诗中的浪漫气氛得到进一步增强。最后,贺敬之的政治抒情诗在诗体的形式上也有着一定的探索,并取得了十分显著的成绩。他的政治抒情诗大多采用了"楼梯式"自由体,但在运用时依据中国传统诗歌的表现手法对其进行了一定的改造,创造了富有中国特色的"楼梯式"自由体,更加具有对称美和整齐美。而在《西去列车的窗口》等诗中,运用了信天游或爬山调的两行诗体以及古典诗歌的意境章法,但也进行了一定的改造,使其能更好地表达诗歌的情感。

第三节 抒情散文与报告文学的齐头并进

十七年时期的散文,与其他艺术一样被要求做"文艺的轻骑兵",做政治忠实的"鼓手"和"号角",坚决贯彻政治标准第一、艺术标准第二的指导方针。同时,这一时期的散文包括记人、叙事、抒情、议论、回忆、书信、随笔、小品、传记、杂文、山水游记和报告文学等诸种形式和类型,其中以抒情散文和报告文学的发展最为迅速,取得的成就最高。

一、抒情散文的创作

十七年时期的抒情散文创作取得了重要的成就,杨朔、刘白羽、秦牧等都是这一时期杰出的抒情散文作家,下面具体分析杨朔和秦牧的抒情散文创作。

(一)杨朔的抒情散文创作

杨朔(1913—1968),原名杨毓瑨,山东蓬莱县人。他青年时代曾致力于中国古典文学,并写过一些旧体诗词,这为他日后的创作奠定了良好的基础。抗日战争爆发后,他参加革命,并与友人在武汉合资筹办文艺刊物以唤醒民众。之后,他的文学创作范围拓宽,既有通讯特写,也有诗歌创作,还有小说创作。解放战争期间,他转入晋察冀野战军,担任新华社特派记者。1949年,他调至中华铁路总工会任文艺部长,创作了中篇小说《锦绣河山》。1950年参加了抗美援朝战争,并依此著有长篇小说《三千里江山》和一些通讯特写。1956年后,杨朔主要从事外事活动,因此写了许多国际题材的散文。1968年,杨朔逝世。

杨朔认为革命文学和革命作家是为无产阶级的利益和斗争服务,散文应该从生活的激流里抓取一个人物、一种思想、一个有意义的生活断片,迅速反应出这个时代的侧影。因此,他的散文从思想内容来看,具有鲜明的时代特色和强烈的战斗性。比如,《平常的人》中的志愿军战士就代表着中国人民最伟大的性格,反映了志愿军的英勇牺牲精神和高尚的国际主义精神;《茶花赋》借勤勤恳恳的养花人,赞美了劳动者怀着真诚、朴素的情感,献身祖国建设事业的执着精神和高尚的情操;《香山红叶》中交织着过去和现在、丑恶和美好的鲜明对照,借此来认识和肯定了今日的成就;《埃及灯》《印度情思》《蚁山》《樱花雨》等散文描述了各国人民之间友好往来,赞颂了亚非人民热爱和平的美好心愿等。

杨朔的抒情散文,在表现形式上,注重诗境的创造。他曾经说过:"我向来爱诗,特别是那些久经岁月磨练的古典诗章……于是就往这方面学,常常在寻求诗的意境。"他提出了"诗化散文"的艺术主张,认为"好的散文就是一首诗,在写每篇散文时,总是拿着当诗一样写"。如此一来,他改变了散文一向"直说"的传统,以诗为文,把现代散文和古典诗章联系起来,使诗的构思、诗的意境、诗的语言在他的散文篇什中和谐统一,交相辉映,走出了一条虽崎岖、艰险但终至成功的艺术之路,极大地提升了散文艺术的审美品格。他的散文理论主张和创作实践在当时生了深远的影响,并在20世纪60年代初形成了一场散文"诗化"的运动,这同时也带来了中国散文史上散文观念的一次嬗变。在他的《香山红叶》《荔枝蜜》《茶花赋》等作品中,借用古典诗歌中的借景抒情、托物言志等手法在现代散文中寻求诗的意境,形成了当时为人称道的"杨朔模式",即由写景入手,然后引出在风景中活动着的平凡人物,最后通过比兴手法将景物与人物联系起来,升华出讴歌普通劳动者的抒情主题。在散文结构上,杨朔追求构思上的新颖与奇巧,从大处着眼,小处落墨,抓住一人一事,一景一物,生发联想,洞隐烛幽,见微知著,使作品的思想得到寓大于小、寓远于近的艺术表现,而且结尾多有寓意,耐人寻味。杨朔还讲究"再三剪裁材料,安排布局,推敲字句,然后写成文章"。例如,《荔枝蜜》以欲扬先抑的手法,写出了"我"对蜜蜂由畏惧厌恶到乐意"变成一只小蜜蜂"的变化历程,将内心感受的起伏步步推进,在结尾处升华到最高点,取得了峰回路转、引人入胜的效果。杨朔散文的语言是诗化的语言,既有散文语言的优美、清新、活泼、细腻,又融进了诗歌语言的含蓄、隽永、精粹,因而形成了清新俊逸、蕴藉婉丽的语言风格。杨朔写文章往往像写诗一样注意推敲字句,比如《雪浪花》中的"是叫浪花咬的"这句话,一个"咬"字形象生动,既写出了浪花的活力,更写出了人物的性格、脾气、力量和气质,而且和文章末尾作者的抒情构成了对照和映衬。《香山红叶》中的"这一片曾在人生中经风吹雨打的红叶,越到老秋,越红得可爱"这句话,不用深秋,而说"老秋",是为了点明人和红叶之间的关系,用得非常精妙。在杨朔的散文中,这样的句子比比皆是,无不显示出作者高超的语言写作技巧。

当然,杨朔的抒情散文还存在一些不足之处,如部分作品颂赞之情溢于笔端,忽视对现实矛盾的揭示,显得空洞,不够真实;在艺术表现上有明显的雷同之感和模式化倾向(如见景——入境——抒情——升华——点题的所谓园林式结构)等,这些都影响了其抒情散文的艺术成就。

(二)秦牧的抒情散文创作

秦牧(1919—1992),原名林觉夫,广东澄海县人。他3岁时随父母侨居新加坡,回国后曾在澄海、汕头、香港等地求学,并以"顽石"为笔名在报刊上发表文章。1938年到广州投身于抗日宣传工作,先后当过演员、编辑、战地工作者、教师等。1939年在韶关任《中山日报》副刊编辑时开始用"秦牧"这个笔名,并开始发表一些杂文。1945年,秦牧加入中国民主同盟,并担任机关刊物《再生》的编委。抗战胜利后,在香港过了三年职业写作生活。中华人民共和国成立后,他一直在广州工作,曾任中国作协、广东分会副主席、《羊城晚报》副总编等职。1992年,秦牧逝世。

秦牧在《长河浪花集》序言中说:"革命功利主义任何时候都需要。而这种革命功利主义,是广泛的,并不是狭隘的。"他又说:"正面讴歌光明和鞭挞丑恶的作品,固然头等重要,而一些能够增进人民高尚情操,提高审美观念,学习或者加强辩证唯物主义思想之类的题材,也应该有所接触和表现。"从这个观点出发,秦牧的散文表现了热忱歌颂人民的思想倾向和对一切腐朽、丑陋事物的憎恶之情。比如,在《花城》一文中,通过描绘广州的年宵花市,赞美了南国花城那"花光十里"的盛况。最后,作者从牡丹和水仙的培植,归纳出"天工人可代,人工天不如"的真理,颂扬了劳动人民共同创造历史文明的丰功伟绩。

秦牧散文的特点主要表现为取材广泛,融知识性、思想性、抒情性于一体,谈古论今、旁征博引,显示出深厚的生活和知识根底。秦牧的散文有如一座收藏丰富、包罗万象的博物馆,无论是山川植物、生活艺术,还是天文地理、风土人情,几乎称得上"宇宙之大,无所不谈",让人有目不暇接之感。《土地》便是其中极有代表性的作品。文章以土地为对象,时而展现新时代的风貌,时而追叙惨痛的历史,时而歌颂新社会的建设者和保卫者,时而写到古代的封疆大典,时而又将笔触延伸到殖民者的暴行。从古到今,从故事传说到人情世态,侃侃而谈。同时,秦牧也追求散文表现形式的多样化。他的大多数散文作品虽然是知识性的杂感、随笔,但一些传说、故事和知识趣谈新颖风趣,使知识题材带有了喜剧色彩,因而令散文产生了情趣性和幽默感,赏心悦目。在《海滩拾贝》中他为读者介绍了名目繁多,如众星拱列的名贵贝壳;《摸鱼老手》中为我们展示了农民忆泉的种种让人神往的摸鱼"窍门";《珍贵植物与玫瑰传说》中他讲了有关水稻、麦子、甘蔗、茶叶等植物的美妙传说；《潮汐和船》把读者引到了潮水涨落的海滩，并让读者了解了从古至今航船发展演变的历史等。因此，读秦牧的散文，不仅能增长见闻，而且能获得思想的教益。

新奇、奇妙也是秦牧散文的一个重要特点，他总是"在大量真人真事中，选择那最有代表性、最强烈动人的事情下笔"。所以他的作品不落窠臼、别开生面。另外，在写作过程中，他还能把看起来相距甚远的东西联系在一起，使人读起来感觉十分奇妙，比如《长街灯语》中的一段描写："在大街上，看两行璀璨的华灯直伸远处，常常使人产生一种有趣的错觉，仿佛有一只巨大无比的蝴蝶从天外飞来，停在地球的某一端，把它的两条闪光的触角伸进北京的大街似的。对！长街灯串，遥望起来，就像是昆虫的两条触角！"作者将长长的街灯与蝴蝶闪光的触角相联系起来，这由此及彼的联想是既奇特又新鲜。眼前的景观也因之而由静态变为动态，栩栩如生。接下来作者又由街灯联想到"一颗颗珍珠""一串串葡萄""一朵朵梅花"，引领读者进入一个迷人的童话世界，去领略那诗情画意，去接受美的熏陶。

秦牧的散文在结构上，将"形散"与"神聚"结合起来，做到寓控制于放纵。放纵时，笔如奔马驰骋，叙事、联想、类比游刃有余，表现出情溢于言、理胜于辞的气势；控制时，叙述、描写、抒情、议论贯穿着主题思想的线索，散而归一，杂而不乱。例如，《社稷坛抒情》借助古坛发思古之幽情，写到五色土的含义，屈原的《悲回风》《天问》等诗篇，地球的土壤和华北黄土高原的形成，农民对土地的依恋和被羁绊的命运，四方五行观念与古代思想家的探求，藩镇割据和中华人民共和国的高度统一……这些思接千载、天马行空的联想，看似纷乱，实际上有一条抒情线索贯穿始终，即以"一个历史的民族的子孙"的激情，讴歌祖国的统一和强盛。秦牧的散文语言也潇洒自如，文笔灵活，读起来有一气呵成的快感，具有"林中漫步"和"灯下谈心"的行文风格。

当然，秦牧的散文也有一些不足之处。一些知识性的材料多次使用，失去了新意；而有时围绕一个中心，过多地罗列材料，有沉杂拖沓之嫌。另外，由于他的散文写作主旨是立足于马列主义、社会主义思想的宣教，偏重于阐释正面的道理，强调知识的丰富、论说的精微，因而造成了抒情性和个性的欠缺，说教气较强，在一定程度上影响了他散文的思想和艺术魅力。

二、报告文学的创作

在十七年时期，由于"双百"方针的提出和苏联"干预生活"作品的影响，报告文学的创作再次焕发出新的活力，出现了很多对现实生活中的矛盾进行暴露的作品。魏巍是这一时期报告文学创作的大家，下面具体分析一下他的报告文学创作。

魏巍（1920—2008），出生于河南郑州。1937年抗日战争爆发后参加了八路军，并于第二年加入了中国共产党。中华人民共和国成立以后，曾前后三次赴朝鲜，并写了《朝鲜人》《汉江南岸的日日夜夜》《谁是最可爱的人》《写在凯歌声里》等15篇报告文学，在对抗美援朝战场上惊天动地的英雄事迹进行真实而生动的报导的同时，对中国人民志愿军的伟大精神和崇高心灵进行了深刻揭示，对中朝两国人民的血肉情谊进行了高度赞扬，引起了很大的反响。2008年，魏巍因病在北京去世。

魏巍的报告文学有着很强的时代感，激情洋溢而又刚柔相济，富有很强的艺术感染力。而且，魏巍的报告文学把众多勇士的壮举、强者的坚韧和英雄的献身熔铸为一个时代的形象——

"最可爱的人",集中表现了作者和人民群众对战士的热爱敬仰之情,"最可爱的人"已普遍地成为人民对子弟兵的最亲切的称呼,且经久不衰。同时,他以极度浓缩的场景和人物的特写对"最可爱的人"的内在情思进行了深入开掘,"钻进了这些可尊敬的人民的灵魂里面,并且同自己的灵魂融合在一起,以无穷的感动与爱,娓娓地进出这灵魂深处所包含的一切感觉"[①],因而其报告文学时至今日仍然有着很大的魅力。

魏巍的报告文学还善于在大量的素材中精选、提炼出最能体现主题的典型事例,并在真实的基础上进行艺术加工。例如,在《谁是最可爱的人》一文中,他选取了三个具有典型意义的、感人至深的生活和战斗片断,从不同的侧面对志愿军战士的崇高品格进行了表现。第一个片段是战争过后保留着各种搏斗姿势的烈士遗体;第二个片段是两次冲进烈火中救护朝鲜妇女和儿童的年轻战士马玉祥的事迹;第三个片段是防空洞中就雪吃炒面的以苦为荣的普通战士的心灵描绘。这三个既各自独立、又珠联璧合的典型素材,对中国志愿军战士的崇高精神和伟大胸怀进行了层层深入的展示,并回答了"谁是最可爱的人"的基本主题。

此外,魏巍的报告文学还经常以抒情性的议论对情节的开展和思想的深化进行推动,因而他的报告文学的开篇、结尾以及场景转换处常常运用浸润了浓郁诗情的文句以及蕴含着深刻思想的议论,既情理贯通,又意蕴酣畅。

第四节　现实题材戏剧与历史题材戏剧并重

十七年时期的戏剧在继承和发展了解放区戏剧的现实主义传统的基础上,开拓了戏剧创作的题材和种类,力求反映新的时代、表现新的人物。同时,这一时期无论是传统戏曲剧目的改编、新编历史剧的创作,还是话剧文学剧本、歌剧剧本的创作,都获得了一定的发展。在本节内容中,将重点分析一下十七年时期的现实题材戏剧和历史题材戏剧的创作。

一、现实题材戏剧的创作

在十七年时期的戏剧创作中,现实题材的戏剧是十分重要的一类,而最有代表性的剧作家是老舍。

老舍在中华人民共和国成立后,尽管对生活准备不够,对新社会的政治热情仍促使老舍创作了大量反映现实的作品。《方珍珠》是中华人民共和国成立后老舍推出的第一个现实主义剧本,描写了两代鼓书艺人在中华人民共和国成立前后生活和命运的变化。稍后,老舍又创作了另一部重要的现实题材戏剧《龙须沟》。这部戏剧围绕着北京的龙须沟在解放战争后由臭变清以及在沟边住着的四户人家在解放战争前后的生活变化和精神变化,展现了时代的变迁,进而歌颂了中华人民共和国和中国共产党。在解放战争前,由于国民党政府的腐败不堪,不但不治理当时的臭水沟龙须沟,还纵容恶霸地痞横行霸道,欺压沟边住着的百姓,致使百姓在恶劣的

---

① 丁玲.读魏巍的朝鲜通讯——《谁是最可爱的人》与《冬天和春天》[J].文艺报,1951(3).

环境中过着极其凄惨的生活。直到解放战争之后,人民政府出于对百姓的重视和关心,不仅对社会治安进行了整顿,还对龙须沟进行了治理,从而使沟边住着的百姓有了生活的希望,能够扬眉吐气地做主人了。剧中人物的语言有着浓浓的北京味,如当人们穿上新衣服和新鞋子庆祝新沟的落成时,丁四嫂说:"您看,这双鞋还真抱脚儿,肥瘦都合适。""抱脚儿"是北京的土话,意思是合脚,而其由丁四嫂嘴里说出,不仅与她下层妇女的身份相符合,而且透露出一股喜庆味。这部戏剧在发表后,为老舍赢得了"人民艺术家"的称号。

《茶馆》是老舍最重要的一部现实题材的戏剧作品,也是中国当代戏剧的经典之作。这部戏剧的出现,与当时的社会环境有着密切的关系。1956 年,毛泽东根据当时国内外的形势和文艺界的状况,提出了"百花齐放,百家争鸣"的方针。这个方针使文艺界重新出现大胆探索、突破"禁区"、尊重规律、百花争艳的局面。在这种良好的氛围和环境中,老舍被放逐的"自我"回归了,他又回过头去,重新写起了他写惯了的"陈年旧事"。但老舍写作的目的没变,即依然执着于现实,执着于表达对中华人民共和国的热爱。他说:"我不熟悉政治舞台上的高官大人,没法描写他们的促进与促退。我也不十分懂政治。我只认识一些小人物。这些人物是经常下茶馆的。那么,我要是把他们集合到一个茶馆里,用他们生活上的变迁反映社会的变迁,不就侧面地透露出一些政治消息吗",而且"茶馆是三教九流会面之处,可以容纳各色人等,一个大茶馆就是一个小社会",而小社会是对大社会的一个缩影,因而《茶馆》通过对北京的裕泰茶馆由盛到衰的变化以及光顾茶馆的各类人物的命运变迁的描写,展现了中国从清末到抗日战争胜利后达半个世纪的历史,揭示了旧中国人们如磐石般沉重的悲剧命运,并向人们展现了中国近现代史逼真的画卷。

该剧运用了三幕戏形式,对旧中国三个历史横截面上各色小人物的命运浮沉进行了生动展示,进而以点带面,深刻而生动地对中国从戊戌变法失败到抗战胜利后这五十年间的历史变迁进行了反映。剧本第一章写的是戊戌政变失败以后,帝国主义侵略势力越来越大,"吃洋教的"盛气凌人。包括大量鸦片在内的洋货源源而来,弄得国弱民穷,农民破产,以至卖儿卖女。清政府扼杀了变法维新运动,政治更如黑暗。特务们随便抓人问罪,三教九流各显神通,连太监也想收买农家女子充当老婆。清政府如此腐朽不堪,正如剧中常四爷所说:"大清国要完!"第二幕到了民国初年。帝国主义指使中国军阀进行割据,战祸连年,民不聊生。特务、大兵、巡警趁这兵荒马乱的岁月,敲诈勒索,残害百姓。裕泰掌柜王利发费尽心机改良茶馆,也难于维持生计。连当过国会议员的崔久峰也明白了:民国已是"死马不能再活"。第三幕描写抗日战争胜利以后,国民党特务和美国兵在北京横行,人民的命运尤其悲惨。心地善良的茶馆掌柜王利发,一辈子委曲求全,最后还是被国民党市党部委员、宪兵司令部的处长霸占了茶馆,不得不上吊自杀。民族资本家秦仲义踌躇满志,一心做着实业救国的迷梦,终于无法逃脱彻底破产的厄运。有过爱国雄心,参加过义和团反帝斗争的刚正旗人常四爷,晚年也落得提筐叫卖以了余生。这三个贯穿全剧始终的人物,经历了旧社会三个不同的时代,都没有找到生活的出路,最终只得把纸钱撒起来,为祭奠他们自己,也象征着给旧的时代送葬。葬送了旧社会,出路在哪里?作品通过康顺子母子和王大栓夫妇的出走,以及对康大力所在的西山八路军游击队的侧面描写,反映了解放战争的形势,预示着一个合理美好的社会即将到来。

这部戏剧是一幅巨大的时代画卷,年代如此之长,经过的历史事件如此之多,出场的人物如此之杂,涉及的社会面又如此之广,不是富有高度概括能力的作家,简直无从下笔。老舍却别出心裁通过茶馆这个生活侧面反映了整个时代的变迁。因为茶馆是三教九流汇集之处,可以容纳各色人物,一个大茶馆就是一个小社会。茶馆作为旧社会的生活缩影,显然最适合于表现作者"葬送三个时代"的创作意图。为了安排众多的人物和头绪纷繁的剧情,作者说他采用了四个办法:一是主要人物自壮到老,贯穿全剧。剧本以王利发、秦仲义、常四爷、康顺子等主要人物贯穿始终,不但表现了这些人物的悲惨命运和苦难的年代,也使剧情繁而不乱,浑然一体。以王利发来说,他一生经历了中国历史上的三个时代,善于经营,懂得"在街面上混饭吃,人缘顶要紧",为人谨小慎微,以为"多说好话,多请安,讨人人的喜欢,就不会出岔子"。他在20多岁时就继承父业,经营裕泰茶馆,独立应付生活。应该说,他是一个十分本分的商人,有着基本的道德良知,也一直希望社会安定,自己的生意兴隆。同时,他自认不能改变社会,只好要求自己当"顺民"适应社会,也奉劝茶客们"莫谈国事"。他每天在各色人物之间周旋,尽量不得罪任何人,如在剧中有一个情节,一对流亡的母女到茶馆来要饭,在那个年代这是一个很"平常"的场景,当时在场的秦二爷说"轰出去",而常四爷给了她们一碗面,无意中两个人便起了冲突,这时王利发左右逢源的本事展现出来了,他先是对常四爷说:"常四爷,您是积德行好,赏给她们面吃!可是,我告诉您:这路事太多了,太多了!谁也管不了。"说完后又转身对秦二爷说:"二爷,您看我说的对不对!"从这里可以鲜明地看出王利发两边都不得罪的心态,从表面上来看他是向着秦二爷的,但他又说常四爷的行为是"积德行好",这实际上是在赞扬常四爷的行为,如此不仅使常四爷的怒火得以平息,还让秦二爷有台阶下,可谓聪明之极。另外,他为了能将茶馆长久地经营下去,总是顺应着时代变化不断对自己的经营方式进行改变,以至于其他的大茶馆全都破产停业了,他经营的茶馆还能艰难地苦撑着。第一幕时,裕泰茶馆是有着古朴而气派的陈设,"屋子高大,摆着长桌与方桌,长凳与小凳"。但到了第二幕时,王利发为了不让茶馆被淘汰,将它改为了新式装潢,"一律是小桌和藤椅,桌上铺着浅绿桌布""墙上的'醉八仙'大画,连财神龛,均已撤去,代以时装美人——外国香烟公司的广告画",而且茶馆前堂卖茶,后面改为出租公寓。这时其他的茶馆全部倒闭了,只有裕泰茶馆在苦苦支撑着。到了第三幕时,王利发还准备找女招待来吸引顾客。但是,他的不断改良仍然挽救不了茶馆的命运,旧社会的黑暗势力最终还是将他付出全部心血的茶馆吞噬了,企图"做一辈子顺民"、始终小心翼翼做人的王利发也在无比绝望中自尽了。王利发这样一个精明能干而又委曲求全的老好人,还在当时的社会中无法生存,这更深刻地体现出当时社会的黑暗以及统治阶级的腐败。二是次要人物父子相承,既有利于故事的前后联续,又可以让特务、打手、人口贩子、骗人的星相家等形形色色的人类渣滓,在黑暗的旧社会里世代相传,甚至"发扬光大",从而深刻揭露了当时社会的本质。三是设法使每个角色都说他们自己的事,可是又与时代发生关系。农民康六带着女儿康顺子上场求买,不仅倾诉了他们自己的辛酸,也使人们引起了生活的联想,想到了半封建半殖民地广大农民的痛苦。两个大兵为军阀卖命,捞了几块现大洋,居然要合娶一个老婆,这些人无耻到了极点,也暴露了当时畸形的社会现象。名厨而落得色办监狱的伙食,顺口也说出了狱中人数之多,揭露了国民党政府的法西斯统治,接触到了更加广阔的社会面。四是无关紧要的人物一律招之即来,挥之即去。这样,全剧才三万字,就写了五十年,七十多个人物。由此,我们不难看出老舍概括生活的非凡本领,也可以窥见他独具的艺术匠心。

此外,这部剧作的结构形式别具一格,很有特色。老舍在创作这部话剧时,有意识地舍弃了中外戏剧传统编剧的一人一事法,采取了"多人多事"戏剧结构。"一人一事"是中外戏剧结构的共同法则,指的是戏剧可以描写许许多多的事件,甚至是十分错综复杂的事件,但其中必须要有一个贯穿始终并制约其他事件的主要事件。"多人多事"结构指的是横向层面结构与纵向线性结构相结合,众多人物和众多事件交错在一起,没有明显的主次。具体到这部话剧来说,横向层面结构表现在对三个时代横断面的选择与描绘上。老舍以茶馆为舞台,在剧中极其生动而细致地描绘了"戊戌政变"后的清代社会、军阀割据混战时的民国初期社会和战后国民党统治下的中国社会,进而对三个时代的社会世态进行了全面展示,也概括了中国的近代历史和历史发展的总趋势。纵向线性结构的表现是,通过各种贯穿人物生活上的变化反映社会的变迁,如裕泰茶馆五十年的兴衰,王利发、秦仲义、常四爷、康顺子等人一生的经历,大小刘麻子、大小唐铁嘴、大小二德子前赴后继、子承父业的情形等。这些场面,各自独立,精彩纷呈,使整个戏剧的展开显得流畅而多姿多彩。

总的来说,这部戏剧是以喜剧的形式表现悲剧的内容,写的是引人发笑的旧时代挽歌。同时,剧中的语言到处都充满了京味,精炼简洁而又含蓄生动,朴素干练而又幽默诙谐。

二、历史题材戏剧的创作

在十七年时期,戏剧创作领域出现了一次历史剧的创作高潮。在这一时期,最有代表性的历史题材戏剧的创作者是郭沫若和田汉,下面具体分析一下他们的戏剧创作。

(一)郭沫若的历史题材戏剧创作

郭沫若是历史题材戏剧创作最重要的代表作家之一,他的历史题材戏剧创作凭借的是其丰富的历史知识以及对史学的独到见解。同时,他在创作方法上承袭以前的史剧观,即"据今推古,借古鉴今",对史料与创作意图的处理采取"失事求似"的原则,即并不完全拘泥于历史真实,而是追求艺术的真实。

《蔡文姬》是郭沫若在十七年时期创作的一部重要的历史题材戏剧,其创作目的是要"替曹操翻案"。他认为,曹操对我们民族的发展,文化的发展,确实是有过贡献的人。在封建时代他是一位了不起的历史人物。但以前我们受到宋以来的正统观念的束缚,对他的评价是太不公平的。郭沫若把为曹操翻案的动机寄托于曹操迎接女诗人蔡文姬归汉这一史实上,可能与他有感于 20 世纪 50 年代以来知识分子在政治上不被信任和重用的现实有关。此外,郭沫若同毛泽东有类似的历史兴趣,并且毛泽东在对历史人物评点中曾经表达过要对曹操翻案的意思,这大概也是促使郭沫若创作该戏的一个原因。

该剧作共有五幕,曹操在前三幕没有直接出场,但剧作家从侧面对其进行了描写,通过董祀等人之口说他"爱兵如命,视民如伤""锄豪强,抑兼并,济贫弱,兴屯田,使流离失所的农民又重新安定下来,使纷纷扰攘的天下,又重新呈现出太平的景象""会用兵""使乌桓的侯王大人受了他的感化,听从指挥""成为天下劲旅""广罗人材,力修文治"等,为曹操在后两幕出现做了重要铺垫。在后两幕中,曹操本人直接登场,同时剧作家将其推到舞台的中心进行直接描写,通过他对蔡文姬《胡笳十八拍》的赞赏、远谯佞、举贤良、改饬令、促成蔡文姬和董祀的婚姻等具体情节,表现了他的文学修养、雄才大略、伟大胸怀和平民风范等。不过,曹操这一形象在剧中出现太晚,其文韬武略全靠别的人物叙述出来,且对其人物形象的处理过分理想化,因而这个人物形象不及蔡文姬丰满感人。

蔡文姬是一位美丽端庄、情感丰富、才华横溢的女诗人,又是一位饱经忧患、深明大义的爱国女性。在汉朝末年,她因战乱而被掳到匈奴,后与左贤王成婚且育有一对子女,家庭十分幸福和美,但她无时无刻不在怀念着故土和父亲蔡邕。戏剧一开始时就安排了曹操派董祀和周近带着重金厚礼将蔡文姬赎回汉朝,使得蔡文姬在去与留的抉择中陷入激烈的内心冲突,她渴望归汉,渴望叶落归根,但这又需要她付出抛夫别子的代价。这两难的处境让她"肝肠搅碎",承受着巨大的痛苦。最后,经过痛苦的思想斗争,她以天下大业和民族和睦为重,毅然放弃了自己的家庭生活而归汉。在归汉途中,她思念儿女,寝食难安,后在董祀的劝导下才稍有宽慰。归汉后,因曹操的影响以及太平盛世的感化,她的心灵创伤也逐渐痊愈,并开始施展自己的才华,为发展民族文化做贡献。

整部剧作从总体来看有着较高的艺术成就,但也有美中不足之处,如曹操的形象太过于理想化和现代化;最后一幕未能与前几幕的情境形成有机的联系,从而使得整部剧的结构的完整性受到影响。

《武则天》是郭沫若在这一时期创作的另一部重要历史题材戏剧,也体现了翻案动机。郭沫若认为:"武后执政时代是唐朝的极盛时代,不仅海内富庶,治绩和文化也都达到相当的高度。她把唐太宗的'贞观之治'发展了,并为唐玄宗的所谓'开元盛世'奠定了坚实的基础。"因此,武则天这个有争议的人物,在郭沫若的笔下,成为具有雄才大略,有志于富国强民,且从谏如流、知人善任、富有人情味的明君。

整部戏剧围绕着平息裴炎、骆宾王串通徐敬业谋反展开情节,在尖锐复杂的矛盾冲突中刻画武则天的性格特征。她体察民情,广开言路,宽容大度,顾全大局,明敏果断,积极进取,敢于斗争,却又"以道德感化天下",是一个具有远大政治志向和卓越政治才能的君主。特别是当在武则天得知徐敬业起兵叛乱后,立刻调兵遣将,给对方以措手不及的致命回击,取得胜利,更是集中地表现了她的运筹帷幄。

整体来说,这部戏剧的人物关系复杂,矛盾冲突激烈,人物性格突出,政论性很强。而且,从为武则天翻案的创作目的来说,这部戏剧是十分成功的。但是,这部戏剧的理想色彩太过明显,还将一些现代的思想和语言加在历史人物身上,对正确地认识和评价历史人物有所影响。

(二)田汉的历史题材戏剧创作

在中华人民共和国成立后,田汉在忙于政务以外,还动手改编、改写了京剧《白蛇传》《金鳞记》《西厢记》《谢瑶环》,创作了戏剧《朝鲜风云》《关汉卿》《十三陵水库畅想曲》和《文成公主》等。这些剧作中,有相当一部分是在毛泽东 1963 年 12 月 12 日关于文化工作中"许多部门至今还是'死人'统治着""戏剧等部门,问题就更大"的批示后写成的。虽然其中不乏应景之作(如《十三陵水库畅想曲》),但他的历史题材戏剧却为我国当代戏剧做出了杰出贡献,其中《关汉卿》尤为世人瞩目。

《关汉卿》是田汉于 1958 年应世界保卫和平理事会之约,为纪念世界文化名人、我国元代伟大的戏剧家关汉卿从事戏剧活动七百周年而创作的历史剧,被认为是中国当代戏剧史上不可多得的一部珍品。对艺人生活的深刻体验,对下层劳动人民的深切同情,使得田汉与关汉卿有着相通的精神世界。关汉卿的生平资料,史籍中微乎其微。元代钟嗣成的《录鬼簿》中仅有十四个字的记载："关汉卿，大都人。太医院尹。号巳斋叟。"一方面，田汉从关汉卿传世的剧作和散曲中探寻他的性格和精神；另一方面，从有关史书中深入了解、间接体验关汉卿所处的时代环境，尤其是艺人们的社会生活。田汉的戏剧经历和性格脾性，与关汉卿有许多相似之处：都是"梨园领袖"，都具有强烈的正义感、爱打抱不平等。所有这些，使田汉创作《关汉卿》具备了丰厚的生活基础和深刻的人生体验。另外，田汉的处女作四幕剧《环峨嶙与蔷薇》、三幕剧《名优之死》以及电影剧本《梨园英烈》，均以艺人们的生活、斗争为表现重心，这也为其创作同样是艺人题材的《关汉卿》积累了宝贵经验。

在这部剧作中，田汉并没有对关汉卿的一生进行描写，而是围绕着他创作、排练并演出《窦娥冤》展开，既展示出元代社会血雨腥风的生活图景，更深情赞颂了以关汉卿为代表的进步艺术家不畏强暴，为人民的利益呼号斗争的崇高品格和献身精神。戏剧一开幕，关汉卿就目睹了柔弱无助的女子朱小兰含冤惨死在了昏官的刀下，于是拍案而起，以笔为武器大胆地向旧社会提出抗议，创作并上演了《窦娥冤》。这表明了他不畏权贵的正义之心以及对下层民众的深厚感情。《窦娥冤》的上演激怒了权臣阿合马，他下令关汉卿修改剧本，将对现实进行讽喻的章句全部删去，但关汉卿拒不同意进行修改，"宁可不演，断然不改"。这惹怒了阿合马，将关汉卿和《窦娥冤》主演朱帘秀一起关入了牢房。在狱中，他大义凛然地拒绝了统治阶级的收买和诱降，并毫无畏惧地面对死亡，还向世人宣布"我关汉卿是有名的蒸不烂、煮不透、捶不扁、炒不爆、响当当的铜豌豆"，表现了他大义凛然的正气和可贵的气节。但《窦娥冤》已经让世人警醒，有壮士王著将权臣阿合马刺杀了。有关这部剧作的结尾，剧作家也是十分用心的。一开始的结尾是个喜剧，朱帘秀被允许脱去乐籍和关汉卿同去江南，但后来被改成了悲剧结尾，关汉卿只身一人流放南方，与朱帘秀地北天南。事实上，以喜剧结尾可以看出田汉对爱情理想的追求与成全，也是田汉一贯的浪漫主义精神的体现。排除外在的政治因素，让关汉卿与朱帘秀这对有情人最终劳燕分飞，似乎更富有感染力。

在历史上，关汉卿这一人物是有争议的，田汉则从独特角度入手，摒弃旁枝末节，以关汉卿在套曲《南曲一枝花·不伏老》中的自喻"蒸不烂、煮不熟、捶不扁、炒不爆、响当当的一粒铜豌豆"为其性格基点，充分塑造了一个"威武不能屈，富贵不能淫，贫贱不能移"的知识分子典型形象。值得注意的是，田汉无意将其塑造成完美的英雄。剧中的关汉卿在写《窦娥冤》之前也曾有过软弱和无奈，是在知己的鼓励和支持下才更加坚定。由此，剧作写出了关汉卿性格的丰富性和层次感。

除了关汉卿外，田汉在这部剧作中还塑造了豪爽勇敢、富于个性的女性形象，这与关汉卿自己在杂剧创作中对于女性形象的重视也是一致的。朱帘秀是著名的行院歌妓，关汉卿的红颜知己，又是编演《窦娥冤》的积极支持者和合作者。当关汉卿面对朱小兰冤案义愤填膺又无计可施时，她热情鼓励说："笔不就是你的刀吗？杂剧不就是你的刀吗？……干嘛不把李驴儿、忽辛这些人的鬼胎给勾了来，替屈死的女子们伸冤呢？"当关汉卿忧虑剧本写出来没人敢演时，她坚定地表示"你敢写，我就敢演"。可以说，没有朱帘秀的鼓励和支持，就没有杂剧《窦娥冤》的诞生和上演。在第一次演出激怒阿合马，面对"不改不演，要你们的脑袋"的威胁时，她将生死置之度外，坚持按原本演出。在狱中，她受尽酷刑而毫不屈服，在与关汉卿诀别时，一曲《双飞蝶》表现出人物对爱情的坚贞不渝。剧中的另一女性形象赛帘秀也极富正义感，她痛恨贪官酷吏，在演出《窦娥冤》时即兴增加"何日苍天开眼，要将酷吏剥皮"的台词，抒发底层百姓的愤怒和不平。阿合马下令挖去她的双眼,她仍不屈不挠。这些女性形象是中国古代优秀女性的代表,她们捍卫了自己及艺术的尊严,表现了女性的独立精神和觉醒意识。田汉剧中的人物与关汉卿笔下的窦娥相映生辉,现实与艺术交织在一起,渗透着对于女性的理解和尊重。

这部剧作在戏剧结构上,采用了"戏中戏"的结构手法,独特而巧妙。整个戏剧是在写关汉卿,但剧中还有一剧是《窦娥冤》,它的写作、排练和上演引起了剧中的矛盾冲突,并成为各种势力和各种任务聚散分离的焦点。这种戏中戏的巧妙构思,既提高了剧作的思想性,使剧作的思想内涵得到深化,同时也丰富了剧作的艺术性。此外,这部剧作在语言方面体现了田汉剧作"诗人写剧"的特点。"以诗入剧"就是把诗情与剧情融合在一起。剧中,田汉结合剧情的发展安排了不少富于诗情画意的诗词、歌曲,让剧中人物直抒胸臆,以此来突出戏剧的主题和突出人物性格,这不仅增添了作品强烈的抒情气氛,而且有助于展现作品的主题和烘托人物性格。《蝶双飞》和《沉醉东风》是剧中最有特色、最感人肺腑的两个插曲,将读者和观众带到了诗一般的意境中,形成剧中有诗、诗中有剧的独特艺术魅力。

总的来说,这部剧作取得了很高的艺术成就。不过,这部剧作由于受到当时时代的影响,将关汉卿的形象过分政治化和革命化了,而其著名戏剧家的身份却被忽略了。但是,这并不影响其在中国当代戏剧史中的地位。

第九章　20世纪80年代文化背景研究

20世纪80年代是一个全新的历史时期,也是思想、文化、审美的新启蒙时代,也被称为新时期。这一时期,我国文学呈现出两种发展趋势,一方面恢复、继承了自五四运动以来的"新文学"传统,另一方面又完全是在一种新的社会、文化语境中的写作,与中华人民共和国成立后的十七年文学相比,除了最初的几年有某些相通之处外,根本是两种风格。正如谢冕所说:"新时期文学的诞生,是对旧文学的形态的反动。开放的、充满创造精神的文学,实现了中国作家自'五四'以来痛苦以求的梦想。多元格局的形成,标志着这个新的文学时代所达到的最为激动人心的高度。中国文学的想象力和创造性在这个十年中发挥到了极致。"①本章主要从文艺复苏、新启蒙时代的回归、文化寻根以及文学思潮等方面对20世纪80年代的文化背景进行研究。

第一节　文艺的复苏

1976年4月清明节前后,天安门掀起了一场诗歌运动。这次诗歌运动中,其诗体现的关乎历史及国家现实与未来的激愤式呐喊、直面现实政治的战斗精神,在很大程度上预示了新时期文学初期的思潮趋向。天安门诗歌的出版,使其文学精神得以迅速广泛地传播,并引发了新时期初期的伤痕文学的出现;同时,天安门诗歌运动也是新时期文学创作中所体现出来的悲愤式悲剧文学审美形态的滥觞。之后一直到1979年,文艺界在文艺理论和文学批评方面呈现出异常踊跃热闹的局面,围绕一些重要的理论问题展开了一系列的讨论和争鸣,这标志着文学事业开始走向全面复苏,标志着意识形态的转型和思想解放时代的开始。

一、文艺界的思想解放运动

进入新时期,文艺界的首要任务就是不断冲破各种阻碍,争取更大程度的解放。

1977年,《人民日报》《文汇报》《光明日报》纷纷发表相关的文章进行批判。《人民文学》编辑部召开在京文艺工作者座谈会,研究和讨论如何繁荣社会主义文艺创作等问题。1978年5月11日,针对当时的两个"凡是",《光明日报》发表《实践是检验真理的唯一标准》,随即在全国思想文化领域掀起了关于"真理标准问题"的大讨论,标志着思想解放运动的真正深入。5月

---

① 谢冕. 新时期文学的转型[J]. 文学自由谈,1992(4).

27 日,中国文联第三届全国委员会第三次扩大会议在北京召开,会议宣布中断 10 年之久的中国文联及其所属的各个协会正式恢复工作。文学界开始出现生机勃勃的局面。此外,诸多大型文学期刊如《收获》《当代》《十月》《钟山》《花城》等和当年被停刊的国家和省级文学刊物也渐次复刊或创刊,为文学发展提供了众多的阵地。同年 12 月 18 日,党的十一届三中全会召开,确立了"解放思想,实事求是"的思想路线。1979 年 5 月,中共中央正式撤销《部队文艺工作座谈会纪要》,彻底推翻了"文艺黑线专政论"。这一切给我国的文学带来了复苏的信息,预示了文学生产力的解放和文学事业的繁荣。

二、第四次全国文艺工作者代表大会的召开

1979 年 10 月 30 日,文坛召开了第四次全国文艺工作者代表大会,标志着文艺界的全面"解冻"。会议重申了"双百方针",指出:"艺术创作上提倡不同形式和风格的自由发展,在艺术理论上提倡不同观点和学派的自由讨论。""文艺民主"的欲求成为大会的主旋律。大会由邓小平做祝辞,强调了党要按照文艺的根本规律去领导文艺。他指出,"党对文艺工作的领导,不是发号施令,不是要求文学艺术从属于临时的、具体的、直接的政治任务,而是根据文学艺术的特征和发展规律,帮助文艺工作者获得条件来不断繁荣文学艺术事业","作家写什么和怎么写,只能由文艺家在艺术实践中去探索和逐步求得解决","不要横加干涉","要抛弃衙门作风,废止行政命令";"艺术创作上提倡不同形式和风格的自由发展,在艺术理论上提倡不同观点和学派的自由讨论"。邓小平的这些观点有着相当强的现实针对性,对这一时期的中国文学起到了积极的推动作用。第四次全国文艺工作者代表大会比较客观地总结了中华人民共和国成立 30 年来文艺的正反两方面经验教训,进一步分清了是非路线,明确了今后文艺发展的方向。

1980 年 7 月 26 日,《人民日报》发表题为《文艺为人民服务,为社会主义服务》的社论,代表中共中央正式宣布:今后以"文艺为人民服务,为社会主义服务"(以下简称"两为"方针)为文艺工作的总口号,并进一步指出:"这个口号概括了文艺工作的总任务和根本目的,它包括了为政治服务,但比孤立地提为政治服务更全面、更科学。它不仅能更完整地反映社会主义时代对文艺的历史要求,而且更符合文艺规律。"可以说,"两为"口号的明确提出,是文艺理论上的一次重大突破和发展。

三、新时期文学初期的文艺观大讨论

在新时期文学的复苏期里,很有必要讨论一系列有关文艺观念的基本问题和创作中具有倾向性的问题。这些争鸣不仅是理论界对新的创作成果的积极回应,也是对新时期文学发展历史的总结和升华。

(一)重新认识文艺与政治的关系

1942 年,《在延安文艺座谈会上的讲话》中的"文艺从属于政治""文艺为政治服务"观念,制约了我国近半个世纪的文学创作格局和文艺面貌。所以,新时期文学在一开始就对中华人民共和国成立以来文艺根本性指导思想的重新认识。1979 年 1 月,陈恭敏在《戏剧艺术》上发

表《工具论还是反映论——关于文艺与政治的关系》,同年4月,《上海文学》发表评论员文章《为文艺正名——驳"文艺是阶级斗争工具"说》。这两篇文章从文艺的发展规律、古今中外文学发展历史等方面,对"文艺从属于政治""文艺为政治服务"的观点进行了有力的辩驳。

(二)关于现实主义的争论

继文艺与政治关系讨论之后,文坛又爆发了一次深入的争鸣活动,这次争论主要围绕现实主义的真实性诸方面问题而展开,并通过对相关作品的具体分析而逐步深入,并产生了重要的理论成果和积极的审美实践效应。不同的作品还引发了诸如悲剧问题、题材问题、爱情观问题、歌颂与暴露、人性与人情以及人道主义如何表现等方面的争论。其中,对文学中人性、人情、人道主义问题的讨论,是20世纪80年代前期规模最大、对文学产生重大影响的思想现象。

文坛围绕什么是人性、人性与阶级性的关系、什么是人道主义、人道主义的历史地位和现实意义、"人"在马克思主义学说中的地位、马克思主义与人道主义的关系、是否存在"人的社会主义异化"等重大问题,展开了大规模深入的讨论。在这场讨论中,许多西方现代哲学思潮也先后被引进——实用主义、现象学、结构主义、新哲学、科学哲学等。尤其是存在主义,以其理论和审美的双重形态,对新时期初期文学创作中的主题和人物形象的精神指向产生过重要影响。这一时期,逐步成为主流的人道主义文学思潮,完整地经历了从内到外、内外呼应、自浅至深的建构过程。这次就具体的作品对现实主义的真实性诸方面问题的争论都涉及了现实主义的核心:如生活事实与生活真实、生活本质、写真实与写本质、生活真实与艺术真实、真实性与倾向性等。

以上"这些讨论,为新时期文学向现实主义回归探索了道路,初步廓清了中华人民共和国成立以来关于现实主义的一系列似是而非的观念,对以真实性为核心的现实主义在辨析中达成了共识,从而确立了新时期文艺复苏的导向"①。

在这场讨论中,文学所受到的实际启示要比其参与其中的理论讨论更为重要,它给文学创作所开启的"人"的观念与发现的命题带来的影响无疑是巨大而深刻的;它直接推动着文学从人的角度来反思历史,以异化观念为现代中国民族和个人的悲剧寻求新的解释。如《啊,人》和《人啊,人》等小说,就是这方面的代表性作品。

四、新时期文学复苏阶段的艺术特点

在这一时期,文艺的复苏使得当代文学也有了极大的发展。具体来说,这一时期的文学创作呈现出以下几大特点。

(一)在艺术创造中强化悲剧的灾难性质

在审美格调上,新时期初期的作家不约而同地在艺术创造中强化悲剧的灾难性质。而正是审美的这种普泛性悲剧格调,似乎更容易受到人民大众的欢迎,且持续地激起了全社会一次又一次的强烈反响。在意识形态一元化的社会文化体制之中,文学的文化取值、政治选择与民

---

① 朱栋霖,等.中国现代文学史1917—2000(下)[M].北京:北京大学出版社,2007:140.

众期望的高度一致,文学言说与政治言说的互动,使文学获得了显而易见的话语权。这个阶段的文学包括文化,它的结构价值,离开政治是无法表述的,泛政治化的文化话语对审美在主题、题材、人物命运乃至情节细节方面的制约性,明显而普遍。

(二)真诚又感性地呈现现实与历史之间的复杂关系

新时期文学复苏阶段里,文学不回避现实既定的尖锐性,也不简单恪守社会主义现实主义的生活本质原则,而是秉执对真实力量的信仰探入历史的纵深,真诚又相当感性地呈现现实痛苦与历史悖谬之间的复杂关系。这一时期的文学似乎承载了这样的独特使命:对人的思考,表现祖国在动乱之中的巨大灾难,表现道德、良心在悲剧时代里的沦丧,表现青春、生命在非常时期内所遭到的凌辱与毁灭,表现爱的痛苦与失落,表现人的非人遭遇。这样一来,有意对文学纪实性的倡扬,也在无形之中遮蔽了文学应有的想象。

(三)恢复人的价值、尊严与地位

选择人性这一视角来强化对封建遗存的批判意识,这在新时期文学伊始是颇为自觉的,它对"人"的观念和文学观念的反思主要是对专制主义文艺思想的批判;重新肯定在十七年当中被主导意识形态批判、否定的文艺思想观念;对新时期文学理论、观念的反思与深度开拓。新时期的许多作家都自觉地运用人道主义意识来看取荒诞历史中的人性摧残,从传统人性论、人道主义观念出发呼唤"把人当成人"。恢复人的价值、尊严与地位,成为新时期文学初期对历史进行反思的理论基础。

第二节　新启蒙时代的回归

一、新启蒙时代文学的发展阶段

通常情况下,文学的变化发展不能完全以年代来精确划分。因此"新时期文学"阶段的划分是一种约定俗成的存在,这个阶段开始于在思想解放的社会、文化语境中写作的 80 年代文学,同时包括以经济为中心的改革开放的深入发展,处于社会、文化转型期的 90 年代文学①。这一时期的文学发展可以分为下面两个阶段。

(一)20 世纪 70 年代末至 80 年代中期

20 世纪 70 年代末,我国开始进入思想解放的转型期,这一时期文学也开始恢复、继承了

---

① 当然,对于后者,人们的看法不尽相同:"进入 90 年代,中国的文化状况发生了引人注目的转变。从 70 年代后期开始的'新时期',文化正在走向终结,各个文化领域都出现了转型的明显征兆。有学者将这一文化的变化定名为'后新时期'。"参见谢冕,张颐武.大转型——后新期文化研究[M].哈尔滨:黑龙江教育出版社,1995:1.

自五四运动以来的"新文学"传统,恢复现实主义精神、弘扬人道主义,正式进入历史和现实从政治反思到文化反思的思想文化启蒙时期。

虽然从艺术审美标准上看,这一时期的文学创作还比较粗糙和肤浅。但是,这一时期的文学却在整体上体现了既与五四时期的文学连接,又不同于以往的一种新人文主义的文学新思潮,即"以人性理论为基础、以人道思想为武器,确立同封建理学相对立的、以'人'为中心的文学宗旨。反对神道、兽道,宣扬人性、人道;谴责蒙昧、禁欲,崇尚科学与天性,否定世俗生活理学化,而主张还现实生活以感性特征"[1]。

(二)20世纪80年代中后期

在这段时期内,改革开放不断深入发展,中国社会开始进入转型期,文化嬗变速度加快,思想文化活跃发展。就文学而言,回归自身,走向审美、多元、创新,是这一时期文学发展的最醒目的标志。同一时期,文学继承了五四文学以来的"新文学"艺术潮流化倾向,其中最具代表性的潮流是"寻根文学"和"现代派"文学、"新生代"诗潮等。应该值得注意的是,不管这一时期的种种文学潮流有着怎样的缺陷,也不管后来人们对此有着怎样的反思与批评,这一时期确实是一个"文学自觉"的时期,也是文学从思想启蒙到审美启蒙的转折时期,而这一切都标志着文学正在迈向现代。

二、新启蒙时代文学的特点

20世纪70年代末和80年代初,文学主要是"伤痕文学""反思文学""大墙文学""知青文学""改革文学",它们在题材、内容上各不相同,有的是揭露控诉极"左"思想带给人民的身心灾难,有的是思考追问极"左"思想产生的社会政治原因,有的是直面改革现实的艰难,但都是在新时期政治语境下的写作,都是从政治角度去把握生活,观照历史和现实。尽管以"文学为人民服务,文学为社会主义服务"的口号取代了之前的"文学为政治服务"的口号,但是文学与政治的关系仍然十分密切,社会意识形态色彩仍然十分浓厚。但是这些文学形式的不同之处只是在于他们所反映的社会政治内容存在较大差异。"就'伤痕''反思'作家的历史处境而言,'伤痕''反思'小说作家的思想启蒙所着力批判的极'左',话语的'革命'内核仍然是'新时期'国家的一元化意识形态,启蒙主义的话语言说必须局限于国家意识形态所预留的空间之内。"[2]

具体来说,新启蒙时代的文学呈现出以下几方面的特点。

(一)追求社会轰动效应

这一时期的文学所反映的社会政治内容,一方面契合了广大群众的心理,另一方面也是新的执政者解放思想政治需求的反映。所以,这一时期的文学既受到对"凡是派"全面发难的"改革派"主流意识形态所推重,也受到读者大众所欢迎,文学不断产生社会轰动性效应,成为社会

---

① 宋耀良.十年文学主潮[M].上海:上海文艺出版社,1988:319.
② 丁帆,许志英.中国新时期小说主潮(上)[M].北京:人民文学出版社,2002:108.

关注的中心。于是,在 20 世纪 70 年代末和 80 年代初,在"伤痕""反思"文学潮流中出现了为了追求"社会轰动效应"而出现的题材上的一窝蜂、"撞车",艺术上的公式化、概念化现象。这告诉我们:此时的文学大背景虽然发生了变化,但是它仍然没有走出 20 世纪中国文学过渡性的怪圈,仍然没有克服过渡性自身难以克服的局限,即功利主义倾向、仿制倾向和审美匮乏倾向①。

文学创作追求社会轰动效应这一现象的产生不仅与作家和评论家既定的文学态度有关,也与当时的文学体制有关。

首先,"现代知识分子在半个多世纪的长期斗争中形成的一种紧张地批判社会弊病、针砭现实、热忱干预当代生活的战斗态度"在很大程度上造成了这种文学现象的产生,②这些作家主要有王蒙、陆文夫、丛维熙、邓友梅、张贤亮、李国文等,在这些"复活的作家群"的身上这一点得到鲜明的体现。用王蒙的话来说,他们这一代人都经历了"中国知识分子的革命化""反映到他们的新时期的创作之中,则体现为对于历史普泛化的反思与认识,缺少的是个人化的历史定位与时代思索"③。

其次,就当时的文学体制而言,这一时期的文学与十七年文学的共同性要远远大于它们的差异性,由于同处社会主义计划经济体制下,这一时期文学存在很大的一体性特点,他们的不同主要体现在由官方主持的各种政治意识形态色彩浓厚的文学颁奖构成的"话语激励"的差异上。这也在很大程度上制约、影响了当时的文学主潮。

因此,虽然这一时期的一些作品在社会上产生了很大反响,有的还曾获奖,但从现代文学研究的视角上来说,这一时期的文学大多只具有思想政治解放的意义和文学史资料的价值。真正艺术意义上的新文学并没有随着社会政治的变化而随之到来。文学期待着一次新的嬗变,一次回到自身的嬗变。

(二)继承与发展五四以来的"新文学"优秀传统

虽然在这一时期,文学因追求"社会轰动效应"而导致文学题材上出现一窝蜂、艺术上出现公式化、概念化的现象,但随着思想解放运动的更加深入以及西方各种人文思潮的引入,对五四文学启蒙传统的记忆恢复,为作家创作创造了更大的自由空间,再加上主体性的觉醒,使得新时期的一些作家们已经不满足于仅仅从政治层面去观照历史和现实,更不满足在新时期的政治话语框架里一窝蜂地去选择题材、处理主题④,他们的这些超越政治、阶级、革命、政党、国家意识形态的文学普世价值在新的历史语境中被重新激活,作家们一方面产生了与五四文学传统连接的启蒙身份的初步自觉,另一方面与人类性的文化开始接轨。"当作家们把艺术的目光投诸于人本身,关注人的幸福、确认人的价值、推崇人的个性、维护人的地位的时候,文学的

---

① 杨匡汉.20 世纪中国文学经验(上)[M].上海:东方出版中心,2006:27-32.
② 陈思和.中国当代文学史教程[M].上海:复旦大学出版社,1999:190.
③ 杨匡汉.20 世纪中国文学经验(下)[M].上海:东方出版中心,2006:724.
④ 据统计,1978 年全国优秀短篇小说获奖小说总数中,"伤痕""反思"小说占 72%,而到了 1984 年,则只占 25%;1977—1980 年的全国优秀中篇小说获奖总数中,"伤痕""反思"小说所占比例为 80%,而到了 1983—1984 年,则只占 30%。第一届茅盾文学奖"伤痕""反思"小说所占比例为 66%、67%,第二届则为 0%。参见丁帆,许志英.中国新时期小说主潮(上)[M].北京:人民文学出版社,2002:49-50.

整体描写对象便由客体的社会更多地转向了主体的人。而对于人的种种问题的揭示和透视，又使文学的题旨普遍走向了深化。文学作品愈来愈注意以对人的丰富特性和他们生活的内在世界的深入探析和形象描绘，来打动人，感奋人，启迪人们加深认识自己和自己的生活。新时期文学开始真正成为'人学'。"①

这些文学思潮和文学观念具体到创作实践中，就是站在人道主义的立场上反思和揭露整个中华人民共和国成立以来的"左倾"错误和人性扭曲，礼赞与呼唤"真、善、美"的共同人性与道德。秉持这一创作理念的作家们一方面继承五四文学启蒙作家"改造国民性"的传统，对国民自身人格的批判，尤其是对知识分子文化人格和灵魂的拷问、自审与自思；另一方面也试图展现自己对整个中国社会文化的思考，对封建思想文化的反思与批判。作家们关注与描写人的命运、生存状态，展示人生悲剧，描写普通个体在日常生活中的独特经历、遭遇、感受、体验，开掘"被侮辱与被损害的"小人物的命运的关注与精神情感世界，以此来表现人性。这一切，虽然仍然没有从根本上摆脱"反思"文学的框架，"基本上还是'人'的觉醒，而不是'个人'的觉醒"②，但和早期的"新时期"政治话语中的对历史与现实的政治反思相比，已不再仅仅是停留在社会政治层面对生活的把握上，而是逐渐开始回归自身。

（三）文学回归审美自身，开始艺术的探索

在新时期文学初期，由于特定的政治语境的制约和时代的需要，文学注重的是思想，忽视了艺术。随着作家主体性的觉醒，作家的立场、态度开始从政治反思向文化反思转变，这也必然会激活他们的艺术创新热情，激活他们对审美现代性的追求。因此，在20世纪80年代中期，思想的解放、精神的自由、感情的张扬，必然要挣脱原先的艺术思维、艺术模式、艺术框架的束缚，而找到相应的符合艺术本体的表达方式和形式，因此"回到文学自身"的观念开始深入人心，伴随着思想的探索，作家便开始了艺术的探索，涌现出一大批优秀作品如"朦胧诗""意识流小说""现代派戏剧"等。

（四）多样化的艺术探索

由于当时整个文学写作被新时期的政治话语所笼罩，这种艺术上的探索或者被视为"异端"，一方面受到了源自主流意识形态的封杀、批判，另一方面也被兴奋点集中在思想解放方面的大众所冷落。因此，到了20世纪80年代中期，随着思想解放的进一步深入，为艺术探索开拓了宽广的空间；大众对文学作品艺术性的进一步要求，为艺术探索提供了现实的土壤；西方文学观念、方法、技巧的大量引入，为中国的艺术探索树立了参照系，文学创作开始从单一的向多样化的创作方法转变。例如先后出现于20世纪80年代中后期的刘索拉、徐星等创作的"现代派小说""心理小说""寻根文学""先锋小说"等，剥离它们的"潮流化"和"共名"状态的外壳，可以发现它们实际上都是以不同方式、路径，来进行艺术上的各种探索、试验，试图实现从启蒙现代性向审美现代性、从着重"写什么"向着重"怎么写"、从单一的现实主义到多样化的创作方法的转变。

---

① 杨匡汉.20世纪中国文学经验（上）[M].上海：东方出版中心，2006：289.
② 丁帆，许志英.中国新时期小说主潮（上）[M].北京：人民文学出版社，2002：162.

三、新启蒙时代的文学创作概况

这一时期,随着社会变化、发展的深入和作家创作力的积蓄与爆发,中篇小说迅速崛起,成为文学重镇。据统计,1977 年中篇小说只有 12 部,而到了 1982 年,则上升为 745 部,其间每年发表的中篇小说几乎以几何等级的速度递进①。可以说,20 世纪 80 年代中期最有影响力的文学创作大多是中篇小说。虽然这一时期的长篇小说很少,但是,这并不意味着在这个时期没有长篇小说的产生,更不意味着新启蒙时代的长篇小说乏善可陈。一旦文艺复兴,文学创作力得到解放,标志着一个时代和民族的文学最高成就的长篇小说或迟或早会出现。宋耀良写道:"当新时期文学昂首跨入中篇繁荣阶段之时,形成更高阶段的契机已经悄无声息地出现。长篇小说的创作也正加速地进行着量的积累。"据他统计,从 1977 年到 1981 年 5 年间共发表了400 余部,仅 1981 年发表的长篇数,就将近是以往最多一年 1959 年的 4 倍。新时期文学的第一个十年,共发表出版长篇小说约 1000 部,这是 1949 年至 1966 年出版长篇小说总数的6 倍②。

(一)小说方面

1.一些老作家出版的长篇小说

进入 20 世纪 80 年代后,很多老作家又重新得以回归文坛。他们创作了一批长篇小说,这些小说大多取材于现实,也有的属于历史小说。小说既不同于极"左"思想时期的主流文学,也与当时正在兴起的"伤痕""反思""启蒙""改革"文学潮流也存在着不小的距离。其思想和艺术上都有明显的"十七年文学"的印记,局限性十分明显。代表性的作家及其作品主要有如柳青的《创业史》第二部、李志彤的《刘志丹》、魏巍的《东方》、李准的《黄河东流去》、刘白羽的《第二个太阳》、姚雪垠的《李自成》(第二卷)、周克芹的《许茂和他的女儿们》等。

2.反思型小说

一些作家顺应了当时的新启蒙文学潮流,但却没有因此克服迁移时期的文学局限性,因此其作品也没有达到长篇小说应该达到的深度和广度。代表性的作家及其作品主要有戴厚英的《人啊,人!》、莫应丰的《将军吟》、李国文的《冬天里的春天》、古华的《芙蓉镇》、遇罗锦的《春天的童话》、叶辛的《蹉跎岁月》、刘心武的《钟鼓楼》等。

之后,一批小说家创作了以宏阔的历史背景、宽广的文化视野、直面人生的描写、对人性的深入挖掘、人道主义的反思精神、对人物性格心理的多层面刻画的文化反思小说。这些小说不管是内容的厚重度、思想的深度,还是叙事的张力,在当时的长篇小说中都是首屈一指的。文化反思长篇小说的出现标志着新启蒙时代作家的创作已逐步摆脱了新时期特定政治话语的制约,从政治反思走向文化反思、从写社会走向写人生。代表性的作家及其作品主要有王蒙的

---

① 宋耀良.十年文学主潮[M].上海:上海文艺出版社,1988:6.

② 宋耀良.十年文学主潮[M].上海:上海文艺出版社,1988:7.

《活动变人形》、张贤亮的《习惯死亡》、张炜的《古船》《九月寓言》、铁凝的《玫瑰门》、霍达的《穆斯林的葬礼》等。

3.改革文学型长篇小说

虽然改革文学与现实联系过于紧密,在"文学回到审美自身"的冲击下,已日见式微。但就长篇小说而言,改革长篇小说恰恰又是最适合表现这类与社会、时代、国家关系密切的宏大叙事的体裁。所以,一些作家着眼于改革,创作了一批把握重大题材的改革小说,这类小说因契合了新时期初期社会和人民群众的思想心理,所以在当时大多产生了社会轰动效应,有的甚至很快被改编成电影或电视剧。一方面来说,他们虽然是在国家意识形态框架中写作,但却表达了作家对社会和历史的独立思考,对政治生活的强烈参与精神以及问题意识、危机意识和忧患意识,因而使现实主义得到了一定程度的深化,使读惯了颂歌体"红色经典"的读者耳目一新。然而,另一方面,因为审美主体的缺失和创作的惯性思维,这些作品的缺陷也是明显的。这些缺陷使作品无法汇入逐渐回归自身的审美文学潮流中,而日渐萎缩。代表性的作家及其作品主要有蒋子龙的《乔厂长上任记》、张洁的《沉重的翅膀》、苏叔阳的《故土》、李国文的《花园街5号》、张贤亮的《男人的风格》、柯云路的《新星》、路遥的《平凡的世界》、贾平凹的《浮躁》等。

4.知青小说

知青文学发轫于新时期文学初期,从大的方面汇入了伤痕文学潮流,但表现了知青作家对历史的独特而又共同的记忆,以短、中篇小说为主。"到了80年代中、后期,随着改革艰难、曲折的发展,意识形态发生了深刻的变化,知青写作则向着多元化方向发展,作品关注点由'文化寻根'扩展到更广阔的社会人生。"①其仍以中篇小说见长,但由知青作家创作的长篇小说也开始增多。就长篇小说而言,主要内容可分为两类。一类是从"过去"回到"现实",转而用理性的精神审视历史和现实的种种问题。代表性的作家及其作品主要有梁晓声的《雪城》《年轮》《泯灭》《恐惧》,张抗抗的《隐性伴侣》,陆天明的《桑那高地的太阳》,老鬼的《血色黄昏》等。另一类是高举信仰之旗,用哲学思索或宗教精神来抗拒世俗的平庸和堕落,代表作家及其作品是张承志的《金牧场》。

5.先锋小说

先锋小说是80年代中后期文学回到审美自身的一个突出标志,作为一种现代性的文学潮流,在当时影响较大,产生了一批具有代表性的作家和作品。但是,由于长篇小说更具有通俗化特性,更依靠完整的结构与引人入胜的情节故事来支撑。而先锋小说明显的特征就是反故事和在结构上搞所谓叙述圈套,所以先锋小说多是短、中篇小说,很少有长篇问世。代表性的作家及其作品主要有残雪的《黄泥街》,苏童的《米》《我的帝王生涯》,格非的《敌人》《边缘》《欲望的旗帜》,叶兆言的《死水》《一九三七年的爱情》,孙甘露的《请女人猜谜》等。

---

① 余昌谷.从"寻根"走向"多元"——20世纪80年代知青写作回叙[J].安庆师范学院学报,2006(2).

（二）诗歌方面

此前由于这样或那样的政治原因从 20 世纪 50 年代中期起很多诗人陆续在诗坛隐失，新启蒙时代一批诗人重归文坛，创作了许多优秀的诗作，如艾青的《鱼化石》《光的赞歌》、公刘的《刑场》《哎，大森林》等，推动了这一时期诗歌的发展。同时，在顾城、北岛等诗人的影响下，朦胧诗大量出现，使诗坛掀起了一场席卷全国的新诗潮运动。

（三）散文方面

老作家们用散文这一形式来对"左"倾错误进行书写，在散文中，他们或悲悼、怀念亲友，或记述个人琐碎、片断的经历，或对所见、所闻的诸种情、事发表感言，让散文传达出了或深沉凝重，或豁达洒脱的意绪，从而挣脱了散文以往的模式化创作的束缚。此外，20 世纪 60 年代时，在散文复兴的创作中，在杨朔、刘白羽、秦牧等人的影响下，散文逐渐形成了以表现时代精神为目标的"以小见大""托物言志"的主题和结构趋向，并刻意追求散文的诗化和划意境的营造。进入 20 世纪 80 年代后，这种散文文体模式逐渐成为散文发展的障碍，因此，越来越多的作家开始用创作实践来挣脱这种模式的束缚，从而使散文创作焕发出新的生机。在杂文和报告文学的创作中，通过一些作家的努力，也取得了令人瞩目的成绩，推动了杂文和报告文学的发展。

（四）戏剧方面

十一届三中全会以后，改革开放的思潮迅速蔓延到文学艺术领域，从而使 20 世纪 80 年代的戏剧呈现出了一些新的特点。戏剧舞台上，一大批触及并突破 20 世纪 30 年代以来令众多剧作家望而生畏的政治禁区和思想禁区的剧目被搬上了舞台。这些戏剧有的是大胆反叛传统、进行戏剧艺术的创新探索实验戏剧，有的是以反映普通人的遭遇和命运，发掘人的丰富而复杂的心灵世界的新现实主义戏剧，它们共同展现了 20 世纪 80 年代戏剧复苏、徘徊、探索的发展历程。

第三节　文化寻根的兴起

20 世纪 80 年代，中国的所谓现代派作品由于过分依赖模仿乃至重复西方文学，引起了很多作家和学者的不满。尤其是在中国在经历了一系列的文化破坏活动之后，始终未进入对传统的重新评估。这样，文化的破坏与简单向西方学习，造成了一种全盘西化和民族虚无主义，这引起了一些中国作家和学者的文化焦虑。为了恢复和振兴中国文化，文坛提出了文学寻根。文学寻根的提出，一方面存在着文学本身的直接动机。这些作家尖锐地意识到当代文学的贫困和落后，而积极推动文学进入"新时期"的不少作家，认为可以通过借鉴西方文学（尤其是现代派文学）来纾解焦虑。关注西方文学的热潮，开拓了作家的视域，引起文学观念、方法的革新，也产生了翻写观念、文本的现象。另外一方面，作为新时期文学主体的知青作家，在 80 年代中期也遇到艺术创造上进一步开拓、提升的难题。他们迫切要求找到摆脱困境的有效之路，对待传统文化的态度有救赎、批判、碰撞甚至是新生，都体现出了他们对中国文学急需现代化的焦灼和忧虑。

一、文化寻根的兴起

文化寻根是全球化趋势下一种反叛现代性的普遍反应。在过去的 20 世纪,西方文化寻根发展成为波及范围最广泛的思想运动和民间文化复兴运动,在理论上也催生了一大批重要的思想成果,其中以文化人类学领域的成就最为卓著。有人认为,这时期的知青作家群之所以会走向文化寻根,一方面是出于身份认同的需要,另一方面也是出于现代主义实验遭遇意识形态制约后的逃逸策略需要,他们试图借助民族传统包装,含蓄地表现正在形成中的现代意识。

在 20 世纪中期的政治、文化背景下,文学界开始是反伪现代派为主流,他们反对学习西方现代派的观念,主张只从方法论上来学习。后来,突然之间冒出一个拉美文学,以《百年孤独》为代表的翻译文学对全世界都有影响。而一部分作家批评指出当时中国盲目模仿拉美文学的现象。韩少功强调对民族甚至民间传统文化的开掘,批评那种简单移植外国作品的做法:"中国还是中国,尤其在文学艺术方面,在民族的深厚精神和文化物质方面,我们有民族的自我,我们的责任是释放现代观念的热能,来重铸和镀亮这种自我。"这实际上也就体现了文学创作的民族自觉意识。

在这一时期,寻根是中国重要思想文化潮流,这一潮流因为发生相关的事件,获得标志性的命名。"寻根"一词初见于李陀写于 1983 年底,发表于 1984 年《人民文学》第 3 期给鄂温克族作家乌热尔图的信中,在信中,李陀表达了对文学的文化根基的关注,他指出,"一定的人的思想感情的活动、行为和性格发展的逻辑,无不是一个特定的文化发展形态以及由这个形态所决定的文化心理结构的产物。近几年来我国有些作家开始注意这个问题,如汪曾祺、邓友梅、古华、陈建功。"这种认识与后来许多作家批评家对寻根文学的认识是相通的。他认为,许多具备明显现实主义特征的小说,可以说都对其书中人物所生活的文化环境做了详尽而准确的描写。

而寻根作为一个文学事件,指的是始于 1984 年 12 月在杭州举行的《新时期文学:回顾与预测》的会议提出的命题,以及会议参加者后来对这一命题的阐释。参加者主要是以知青作家为主的中青年作家、批评家,如韩少功、李陀、郑义、阿城、李杭育、郑万隆、李庆西等。

文化寻根,探寻被现代以来文化虚无主义所否定的民族文化、边地民俗、文化心理结构,力图重新为新时期中国文学的发展寻根溯源。

二、寻根文学

寻根文学的兴起在很大程度上是恢复和振兴中国文化的尝试。寻根文学主要是指一批受拉美魔幻现实主义文学影响的作家,以现代意识观照现实与历史,创作出的一系列反思传统文化、寻找民族文化的生命之根和病态之根、以传播和弘扬传统文化消除民族劣根性对社会进步的影响、重铸民族精神和文化心理结构的作品。寻根文学对传统文化劣根性和丑陋的一面进行揭示和批判,体现了一种启蒙精神。在作家、批评家"集束式"的阐述、倡导的基础上,20 世纪 80 年代初以来表现了相近倾向的言论和创作,被归拢到"寻根文学"这一旗帜之下,使这一事件潮流化,并顺理成章地生成了"寻根文学"的类型概念。比如韩少功笔下的湘西、阿城笔下的云南、李杭育笔下的吴越、贾平凹笔下的商州、郑义笔下的太行山区、张炜笔下的齐鲁大地、王安忆笔下的淮北小鲍庄、郑万隆与乌热尔图笔下的东北、张承志笔下的内蒙古、扎西达娃笔下的西藏等,可见寻根文学创作上的繁荣发展。

(一)寻根文学的发展

寻根文学是有理论主张、有创作实践、有代表人物和代表作品的文学思潮,其目的在于"寻根"。1982 年,汪曾祺在《新疆文学》第 2 期上发表理论文章《回到民族传统,回到现实语言》之后,创作了实践其理论主张的《受戒》《大淖记事》等作品,首开寻根文学之风气;1985 年,韩少功的《文学的"根"》、阿城的《文化制约着人类》、郑义的《跨越文化断裂带》、李杭育的《理一理我们的根》、郑万隆的《现代小说的历史意识》等文章,被人们称为寻根文学的集体宣言。由此,包括韩少功、王安忆、贾平凹、郑义、郑万隆、阿城、李杭育等人可以被视为新时期初期知青作家群的集体转向。他们在文化寻根的审美实践之前,都对文化及其相关问题发表了自己的看法。

在寻根这一文学潮流中,韩少功表现活跃,他的《文学的"根"》这篇文章,被有的人看作是这一文学运动的宣言。韩少功认为,"文学有根,文学之根应该深置于民族传统文化的土壤里,根不深,则叶难茂",说我们的责任,就是"释放现代观念的热能,来重铸和镀亮民族的自我"。

继韩少功的"寻根"主张之后,许多作家批评家纷纷发表文章,关注文学之根与文化的关系,如阿城发表了《文化制约着人类》。他在《文化制约着人类》一文中认为,"中国文学尚没有建立在一个广泛深厚的文化开掘之中,没有一个强大的、独特的文化限制,大约是不好达到文学先进水平这种自由的,同样也是与世界无法对话的"。但就中国社会历史发展来看,五四运动虽然在社会变革中有着不容否定的进步意义。

阿城对中国文化的认识和忧虑在郑义的《跨越文化断裂带》中得到了呼应。郑义更为明确地指出:五四运动曾给我们民族带来生机,这是事实,而作家们民族文化修养的缺欠,使得我们难以征服世界。由此,一代作家只有跨越民族文化之断裂带,才会走向世界。郑万隆在《我的根》一文中,把小说在内涵构成上分为了三层,一层是社会生活的形态,一层是人物的人生意识和历史意识,更深一层就是文化背景。由此郑万隆倡导"每一个作家都应该开凿自己脚下的'文化岩层'"。在魔幻现实主义成功的启示下,郑万隆谈了他自己的抱负:"更重要的是我企图利用神话、传说、梦幻以及风俗为小说的架构,建立一种自己的理想观念,并在描述人类行为和人类历史时,在我的小说中体现出一种普遍的关于人的本质的观念。或许这些只是一种行为模式,人类在这种行为模式中创造了文化,同时也创造了自己。"

李杭育也发表了《理一理我们的"根"》等作品。他指出,一个好的作家,不能仅仅做到把握时代就够了,他必须去感受"另一个更深沉、更深厚因而也更迷人的呼唤——他的民族文化的呼唤"。但对于中国传统文化,李杭育认为以儒家为代表的文化重实际、功利而黜玄想,从而与艺术的境界相去甚远。在这种情况下,李杭育主张清理一下我们的"根",而我们的"根"并不在被规范了的、大都枯死了的中原规范文化中,而是在这规范之外。最后,李杭育提倡在理一理我们的根的基础上,"选一选人家的'枝',将西方现代文明的苗壮新芽,嫁接在我们的古老、健康、深植于沃土的活根上,倒是有希望开出奇异的花,结出肥硕的果"。

李庆西则指出,民族文化之根的真正栖身之所并不在儒学里面,而是在区域文化中——发源于西部诸夏的老庄哲学,以屈原为代表的绚丽多彩的楚文化,以幽默、风骚、游戏鬼神和性观念开放、坦荡为特征的吴越文化等。

贾平凹也在 1985 年 10 月 26 日接受《文学家》编辑部负责人采访时以及在《四月二十七日寄友人书》中,都表达了对寻根的热情,肯定了韩少功的"寻根"主张,认为中国的文学是有着中国文化的根的。一时间,"寻根"成为当时文坛的热门的话题,寻根文学思潮开始形成。

由此可见,寻根文学作品主要体现出两种基本价值倾向:一是文化回归,即以发掘民族文化的精华、批判现实社会为己任,呼唤的是对于优秀传统文化的传播与弘扬;二是文化批判,即以揭示传统文化的痼疾、呼唤现代文明为己任,呼唤的是对于传统文化的批判。于是,寻根文学作品的题材和反思的对象具有鲜明的地域特点;在表现手法上既有中国现实主义文学传统的手法,又运用西方现代派的象征、暗示、抽象等手法,丰富和加深了作品的文化意蕴。这方面的代表作品主要有韩少功的《爸爸爸》、阿城的《棋王》、王安忆的《小鲍庄》、李杭育的"葛川江系列小说"、贾平凹的"商州系列小说"、郑万隆的"异乡异闻系列小说"等。

(二)寻根文学的文学价值

寻根文学在当代现实主义的发展中具有重要的价值,这不仅在于它通过文化反思拓展了政治反思,实现了现实主义从题材到主题的丰富与发展,而且在于寻根文学在拉美魔幻现实主义的启迪下借鉴和吸收了西方现代主义的一些表现技巧,在整体上表现出一种文学的自觉和审美意识的觉醒,从而在艺术形式上实现了现实主义的丰富与发展。然而,在理论批评界,也有对文学的文化寻根表示怀疑的声音。有论者指出,文化寻根者们的观点,"与我们社会中落后、愚昧的反现代化思潮暗合了,汇入了对抗社会进步的文化逆流之中"。"这种以怀旧情感为主线的'文化寻根',不但是反生活的,而且也是反美学的。"还有人对文化寻根的负面作用表示担忧,认为人为的文化寻根"在民族文化意识强化的同时,……可能出现当代意识弱化的倾向"。争论之中还涉及了如何看待民族文化和传统文化、传统与现代的关系、文化继承与当代意识的关系、对五四新文化运动的评价及对海外新儒学的评价等方面①。文化寻根现象,以理论探讨开其首,以创作实践殿其后,以思想和现象的并置状态,对 20 世纪 80 年代后期的文学产生了颇为积极的影响。

"寻根"的主张,推动了这个时期已经开始的文学表现领域的转移,出现偏离强烈政治意识形态性,偏离现实批判,政治历史反思的现象。这种情况的表现之一,是小说对于世俗日常生活,对于日常生活相关的风俗、地域文化产生浓厚兴趣。中国大陆当代,尤其是极"左"思想期间的小说,地域、风俗的特征趋于模糊、褪色。主流的文学观念是,历史运动,人的行为、情感的基本构成和决定性因素,是阶级地位和政治意识,其他的一切都无足轻重。这种观念在 80 年代受到普遍质疑,不少作家认识到,特定地域的民情风俗和人的日常生活,是艺术美感滋生的丰厚土壤,并有可能使对个体命运与对社会、对民族历史的深刻影响融为一体。加强对传统生活方式的了解,表现这一生活方式在现代的变迁,为不少小说家所重视。有的小说家甚至细致考察某一地域的居所、器物、饮食、衣着、言语、交际方式、婚丧节庆礼仪、宗教信仰等,成为其拓展创作视境的凭借。

---

① 陈晋.关于文学中的文化问题的讨论[J].文艺理论与批评,1987(1).

相对于反思小说，寻根文学小说最为显著的特点是：以现代意识观照现实和历史，反思传统文化，重铸民族灵魂，探寻中国文化重建的可能性；作品题材和文化反思对象呈鲜明的地域特点；在表现手段上既有中国传统文学的手法，又运用现代派的象征、暗示、抽象等方法，丰富和加深了作品的文化意蕴。

"寻根"倾向的小说在历史、美学观上，不管是整体面貌，还是个别文本，都显得较为复杂、暧昧。倡导寻根的知青身份作家，极"左"思想后才有了接触传统文化的可能，于是惊讶于过去的无知，产生对传统文化的孺慕。不过，他们大多更倾向于将传统文化作出规范和不规范的区分。对于他们所称的，以儒家学说为中心的规范的体制化的传统，持更多的拒斥、批判的态度；而认为在野史、传说、民歌、偏远地域的民情风俗，以及道家思想和禅宗哲学中，有更多的文化精华——这延续了新启蒙的批判立场。不过，在东西文化的对话、碰撞中，对传统文化的态度，在许多作家那里已经开始呈现出犹疑、多元、矛盾等的复杂性。

综览文学作品小说，这批作家们对自己所寻的"根"究竟是什么，文化这一概念究竟是什么等问题，并不很了然，对"根"或文化的态度也较复杂，一是持肯定态度，二是持否定态度，三是持历史主义态度。

总之，寻根文学是一次具有强烈的文化自觉意识的文学思潮，它在充分展示民族传统文化时，既给予了充分的认同和张扬，也批判了其中的劣根性和落后性。这是中国文学民族化道路上的又一次尝试。

(三)寻根文学的局限性

文化寻根的局限性是明显的，这主要表现在以下几方面。

首先，有学者对寻根文学过分强调文学的文化因素提出了质疑，刘纳认为"寻根论者过于强调了文化，尤其是传统文化对于文学创作的意义……把文化说得十分神圣，又十分玄妙"，"文化，不仅被看成作品成功与否的关键，而且被看成了配不配成为文学的关键"，这显然是偏颇的。如果把文化作为拯救文学的手段，其功效是有限的。

其次，关于文学之根在何处的问题上，有学者批评了寻根文学过分关注过去和传统，乃至神话传说、陋风陋俗，认为这是对现实的背离。周政保认为，文学的根，虽然应该深植于民族文化传统的土壤之中，"但作为当代小说，只能以当代生活作为自己的土壤，因为这土壤同样体现着一种独特的民族文化形态(也包括了悠久的传统)"。

再次，也有学者对寻根文学排斥现代文明、当代意识的做法提出了批评，认为寻根文学在强化民族文化意识的同时，有可能出现当代意识弱化的倾向。比如王光明认为，吸取传统文化，目的在于丰富我们自己，只有在传统文化中融和了当代意识，艺术地观照、思考，才能使对于传统文化所做的一切具有现实意义。

最后，还有学者对寻根文学的批判性倾向提出了担忧，指出："尽管寻根文学带有明显的改变民族文化心理结构的意向，但这种意向表现在对传统文化的批判上还不是十分明确的。因为它们的兴趣不是集中在考古意义的文化发现上，就是专注在对人物形象的所谓民族特色的塑造上。过分留恋所谓传统而忽视了批判，甚至成为一种文化保守主义，这是我们需要注意的。

第四节　文学思潮涌动

20 世纪 80 年代文学的主要思潮是思想解放运动的巨大潮流所催生的新的文学观念和创作方法；是对中华人民共和国成立以后政治、文学一体化背景下的文学生态的纠正；是对自五四运动以来的"新文学"优秀传统的继承和发展；是对人性、人道主义的张扬；是对文学的启蒙和批判精神的恢复；是对自我在文学中的充分肯定；是文学回到审美自身、重视艺术的探索创新，以及文学的多样化在创作中的践行。

一、20 世纪 80 年代前期现实主义的复归与发扬

20 世纪 80 年代前期，新时期的文艺界彻底摆脱了极"左"思潮的束缚，现实主义的传统得以复归与发扬。

(一)反思文学对现实主义的复归

反思文学把现实主义推向了一个新的阶段。它向历史的纵深处追溯，在时间上，反思文学推进到了 1957 年"反右派"斗争，甚至更早的时期。所以，反思文学是在更宽广的历史背景下思索和展示形成伤痕的历史、文化、人性的根源。在深度上，反思文学对历史的反思也显得更为厚重和深刻些，具有强烈的理性特点。因而使得反思文学作品传递出前所未有的更为丰富的社会、思想、文化信息，加强了对历史和现实的尖锐的批判意义，深化了现实主义。反思文学在艺术上多采用中篇小说的形式和现代小说艺术手法，突出故事的政治背景。这方面的作品主要有茹志鹃的《剪辑错了的故事》、鲁彦周的《天云山传奇》、高晓声的《李顺大造屋》、张贤亮的《灵与肉》、王蒙的《布礼》《蝴蝶》、古华的《芙蓉镇》等。其中，反思文学肇端于茹志鹃的《剪辑错了的故事》，小说通过对 20 世纪六七十年代的历史事实进行思考，以此重新认识和评价我国当代曲折的历史进程和复杂的历史事实，从而在意识形态、国民性、人的价值等方面挖掘现实问题的根源。

(二)改革文学对现实主义的发扬

以现实主义为主潮的文学创作，不但对历史进行反思，还逐渐地转为对改革中各种现实人生变化的关注，改革文学也就应运而生。改革文学是新时期现实主义文学的第三个浪潮，它主要反映当时我国各个领域的改革进程以及由改革所引起的政治经济体制、思想观念、伦理道德、社会心理、民族价值观、生活方式等的变化。改革文学注意现实主义与时代精神的结合，以清醒冷峻的态度剖析、审视着当今的社会结构，对不利于现代化事业发展的政治、经济和文化心理因素进行深刻的揭示和尖锐的批判。所以，改革文学具有强烈的批判精神、崇高的悲剧品格，凸显出鲜明的时代感和沉重的历史感。这方面作品主要蒋子龙的《乔厂长上任记》《燕赵悲歌》、路遥的《人生》、贾平凹的《鸡窝洼的人家》、高晓声的《陈奂生上城》、张洁的《沉重的翅膀》、谌容的《人到中年》等。其中蒋子龙的《乔厂长上任记》可谓为改革文学的先河之作。

二、20 世纪 80 年代后期现实主义的拓展与转化

20 世纪 80 年代前期,基本结束了现实主义复归与深化期。从 1985 年开始,新时期文学发生新变。随着社会改革范围的迅速拓展和开放领域的扩大,文学领域以历史为对象的反思热情逐渐减退,人道主义文学思潮也逐步趋于模糊。孕育于社会改革开放大潮之中的中国现代化想象与思考,开始向文学领域渗透,并影响着文学创作的当下风习和未来的发展走向。于是,80 年代后期开始步入现实主义的拓展与转化期。"一方面,保持和发扬真实地反映生活、注重细节的真实、塑造典型环境中的典型性格、典型情绪、典型意念等原有的审美特征,同时又注意吸收其他思潮,尤其国外思潮流派之长,兼收并蓄,兼容并包,形成开放的现实主义。"①现实主义的拓展与转化的具体标志就是出现了"寻根文学""纪实文学""新写实主义"等创作热潮。由于寻根文学在上文中已有详述,此处主要对纪实文学、新写实主义文学这两方面展开分析。

(一)纪实文学思潮

寻根文学热潮之后,现实主义创作一度进入"低谷期",现实主义文学思潮也有所低伏。但这个阶段还是有两个文学潮流引人注目,这就是纪实文学和新写实主义文学。

纪实文学包括报告文学、人物传记、口述实录体小说、纪实小说等多种文学样式。其内容主要是触及我国改革进程中反映出来的重大社会问题和复杂现象,表现改革年代政治、经济、法制、文化等各个领域中新旧观念的冲突。这方面的代表性作品主要有张辛欣、桑晔的口述实录体小说《北京人》,刘心武的纪实小说《5·19 长镜头》,涵逸的《中国的"小皇帝"》,大鹰的《志愿军战俘纪事》,贾鲁生、高建国的《丐帮漂流记》,李延国的《中国农民大趋势》,胡平、张胜友的《世界大串联》,沙青的《北京失去平衡》等被称为"中国潮"的报告文学,权延赤的《走下神坛的毛泽东》、梁晓声的《父亲》、新凤霞的《新凤霞回忆录》等"传记文学"。这类作品舍弃虚构和典型,坚持描摹实人,记录实事,逼真地再现了现实生活的原态原貌。

(二)新写实主义文学思潮

新写实主义文学中比较引人注目的是新写实小说,亦称为后现实主义、现代现实主义,也有人从题材的角度称之为写生存状态或写生存本相的小说。它发端于 1987 年湖北两位女作家方方、池莉分别发表的中篇小说《风景》《烦恼人生》。1989 年《钟山》杂志第 3 期开辟"新写实小说大联展"栏目,正式提出了新写实小说的概念。正如《新写实小说大联展·卷首语》所介绍和评价的:"所谓新写实小说,简单地说,就是不同于历史上已有的现实主义,也不同于现代主义'先锋派'文学",但它在创作方法上仍是以写实为主要特征,从总体文学精神看,仍可划归为现实主义的大范畴,"但它减退了过去伪现实主义那种直露、急功近利的政治色彩,而追求一种更为丰厚更为博大的文学境界,显示了现实主义的深化和发展。"

新写实小说注重冷静地展示普通人的生存境况,注重还原现实生活的原生态;在对世俗人

---

① 李明军.中国现当代文学[M].西安:陕西师范大学出版总社有限公司,2010:239.

生的叙写中,含蓄地表达了对人的生存状态和生命意味的思考;极端关注日常生活琐事,又淡化故事模式,强调生活的真实性和热情。在艺术观念和表现手法上,新写实小说既继承了传统现实主义的基本手法,又借鉴了荒诞、精神分析等西方现代小说艺术手法,具有一种新的开放性和包容性。这方面的代表作家作品主要有池莉的《不谈爱情》《太阳出世》《冷也好热也好活着就好》,方方的《白雾》《行云流水》《桃花灿烂》,刘恒的《狗日的粮食》《白涡》《伏羲伏羲》,刘震云的《官人》《单位》《一地鸡毛》,叶兆言的《艳歌》《枣树的故事》等。新写实小说是 20 世纪 80 年代末以来小说流派中延续时间最长的文学创作现象,一直延续到 20 世纪 90 年代中期。

需要指出的是,上述文学思潮的变化流程是经过几个重要的论争事件和焦点问题才得以向前推进的。20 世纪 80 年代后期,文学思潮正着眼于新格局的建立。文艺理论界出现的新方法热、新观念热、小说艺术创新的争鸣、文学主体性的讨论、有关创作自由和文艺与意识形态关系的大论争等,都以一种合力推动了 80 年代后期文学观念的更新。

三、20 世纪 80 年代现代主义的萌发与兴盛

(一)20 世纪 80 年代前期积极学习西方现代派

在新时期文学掀起痛诉伤痕,反思历史,呼喊改革的创作潮流中,中国文学也开始坦然地面对世界,并积极地在对西方文艺的评介中觅取新的发展路径。从 1981 年到 1985 年,对有关西方现代派和如何推进中国新时期文学的现代化的关注,一直是文艺界的一个热点问题,并逐渐形成对西方现代派文艺评介、翻译的热潮。1980 年前后,是对西方各种名目的现代文艺简单评介时期。此时,西方的现代派现象格外引人注目。其中,波特莱尔、卡夫卡、加缪、萨特、贝克特、海明威、福克纳、乔伊斯、加·马尔克斯、博尔赫斯、海勒等外国现代派作家名字,逐渐被文艺界所熟悉。除文学以外,新潮电影、新潮音乐、新潮美术等也同时涌动。不过这个时期对西方现代派文学的介绍,还停留在零散的、知识性的阶段。

(二)20 世纪 80 年代后期我国现代主义思潮的兴起

现代主义,又称现代派,是 19 世纪末至 20 世纪 70 年代,欧美具有反传统特征的象征主义、未来主义、意象主义、表现主义、超现实主义、意识流、荒诞派、魔幻现实主义、黑色幽默等各种文学流派的总称。在西方文艺批评中,现代派最基本的就是指对现实主义的反动:在思想特征上,现代派文学具有强烈反传统精神和文化批判倾向,表现社会异化现象是它的一个突出主题;在艺术特征上,热衷艺术技巧的革新、实验,强调表现心理真实,追求艺术表现的深度模式。作为 20 世纪一种具有代表性的世界性文艺思潮,现代派在 80 年代后期也对我国现当代文学产生过重要影响①。正如前面提到的,在 80 年代前期,一批西方现代派文学作品和理论研究著作陆续被翻译、评介。这些西方各种文艺思潮的译介,冲击着人们固有的思维方式,极大地拓宽了人们的眼界,为文学艺术的发展提供了一个多元化的文化空间。而关于现代派文学的

---

①　历史上曾经出现过 4 次引进和发展现代派文学的高潮,即五四时期、20 世纪 30 年代至 40 年代、20 世纪 50 年代至 70 年代的台湾时期、20 世纪 80 年代以后。

争鸣、讨论,使得我国现代主义文学思潮由文体、手法的革新深入到文学观念的深层思考,扩大了现代主义在我国文艺界的影响。在文学创作方面,伴随着社会文化环境和氛围的改变,一些具有现代派特征的朦胧诗、意识流小说、荒诞小说、探索戏剧等,开始在文坛出现。所以这一切,都为 1985 年以后的文学新变做好了充足的准备。在 1985 年前后,中国社会普遍出现了"文化热",而持续不断地对于西方文化的热情,逐渐演变成了在美术、电影等艺术领域中,对于新潮的追踪与尝试,并形成了被后来学术界所称谓的"85 新潮"。在这种背景下,从 1985 年开始,现代派文学创作逐渐形成高潮,出现了"第三代诗""现代派小说""先锋小说"等创作潮流。

新时期现代主义文学思潮的兴起,带来了文学观念的更新,也带来了艺术形式和艺术手法的多样化。在一系列文学变革的现象背后,存在着一个现代主义不断演变的过程。从朦胧诗的崛起,意识流小说、荒诞小说的移植,荒诞戏剧的尝试、探索,到第三代诗、现代派小说、先锋小说、新历史小说等具有后现代主义特色的作品的产生,都推动了新时期文学局面从一元到多元的转变。

四、文学批评与文艺理论争鸣

(一)20 世纪 80 年代前期对西方现代派文艺的大讨论

20 世纪 80 年代前期现实主义的复归与发扬是主潮,但同时也有对西方现代派文艺的大讨论。这场讨论开始于 1982 年《外国文学研究》上发表的徐迟《现代化与现代派》一文。该文直接把西方现代派与中国新时期文艺的未来发展结合在一起,提出在我国大规模进行现代化建设的今天,文学如何适应并创造出与之相匹配的"现代化"文学的问题。叶君健、冯骥才等著名作家也撰文予以支持。徐敬亚在 1983 年《当代文艺思潮》上发表题为《崛起的诗群》一文,认为西方现代派注意表现人的自我心理意识,追求形式上的流动美和抽象美,他明确反对传统概念中的理性与逻辑,主张表现和挖掘艺术家的直觉和潜意识。这些观点的震撼性以及它与文艺革新的紧密关联,曾激起了许多人积极的期待。但由于当时文化语境的制约,文艺现代化的呼唤对业已形成的现实主义理论格局的影响并不明显。而讨论更多的是,马克思主义和西方现代派在世界观、创作观上有着本质区别,是两种截然不同的思想体系;西方现代派的中心内容是表现资本主义的危机感和人的异化;现实主义才是我们的艺术之母,它是开放的,可以多吸收其他流派的手法。

在对西方现代派文艺的大讨论逐渐深入的过程中,争论的焦点便集中在西方现代派产生的原因、对西方现代派的价值评估等问题上。人们的话题不断渗透到西方现代派产生的社会思潮和哲学基础问题。这场讨论的深入,为 20 世纪 80 年代后半期文艺思潮的新变,提供了许多新的理论空间。

此外,20 世纪 80 年代前期还对朦胧诗、文艺心理学、文艺批评方法(以系统论、控制论、信息论为主)、复杂性格、文学创作的商品化倾向、通俗文学等问题先后展开了讨论。这些都说明这个时期的文学在创作、批评和理论三个方面,较之新时期文学复苏阶段有了本质的改变与发展。

值得注意的是,由于长期以来在文学与意识形态关系的认知上所形成的思维模式的影响,

20世纪80年代前期文艺创作的变化,依然未能摆脱对政治的依附。伤痕文学、反思文学、改革文学等,都是以文学紧跟时代政治的需求而掩盖了对文学自身审美的深入考察。这也反映了本时期文学的问题意识的某种偏颇和审美理性的欠缺。

(二)20世纪80年代后期的文学批评

1985年和1986年,被人们称之为方法年、观念年。在这两年间,文学批评方法的更新问题成为文学界的热点话题。从1984年开始,经过1985年的推动与泛化,流行于当代西方的各种批评方法迅速被大规模介绍进来,同时被批评家迅速运用到对新时期文学乃至文学史的研究实践当中,如形式主义批评、新批评、结构主义、符号学、解构主义、现象学、接受美学、文艺阐释学、表现主义、象征主义等,尤以系统论、信息论、控制论等所谓"三论"的引入和运用最为普遍。自然科学中的一些概念和原理,如熵定律、测不准原理、模糊数学等也出现在文学批评实践之中。新方法热不仅推进了新时期文学研究的发展,也带动了文艺观念体系的变革和学术思维的时代更新。

(三)20世纪80年代后期的文学论争

20世纪80年代后期的文学论争焦点几乎都属于纯粹的理论性问题,文学对自身理论的浓厚兴趣反映了对文学本体、文学观念的反思与重构的强烈要求,以至于形成了文艺理论观念变革大潮。这与文学进入80年代后期对未来的想象以及文学试图走向世界的现代性焦虑有关。这个时期文学从观念到创作开始了全方位突破。

从1984年到1987年,围绕文学主体性问题展开了一场论争。作家们在"写什么"与"怎么写"两大命题面前,更多地开始关心"怎么写"。在作家们的创作观念中,形式的意义日渐强化起来。首先是刘再复发表了一系列论著,提出应在文学中确立人的创造、对象、接受三位一体的主体性地位。他认为文学的主体性的研究是"'人的研究'的一种形式",同时申明"主体性问题,包括个体的主体性、民族的主体性、人类的主体性。这是强化人的创造性、能动性、自主性观念"。越来越多的人开始认同文学真实的"主观性"——一切被表现出来的都不失为一种真实。对此,陈涌发表《文艺学方法论问题》一文提出质疑。陈涌认为,主体论论者把"作为一种客观存在"的人和"作为行动者的人"分割开,把人的受动性归属于前者,而把人的能动性归属于后者,是错误的。在任何地方,都不存在超越时间空间,超越社会历史条件的行动着人的主体性。离开社会实践,谈论人的受动性和能动性,不是回到机械唯物主义的直观反映论,就是走向主观唯心主义。总体上看,文学主体性的争论主要集中在如何认识人的主体性和人的主体性与社会的关系问题。有关文学主体性问题的大讨论,它体现了新时期文学从一开始就关注的"人"的观念的深化,这无疑对本时期甚至是90年代文学的发展,产生了明显的推动作用。

此外,本时期还对创作自由问题、文学多元化问题、通俗文学问题、文艺商品化问题、文学作品中情爱描写问题以及文艺与意识形态关系问题等展开了讨论。这些讨论都一同昭示并构成了20世纪80年代文学的活力。

第十章　20 世纪 80 年代的文学创作研究

1979 年 10 月,积极倡导自由、文艺民主和思想解放的中国文学艺术工作者第四次代表大会在北京召开,这标志着社会主义文艺工作将发生历史性的转折。进入 20 世纪 80 年代之后,"文艺为人民服务、为社会主义服务"和"百花齐放、百家争鸣"共同成为新时期社会主义文艺的基本方针。这些方针指引着诗歌、散文、小说、戏剧等文学形式向前迈出了一大步,广大文艺工作者也以火热的激情和奋发的创造力拥抱着即将到来的文艺春天。下面我们将对 20 世纪 80 年代的小说、诗歌、散文和戏剧创作进行系统的研究。

第一节　小说的开放性发展

小说一直都是文学形式里比较活跃的,20 世纪 80 年代的小说获得了开放性的发展,涌现出许多不同类型的小说创作,一时间,各大小说家佳作迭出,下面我们对这个时期改革小说、先锋小说和寻根小说的创作进行研究。

一、改革小说的创作

中共十一届三中全会之后,党内确定了改革开放的政治路线,在全国范围内开始了经济和政治的改革。改革开放这一具有重大历史意义的大事要求我们在反思历史的同时又能超越历史,与改革的现实紧密地联系在一起,要求作家们以充满激情的笔触和冷静的理性眼光去关注改革,抒写改革和思考改革,去做改革开放的"书记"。顺应历史的发展要求,改革小说便应运而生,并一时成为文坛主角。蒋子龙、路遥、高晓声、李国文、何士光等都是改革小说的代表性作家,下面将对蒋子龙、路遥、高晓声的小说创作进行简要阐述。

（一）蒋子龙的改革小说创作

蒋子龙(1941—　)，河北沧县人,1958 年考入天津重型机器厂技工学校,1960 年开始文艺创作,1962 年始发表杂文通讯等,1964 年开始发表散文。1976 年发表的小说《机电局长的一天》,引起社会上强烈的反响。1979 年,发表了《乔厂长上任记》,受到广泛好评,直接引发了改革小说的热潮。在此之后,蒋子龙又创作了许多改革小说,虽然无法超越《乔厂长上任记》,但也在文坛产生了很大的影响,如《维持会长》《一个工厂秘书的日记》《开拓者》《赤橙黄绿青蓝紫》《锅碗瓢盆交响曲》《燕赵悲歌》等。其《乔厂长上任记》《一个工厂秘书的日记》《拜年》分别获 1979 年、1980 年、1982 年全国优秀短篇小说奖;《开拓者》《赤橙黄绿青蓝紫》分别获 1980

年、1982年全国优秀中篇小说奖。

蒋子龙是开改革小说风气之先的作家。下面将对蒋子龙在20世纪80年代创作的《赤橙黄绿青蓝紫》和《燕赵悲歌》进行简要分析。

《赤橙黄绿青蓝紫》是蒋子龙描绘当代青年风貌的中篇佳作,获得1982年全国优秀中篇小说奖。作品写出了新的历史时期不同类型青年各自心灵的变化和性格的完善,作品中的几个青年,在1966—1976年期间身上不同程度地蒙上了历史的灰尘,在大变革到来之时,他们十分自然地开始寻找新的生活和自己应有的位置。小说通过他们成长道路的描绘,揭示了青年只有和群众一道投入到推动历史前进的时代洪流里,只有在对人生的切实开拓中,才能吸取七色光谱的全部色彩,成为"全颜色"的一代新人。蒋子龙摸到了当代青年的脉搏,从他们的现实状况出发,从种种看似陌生的甚至是扭曲的现象中透视青年的精神及心理。解净、刘思佳、叶芳、何顺因此也成为他笔下的社会主义青年人的典型代表,这些人物形象的塑造源于生活,又高于生活,大大地丰富了当代文学的人物走廊。这部小说开拓了新的创作主题,不失时机地将特写镜头从老干部移向年轻的开拓者。这篇小说描写的虽是青年人的生活、理想、信念、情操,却有着普遍的社会意义,启发人们思考,在严峻的历史变革面前究竟怎样生活?怎样做人?

《燕赵悲歌》通过讲述华北东部平原大赵庄的大队书记武耕新在新县委副书记熊丙岚的支持下带领大赵庄人改革致富的故事,记述了农村经济改革遇到的困难和取得的成就。小说的主人公武耕新是中国新式农民的形象,有着燕赵志士的古道热肠,也有着共产党人的崇高责任感,面对开拓革新的道路上遇到的困难,他没有退缩,而是义无反顾地迈出了坚定的步伐。

总体来说,在当代文学史上,蒋子龙以丰硕的成果引领着改革小说的发展,在一系列连续的、逐步深入的作品中确立了自己的开拓者地位。无论从思想上还是从艺术上来说,蒋子龙的开拓性创作为同期的甚至是以后的小说创作显示了一种新的风格和新的突破。

(二)路遥的改革小说创作

路遥(1949—1992),陕西清涧人,出生在一个贫困的农民家庭。从少年时代起,路遥就十分喜爱中国现代文学和俄罗斯文学,并开始练习写作诗歌和散文。1966年从县立中学毕业后,路遥返回故乡当小学教师。1973年进入延安大学中文系学习,开始尝试文学创作,发表处女作《优胜红旗》,艺术上深受陕西作家柳青的《创业史》的影响。1976年毕业后被分配到陕西省文学创作研究室,后任《陕西文艺》(现恢复原名《延河》)编辑。1982年发表《人生》,引起社会上广泛的好评。其他作品还有中短篇小说集《当代纪事》《姐姐的爱情》《路遥小说选》,长篇小说《平凡的世界》等。其中《惊心动魄的一幕》获1977—1980年全国优秀中篇小说奖,《人生》获1981—1982年全国优秀中篇小说奖。1986年发表的长篇小说《平凡的世界》获第三届茅盾文学奖。1992年11月17日,路遥因病在西安逝世,年仅42岁。

路遥的作品多描写农村和城市的交叉地带的生活,善于刻画社会变革中各种人物形象和人物的矛盾心理。朴素凝练、贴近生活的语言风格,深沉厚重的社会人生主题都容易引发读者的共鸣。下面将对他的代表性作品《平凡的世界》进行简要分析。

《平凡的世界》以主人公孙少安和孙少平兄弟为中心,刻画了诸多当时社会各阶层普通人形象,深刻地展示了普通人在社会历史进程中所走的艰难曲折的道路,是一部全景式表现中国当代城乡社会生活的长篇小说。孙少安在家乡以办砖瓦厂起家,在几度浮沉中终于积累了生产经验,承包起石圪节的砖瓦厂。在兴办乡镇企业的过程中他还意识到改造狭隘的农民思想的重要性,以便为乡镇企业的扩大再生产打下各方面的基础。孙少平则在贫困的生活中强烈意识到通过劳动和读书来改变自己及命运的重要性;在精神上他一边与贫苦农民的自强自立精神保持一致,一边又与大学生田晓霞完全平等地分享知识、爱情和人生的快乐。他先在建筑工地打零工,后来又到大牙湾当煤矿工人。他一直以顽强的意志试图改变自己的命运和未来,即使在极其艰苦的矿工生涯中他仍怀着巨大的激情和希望去面对一切。

这部小说全景式地反映了中国当代城乡生活,系统而又翔实地记述了中国近十年间(1975—1985)城乡社会生活变迁的历史,并通过复杂的矛盾冲突,刻画了社会各阶层普通人的形象。小说也发掘出了城乡交叉地带的年轻人的身上的复杂性格。孙少平和高加林一样,也是在城市化进程中,凭借青年人的热情和才能去追求和建设自己的生活理想,但由于一定的自身麻木性和社会局限性而未能真正走向城市,实现自我进一步的人生理想。田晓霞、吴月琴、吴亚玲这样具有现代女性意识的女学生、女知青,在她们身上也能发掘出很多传统的美德和追求。孙少平与田晓霞的爱情也是城乡交叉的结合型,实质上在潜意识里却表露出城乡的差别与互渗。

总体来说,路遥的小说从文化层面揭示了改革在各阶层的人群中引起的心理、伦理、道德和价值观念的变化,以及几千年形成的文化重负对改革的影响和制约,因而是对农村变革现实的更为深入的文化审视,谱写了变革时代不平凡的乐章。

(三)高晓声的改革小说创作

高晓声(1928—1999),江苏武进人。1948年考入上海法学院经济系,1949年进入苏南新闻专科学校学习,次年毕业。先后在苏南文联、江苏省文化局从事群众文化工作,历任苏南文联编辑、江苏省文化局文化科科员、江苏省文联专业创作员、江苏作家协会副主席、专业作家。1954年发表处女作短篇小说《解约》,该小说以新的婚姻法为背景,在文坛上引起注意,高晓声开始生成自己的写作风格。他的创作多取材于苏南农村生活,以严峻的现实主义笔触,揭示政治、经济变革对普通农民命运的深刻影响,"陈奂生系列"小说为其代表作。下面将对《陈奂生上城》进行简要分析。

《陈奂生上城》发表于1980年,是这一系列中最为精彩的一篇。小说通过主人公上城卖油绳、买帽子、住招待所的经历极其微妙的心理变化,写出了背负历史重荷的农民在跨入新时期变革门槛时的精神状态。在《陈奂生上城》中,高晓声对人物性格心理的多重性挖掘最是让人称道,他主要是将故事情节的发展、人物的活动与人物的心理结合起来,从而以相当简练的笔墨把人物的立体感的个性呈现出来。其中就有对陈奂生付五元钱之前之后的心态做了精彩而又细致的描写。他在病中被路过的县委书记送来招待所,第二天结账时听说房钱要五元大吃一惊。在付出五元钱之前,陈奂生是那么自卑、纯朴,他发现自己住在那么好的房间里,感到了父母官的关怀,心里暖洋洋的,眼泪热辣辣的,盖着里外三层新的绸被子,不自觉地缩成一团,怕自己的脚弄脏了被子,下了床把鞋子拎在手里怕把地板弄脏,连沙发椅子也不敢坐,唯恐瘪下去起不来。而在付出五元钱之后,他心中一种花了冤枉钱后的感情发泄造成的破坏欲、一种损人不利己的恶作剧心理便发作起来,他用脚踏沙发,不脱鞋就钻进被窝,并算计着睡足时间。人物的心理发展到这里,一个具有双重矛盾性格的陈奂生已跃然纸上。然而作家并没有止步,而是进一步地挖掘,写尽了这个农民的各个心理侧面。接下去,陈奂生的心理又从破坏欲的发泄转变成自我安慰:既然一夜就住了五元钱,那么索性就去买个新帽子戴戴吧。当想到那五元钱的住宿费难以向老婆交账时,他只好而又本能地用"精神胜利法"来达到心理上的平衡和满足:认为由县委书记送去旅店住一晚,花五元钱也是一个不可多得的荣耀。于是他仅仅用五元钱就买到了精神上的满足。陈奂生的心态和性格终于圆满地显露出来,典型地表现了中国农民复杂的精神现象。陈奂生的形象是一幅处于软弱地位的没有自主权的小生产者的画像,包着丰富的内容,具有现实感和历史感,是历史传统和现实变革相交融的社会现象的文学典型形象。作者对陈奂生既抱有同情,又对他的精神重荷予以善意的嘲讽,发出沉重的慨叹,这种对农民性格心理的辩证态度,颇具鲁迅对中国国民性的"哀其不幸,怒其不争"的精神传统。

在这部小说中,陈奂生的形象是一幅处于软弱地位的没有自主权的小生产者的画像,包容着丰富的内容,具有现实感和历史感,是历史传统和现实变革相交融的社会现象的文学典型,展示了 20 世纪七八十年代之交农村经济改革初期中国农民所共有的矛盾心理倾向:善良与软弱、纯朴与无知、憨直与愚昧、诚实与轻信、追求生活的韧性和容易满足的浅薄、讲究实际和狭隘自私等。

总体来说,高晓声自觉继承了新文学传统的现实主义,以自己的创作推进着当代文学的现实主义的深化。他以清醒的态度坚守现实主义的创作精神,其现实性不仅表现在热切地关注新的生活,而且能以一种超前的眼光关注着时代的历史走向,使其作品具有鲜明的当代性。新时期以来,他更注重思考和探索,在对我国古代语言的有益养分进行吸收的基础上,借鉴外国文学作品中的手法,逐渐形成了自己独特的现实主义风格。

二、先锋小说的创作

先锋小说是在 20 世纪 80 年代中后期形成的具有鲜明的文体实验倾向的小说流派。先锋小说在叙述方式上重视故事讲述的形式,试图打破中国传统文学文本内部的等级制度,实现语言的革命性改变。马原、余华、洪峰、格非、孙甘露、残雪、北村等都是先锋小说的代表作家,这里主要对马原、余华和格非的先锋小说创作进行简要分析。

(一)马原的先锋小说创作

马原(1953—　　),出生于辽宁锦州,1970 年中学毕业后到辽宁锦县农村插队。1974 年进入沈阳铁路运输机械学校机械制造专业学习,毕业后曾当过钳工。改革开放后,马原考入辽宁大学中文系,毕业后进入西藏担任记者、编辑,而在西藏的经历也为他的小说创作提供了重要素材。1989 年,马原被调回辽宁,担任沈阳市文学院专业作家,现任教于同济大学中文系。马原从 1982 年开始发表作品,有小说《拉萨河的女神》《冈底斯的诱惑》《夏娃——可是……可是》《西海的无帆船》《虚构》《大师》等。代表作品是《冈底斯的诱惑》,下面对《冈底斯的诱惑》进行阐述。

《冈底斯的诱惑》叙述了几个不相干的故事:剽悍的藏族神猎手穷布和陆高、姚亮探寻野人的踪迹的故事;陆高和姚亮设法观看天葬未果的故事以及顿珠、顿月兄弟俩和尼姆的婚姻故事。这几个故事没有什么关联,它们单独成立又串连在一起。故事的线索也不很明确,往往突如其来,倏然而去。探险者陆高很大程度上是作者个人经验的延伸,同时又是整个故事的主要视角。而且事件常常并没有确定的时间、地点,或者在过程上或者在结果上进行省略。小说中的叙述者和小说的人物是各自独立的,叙述者常常跳出故事来提醒人们,他是在讲一个虚构的、过去的事。小说从头到尾没有一个统一的人称,一直在不停地转换人称,如在叙述老作家时使用第一人称直叙,在叙述穷布时使用第二人称转述,在叙述姚亮、陆高看天葬的经历和顿月、顿珠兄弟的故事时,又采用正面叙述方法。这种把作者、叙述者以及人物交揉循回的扑朔迷离的叙述方式,打破了读者阅读时的惯性与期待,造成间离效果,拉大了读者和故事世界的距离、淡化故事的真实性,从而使读者的经验世界同故事的观念世界保持平行,从而对作品内容做出清醒、理性的判断。

总体来说,马原的先锋小说不再有明晰清楚、条理一贯的整体叙事,不再用这种叙事来赋予个体经验以现实性与意义,这里只剩下暧昧不明的、似真似幻的个体经验与个人化的叙述。

(二)余华的先锋小说创作

余华(1960—),祖籍山东高唐,出生于浙江杭州,后来随父母移居浙江海盐。余华从1984年起开始发表文学作品,创作有中短篇小说集《世事如烟》《现实一种》《鲜血梅花》《战栗》《黄昏里的男孩》等,长篇小说《在细雨中呼喊》《活着》《许三观卖血记》《兄弟》等,散文集《内心之死》《高潮》等。

余华的先锋小说有着很强的实验性,也有着非凡的想象力,还涉及了人性的丑陋黑暗,将罪恶、暴力和死亡作为描写的对象,以极其冷酷的笔调、冷漠的叙述语言揭示了人性丑陋阴暗的角落,对传统经验和现实秩序进行了彻底的颠覆和充满激情的解构。《十八岁出门远行》和《现实一种》是余华先锋小说的代表作。

《十八岁出门远行》是余华先锋小说的代表作,小说描写的是一个18岁的少年"我"第一次出门远游的故事。在父亲的鼓励下,"我"走出了家门,进行远游。开始时,"我"兴高采烈,对一切都充满了好奇。天黑时,"我"为了寻找一个过夜的地方而搭上了一辆拉苹果的卡车,并坐在驾驶室内和司机闲谈。但走到半路上,卡车抛锚了。正当司机下去修车、"我"坐在驾驶室内等候时,一群人上来把苹果抢了。"我"感到非常震惊和愤怒,为保护苹果不被抢走,"我"和那些强盗大打出手,结果被打得满脸是伤,背包也被抢走了。

后来,"我"终于明白,司机和那群抢苹果的人原来是串通好的。在这部小说中,少年"我"来到了外面的世界,可是这个世界充满了阴谋和暴力,一路上,他碰到的只有贪婪、势利、伪善和凶狠。而那场抢劫也像是预先布置好了似的,专等着他往圈套里钻。这意味着,人们所构建的秩序仅仅是一个表象,这样的生活是不真实的,也不能成为人的行为规范。唯一真实的是在它背后的一个个阴谋和圈套,而人本身的欲望才是能真正支配人的,就像动物的本能欲望一样,因而那群人抢苹果和一群蚂蚁搬运食物是一样的。在这里,触及的是世界的荒谬、无序和人的暴力。

《现实一种》叙述了一个连环套式的仇杀故事,并对暴力欲望、灾难和死亡进行了冷漠叙述,揭示了人性的残酷与存在的荒谬,实现了对历史和伦理的彻底颠覆。小说中的暴力起源于山岗的儿子皮皮,他虽然是个孩子却已经学会了用暴力来获取快乐,于是在无意间虐待和摔死了自己的堂弟。就这样,暴力的漩涡在孩子的一次无意识的罪恶行动中形成了。在这场暴力的漩涡中,山岗、山峰两兄弟及他们的妻子都被不由自主地卷入了,其间看不到一点亲情,只充满了野蛮本能的暴力。成人世界的暴力一旦展开,就不会像孩子的世界那样是非理性的,它会变得有计划、有目标、有安排,每一个人都用暴力来还击暴力,残暴的杀戮和快感也很快占据了他们的整个心灵。于是,山岗和山峰展开了报复性的暴力活动:先是山峰为替儿子报仇踢死了山岗的儿子皮皮。为了给儿子报仇,山岗又杀死了山峰。最后山峰的妻子杀死了山岗。报复性的暴力活动就像是一阵暴风,席卷了每一人的内心,且似乎无法停止下来,直到卷入了所有人。结果,每个人都是施暴者,也是受害者。

这部小说通过冷漠的叙述者和简略的叙述策略对人性的残酷与存在的荒谬进行了揭示。这个冷漠的叙述者以貌似客观的态度对残忍的亲情仇杀故事进行着冷血般地叙说,他略去了人物的心理活动和价值判断等,客观地让人物自己去表演,并通过视点的变换对故事过程进行展示,几乎达到了一种无我叙述的效果。简略的叙述策略使作家一再强调要追求另一种生存状态的真实,但这个真实已经被作家个人化了,略去了那些生活常态经验而对人性的丑恶进行了直截了当的叙述,将合理的社会化的人,简略为荒谬的、非理性的动作本能。另外,余华通过冷漠的叙述者和简略的叙述策略构建了一个封闭的个人化的小说世界,在反传统中创造了一个现实生活的真实的图像模型。

总体来说,余华的先锋小说中不仅有着最为阴郁、冷酷的血腥场面,而且展现了人是如何被暴力挟持着往前走,最终又成为暴力的制造者和牺牲者的过程。

(三)格非的先锋小说创作

格非(1964—)原名刘勇,江苏丹徒人。1981年进入华东师范大学中文系汉语言文学专业,毕业后留校任教。2000年获文学博士学位,并于同年调入清华大学中文系,现为清华大学中文系教授。格非于1986年发表了处女作《追忆乌攸先生》,1987年发表的成名作《迷舟》以"叙述空缺"而闻名于先锋作家之中。1988年发表的中篇小说《褐色鸟群》更是曾被视为当代中国最玄奥的一篇小说,是人们谈论先锋文学时必提的作品。

《迷舟》是格非先锋小说的代表作,描写的是一个由爱情和战争两条平行的线索组成的历史故事,可这个故事无论从哪个角度来看都是不完整的,总是会在关键的地方留有空缺,从而将故事的时间性和悬念运用得非常充分。

主人公萧是孙传芳部队32旅队的旅长,他在回家奔丧时与杏重温旧情,杏的丈夫三顺发觉后将她阉了送回了娘家。萧连夜赶去榆关去看望遍体鳞伤的女人,而占领榆关的北伐军首领正是萧的哥哥,于是,暗中监视萧的警卫员将他的行动解释为通敌,萧就这样被枪决了。按说,主人公萧去榆关看望与他偷情却被丈夫打得遍体鳞伤的杏这一事件,无论是在爱情线索上还是在战争线索上都处于高潮的位置,可作家却将它省略了。但是,由于省略,读者有了更加广阔的想象天地,而且还使两条线索既被错开又被交合。错开是由误读引起的,因为从警卫员的角度看萧是去榆关传递情报,而从三顺的角度看萧去榆关是为了探望情人杏。可是,如果从读者的角度看,这二者又都有可能,从而又将两条线索交合在了一起。爱情和战争这两条线索本来隐含着不可调和的冲突张力,可在这里却交合在了一起。萧是一个怀旧主义者,总是沉湎于往事的温情中难以自拔,他无力区别战争与爱情的根本对立,也不能看清战争对爱情的横加干涉,当他试图用情爱将战争造成的生活空缺进行填补时,他的生命也走到了尽头,所以,酒醒后的警卫员偏执地认为他去榆关是为了传递情报,便在根本不顾及这一行为可能有潜在意义的情况下武断地填补了这一空缺——他决定用6发子弹打死萧,使这个故事变得完整。实际上,这一空缺是永远无法弥合的,"萧去榆关"也成了永远的不解之谜。因此,不管是萧用情爱来填补战争生活的空缺,还是警卫员用6发子弹来填补故事的空缺,都使生活的历史起源和故事的历史生成变得更加不完整。

总之,格非总是运用空缺使小说的叙事看起来既像是游戏,又像是哲学思考,并让读者能从中透视到对生活现实的隐喻或理解。

三、寻根小说的创作

1985年,文化寻根意识崛起,在政治和文化的多重关系下直接带动了文学实验,唤起了作家、艺术家对艺术本体的自觉关注。下面对韩少功和阿城的寻根小说创作进行研究。

(一)韩少功的寻根小说创作

韩少功(1953—   ),湖南长沙人,笔名少功、艄公等,曾任第一届、第二届海南省政协常委(兼),第三届省人大代表(兼)。曾任第三届海南省文联主席、省文联作协党组成员、书记。2011年申请卸任这些职务获准。现兼职中国作协主席团委员、全委会委员,海南省文联名誉主席。韩少功是寻根文学的主将,《爸爸爸》《女女女》等都是他的寻根小说的代表作。

《爸爸爸》以一种象征、寓言的方式,通过描写一个原始部落鸡头寨的历史变迁,展示了一种封闭、凝滞、愚昧落后的民族文化形态。主人公丙崽是一个丑陋不堪的"老根",他一生下来就是一个傻子式的人,一个永远长不大的穿开裆裤的小老头。但也就是这么个简单的人,却又似乎包含着某种神秘的东西。他屡次历经劫难,却又屡次逃脱。在鸡头寨人与鸡尾寨人打仗之时,丙崽却被鸡头寨人奉为神灵,称为丙仙顶礼膜拜。鸡头寨人要杀丙崽祭谷神,天却响起炸雷,丙崽躲过一劫。当鸡头寨人被打败要进行民族迁徙时,鸡头寨的老弱病残都服毒自尽了,喝了双倍分量毒药的丙崽却又奇迹般地活了下来。

小说以一种象征、寓言的方式,解剖了古老、封闭近乎原始状态的文化惰性,批判了我们这个民族常常将自身的命运交付给某种荒诞而抽象的异己物,致使整个民族常常陷入一种无理性的盲动之中的做法。丙崽这个形象一方面表明了民族的愚昧、落后,透着没落陈腐的生存气息,代表着民族的劣根性和这劣根的顽固性,这也体现了作者的文化批判与启蒙精神;另一方面又体现了一种民族的顽强生命力,虽然鸡头寨被打败了,但其迁徙之后是否还会重新开始所谓的新生活呢?是否还会诞生第二个丙崽呢?这是小说给予我们的思索。

《女女女》从个体生存的角度讲述了叙述者"我"和幺姑、幺姑的结拜姊妹珍姑以及幺姑的干女儿老黑三个女人之间的关系。幺姑是工厂里的工人,她勤劳克己,但是当听说"我"和"我"的家庭有困难时,便慷慨地帮助"我"和"我"的家庭渡过难关。在最艰难的岁月,她所说出的话也总是饱含着哲理和智慧。珍姑住在农村,当她听说幺姑中风了,并且成为"我"和"我"的家庭的负担时,她主动担起了照顾珍姑的责任。

珍姑通过自己的实际行动保护着幺姑不受到任何伤害,幺姑去世后,珍姑将她安葬在了故土,并且给她举行了隆重的葬礼。在珍姑身上,憨厚正直等传统的美德得到了充分的体现,这也使得"我"有一种想要偎依到她身边的冲动。幺姑的干女儿老黑是一个西化的年轻女性,过着自我放纵的生活,她的极端个人主义经常使得"我"对自己的价值观和信仰产生了动摇。在老黑的世界里没有温情,只有冷冰冰的物质和性。在这部小说里现代文明的颓废命运与对传统的不接受和漠视联系在了一起。

在这部小说中,如果说幺姑这个人物是对历史与现实中人性的一种嘲弄。那么,老黑与珍姑的形象便是凝聚了都市与乡村的两界人生。小说中看不出两代人之间的温情,有的只是赤裸裸的冷漠,没有人性,没有人情。这也说明现代文明的颓废命运与对传统的不接受和漠视联系在了一起,而这种对立的差距感也无形地体现出城市与乡村的文化对比。

(二)阿城的寻根小说创作

阿城(1949—　　),原名钟阿城,祖籍重庆江津,出生于北京。读高中时中断学业,被下放到山西、内蒙古插队,后来又去云南农场。1979年回北京,在中国图书进出口公司工作,后来在《世界图书》做编辑工作。

阿城的寻根小说创作对传统文化呈现出的文化品格表达了由衷的向往和认同。同时,他的寻根小说中渗透着极其浓重的道家传统,并将笔触深入到了较少受到正统文化影响的边缘地区,在这些传统势力薄弱的地方从传统的道德文化出发,对人的生命文化进行再思考,让民族的过去得以重现。但他所表现的不是特定民族或特定地域的文化,而是整个中国的道家传统文化。下面将对阿城寻根小说的代表作《棋王》《树王》进行简要分析。

《棋王》塑造了一生除了吃就专注下棋的"棋呆子"王一生。吃与下棋是王一生的追求。在吃上,他要求并不高,不要求吃好,不要求吃饱,只求半饥半饱。小说中多次描写到他的吃相,特别在火车上吃发给每人一份的盒饭时的恶相,以及饭菜如何被吃得惨无人道,令人惨不忍睹。而当王一生一旦吃完饭后,便把一切都投入了下棋之中,他几乎活在棋里。王一生的棋艺和棋道均来自一个拾破烂的老头,老头不仅收了王一生为徒,还把家传的棋谱送给他,并对他传授了棋道。

吃与下棋,一个大俗,一个大雅,却矛盾般地集中在王一生身上。可以说,吃是生存的保证,但在王一生那里,更是下棋的基础;吃不上饭,也就无从下棋,但下棋以其自由精神却又超越了吃,消解了吃的俗。正是在这吃与下棋中,王一生获得了自己的生存之道,这就是道家之道。可见,阿城对现代都市文明持一种排拒的心理,而对朴实天然的自然状态有一种亲近感。对古朴自然状态的留恋,与庄子的返朴归真的思想相契合。

《树王》反映的是人与自然的关系问题,体现了作家对现代都市文明的排拒和对朴实天然的自然状态的留恋、亲近。小说的主人公肖疙瘩是个插队的知青,有点儿呆笨,说起话来笨嘴笨舌,但干起活来挺在行,而且不管是什么重活脏活都自顾自地干。当林场所有的劳力都在进行热火朝天的砍山竞赛、大干所谓的垦殖大业时,只有他一个人在默默地种着菜。当知青们在砍一棵大树遇到困难时,他勇敢地走上前去,帮助知青化险为夷。事后他还不顾自己被管制的身份向支书提意见,认为不应该让那些没有经验的知青去砍那些大树。而当要砍倒树王以破除迷信时,肖疙瘩做出了惊人之举,他以性命相搏,以血肉之躯保卫着树王。后来迫于支书的威压,他不得不离开树王,但他并没有回到家中,而是日日夜夜守护在树王的旁边,直到树王被砍倒。当知青的刀砍向树王时,也砍向了肖疙瘩的心,终于在大树倒下的那一刻他的血也流逝怠尽,生命也就枯萎凋零。

在肖疙瘩与树王同归于尽的同时,一种"天地与我共生,而万物与我为一""天人合一"的豪迈之情在读者心中油然而生。因此,肖疙瘩才是真正的树王,他已达到一种身与物化的境界,作为植物的树王与作为人类的树王有着默契的感应。而肖疙瘩强烈要求留下一棵天然的大树作为明证,并与一棵天然的大树同生死、命运,实则是以自己的生命来证明人应该回归自然,从而达到身与物化的理想境界。

第二节　诗歌的多元化呈现

20世纪80年代的诗坛,呈现出多元化的特点,这个时期涌现出了各种各样的诗派,创作了大量优秀的诗歌。下面我们对朦胧诗和第三代诗人的诗歌创作进行具体的研究。

一、朦胧诗的创作

朦胧诗是指以内在精神世界为主要表现对象,采用整体形象象征、逐步意象感发的艺术策略和方式来隐示情思,从而使诗歌文本处在表现自己和隐藏自己之间,呈现为诗境模糊朦胧、主题多义莫明这样一些特征的诗作。20世纪80年代,朦胧诗大量出现,使诗坛掀起了一场席卷全国的新诗潮运动。可以说,朦胧诗是20世纪80年代中期以后统领诗坛的主要力量。北岛、顾城、舒婷和江河等都是朦胧诗的代表作家。下面主要对顾城、北岛和舒婷的朦胧诗创作进行简要分析。

(一)顾城的朦胧诗创作

顾城(1956—1993),在朦胧诗人中被称为"童话诗人",这与他的经历有关。从小生活在农村,使他得以亲近大自然,贪图大自然的恬静、美丽,暂时忘却现实的喧嚣和丑恶。小小年纪的顾城就已经逃避现实,一心躲进大自然的童话世界中去了。顾城的这个世界无疑是一个纯净美好的天国世界,一个与社会和世俗人生相对立的彼岸天国。在他看来,童心洁净无瑕,它是最初的,也是最美的,它是一片净土,没有枯枝,没有落叶,有的只是希望的种子在睁开眼睛、张开小手。在顾城的笔下,这个世界就像他1981年创作的《我是一个任性的孩子》中描写的那样,"每一个时刻都像彩色蜡笔那样美丽,而我则用彩色的蜡笔画下一片片天空,一片片属于天空的羽毛和树叶,画下淡绿的夜晚和苹果,画下早晨,画下露水,画下遥远的风景……"《我是一个任性的孩子》是顾城在为自己画像:

> 他没有家
> 没有一颗留在远处的心
> 他只有,许许多多
> 浆果一样的梦

和很大很大的眼睛

……

我们都是任性的孩子

那段日子

也许

不像想象中那么幸福

却也那么珍贵

那么单纯

那么任性的童年

但是,人不能永远活在梦中,总要回到现实。在严峻的现实中,顾城的理想和希望如同泡影,此时,他又不像是个长不大的孩子了,而显得冷峻而成熟,开始对人生进行严肃的思考了。在 1986 年出版的《一代人》中,顾城只写了两句诗:

黑夜给了我黑色的眼睛

我却用它寻找光明

这两句诗道出了一代青年探索真理的心声,是这一代人的自我阐释,也是不屈精神的写照。1966—1976 年十年时间就是那漫漫长夜,没有月光,没有星辰,但是渴望光明的心却在这"黑夜"之中,由迷惘到清醒,由困顿到解脱,由无知到觉悟。全诗简洁、明快,短短两句诗充满必胜的自信。

(二)北岛的朦胧诗创作

北岛(1949—　　)即赵振开,于 20 世纪 70 年代初开始写诗。在四五运动中,他压抑不住满腔的怒火和激情,写下了著名诗篇《回答》。该诗在《诗刊》1979 年第 3 期发表后,顿时引起了惊世骇俗的巨大反响。由此北岛开始了他的创作生涯。

北岛是一位受西方现代主义诗歌影响较深的诗人。他不满足于模仿,而是将其化为自己的东西,并有所创造,例如《古寺》:

逝去的钟声

结成蛛网,在裂缝的柱子里

扩散成一圈圈年轮

没有记忆,石头

空濛的山谷里传播回声的

石头,没有记忆

当小路绕开这里的时候

龙和怪鸟也飞走了

从房檐上带走暗哑的铃铛

生长,那么漠然

不在乎它们屈从的主人

是僧侣的布鞋,还是风

石碑残缺,上面的文字已经磨损

仿佛只有在一场大火之中

才能辨认,也许

会随着一道生者的目光

乌龟在泥土中复活

驮着沉重的秘密,爬出门坎

这首诗的意境空灵、深邃,表达出来的是诗人奋进的意志。在这首诗中,诗人运用通感的手法,由听觉转换成视觉,钟声成为可视的形象,然后与蛛网、年轮这两个意象叠加在一起,加强了诗的历史厚重感,使古寺所象征的僵化的否定性因素具体化、物象化,从而增强了诗人艺术情感的表现力。诗人通过古寺这一整体意象揭示出封建主义的某些社会特征,蕴含着严肃的历史批判意识。这种批判,其态度是辩证的,即对僵死的、陈旧的传统意识应该扬弃,对待"石碑""文字"所象征的传统文化应该继承,并希望它们在"一场大火之中"获得新生。

北岛是一位敢于直面人生和丑恶现实的诗人,他的诗中展现了特定时期争取觉醒的青年的自我冲突以及对不合理的社会环境的批评,典型地表达了社会转型期一代青年的愤怒和抗争。因此,北岛的诗中有着锐利的批判锋芒,但他的诗中也始终洋溢着对理想和民族未来的坚信。

总体来说,北岛的诗有着丰富坚实的思想和意蕴,具有开阔的视界,表现出深沉冷峻的思考,闪耀着睿智的思辨之光。北岛的诗在冷峻的否定的外表下表现了一代青年在历史转折阶段愤懑痛苦的心情,以及对于新的时代与现实的焦灼热切的期待。

(三)舒婷的朦胧诗创作

舒婷(1952—),原名龚佩瑜。原籍福建厦门,出生于泉州。1967年中学毕业。1969年到闽西山区插队。1971年开始写诗。1972年回到厦门,先后当过水泥工、挡车工、炉前工等。1977年她与北京《今天》的同仁们结识,创作受其影响。1979年她在《诗刊》上发表《致橡树》,获得广泛的好评。1980年入福建文联创作室,后任作协福建分会副主席。著有诗集《双桅船》《会唱歌的鸢尾花》,散文集《心烟》等。

舒婷的诗有着典型的浪漫主义风格,细腻而沉静,哀婉而坚强。而且,她的诗有着浓重的女性意识,很少以理性的姿态对外部的现实世界直接或是正面介入,而是以女性独特的情感体验对女性的尊严和自我价值进行了肯定,对女性的人性理想和人格独立进行张扬。如《致橡树》:

我如果爱你,

绝不像攀援的凌霄花,

借你的高枝炫耀自己,

我如果爱你,

绝不学痴情的鸟儿,

　　为绿荫重复单调的歌曲；

　　我必须是你近旁的一株木棉，
　　做为树的形象和你站在一起。
　　根，紧握在地下，
　　叶，相触在云里。
　　……

　　在这首诗中，舒婷以强烈的女性意识阐述了自己的爱情观，并在当时获得了很多人的认同。不过，这首诗中更为重要的价值是借对自己爱情观的阐述肯定的女性的尊严和人格独立，张扬了女性的独立精神。

　　舒婷的诗在意象的运用上趋于明朗，贴近自然而很少有刻意为之的痕迹。她的诗充满了对价值寻找的渴望，对理想的追寻以及对传统的反思和对人的价值的呼唤，深受当时青年的喜爱。她的诗多用第一人称写成，信念、理想、社会的正义性都通过"我"这一抒情形象表现出来，诗行中充满了对人的自我价值的思考。

　　舒婷的诗歌大多是以真实的自我作为抒情主人公形象，抒发对生活的真实感受。她的自我形象既不是时代的英雄人物，也不是消极厌世的悲观者，只是从社会苦难中走出来的一代青年的普通代表。舒婷和北岛完全不同，她的诗不像北岛的诗那样富有理性的批判力度和强烈的思辨色彩，而是充分发挥了女性诗人所特有的曲折幽微的心理和细腻委婉的情感的长处，追求人与人之间的理解与信任、关怀和尊重，渴望独立的人格，以体贴入微、感同身受的人生体验，传达出对自身、对别人，甚至对整个人类的挚爱和关怀。所以她的诗对受伤的心灵不啻为温馨的抚慰。

二、第三代诗人的诗歌创作

　　第三代诗人大多出生于20世纪60年代，他们处于由计划经济体制向市场经济体制转轨的时期，面对的是一个非常复杂的世界，因而在价值准则、思想观念、美学倾向以及情感体验等方面都发生了极大变化。这一代诗人打着反对贵族精神、英雄主义，提倡一切平民化的旗号，向朦胧诗发起了挑战。海子、于坚、韩东和王家新等都是第三代诗人的代表性作家，下面将对海子、于坚和韩东的诗歌创作进行简要分析。

(一)海子的诗歌创作

　　海子(1964—1989)，原名查海生，安徽怀宁人。1983年毕业于北京大学法律系，后来进入中国政法大学任教。在大学期间开始写诗，1989年3月在山海关卧轨自杀。其友人代为整理出版的有长诗《土地》、抒情短诗集《海子的诗》《海子诗全编》，另有《海子、骆一禾作品集》等。

　　海子的诗内容广泛，有对淳朴自然的热爱、有对幸福生活的渴望、有对爱情来临的幸福礼赞、有对故乡生活的眷恋、有对农家收获的深情眷恋、有对健康生命的由衷赞美等。但不论描写的内容是什么，其诗是有着浪漫的精神和瑰丽的想象，如《面朝大海，春暖花开》：

从明天起,做一个幸福的人

喂马,劈柴,周游世界

从明天起,关心粮食和蔬菜

我有一所房子,面朝大海,春暖花开

从明天起,和每一个亲人通信

告诉他们我的幸福

那幸福的闪电告诉我的

我将告诉每一个人

给每一条河每一座山取一个温暖的名字

陌生人,我也为你祝福

愿你有一个灿烂的前程

愿你有情人终成眷属

愿你在尘世获得幸福

我只愿面朝大海,春暖花开

　　这首诗中体现出的风格是单纯而明净的,诗人以超越自我的生命关怀创造了富有生命力的情境,并真诚地向世人祝福,同时又坚守着自己的空间和姿态,在一片宁静守望着幸福。

　　在海子的心中一直有拯救文化的精英意识,这是 20 世纪 80 年代的思潮的主流所在。自 80 年代末这个理念大厦倒塌起,中国的文化精神便瓦解了。海子等人在各种冲击中奋力坚持,但还是不得不在新潮与传统,物质与精神,现实与理想等各种矛盾中撕裂,正是这种巨大的矛盾促使他走向死亡同时也宣告了那一代人的时代的结束!

(二)于坚的诗歌创作

　　于坚(1954—　　)于 20 世纪 70 年代初开始写诗,1979 年在正式出版刊物上发表诗作。他曾将自己 80—90 年代的写作分为三个阶段:80 年代初以云南人文地理环境为背景的"高原诗";80 年代中期以日常生活为题材的口语化写作;90 年代以来更注重语言作为存在之现象的时期。

　　于坚的诗歌创作是对英雄式的、史诗般的诗歌精神的偏离,是向着日常经验、生存现场和常识的返回。于坚认为:"诗歌已经到达那片隐藏在普通人平淡无奇的日常生活底下的个人心灵的大海。"他的诗作正是对这种平淡无奇的日常生活场景的展示、对一些日常生活碎片的任意拾掇与组接,如 1984 年创作的《尚义街六号》:

尚义街六号

法国式的黄房子

老吴的裤子晾在二楼

喊一声胯下就钻出戴眼镜的脑袋

隔壁的大厕所

　　天天清早排着长队

　　我们往往黄昏光临

　　……

　　老卡的衬衣揉成一团抹布

　　我们用它拭手上的果汁

　　……

　　一组组日常生活场景,随着生活的流程自然而客观地呈现,凡俗、琐碎而亲切、随意。

　　于坚的诗又是对诗歌隐喻传统的偏离,是向着语言本身、事物本身、日常生命本真状态的返回。他疾呼:"拒绝隐喻,回到隐喻之前。"事实上,他在取材、诗题上的"系列"与"符号"方式(《作品××号》,和《事件》系列),也可理解为这种取向的表现形态。

　　在大多数情形下,于坚在处理他所涉及的人生、世界时,最常见的则是那种局外人的俯视视角。拒绝隐喻是于坚的主张之一,这与他的诗回到日常生活的要求相关。在拒绝隐喻之后,于坚主张"以一种同时代人最熟悉、最亲切的语言和读者交谈,大巧若拙、平淡无奇而韵味深远",这种语言就是褪去了精英色彩的、带有浓厚市民白话色彩的口语式语言,如在其作品《对一只乌鸦的命名》《灰鼠》等中,句子结构散文化,在对平庸、琐屑的日常生活的纯粹口语化的书写里,透出个人日常生命的本真体验。

(三)韩东的诗歌创作

　　韩东(1961—　　),南京人,1982年毕业于山东大学哲学系。在大学期间就开始发表诗歌。1985年,与于坚、丁当等人创办"他们文学社",出版民刊《他们》,并成为该社的主要代表人物。20世纪90年代又从事小说创作。主要诗作有《山民》《有关大雁塔》《你见过大海》《温柔的部分》等。

　　韩东写诗之初曾受过"朦胧诗"的影响,有过一些北岛式的具有沉重历史感的作品。但之后的创作,其诗风发生了转变,例如《有关大雁塔》:

　　　　有关大雁塔

　　　　我们又能知道些什么?

　　　　有很多人从远方赶来

　　　　为了爬上去

　　　　做一次英雄

　　　　也有的还来第二次

　　　　……

　　　　有关大雁塔

　　　　我们又能知道些什么?

　　　　我们爬上去

　　　　看看四周的风景

　　　　然后再下来

这首诗是反抗朦胧诗的标志性作品,作者在写诗之时,作为大雁塔附近陕西财经学院的教师,经常登临,他对大雁塔显然知道些什么,但他有意识地将他知道的什么排除于诗外,剩下的就是没有任何文化裹脚布缠绕的直接经验。明明是知道些什么而显得像一无所知,这是在诗歌领域的革命姿态,也有革命的效果。实际上,韩东所强调的是个人化的写作,而不是历史、文化、民族的宏大语词裹挟之下的大而化之的写作。

同样地,在《你见过大海》中,"大海"这一充满诗意的象征载体,在韩东笔下变得平淡无奇:

> 你见过大海
>
> 你想象过
>
> 大海
>
> 你想象过大海
>
> 然后见到它
>
> 就是这样……
>
> 你不情愿
>
> 让海水给淹死
>
> 就是这样
>
> 人人都这样

人对大海的幻想、感触、情怀在此全然不见,传统诗歌里抒情对象的精神特质或诗性被韩东调侃似地解构成"就是这样""不情愿淹死"的大实话。

总体来说,韩东的诗歌语调平淡,朴素清晰,强调生活琐屑、平庸的日常性,在当时产生了震撼的影响力。

第三节　回归个人体验的散文创作

新时期以来,散文和报告文学的创作取得了不同程度的收获。报告文学的创作尤为出色,它以鲜明的时代性、强烈的参与意识、深刻的哲理意蕴和丰富的信息量为时代和人民所赞誉。相比之下,散文创作的发展显得有些缓慢。下面对 20 世纪 80 年代的散文和报告文学创作进行简单介绍。

一、女性作家的散文创作

(一)张洁的散文创作

张洁(1939—　),辽宁抚顺人,1960 年于中国人民大学计划统计系毕业,次年加入作协,现任北京作协副主席,张洁在小说和散文方面都有很大的成就,下面对她的散文创作进行研究。

　　20世纪80年代初期,张洁相继发表了《拣麦穗》《挖荠菜》《盯梢》等总名为"大雁系列"的散文,这些散文大多是作者少女时期的心理体验,关注的是社会底层普通而平凡的小人物的命运与喜怒哀乐。如《拣麦穗》以20世纪40——50年代初中国乡村拣麦穗为背景,以"我"——小女孩儿"大雁"和卖灶糖老汉的误会交往为主线,讲述了一种没有任何希求,没有任何企望的超越现实功利的爱。在陕西一带乡村中,很多的女孩子会在麦收之后到田中去拣麦穗,然后将麦子换成钱,攒起来,去买各式花布、针头线脑,为自己悄悄准备嫁妆。当"我"可以歪歪咧咧地提着篮子跑路的时候,"我"也开始了拣麦穗的生活,当二姨问"我"要嫁谁?"我"回答说:"我要嫁那个卖灶糖的老汉!"虽然"我"并不知道卖灶糖的老汉的年纪,但是"我"与老汉之间的交往却因此而开始了。每当老汉来到"我"的村庄时,"他总带来小礼物给我。一块灶糖,一个甜瓜,一把红枣……",而"我"也自己缝了一个猪肚子样的烟荷包,准备等"我"出嫁的时候,将它送给"我"的男人。当"我"逐渐长大,到了知道要认真地拣麦穗的年龄时,老汉已经不再叫"我"是他的小媳妇了,但是他仍旧会带些小礼物给"我",我也开始对他产生了依恋,随着时间的推移,"我"开始担心老汉早晚会有一天死去。事实正如"我"预感的那样,有一年,另一个挑担子来卖灶糖的人告诉"我",老汉"老去了","我"哭得很伤心。在这篇散文作品中,张洁表现了一老一少之间对人生的执着与期待,在文章的结尾,作者不仅慨叹除了母亲之外再没有谁像他那样朴素地疼爱过我,而且也提到那个象征着纯洁朴素情感的烟荷包早已不知被我丢到哪里去了,这些都表明时间和现实会有力地改变人和周围的世界,自己也不再是过去的自己了。

　　从整体上看,张洁的散文体现出了她真诚的人格个性,她常在散文作品中对自己的情感、自己的写作困境、自己的缺点进行反思与解剖,用一种真诚的态度来与读者进行交流。

　　纵观张洁的散文创作,可以说她的散文是不断变换的,既有忧郁中带着柔美的作品,也有平淡中带几分刻薄的作品,既有生活小事和人生感悟切入的带有女性色彩的作品,也有资料翔实、视野开阔的带有男性风格作品,既有上篇巨制,也有语录体短文,但是无论她的散文创作的形式如何的变换,其真诚的核心是从未改变过的,她的这种以真诚对待散文的态度对新时期散文的影响是不容忽视的。

(二)唐敏的散文创作

　　唐敏(1954—　　),原名齐红,1954年生于上海,原籍山东,后随家人移居福建,著有长篇小说《诚》《走向和平》《圣殿》《李清照》等,另有散文集《女孩子的花》《纯净的落叶》《屋檐水滴》《美味佳肴的受害者》等,其中《女孩子的花》获首届《散文选刊》奖、《福建文学》佳作奖。

　　唐敏善于把对日常生活或自然景观细致入微的观察与女性的独特感受结合起来,从而使自然成为心中的大自然,进而成为一个洁新纯净、充满细腻独特的女性感受的艺术世界。在唐敏的作品中,充满女性的灵敏锐利及个人化、情感化的特点,其女性色彩更为明显。在《怀念黄昏》中,她抒写了自己与大自然共阴共晴,彼此凉热的细微感受,从而强烈地表达出一种从社会的框架中游离出来,进入到某种带有永恒意味的境界的企盼。

　　在《女孩子的花》中,她通过用水仙花的占卜未出世的孩子是男是女的故事,表达了自己对男性社会的不满,她希望代表着男孩的金盏花开放,而不愿意代表女孩的百叶花开放,在这篇文章中,她说明了之所以会有这种思想的原因,她写道:

　　因为我不能保证她一生幸福,不能使她在短暂的人生中得到最美的爱情。尤其担心她的身段容貌不美丽而受到轻视,假如她奇丑无比却偏偏又聪明又善良,那就注定了她的一生将多么痛苦。

　　在这里,她写出了社会对女性的不公正,表现了她对女人的钟爱与怜惜之情。

　　唐敏的散文题材基本上都属于自然之美,日常之味,童年、少年之趣,男女之爱,是典型的女孩子散文,她的这些散文并没有去追求深刻与沉重,而是与现实世界中的苦难保持一定的距离,以一种和解的心态将苦、冷、丑的现实包容在清澈、轻巧而有韵致的文字里,如《月亮的海》《花的九重塔》等皆是如此。她也很善于面对已被人们遗忘或熟视无睹的事物,表述奇特的个人经历,抒发灵敏而独特的自我感觉和心灵经验。

二、学者的散文创作

　　新时期散文的另一重要现象是,一些从事人文学科或社会科学研究的学者,在专业研究之外,创作了一批融会学者的感性体验和理性思考的文章,这类文章被称之为学者散文或者是文化散文。20 世纪 80 年代,学者散文成为一个重要的散文现象,其中以金克木、张中行和余秋雨的创作最为突出,在这里,我们仅金克木和张中行的散文创作进行研究。

(一)金克木的散文创作

　　金克木(1912—2000),字止默,笔名辛竹,原籍安徽寿县,生于江西,致力于印度文化各个领域的研究,学术专著有《梵语文学史》《印度文化论集》《比较文化论集》等,散文随笔集有《天竺旧事》《文化的解说》《百年投影》《文化猎疑》《燕口拾泥》《燕啄春泥》《书城独白》《无文探隐》《艺术科学旧谈》《旧学新知集》《圭笔辑》《长短集》《风烛灰》《路边相》《蜗角古今谈》等。

　　金克木的散文主要是思想、文化随笔,有读书札记、文化漫谈等,在这些作品中,他往往针对某一议题展开来,让后将丰富的知识融入其中,从而表现出思维活跃、充满智慧而又诙谐从容的文风,让读者读之往往发笑。他有时是自嘲,有时是嘲人,但无论是哪种,都没有过分地尖刻,而是十分地温和,如在《老来乐》中,他写道:

　　六十整岁望七十岁如攀高山,不料七十岁居然过了。又想八十岁是难于上青天,可望不可即了,岂料八十岁又过了。老汉今年八十二矣。这是照传统算法,务虚不务实。现在不是提倡尊重传统吗?

　　这里的最后一句话,是一句典型的反讽,作者明知尊重传统的意思,不是指年龄的"务虚不务实",但是在这里却偏要牵强一回,从而是文章有了一种幽默感。

　　在金克木的散文中,除了能够看到他的豁达乐观外,我们还能看到他打破时空的思维方式。他一方面对传统的诗学经验、术语、文献资源和学理构成进行了现代性的反思,并对这些内容进行了转化和重构,另一方面他对对外来的诗性智慧和学术观念进行了中国化的接纳和理解,从而实现了对这些内容的扬弃和融合,如在《与文对话:〈送董邵南序〉》中,他采用了对话的形式,把自己对韩愈的《送董邵南序》的理解写了出来,既幽默,又见解独到,为读者提供了一

条如何去探求知识的途径。在文章的结尾处,金克木写道:

> 韩老前辈！我还有句话想问。若在今天,您会不会再写一篇送人出国序呢？您会怎么说呢？还要请他替你去凭吊华盛顿、林肯之墓吗？去访吉田松阴被囚之地吗？到街头去找卢梭,到小饭馆里去遇舒伯特吗？既然知道风俗与化移易,今人非古人,也就不必再写文章了吧？

在这里,金克木借韩愈之名在问自己,也是在问读者,答案是什么,无解,他的目的在于引起人们的思考。

总之,金克木的散文既让人忍俊不禁,又让人感叹作者知性思维的灵活。这使他的散文不光生动传神,而且显得颇为智慧。

(二)张中行的散文创作

张中行(1909—2006),河北香河人。他长期从事语文教科书和语文教育编辑、研究的工作,主要的论著有《文言与白话》《文言津逮》《作文杂谈》《佛教与中国文学》《顺生论》等,创作的散文随笔集有《负暄琐话》《负暄续话》《负暄三话》《禅外说禅》《流年碎影》等。

张中行用"负暄"来命名自己的散文,体现了他的散文创作追求,"负暄"的意思是一边晒太阳一边闲聊,张中行的散文所要表达的正是这样一种闲散而又温暖的情趣,他常用文化的、艺术的眼光来审视人生,又用哲学家的智慧来观照文化和艺术,涉猎的范围包括经史子集、古今中外等,不仅熟知各种关于人、事的掌故,而且在品评致电中,也能透出理趣和淡雅的文化品位。

张中行在《复杨呈建》中曾谈到自己行文的想法,说:"有事实为证,是绝大多数拿笔杆的,口中,笔下(除描述对话以外),都是两套,甚至确信,既然动笔,就应该是另一套。我没有这样的本领,也用不惯这套新文言的起承转合的规程和"由于——因此"等的腔调,所以有时率尔操觚,就只能写成不登大雅之堂的闲话体。"正是因为张中行有着这样的创作态度,所以他的散文是想怎么说就怎么写了。

张中行的散文追求自然,与五四时期的散文家所提倡的观点一样,体现出来的是自然曲折地流动式的行文风范。他在写散文时有着较为固定的模式,先交代写为何会写这篇文章的来龙去脉,然后进入正题,条分缕析,娓娓道来,结尾处悠然而止,意到笔不到。如在《辜鸿铭》一文中,先用了四个自然段将写辜鸿铭的因缘交代清楚,然后才是言归本人的正传,按由小到大的顺序来写,最后归结说辜鸿铭的特点是"怪",并说了自己对这种"怪"的理解。这种行文结构在《月是异邦明》《我的琉璃厂》《今昔》《直言》《刚直与明哲》《代笔》《闲话古今》等作品中都有运用。

在语言的运用上,他不讲究辞藻的华丽,也很少运用修辞手法,而是明白晓畅,如同和人聊天一样娓娓道来,并将他所感悟道德人生哲理蕴含其中,因而,给人一种深沉和凝重感。

总之,张中行的散文与五四时期的散文有着相似之处,疏淡清新,朴素自然,记述人物多采用白描手法,他用散文把自己关于社会、历史、人生的种种感悟如行云流水般讲述了出来,充满了悲天悯人的情怀,在学者散文中独树一帜。

三、报告文学的创作

20 世纪 70 年代末 80 年代初是报告文学最为轰动的时期。就其发展历程而言,大致以 80 年代中期为界,可分为两个时段。80 年代中期以前,以写人物尤其是当代新人形象为主,最先关心知识分子的命运。老作家徐迟的《哥德巴赫猜想》是新时期报告文学崛起的标志性作品,报告了陈景润为科学献身的忘我精神,获全国优秀报告文学奖。以此为先导,形成了知识分子题材的报告文学热。20 世纪 80 年代中期以后,报告文学由小说化、散文化转向学术化、思辨型,由对人物命运的关注转向对重大社会问题的关心,出现了全景式报告文学,作品强调信息量和思辨性,融入了历史学、政治学、经济学、社会学、心理学、伦理学等多种学问,渗透着历史意识、忧患意识、批判意识等诸多观念,出现了非文学化的作品。下面我们对钱钢和李延国的报告文学创作进行阐述。

(一)钱钢的报告文学创作

钱钢(1953—)1972 年开始发表作品,初创时期,钱钢的作品大多是与江永红一起合作采写的,主要反映的是和平时期军队改革所面临的种种积弊和矛盾,如《奔涌的潮头》等,1986 年长篇报告文学《唐山大地震》的诞生,在读者中引发了一阵"大地震"热,标志着钱钢创作的成熟和发展,并获全国优秀报告文学奖。1989 年发表的描写北洋水师覆没悲剧的《海葬》,则是他沿着《唐山大地震》方向所做的更深入更大胆的艺术开拓,属于史志性报告文学。

作为一个来自部队的作家,钱钢在拿起手中的笔进行创作的时候,很自然就会把部队的生活状态和军人的心灵世界作为报告的对象。他初期与江永红合作的作品大多是反映和平年代中国军队改革中所面临的种种问题,抨击时弊,讴歌那些有胆有识、有勇有谋的改革者。

《唐山大地震》是为纪念唐山大地震这一惨绝人寰的自然灾难发生十周年而创作的。钱钢之所以要重新叙述这一人类大劫难是要给今天和明天的人类学家、社会学家、地震学家、医学家、心理学家……还有人——整个地球上的人们,留下一场大毁灭的真实记录,留下关于天灾中人的真实记录,留下尚未定评的历史事实,也留下我的思考和疑问。这是一部"宏观全景"式的长篇报告文学作品,它真实地再现了 1976 年 7 月 28 日使拥有百万人口的唐山市毁于一旦的大地震,描绘了一幅属于唐山也属于人类的"7.28"劫难日全景,为历史留下了一部关于大毁灭的真实记录。全书分 7 章:第一章"蒙难日'7.28'"详细记录了震前大自然显示的神秘信息以及地震发生的那一刹那的大震荡、大倒塌的情景。第二章"唐山——广岛",唐山比广岛所受的毁坏厉害得多,仅唐山 7.8 级地震释放的地震波能量,就相当于投放在广岛的原子弹的 400 倍。赤手空拳的救灾大军在废墟上展开空前残酷的战斗。第三章是"渴生者",在大地震中,有的人不是死于天灾,而是死于极度恐惧,而有些人却在求生的本能支配下创造了奇迹。第四章"在另一个世界里"与第五章"非常的八月"写出了人性的复杂。如看守所的犯人主动参加抢险队伍,精神病患者出人意料地听话。但有些正常人却疯狂地抢劫。第六章是"孤儿们",地震留下了 3 000 名孤儿,他们在众人的抚养下长大,显示了人类生生不息的希望。第七章是"大震前后的国家地震局",因为没有能预报唐山大地震,而遭到四面八方的责难,但地震局的人们仍要与地震战斗到底。由此可见,唐山大地震是世间罕见的悲剧,它将属于历史,属于永恒。

文献性与文学性的完美结合,是《唐山大地震》创作上的一个显著特色。这部作品充分显示了钱钢驾驭宏大题材的魄力和审视现实、反思历史的胆识。可以说,《唐山大地震》气势恢宏,感情真挚热烈,史料翔实充分,具有冷静的客观性、较高的审美价值及社会与自然科学的认识价值。

(二)李延国的报告文学创作

李延国(1943—)于1980年开始发表一系列有影响的报告文学作品,其中《废墟上站起来的年青人》《在这片国土上》获1981—1982年、1983—1984年全国优秀报告文学奖,长篇报告文学《中国农民大趋势》获1985—1986年全国优秀报告文学奖。出版有报告文学集《在这片国土上》《虎年通缉令》。

李延国的作品大多注目于现实变革的滞重和艰难,着意于在恢弘的历史背景上揭示时代的必然趋向,生动地展现了人们在改革进程中的复杂的心理情状。在《废墟上站起来的年轻人》里,作者把诸多现实困厄凝化在沉重的历史氛围里,把时代精神和生活希望的明亮光束透射在年轻而锐意进取的周大江身上,层次分明地写活了一个改革精灵。《在这片国土上》《中国农民大趋势》和《走出神农架》均以全景式的艺术视角、博大深邃的生活画面、富于哲理的评述语言,描写了一群为这片富饶的国土做出卓越贡献的当代英雄,反映出民族在摆脱历史因袭后那略带沉缓但终于昂然前行的雄姿。在《黄河祭》里,作者寓历史批判于董崇山的悲剧命运,写出了"真理之川从它的错误的沟渠中流过"时所付出的沉重代价。《穆铁柱出山记》旨在揭发人才脱颖而出前所遇到的重重困难。《虎年通缉令》则更深入地写出人才被围剿,被通缉的现实悲哀,展示了权大于法的可怕恶果。

李延国的作品在表现手法上和艺术结构上富于变化,各具特点,既有人物特写式,又有群像展览式,既有全影俯瞰式,又有卡片组合式,为当代报告文学提供了新鲜式和新写法。李延国的艺术气质近于憨直淳厚,文势磅礴峻急,感情炽热激越,颇具军人的才识和胆魄。

第四节　现实主义戏剧的复兴

进入20世纪80年代,戏剧陷入了低迷与徘徊时期。西方现代戏剧界对于现实主义的反叛与创新,布莱希特的叙述体戏剧,梅特林克的"静态戏剧"等新的戏剧观念,对于中国的戏剧作家具有极大的启示意义,并直接促成了新时期戏剧创作的探索剧时期。探索剧的兴起,直接源于1980年召开的全国剧本创作座谈会。1980年,马中骏、贾鸿源、瞿新华创作了哲理剧《屋外有热流》,剧本借鉴了西方现代派戏剧的一些技巧和方法,表现出与传统戏剧所不同的崭新意味,是探索剧创作的早期成就。从1980年起至1985年左右,探索戏剧的创作出现了一个热潮。其中的代表作品有沙叶新的《陈毅市长》《寻找男子汉》,高行健的《绝对信号》《车站》《野人》,刘树纲的《一个死者对生者的访问》(1985年)、陶骏等创作的《魔方》等。下面我们对沙叶新和高行健的戏剧创作进行介绍。

一、沙叶新的戏剧创作

沙叶新(1939—2018)是一位具有强烈社会责任感,勇于探索的现实主义剧作家。1956年发表处女作短篇小说《妙计》和独幕喜剧《一分钱》,颇受好评。1957年进入华东师范大学中文系,1961年毕业之后被保送入上海戏剧学院戏曲创作研究班读研究生,并于1963年毕业,毕业之后在上海人民艺术剧院担任编剧,1978年发表剧本《好好学习》《森林中的怪物》《约会》,《约会》获得上海优秀剧作奖,1979年发表的剧本《兔兄弟》获得首届全国少数民族文学创作荣誉奖,1980年发表的《陈毅市长》获得首届全国少数民族文学创作奖、第一届全国优秀剧本评奖首奖,1982年发表的剧本《以误传误》获得上海优秀作品奖。1985年加入中国作家协会,同年任上海人民艺术剧院院长,电视剧《绿卡族》曾于1988年12月获得第一届"振兴话剧奖"优秀编剧奖,1993年他自动弃职,打破该职终身制。代表作有《假如我是真的》《大幕已经拉开》《马克思秘史》《寻找男子汉》等剧作和《儿童时代》《似曾相识车归来》等小说以及《沙叶新谐趣美文》等其他文集。

沙叶新的剧作以现实主义创作方法为主,同时又借鉴和吸收象征、荒诞、夸张等现代主义手法;既具有鲜明的世俗色彩,又具有较强的创新意识。

1980年,沙叶新的话剧《陈毅市长》得以发表,该剧描写了陈毅同志带着满身的战火硝烟出任中华人民共和国首任上海市长,当时的上海是一个烂摊子,满目疮痍,积难重重,工厂倒闭,商店关门,粮煤奇缺,失业人口剧增……陈毅同志以对党对革命事业的无比忠诚,依靠工人阶级、革命干部和知识分子,团结民族资产阶级,正确地执行党的方针政策,大刀阔斧地开展工作;在短短一年时间里,陈毅为上海的复兴与发展打开了一个新局面。该剧歌颂了陈毅在中华人民共和国成立初期改造旧世界、创造新天地的熊胆伟略和一心为民的公仆精神。这出剧公映后即为沙叶新赢得了很高的荣誉,也因这部剧沙叶新获得了1980—1981年的全国优秀剧本奖。

《假如我是真的》这部戏讲述的是一个东风农场劳动的知青李小璋,有一次进城,想看某剧院演出的果戈里名剧《钦差大臣》,买不着票,却被剧团的赵团长、文化局的孙局长和市委书记的夫人钱处长等误认为中央首长张老的儿子,他们不但请他进剧场看戏,而且热情招待,钱处长还把他请到自己的家住宿。他们之所以这样做,是因为他们都想通过李小璋(化名为张小理)的"父亲"张老的身份地位和特权而达到自己分大房子、从东北把女婿调回来和出国等个人目的。李小璋在东风农场劳动时就和女朋友周明华有恋爱关系,但因怕留农场不敢结婚,周明华已先找关系调回了城,但她父亲因李小璋仍在农场,坚决不同意他俩结婚。为此周明华催李小璋赶紧想法调回城,说"这事不能拖了"(暗示自己已经怀孕了)。化名为张小理的李小璋就利用赵、钱等人有求于自己的机会,想办法弄到市委书记批的条子到东风农场办妥了回城到某大工厂工作的手续。正在这时候,中央首长张老来了,骗子李小璋的骗局被揭穿,并被起诉,李小璋在法庭承认自己有错,但他反问:"假如我是真的,真的是张老或者其他首长的儿子,那我所做的一切就将会是完全合法的。"

对于这部戏剧人们有着不同的看法。就正面评价而言,有人认为该剧是一出十分精彩的社会讽刺剧,它通过对李小璋的行骗行为和最终被戳穿的过程的描写,无情地剖析、辛辣地嘲笑了当时干部中存在的特权现象,展现了沙叶新出色的喜剧才能。通过这部剧作,沙叶新为现实生活提供了一面哈哈镜,不仅照出了现实生活中特权现象的可笑和可恶,映衬出了"张老"的崇高,还体现了作者对一些身陷特权与私利的干部形象的揭露和批判,以及对理想人民公仆的呼唤。就反面评价而言,有人认为虽然这部喜剧中反对特权、反对官僚主义是对的,但戏中同情骗子、同情罪犯就不妥当了。

二、高行健的戏剧创作

高行健(1940—　),祖籍江苏泰州,1940年1月4日生于江西赣州。父亲高运同是中国银行职员,母亲顾家骝是基督教青年会成员并做过抗日剧团的演员,二人均生于破落的大家族中。两年后,高行健的弟弟高行素诞生。抗日战争胜利以后,高运同仍留在银行里,高行健一家的生活仍旧十分宽裕。幼年的高行健由于体弱而由母亲进行识字教育。在她的影响下,高行健对戏剧、写作和绘画均产生了兴趣。

他的戏剧作品有《绝对信号》(与刘会远合作)、《车站》《现代折子戏》《独白》《野人》《彼岸》等,戏剧集《高行健戏剧集》《高行健戏剧六种》《山海经传》《周末四重奏》等,论著《现代小说技巧初探》《谈小说观与小说技巧》《现代戏剧手段初探》《对一种现代戏剧的追求》等。其中,以《绝对信号》《车站》《野人》为代表,它们被称为"高行健话剧三部曲"。

《绝对信号》的剧情围绕着主人公黑子被车匪胁迫登车作案,在车上遇见昔日的同学小号、恋人蜜蜂和忠于职守的老车长逐步展开,产生出一系列复杂的矛盾冲突,由此展现了每个人的思想、观念与生活态度。货场临时工黑子为筹结婚款,答应了车匪一同作案的要求。为了拿到钱,黑子借自己与见习车长小号的同学关系将车匪带上了车,同时,黑子的爱人蜜蜂也由于误了养蜂车,搭了同一班车。在爱人蜜蜂和同学小号面前,黑子内心展开了不断挣扎,情感在邪恶与理智间激烈的交锋。老车长及时发现了车匪的企图,发出了绝对信号。在车匪欲行凶的危急时刻,黑子终于醒悟,及时用匕首刺杀了车匪,自己也受了伤,使列车避免了事故。剧情启发人们去思考人与社会的依存关系,思考自己和自己生活的道路。该剧并没有很强烈的戏剧冲突,展现的主要是不同情境的变化。在这部剧作中,高行健将正在发生的事件与黑子、蜜蜂、小号的回忆、想象有机地交织穿插。同时,小剧场的戏剧表演方式,也使得该剧获得了现代化的声光设备支持,从而具象化地展现了主人公的内心世界、心理时空,极大地拓展了戏剧的舞台时空。此外,运用小剧场还突破了墙给人内心的一种距离感,加强了剧中人与观众的直接交流。因此,该剧以其小剧场的新颖的演出方式和剧作结构、舞台形象别具匠心的艺术构思得到了当时群众的广泛关注,甚至在当时北京公演时,创下了百场爆满的记录。

值得注意的是,虽然该剧带有鲜明的现实主义倾向,所关心的是当时具有较强普遍意义的失足青少年的问题,但在形式上,却带有明显的实验戏剧的倾向。这首先表现在高行健并未如同传统的戏剧描写方式对黑子从失足到猛然醒悟进行十分详细的描写,而是以现代化戏剧手段突出刻画了黑子在各种不同人物构成的复杂关系中所经历的激烈的内心冲突与斗争,从而将一般剧作家可能会写成的平庸情节剧刻画成了一部耐人寻味的心理剖析剧。为了使演员能够与观众心与心相贴地交流与沟通,高行健在这部剧作中有意地淡化了这个故事的情节与发展,强化了人物内心的变化,从而细腻、生动、有层次地展现了人物复杂多变的内心世界,这无疑为演员与观众的心灵沟通构建了一条广阔的渠道,因而十分受观众的喜爱与欢迎。

《车站》发表于 1983 年《十月》第 5 期,是一部带有荒诞意味的"无场次生活抒情喜剧",剧本借鉴了爱尔兰剧作家贝克特著名荒诞派戏剧《等待戈多》的表现手法,歌颂了"沉默的人"不说废话、当机立断、认真进取的精神,表现了"不要等待"这一富有哲理的抽象主题,是高行健剧作中争议最多的一部剧作。该剧写的是 8 个乘客在郊区一个汽车站候车进城,老大爷要去赶一局棋,姑娘要去同男朋友约会,愣小伙子想吃杯酸奶,两地分居的母亲想去给城里的丈夫、女儿做顿晚饭,戴眼镜的要去考大学……往来汽车不少,但没有一辆停下来,乘客们一面焦急等待,一面发牢骚表示对生活中许多事情的不满,感叹生活的艰辛与苦恼,其中一个沉默的人看看手表,望望天空,决然徒步进城,其他 7 名乘客继续等车,一年、两年过去了,仍然没有车来,他们才想到沉默的人当机立断之可贵。10 年、20 年过去了,人们已变老,才发现站牌上没有站名,站牌上贴着一张更改路线的通告,字迹早已模糊不清。等车人感到灰心丧气,十分失望,有的埋怨汽车公司,有的埋怨自己,最后各自走散。该剧第一次采用了多声部的语言表达方法,几条行动线同时并进,形成语言的多声部合音,同时揭示出多个人物的思想或情绪,造成内涵更为丰富的戏剧效应。这是中国话剧史上具有开拓意义的审美探索。

《野人》发表于 1985 年《十月》第 6 期,这是一部 3 幕话剧,全剧以寻找野人为主线,写的是生态学家、报社记者、采购员、野人学家等到某林区各自执行自己的使命的故事。剧作以多向、开放的思维结构,对历史与现实进行了纵向和横向的综合性考察,带有鲜明的文化反思色彩,揭示了人与自然、人与历史、人与人之间存在的既和谐又矛盾斗争的辩证关系。《野人》对于传统戏剧艺术的革新与探索也是值得肯定的,首先,作者充分调动了语音、音乐、杂技、武术、舞蹈、哑剧、木偶、面具等艺术手段,并将音乐作为角色运用,大大丰富了话剧的表现手段;其次,作品突破了一般话剧以"话"为主的格局,进行了"多主题复调式戏剧的实验",多主题、多层次、多元化的审美倾向构成了这部戏剧最显著的艺术特点;再次,该剧实现了多种艺术媒介的综合运用,其中还运用了大量说唱、史诗、民歌等,具有浓烈的民间文化色彩,尝试了现代戏剧戏曲化的一个有力实验。《野人》被称为"现代史诗剧",标志着高行健的戏剧创作达到了一个新的高度。

高行健打破了中国话剧艺术长期以来形成的封闭狭隘的传统戏剧意识,确立了开放而宽容的现代戏剧意识,探索了戏剧艺术的剧场性、假定性和叙述性,重新认识了戏剧语言,最终建立了"绝对的戏剧"的戏剧理想,他在中国新时期话剧界是一个创新意识很强的探索者。

第十一章 20 世纪 90 年代以来文化背景研究

进入 20 世纪 90 年代,随着商品大潮和知识分子的"世俗化",文学进入了新的阶段。在这个务实、求新的时代,文学成为消费品,文学创作要适应、迎合读者,因此,文学进入了多元化时期。

第一节 市场经济时代对文学的影响

20 世纪 90 年代以来,中国社会进入一个新的历史时期,与之相对应,中国文学也进入一个新的历史时期。从 20 世纪 80 年代末到 90 年代初,世界局势发生了急剧的变动,进入一个以和平、发展为主题的新时代。面对世界格局的风云变幻,中国共产党不失时机地把建设社会主义市场经济的目标,提到了进一步深化和扩大改革开放的议事日程上来。"社会主义市场经济"使中国全面进入现代化的物质实践层面,一个世纪以来中国曲折的现代化进程,终于从呼唤思想解放、人的主体性等思想层面进入到政治、法律、科技等具体操作层面,中国文化、价值理念也随之进入到一个复杂的转型期。在市场化的商业社会中,文学面临着商业法则对自身的侵袭和大众传媒的冲击、震荡,其人文主义精神价值正被淡化。在此过程中,作家的身份、作品的生产与传播、作家和作品的评价都发生了变化,文学体制也产生了自身的调适、裂变和异化。商业化与大众传媒以其自身的规则对文学产生着影响,它使文学和文学批评对现实保持应有的敏锐反应,同时在商业化与大众传媒的刺激下,极大地鼓励了那种富于刺激性和冲击力的语言方式和对新异奇特的无尽嗜好,注重学理规范的批评受到排斥,对文学事件的关注超过了对文学本身的理解,使文学与评论成为新闻与时评,而放弃对人类精神价值的关注与探求。本节主要对市场经济时代文学的转型进行分析。

一、商业语境下的文学转型

20 世纪 90 年代,随着市场经济中心的确立,人们的价值观念、行为方式和文化态度都发生了转变。传统的文化理念面临挑战与嬗变,文化世俗化广泛渗透于当今社会生活,人们最具日常性的行为也被烙上了商业文化的烙印。文化被赋予的那种神圣的精神内涵正在面临消解,文化成为一种普通的商品。随着大众世俗文化的娱乐性、消闲性、现世性因素渗入精英文学和主流文学,纯文学正在雅俗的沟通中消淡。主流意识形态文学、知识分子精英文学和大众通俗文学相对独立而又彼此渗透。新写实、新状态、新体验、新现实主义等文学都体现出对世俗生活的文化意义和审美价值的关注,以及对形而下与形而上、审美与娱乐、现实关注和终极关怀之间契合点的寻找。

可以说,20世纪90年代的商业文化语境使得中国文学面临着前所未有的挑战与考验,并由此开始了全方位的转型。这种转型赋予中国文学某种被动、被迫和悲剧性的意味,但有的论者认为其本质却是可喜的。因为,无论是由中心向边缘的位移,还是从一元向多元的发展,其实都表征着中国文学向本体的回归,因而都有着积极的意义。随着多元化文学格局的逐步形成,文学的丰富性、可能性以及文学表达的自由度都得到了强化。与此同时,文学的绝对性也日益让位于文学的相对性,严肃与游戏、创新与守旧、通俗与先锋、现实主义与现代主义乃至后现代主义都具有了显而易见的相对主义意味,甚至主旋律也成了多元化文学格局中的一元。而人文精神讨论、"二王之争""二张之争"、道德理想主义、文化本土主义与激进主义、"断裂"之争等都是社会文化转型期作家、知识分子对自我的社会化角色和边缘化处境的反思和定位。

二、商业语境下的文学倾向

社会主义市场经济的兴起促使了以迎合市场为目标的大众文化的兴起,在物质利益的驱动下,文学呈现出盲目市场化的倾向,其主要表现在以下几个方面。

(一)文学报刊改弦更张

文学的传媒和载体纷纷改旗易帜、改弦更张,希图以一个全新的面目走向市场。长期以来,当代文学的生产和消费因为在一个庞大的计划经济体制内运行,文学的传媒和载体从无生存之虞;进入20世纪90年代以后,因为整个社会生产和经济活动斗争走向市场,文学的传媒和载体也感到了生存的压力。在这种情况下,一些文学报刊为了适应市场经济的生存环境,纷纷酝酿改版或改变刊物的"纯文学"性质,即由纯文学刊物改变为综合性的文学刊物,或由"纯文学"刊物向通俗类的和生活类的刊物靠拢。

(二)消闲文学和快餐文学大量涌现

娱乐消闲和即食快餐类的作品大量涌现,刺激了一种市场化消费文学潮流的勃兴。由于市场经济本身所具有的一种消费性特征和商品经济所培植的一种消费观念、消费方式和消费趣味的影响,人们对于文化产品的观念和需求也必然要随之发生相应的变化。

20世纪90年代文学在从泛政治化向泛商品化的转型过程中,与商业操作之间的关系变得越来越暧昧。在直接的经济利益刺激下,作家在寻求自我意志与经济效益的最佳契合点,甚至被商业运作规则所左右,成为雇佣写作者和泡沫制作者。文学一方面被迫退到边缘,一方面又频频制造热点以吸引读者注意。也正是在这种背景下,短篇小说中篇化、中篇小说长篇化、长篇小说超长化,以及作品粗陋、芜杂,审美蕴涵贫乏,审美格调低下,显示出泛商品化的文学对利润最大化的追逐。

另外,20世纪90年代文学的边缘化和泛商品化使得文学的非意识形态化特征也得到了强化。文学开始摆脱"国家意识形态工程"的局限,对各种题材内容、风格样式、艺术手法兼收并蓄,体现出极大的包容性。"以塑造典型为中心,以启蒙主义、人道主义为支撑的经典现实主义失却了其主导地位,但以写实为基本风格,表现乡土中国现代化进程的曲折艰难和个体生存体验的作品,在 20 世纪 90 年代还是一种坚韧存在的类型。"①注重文体实验和形式探索的新潮小说在 20 世纪 90 年代继续形式实验的同时,对现实、生活进行个人化的体验和深刻挖掘。武侠、言情、侦探、历史演义等通俗文学及以网络和电子传媒为载体和生存空间的网络文学也正式进入文学殿堂。

(三)作家作品商品化包装

作家作品纷纷实行商品化包装,以求迎合商品化时代读者新的文化口味和阅读兴趣。为了商业利润和经济利益,不少作家作品往往主动放弃对读者的道德教化和精神引导的责任,完全交由市场选择和"买方"支配。这样,在文学传媒和载体纷纷走向市场的同时,一些出版企业也开始对作家作品有意识地实行商品化包装,以争取更多的读者,获得更大的利益。

三、商业语境下的文学论争

与大众文化的勃兴相对应,知识分子在现代化大旗下达成的思想共识走向分裂,面对市场经济在社会中多重渗透带来的种种负面效应,知识分子的看法日渐含混。一个多世纪以来中国现代化所积累的思想与知识问题在 20 世纪末的十年中重新出现,并引发了旷日持久的论战。在"全球化"视野中,激进与保守、民族主义、自由主义与新左派等话题,在 20 世纪 90 年代新的历史环境下浮出水面,表明了知识分子立场的深刻分化。在文学界,"多元化""个人化""边缘化"话语取代了以往的启蒙指向,日益膨胀的文化市场以及商品意识,使知识分子整体的同一性不复存在。有一部分知识分子面对现代化进程中出现的价值失范现象,开始追问并反思"人文精神的失落",自觉地承担知识分子的职责并重新呼唤社会使命感。

第二节　关于人文精神、道德理想主义、本土文化的讨论

一、关于人文精神的讨论

20 世纪 90 年代,随着市场经济体制的建立,思想文化也处在转型中,有关人文精神的话题正是在此背景下浮出水面的。

1993 年初,王蒙在《读书》上发表了《躲避崇高》一文,对王朔的亵渎神圣和崇高给予了肯定,并指出首先是"生活亵渎了神圣"。由此引发出对当代生活和文化中的价值危机和精神迷失问题的广泛讨论。

1993 年 6 月,《上海文学》发表了王晓明等的文学对话《旷野上的废墟——文学和人文精神的危机》一文,该文指出,文学的危机实际上暴露了中国社会的人文精神的危机;在转型期价

---

① 雷达.思潮与文体:20 世纪末小说观察[M].北京:人民文学出版社,2002:5-6.

值失范和道德沦丧的世俗化潮流中,人们失去了对精神生活的兴趣。对话严肃地批评了王朔作品的游戏性和媚俗倾向,甚至对新写实小说、新潮小说、新生代文学中放弃批判、远离使命感和价值承担也作了抨击。

学术界以不同的话语方式表达了对当下人文精神的失落和理想的缺席的批评与担忧。作家张炜、韩少功、李锐等发表文章,对价值的迷失、理想的放弃、批判立场的回避等现象也进行了抨击。对这个话题的关注一直持续到 20 世纪 90 年代末。但这场讨论没有能很好地深入下去,最后不了了之。

二、关于道德理想主义的讨论

为了与人文精神大讨论相呼应,作家张承志和张炜在 20 世纪 90 年代提出了道德理想主义。在这一时期,道德理想主义的提出与世俗化的语境和社会心理有关,与人文知识分子对商业主义、极端功利化、拜金主义、理想放逐等道德焦虑有关。道德理想主义的内涵主要表现在四个层面:一是对古典人文情怀的呼唤;二是对道德人格的现代思索;三是对精神、理想、信仰的坚持;四是对终极、灵魂和宗教情感的呵护。也有论者指出了道德优先原则的虚幻和乌托邦性质,揭示了道德理想主义和民粹主义的渊源关系。关于道德理想主义的论争,其余绪仍延续至今。

三、关于本土文化的讨论

20 世纪 90 年代后期,后殖民理论开始在中国流行,它的理论支持者对西方的话语霸权和文化殖民忧心忡忡,借助后殖民主义理论在反思现代性的口号下对西方文明的普世性和文化殖民进行反思与质疑,张扬文化的民族性和本土性。关注中华本土文化,可以被视为经济、文化全球化进程中中国知识分子民族文化意识的觉醒和对现代性的新思考;思考在全球化语境中中国文化如何定位,如何摆脱西方现代性启蒙的一元视角给中国文化带来的自身被扭曲的焦虑,以新的姿态进入文化全球化格局,重塑新世纪中国文化形象与价值。

中华本土文化的思想在本质上不同于政治新权威主义或新左派,它是对一直占据中国近现代文化主导地位的激进主义文化思潮的质疑、反思和清理。鉴于 20 世纪中国现代化进程中将西方化视为现代化的偏颇,执此论者坚持现代化的多元观,强调中国文化的现代化与本土文化的创造性转化相结合,主张全球化时代多民族文明的对话。这一思想发端于海外新儒家思想。新儒家是在五四"打倒孔家店"的文化思潮中,中国学术界走出的一群坚守中国文化传统并传承儒家思想的人文学者。他们认定儒家思想是世界文化思想的精华,建设中华现代文化不能离开儒家思想与中国本土文化传统。他们回应 20 世纪的新变,"援西入儒",梳理儒家原理,返本开新,重新阐发、弘扬。他们以其丰赡的理论著述与精深的哲学思辨,构建起富有现代色彩的新儒学,实现了儒学在 20 世纪的创造性转化。

第三节　文学思潮的勃发

中国文学进入 20 世纪 90 年代以后,随着市场经济中心的确立,人们的价值观念、行为方式和文化态度都发生了转变,大众世俗文化的娱乐性、消闲性、现世性因素也相应地渗入精英文学和主流文学,纯文学正在雅俗的沟通中消淡。主流意识形态文学、知识分子精英文学和大众通俗文学相对独立而又彼此渗透。同时,这个时期由于大众传媒的发达和人们生活节奏的加快,文学的人文主义精神价值正被淡化,显示出泛商品化的文学对利润最大化的追逐。另外,20 世纪 90 年代文学的边缘化和泛商品化使得文学的非意识形态化特征也得到了强化,对各种题材内容、风格样式、艺术手法兼收并蓄,体现出极大的包容性。20 世纪 90 年代是一个复杂的文化转型的年代,也是各种文学思潮孕育、萌动、嬗变、碰撞的年代。这里既可以看到 20 世纪 80 年代以来许多文学思潮的延续与新变,也可以看到各种新思潮的涌动与勃发。

一、现实主义文学思潮的延续与新变

现实主义是贯穿新时期文学的一条主线,有着巨大的开放性和包容性:一方面,现实主义文学在反映社会变幻、反思历史文化的轨道上前行,逐步走过了伤痕文学—现实主义的复归,到反思文学、改革文学—现实主义的深化,再到寻根文学、新写实文学、新现实主义文学等—现实主义的拓展、转化等阶段;另一方面又在艺术探索中不断吸收新的文学手段来丰富自身,尤其是对现代主义文学手法的借鉴和运用,使现实主义的表现力得到了很大的增强。

20 世纪 90 年代以来,中国的市场经济体制逐步确立,价值观念、思维方式在内的社会文化随之发生重大变化,由此社会进入了转型期。文学与文化有着十分密切的关系,文化制约着文学的表现与发展,文化的转型必然影响着文学的转型。在此背景下,现实主义文学在传统的基础上创新发展,在以写实为主的风格中,淡化英雄业绩、宏大叙事的抒写,转而关注普通百姓的庸常生态及当下日常的琐碎生活,出现了众多"新"字号的文学创作,如新生代文学、新市民文学、新体验文学、新现实主义文学等。

(一)新生代文学

新生代文学主要是指出生于 20 世纪 60 年代,出现于 90 年代文坛作家创作的文学创作,因此他们又被称为"晚生代作家""文革后作家"或"新生代作家"等。新生代作家注重欲望的张扬和描述,以此突出现代社会中青年人的生活形态与人生观念,试图表露现代人孤寂苦痛、失落悲哀、无奈恐惧的心灵。这一创作倾向主要表现在小说领域,即新生代小说。新生代小说以关注世俗生活的本色叙事方式,书写个人的自我感受与体验,注重所写生活的真实与真切,使创作更加贴近现实生活。这方面的代表作品主要有朱文的《我爱美元》、徐坤的《遭遇爱情》、李冯的《多米诺女孩》、邱华栋的《哭泣游戏》、述平的《上天自有安排》、刁斗的《失败的逃遁》等。

（二）新市民文学

新市民文学最初是 1994 年底由《上海文学》与《佛山文艺》共同倡导的。这类文学创作运用现实主义为主要创作方法,描写市场经济日益发达的城市生活和市民社会,展示市民社会的奋斗与挣扎、人性与欲望以及对市民社会的思考与批判,表现了一种对现代城市既向往又恐惧的心态。其鲜明的特征就是彻底告别传统,空前强烈地追求世俗化生活;情爱观念发生令人诧异的变化。这方面的代表作品主要有邱华栋的《都市新人类》、胡丹娃的《假面女人》、何顿的《只要你过得比我好》、张欣的《爱又如何》、陈丹燕的《女友间》、荒水的《血红的玛丽》等。

（三）新体验文学

新体验文学最初是 1994 年由《北京文学》推出的。这类文学创作注重创作的亲历性,作者一般都有自己的观察和深切体验,通常以第一人称叙事视角,在充满着日常人生情趣的琐碎生活的描写中,展示当代普通人的生存状态和思想感情,具有体验性、平易性的特点。这方面的代表作品主要有陈建功的《半日追踪》、毕淑敏的《预约死亡》、许谋清的《富起来需要多少时间》、母国政的《在小酒馆里》、王愈奇的《房主》、齐庚林的《殡仪馆里的故事》等。

（四）新现实主义文学

新现实主义文学又被称为"现实主义冲击波""现实主义回归潮""现实主义的回归"等,主要是指 1994 年前后,以谈歌、何申、关仁山的崛起为标志掀起的现实主义创作潮流,他们三人被评论界誉为此潮流中的"三驾马车"。新现实主义文学主要以中国社会转型期的农村、乡镇、工厂等现实生活为书写对象,以写实的笔触着意叙写他们在社会转型之中的经济窘困境况及下层社会民众的挣扎与奋斗,同时也对在种种困境中干部与民众分享艰难予以展示,剖露社会转型期中干群矛盾、贪污腐败等各种社会问题。与新写实文学等现实主义倾向的创作相比,新现实主义文学对社会转型期活生生的社会现实进行直接的反映,再次显示了题材价值,再次突出了人物之间的冲突并重新开始了"英雄"式的理想形象塑造。这方面的代表作品主要有谈歌的《大厂》、刘醒龙的《分享艰难》、何申的《年前年后》、关仁山的《大雪无乡》等中短篇小说。20世纪 90 年代后期的张宏森的《车间主任》、周梅森的《人间正道》、张平的《十面埋伏》等长篇小说也属于新现实主义文学。新现实主义文学创作潮流具有两个鲜明的特点,一是具有强烈的时代感,浓郁的时代生活气息,并塑造出具有时代感和典型性的人物形象;二是发展、开发、多元的现实主义。尤其注意的是,新现实主义文学确有传统现实主义之风,但之所以又冠以"新",是因为新现实主义小说作家虽然常常关注社会转型期的经济困境,但创作大都贴近生活,描写"日常生活中的一些俗事"。因此显示出了新的特质。

总的来说,新生代文学、新市民文学、新体验文学、新现实主义文学等,构成了我国 20 世纪90 年代社会转型期现实主义文学的多种形态。它们表明了现实主义从内涵到艺术上的丰富与发展。值得注意的是,属于现实主义思潮的纪实文学在 20 世纪 90 年代初又有了新的拓展,陆续出现了一批带有自传性或准自传性的域外题材作品,人们把这类作品叫"留学生题材文学""出国生活题材文学""新移民文学"等,内容多为反映我国大陆人出国留学打工、经商,表现了中西两种文化的碰撞、交融以及文化边缘人的心理心态。这方面的代表作品主要有查建英的《重逢芝加哥》、刘观德的《我的财富在澳洲》、曹桂林的《北京人在纽约》、樊祥达的《上海人在东京》、周励的《曼哈顿的中国女人》等。

二、后现代主义文学思潮

(一)后现代主义的含义

后现代主义最早出现在中国是 1985 年美国学者詹明信在北京大学所作的题为《后现代主义与文化理论》的演讲,及其对后现代主义理论所作的名著《晚期资本主义的文化逻辑》在中国出版物中。后现代主义是继现代主义之后在西方出现的一种文学艺术潮流,它是资本主义社会进入高度发达时期(后工业社会、信息社会、晚期资本主义等)的产物。后现代主义与现代主义既有内在的联系,更有本质的区别。后现代主义"反对任何一体化的梦想,拒绝任何建立统一的、普遍适用的(无论是思维的、社会的、文化的或美学的)模式的努力"①。从理论指向上看,"后现代主义要从根本上动摇现代主义对世界确定性的信念,瓦解由个体信念支撑的精英文化秩序,填平雅俗文化的鸿沟。在后现代主义的文化图式里,没有了等级秩序和在场的优越地位,也没有了真实和虚构、过去和现在、重点和非重点的区别。……对终极意义的不屑一顾和对羊皮纸上书写以获得快乐的迷恋,本体论意义上的确定性已不复存在而代之以失去本体确定性支持后的游移、漂浮和不确定性"②。

后现代主义思潮在 20 世纪 90 年代的诸多文学思潮中影响最大、波及范围最广。后现代主义是继现代主义之后在西方出现的一种文学艺术潮流。在后现代主义的观念中,"我们看到的是诸如对假想中心的消解,对某种伟大叙事或'元叙事'的怀疑和对'稗史''新历史'的兴趣,对形而上的沉思的摒弃和对平面的反讽与戏拟的使用,对终极意义的不屑一顾和对羊皮纸上书写以获得快乐的迷恋,本体论意义上的确定性已不复存在而代之以失去本体确定性支持后的游移、漂浮和不确定性"③。最初,中国理论界是把现代主义和后现代主义混为一谈的,在关于"现代派"问题的讨论中,曾一度将法国的新小说、黑色幽默、魔幻现实主义、荒诞派等后现代主义思潮全部当成了现代主义,直到 20 世纪 90 年代中后期才得以纠正。而在创作领域,后现代主义实践也有一个从不自觉的模仿到自觉的中国化呈现的过程。发轫于 1985 年的先锋小说(也称新潮小说)是中国当代文学中最早出现的后现代文本。而 20 世纪 80 年代末和 90 年代初的新写实小说、90 年代的新历史小说、新状态小说以及王朔现象、王小波现象、大众文化思潮、雅俗合流及游戏文学等,都可以看作是后现代主义在中国的变体。

(二)后现代主义特征的主要决定因素

从 20 世纪 90 年代中国文学实践来看,中国文学后现代主义特征的主要决定因素有存在主义思潮的影响、解构主义的思维、"人"的观念的变化三个方面。

---

① 陆贵山.中国当代文艺思潮[M].北京:中国人民大学出版社,2002:344.
② 陆贵山.中国当代文艺思潮[M].北京:中国人民大学出版社,2002:345.
③ 陆贵山.中国当代文艺思潮[M].北京:中国人民大学出版社,2002:345.

1.存在主义思潮

存在主义的代表人物当首推德国的海德格尔和法国的萨特。存在主义者认为,世界是荒谬的,人对荒谬世界的本真体验是恶心。摆脱荒谬与恶心的途径是不断地进行自我超越并选择一条审美的人生道路。为了反抗客观世界和群体社会对人的压抑,存在主义将人的安身立命之道诉诸于个人的主体性。萨特的存在主义否定人的本质存在的现实可能性,使人成为彻底的虚无,从而赋予人巨大的自由度和能动性,实现了人的主体意识的回归。萨特认为:"文学就是这样一种运动,通过它,人得以每时每刻从历史中解放出来;总之,文学就是自由。""只有通过写作我才得以存在。"①因此,存在主义美学的核心思想就是揭示人的内心的体验、感受、矛盾和对自我的反思。存在主义文学就是对荒诞、焦虑、孤独、恶心、自我选择、超越、反抗等问题的思考与表现。在中国,受到存在主义的影响可以从刘震云、池莉为代表的新写实小说和韩东、朱文为代表的新生代小说中见出,前者关注形而下存在,后者注重对欲望的书写。这种影响主要是一种新的世界观和人学观的确立,这与后现代主义有着精神上的契合。

2.解构主义的思维

实际上,解构主义是后现代主义的一个重要分支,最初是一种立足现实、反对传统形而上学的哲学思潮。所以,解构主义理论的魅力在于哲学上的破坏性。在撒播过程中,它对文学理论和文学批评产生了巨大的影响和穿透力。1966年10月,德国著名的思想家雅克·德里达发表的题为《人文科学话语中的结构、符号和游戏》的讲演,被视为解构主义的纲领。在德里达看来,"解构"就是要消除或拆解"结构",所谓的"结构"就是指西方文化传统之根,即"逻格斯中心主义"。当时,德里达为消除和拆解"结构"而提出的延宕、游戏、踪迹、撒播等策略性词语,成为解构批评家们的实践指南。可以说,解构主义决定了后现代主义的思维基础与认识基础,对20世纪90年代的中国文学界和批评界的余华、韩少功、孙甘露、格非、苏童、叶兆言、马原、洪峰、王安忆等众多作家产生了重大影响,在他们的小说文本中都有解构主义留下的痕迹。

3."人"的观念的变化

从先锋小说开始,中国文学就对人的神圣性的解构、对人的形而下欲望和人性之恶的挖掘,使之成为一个重要的母题,也因此,主体的破碎,人的精神品格的降低、生物性本能的放大就成了这阶段中国文学最基本的对于人的阐释。与此相关,文学对人的书写方式处理上也就趋向零度情感以及符号化、冷漠化。可以说,后现代主义的原则在20世纪90年代中国文学得以实现的前提正是因为这种"人"的观念上的变化。

三、具有后现代主义特征的现实主义文学思潮

中国的后现代主义思潮两个基本维度是人的解构和存在的解构,实际上也正是整个20世纪90年代中国文学的基本维度,它使得90年代的现实主义文学思潮如新写实主义思潮、新生

---

① 萨特.萨特文论选[M].北京:人民文学出版社,1991:164.

代文学思潮、新历史主义文学思潮、大众文化思潮，都或多或少地受到后现代主义的影响，相应地具有了后现代主义的一些特征。

（一）新写实主义思潮

严格地说，新写实主义应该是属于 20 世纪 80 年代后期的一种小说思潮，它对应于 80 年代后期以后中国社会"大写的人"解体、终极理想消失、政治道德热情降温、个体生存艰难等多元而混乱的现实，是对于现实和小说的双重反应。从作家队伍的构成上看，新写实小说是先锋作家和现实主义作家的"合谋"，从艺术态度上看新写实主义小说则是新潮技术与写实手法的互相妥协。

关于新写实小说的文本特征，有论者曾概括为以下五个方面①。

第一，尤其注重写出那些艰难困苦或无所适从的尴尬生活情境。

第二，简明扼要的、没有多余描写成分的叙事，纯粹的语言状态与纯粹的生活状态的统一。

第三，粗糙素朴的、不明显包含文化蕴涵的生存状态，不含异质性和想象力的生活之流。

第四，不具有理想化的转变力量，完全淡化价值立场。

第五，压制到"零度状态"的叙述情感，隐匿、缺席式的叙述。

新写实小说体现了后现代主义的特征在于它同时解构了生活的形象和人的形象，以生活原生态作为切入点，认同存在主义；在于它运用了后现代艺术手法，比如其反讽的、戏谑的风格，平面化的、自然主义的描写，拼贴式的场景结构。

新写实小说创作思潮一直延续到 20 世纪 90 年代中期，池莉的《你是一条河》、方方的《落日》《祖父在父亲心中》《纸婚年》、刘恒的《教育诗》《苍河白日梦》、叶兆言的《关于厕所》、范小青的《杨湾故事》等，就是新写实小说在 90 年代的新绩。

（二）新生代文学思潮

作为一种文学创作思潮，新生代作家的个性主要表现在对于日常经验的强调和对于私人性叙事风格的追求两个方面。新生代小说的独特性和个人性就表现在他们对于存在的态度以及对于存在版图的体认、言说和绘制上，这主要体现在以下两个方面。

第一，新生代文学思潮强调经验表现域的拓展与存在可能性的挖掘。在新生代小说中，经验主要呈现为两种形态：一是欲望化形态；一是私人化形态。就前者而言，何顿、朱文、张文、刘继明、邱华栋等人的小说对于 20 世纪末中国社会的欲望化生存表象所进行的多方位表现和描述无疑是新鲜而有开拓性的，他们从一个特定的角度切入了当下社会和当下个体的生命真实和存在真实。就后者而言，新生代作家文本中的经验又完全是一种个性化、私人化的经验，它远离公众和集体意识形态，特别是在对于具有文化和意识形态禁忌色彩的边缘经验的发现和言说中凸现他们个体的生命存在。可以说，新生代小说的个人化风格首先来自于他们个人化的经验。这种经验一方面对于公众体验来说是全新的、陌生的，另一方面也是对于我们的既有文学传统封闭格局的一种打破和拓展，他们使人类的一切经验都得到了敞开并从容地进入了文学领地。实际上，无论是欲望化经验还是私人化经验，在新生代作家那里都是寻找和发现生

---

① 陈晓明.反抗危机：论"新写实"[J].文学评论,1993(2).

活与存在无限可能性的一种艺术手段。

第二,新生代文学思潮时常表现出哲学化主题的生命性。有人认为,新生代作家过于强调经验,这导致了平面化叙述和主题深度的丧失,但是实际上,新生代作家正是在经验的帮助下才真正完成了对于 20 世纪 80 年代新潮小说哲学化主题的重构与超越。可以见出,他们不满足于对生活和现实表象的书写,相反倒是时常表现出穿越生存表象而直抵生存本真的愿望,这使得他们的小说对人类生存的关怀总是透出一种浓重的哲学意味。例如,朱文、何顿、邱华栋等人的小说就具有感性化和表象化的外观。朱文的小说总是有一种情绪化的抒情外壳,但即使在他直接书写欲望的小说《我爱美元》里,也可以感受到作者把自己思索人类生存困境的哲学之思放在了文本"反讽"的叙述基调中。

新生代文学思潮也体现了一定的后现代特征,主要体现在两个方面:首先,由对私人经验的挖掘而来的对人的欲望化解构和对启蒙叙事的解构。其次,美学风格上的后现代性。"新状态文学是照相式的写实风格与抽象式的表现风格的混合,也是瞬间性与长时段的拼贴和混合,是内在与外在、体验与观察的拼贴和混合,又是通俗性与先锋性的拼贴和混合。"①

(三)新历史主义文学思潮

新历史主义是由美国学者斯蒂芬·葛林伯雷(也有翻译为格林布拉特)于 1982 年最先提出的。它以解构的方式在历史的废墟上进行历史化的重建,其历史观明显带有后现代意味。新历史主义不仅深刻第影响了中国的理论界,同时也深刻地影响了当代的文学创作,并且形成了一种创作思潮——新历史主义小说。在新历史主义小说思潮影响下的作家们,用小说拆解旧历史观,做元历史思考,有的小说甚至成了新历史主义理论的形象说明。新历史主义小说否定历史的客观真实性,证明历史的混乱与虚妄,嘲弄历史的所谓本质和规律。新历史主义认为,原生态的历史并不像想象的那样有统一的分期和规律。受其影响,新历史小说营造了大量充斥着偶然性、荒谬性和神秘色彩的文本情节迷宫。另外,新历史主义小说受新历史主义的启发,对主体认识能力的有限性、相对性和片面性有清醒的认识。

20 世纪 90 年代中国文坛很多作家受到新历史主义小说思潮影响,用小说拆解旧历史观,做元历史思考,有的小说甚至成了新历史主义理论的形象说明。比如叶兆言的"夜泊秦淮"系列和《1937 年的爱情》、刘震云的《故乡天下黄花》《温故一九四二》、李锐的《旧址》、苏童的《红粉》《我的帝王生涯》等,此外还有余华的《活着》、格非的《敌人》以及王安忆的《纪实与虚构》等。这些作品确立民间立场,改写单一的阶级斗争史,质疑历史必然性和英雄史观,借鉴现代艺术手法如寓言、戏拟、反讽等,以此体现出其主题思想和艺术形态的开放性,与其他类型的后现代主义小说在艺术样式上重合互渗。多数以"历史"为题材的小说中,弥漫着一种沧桑感。历史往往被处理为一系列的暴力事件,个人总是难以把握自己的命运,成为历史暴行中的牺牲品。与 20 世纪五六十年代的"史诗性"和 80 年代初期的"政治反思"相比,它们重视的是表达一种"抒情诗"式的个人经验。因此,有些批评家将之称为"新历史小说"。但新历史小说对历史的偶然性、不可知性、神秘性的过分强调而产生的理性迷失,是不足取的。

---

① 张颐武.从现代性到后现代性[M].南宁:广西教育出版社,1997:111.

（四）大众文化思潮

进入20世纪90年代，随着经济体制的深刻转型，文化告别了80年代的精英文化，走向了大众化和世俗化。商业时代的来临，市民社会的形成，要求有与之相应的文化市场和文化产品来满足变化了的审美需求。此时期，大众文化成为最为触目的现象。而进入大陆的西方后现代文化思潮，其所包含的消解中心、解构一切的文化精神，迅速地和大众文化结盟，加速了大众文化的进程。其中最突出的表现就是文化与报刊、影视、图书、互联网等大众传媒的关系十分密切。由大众传媒扩散和渗透的大众文化，其价值取向已经成为一种新的意识形态，影响和控制着人们日常的物质生活和精神想象。文学与传媒的相互依存关系，促使文学的世俗化倾向日益明显，文学的世俗化和欲望化叙事充斥文本内外。文化和文学生产与传播的消费性和娱乐性的特征非常明显，文化和文学的意义往往以商业价值的实现情况来作为衡量其成功的尺度，自身的深度和价值关怀随之被淹没。

大众传媒主导下的大众文化，还具有消解政治意识形态话语一体化和精英文化中心化的作用。20世纪90年代以来，随着市场化进程的展开，社会话语的一元化逐渐被众语喧哗的多元化所替代，大众文化在某种程度上起到了消解政治意识形态中心的作用；而知识分子作为大众的精神牧师和文化领袖的角色逐渐淡出，文化启蒙的必要性、可能性已经逸出人们的视野。因此，在大众文化思潮的裹挟下，雅俗合流加剧，游戏文学风行，作家不断调整写作策略，以追求作品的消遣性和娱乐功能为己任。同时，20世纪90年代以来相对宽松的政治环境也使得文学从工具职能中解放出来，娱乐功能得以复苏，并且很快呈现出片面膨胀的态势；文学再次处于失重状态，从片面强调政治功能走向片面强调娱乐功能，文学的审美性成为可有可无的牺牲品。例如，王朔的《顽主》系列，固然有后现代主义颠覆中心、戏讽传统的功能，但油滑的语言、自我矛盾的价值内涵，使其最终只能在大众文化的平面上滑行。此外，韩东的《障碍》，以及贾平凹的《废都》、卫慧的《上海宝贝》等都对性作了意味深长的描写。而何顿的《弟弟你好》《就这么回事》《不谈艺术》等小说都表现出对世俗物欲的认同。

四、女性主义文学思潮

20世纪80年代中后期，女性从性别出发，大胆引入性的描写，从自然层面肯定了女性的性别。它们作为一种积淀给20世纪90年代女性写作提供了思想资源。此时又恰逢人的解放进一步深化，西方女性主义理论在中国得到广泛的传播。许多女性主义文学论著在20世纪90年代问世。中国女作家长久蛰伏的女性自主意识与西方女性主义理论相互交汇，在女性主义的启发下，她们开始了积极的自我探寻，成就了20世纪90年代的女性主义文学思潮。

在西方，女权主义与女性主义的侧重点分别在权力和性别上，反映了西方妇女争取解放的先后不同的两个时期。西方女性主义理论在发展的过程中又派生出不同的派别，其中影响较大的是英美女性主义理论和法国女性主义理论，而对20世纪90年代的中国女性写作产生重要影响的是后者。与前者相比，后者更关注女性写作的语言和文本，更多地体现出解构主义特色。法国女性主义理论赋予女性以写作的权利，并肯定了写作之于女性的意义。在写作的过程中，女性对父权制的语言发起了挑战。她们"接受有缺陷的语言，同时对语言进行改造"，她们用身体"创造了无法攻破的语言",用它们去呈现女性特有的经验世界。虽然这场语言革命所创造的文本或许具有极大的破坏性,但是却赋予躯体写作以一种审美观照和划时代的革命意义。所以在 20 世纪 90 年代以来的女性写作中,更多展现的是女性内心生活的场景,它们具有强烈的反经验色彩和私语化的特征,叙事风格变得异常陌生。

一般而言,对私人化女性写作的关注最早见于 1994 年,源起于对林白《一个人的战争》、海男《我的情人们》等作品的讨论。这些作品最初被命名为"女性隐私文学",并开始用私语化、私人化、个人化等来概括其特点。评论者对这个"女性隐私文学"的理解各不相同。有的侧重于精神立场,有的侧重于书写的内容,有的论者肯定了 20 世纪 90 年代私人化写作的文学意义及社会学与政治学的意义。也有论者从道德角度指责她们出卖女性个人隐私,对其作出批评性解读,或者认为其境界有待提升。不过,女性主义作家大多承认自己是个人化写作,而不喜欢"私人化"的叫法。

女性主义创作和批评在 20 世纪 90 年代汇聚在一起,形成了一股颇有声势的女性主义文学思潮。这一声势所营构的浓厚的女性主义氛围,使得 20 世纪 90 年代女性主义文学思潮的意义已超出了它自身,它在实质上起到了联合女性写作的纽带作用,在很大程度上促进了女性写作的繁荣。受女性主义文学思潮的影响,20 世纪 90 年代的女作家创作强调作家的性别因素和性别体验,站在女性独立的立场上,努力对女性意识、女性欲望和女性个体生存状态作细腻的展示与解剖;作品重视对女性心理世界的挖掘,充满丰富的情感和想象。这方面的代表作品主要有陈染的《与往事干杯》《私人生活》,林白的《回廊之椅》《一个人的战争》,海男的《私奔者》《女人传》,徐小斌的《迷幻花园》《双鱼星座》等。

可见,女性主义文学思潮的意义已超出了它自身,它在实质上起到了联合女性写作的纽带作用,对促进女性写作的繁荣具有一定的历史意义。

五、20 世纪 90 年代文学的总体状况

(一)文学体裁创作的总体情况

在文类状况上,20 世纪 90 年代表现突出的是长篇小说和散文,因而批评界有"长篇小说热"和"散文热"的说法。代替中篇小说在 20 世纪 80 年代的文学成就的标志性地位,长篇小说成为陈述这个时期文学成就和特征的主要引例对象。数量大为增加自不必说,活跃的小说家几乎都有一部或多部长篇小说问世,并出现了若干值得重视的作品,当然也伴随大量的平庸之作。长篇小说的繁荣,可以视为作家、文学"成熟"的某种标志:作家可以用较长时间专注于一部作品的创作,并能就更广泛、复杂的问题做出表达,融入更丰厚、深入的思考和体验。但长篇的兴盛也与作家普遍增长的"文学史"意识有关:标志文学成就的叙事文体,显然更多由长篇承载。自然,长篇又具有一种"文体的经济性";在作家方面,更易"流行"显然使"长篇"作品有利可图;阅读上,某些长篇的奇闻轶事和故事性,在满足不断增长的消遣性阅读的需求上更具魅力,也有改编为影视作品的更大可能性。20 世纪 90 年代诗歌的边缘化最为突出,诗人的处境、诗集的出版都相当窘困。比较而言,不管出于自觉还是无奈。诗歌似乎也与政治文化和大众文化市场机制的关系较为疏离。

（二）文学题材的总体情况

进入 20 世纪 90 年代，"先锋"探索逐渐式微。并不是说所有的作家都放弃了这一艺术"前卫"的姿态，而是说作为潮流，形式探索相对地处于"边缘"位置。其实，小说和诗歌领域的先锋性实验仍在进行，如小说的韩少功、韩东、朱文、鲁羊、述平、东西、李冯（以至 21 世纪初期的林白、莫言、贾平凹），诗歌方面的西川、翟永明、于坚、臧棣、萧开愚等。只不过他们的方向不再具有相一致性，文学界只是将他们作为个例来看待。

20 世纪八九十年代之交的社会、文化"转型"，商业社会的消费取向，使一部分作家更急切地关注生存的精神性问题。他们 90 年代的创作不同程度地表现了现实批判的取向，这些作家在 80 年代就已确立自己的艺术个性和文学地位，大多有"知青"生活的背景。这方面的创作有张承志的长篇小说《心灵史》和散文集《荒芜英雄路》《以笔为旗》，张炜的长篇小说《家族》《柏慧》和散文集《融入野地》，韩少功的长篇小说《马桥词典》和散文集《夜行者梦语》，史铁生的小说《务虚笔记》和散文《我与地坛》。这些作品在剥离 20 世纪 80 年代理想主义的政治含义的同时，试图从历灾传统、民间文化、宗教中，寻找维护精神"纯洁性"的资源。在他们的作品中，人的生存意义与价值的"形而上"主题得到强化。

在 20 世纪 90 年代文化意识和文学内容中，犹豫困惑、冷静、反省、颓废等基调得到凸现。世俗化现象，都市日常生活、人的欲望，代替重要社会问题；成为题材的关注点。消费时代的人的生存欲望的书写，开始在"日常生活写作""个人写作"的命题中获得其合法性。但是，"历史"对这个时期的作家来说，仍是挥之不去的或苦涩、或沉重、或惊惧的记忆，也仍然是 20 世纪 90 年代文学写作的主题。但是，"历史"的指向，历史反思的立场、方式已发生了改变。20 世纪 90 年代初期起，那些写作"先锋小说"和"新写实小说"的作家，都不约而同地转向了"历史"，如余华的《在细雨中呼喊》（最初名为《呼喊与细雨》）、《活着》《许三观卖血记》，苏童的《米》《我的帝王生涯》，格非的《敌人》《边缘》，叶兆言的《夜泊秦淮》系列和《1937 年的爱情》，刘震云的《故乡天下黄花》《故乡相处流传》《故乡面和花朵》，刘恒的《苍河白日梦》，池莉的《预谋杀人》《你是一条河》，方方的《何处是我家园》等。在这些小说中，不仅再次触及 20 世纪 80 年代"反思"文学所描述的当代史，更将笔墨伸展到 20 世纪前半期。不过，它们所处理的"历史"已大多不是重大事件，而是在"正史"的背景、氛围下，书写个人或家族的命运。

当然，对"当代"历史，包括"反右"等事件的反思不会中止，在 20 世纪 90 年代的小说、散文创作中也仍在继续，如李锐的《无风之树》《万里无云》，王朔的《动物凶猛》，王小波的《黄金时代》，以及王蒙的季节系列的几部长篇等。除了虚构性叙事文体外，20 世纪 90 年代后期，一批有关 50 至 70 年代历史的书籍，包括纪实性回忆录，也陆续出版，如陈思和、李辉主编的"火凤凰文库"（已收二十余种，包括巴金《再思录》、张中晓《无梦楼随笔》、李锐《大跃进亲历记》、贾植芳《狱里狱外》、蓝翎《龙卷风》、朱东润《李方舟传》、沈从文《从文家书—从文兆和书信选》、于光远《文革中的我》、朱正《留一点谜语给你猜》、邵燕祥《沉船》等）；经济日报出版社（北京）的"思忆文丛"（包括《原上草》《六月雪》《荆棘路》三卷）；韦君宜《思痛录》（北京十月文艺出版社），朱正《1957 年的夏季：从百家争鸣到两家争鸣》（郑州：河南人民出版社），从维熙《走向混沌三部曲》，等等。

在 20 世纪 90 年代，文学（主要是小说）对现实社会问题，对现代都市物化生活和农村的现实景况的表现,也出现新的特点。这些作品往往重新被"现实主义"理论和方法整合。它们的取材和内涵,表现为两个不同的方向:一是继续维持某种整体性的意识形态经验,来表现现实政治、经济、社会的错综复杂矛盾,达到虚构性地弥合"发展主义"的现代化目标与传统社会主义政治遗产之间的裂痕。这在一批被看作是"主旋律"的作品中有鲜明的表现。另一是着力表现都市层出不穷的"新"现象,都市的消费性生活,市民的生活趣味等,也涉及"体制"外的人与事,如都市白领、个体户、城市"漂流族"等。

作为对特定的政治、物质威权社会的疏离,在 20 世纪 90 年代一些诗人、小说家的写作中,"个人"经验获得特别的含义。所谓"特别含义",指的是脱离了事实上已经解体的用以整合社会矛盾的意识形态,将未被"同质化"的个体经验作为观察、表达的主要依据;也指一些作家质疑整体化的"历史""现实",而将"历史"个人化。在诗歌写作中,遂有"历灾个人化"命题,以及"只为个人写作"的提出。小说方面,以个人经历和体验,以及个人的"片断"式感受来组织小说,为被不少作家所采用。陈染、林白等女作家的自传体小说,以"亲历者"身份切入的"新状态""新体验"小说,都是如此。

(三)文学批评的总体情况

批评在文学界的角色,在 20 世纪 90 年代更具"自足性",但处境也颇显尴尬。批评的理论化是这个时期出现的重要征象。传统的作家、文本批评自然还大量存在,但一些重要的批评成果,其注意力已不完全,或主要不在作品的评价上,寻求理论自身的完整性和理论的"繁殖",即在文本阐释基础上的理论"创作",成为更具吸引力的目标。这与 20 世纪 80 年代以来对欧美现代文学批评理论的引进有很大关系。叙事学、后现代主义、后殖民主义、女性主义等诸种理论在 20 世纪 90 年代的文学批评中表现颇为活跃:这大抵由"学院派"批评家引领风骚(文学批评力量,在 20 世纪 90 年代中后期主要由身居文学研究机构,特别是在大学中的学者担任)。

文化研究的兴起,是 20 世纪 90 年代文学批评的另一重要现象。在"人文精神危机"的讨论中,文学界普遍表现了对文化变革的拒斥态度,使批评失去有效阐释大众社会、文化市场、大众文化的能力。文化研究逐渐在批评中占有重要地位,是由于意识到面对变化的社会文学事实,需要做出有效的调整。关注文学产品的"商品"性质,关注文学生产、传播、接受的体制、市场运作方式等的问题,是文化研究着力的一个方面。而批判地分析大众文化的意识形态性,揭示其在"民间""大众"等"正义性"面目之下实施的"暴力",也是一些批评家的文化研究"主题"。文化研究在分析上虽然重视结构、修辞等文本结构问题,却不热心对作品的"审美"分析,搁置对作品"文学性"的评价。在坚持传统文学批评观的作家、研究者看来,批评离"文学"、离作家创作越来越远,文本成为阐释有关阶级、民族、性别问题的材料。因而也受到严重质疑,一度有了"批评的缺席"的责难。

第十二章 20世纪90年代以来的文学创作研究

进入20世纪90年代以后,随着改革开放的进一步深入,市场经济的不断发展,中国社会的转型步伐逐步加快,整体上进入了一个全新的历史时期。相应地,这一时期的中国文学也进入了一个新的历史时期。由于"多元化""个人化""边缘化"等话语取代了以往的启蒙指向,日益膨胀的文化市场以及商品意识,使知识分子整体的同一性不复存在,加上文化结构的多样态,这一时期的文学创作既体现出整体的特征,又体现出各自的独特性:小说创作出现了鲜明的多元化特征,派别林立;诗歌创作在"知识分子写作"和"民间写作"的争论中出现了精英化和世俗化并行的趋向;散文创作在市场经济体制影响下出现了"市场化"倾向,同时出现了一批新生代杂文;新现实主义戏剧结合时代的特征也有了新的发展。

第一节 派别林立的小说创作

20世纪90年代以来,中国小说创作出现了极为鲜明的多元化特征,新写实小说、新历史小说、文化道德小说、女性小说、"寓言式"乡土小说、新生代小说、军旅小说、网络小说等派别纷纷出现在文坛上,并产生了不小的反响。本节就主要对其中几类小说的创作进行一定的阐释。

一、新写实小说的创作

"新写实小说"在20世纪80年代就出现了。这种小说的创作方法以写实为主要特征,但特别注重对现实生活原生形态的还原,真诚直面现实,直面人生。虽然从总体的文学精神来看这种小说仍可划归为现实主义的大范畴,但无疑具有了一种新的开放性和包容性,善于吸收、借鉴现代主义各种流派在艺术上的长处。20世纪90年代以来,这种小说创作更是达到了繁荣局面,不少作家都属于新写实派小说作家。如方方、池莉、刘震云、刘恒等。他们在观察生活把握世界上渗透着强烈的历史意识和哲学意识,减弱了现实主义那种直露、急功近利的政治色彩,而追求一种更为丰厚更为博大的文学境界。这里主要来看看方方、池莉、刘震云的新写实小说创作。

(一)方方的新写实小说创作

方方(1955—   ),本名汪芳,祖籍江西彭泽,出生于南京,1957年后随父母迁至武汉。1974年高中毕业后做过4年装卸工,1978年考入武汉大学中文系,毕业后分配至湖北电视台任编辑。1989年,调作协湖北分会从事专业创作。曾任《今日名流》杂志总编辑。2007年和

2012 年连续当选湖北省作家协会主席。她发表中篇小说《风景》后，在文坛的地位越来越高，并进入中国新写实文学代表作家之列。方方的小说作品主要有：长篇小说《乌泥湖年谱》，中短篇小说集《有爱无爱都铭心刻骨》《桃花灿烂》，随笔集《汉口的沧桑往事》《到庐山看老别墅》等。

"方方的小说长于描写普通人的凡常生活及其喜怒哀乐、酸甜苦辣，并从中表现出某种普遍的人生意义；她以其精确、细腻、生动的描写，使凡俗人生的主题得到升华，令读者咀嚼到或历史、或社会、或文化、或人生的别样滋味。"①她的小说以市民题材小说和女性题材小说为主。

《风景》是方方的成名作，是一部具有较大反响的新写实小说。作品以武汉平民区"河南棚子"为背景，细致描绘了 20 世纪 50 年代汉口下层平民最真实的生存境况和生活状态，展现出了当代都市一隅的独异"风景"，同时也从某种程度上再次提出了"生存还是死亡"这一亘古不变的人生命题。

小说中的叙述者"我"——小八子，是家里的第八个孩子，生下来半个月就夭折了。小说正是借死了的"我"的眼睛，去看活着的父亲、母亲及他们的七子二女的生存。这是一个家庭成员众多的贫穷家庭，十一口人，全家人栖息在铁路边一个十一平方米的小房里，过着猪狗一样的生活，缺少亲情温暖和人性关怀。

小说中父亲是码头工人，粗暴、勇敢、重义气，这样的性格在家庭生活中就表现以打骂妻子儿女为乐趣，蛮横、不讲理。母亲是搬运工人，愚昧、好搬弄是非、天性风骚、站在门口卖俏，不能给子女深沉和温情的母爱。大哥承袭着"长兄为父"的传统观念，重情义，但粗暴、愚昧，十五岁进工厂做工，与别人之妻通奸。二哥是理想主义者，也是这个贫困家庭中的异类，他在艰难的生存条件下倔强地要求有尊严的生活，最后割腕自杀，他的自杀是理想主义者在现实中理想幻灭的写照。三哥这一人物形象是为烘托二哥而生，他强悍、简单，对二哥有着最深的爱，当二哥自杀后，他认为是女人害死了二哥，所以痛恨天下所有的女人。四哥又聋又哑，不喜外界的嘈杂繁乱，"平和安宁地过自给自足的日子"，后来自杀。五哥、六哥是一对孪生兄弟，骨子里狡猾、粗俗，成年后都很现实地去做了倒插门女婿。家中的两个女儿大香、小香由于父亲的偏爱，养成了恶毒、刁蛮的性格，一贯以欺负他们的弟弟——"我"为乐。七哥在这个家庭中处境最惨，他的命运最富戏剧性。父亲认为他不是自己的亲骨肉而百般打骂、虐待他，童年生活苦难，但青梅竹马的感情给了他无比的温暖，下乡、上大学形成自己的人生观和价值观使他不择手段为改变命运而努力，泡上了"高干"的女儿，也算"功成名就"，由"非人"成了"人上人"，之后开始报复社会。

这部小说表面上是在描写和再现底层市民原生态的物质的和精神的东西，表现不加雕饰的生活真实、生存境况、生活状貌，实质上展现了底层市民的生活史和生命史。方方用反讽的手法不动声色地使人物性格得到了充分显现。整部小说笼罩着一层超现实主义的氛围，同时，荒诞和陌生的表现手法反映了极为深刻真实的内质。

总的来说，方方的新写实小说具有丰富、厚重的文化内涵，多采用冷静客观的叙述方式，对普通、平凡人物的生存背景、生活状貌、生命搏动、性的欲望进行"本真"的描写，注重表现对生活的还原。在艺术表现上，她又注重采用现代主义的一些表现手法，所以具有厚重的现代意味

① 阎纯德.论新写实小说及其创作——以池莉、方方为中心[J].海南师范学院学报（社会科学版），2005(5).

和普遍的审美意义。

(二)池莉的新写实小说创作

池莉(1957—　　),湖北仙桃人,当代著名女作家,中国作家协会会员。毕业于武汉大学中文系,她生活经历丰富,曾下过乡,当过小学教师,并从事医务工作多年。从 1987 年起,池莉因创作新写实小说而崭露头角,《烦恼人生》《不谈爱情》《冷也好热也好活着就好》《你是一条河》《预谋杀人》等一系列小说显示了她的创作才华。20 世纪 90 年代中后期,新写实小说落潮以后,池莉仍然保持着旺盛的创作势头,《来来往往》《化蛹为蝶》《小姐你早》《致无尽岁月》《云破处》《口红》《生活秀》等都是其主要作品。这些作品主要收录在《池莉文集》中,该文集初版于1995 年,共出版 7 卷,先后印刷十余次,发行近 10 万套。

池莉的新写实小说关注普通人,尤其是生活在底层的小人物的烦恼和艰难,注重不动声色地再现他们生存的世俗性、卑微性、琐碎性和庸常性的原生状态,展现他们日常生活中的困境。这类小说中最具代表性的作品有《烦恼人生》和《不谈爱情》。

《烦恼人生》被公认为新写实小说的代表作。小说以细致的笔触描写了一位普通工人印家厚一天的琐事,同时穿插了他所有的心理活动以及人生的烦恼。而且,小说关注的不是印家厚如何在生活高压下的人生信念,而是他对如何无可奈何地认可和忍耐这种生活,展现了一个对生存环境认同和忍耐的凡夫俗子。

在小说开篇,印家厚起床、洗漱、催贪睡的儿子起来,然后冲锋般地挤公共汽车、上轮渡过江、排队吃早点……通过这些琐碎的生活情节,印家厚烦恼的一天生活开始了。池莉恰到好处地表现出这种烦恼、琐碎、焦灼生活中蕴涵的韵味,并尽可能地保留现实生活的原本状态。在作品的中间部分,主要写印家厚在工厂的生活:奖金轮流坐庄到他这里却改变了、女徒弟一往情深的表白令他恍惚又不忍伤害她、幼儿园阿姨勾起对过去恋人的怀念、早已计算好用场的奖金变成五元且被摊派去、吃午饭买不到好菜却从小菜中发现半条青虫、为老父亲和老丈人置办六十岁寿礼因经济不宽裕又要面子而四处奔走……所有这一切,都带给印家厚无尽的烦恼与无奈。小说的最后主要写主人公印家厚下班后的生活,主要写了印家厚因照顾儿子、教育儿子而没有下班的感觉,明天将有亲戚挤进这十一平方米的小屋而意味着正常生活的中断等,印家厚在面对如此多的烦琐事件后,无奈的他只能"怜悯自己,真苦!"。人到了自叹其苦,自怜其苦的份儿上,其挥之不去的卑微感可见得是深入骨髓了。在印家厚这普通的一天中,卑微和烦恼就是这样紧密地缠绕在一起。而小说的结构为对应着他一天烦恼的生活流程,采用了流水账式的叙述,没有任何波澜和突兀。但小说在冷静客观的叙述之外,也有散发着感伤、悲悯与温情的语段:

> 印家厚头也不回,大步流星汇入了滚滚的人流之中。他背后不长眼睛,但却知道,那排破旧老朽的平房窗户前,有个烫了鸡窝般发式的女人。她披了件衣服,没穿袜子,趿着鞋,憔悴的脸上雾一样灰暗,她在目送他们父子,这就是他的老婆。你遗憾老婆为什么不鲜亮一点吗?然而这世界上就只有她一个人在送你和等你回来。

这段话道出了普通人的婚姻真谛,而且在粗糙中洋溢着温情。

《不谈爱请》同样是一部描写烦恼的新写实小说,不过,《烦恼人生》中写得更多的是印家厚物质上的烦恼,而这部小说中,作者主要写了庄建非精神上的烦恼与困顿。庄建非和吉玲的恋爱过程首先体现为本能情欲的满足,后又服膺于社会秩序、婚姻规则。婚后两人的第一次争吵酿成一场大规模的混战,惊动了双方的父母、同事、单位领导,并且直接影响到庄建非出国进修的大事。吉玲更多地为了维护自尊而回了娘家,迫于社会压力,庄建非请动了父母上花楼街,顾全了岳父母的面子,找回了吉玲。庄建非从此认同了命运和过日子式的生活,他"不幸,也要装出幸福的样子""没有爱情就强忍着不谈爱情只谈结婚",并无奈的自慰"结婚是成家。妻子不是性的对象,而是过日子的伴侣。……与她一起搀搀扶扶磕磕碰碰走向人生的终点"。

小说通过对现实生活琐碎无序的表象的本色叙述,实现了一种还原效果,其中杂带着某种偶然性与必然性纠缠不清的宿命观。在这部小说中,池莉认为这种琐碎、烦恼难以逃避,贯彻于人生的各个阶段。人们要想维持生活,就必须彻底放弃爱情、拒绝精神的追求。其实,池莉的这种看法仅仅是表面上的,在拮据的物质生活或受人左右的现实生活环境中,我们还是可以通过小人物对诗意浪漫的追求看出池莉对爱情的一丝希冀。

(三)刘震云的新写实小说创作

刘震云(1958—),河南延津人,1973年参加中国人民解放军,1978年从部队复员后在家乡谋得了一个中学教师的职位,并于同年以河南文科状元的身份考入了北京大学中文系,毕业后到《农民日报》当工作,并开始了文学创作。从1987年起,他先后在《人民文学》上发表《塔铺》《新兵连》《头人》《单位》《官场》《一地鸡毛》《官人》和《温故一九四二》等作品,引起强烈反响,后又发表了长篇小说《故乡天下黄花》《故乡相处流传》《故乡面和花朵》《一腔废话》《手机》和《我叫刘跃进》等。

刘震云的新写实小说关注现实,通过对普通人的日常生活琐事的细致描绘,展现当代人生存的痛苦和困顿以及心灵的困惑和挣扎。同时,他的新写实小说也擅长创造意象,如"鸡毛""烂梨""厕所"等,并以此来通向他的小说中心,展示小说的深刻意蕴。刘震云还敢于将一切丑陋在小说中毫不留情地展示出来,以接受人们的审视,如冠冕堂皇的单位和官人、求学的农村青年、新入军营的战士等。刘震云通过对他们的灵魂世界的剖析,让读者窥视到了那里无边的丑恶与龌龊。因而政治讽喻也是刘震云新写实小说的一大特色。

《单位》和《一地鸡毛》是刘震云新写实小说的代表作。这两部小说都写出了生活的"本相",对个体的生存困顿、理想的坍塌和确定性追求丧失的生存现象的还原。这两篇小说有一个共同的主人公小林,他在家庭和单位里都过着极其平庸而又琐碎的日常生活。小说中描写的家庭生活,都是一些再平常不过、微不足道的日常琐事,没有丝毫的激情,更谈不上浪漫。例如,《一地鸡毛》开篇便说道"小林家一斤豆腐变馊了",豆腐是日常生活中最平常的东西,而作家正是从如此渺小的一个东西切入生活展开了故事情节。同时,小林的老婆因为这件事和他争吵,这也奠定了他生活环境的凡俗与卑微的基调。小林自从有了孩子之后,各种生活问题接踵而来,为了孩子入托,他到处寻找门路却四处碰壁;为了能帮妻子换到一个离家近的工作,他四处奔波;为了能有自己的一套房子,他开始努力工作,但工资仍是太低买不起;老家来人看病,他却无力相助……如此生活中的琐事每时每刻都困扰着他,令他喘不过气来。而单位中的工作,也总是令他感到重负:为了避免人事矛盾,他处处小心;单位那边要换领导,他想尽办法争取;为了能够入党,他不得不做作另一个样子;为了申请住房,他不得不处处恭维……就在这诸事纷扰之中,小林逐渐变得油滑、颓废,以前的豪气荡然无存,事业的追求烟消云散。在他的身上,青年人的朝气已看不到,"混"开始成为他恪守的人生信条:

> 你也无非是买豆腐,上班下班,吃饭睡觉洗衣服,对付保姆,弄孩子,到了晚上你一页书也不想翻,什么宏图大志,什么事业理想,狗屁,那是年轻时候的事,大家都这么混,不也活了一辈子?有宏图大志怎么了?有事业理想怎么了?"古今将相在何方,荒冢一堆草没了!"一辈子下来谁不知道谁!

可见,在一个日益商品化和世俗化的社会中,小林的存在理想、价值追寻受到了现实尺度的嘲弄,所以小林不得不向环境投降,彻彻底底地放弃了生存的诗意和浪漫。小说在展示这一切时,描写细致入微,情感深藏不露,但我们还是能够从小说所设置的独特意象"鸡毛"中看到作家带泪的讥讽,以及现实生活、人性、生存等极其深入的思考。

在叙述方式上,新写实强调一种客观的、"还原"生活的"零度叙述"的叙述方式。刘震云就曾说过:"我写小说就是生活本身。"《单位》就是以流水账的方式描述了小林的日常生活,把起床、洗刷、上厕所、吃早点、挤汽车、挤轮渡……这些生活琐事一一展现在人们面前。在这一讲述的过程中,作者并不把自己的感情、态度介入作品当中,在这里,作者只是一个叙述者、一个观察者。

刘震云新写实小说中所塑造的人物中几乎没有什么英雄人物或者是对社会做出巨大贡献的伟人,他们都是现实生活中的一员,平凡、普通,而且基本上都处于社会的中下层,甚至是底层。刘震云的写作就像是一把锋利的解剖刀,剖开了日常生活的平滑光洁的表面,并深入到它的中心,将血淋淋的横剖面放到世人面前,并饱含同情地展示着人们生存的困顿与痛苦。

二、新历史小说的创作

新历史小说是与传统历史小说在创作理念、叙事方式、语体特征、审美意趣等方面迥然不同的一种文学创作实践。它不以真实历史人物和事件为框架来构筑历史故事,而是把人物活动的时空推到历史形态中,来表达当代人的人生态度与思想情感。新时期的新历史小说的代表作家有陈忠实、苏童、莫言等,以下对他们的新历史小说创作进行一定的阐述。

(一)陈忠实的新历史小说创作

陈忠实(1942—　),陕西西安人,1962年高考失利后做过中小学教师、乡村基层干部。担任乡村基层干部的经历改变了他的乡村文化观念,加深了他对关东地区农村人民的生活方式、心理状态和语言的认识,也为他日后的小说创作积累了丰富的素材。陈忠实于1965年开始发表作品,1979年发表短篇小说《信任》引起文学界的关注。1982年开始从事专业创作,1993年以长篇小说《白鹿原》一举成名。当然,中短篇小说集《乡村》《初夏》《四妹子》等都是非常出众的。

陈忠实的新历史小说叙述视角冷静、客观,注重将历史与现实生活相结合,在整体把握农民精神的基础上,描摹他眼中独特的农村世界和生活画面。同时,他注重深刻挖掘民族文化心理,积极探索新时期农民处于社会变革中的心路历程,展示出了中国农民所拥有的传统人格魅力和道德情感。

《白鹿原》是陈忠实新历史小说的代表作品,在当代文坛上引起了很大的反响。其"不仅是由不同政治力量的对抗表现了悲怆的国史,也是由不同的文化理念的较量表现了本民族隐秘的心史,更是一部由许多各具内涵的线索交合勾连,构成的一部气势恢宏的'民族秘史'。这部'秘史'就是指隐蔽在一个民族风云社会的历史条件下的民族文化的心灵史"①。这部小说以中国关中平原的农村白鹿原为中心,全面而深刻地描绘一个家族、两代人在辛亥革命到解放战争50余年的生存状态,涵盖了中国近半个世纪的历史风云和时代画面。陈忠实重新审视了中华民族的文化与历史命运,写出了白鹿村人在自然和社会事变中的奋斗历程及自然本性和社会道德的冲突、文化遗传和现实变革的交战。同时,他也描写了人在特定历史条件下的生命状态,探究了人们复杂的、丰富的人性内涵。

小说开头以主人公白嘉轩的六娶六丧开启了整个故事的序幕,神秘色彩十足。接着,一幕幕惊心动魄的人生悲喜剧开始上演,展示了我们民族曲折、坎坷的历史,跌宕起伏的故事情节、人物命运,以及丰富多变的人物形象、人物性格。作为仁义白鹿村的族长,白嘉轩在风云变幻的几十年中带领着白鹿村人度过了一道道难关,自始至终眷恋那块黄土地,维护中国传统儒家文化。应该说,在白嘉轩身上是寄托了作者的人格理想的,在他身上更多的体现了正直、仁义以及积极向上等中国传统文化中积极的一面。白嘉轩有着关中汉子惯有的坚毅与朴实,精明能干、正直仁义,不仅是积福积德的宽厚长者,更是仁义白鹿村的精神代表。而和白嘉轩一起为白鹿村赢来"仁义白鹿村"美名的鹿子霖,却为了个人和家族的私利,坚持与白嘉轩抗衡,最后落了一个悲惨的结局。这样的结局实质上对于传统儒家文化对民族生存发展的重大作用表示了肯定,表明了作者对中国儒家传统文化的向往之情,但也对于传统儒家文化的负面影响表达了批判之情。朱先生是旧式知识分子的典型代表,也是白鹿原中儒家思想的精神领袖,在小说中是一个不可或缺的人物。他一生以做学问为生,满腹经纶,学富五车,埋首书堆,记录着风土人情。同时,他刚正不阿,敢于反抗日本人的侵略。晚年时,他更是仙风道骨,甚至能窥天机。此外,小说还塑造了大胆激进的白灵、富有反抗精神的田小娥、顽猛刚毅的黑娃等一系列栩栩如生的人物形象。

在艺术方法上,这部小说创造性地运用了一种开放式的现实主义创作方法,即以传统现实主为主,巧妙化用魔幻现实主义、象征主义等某些因素和手法,将现实情节同原始文化、神话传说、寓言故事融会在一起,营造出一种亦真亦幻、深邃神秘、富于象征意味的艺术效果。在小说中,无论从创作主体的睿智、冷静上,还是从对生活环境、时代氛围的具体描摹上,以及在情节结构的精心安排和人物典型的塑造上,虽时有发展和创新,但仍没有突破现实主义的基本框架。不过,它放开了艺术视野,博采各种流派之长,创造出色彩斑斓的现实主义。这部小说就在现实主义的基础上具有整合象征主义与魔幻现实主义手法的明显意向。例如,"白鹿原"象征着乡土中国;"天狗"象征着拯救者;"白鹿"与"白狼"则分别成为人类中善、美与丑、恶的物化形态等。这类描写,不仅没有改变小说现实主义的基本面貌,反而增强了作品思想情感的张力与弹性。

---

① 雷达,赵学勇,程金武.中国现当代文学通史(下册)[M].兰州:甘肃人民出版社,2006:775.

（二）苏童的新历史小说创作

苏童（1963—　），原名童忠贵，江苏苏州人。1980 年考入北京师范大学中文系，1983 年开始发表小说，1984 年后分配至南京，先后在南京艺术学院和《钟山》杂志社工作，1991 年转为中国作家协会江苏省分会专业作家。主要创作有长篇小说《米》《我的帝王生涯》《城北地带》《武则天》等，以及中短篇小说集《1934 年的逃亡》《妻妾成群》《伤心的舞蹈》《红粉》《妇女乐园》等。

苏童的新历史小说注重回归传统，采用主体叙述角度，书写自己对历史的特殊感受，并对女性心理进行独到的刻画和描述。最有代表性的新历史小说作品就是《妻妾成群》。

《妻妾成群》叙述了一个腐败的封建大家庭内部的妻妾之间的斗争，展示了旧时代妇女们的生命状态和悲惨生活。主人公颂莲是一个接受过新式教育的女性，但是她的思想仍旧是落后的。颂莲在父亲去世、家境败落后，自愿嫁给了有钱人陈佐千，成为他的四姨太。从此，她就生存到了钩心斗角、阴森恐怖的环境之中。因为她要想在这个大家庭中立足并获得做人的正常权利，就必须介入"妻妾成群"的人际模式，与其他三位太太：毓如、卓云和梅珊明争暗斗，获得陈佐千的宠爱。小说正是通过此艺术化地再现了中国封建礼教吞噬人性的恐怖景象。

苏童以冷静近乎白描的手笔为读者绘出了一个极度可悲的女性生存世界。她们是一群卑微而又可怜的人物，她们的命运如风中之烛、水中之萍，时时都有被吞噬、被淹没的危险。封建礼教、男权主义的压迫，是造成女性悲剧命运的极其重要的和不可推卸的因素。但是，女性自身的问题也同样不能被忽略。某些时候，对女性的伤害已经不仅仅是社会问题、传统问题，而是人本身、女性自身的问题。

这部小说的情节是在颂莲的个性、欲望和生存环境三者之间的摩擦冲突中展开的，在小说结尾，颂莲在目睹了偷情的梅珊在黑夜被秘密处死的场景后，变得疯癫，最终成了陈家花园里的一叶浮萍，犹如局外人，她坚守的自我精神世界在生存的重压下，在孤独、感伤和怀疑中，精神完全崩溃。但是，这并不意味着苏童是在重复讲述封建婚姻悲剧的故事，而是在其中深藏着历史文化的内涵，也就是借助历史情境表达自己对生命、对世界的看法，将历史的真实让位于情感的真实和人性的真实。

苏童在小说中设置了多种精确传神且富有神秘性的多义隐喻，在对生存景象的透视中融入了深邃的人性力量。这些都使得小说具有了超越客观层面的主体精神向度，由此也体现出主人公颂莲的命运遭际实质上是"由现代文化的价值取向与没落垂死的传统文化世界的冲突所致，颂莲之所以会主动退出这种非人道的人际模式，主要也是因为她不肯完全放弃自己，不肯把她的精神理念彻底泯灭掉，将自己融入那个朽灭的世界中；相反的，她在任何事情上都听从于她的内心，竭力守持着她的理性与信念"①。

（三）莫言的新历史小说创作

莫言（1955—　），原名管谟业，幼年在家乡小学读书，后因"文革"辍学劳动多年，1976 年加入解放军，1981 年开始创作，1986 年毕业于解放军艺术院校文学系，同年出版了小说集《透明的红萝卜》，1987 年出版了长篇小说《红高粱家族》，1991 年毕业于北京师范大学鲁迅文学院

---

① 陈思和.新时期文学简史[M].桂林：广西师范大学出版社，2010：205-206.

创作研究生班,1997 年任职于《检察日报》,同年他的小说《丰乳肥臀》获得中国有史以来最高额的"大家文学奖",2001 年被聘为山东大学文学与新闻传播学院兼职教授,2003 年被聘为汕头大学文学院兼职教授,2006 年出版第一部章回小说《生死疲劳》,并获得福冈亚洲文化大奖,2008 年这部作品获得首届美国纽曼华语文学奖。2009 年出版长篇小说《蛙》,作品于 2011 年获得第八届茅盾文学奖。2012 年,莫言因其"用虚幻现实主义将民间故事、历史和现代融为一体"获得 2012 年诺贝尔文学奖,成为首位获得该奖的中国籍作家。

进入 20 世纪 90 年代以后,莫言的小说创作由"先锋"转向了"新历史"。他的新历史小说注重将关于人性、种族的思考纳入百年历史变迁的宏大史诗中,再现那些感天动地的爱与恨,那些大开大合的笑与泪。在语言、结构方面,他的新历史小说更加注重融合传统文化和民间资源,强化了故事性、传奇性和喜剧性,从而使其具有了人类学的宏观性、包容性和超越性,能够容纳普遍性的经验和想象,进而真正体现了小说叙事的历史—文化大视野。

《丰乳肥臀》是这一时期莫言最具代表的新历史小说。小说描绘了高密东北乡从一片没有人烟的荒原变成繁华市镇的历史,是莫言进行民间史诗性书写的成功试验,"对二十世纪中国历史的充满血泪和诗意的波澜壮阔的书写是无人可比的;它对人民和知识分子命运的深切关注和感人描写,它的秉笔直书的勇毅与遍及毛孔的锐利,在所有当代文学叙事中堪称是首届一指的;它在把历史的主体交还人民、把历史的价值还原于民间、在书写人民对苦难的承受与消化的历史悲剧方面,体现出了最大的智慧"①。

小说的时间跨度很大,从抗日战争一直延续到改革开放之后,热情讴歌了生命最原初的创造者——母亲的伟大、朴素与无私,阐明了生命沿袭的重要意义。小说一开始就描绘了一幅母亲和民族的受难图:1938 年,母亲上官鲁氏在土炕上难产第八胎,伴随着的是日本鬼子逼近的枪声以及镇子上的大逃亡。她在生育她的双胞胎时,她家的毛驴也在生骡子,而丈夫、公婆对母驴的关注远胜于对她的关注。河堤上,她的 7 个女儿被祖母遣到河里摸虾,蛟龙河堤边的柳丛里埋伏着沙月亮的游击队,司马库在桥头上摆下了烧酒阵,准备拦截正向村庄逼近的日本人。她经过生死挣扎,生下了一对龙凤胎,而这时日本鬼子占领了村子,杀死了她的公公、丈夫……战争和生殖、新生的喜悦和死亡的灾难同时降临到上官家中。自此,母亲成了家长,带领她的一群孩子经历了战乱之苦,忍受着饥饿的煎熬,迎接着动荡的社会变迁。母亲上官鲁氏是一位命运多舛的人,她和丈夫上官寿喜结婚三年一直没有怀孕,受到了婆家的百般刁难,不得不找别的男人"借种",悲惨的受孕、生殖史就此开始。她生下了一个又一个儿女,并艰难地、含辛茹苦地抚育着他们。这些众多的儿女构成了庞大家族,并不可抗拒地被卷入了 20 世纪中国的政治历史舞台,贯穿于中国 20 世纪的权力高层和民间势力。而这些形态各异的权力高层和民间势力之间力量的角逐、争夺和厮杀是在自己的家庭展开的,从而造成了母亲独自承受和消解苦难的现实:战乱、兵匪、亲人死亡、流离颠簸、对单传的废人式儿子的担心……实际上,母亲仅仅是一种意象符号,是无私、爱、奉献和生命的载体。

小说中描写了很多地地道道的高密东北乡农民,这些农民形象大体可以分为三类:第一类是原生态的农民形象,如哑巴兄弟们、樊三、上官福禄及上官寿喜等,他们个性鲜明、活灵活现;第二类是纵横在那片土地上的流氓土匪,如组织武装队的司马库;第三类是坚韧的女性形象,

---

① 张懿红.缅怀与徜徉:跨世纪乡土小说研究[M].北京:中国社会科学出版社,2010:143.

最为典型的就是母亲上官鲁氏。她是一位历尽磨难的传统女性,含辛茹苦地养育一帮孩子,她的身体与心灵都在岁月中伤痕累累;她承载着更加厚重的情感意义与文化意义,不仅是中国传统女性——母亲的"典型化",而且还具有文化上的隐喻意义。这些活生生的农民形象,一方面来自莫言农村生活中的原型,另一方面来自莫言对于故乡那片土地上的"精神血脉"的追认与缅怀。

总的来说,莫言的新历史小说源于他对故乡与土地怀有的着像深爱着母亲一般的浓厚情感,并将自己对于母亲的深切同情,对于家乡那片土地、那片土地上的人们以及那片土地上的传奇的情感与体认充分地融合到了自己的文字之中。

三、文化道德小说的创作

20 世纪 90 年代以来,以张承志、张炜、韩少功等为代表的小说家高举道德理想主义的大旗进行文化道德小说的创作。他们在小说中崇尚自然、歌唱理想、颂扬人道,力求在艺术形式上突破传统,解构中心人物,描画群像,叙述故事时采用随意的散点式结构。他们的情感真挚与纯洁,小说中的语言朴素而凝练,体现出明显的道德理想和人文精神。以下对张炜和韩少功的文化道德小说创作进行分析。

(一)张炜的文化道德小说创作

张炜(1956—　),出生于山东龙口。1980 年毕业于烟台师范学院中文系,后长期从事档案资料编纂工作。现为山东省作家协会主席。张炜从 1980 年开始发表文学作品,主要有《古船》《九月寓言》《柏慧》《家族》《外省书》《能不忆蜀葵》等长篇小说,《一潭清水》《秋天的思索》《秋天的愤怒》《一个故事刚刚开始》《怀念黑潭中的黑鱼》等中短篇小说,《生命的呼吸》《张炜散文》等散文集。

《九月寓言》是张炜最具代表的文化道德小说。作者将目光投向了文化意义上的小村和哲学意义上的大地,通过对乡民生活的文化关照和哲学观照,揭示了我们当下的生存状况和文化困境。小说中描写的是山东登州海角的一个叫廷鲅的海滨小村的几代村民的劳动、生活和爱情,并重点描写了几个家庭和一群青年男女的日间劳作以及夜间游荡的奇特生活。小说中的故事包括三个部分,即小村现在的故事、小村的历史传说以及小村村民的口头创作。农民流浪者由于地位低下,在基本生存需求无法满足时便不得不无休止地进行迁徙和流浪,与生存展开惊心动魄的抗争。于是,作家以令人惊叹的笔触,对这群为了战胜饥饿的流浪农民付出的血的代价及其他们爱情故事后面隐藏的悲怆和沉重感进行了生动的描绘,进而对人类渡过难关走向蓬勃发展的内在生命力进行了高度的颂扬。

小说一方面展示了那种扑面而来、无所不在的野地精神、野地气息,那是生命之源、力量之源,另一方面又体现了城市污染的环境、沦落的道德、虚伪的人性。这些都对野地构成了侵害。在小说的最后,主人公逃亡、村庄沦陷以及冲天的大火,正是原始生态被现代文明毁灭的标志。

从艺术手法上看,小说在叙事时采用了模糊与抽象的时间和空间定位,情节顺序也是超时空的,因为作家着意的不是小说的情节,而是隐藏在情节背后的深层人文意蕴,如大地是人类生存的根本依托和永久归宿、现代技术对于大自然的掠夺和侵害和工业文明对农业文明的挤压等。因而小说中的人物都不再具有自我意识或主体意识,只是一个为了使叙事变得方便而采用的一个叙事符号,如矮壮憨人、大脚肥肩等类的人文,只不过是作家完成自己文化哲学思考的工具。

(二)韩少功的文化道德小说创作

到了 20 世纪 90 年代,韩少功的小说创作发生了较大的转变,他不再沉重反思民族的劣根性,而是开始从知识分子的象牙塔里走向民间,同有着鲜活语言的大众进行平等对话,并开始进行小说文本的实验,在语言的世界中寻找自己的文化和理想。因而,他这一时期的作品有着鲜明的理想主义和浪漫情怀。

就韩少功的文化道德小说来看,《马桥词典》是最具代表的一部作品。它是一部跨文体的长篇笔记小说。在小说中,韩少功彻底打破了小说虚构故事、设置情节、塑造中心人物的经典性规则,而是采用笔记体形式和词条罗列法,串联起了历史人物和事件,进而对马桥这个乡村世界的风土人情和奇闻趣事进行了生动的展现,可谓形散神聚。马桥的乡民们在稳定而停滞的文化空间中生活,他们精神贫困,蜷缩在语言的屏障下而不自知,还自以为是地重复着先人留传下的言语。按理来说,留存记忆和抵御遗忘是语言的一个非常重要的特征,可是马桥人的语言表述的历史往事却是完全模糊不清的。

小说采用的是笔记文体,因而在情节和结构上都是不完整的,而且也没有鲜明的主题和中心人物,即使是亮相较多的几个人物的出场也总是不求前因后果,与之相关的事件时断时续,有着一种复调的效果。如在讲述有关马鸣、万玉、铁香、复查等人物的故事,洪老板和三毛这两头牛的故事,公地母田和台湾(人名)等的故事时,既无铺垫也无呼应,只不过是随着事件的发生带出人物,而人物的说话交代故事,真正做到了行云流水,水到渠成,自然和谐,浑然一体。但是在这里,隐含着某种看似神秘的因素,而这种神秘又只能用马桥独特的语言才能进行诠释,如神仙府里的烂杆子马鸣简直是一个活庄周;“走鬼亲”中的黑丹是铁香的转世,能认识前世的人,也能记起前世的事;复查因一个无意的“嘴煞”(即一种忌语)而彻底改变了自己的生活;台湾讲述了茂公和本义结仇后两家的器物石臼和石磨恶战的奇异故事。

在语言方面,这部小说也有着鲜明的特色,引起了评论者的兴趣。作者从方言的立场和个人的语言实践出发,努力寻找那些散落在民间的、“普通话”无法涵盖的“方言”的复杂含义,致力于揭示“普通话”背后的语言、思维和生活方式。《马桥词典》是以马桥语言为窗口,描写了马桥的村寨环境、人事物理、风俗民情、轶闻趣谈,并以这种独特的叙述形式,展示了马桥人富有厚重历史感的生活长卷画。对马桥流行的 150 个词条的解释构成了作品的主体,这些词条散发着浓郁的马桥泥土气息和来自中国底层农村的文化气息,并直接联系着马桥人的日常生活,显现着马桥人对事物独特的判断,具有不可替代性。可以说,只有置身在马桥的世界里,才能感受到有些字词的独特含义。

四、“寓言式”乡土小说的创作

“寓言式”乡土小说侧重于构筑一个具有整体象征性的叙事结构,并通过精心设计一个象征情境以放大现实的荒诞。“寓言式”乡土小说小说的代表作家有阎连科、张炜、艾伟等,下面对阎连科和艾伟的"寓言式"乡土小说创作进行研究。

(一)阎连科的"寓言式"乡土小说创作

阎连科(1958—)，河南嵩县人。1978 年入伍服兵役，并开始了自己的文学创作。1985年于河南大学政教系毕业，后又从解放军艺术学院文学系毕业，主要作品有小说集《年月日》《和平寓言》《乡里故事》《阎连科小说选》《朝着天堂走》等，长篇小说《情感狱》《最后一名女知青》《日光流年》《坚硬如水》《受活》《为人民服务》《丁庄梦》《风雅颂》《四书》等。

阎连科的"寓言式"乡土小说濡染了浓厚的河南地域文化特征，映现出了河南人独特的地域文化性格以及对"权力文化"的传承，同时以滋生于古老文化传统的悲剧意识和天才的表述方式，将土地与民族的暗伤演绎得绵密而触目惊心。《年月日》和《乡间故事》是阎连科"寓言式"乡土小说最具代表的作品。

《年月日》用寓言的方式对勇于同恶劣的生存环境抗争、同苦难命运抗衡的品质和精神进行了认同与推崇，进而延伸到对人类终极命运的思考。小说没有设定具体的历史时间，或者说时间问题在小说中处于悬置状态，但这对于小说而言并没有任何的损害。小说呈现的是在一个封闭的耙耧山脉中一人一狗以及独存的玉蜀黍苗与天地相斗的艰苦恶劣场景，以 72 岁的先爷为叙述线索，讲述了他不畏艰难、与苦难抗争的感人故事。故事一开始，便将恶劣的生存环境呈现了出来：

> 千古旱天那一年，岁月被烤成灰烬，用手一捻，日子便火炭一样粘在手上烧心。一串串的太阳，不见尽止地悬在头顶。先爷从早到晚，一天间都能闻到自己头发黄灿灿的焦糊气息。有时把手伸向天空，转眼间还能闻到指甲烧焦后的黑色臭味。操，这天！他总是这样骂着，从空无一人的村落里出来，踏着无垠的寂寞，眯眼斜射太阳一阵，说瞎子，走啦！盲狗便聆听着他年迈苍茫的脚步声，跟在他的身后，影子样出了村落。

这就一下子让人感受到了那劈头盖脸的灼热以及蓄势待发的人心惶惶。老天爷继续旱着，小麦旱死了，没了秋种的希望。为了生存，整个村里的人都陆陆续续逃亡，除了先爷。作为整个耙耧山脉留下唯一留下的人类，先爷要面对的除了饥饿还有内心的恐惧：

> 先爷站在自家的田头上，等目光望空了，落落寞寞地沉寂便咚咚一声砸在了他心上。那一刻，他浑身颤抖一下，灵醒到一个村落、一道山脉仅剩下他一个七十二岁的老人了。他心里猛然间漫天漫地地空旷起来，死寂和荒凉像突然降下的深秋样根植了他全身。

先爷决定要留下来，是因为他的田地里冒出了一颗玉蜀黍苗。为了收获这干旱世界中的最后一颗希望，先爷和干旱展开了惊天地泣鬼神的旷日持久的抗争：由于缺粮，他就去刨地里已经种下但因为千古干旱没有发芽的玉米种子，甚至还将老鼠洞里的存粮刨出来；由于缺水，他就把褥子扔进井中，让褥子吸进水来再挤出水。后来，坡地里颗粒无收，仅有的水井也被死老鼠填满了，他就开始到处捉老鼠当吃食，还不得不到四十里外去寻水。他最后找到了水，却发现有黄狼守着,他与黄狼对峙了一夜,终于得到了水。先爷凭着自己的智慧赢得了暂时的胜利,但是,暗喜和惬意并未维持多久,当他发现玉蜀黍极需肥料的滋养时,竟然躺在玉蜀黍旁边当了肥料:

> 先爷躺在墓里,有一只胳膊伸在那棵玉蜀黍的正下方,其余身子,都挤靠在玉蜀黍这边,浑身的蛀洞,星罗棋布,密密麻麻。那棵玉蜀黍的每一根根须,都如藤条一样,丝丝连连,呈出粉红的颜色,全都从蛀洞中长扎在先爷的胸膛上、大腿上、手腕上和肚子上。有几根粗如筷子的红根,穿过先爷身上的腐肉,扎在了先爷白花花的头骨、肋骨、腿骨和手骨上。有几根红白的毛根,从先爷的眼中扎进去,从先爷的后脑壳中长出来,深深地抓着墓地的硬土层。先爷身上的每一节骨头,每一块腐肉,都被网一样的玉蜀黍根须网串在一起,通连到那棵玉蜀黍秆上去。

玉蜀黍把根须深深地插进了先爷的身体,终于挺过了干旱,结出了七粒种子。一年之后,为了秋种逃难回来的人,在早已经枯黄在地里的那颗玉蜀黍秆旁边发现了指甲般大小、玉般透亮的七粒玉蜀黍。然而,干旱再一次来临,把搂山人再一次逃往山外,但是,这一次有七个年轻的汉子留下了,在互不相邻的褐色土地上,种出了七棵嫩绿如油的玉蜀黍苗。这样的小说结局虽耐人寻味,但与命运抗争的英雄先爷的悲剧精神和悲壮力度却被稀释和冲淡了。不过,先爷这一典型的悲剧英雄形象还是清晰地出现在了人们面前。他独自面对着干旱、饥饿等重重苦难却能临危不惧,为培植希望不畏任何挑战。他以顽强的意志和毅力与干旱进行着抗争,显示了强烈的生命力以及人生的价值,使我们感受到了无坚不摧的激情、悲壮的色彩以及永恒的存在。

小说采用寓言式的结构,将笔触伸向了生命的最深处,试图通过对一个完整故事的"寓言化"处理,对一个时代、一个民族乃至整个人类的命运以及出生生不息的生命力、坚韧的品质进行表现,从而使生存这一古老的命题闪现出厚重、辉煌的光环。诚然,小说在某种意义上对生命强大的求存意志以及坚韧的受难品质进行了展现,但它并未提供一个可供注解或是能够起到心灵熨帖的一剂良药,所以,人们无法找到情感宣泄的出口,还是会陷入注定无望的宿命圈中。

(二)艾伟的"寓言式"乡土小说创作

艾伟(1966—),一级作家,中国作家协会会员。主要作品有中短篇小说集《乡村电影》《水中花》《小姐们》《水上的声音》等,长篇小说《风和日丽》《越野赛跑》《爱人有罪》《爱人同志》等。艾伟的"寓言式"乡土小说十分偏爱原型结构的寓言化倾向,没有具体的可感的地域背景,但以多重隐喻和象征建构人在世界的处境,对存在的可能性进行探寻。

《越野赛跑》是艾伟最具代表的"寓言式"乡土小说作品。它是一部贯通了现实与幻想的界限的寓言小说,有着孩子式的想象和放纵。在这部小说中,艾伟设置了多处人和马赛跑的场景。在他的构想中,这些比赛隐喻着时代的特征,也是人类的基本境况,人们总是在变动不居的世界中盲目奔跑。小说既单纯又复杂,艾伟为我们建构了一个内涵深厚的民间世界,这个世界内交织着形而上与形而下、感性与怪诞、理性与非理性的奇妙声响、寓言化地揭示了人与历史的双重变形。艾伟以其非凡的想象力和出众的文学感悟力赋予其文本以丰富和繁复的美感。

　　小说以 20 世纪后三十年间的真实历史现实为背景,按照时间的顺序,对政治年代和经济年代人们的生存境况进行了表现。为了能够将历史变成神话,作家在小说中特别设计了"我们村"(后来是"我们镇")和"天柱"——现实与乌托邦这两个象征世界的对照,同时还特别设计了一匹具有象征意味的神马,将所有的情节串联起来,推动着故事的发展。神马易主标志着那段特殊的政治年代的开始,以神马回归旧主则意味着经济时代的到来。在赛跑之中,神马驮着小荷花飞向天柱,进而消失在了它所由来的那个乌托邦世界。可是,当步年历尽艰苦寻找到天柱时,天柱早已化为光秃的山脉,一切灰飞烟灭——甚至"我们镇"也在地球上消失了。自此,现实与梦想归于虚无。

　　小说在进行叙述时运用了"我们"的口吻,十分独特。"我们"本身就是小说中的一个重要角色——集体人格典型,有着游手好闲、被动盲从、虚伪道德观等"国民性"的种种特征,同时又作为一个幽暗而又无处不在的大背景,象征着一种不变的惰性力量,就像是非理性的宿命的历史本身。在捕捉人物心理时,作者的描写细腻而有代入感,他善于用生活琐碎的细节来展示人心。

第二节　诗歌的精英化与世俗化趋向

　　20 世纪 90 年代以来,随着改革开放步伐的加快,文学艺术也充满了新的文化活力。显示在诗歌创作上,最突出地表现在:诗歌的功能由原来作为推动社会、影响文化的策略性工具回到了作为个体精神劳动方式的角色,"创作"变成了"写作",诗歌由此更接近于真实。诗人们普遍不再以全面地讲述一个故事或完整地塑造一个人为目的,而是透过捕捉现实生活中的某一瞬间,展示诗人对事物的某种体悟,从而对现实的生存状态予以揭示。这一时期的诗歌出现了精英化和世俗化写作的倾向,所谓精英化写作就是"知识分子写作",以西川、王家新、欧阳江河等为代表,所谓世俗化写作就是"民间写作",以于坚、伊沙等为代表。这两种写作在个人化、"及物"性、日常取向、叙事技巧等方面的追求是相通的,只是写作立场、审美旨趣和文本效果的差异,又使它们各行其道,分属于不同的艺术世界。本节这里主要对王家新、西川、于坚的诗歌创作进行一定的分析。

一、王家新的诗歌创作

　　王家新(1957—　　),曾用笔名北新,生于湖北丹江口。1974 年高中毕业后下放劳动。1977 年参加高考,被武汉大学中文系录取,1982 年毕业,并获文学学士学位。1985—1990 在《诗刊》从事编辑工作,1992—1994 年间在英国等国旅居、做访问作家,回国后任教于北京教育学院,2003 年获教授职称,2006 年调入中国人民大学,现为中国人民大学文学院教授,博士生导师,并主持"国际写作中心"工作。王家新于 20 世纪 80 年代刚读大学时就开始发表诗作。著有诗集《纪念》《游动悬崖》《王家新的诗》和《未完成的诗》等,诗论随笔集《人与世界的相遇》《夜莺在它自己的时代》《没有英雄的诗》和《对隐秘的热情》等,并翻译了叶芝、策兰等人的诗作。

王家新是在诗歌道路上变化较大和实现自我调整的诗人之一,他从"朦胧诗"时期开始进行诗歌创作,前期的部分短诗如《蝎子》《空谷》等,具有冥想的气质;20世纪80年代末90年代初的一段时期,创作的《一个劈木柴过冬的人》《帕斯捷尔纳克》《卡夫卡》等作品,是他诗风转变的一个标志,这些作品是表达"承担"的经验的诗:借助吟咏的对象,描写一种社会转向作用于生命个人的难以承受的处境的体验。

王家新的诗歌创作不以繁复的技巧取胜,而以境界的开阔、感情的深厚为特征,展示了个人在复杂的历史现实中的心理变化。因此,他的诗歌创作总是自觉地将历史、时代、文明等纳入思考和透视的范围,并在精神层面上对一代诗人的心灵创伤进行表现,如《帕斯捷尔纳克》:

> 你的嘴角更加缄默,那是
> 命运的秘密,你不能说出
> 只是承受、承受,让笔下的刻痕加深
> 为了获得,而放弃
> 为了生,你要求自己去死,彻底地死。

帕斯捷尔纳克是一个注重自我内在体验的现代诗人,在苏联建国后被剥夺了写作的权利,长期沉默后发表的长篇小说《日瓦戈医生》获诺贝尔文学奖,不料再度受到国内的严厉批判,以至于不得不屈服这种专制的压力,直到死亡。王家新以"帕斯捷尔纳克"命名,不仅是对命运多舛的异域诗人的哀悼和追思,也是对自己亲历的时代的反思。王家新通过这首诗想要"唤起了广泛的共鸣"。他在诗中对个人与时代的关系进行了痛彻心扉的揭示,同时也从他崇拜的大师身上找到了某种与时代对抗的勇气。从艺术方法上来看,王家新对反复、通感、对比、夸张、拟人等修辞的运用及反问感叹跨段式的自如应用交替,既使这首诗语意繁复,意象丰满,又体现了诗人成熟的定型的艺术风格,而且诗歌的语言带有知识分子的气质的理性和思辨,使意境达到了高度的统一,特别是某些句子也含有警世的力量。例如,"为了获得,而放弃""为了生,你要求自己去死,彻底地死"等。

王家新主要借用西方或苏俄的思想资源,以个人的姿态切入时代进行发言。进行一种向先驱诗人"还愿"式的写作,如《卡夫卡》就是一个卡夫卡的词语世界:

> 我建筑了一个城堡
> 从一个滚石的梦中;我经历着审判
> ……
> 徒劳的反抗使我虚弱下来
> 于是有时我就想起中国的长城
> ……
> 现在,饥饿是我的命运
> ……
> 我的写作摧毁了我
> 我知道它的用心,而生活正模仿它

更多的人在读到它时会变成甲虫

在亲人的注视下痛苦移动——

我写出了流放地，有人就永无归宿

这既是卡夫卡构筑的词语世界，又分明是人的存在境遇的写真。

王家新还自觉地将历史、时代、文明等纳入他的思考和透视范围，以在精神层面上表现一代诗人的心灵创伤，如《瓦雷金诺叙事曲》：

命运夺走一切，却把一张

松木桌子留了下来

这就够了

作为这个时代的诗人已别无他求

总的来看，王家新从卡夫卡、帕斯捷尔纳克那里，也从布罗茨基、叶芝、庞德等人那里感到了一种共同的命运，感到了一种灵魂上的无言的亲近。他的诗歌朴拙、笨重、内向，通过语言的材料不断塑造"写作者"的形象，其"身影"代替了个别的文本，为中国当代诗歌的发展带来了空前开放的景观，在使诗歌的现代气息和现代性得到强化的同时再次延续了诗歌口语化传统。

二、西川的诗歌创作

西川(1963—　)，原名刘军，生于江苏省徐州市。1981年考入北京大学英文系，并开始诗歌创作，同时投身当时全国性的诗歌运动，倡导诗歌写作中的知识分子精神；1985年毕业于北京大学英文系。他曾与友人创办民间诗歌刊物《倾向》，参与过民间诗歌刊物《现代汉诗》的编辑工作。其创作和诗歌理念在当代中国诗歌界影响广泛。出版有诗集《虚构的家谱》《大意如此》和《西川的诗》，诗文集《深浅》，散文集《水渍》《游荡与闲谈：一个中国人的印度之行》，随笔集《让蒙面人说话》，评著《外国文学名作导读本·诗歌卷》以及译著《博尔赫斯八十忆旧》《米沃什词典》(与北塔合译)。同时，在海子死后，西川为海子诗文的整理、出版，编有《海子的诗》和《海子诗全编》。

西川在20世纪80年代时，主要创作描述自然、农业、爱情、愿望的诗篇，而在经历了1989年发生的一连串事件后，诗歌创作倾向发生了变化。他在《答鲍夏兰·鲁索四问》中提到，"语言的大门必须打开"，而诗应是"人道的诗歌、容留的诗歌、不洁的诗歌，是偏离诗歌的诗歌"。从西川的《致敬》《厄运》《芳名》《近景与远景》这些组诗和《另一个我的一生》《虚构的家谱》等短诗来说，他确是将"生活与历史、现在与过去、善与恶、美与丑、纯粹与污浊"的"混生状态"不经过任何处理直接表现出来。

西川提出了"诗歌精神"和"知识分子写作"等概念，一方面是希望校正那些业已泛滥成灾的平民诗歌，另一方面也是希望表明自己对服务于意识形态的正统文学和以反抗的姿态依附于意识形态的朦胧诗的态度。他的诗歌呈现着奇幻的意象组合，象征和隐喻，不仅如此，幻想本身就是他最重要的诗歌资源之一。他试图以对理想世界的诗意化或想象化来建立一个诗歌的乌托邦，以诗性对抗庸俗，如《虚构的家谱》开头就以梦和幻想构建了一个时间的奇特意象：

> 以梦的形式,以朝代的形式
>
> 时间穿过我的躯体。时间像一盒火柴
>
> 有时会突然全部燃烧
>
> 我分明看到一条大河无始无终
>
> 一盏盏灯,照亮那些幽影幢幢的河畔城

在这首诗中,诗人将时间凝固为具体可感的意象,化身为世间存在的对应物,以此来隐喻历史和人生的流变。

在 20 世纪 90 年代这一时期,西川大举引入异质、反讽、诡谬、荒诞、伪理性(逻辑裂缝)、矛盾、散文化等因素,使他的诗歌由早期的理性抒情为主的风格转向更加晦涩的以叙事性为主的风格,如"在人群里有的人不是人,就像在鹰群里有的鹰不是鹰;有的鹰被迫在胡同里徘徊,有的人被迫飞翔在空中"(《鹰的话语》)。

长诗《厄运》就特别强调诗歌的叙事性,运用了大量带反讽色彩的、描写性的、口语式的句子。西川在这首诗中展示了一个人是如何被一个看不见的历史命运所支解损毁的。也许与西川过去对生活的认识有些不同,这首诗似乎表明个人历史没有成功的希望。历史本身并没有明确的方向和目标,但最终承受历史后果的却只是千千万万单个的人。西川就是想在历史与现实的夹缝中以现代的眼光对个体的生存状况进行观照。诗中对各类身份不明的"他"的日常生活进行了叙述,如下:

> 他曾经是楚霸王,一把火烧掉阿房宫。
>
> 他曾经是黑旋风,撕烂朝廷的招安令。
>
> 而现在他坐在酒瓶和鸟笼之间,内心接近地主的晚年。他的
>
> 儿子们长着农业的面孔,他的孙子们唱着流行歌曲去乡村
>
> 旅行。
>
> 经过黑夜、雾霭、雷鸣电闪,他的大脑进了水。他在不同的
>
> 房间里说同样的话,他最后的领地仅限于家庭。
>
> 他曾经是李后主,用诗歌平衡他亡国的罪名。
>
> 他曾经是宋徽宗,允许孔雀进入他的大客厅。
>
> 但他无力述说他的过去:那歉收、那丰收、那乞丐中的道义、
>
> 那赌徒中的传说。他无力述说他的过去,一到春天就开始
>
> 打嗝。
>
> 无数个傍晚他酒气熏天穿街过巷。他漫骂自己,别人以为他
>
> 在漫骂这时代的天堂。他贫苦的父亲、羞惭的父亲等在死
>
> 胡同里,准备迎面给他一记耳光。
>
> 他曾经是儿子,现在是父亲;
>
> 他曾经是父亲,现在玩着一对老核桃。
>
> 充满错别字的一生像一部无法发表的回忆录;他心中有大片

空白像白色恐怖需要胡编乱造来填补。

当他笼中的小鸟进入梦乡,他学着鸟叫把它们叫醒。他最后

一次拎着空酒瓶走出家门,却忘了把钥匙带上。

三、于坚的诗歌创作

于坚坚持民间立场,倡导平民意识,以激进的姿态同抒情言志的诗歌传统决裂,以直白的口语抒写当下的日常生活经验,偏离了"英雄式"的、"史诗般"的诗歌精神,具有世俗化的特点。他的诗作是对"平淡无奇"的日常生活场景的展示、对一些日常生活碎片的任意拾掇与组接,如早期的《尚义街六号》就展现了一组组日常生活场景,随着生活的流程自然而客观地呈现,凡俗、琐碎而亲切、随意。进入20世纪90年代后,于坚深感到时代生活解构了文化人的精神价值,自己也对以诗来追求精神价值的美学理想有了明显的解构倾向,此间他所写的《事件》《铺路》《无法适应的房间》《事件:结婚》和《我梦想着看到一只老虎》等诗就显出其向后现代过渡中的成熟。例如,反文化审美倾向十分显著的《我梦想着看到一只老虎》,在貌似轻松的调侃语调下透现着他对一代文化人尴尬人生的深沉感应。而长诗《零档案》更是彻底洗刷了新诗传统中一味追求形而上和浪漫感伤与矫情的遗风,以一种极端的"非诗"的方式,对档案文体进行了戏仿。

1990年发表的《对一只乌鸦的命名》是于坚的一首代表诗作,其写道:

当一只乌鸦

栖留在我内心的旷野

我要说的不是它的象征

它的隐喻或神话

我要说的

只是一只乌鸦

······

它只是一只快乐的

大嘴巴的乌鸦

在它的外面

世界只是臆造

全诗都是这种企图的表白和努力过程。诗中的一次"命名",就是一次剥离象征比喻后对一只真实"乌鸦"的还原。

于坚在拒绝隐喻之后,主张诗歌语言就是褪去了精英色彩的、带有浓厚市民白话色彩的口语式语言,如《灰鼠》:

不请自来的小坏蛋

在我房间里建立了据点

神出鬼没　从来不打照面

……

灰鼠已来到我的房间

……

我的馒头被锯掉一半

我的大米有可疑的黑斑

……

你小子是在咬我心爱的内衣

还是在啃外公留给我的古玩

……

你在蛋糕上跳舞　在药片上撒尿

……

检查那个不露声色的家伙

又干了些什么勾当

于坚在这首诗里面把自己在夜半三更时分,与入侵他房里的老鼠"战斗"的情景写得妙趣横生。诗句结构散文化,诗中的用词也非常口语化,如"不请自来""神出鬼没""不打照面""小子""撒尿""家伙""勾当"等。于坚在对平庸、琐屑的日常生活的纯粹口语化的书写里,透出了个人日常生命的本真体验:生存的恐慌感。

第三节　散文的市场化与新生代杂文的发展

一、散文的市场化

20 世纪 90 年代以来,随着市场经济的发展及对文化消费热潮的推动,散文创作出现了市场化倾向,并出现了一个观念多元、手法多样、文体杂陈、风格迥异的繁盛局面。

首先,散文作品和散文刊物众多。20 世纪 90 年代的读者对散文别有情钟,散文市场对此作出快速反应。各地出版社都将散文出版列为重点选题,竞相推出颇具规模的散文"丛书""书系""文库",如"百花散文书系""中国现代经典小品丛书"等,满足了读者对散文市场的旺热需求。与此同时,《散文》《美文》《散文天地》《中华散文》《散文选刊》《散文百家》等一些专业性的散文刊物或创刊或增页,专发散文,受到读者的青睐。而《人民文学》《中国作家》《当代》《十月》《收获》《钟山》《上海文学》等一些非专业性的散文刊物也开辟或强化散文专栏,甚至连"晚报""周末"类报纸几乎都辟有散文、随笔的专栏。

其次,散文创作的从事者越来越多,写散文成为他们自我实现的一种重要的精神方式。除了少数专门写作散文的作家之外,大批小说家、诗人、学者、艺术家甚至普通大众都加入了散文的创作行列,如王蒙、刘心武、张承志、史铁生、蒋子龙、周涛等作为小说家或诗人,张中行、金克木、雷达、舒芜、余秋雨、林非、谢冕、周国平、陈平原等学者等,给散文的创作注入了活力与生机。

再次,读者对散文有着较高的消费。这与市场经济下的文化消费取向有着非常密切的关联。例如,20 世纪 90 年代出现的许多闲适散文,更多地表现为与世俗化认同的趋向,是对社会的物质化追求和消费性文化所作出的趋同性反映。

最后,散文创作有两大倾向:一是从自我出发,选取日常生活和身边的琐事对普通人的生存景观、生活情趣进行真切的抒写,在凡人小事中寻求一份温馨与慰藉;二是探究心灵、表现人文思想与人文理想,或思辨,或感悟,或议论,总之,多以渊博的知识、理性的批判精神为依托,而且在表现手法上更为自由,突破了借景抒情、托物言志等写作方式,呈现出大气魄、大制作和大景观。

这种繁盛的散文创作局面得益于时代和文化的转型迫使文学在边缘处定位,而文学的边缘化使作家的创作自由成为一种可能与现实,20 世纪 90 年代的散文家在相对宽松的社会文化生态环境中不必负载更多的由"中心"所附加的意旨,创作主体的精神世界得以获得极大的自由,因而更能坚守知识分子立场,对历史文化进行从容、深入地反思,进而表达他们独特的文化关怀。另外,市场经济的发展带动了消费性文化的发展和繁荣,使散文的创作和出版带有某种程度的商业品格,呈现出异彩纷呈的多元化格局。

20 世纪 90 年代以来的散文作家有很多,在这里,我们主要对余秋雨和史铁生的散文创作进行分析。

(一)余秋雨的散文创作

余秋雨散文作品中始终贯穿着一条鲜明的主线,那就是对中国历史、中国文化的追溯,思索和反问,与其他一些所谓的文化散文家相比,余秋雨的作品更透着几丝灵性与活泼,尽管表达的内容是浓重的。余秋雨利用他渊博的历史知识、丰厚的文化功底,将历史与文化契合,将历史写活、展现,引起读者反思、追问;同时也使散文格局恢宏,表现出了"大散文"的风范。进入 20 世纪 90 年代以来,余秋雨的散文创作进入了高峰。相继出版了《文化苦旅》《秋雨散文》《山居笔记》《文明的碎片》《行者无疆》《千年一叹》《霜冷长河》等散文集。

《文化苦旅》是余秋雨的首部散文集,也是重要的代表作之一,问世后在海内外引起了巨大反响。这本集子从主题意蕴上来看,主要是对中国文化问题的探讨。

在《文化苦旅·自序》中,余秋雨说:"我发现自己特别想去的地方,总是古代文化和文人留下较深脚印的所在,说明我心底的山水并不完全是自然山水而是一种'人文山水'。"纵观这两本集子,可以发现其所体现的情感符号系统主要是由三个方面构成的:一是镌刻着无数的历史人物的足迹和印记的地域场所、风景名胜、文化名城等空间存在,如《抱愧山西》一文中的山西、《一个王朝的背影》中的承德避暑山庄等;二是在蒙昧的历史的程途中进行着艰难的跋涉的中国知识分子群体,如《柳侯祠》一文中的柳宗元、《苏东坡突围》中的苏轼;三是某种上升为象征符号、且凝聚着厚重的文化内涵的物象,如莫高窟、道士塔、吴江船等。作家在浓重的分化思考氛围下,交融了自然、历史和人,展现了一幅漫长的中国文化演进的巨幅画卷,并通过对文化进行的反思揭示了中国文化所蕴藏的巨大的内涵,寄予着自己对中国的历史文化的守望和关怀。

这部散文集共包括四部分内容,分别是如梦起点、中国之旅、世界之旅、人生之旅。题目中虽然有一"旅"字,但却与常规的"游记"大相径庭:其重心并非见闻描述,也非一般意义的借景抒情,更少游记特有的轻快笔调,反而显出了一种苍老之感。这"苍老"是由于《文化苦旅》的起点和终点不止于地域和空间,而是穿越了千百年的历史,从身体的艰难跋涉到心灵的强烈冲击,余秋雨不仅仅是用眼睛来欣赏景物,而且把对历史的深刻感悟融入其中。从《道士塔》《莫高窟》到《风雨天一阁》《这里真安静》,余秋雨既写了自然背景下的人文气息,也写了历史背景下的审美心理,更是写了人生背景下的沧桑慧悟和哲学背景下的审美情趣。他以散文的形式融入了众多的内容,在一篇散文中囊括了思想、文化、民俗等甚至更多方面,使散文内涵变得极为丰富。语言平淡蕴藉,层次多重厚重,为当代散文领域提供了崭新的范例。

在《文化苦旅》之后,余秋雨又创作了《山居笔记》《霜冷长河》《千年一叹》《行者无疆》等,文本的视野更加开阔,涉及的题材也从中国的古典文化和现代文化的对比扩大到了中外文明的对比。

从艺术上来看,余秋雨的散文具有以下几个重要特点。第一,余秋雨的散文摒弃了传统的散文借景抒情、托物言志等单一主题表达的程式,而是以自己深刻的思想及独特的思路穿透现实与历史,对某一物象或是景观进行多侧面、多角度的透视,从而将所描写的对象的丰富而广阔的含义在一种多元开放的发散式中得到突出的显现,并大大增强了文章的议论色彩。第二,余秋雨借助大胆的想象,在对传统正史所不载的、在历史的阴影之中淹没的历史瞬间和历史画卷进行描写的同时,思想与形象、情与理也进行了有机的交融。第三,余秋雨在散文中常常从感性叙述轻松自如地切换到理性评析,或者是从理性评析自然地转入感性叙述,实现了感性与理性的自由切换,为当代散文领域提供了新型的范例。第四,余秋雨的散文追求一种情理交融的雅致语言,具有诗的美感,同时又平易近人,他还综合运用对偶、排比、比喻等修辞手法,尤其是大段的排比、对偶增强了语言表达的力度,构成了一种语言的气势,使语言富有了张力,富有了文采。

(二)史铁生的散文创作

史铁生(1951—2010),祖籍河北涿县,出生于北京。1967 年于清华大学附属中学毕业,1969 年到陕西延安一带插队,后因双腿瘫痪于 1972 年回到北京进行治疗。后来又患肾病并发展到尿毒症,靠着每周 3 次透析维持生命。2010 年 12 月 31 日因突发脑出血在北京逝世。

史铁生自生病后开始进行文学创作,共出版有《我的遥远的清平湾》《礼拜日》《舞台效果》《命若琴弦》等中短篇小说集,《务虚笔记》《我的丁一之旅》等长篇小说,《一个人的记忆》《灵魂的事》《答自己问》《我与地坛》《病隙碎笔》《扶轮问路》等散文集。

史铁生是当代中国最令人敬佩的一个散文大家。他的写作与他的生命完全同构在了一起,他用残缺的身体,说出了最为健全而丰满的思想。他体验到的是生命的苦难,表达出的却是存在的明朗和欢乐。因为他的散文体现的是一种对人类的终极关怀精神,他总是通过焦灼与超越自我生命,将苦难的人生当成是一种审美来进行观照,使个人的苦难融入人类的苦难之中,还触及到了人类生命中最悲壮的底蕴。此外,他的散文中海透着哲理玄思,通过揭示人与生俱来的局限而鼓励人们要不断地跨越困境。

《我与地坛》是史铁生 20 世纪 90 年代以来的散文代表作之一。在这篇散文中,他以北京的地坛公园为背景,用极其朴素动人的语言讲述了自己的人生经历和所思。他通过与地坛的长久对峙,将生命的感悟投射到地坛的一草一木上,在凝神冥想中思考有关生命本身的问题:人该怎样来看待生命中的苦难。这一问题的提出,首先是由于他自身的经历中的残酷事件,即"活到最狂妄的年龄上忽地残废了双腿"。但他超越了自己命运的挫折和苦难,对生存的意义、死亡的意味和工作的价值进行探索,进而感悟到生命的永恒,体现了执着的探索精神和博大的胸怀。

在这篇散文中,史铁生的沉思是经历了前后两个阶段的。第一个阶段,他观察和反省了自己的遭遇,并渐渐看清了个体生命的真相。那是他在地坛里呆坐默想出来的:他在腿残之后,有一天来到地坛公园,感悟到自己与这荒园产生了神秘契合,"在满园弥漫的沉静光芒中,一个人更容易看到时间,并看到自己的身影"。他从此之后几乎每天都会来到这里,摇着轮椅走遍每一处角落,还在这里经历了每一季节的天气,对生命的难题进行着专心致志的思考。"这样想了好几年,终于弄明白了:一个人,出生了,这就不再是一个可以辩论的问题,而只是上帝交给他的一个事实。"由此,他认识到人的命运是不可捉摸的,无法反抗的,包括命运中最不堪的伤痛和残酷,也都是不能选择的必然,没有任何改变的余地。第二个阶段,他将目光稍稍越出自身的范围,投向来地坛的其他人,去看看别人有着怎样活法和命运。他先写到他的母亲,他的不幸在母亲那里加倍,她痛苦而又惊恐地祈求儿子好好活下去,"可她又确信一个人不能仅仅是活着,儿子得有一条出路走自己的幸福;而这条路呢,没有谁能保证她的儿子终于能找到"。在这种苦难的折磨中,母亲走完了她的一生。此时的他对于母亲抱有深深的感激,但却不能亲自说了,很是悔恨。他觉得,命运的造就决定着角色的分配和承担的方式,好像有些人一生来就是为了承受苦难,只能是默默地在苦难中忍受着命运的重压,母亲就是这样。后来,他又在园子中碰到了一个非常漂亮可是弱智的少女,此时的他再一次感受到了命运的不公。这就是一个因苦难而有差别的世界,如果你被选择去充当那苦难的角色,就只能接受苦难。既如此,人生就会变得非常绝望,还会有什么别的方式来度过自己的人生?或者说自己还能有救赎之路吗?此时,史铁生的个人问题已经演变成了所有人都需要面对的问题。他从个体及他人的磨难里渐渐领悟到,个体的人生是有限,但是生命和宇宙的境界却是无限的。于是,他认为应当将痛苦升华为一种从容面对和挑战的温煦平静的平常心,使生命变得充实与快乐。

本文情感真挚,语调平缓,意境深邃高远,语言优美,洋溢着生命本色之美的境界,也内蕴着一种实在的激情,能引起读者的共鸣,深深地打动读者。

二、新生代杂文的发展

杂文是一种直接、迅速反映社会事变或动向的文艺性论文,属于散文的一种。五四运动以后,许多革命家、思想家、文学家都写过优秀的杂文,比如鲁迅就是最杰出的一员。后来,因为各种原因,杂文创作沉寂了下来。到了20世纪90年代,杂文出现了复兴,出现了一批新生代杂文家,如司徒伟智、鄢烈山和朱铁志等。他们的杂文在针砭社会痼疾、批判封建意识、提倡民主和法制等方面起到了一定的作用。以下对鄢烈山和朱铁志的杂文创作进行了一定的论述。

(一)鄢烈山的杂文创作

鄢烈山(1952—　),湖北仙桃人,1982年于北京师范大学中文系毕业,被分配在武汉市青山区政府办公室工作。1986 年离开政府机关进入《武汉晚报》作评论编辑,后进入《长江日报》评论理论部,曾任副主任。1995 年加盟南方报业传媒集团,现为高级编辑。鄢烈山从 1984 年起开始进行杂文创作,著有《假辫子·真辫子》和《冷门话题》等杂文集。他的一些杂品作品还被收入了《中国杂文鉴赏辞典》《当代杂文五十家》和《全国中青年杂文选》等,产生了非常广泛的影响。

鄢烈山以"公民写作"自我定位,憧憬"我手写我心"的境界。他的杂文有着强烈的人格意识和社会责任感,他在《冷门话题》自序中说:"只有胸怀理想恪守信念的人,才会不苟且不妥协,遇事较真必欲辨明是非而心始安。只有宁折不弯骨头硬朗的人,才会眼见不平,拍案而起。"

鄢烈山的杂文还善于思考,往往能在人们司空见惯的事物、现象或世态中发掘出新的问题,进而发表个人的独特见解,并给人以深刻的启迪和警示。例如,在《哪朝哪代〈纤夫的爱〉》一文中,他对当时深受人们的喜欢的歌曲《纤夫的爱》进行了批判,指出这首歌既脱离了劳动人民的日常生活,又宣扬了陈腐的女子是男子的附属品的婚恋观念,是对"独立人格的新女性"的一种"诗意"的"贬损"。

鄢烈山在创作杂文时还常常灌注以激情,节制以理性,追求独特视角、文化意味。

(二)朱铁志的杂文创作

朱铁志(1960—),笔名夏平、艾山、艾水,吉林通化人。著有《固守家园》《自己的嫁衣》《思想的芦苇》《被亵渎的善良》和《精神的归宿》等多部杂文集。

朱铁志的杂文敢于揭露和批判丑恶的事物。他认为,写杂文"不敢指望揭示真理,但愿能够多说真话,少说废话,不说违背人民意志和自己良心的假话、官话、混账话"。例如,在《闲话"纳税人"》一文中,他站在纳税人的立场上提出必须要尊重纳税人的权利,尊重他们过问国家一切的权力,并义正词严地责问:"凭什么,一些人默默奉献,支撑着共和国雄伟的大厦,另一些人肆意挥霍,一年吃掉一千个亿。"

朱铁志有着深厚的哲学素养和根基,因此,他的杂文也有着强烈的理性思辨色彩和理趣之美。他通常先对当今社会的丑恶事物进行抨击之后,然后将个人的思考引向哲理的高度。例如,在《智慧的喜悦》一文中,他写道:

> 唯有哲学,才是思想的主人,灵魂的归宿⋯⋯哲学,使人成为心灵宁静、淡泊名利、内在富有的人。

从这些睿智的哲思中,我们既能够感受到朱铁志内在的诗情,也能够领略到作品理胜于辞的行文风格。

第四节　新现实主义戏剧的创作

20 世纪 90 年代以来,我国戏剧一方面以它总体上的文化色彩映照着我国传统文化,一方面又以它内容上的更新推动着中国戏剧的不断向前发展。随着市场经济的兴起,这一时期的戏剧在大众文化特别是电子文化产品的侵袭下,被关注的程度相对降低。与 20 世纪 80 年代的戏剧相比,这一时期的新现实主义戏剧多以市民生活和爱情、婚姻家庭为题材,世俗性更强,它仍然关注那些社会热点问题,但常常只将社会生活作为一种背景,而将人的境遇与心态作为戏剧真正着力表现的对象,它更多的是探讨在一个历史转型期中历经了重大变化的人们的心路历程。同时,20 世纪 90 年代以来的新现实主义戏剧着眼于新时代出现的新变化、新现象、新问题,在获得世俗性的认可的同时,也贴近了时代的脉搏,从而使表现世俗生活的非主流话语与社会的主流话语相符合,体现出深沉的现实主义精神。以下主要对郭启宏和过士行的戏剧创作进行一定的阐释。

一、郭启宏的新现实主义戏剧创作

郭启宏(1940—　　),潮州市饶平县黄冈镇人。1957 年毕业于广东省立金山中学(汕头),1961 年毕业于中山大学中文系(师从王季思教授)。先后在中国评剧院、北方昆曲剧院从事戏剧创作,现为北京人民艺术剧院一级编剧,兼任北京文联副主席、北京戏剧家协会主席,受聘为中国戏曲学院客座教授、广东韩山师范学院客座教授等。他曾是红透北京的评剧《向阳商店》的编剧。1979 年,郭启宏创作京剧《司马迁》,1981 年和 1983 年,他先后创作了评剧《成兆才》《评剧皇后》,均获得北京市新创剧目二等奖。1986 年,他创作的昆曲《南唐遗事》在我国戏剧舞台上首次成功塑造了李后主的艺术形象,获得北京市新创剧目优秀剧本奖。1989 年,郭启宏创作了自己的首部话剧《紫》,在一定程度上,可以说这部话剧是郭启宏的一部自传,其中浓郁的情绪和凌乱的记叙以及人物间的疏离,都在不同程度上消解了该剧立意的深刻性,剧中结构上借古喻今的对应可以看出作者对历史的偏好和兴趣。《李白》《天之骄子》《知己》《男人的自白》等是郭启宏非常具有代表性的一些新现实主义剧作。

《李白》这部话剧获得了 1900—1991 年第六届全国优秀剧本创作,文化部第三届文华剧作奖、表演奖、导演奖和北京市庆祝中华人民共和国成立 45 周年征文荣誉奖。郭启宏以现代人的眼光表现了李白这个历史人物的本真个性,展现了其无法逃避的悲剧命运。在历史本体的基础上,郭启宏根据历史发展的内在逻辑和人物性格的张力,塑造出了一个"乘清风而来兮载明月以归"的诗仙李白;一个在"仕"与"隐"、兼济与独善之间踯躅、徘徊、奋进,不仅仅"属于诗、属于酒、属于月"的李白;一个背负着历史使命感,要求"仕"、要从政、入了永王府、身陷浔阳、长流夜郎的李白……①在这部剧中,原本存在于人们观念中的"飘然太白",在舒展、写意的舞台上不仅仅会吟诵诗意、泼墨豪情,而且会陷入进又不能、退又不甘的尴尬困境。以剧中吴道长的话来说,郭启宏所表现的李白是一个想用庄子洒脱的胸怀去完成屈原悲壮的事业的人物。

在郭启宏看来,中国古代的士常常面对坚持心中的"道"与应对客观的"势"的矛盾,会不断地在殉"道"与抗"势"、修"道"与避"势"、泯"道"与媚"势"的"道"与"势"之间徘徊,李白就是这样的一个独特的典型。为了深刻表现出李白在"道"与"势"之间徘徊,郭启宏在剧中特意安排了李白的夫人宗炎评价李白的台词,她说道:"你身在仕途的时候,无法忍受官场的倾轧,一旦

---

① 高音.北京新时期戏剧史[M].北京:中国戏剧出版社,2006:277.

纵情于江湖,又念念不忘尽忠报国。你是进,又不能,退,又不甘啊!"这句戏文在 20 世纪 90 年代这个"景随情迁"的开放时空里,带着审视、批判、关怀的冷静和激情,突出表现了深藏于李白这个历史人物身上的中国封建社会中的知识分子在文化性格上的悲剧所代表的历史和审美的意义。

显然,《李白》之所以成功,主要在于其令人信服地展现了诗人在出仕和归隐、进和退上的深刻矛盾。这个矛盾贯穿始终,成为全剧在思想上和艺术上的重要支点的轴线。它使李白命运的悲剧和性格的悲剧被真实地揭示出来,引起了观众的共鸣和沉思。

二、过士行的新现实主义戏剧创作

过士行(1952—　　),祖籍江苏无锡,生于北京,先祖过百龄是明末围棋大国手,祖父和叔祖都是围棋国手。过士行很小的时候就常常跟着母亲去看人艺和儿艺的话剧。1969 年过士行初中毕业后即赶赴北大荒。为了能够返回城里,过士行曾苦练围棋,还当过车工,学过写诗。1978 过士行脱产参加记者培训班,次年成为北京晚报见习记者,负责戏剧方面的报道。后以笔名"山海客"在晚报主持文艺评论"聊斋"专栏,其间对戏剧发生兴趣,经常发表评论与杂感,后来过士行在林兆华的鼓动下产生了戏剧创作的念头。过士行的戏剧创作受到了瑞士剧作家弗里德里希·迪伦马特的较深影响。他甚至将迪伦马特的"悖论""嘲弄""反讽"三条原则深入到自己后来的创作中。1989 年过士行发表了自己的处女作——《鱼人》,这是一部现代童话剧,戏剧描写了一场等待了 30 年的人鱼较量,因为过于晦涩,很难让读者理解这部作品究竟讲的是什么,一直到 1997 年才通过人艺的舞台与观众见面。他的剧作以闲人三部曲(《鸟人》《鱼人》《棋人》)和尊严三部曲(《厕所》《活着还是死去》《回家》)最具代表性。

《鸟人》是过士行最著名的剧作之一,它被评论界和媒体称为"新京味戏剧"。该剧讲了一群养鸟成癖的京城市民。领头人既是鸟痴更是心忧京剧衰落的戏痴三爷。他戏唱得好,鸟玩得精。留洋归来的精神分析专家丁保罗立志治疗中国的心理病患者,因而在喧嚣的鸟市成立了一个"鸟人康复治疗中心",将三爷一群有养鸟玩鸟嗜好的人收了进来。他试图运用弗洛伊德学说研究和探索这群养鸟人行为背后的潜意识动机,他常常口若悬河、忘乎所以地宣称这群养鸟人的心理疾病。面对丁保罗一系列的精神分析,三爷有些晕乎,有些难以适应。但就在这种情况下,晕晕乎乎的三爷意外地收了丁保罗做徒弟,并拉开架势要教徒弟唱戏。三爷在教戏过程中,也渐渐地对丁保罗所说的一套产生了怀疑和不屑的心理,并说道:

> 什么科学?不就是过堂吗?我也会。……我还不用你那套洋聊天儿,我就用咱们京剧,就能问你一个底儿掉。

于是,一场戏中戏登场开演。在戏中,丁保罗的主动角色被调换,在三爷扮演的"三堂会审"中,丁保罗开始陷入难以自圆其说的境地,只好在三爷踩着锣鼓点扬长而去后,无可奈何地拿起了惊堂木,拍案后却不知道该做什么,剩一堂空洞。在这一堂空洞中,我们渐渐明白了为什么过士行要在戏剧开始之初将整个剧场处理为一个规模大得足以把整个中心表演区和四周的观众席都包容进去的正在搭建的鸟笼的原因,它让我们看到了一群正在被职业和嗜好异化了的在自造的牢笼里消磨生命的群体。这部剧的素材虽来源于现实生活,但过士行在处理的过程中,却跳脱了其与世俗生活的紧密联系而以一种客观的视角,保持了一种主观的距离。

其实,这部剧是过士行对自己沉迷提笼架鸟的闲适生活"幡然醒悟"后,进行的一次由迷恋到批判的梳理。他用风趣精辟的调侃话语、栩栩如生的人物亮相与造型,描摹出一个形象生动的闲人的世界,创造出一种浓厚的市井文化气息,展现了孕育出"鸟人"这一群体的有着名士之风、崇尚"生活的艺术"传统人文环境的老北京的世象风情。从这一层面来说,这部戏剧带有十分强烈的世俗性,但一味地呈现世俗很容易陷入肤浅,为了避免其陷入民俗戏剧的窠臼,过士行以人的标准来写鸟,以西方人的心理分析方法来对待鸟与人,由于所选的视角具有双向的趣味趋同的特点,因此建构了一幅栩栩如生的民生世俗场景。这种描写方法首先使他的笔力带有一种超然在外的清醒,其次也使东西方文化有了互相消解的喜剧场景,最后还使这部戏剧带有一种双向的文化批判的意味。

参考文献

[1]赵艳红.中国文学简史[M].北京:中国文史出版社,2014.

[2]高奇.走进中国文学殿堂[M].济南:山东大学出版社,2014.

[3]焦润明.梁启超启蒙思想研究[M].沈阳:辽宁大学出版社,2006.

[4]魏建,吕周聚.中国现代文学新编[M].北京:高等教育出版社,2012.

[5]刘长鼎,陈秀华.中国现代文学运动史[M].济南:山东文艺出版社,2013.

[6]蒋淑娴,殷鉴.中国现代文学史[M].北京:科学出版社,2002.

[7]李骞.中国现代文学讲稿[M].昆明:云南人民出版社,2013.

[8]黄曼君,朱桐.中国现代文学史[M].武汉:武汉大学出版社,2012.

[9]蒋成德.中国现代作家型编辑家研究[M].北京:中国文联出版社,2014.

[10]袁行霈.中国文学史(第四卷)[M].2版.北京:高等教育出版社,2005.

[11]张钟,等.中国当代文学概观[M].2版.北京:北京大学出版社,2002.

[12]朱水涌,李晓红.中国现当代文学[M].北京:科学出版社,2000.

[13]丁帆,朱晓进.中国现当代文学[M].南京:南京大学出版社,2000.

[14]樊星.中国现当代文学史(下册)[M].武汉:武汉大学出版社,2012.

[15]孙庆升.孙庆升文集(上卷)[M].北京:人民日报出版社,2014.

[16]王烨.国民革命时期国民党的革命文艺运动(1919—1927)[M].厦门:厦门大学出版社,2014.

[17]李明军.中国现当代文学[M].西安:陕西师范大学出版总社有限公司,2010.

[18]刘勇.中国现当代文学[M].北京:中国人民大学出版社,2006.

[19]周晓明.现代中国文学史[M].武汉:华中师范大学出版社,2011.

[20]刘中树,许祖华.中国现代文学思潮史[M].武汉:华中师范大学出版社,2009.

[21]颜湘茹.层叠的现代:《现代》杂志研究[M].广州:中山大学出版社,2011.

[22]刘增杰,关爱和.中国近现代文学思潮史(上)[M].上海:上海文艺出版社,2008.

[23]黄曼君,朱寿桐.中国现代文学史[M].武汉:武汉大学出版社,2012.

[24]军事科学院军事历史研究部.中国抗日战争史(下卷)[M].北京:解放军出版社,2015.

[25]吴景明,韩晓芹.中国现代文学史[M].长春:东北师范大学出版社,2005.

[26]雷达,赵学勇,程金武.中国现当代文学通史(下册)[M].兰州:甘肃人民出版社,2006.

[27]张懿红.缅怀与徜徉:跨世纪乡土小说研究[M].北京:中国社会科学出版社,2010.

[28]高音.北京新时期戏剧史[M].北京:中国戏剧出版社,2006.

[29]朱栋霖,等.中国现代文学史 1917—2000(下)[M].北京:北京大学出版社,2007.

[30]丁帆,许志英.中国新时期小说主潮(上)[M].北京:人民文学出版社,2002.

[31]杨匡汉.20 世纪中国文学经验(上)[M].上海:东方出版中心,2006.

[32]雷达.思潮与文体:20 世纪末小说观察[M].北京:人民文学出版社,2002.

[33]陆贵山.中国当代文艺思潮[M].北京:中国人民大学出版社,2002.

[34]洪子诚.中国当代文学史[M].北京:北京大学出版社,2010.

[35]石兴泽,隋清娥.中国现代文学[M].北京:中国社会科学出版社,2012.

[36]姚丹.西南联大历史情境中的文学活动[M].桂林:广西师范大学出版社,2000.

[37]陈思和.中国当代史文学教程[M].3 版.上海:复旦大学出版社,1999.

[38]蒋锡金.文史哲学习辞典[M].长春:吉林文史出版社,1990.

[39]张炯.新中国文学五十年[M].济南:山东教育出版社,1999.

[40]黄修己.中国现代文学发展史[M].3 版.北京:中国青年出版社,2008.

[41]李平.中国现代文学[M].北京:中央广播电视大学出版社,2006.

[42]金汉.中国当代文学发展史[M].上海:上海文艺社,2002.

[43]陈国恩.中国现代文学[M].北京:北京大学出版社,2010.

[44]李欧梵.上海摩登——一种新都市文化在中国(1930—1945)[M].北京:北京大学出版社,2001.

[45]杨义.中国现代小说史(上册)[A].杨义文存(第 2 卷)[C].北京:人民出版社,1997.

[46]马良春,张大明.中国现代文学思潮史(下册)[M].北京:北京十月文艺出版社,1995.

[47]林伟民.中国左翼文学思潮[M].上海:华东师范大学出版社,2005.

[48]茅盾.夜读偶记[A].茅盾全集(第 25 卷)[C].北京:人民文学出版社,1996.

[49]上海文艺出版社编辑部.中国新文学大系·文学理论集二(1927—1937)[C].上海:上海文艺出版社,1987.

[50]李欧梵.晚清文化、文学与现代性[A].李欧梵自选集[C].上海:上海教育出版社,2002.

[51]梁启超.饮冰室合集·文集[C].北京:中华书局,1989.

[52]冯光廉,等.中国现代文学简史——河北刊授学院教材[M].石家庄:花山文艺出版社,1984.

[53]宋耀良.十年文学主潮[M].上海:上海文艺出版社,1988.

[54]谢冕,张颐武.大转型——后新期文化研究[M].哈尔滨:黑龙江教育出版社,1995.

[55]萨特.萨特文论选[M].北京:人民文学出版社,1991.

[56]张颐武.从现代性到后现代性[M].南宁:广西教育出版社,1997.

[57]郑伯奇.创造社后期的革命文学活动[A].中国现代文艺资料论丛[C].上海:上海文艺出版社,1962.

[58]鲁迅.文艺与革命[A].鲁迅全集(第 4 卷)[C].北京:人民文学出版社,1981.

[59]马爱平.空间设计与史诗意义追寻——论路翎的《财主底儿女们》[D].河北大学,2008.

［60］胡风.胡风评论集（下册）［M］.北京：人民文学出版社,1985.

［61］李育中.幽默、严肃与爱［N］.救亡日报,1938-5-10.

［62］林林.谈《华威先生》到日本［N］.救亡日报（桂林）,1939-2-22.

［63］冷枫.枪毙了的《华威先生》［N］.救亡日报（桂林）,1939-2-26.

［64］李育中.《华威先生》的余音［N］.救亡日报（桂林）,1939-3-17.

［65］罗荪.再论"与抗战无关"［N］.国民公报,1938-12-11.

［66］柯灵.现代散文访谈——借此评论梁实秋与"与抗战无关"［N］.文汇报,1986-10-13.

［67］向林冰.论"民族形式"的中心源泉［N］.大公报,1940-3-24.

［68］王实味.野百合花［N］.解放日报,1942-3-23.